Von Evelyn Sanders sind
als Heyne-Taschenbuch erschienen:

Bitte Einzelzimmer mit Bad · Band 01/6865
Mit Fünfen ist man kinderreich · Band 01/7824
Das mach' ich doch mit links · Band 01/7669
Pellkartoffeln und Popcorn · Band 01/7892
Jeans und große Klappe · Band 01/8184
Das hätt' ich vorher wissen müssen · Band 01/8277
Hühnerbus und Stoppelhopser · Band 01/8470
Radau im Reihenhaus · Band 01/8650

EVELYN SANDERS

Bitte Einzelzimmer mit Bad

Das mach' ich doch mit links

*Zwei heitere Romane
in einem Band*

WILHELM HEYNE VERLAG
MÜNCHEN

HEYNE ALLGEMEINE REIHE
Nr. 01/9066

QUELLENNACHWEIS

»Bitte Einzelzimmer mit Bad«
Copyright © 1984 by Hestia Verlag GmbH, Bayreuth
Der Titel erschien bereits in der Allgemeinen Reihe
mit der Band-Nr. 01/6865 in der 14. Auflage

»Das mach' ich doch mit links«
Copyright © 1986 by Hestia Verlag GmbH, Bayreuth
Der Titel erschien bereits in der Allgemeinen Reihe
mit der Band-Nr. 01/7669 in der 13. Auflage

2. Auflage

Copyright © 1994 dieser Ausgabe
by Wilhelm Heyne Verlag GmbH & Co. KG, München
Printed in Germany 1994
Umschlagillustration: Sibylle Hammer/München
Umschlaggestaltung: Atelier Ingrid Schütz, München
Gesamtherstellung: Presse-Druck Augsburg

ISBN 3-453-07516-1

BITTE EINZELZIMMER MIT BAD

1

Das Telefon klingelte.

Ohne vom Kreuzworträtsel aufzusehen, tastete Sabine nach dem Hörer und nahm ihn ab. »Redaktion Tageblatt, guten Tag.«

Barbara, die am gegenüberliegenden Schreibtisch in einer Illustrierten blätterte, schüttelte den Kopf und deutete auf das blinkende rote Lämpchen. »Ist doch die Hausleitung, du Schlafmütze! Lernst du das nie?«

Prompt tönte Sabine in den Hörer: »Bollmann.« Dann nickte sie, deckte mit der Hand die Sprechmuschel ab. »Der Alte will dich sehen. Bist du noch da?«

Barbara warf einen Blick auf ihre Armbanduhr. »Erst dreiviertel sechs, also muß ich wohl noch da sein.«

»Sie kommt gleich!« Sabine legte den Hörer auf und vertiefte sich wieder in ihr Rätsel.

»Warum muß der seinen schöpferischen Augenblick immer kurz vor Feierabend haben?« Barbara suchte ihren Stenogrammblock, durchwühlte Korrekturfahnen und Manuskripte, fand aber lediglich den Pik-Buben aus Peter Gerlachs Kartenspiel, den dieser seit seiner letzten Vorführung vermißte. Gelegentlich versuchte sich der Gerichtsreporter an Zauberkunststückchen, die ihm aber nur selten gelangen.

»Im Papierkorb ist er auch nicht. Ich müßte wirklich mal aufräumen! Gib mir schnell deinen!«

Wortlos schob ihr Sabine den Stenoblock zu. »Weißt du, wie der griechische Gott des Weines heißt?«

»Bacchus.«

»Quatsch, das ist der römische. Du solltest endlich mal was für deine Bildung tun! Und jetzt trab ab, sonst kreuzt der Sperling noch selber hier auf!«

Barbara griff nach dem Block, blätterte ihn kurz durch und

meinte zweifelnd: »Nur noch acht leere Blätter. Hoffentlich reichen die. Das letztemal hat er mir vierzehn Seiten diktiert, und davon sind bestenfalls fünf gedruckt worden. Was is'n heute als Aufmacher dran? Ölkrise, Anarchisten oder Gewerkschaftsbund?«

»Wie kann man als Redaktionssekretärin an tagespolitischen Ereignissen nur so desinteressiert sein?« Mißbilligend betrat Willibald Dahms, der Ressortleiter für Sport, den Raum. »Heute abend findet das Qualifikationsspiel zur Europameisterschaft statt, und da nach der letzten Meinungsumfrage achtunddreißig Prozent unserer Leser die Zeitung lediglich wegen ihres ausgezeichneten Sportteils abonniert haben, wird sich der heutige Aufmacher natürlich mit Fußball befassen. Fräulein Pabst, ich möchte Ihnen schon vorab die Einleitung diktieren...«

»Kann nicht, muß zum Chef!« Barbara stöckelte zur Tür. »Das gibt sowieso wieder anderthalb Überstunden. Aber dafür gehe ich morgen früh gleich zum Friseur. Offiziell bin ich dann natürlich in der Landesbibliothek, vorbestellte Bücher für Dr. Laritz abholen.«

Sabine nickte. Die Bücherei diente seit jeher als Alibi, wenn eine von ihnen etwas Privates erledigen wollte. Während Barbara im Zimmer des Chefredakteurs saß und mit gottergebener Miene dessen Meinung zu den desolaten Auswirkungen der neuen Bildungspolitik zu Papier brachte, stieg ein sommersprossiger Jüngling in den Fahrstuhl des Pressehauses, drückte den Knopf zum sechsten Stockwerk und memorierte noch einmal die Rede, die er sich auf dem Weg hierher zurechtgelegt hatte. »Liebes Schwesterchen«, würde er sagen, »auch du bist einmal Schülerin der elften Klasse gewesen, weißt also, daß man am Fünfundzwanzigsten kein Taschengeld mehr hat und...«

Der Fahrstuhl hielt. Karsten stieg aus und steuerte zielsicher die Glastür mit der Aufschrift ›edaktion‹ an. (Das ›R‹ fehlte schon seit über einem Jahr.) Forsch drückte er auf die Klinke und trat ein. »Guten Abend, liebes ...«

Verdutzt sah er Barbaras leeren Schreibtisch. »Ist Tinchen denn nicht mehr da?«

»Wer soll das sein?«

»Tinchen? Äh, ich meine natürlich Fräulein Pabst, ich bin nämlich ihr Bruder«, fügte er erklärend hinzu.

»Seit wann heißt Barbara denn Tinchen?« erkundigte sich Sabine mäßig interessiert.

»Seit ihrer Geburt. Barbara ist bloß ihr zweiter Name. Aber das soll keiner wissen.«

»Nun wissen es aber schon eine ganze Menge.« Sabine deutete in den Hintergrund, wo an mehreren Schreibmaschinen Reporter in den verschiedensten Stadien der Auflösung hockten, an Krawattenknoten zerrten, Bleistifte zerkauten und versuchten, ihre während des Tages gesammelten Eindrücke in den vorgeschriebenen zwanzig Zeilen zusammenzufassen. Eine dicke Wolke Zigarettenqualms hing über der Szenerie.

»Barbara hockt beim Chef. Wenn du willst, kannst du ja warten.«

Karsten beschloß, das diskriminierende ›Du‹ zu überhören, das ihm für seine gerade 18 Jahre denkbar unangemessen erschien, und setzte sich auf einen der Hocker.

»Nimm lieber einen anderen! Der da wackelt und ist nur für Leute gedacht, die sich beschweren wollen. Normale Besucher kriegen den grünen Stuhl da hinten. Bei dem wackelt bloß die Lehne.«

Suchend sah sich Karsten um. »Da ist aber kein Stuhl.«

»Dann hat ihn wieder jemand geklaut.« Sie zuckte mit den Schultern. »Setz dich auf den Schreibtisch. Weißt du übrigens, wie der griechische Gott des Weines heißt?«

»Dionysos.«

»Kluges Köpfchen!« Sie trug die Buchstaben ein. »Jetzt fehlt mir noch ein Fluß in Südostasien. Fängt mit M an.«

»Mekong oder Menam.« Interessiert beobachtete Karsten sein Gegenüber. »Gehört das auch zu Ihrer Arbeit?«

»Nicht unbedingt, ist mehr eine Art Beschäftigungstherapie. Bei einer Tageszeitung geht der Rummel erst abends los, trotzdem muß jemand Telefonwache schieben, Kaffee kochen, Rasierapparat und Aspirin für übernächtigte Reporter bereithalten, Manuskripte suchen und Blitzableiter spielen. Ein sehr vielseitiger Job, aber ein miserabel bezahlter!«

»Tinchen macht er Spaß.«

»Kunststück, die darf ja auch manchmal schöpferisch tätig sein, Filmkritiken schreiben und sogar selbständig die Post für unseren Kulturpapst erledigen. Dr. Laritz behauptet sogar, sie könne das besser als er selber. Der Mekong stimmt übrigens nicht. Gibt es noch einen anderen Fluß mit M?«

»Ja, den Mississippi!« Karsten vertiefte sich in eine der herumliegenden Zeitungen.

»Fließt denn der in Asien?«

Eine Zeitlang hörte man nur das Klappern der Schreibmaschinen, gelegentlich unterbrochen von einem unterdrückten Fluch oder dem Klirren einer Kaffeetasse. Dann tauchte Waldemar auf, der rothaarige Redaktionsbote, der eine Druckerlehre anstrebte und gemäß den Gepflogenheiten des Hauses zunächst einmal als Laufbursche tätig war. Zielsicher durchpflügte er die Rauchschwaden und steuerte den hintersten Schreibtisch an.

»Herr Müller-Menkert braucht den Bericht über die Karnevalsfeier bei den Monheimer Mostertköppen, Herr Flox, und warum der noch nicht in der Setzerei ist!«

»Herr Müller-Menkert kann mich mal!« Florian Bender drückte seine Zigarette in dem überdimensionalen Deckel aus, der einst einen Eimer mit Delikateßgurken verschlossen hatte und nunmehr seine Funktion als Aschenbecher erfüllte.

»Soll ich ihm das wörtlich bestellen?« feixte Waldemar.

»Du kriegst das glatt fertig! Sag deinem Herrn und Meister, daß meine aufopferungsvolle Tätigkeit im Dienste der Zeitung nicht nur das Ressort Lokales umfaßt, sondern daß ich darüber hinaus auch gelegentlich den Musen huldige und derzeit eine Eloge über die Neuinszenierung der ›Minna von Barnhelm‹ verfasse. Was kümmert mich profanes Narrentreiben, wenn hehre Dichtkunst mich bewegt?«

»Was?«

»Hau ab, du Kulturbanause! Der Artikel über die Helau-Brüder ist frühestens in einer Stunde fertig. Mehr als fünfzehn Zeilen springen sowieso nicht heraus. Die waren genauso besoffen wie im vergangenen Jahr und in den Jahren davor. Der einzige Unterschied besteht darin, daß sie jetzt arriviert sind und Sekt trinken statt Bier. Und dann merk dir endlich, Knabe, daß ich nicht Flox heiße, sondern Bender! Flox ist nur mein Künstlername.«

»Klingt eigentlich mehr nach Hundefutter«, bemerkte Waldemar respektlos.

»Quatsch! Ich heiße Florian und mit zweitem Namen Xylander. Mein alter Herr ist Archäologe und hat's mit den ollen Griechen. Wenn es nach ihm gegangen wäre, hätte ich auch studieren und später irgendwelche Fossilien ausgraben müssen, aber in den geschichtsträchtigen Ländern ist es mir einfach zu heiß. Außerdem ist mein Bruder in seine Fußstapfen getreten! Der hat sich ja auch bereitwillig durchs humanistische Gymnasium prügeln lassen und später mit summa cum laude promoviert, während es bei mir nur zu einem Dreier-Abitur gelangt hat.«

»Und jetzt buddelt er Mumien aus?«

»Nee, er sortiert Scherben und klebt sie zusammen. Das schaffe ich auch ohne Studium. Der Deckel meiner Kaffeekanne hält schon seit zwei Jahren. – Und jetzt verschwinde endlich, ich muß arbeiten!« Florian hämmerte erneut in die Tasten.

»Eine Frage habe ich noch!« Waldemar ließ sich von dem vorgetäuschten Arbeitseifer nicht beeindrucken. »Hat Ihr Bruder auch so 'n komischen Namen?«

»Der heißt so, wie er ist, nämlich FaDe – Fabian Demosthenes. Stell dir bloß mal vor, der müßte seine Artikel auch mit den Initialen abzeichnen. Kein Mensch würde die lesen!«

»Glauben Sie denn, Ihre liest jemand?« fragte Waldemar, bevor er im Eilschritt den Rückzug antrat. Vor der Tür stieß er mit Barbara zusammen, die maulend ihren Stenoblock durchblätterte. »Elf Seiten lang hat der Alte über Bildungsnotstand und Schulreform gefaselt, und zum Schluß wollte er von mir wissen, ob ich Ovid im Originaltext gelesen hätte. Als ob ich in der Schule Griechisch gelernt hätte ...«

»Ovid war ein Römer und sprach Latein!« bemerkte Karsten vorwurfsvoll.

Barbaras Kopf flog herum. »Was machst *du* denn hier?«

»Och, ich war gerade in der Nähe, und da habe ich gedacht, ich könnte dich doch nach Hause bringen.«

»Kannst du deine Karre nicht alleine schieben?« Barbara setzte sich an ihren Schreibtisch, fischte Manuskriptpapier aus der Schublade und versuchte stirnrunzelnd, ihr Stenogramm zu entziffern.

»Seitdem ich eine neue Zündkerze drin habe, läuft der Roller wieder tadellos«, entrüstete sich Karsten. »Bloß der linke Blinker funktioniert noch nicht; aber wir müssen ja sowieso nur rechts abbiegen.«

»Vielen Dank, ich nehme lieber den Bus. Außerdem muß ich erst die geistigen Höhenflüge unseres Ayatollahs abtippen, und das dauert noch eine Weile. Fahr lieber nach Hause und pauke Latein! Das schiebst du schon seit drei Tagen vor dir her.«

»Die Arbeit schreiben wir erst übermorgen, und eigentlich wollte ich dich ja auch nur anpumpen. Mein Taschengeld liegt doch weit unter dem Durchschnittseinkommen meiner Kumpel, bloß Vati will das nicht einsehen. Nun gibt es im Roxy den tollen Science-fiction-Film, da wollen wir heute rein. Ich bin aber total pleite. Hab' gestern sogar meine letzte Zigarette geraucht!«

»Deine vielleicht, aber an *meinen* hast du kräftig drangesessen.« Barbara schob ihrem Bruder eine halbvolle Packung über den Tisch. »Nimm sie und verschwinde! Ich habe zu tun!«

»Und das Kinogeld?«

Sie schüttelte den Kopf. »Gibt es nicht!«

»Nun sei nicht so geizig, Tinchen, schließlich warst du doch auch mal jung!«

»Wirst du wohl sofort den Mund halten!« zischte Barbara leise, »diesen albernen Namen kennt doch hier niemand.«

»Entweder du rückst jetzt zehn Mark raus, Tinchen, oder...«

»Oder was ist mit Tinchen?« Unbemerkt war Florian an den Schreibtisch getreten. Sichtlich erheitert musterte er den schlaksigen Jüngling. »Wenn *ich* dir jetzt die zehn Mark nicht nur pumpe, sondern sogar schenke, verrätst du mir dann, was es mit dem geheimnisvollen Tinchen auf sich hat?«

Entsetzt sah Barbara von ihrer Maschine hoch. »Wehe, wenn du den Mund aufmachst!«

Karsten schielte sehnsüchtig auf den Geldschein, mit dem Florian so verlockend vor seinem Gesicht wedelte. Schließlich griff er danach und meinte entschuldigend: »Jeder ist sich selbst der Nächste, und – Egoismus ist ja auch bei dir eine sehr ausgeprägte Tugend! Also: Meine Schwester, die vor siebenundzwanzig Jahren als Tochter des Uhrmachermeisters Ernst Pabst geboren wurde, sollte ein Junge werden und die Dynastie der Päbste als Ernst der Vierte fortsetzen. Entgegen der Familientradition wurde sie bloß ein Mädchen, worauf ihr Vater seinen Kummer in Schwarzwälder Kirschwasser ersäufte. Als er wieder nüchtern war, beschloß er – wohl aus Rache! – seine Tochter auf den wohlklingenden Namen Ernestine taufen zu lassen. Später nannte er sie dann Tinchen. Da mein Erscheinen damals weder voraussehbar noch geplant gewesen war, kam ich in den Genuß eines neuzeitlicheren Namens, wofür ich meiner Schwester zu lebenslangem Dank verpflichtet bin.«

»Du bist ein ekelhaftes Waschweib!« giftete Barbara, griff nach dem erstbesten Gegenstand, der ihr in die Hände kam, und schleuderte ihn in Karstens Richtung. Leider handelte es sich dabei um eine Kaffeetasse, und leider verfehlte sie ihr Ziel. Sie schoß vielmehr haarscharf an Florians Kopf vorbei und landete im redaktionseigenen Gummibaum, der an solche Behandlung nicht gewöhnt war und zwei Blätter abwarf. Nun waren es nur noch acht, was bei einer Stammlänge von 1,37 m nicht eben viel ist.

»Volltreffer!« rief Florian. »Morgen veranstaltet Frau Fischer wieder ein Staatsbegräbnis.«

Frau Fischer gehörte zum Ressort ›Reise und Erholung‹, das keine eigene Kaffeemaschine besaß und deshalb regelmäßig im Sekretariat nassauerte. Als Entgelt wurde der herrenlose Gummibaum zweimal wöchentlich von Frau Fischer bewässert und von vorschriftswidrigen Düngergaben wie Zigarettenkippen, Streichhölzern und zerknülltem Kohlepapier befreit. Dafür produzierte das Gewächs jeden Monat ein neues Blatt und verlor zwei alte.

Bevor seine Schwester zu noch massiveren Wurfgeschossen übergehen würde, von denen vielleicht doch mal eins treffen könnte, hatte sich Karsten verkrümelt. Verbissen hämmerte Barbara auf ihrer Maschine herum und bemühte sich vergeblich, alle Anzüglichkeiten zu überhören.

»Liebe Ernestine alias Barbara Pabst«, dozierte Florian, »einem bedauerlichen Irrtum zufolge reden wir dich seit zweieinhalb Jahren mit einem Namen an, der kraft deutscher Gesetzgebung lediglich für Standesbeamte und Sachbearbeiter behördlicher Fragebogen Gültigkeit hat. Mit sofortiger Wirkung wird der Name Barbara aus den Annalen der Redaktion gestrichen und durch den gesetzlich verbrieften Taufnamen Ernestine ersetzt!« Er winkte seinem gummikauenden Kollegen zu: »Gerlach, eine Taufe geht bekanntlich niemals trocken über die Bühne. Rück mal deine Wodkapulle raus, die du in der Ablage versteckt hast!«

Der so Angesprochene sah nicht einmal auf. »Erstens ist das Gin, und zweitens gehört mir die Flasche gar nicht.«

»Woher weißt du dann, was drin ist?«

»Die hat der Uhu dort versteckt!« Sabine zog einen Ordner aus dem Regal.

»L gleich Labsal, wie passend!« bemerkte Florian. »Wenn der Uhu heute noch aufkreuzen sollte, dann sagt ihm, ich hätte sein proletarisches Gesöff für eine rituelle Handlung gebraucht. Im übrigen schuldet er mir schon seit Pfingsten zwanzig Mark. Jetzt sind es bloß noch zehn.«

Edwin Kautz, genannt Uhu, war freier Mitarbeiter und erschien nur gelegentlich in den Redaktionsräumen. Nur im Sommer sah man ihn häufiger, weil er die Sparte ›Unser Kleingarten‹ betreute und berechtigte Zweifel hegte, daß man in der Setzerei seine handgeschriebenen Manuskripte auch richtig entziffern würde. Den empörten Leserbrief eines Gärtnermeisters im Ruhestand, der sich drei Seiten lang darüber aufgeregt hatte, daß die Pulchella Pallida den Herbstblühern zugeordnet worden war, wo es sich doch einwandfrei um eine Tulpe und somit um eine Frühjahrspflanze handelte, hatte der Uhu wochenlang mit sich herumgetragen und jedem Interessierten oder auch nicht Interessierten als Beweis für die Unfähigkeit der Setzer vorgewiesen. »Jeder normale Mensch kann sich doch denken, daß man im Frühling nichts über Blumen schreibt, die im Herbst blühen«, hatte er sich beim Chefredakteur beschwert und für die Zukunft einen Korrektor gefordert, der Fachkenntnisse besäße oder zumindest Hobbygärtner sei. Leider gab es nur einen, und der züchtete Kakteen. Deshalb zog es Edwin Kautz vor, die Korrekturabzüge seiner Abhandlungen nunmehr eigenhändig zu redigieren.

»Wo sind Gläser?« fragte Florian, während er die Flasche aufschraubte.

»Die beiden letzten sind vorgestern kaputtgegangen, als Gerlach uns die Methoden des Bombenlegers vom Hindenburgplatz demonstrieren wollte«, sagte Sabine, »aber wir haben noch genügend Kaffeetassen!«

»Ich hab' zwar schon mal Cointreau aus Biergläsern getrunken, aber Gin aus Kaffeetassen ist eine neue Variante.« Florian goß großzügig bemessene Portionen in die Keramiktöpfe, die ihm hilfsbereit entgegengehalten wurden. Dann stieg er auf einen Stuhl und tröpfelte direkt aus der Flasche etwas Gin auf Barbaras Kopf.

»Hiermit taufe ich dich auf den Namen Ernestine, genannt Tinchen, jetzt und immerdar!« Auffordernd blickte er in die Runde. »Erhebt eure Gefäße und stoßt mit mir ins Horn: Lange lebe unser Tinchen, der gute Geist der Redaktion! Hoch, hoch, hoch!«

»Du bist ein ganz widerwärtiges Individuum!« heulte Barbara, nunmehr endgültig als Tinchen enttarnt, und warf ihren Topf in Florians Richtung. Der duckte sich, und so segelte das Blümchengeschoß durch die sich öffnende Tür und zerschellte zu Füßen des Chefredakteurs. Entgeistert sah Tinchen ihn an. Dr. Viktor Vogel, hausintern Sperling genannt, ignorierte die Scherben.

»Haben Sie die Abschrift meines Artikels schon fertig, Fräulein Pabst?«

Tinchen schüttelte den Kopf. »Solange die Herren Reporter ihre Manuskripte hier im Sekretariat schreiben und ihre Meinungsverschiedenheiten ebenfalls hier austragen müssen, ist ein konzentriertes Arbeiten nahezu unmöglich. Könnte man für diese zwar notwendigen, aber äußerst lästigen Mitglieder des Redaktionsteams nicht irgendwo eine Besenkammer freimachen?«

Sichtlich bekümmert nickte Dr. Vogel. »Ich habe die beklagenswerte Raumknappheit schon mehrmals an höherer Stelle zur Sprache gebracht, nur im Augenblick läßt sich offenbar nichts daran ändern. Aber vielleicht könnten die Herren ihren Umtrunk in der Kantine fortsetzen. Übrigens, Herr Bender, ich würde gern einmal Ihren Bericht über die gestrige Theaterpremiere lesen.«

»Der ist schon in der Setzerei«, erwiderte Florian prompt. »Aber ich bringe Ihnen nachher gleich den Fahnenabzug.«

»Ich bitte darum!« Milde lächelnd verschwand Dr. Vogel.

»Das mit der Besenkammer war gemein von dir!« stellte Florian fest, bevor er sich seufzend wieder an seine Maschine setzte. »Was interessiert mich denn jetzt die Minna, wo ich doch ein Tinchen vor mir habe!«

Noch einmal schepperte es, aber diesmal hatte das Feuerzeug sein Ziel erreicht. Florian rieb sich die Stirn, auf der sich eine verdächtige Wölbung zu bilden begann, und Tinchen widmete sich befriedigt den bildungspolitischen Maßnahmen des derzeitigen Kultusministers beziehungsweise den sehr frei interpretierten Erläuterungen des Herrn Dr. Viktor Vogel.

Es war schon nach acht, als sie endlich die Tür zu dem kleinen Reihenhaus aufschloß, in dem sie zusammen mit ihren Eltern und ihrem Bruder wohnte. Oberkassel stand zwar in dem Ruf, zu den besten Wohngegenden Düsseldorfs zu gehören, aber weil man offenbar davon ausging, daß jeder Bewohner dieses Stadtteils über mindestens ein Auto verfügte, wurde das Nobelviertel von den öffentlichen Verkehrsmitteln etwas stiefmütterlich behandelt. Florian hatte sich zwar erboten, wieder einmal Taxi zu spielen und Tinchen nach Hause zu fahren, aber sie hatte ihn nur verachtungsvoll angesehen (zumindest hoffte sie, daß ihr herablassender Blick so gewirkt hatte) und war hinausgestöckelt.

»Tag, Paps!«

Herr Pabst hockte mitten im Wohnzimmer auf einem Standfahrrad, strampelte wie ein Sechstagefahrer beim Zwischenspurt und verfolgte im Fernseher die Tagesschau.

»Tag, Tinchen. Schade, daß du nicht ein bißchen früher gekommen bist. Weißt du, was die Kultusminister der Länder heute beschlossen haben? Sie wollen...«

»Hör auf, Papa! Man sollte sie alle auf den Mond schießen, die Schulpflicht aufheben und das Analphabetentum wieder einführen. Dann brauchte man auch keine Zeitungen mehr.«

»Ich sehe ohnehin die Zeit kommen, wo wir das Alphabet abschaffen und wieder so etwas wie die ägyptischen Hieroglyphen verwenden, damit wir der nächsten Generation entgegenkommen, die nur noch Bilder versteht.«

Tinchen lachte. »Wo ist Mutsch?«

Herr Pabst wischte sich die Schweißtropfen von der Stirn, kontrollierte den Tachostand und stellte befriedigt fest: »Schon sieben Kilometer! Bis zur Wetterkarte werden es mindestens zehn sein. Mutti ist nebenan bei Frau Freitag, einen neuen Diätplan holen!«

»O nein, nicht schon wieder! Jetzt kriegen wir garantiert

wochenlang Variationen in Quark vorgesetzt. Ich habe noch von der Salatkur die Nase voll. Ein paarmal hatte ich sogar Alpträume und bin muhend aufgewacht.«

»Diesmal soll's was mit Eiern sein!«

»Bin ich ein Huhn?« Tinchen schlüpfte aus ihren hochhackigen Schuhen, klemmte sie unter den Arm und stieg die zwei Treppen zu ihrer Mansarde hinauf. Sie öffnete die Zimmertür, griff automatisch nach dem Lichtschalter, der seit zwei Wochen kaputt war, tastete sich zur Stehlampe durch, stieß – wie jeden Abend – gegen den Couchtisch, umrundete ihn vorsichtig und landete mit dem Kopf programmgemäß an der abgeschrägten Decke. Direkt daneben stand die Lampe. Das Licht flammte auf, und Tinchen betrachtete zufrieden die zurückgelegte Slalomstrecke. »War heute schon viel besser! Zum erstenmal bin ich nicht mit dem Schreibtisch zusammengestoßen!«

Sie betrat das neben ihrem Zimmer liegende kleine Bad, wusch sich die Hände und entfernte den schwarzen Tupfer von der Nasenspitze. Der stammte sicherlich vom Farbband. Offenbar würde sie es nie lernen, ein Farbband zu wechseln, ohne hinterher auszusehen, als habe sie zentnerweise Kohlen geschleppt. Überhaupt würde sie niemals lernen, eine perfekte Sekretärin zu werden, die alles wußte, nichts vergaß und sogar ein Kursbuch lesen konnte. Dr. Laritz hatte ihr bis heute nicht verziehen, daß er einmal in Hamburg vier Stunden auf dem Bahnhof festgesessen hatte, weil der vermeintliche Zug nach Bremen das Fährschiff nach Helgoland gewesen war. Und Dr. Mahlmann, der in seiner Eigenschaft als politischer Redakteur einen Minister auf der Durchreise hatte interviewen wollen, hatte vergebens in der VIP-Lounge des Flughafens auf seinen Gesprächspartner gewartet. Der war erst am nächsten Tag gekommen! Und dann die Sache mit dem Nobelpreis-verdächtigen Schriftsteller, der im Breidenbacher Hof einen Whisky nach dem anderen gekippt hatte, während Dr. Laritz im Hilton literweise Eistee getrunken und erst mit Hilfe des Portiers herausgefunden hatte, daß Tinchen mal wieder irgend etwas verwechselt haben mußte.

»Tinchen, aus dir wird nie etwas!« hatte schon Onkel Anton gesagt, als sie in der sechsten Klasse sitzengeblieben war. Onkel Anton war der Bruder des Herrn Pabst und hatte es als Konrektor der Hauptschule Niederaulenheim zu angemessenem Wohlstand gebracht.

»Tinchen, was soll bloß aus dir werden?« hatte Oma Marlowitz geseufzt, als Ernestine ein Jahr nach dem Abitur noch immer nicht gewußt hatte, ob sie nun Innenarchitektin, Tierärztin oder Fotografin werden wollte. Vorsichtshalber hatte sie ein Studium der Kunstgeschichte begonnen.

»Tinchen, wann wird endlich etwas aus dir?« hatte Antonie Pabst geborene Marlowitz mißbilligend ihre Tochter gefragt, als diese nach drei Semestern das Studium hingeworfen und sich beim Tageblatt als Redaktionsvolontärin beworben hatte. Und das auch nur, weil just zu jener Zeit durch die Klatschspalten der Illustrierten diese rührselige Geschichte geistert war, in der eine junge amerikanische Reporterin einen Millionär interviewt und vier Wochen später geheiratet hatte.

Tinchen interviewte aber keine Millionäre, nicht einmal einen Filmstar auf Durchreise, sie wurde vielmehr ins Archiv verbannt, wo man weniger an ihrem Studium interessiert war und mehr Wert auf eine schöne Handschrift legte. Sie mußte nur leserlich und orthographisch korrekt die Worte ›Außenminister-Konferenz‹ oder ›Olympisches Komitee‹ auf ein Etikett schreiben, den Rest besorgte Adolar Amreimer. Der verwaltete nämlich das Archiv, und zwar so gründlich, daß er immer erst nach längerem planlosen Suchen das Gewünschte fand.

Vermutlich hätte man Tinchen in den Kellerräumen des Pressehauses genauso verstauben lassen wie die dort gesammelten Zeitungsausschnitte, wenn sie nicht eines Tages in der Kantine ein Buch über Barockbauten vergessen hätte. Es war Dr. Laritz in die Hände gefallen, der daraufhin höchstselbst in den Keller gestiegen und nach einer Unterhaltung mit Tinchen in der Gewißheit wieder ans Tageslicht gekommen war, daß die Personalabteilung mit lauter Idioten besetzt sein müsse. Aber das habe er ja schon immer gewußt!

Tinchen wurde also aus der Unterwelt geholt und gleich bis fast auf den Olymp gehievt, denn über den Redaktionsräumen im 6. Stock residierte nur noch der Herr Verleger persönlich, vorwiegend nachmittags von 15 bis 19 Uhr. Tagsüber vertrat ihn Herr Jerschke, seines Zeichens Verlagsleiter, der mangelnde Körpergröße durch forsches Auftreten zu kompensieren suchte und allgemein Rumpelstilz genannt wurde. Rumpelstilz ignorierte wohlweislich Dr. Laritz' personalpolitische Eigenmächtigkeit, gegen die er doch nicht ankommen würde, hörte sich zähneknirschend Amreiners Klagerufe an, dessen Handschrift mehr Hieroglyphen als lateinischen Buchstaben glich, und der begreiflicherweise seiner Schreibkraft nachtrauerte, und versprach Abhilfe. Er fand sie in Gestalt einer Angehörigen der Leichtlohngruppe, die begeistert Scheuereimer und Bohnerbesen in die Ecke stellte und sich künftig ›Archivarin‹ nannte. Die Lücke im Putzfrauengeschwader konnte mangels geeigneter Bewerberinnen nicht wieder geschlossen werden, und seit dem begoß Frau Fischer von ›Reise und Erholung‹ nicht nur den Gummibaum, sondern auch die Kakteen in der Sportredaktion und den Philodendron im Flur.

Tinchen lernte Kaffee kochen, Korrekturfahnen sortieren, Kugelschreiberminen auswechseln und Briefe schreiben, die größtenteils mit dem Satz begannen: »Zu unserem Bedauern sehen wir uns leider nicht in der Lage...«

Sie war nicht gerade unglücklich, aber glücklich auch nicht. Und Antonie Pabsts Ermahnungen, doch auch mal an die Zukunft zu denken – worunter sie in erster Linie Mann und Kinder verstand –, waren keineswegs dazu angetan, Tinchens seelisches Gleichgewicht in der Balance zu halten.

Energisch drehte sie den Heißwasserhahn zu, der das kleine Bad inzwischen in eine Sauna verwandelt hatte, suchte ihre Handtasche, fand sie an der Stehlampe hängend und kippte ihren Inhalt kurzentschlossen auf dem Couchtisch aus. Zwischen Lippenstift, Geldbeutel, Monatskarte, abgerissenem Jackenknopf, Kopfschmerztabletten und einer Anleitung zur Aufzucht von Igeln fand sie endlich das Gesuchte: Einen schon reichlich zerknitterten Zeitungsausschnitt, der sich mit den Belangen der Berufsfeuerwehr befaßte. Tinchen interessierte sich allerdings mehr für die Rückseite, und die bestand aus einer Anzeige mit folgendem Text:

> TOURISTIK-UNTERNEHMEN
> sucht unabhängige Damen und Herren für
> interessante Reisetätigkeit. 25–35 Jahre,
> ansprechendes Äußeres, sicheres Auftreten,
> Organisationstalent. Gute Sprachkenntnisse
> in Italienisch bzw. Spanisch Bedingung.
> Zuschriften erbeten unter ...

Seit zwei Tagen schon trug Tinchen dieses Inserat mit sich herum, und genauso lange überlegte sie, ob sie die verlangten Voraussetzungen erfüllen würde. 25–35 Jahre stimmte, mit 27 lag sie genau richtig, auch wenn sie angeblich jünger aussah. Aber dem konnte man vielleicht mit ein paar hellgrauen Strähnen im dunklen Wuschelkopf abhelfen, die würden sie sicher seriöser machen. Dazu eventuell eine leicht getönte Brille mit Fensterglas? Eine ganz elegante natürlich, so eine, wie die Klinger aus der Moderedaktion sie trug.

Zweiter Punkt: ansprechendes Äußeres. Tinchen öffnete die Schranktür und betrachtete sich kritisch im Innenspiegel. Die Figur war ganz ordentlich geraten, ein bißchen klein vielleicht, aber mit hohen Absätzen erreichte sie spielend 167 Zentimeter. Und daß sie schaumstoffgepolsterte Büstenhalter trug, konnte man schließlich nicht sehen. Dafür war sie fein heraus, wenn die Mode mal wieder Twiggy-Figuren vorschrieb.

Das Gesicht? Guter Durchschnitt, fand sie. Vielleicht ein wenig blaß, aber dadurch kamen die dunklen Augen besser zur Geltung. Und außerdem wurde sie regelmäßig schon im Frühling von den ersten Sonnenstrahlen braun. Nach dem Urlaub sah sie dann immer aus wie eines der Eingeborenenmädchen auf den Bildern von Gauguin. »Genau wie 'ne Knackwurst, bloß nicht so saftig«, pflegte ihr Bruder die mühelos erworbene Bräune zu kommentieren, aber daraus sprach natürlich nur der blanke Neid. Karsten wurde lediglich krebsrot und pellte sich nach drei Tagen wie eine Salatkartoffel.

Nein, also an ihrem Äußeren fand Tinchen nichts auszusetzen. Besonders stolz war sie auf ihre langen Beine, die erst in Shorts so richtig zur Geltung kamen. In südlichen Breiten sind diese Kleidungsstücke bei Touristen ja überaus beliebt. Auch Tinchen besaß fünf Stück in verschiedenen Farben.

Sicheres Auftreten? Sie stellte sich auf die Zehenspitzen und versuchte, energisch und zielbewußt auszusehen. Sie sah aber bloß aus wie Mary Poppins – nur der Regenschirm fehlte noch. Quatsch! Imponiergehabe kann man lernen!

Organisationstalent? Und ob sie das hatte! Wer in einer Zeitungsredaktion nicht über Organisationstalent verfügte, hatte bald keinen Stuhl mehr unter dem Hintern und keine Kaffeetasse mehr im Schreibtischfach.

Sprachkenntnisse! Das war der Angelpunkt, um den sich alles drehte. Tinchen bereute bitter, seinerzeit als Au-pair-Mädchen nach London gegangen zu sein und nicht nach Mailand oder Madrid. Was nützte es jetzt, daß sie nahezu fließend englisch sprach, auf spanisch aber nur den Satz »Dónde está el lavabo de señoras?« zusammenbrachte, was so viel bedeutete wie »Wo ist die Damentoilette?"

Mit dem Italienischen ging es ein bißchen besser, denn nicht umsonst hatte Tinchen schon seit Jahren regelmäßig ihren Urlaub in Italien verbracht und die ganze Adria-Küste von Rimini bis Bari abgeklappert. Sie war durchaus in der Lage, sich ein komplettes Mittagessen zu bestellen, aufdringliche Papagalli zu beschimpfen und auf Wochenmärkten wie ein orientalischer Teppichhändler zu feilschen. Ob diese Kenntnisse aber ausreichen würden, eine Herde Touristen durch das Landesinnere zu führen und vor Schaden zu bewahren, bezweifelte sie denn doch. Andererseits kann man Sprachen lernen, und am besten lernt man sie vor Ort. Und überhaupt kommt man mit Englisch überall durch! Weshalb sonst hätte man es als Verkehrssprache bei der UNO, der EG und bei den Fluglotsen eingeführt?

Bliebe nur noch die letzte Bedingung der Anzeige zu erfüllen, nämlich ›unabhängig‹. Paps würde Tinchens Reisepläne großartig finden, denn er war schon immer der Meinung gewesen, daß sich junge Menschen »mal ordentlich den Wind um die Nase wehen« lassen müssen. Mutsch würde entschieden dagegen sein und ein Verlassen des Elternhauses nur akzeptieren, wenn Tinchen ein paar Straßen weiter ein eigenes Heim nebst dazugehörigem Ehemann vorweisen könnte. Was Karsten sagen würde, war uninteressant. Vermutlich würde er sowieso nichts sagen, lediglich Anspruch auf Tinchens Mansarde erheben und bei dieser Gelegenheit endlich den Lichtschalter reparieren.

Sonst gab es niemanden, der etwas sagen würde. Seit jener Affäre mit dem Literaturstudenten Jochen, der in Tinchen abwechselnd das anbetungswürdige Gretchen oder die romantisch-verklärte Julia gesehen hatte und die von ihren Schöpfern nur schamhaft angedeuteten Verführungsszenen in freier Interpretation nachempfinden wollte, bis schließlich eine theaterbegeisterte Kellnerin den von Tinchen abgelehnten weiblichen Part übernommen hatte, war sie auf Studenten im allgemeinen und Literaturstudenten im besonderen nicht sonderlich gut zu sprechen. Eine Zeitlang hatte es noch den Flugzeugkonstrukteur gegeben, aber der wollte immer auf zugigen Bergkuppen das aerodynamische Verhalten zylindrischer Röhren studieren und benötigte Tinchen vorwiegend zum Festhalten verschiedener Drähte. Nach dem dritten Schnupfen innerhalb eines Vierteljahres hatte sie es vorgezogen, sonntags doch lieber mit ihrem Bruder ins Kino zu gehen. Da war es wenigstens warm.

Abgesehen von ihrem Dauerflirt mit Florian Bender gab es weit und breit nichts Männliches, an das Tinchen sich in irgendeiner Weise gebunden fühlte. Rein äußerlich glich Florian durchaus ihrem früheren Leinwandidol Rock Hudson, nur war er weder ähnlich begabt noch ähnlich begütert, und es bestand wenig Aussicht, daß sich dieser Zustand in absehbarer

Zeit ändern würde. Mutsch hatte zwar des öfteren angedeutet, daß auch ein kleiner Lokalreporter nicht zu verachten sei und es bei entsprechender Zielstrebigkeit durchaus zu etwas bringen könne, ganz besonders dann, wenn die Frau in den ersten Jahren noch mitarbeiten würde, zumindest so lange, bis die Möbel und das erste Kind da wären. Und weshalb wohl würde der Herr Bender das Tinchen so oft ins Kino einladen und manchmal sogar ins Theater, wenn er nicht ernstere Absichten hätte? Nach Hause gebracht hatte er das Kind auch schon oft genug, sich jedoch leider immer geweigert, hereinzukommen und ein Gläschen zu trinken. Frau Pabst hatte ihn ja auch schon sonntags zum Essen bitten wollen, aber »der ernährt sich doch bloß an der Frittenbude!« hatte Tinchen abgewinkt. Außerdem hatte sie ihrer Mutter verschwiegen, daß Pressekarten immer für zwei Personen gelten und darüber hinaus mit einer entsprechenden Kritik im Tageblatt verbunden waren. Und gestern zur Minna von Barnhelm hatte Flox sie nicht einmal mitgenommen. Statt dessen hatte er die vertrocknete alte Schachtel aus der Buchhaltung eingeladen – lediglich aus Geschäftsgründen, wie er Tinchen versichert hatte. Na ja, wer ewig auf Vorschuß lebt, muß natürlich einen heißen Draht zu maßgeblichen Stellen haben.

Florian war ja ganz nett, hatte Charme (viel zuviel, wie sich auf dem letzten Betriebsfest herausgestellt hatte, als er dauernd um die kleine Blonde vom Vertrieb herumscharwenzelt war!), aber wer mit dreißig Jahren noch immer Lokalreporter ist, der würde wohl nie nach Höherem streben. Und außerdem würde er dafür sorgen, daß in spätestens drei Tagen die gesamte Redaktion wußte, weshalb aus Barbara ein Tinchen geworden war.

Sie schloß die Schranktür, klappte ihre Reiseschreibmaschine auf, spannte einen Bogen ein und begann zu tippen:

Sehr geehrte Herren,
unter Bezugnahme auf Ihr Inserat ...

2

»Da ist Post für dich!« sagte Herr Pabst, als Tinchen ins Zimmer trat. »Irgend so ein Insektenforscher hat geschrieben. Wird vermutlich Reklame sein oder ein Spendenaufruf zur Rettung der vom Aussterben bedrohten Kakerlaken. Ich wollte den Kram schon in den Papierkorb werfen, aber Karsten ist scharf auf die Marke. Die hat er nämlich noch nicht.«

»Wo ist denn der Brief?«

Herr Pabst sah sich suchend um. »Vorhin hat er noch auf dem Tisch gelegen, aber inzwischen hat deine Mutter aufgeräumt. Sie bezeichnete das geordnete Nebeneinander von zwei Rechnungen, einer Bananenschale und einem Bierglas als polnische Wirtschaft und sorgte mit gewohnter Zielstrebigkeit wieder für den makellosen Zustand des Zimmers. Den Brief wird sie wohl mitgenommen haben.«

Tinchen begab sich in die Küche. Frau Pabst stand vor dem Kühlschrank und pellte Eier ab.

»Guten Abend, Mutsch. Hast du meinen Brief weggelegt?«

»Tag, mein Kind. Du bist heute aber wieder reichlich spät dran. Nun wasch dir schnell die Hände, das Essen ist gleich fertig. Es gibt Eier nach Art der Gärtnerin mit frischer Kresse und Diät-Mayonnaise. Ohne Fett natürlich, aber dafür hat sie auch kaum Kalorien.« Frau Pabst knüllte das Papier mit den Eierschalen zusammen und warf alles in den Mülleimer.

»Für mich bitte nicht, Mutsch, ich habe schon gegessen«, winkte Tinchen ab und dachte schaudernd an den undefinierbaren Kantinenfraß, von dem Sabine behauptet hatte, es müsse sich um etwas Ähnliches wie panierte Bisamratte gehandelt haben. Nach dieser Diagnose hatte Tinchen zwar keinen Bissen mehr heruntergebracht und war entsprechend hungrig, aber schon wieder Eier? Sie hatte ohnehin die Befürchtung, sich bald nur noch gackernd unterhalten zu können.

»Wo ist denn nun dieser Brief?«

»Welcher Brief?« Frau Pabst drapierte mit einigem Kunstverstand die Kresseblättchen auf die Eierscheiben und versah das Ganze mit einem Klacks rosaroter Paste, in der Tinchen mit Recht die erwähnte Diät-Mayonnaise vermutete. »Meinst du etwa das Reklameschreiben? Darauf habe ich eben die Eier abgeschält!«

»Also, Mutsch!« Tinchen öffnete den Mülleimer, fischte mit spitzen Fingern den Umschlag heraus, schüttelte die Eierschalen ab und glättete ihn. Den Absender zierte ein rostrotes Pfauenauge, darunter stand in Wellenlinien ›Schmetterlings-Reisen‹.

»Seit wann machen denn Schmetterlinge Urlaub?« Mit dem Zeigefinger schlitzte sie das Kuvert auf und entfaltete einen leicht angefetteten Briefbogen. In der rechten oberen Ecke tummelten sich gleich zwei Schmetterlinge, diesmal in Kornblumenblau.

›Sehr geehrtes Fräulein Pabst‹, las Tinchen, ›Ihre Bewerbung vom 25. 1. d. J. interessiert uns, und wir würden uns freuen, wenn Sie im Laufe der nächsten Tage zu einer persönlichen Rücksprache nach Frankfurt kommen könnten. Für eine vorherige Terminabsprache wären wir Ihnen dankbar. Mit freundlichen Grüßen.‹ Die Unterschrift war, wie üblich, unleserlich und sehr markant.

»War wirklich bloß Reklame.« Tinchen zerriß nachdrücklich den Umschlag, bevor sie ihn wieder in den Mülleimer warf. Den Brief schob sie heimlich unter ihren Pullover.

»Wenn die das ganze Geld, was sie in die Briefmarken stecken, gleich zu den Spenden packen würden, brauchten die Leute vom Naturschutz erst gar keine Bettelbriefe zu schreiben«, bemerkte Frau Pabst mit bezwingender Logik und betrachtete zufrieden ihr Eier-Stilleben.

»Sieht hübsch aus, nicht wahr?«

»Sehr hübsch«, lobte Tinchen. »Genau wie die Nationalflagge von Ungarn. Ich habe aber trotzdem keinen Hunger.«

»Aber Kind, du mußt doch ein bißchen was essen!«

»Warum denn? Nulldiät hat noch weniger Kalorien als deine sogenannte Mayonnaise. Woraus besteht die eigentlich? Aus Fassadenfarbe?«

Die Antwort wartete sie nicht mehr ab. Sie stürmte die 22 Stufen zu ihrem Zimmer hinauf, eckte vor lauter Aufregung nicht nur wieder am Schreibtisch an, sondern auch am Kleiderschrank und fand erst nach längerem Herumtasten den Knopf der Stehlampe. Dann holte sie den Brief aus dem Pullover, breitete ihn auf dem Tisch aus und las noch einmal die inhaltsschweren Zeilen. Am liebsten hätte sie sich sofort ans Telefon gehängt und einen Besprechungstermin mit den Schmetterlingen vereinbart, aber auch der betriebsamste Nachtfalter würde wohl kaum um halb neun Uhr abends in seinem Büro sitzen.

Ob der Oberschmetterling wohl Flügel in Gestalt eines Umhangs hatte? Vielleicht trug er auch nur einen artgemäßen Schwalbenschwanz. Tinchen kicherte leise vor sich hin und studierte noch einmal die energische Unterschrift. Nein, also ›Pfauenauge‹ hieß das bestimmt nicht, eher schon Degenhard oder Degenbach.

In dieser Nacht träumte Tinchen, sie sei ein Schmetterling, der in einem kornblumenblauen Kleid mit rosaroten Mayonnaisetupfern über die Dächer von Marbella flog und verzweifelt rief: »Dónde está el lavabo de señoras?«

»Herr Dr. Vogel, kann ich wohl am Donnerstag einen Tag Urlaub bekommen? Ich muß wegen einer Erbschaftssache nach Frankfurt.« Tinchen schwindelte mit einer Geläufigkeit, die auf längere Übung schließen ließ.

»Erbschaft? So, so!« sagte denn auch der Sperling und strich bedächtig seinen gepflegten Schnauzbart, der ihm mehr das Aussehen eines Seehundes als eines Vogels verlieh. »Wen wollen Sie denn beerben?«

»Meine Großtante«, erwiderte Tinchen prompt. »Sie war schon zweiundachtzig und lebte seit Jahren im Altersheim.

Ich glaube also nicht, daß es da viel zu erben gibt. Trotzdem muß ich hin, schon aus Gründen der Pietät.«

»Natürlich, natürlich!« Dr. Vogel zeigte sich durchaus verständnisvoll. »Aber muß es denn gerade am Donnerstag sein? Sie wissen doch, daß wir am Freitag die große Sonderbeilage über Kleintierhaltung bringen, und da fällt am Tag vorher immer noch ein Haufen Schreiberei an. Geht es nicht am Mittwoch?«

»Leider nein. Der Rechtsanwalt kann nur am Donnerstag ein bißchen Zeit erübrigen, an den anderen Tagen hat er dauernd Termine. Eigentlich ist er ja Strafverteidiger. Die Erbschaftssache hat er nur meiner Großtante zuliebe übernommen, weil er sie schon seit seiner Jugend kannte. Die beiden haben zusammen im Sandkasten gespielt.«

»Dann muß der gute Mann ja auch schon ein biblisches Alter erreicht haben«, wunderte sich Dr. Vogel. »Und er übernimmt immer noch Strafprozesse? Einfach unglaublich!«

»Na ja, nur, wenn es um etwas ganz Besonderes geht, Mord und Totschlag oder so was«, stotterte Tinchen und verwünschte ihre Vorliebe zum Detail Es war doch völlig gleichgültig, mit wieviel Jahren die nicht existente Großtante angeblich gestorben war.

»Wenn Sie regelmäßig Zeitung lesen würden, dann wüßten Sie, daß Mord und Totschlag keineswegs etwas Besonderes ist«, sagte Dr. Vogel. »Erst unlängst ist mir eine Statistik des Bundeskriminalamtes in die Hände gefallen, wonach...«

»Kann ich nun am Donnerstag frei haben?« unterbrach ihn Tinchen.

»Wie bitte? Ach so, ja, wenn es also gar nicht anders geht, dann müssen wir eben ohne Sie auskommen. Hoffentlich ist Fräulein Bollmann wenigstens da.«

»Natürlich, die hat ja keine tote Tante«, versicherte Tinchen und zog sich aus dem Allerheiligsten zurück.

»Hat's geklappt?« fragte Sabine, sah das zustimmende Nicken und wandte sich wieder ihrem Stenogramm zu. »Kannst du entziffern, was das hier heißen könnte?« Sie deutete mit dem Zeigefinger auf eine Anhäufung von Bleistiftkringeln. »Ich kriege das einfach nicht mehr zusammen.«

Tinchen beugte sich über den Block. »Sieht aus wie ›Polygamie‹.«

»Blödsinn, das ist doch ein Beitrag für den Wirtschaftsteil.«
»Ach so! Dann laß das Wort ruhig aus. Der Schmitz ist schon daran gewöhnt, daß außer ihm selbst kein Mensch sein Fachchinesisch versteht. Die Leser übrigens eingeschlossen.«

»Na schön, wenn du meinst, dann lasse ich hier einfach eine Lücke. Sehr viel sinnloser wird der Text dadurch auch nicht. Was ist denn ein Systemanalytiker?«

»Weiß ich nicht. Ist mir auch völlig wurscht, ich habe gleich Feierabend. Liegt sonst noch etwas vor?« Tinchen kramte Puderdose und Lippenstift aus ihrer Handtasche und begann mit dem, was Karsten so prosaisch als Fassaden-Renovierung zu bezeichnen pflegte.

»Das Feuilleton braucht noch ein paar Füller. Du sollst mal nachsehen, was wir noch an Stehsatz haben. Laritz meint, Buchbesprechungen wären am besten. Hier in diesem Laden ist er bestimmt der einzige, der sogar die Bücher liest, bevor er sie rezensiert. Von den Neuerscheinungen, die im Herbst herausgekommen sind, müßte noch was da sein, behauptet er.«

»Jetzt haben wir Februar. Seit wann berichten wir denn über Antiquitäten?« Tinchen klappte die Puderdose zu, verstaute sie wieder zwischen Monatskarte und Schlüsselbund und machte sich auf den Weg in die Setzerei.

Als sie aus dem Fahrstuhl trat, dröhnte das dumpfe Röhren der großen Rotationsmaschine in ihren Ohren. Obwohl die Druckerei zwei Stockwerke tief unter der Erde lag, spürte Tinchen immer noch das leichte Vibrieren des Fußbodens.

In der Setzerei herrschte die übliche Betriebsamkeit. Niemand hatte Zeit, keiner hörte zu, als sie ihr Anliegen vorbrachte, und nur ein Jüngling mit Nickelbrille, der sechs Bierflaschen auszubalancieren suchte, murmelte etwas von »Da drüben am hintersten Tisch!«

Nachdem nun wenigstens die Richtung festgelegt war, in der sie suchen mußte, schöpfte sie neuen Mut. »Ich brauche fürs Feuilleton einen Abzug vom Stehsatz!« Energisch zupfte sie an einem blauen Overall.

»Und ich brauche eine Unterschrift«, sagte der Mann, der in dem blauen Overall steckte. »Bei mir sind Sie falsch, ich gehöre nicht zu dem Verein hier. Ich liefere bloß Seife aus.«

Tinchen versuchte es andersherum. Zielstrebig stellte sie sich einem Setzer in den Weg. »Herr Dr. Laritz braucht sofort einen Abzug vom Stehsatz!«

»Aber klar, Frollein, soll er kriegen. Wo is denn det Zeuch?«

»Keine Ahnung, ich denke, das wissen *Sie?*«

»Seh ick aus wie 'n Archiv? Am besten jehn Se zu Herrn Sauerbier. Als Setzereileiter muß er ja wissen, wo in den Laden hier wat zu finden is.«

Tinchen warf einen Blick auf die große Uhr, die an der Stirnseite des Raumes hing. Schon wieder zwanzig nach sechs. Ob sie wohl jemals pünktlich Schluß machen könnte?

Herr Sauerbier, der im Gegensatz zu seinem Namen ausnehmend freundlich war, hörte sich geduldig Tinchens Gejammer an und versicherte ihr, die Sache selbst in die Hand nehmen zu wollen. Fünf Minuten später war er zurück und drückte ihr zwei Fahnenabzüge in die Hand. Die Überschrift auf dem ersten lautete: Beckenbauer bald Amerikaner?

Tinchen wandte sich zum Gehen. »Wer ist denn das?«

»Haben Sie wirklich noch nie etwas von Kaiser Franz gehört?« Herr Sauerbier konnte diese offensichtliche Unkenntnis nicht begreifen.

»Nee, aber wahrscheinlich ist Franz Kaiser bloß sein Pseudonym. Was für Bücher schreibt er denn?«

»Bücher??? Der spielt Fußball!!«

Tinchen überflog die ersten Zeilen des Fahnenabzugs und ließ die Türklinke wieder los. »Heiliger Himmel! Das hier ist doch Stehsatz vom Sport! Ich brauche den vom Feuilleton!«

»Warum sagen Sie das nicht gleich?«

»Habe ich ja! Dr. Laritz will...«

»Dr. Laritz fordert alle drei Tage Abzüge an. Inzwischen könnte er schon sein Zimmer damit tapezieren. Was macht er eigentlich mit dem ganzen Kram? Hat er kein eigenes Klopapier?«

Endlich bekam Tinchen das Gewünschte, lieferte es ab und sah mit Erbitterung, wie Dr. Laritz die so mühsam erkämpften Abzüge nach flüchtiger Prüfung in den Papierkorb warf. »Das ist doch alles Schnee von gestern«, murmelte er und wühlte auf seinem Schreibtisch herum. »Ich weiß gar nicht, weshalb man mir immer wieder diese alten Kamellen raufschickt. Wer will denn das jetzt noch lesen?«

Erleichtert fischte er aus dem Papierwust einen stark zerknitterten Zettel heraus. »Na also, auf einem gut geordneten Schreibtisch findet sich nach längerem Suchen alles wieder. Wir nehmen als Füller die Sache mit den Jupiter-Monden. Die Politik will's nicht haben. Außerdem war Jupiter ein Gott, hat also im Feuilleton eine gewisse Existenzberechtigung.«

Dr. Laritz kritzelte ein paar Anweisungen an den Rand des Manuskripts und drückte es Tinchen in die Hand. »Würden Sie das auf dem Nachhauseweg noch in der Setzerei abgeben? Am besten gleich dem Sauerbier, es ist nämlich eilig. In einer halben Stunde habe ich Umbruch.«

»Gern«, sagte Tinchen folgsam und fest entschlossen, Herrn Sauerbier auf keinen Fall mehr unter die Augen zu treten. Zum Glück kreuzte Waldemar ihren Weg. Mit gewohntem Gleichmut nahm er das Manuskript in Empfang und betrachtete weit weniger gleichmütig das Markstück, das Tinchen ihm gab. »Die Kantine hat schon zu!«

»Dann wirf es in dein Sparschwein«, sagte Tinchen und zog so eilig ihren Mantel an, daß Waldemar nicht einmal mehr hilfreich zuspringen konnte. Sie griff nach ihrer Tasche und rannte förmlich zur Tür hinaus.

»Nicht mal auf Wiedersehen hat sie gesagt«, wunderte er sich und steckte das Geldstück in die Hosentasche. »Was hat sie bloß?«

»Vermutlich Schmetterlinge im Kopf«, sagte Sabine, worauf

Waldemar erleichtert feststellte, daß seine Zeit als Redaktionsbote in Kürze beendet sein würde – gerade noch früh genug, um von dem in diesem Stockwerk grassierenden Irrsinn nicht mehr angesteckt zu werden.

»Am Donnerstag werde ich wahrscheinlich erst spät nach Hause kommen«, sagte Tinchen beim Abendessen. Es wurde montags immer in der Küche eingenommen, weil Herr Pabst an diesem Tag seinen Kegelabend und Karsten sein Judotraining hatte. Also lohnte es sich nach Frau Pabsts Ansicht gar nicht, im viel zu großen Eßzimmer zu decken.

»Gehst du wieder mit Herrn Bender ins Theater?« erkundigte sie sich, um sogleich mahnend fortzufahren: »Diesmal ziehst du aber das Weinrote an. Es steht dir wirklich gut, und du hast es noch nie getragen. Wenn das Oma wüßte!«

»Oma weiß es aber nicht. Leider! Sonst würde sie vielleicht endlich einsehen, daß ihr Geschmack nicht auch unbedingt meiner ist. Rüschen am Ausschnitt und auf der Schulter ein Paillettenpapagei. Das Kleid sieht aus wie ein Kaffeewärmer. Übrigens gehe ich nicht ins Theater, ich fahre nach Frankfurt.«

»Mußt du da ein Interview machen?« Frau Pabst hatte noch immer nicht die Hoffnung aufgegeben, eines Tages Tinchens Foto in der Zeitung zu finden und darunter die Überschrift: Unsere Chefreporterin berichtet. Auch Frau Freitag, ihre Busenfreundin aus dem Nebenhaus, hatte schon vor längerer Zeit prophezeit, daß das Tinchen noch einmal Karriere machen würde. Die Karten lügen bekanntlich nicht, und der dunkle Herr hatte direkt über der Herzdame gelegen, gleich neben der Geldkarte.

»Nein, Mutsch, ich bin bloß so eine Art Botenjunge. Ich soll in Frankfurt etwas abholen.« Stur blickte Tinchen auf ihren Teller.

Zu Hause schwindelte sie gar nicht gern, aber solange die Angelegenheit mit den Schmetterlingen noch in der Luft hing, wollte sie lieber nichts davon erzählen. Schon gar nicht ihrer Mutter. Dazu war später immer noch Zeit genug.

Frau Pabst sah sich unvermutet wieder in die profane Wirklichkeit versetzt und dachte sofort an das Nächstliegende. »Dann werde ich dir am besten ein paar Eier kochen und ein Schüsselchen Kartoffelsalat fertigmachen. Ein bißchen Obst solltest du auch mitnehmen, aber keine Bananen, die zerdrücken so leicht.«

»Also Mutsch, ich mache doch keine Pilgerreise durchs Sauerland. Ich fahre mit dem D-Zug nach Frankfurt!«

»Und wenn schon. In der Bahn kriegt man doch immer Hunger!«

»Dafür gibt es einen Speisewagen.«

»Warum willst du unnütz Geld ausgeben?« protestierte Frau Pabst, aber als sie das Gesicht ihrer Tochter sah, zog sie es doch vor, weitere Menüvorschläge für sich zu behalten. »Dann nimm wenigstens eine Thermoskanne Tee mit!« Aber auch diese Anregung wurde mit einem beredten Schweigen quittiert.

Antonie Pabst geborene Marlowitz verstand ihre Tochter nicht. Dankbar sollte das Mädel sein, weil sich jemand um den Reiseproviant kümmerte. Früher war man froh gewesen, wenn man überhaupt etwas Eßbares mitnehmen konnte. Speisewagen! Da konnte sie ja nur lachen!

Vielleicht sollte man erwähnen, daß Frau Antonies Erfahrungen mit der Deutschen Bundesbahn, die damals noch Reichsbahn geheißen hatte, aus der Kriegs- sowie der unmittelbaren Nachkriegszeit stammten und alles andere als erfreulich waren.

Ursprünglich in Posen beheimatet, war sie 1945 zusammen mit ihrer verwitweten Mutter »ins Reich« geflohen. Als Beförderungsmittel hatten überwiegend Güterwagen gedient, und die Verpflegung hatte man sich auf irgendeine Art selbst beschaffen müssen. Rohe Karotten sind zwar gesund, als Hauptnahrung aber nicht eben befriedigend.

Was hätte Antonie damals nicht für ein saftiges Schnitzel gegeben... (Heute dagegen raspelte sie wieder Mohrrüben, weil sie in späteren Jahren entschieden zu viele Schnitzel gegessen hatte.)

Den nicht propagierten Endsieg der Alliierten hatte sie jedenfalls in Berlin erlebt, wo es eine entfernte Kusine zweiten Grades gegeben hatte, die in irgendwelche höheren Kreise eingeheiratet und standesgemäß am Wannsee gewohnt hatte. Den Wannsee hatte Frau Marlowitz gefunden, schließlich auch das Haus, oder besser das, was davon übriggeblieben war. Die Kusine hatte es noch rechtzeitig vorgezogen, das Familiensilber und sich selbst in Sicherheit zu bringen. Sie war ins Allgäu getürmt.

In Ermangelung eines geeigneteren Quartiers bezog Frau Marlowitz den noch halbwegs intakten Keller des ehemals herrschaftlichen Hauses und erlebte hier nun doch den Einmarsch der Russen, vor dem sie ja eigentlich geflohen war. Tochter Antonie, die außer Klavierspielen und französischer Konversation nichts von dem gelernt hatte, was in der gegenwärtigen Situation einigermaßen nützlich gewesen wäre, sah sich trotz ihrer zweiundzwanzig Jahre außerstande, sich und ihre Mutter irgendwie durchzubringen. Normalerweise wäre sie als Kanzleiratswitwentochter ja schon längst mit einem Beamten in gehobenerer Position verheiratet gewesen – nicht umsonst hatte es bereits zwei akzeptable Bewerber gegeben, aber man hatte deren berufliche Karriere rücksichtslos unterbrochen und sie in Uniformen gesteckt. Der Himmel mochte wissen, wo sie abgeblieben waren.

Bevor die letzten Karotten aufgegessen und die beiden noch verbliebenen Abkömmlinge derer von Marlowitz verhungert waren, entsann sich die verwitwete Frau Kanzleirat jener Pensionatsfreundin, die einen in Düsseldorf ansässigen Uhrmacher namens Gfreiner geheiratet hatte. Wieder ein Ziel vor Augen, erwachten in Frau Marlowitz verborgene Kräfte. Sie wagte sich mit den Resten ihres geretteten Schmucks (der größte Teil war während der Flucht auf rätselhafte Weise abhanden gekommen) in die Abgründe des schwarzen Marktes. wo sie zwar gründlich übers Ohr gehauen wurde, aber dennoch genügend Geld erzielte, um Reiseproviant – ebenfalls auf dem schwarzen Markt und ebenfalls mit Verlust – kaufen zu können. Das restliche Geld ging für Fahrkarten und eine Deutschlandkarte im Maßstab 1 : 300 000 drauf.

Solchermaßen gerüstet bestiegen – vielmehr enterten – Frau Marlowitz nebst Tochter einen der wenigen Züge, die in Richtung Westen fuhren. Daß sie den ersten Teil der Reise auf einer zugigen Plattform verbringen mußten, erschien Antonie noch erträglich.

Es war Sommer und darüber hinaus außergewöhnlich warm. Auch der damals obligatorische Fußmarsch über die Zonengrenze – illegal natürlich, der ortskundige Führer hatte sich mit Frau Marlowitz' Armbanduhr als Lohn zufriedengeben müssen – war nicht sonderlich anstrengend gewesen.

Die nächsten zweihundert Kilometer Bahnfahrt, eingepfercht in der ohnedies nicht sehr geräumigen Toilette, hatten Antonie das Eisenbahnfahren nun endgültig verleidet. Zu allem Überfluß war man in der französischen Besatzungszone gelandet, obwohl man eigentlich in die britische gewollt hatte. Vermutlich war die bewußte Landkarte daran schuld gewesen, die den veränderten politischen Verhältnissen in keiner Weise Rechnung getragen hatte und immer noch in den Grenzen des Großdeutschen Reiches markiert gewesen war.

Aber nun hatte Antonie helfend einspringen können. Wenn ihr auch die einschlägigen Vokabeln für »Besatzungszone« und »grüne Grenze« nicht geläufig waren, so reichten ihre französischen Sprachkenntnisse immerhin aus, um bürokratische und militärpolizeiliche Hürden zu nehmen. Ausgerüstet mit den erforderlichen Papieren und einer Notverpflegung vom Roten Kreuz bestiegen die Damen Marlowitz erneut einen Zug. Er war nicht ganz so voll, dafür aber erheblich langsamer. Außerdem fuhr er nicht weit. Ein Armeelastwagen, beladen mit Wollsocken und Thunfischdosen, diente als nächstes Transportmittel. Thunfische sind nahrhaft und dank ihres konservierenden Behältnisses nicht so leicht verderblich. Frau Marlowitz ignorierte das siebente Gebot und forderte ihre Tochter auf, ein Gleiches zu tun. Trotz glühender Hitze wickelten sie sich in Mäntel, deren Taschen sich bald verdächtig nach außen wölbten. Auch der Koffer war viel schwerer geworden, was sich nachteilig bemerkbar machte, als die beiden Reisenden den Lastwagen verlassen hatten und zu Fuß zur nächsten Bahnstation pilgerten. Noch nachteiliger wirkte sich das Fehlen eines Büchsenöffners aus. Aber wenigstens hatte der Bahnhofsvorsteher einen an seinem Taschenmesser. Darüber hinaus war er bereit, ein paar Thunfischdosen anzunehmen und dafür zu sorgen, daß die Damen Marlowitz einen Platz im nächsten Zug bekommen würden. Sie bekamen ihn auch, diesmal auf dem Dach, was den Beförderungsvorschriften zwar widersprach, damals aber notgedrungen geduldet wurde.

Irgendwann war die Odyssee zu Ende. Der Bahnhof von Düsseldorf kam in Sicht, wenn auch kaum noch als solcher zu erkennen. Die Pensionatsfreundin gab es auch noch, ebenfalls kaum zu erkennen, weil ergraut und merklich gealtert. Aber sie nahm die Vertriebenen samt den Thunfischdosen auf und beschaffte dank einiger Beziehungen Unterkunft und Erwerbsmöglichkeit für Tochter Antonie. Letzteres übrigens in ihrer Werkstatt.

Der Uhrmachermeister Gfreiner hatte das Kriegsende nicht überlebt. Der Gerechtigkeit halber muß erwähnt werden, daß sein frühzeitiges Ableben nicht auf Bombenangriffe, Straßenkämpfe oder ähnliche Begleiterscheinungen eines Krieges zurückzuführen war, sondern einzig und allein auf seine Vorliebe für Moselweine. Um seinen reich gefüllten Weinkeller nicht in Feindeshand fallen zu lassen, hatte sich Herr Gfreiner gezwungen gesehen, die vorhandenen Bestände möglichst schnell und möglichst restlos zu verbrauchen. Um dieses Ziel zu erreichen, hatte er sich angewöhnt, schon sein Frühstück in flüssiger Form zu sich zu nehmen und auch im Laufe des Tages auf feste Nahrung weitgehend zu verzichten. Immerhin entging er einem langsamen Hungertod, indem er ziemlich schnell die Kellertreppe hinunterfiel und sich das Genick brach. Die noch übriggebliebenen Weinflaschen leerten später die zahlreichen Trauergäste und erfüllten somit den Letzten Wunsch des nunmehr Verblichenen.

Frau Gfreiner, die von Uhren lediglich wußte, daß sie meistens falsch gingen, überließ die Fortführung des Geschäfts dem bisherigen Mitarbeiter ihres Mannes, einem gewissen Ernst Pabst, der bei Herrn Gfreiner selig als Lehrling angefangen hatte. Herr Pabst verstand entschieden mehr von Uhren als seine derzeitige Chefin; vor allen Dingen wußte er, daß man sie zweckmäßigerweise vor den kommenden Siegern in Sicherheit bringen sollte – wer immer das letzten Endes auch sein würde. Also beschaffte er stabile Behälter, darunter auch mehrere leere Munitionskisten, und stopfte sie voll mit Uhren jeglicher Größe, einschließlich einer auseinandergenommenen Standuhr mit Westminsterschlag. Dann versteckte er die Schatztruhen im Keller unter den Resten der letzten Kohlenzuteilung. Das nun leere Schaufenster dekorierte er mit Fieberthermometern sowie einem leicht verbogenen und daher unbrauchbaren Mikroskop.

Fortan reparierte er nur noch Uhren, und als die Ersatzteile alle waren, tat er gar nichts mehr, lebte die letzten paar Wochen vom Ersparten und wartete auf den Endsieg. In Reichweite lagen immer die beiden Krücken, die er zwar nicht brauchte, weil er trotz seines verkürzten Beines ausgezeichnet laufen konnte, die ihn aber davor bewahrten, in letzter Minute noch von den Rollkommandos zum Volkssturm geholt zu werden.

Etwa zwei Monate nach dem Zusammenbruch hielt Ernst Pabst es für angebracht, das Geschäft des Herrn Gfreiner selig wieder zu eröffnen, vorerst allerdings nur als Reparaturwerkstatt. Aber schon wenig später grub er einen Teil der versteckten Schätze aus und verkaufte sie gegen Naturalien. Seine Kunden waren überwiegend Besatzungssoldaten, die bereitwillig in der allgemein üblichen Zigarettenwährung zahlten und immer noch ein gutes Geschäft dabei machten.

Frau Gfreiner, die dank alliierter Hilfe bereits Bohnenkaffee trinken konnte, als die meisten anderen Deutschen nicht mal Muckefuck hatten, bot ihrem talentierten Geschäftsführer die Teilhaberschaft an und überließ es künftig ihm, für ihr leibliches Wohl zu sorgen. Zum Dank durfte er sich aus dem Kleiderschrank ihres verstorbenen Mannes bedienen. Wenn die Anzüge auch nicht unbedingt dem Geschmack eines Zweiunddreißigjährigen entsprachen, so waren sie doch noch sehr gut erhalten und überdies von erster Qualität. Ernst Pabst kannte einen Schneider, der am liebsten Virginiatabak rauchte, und so war auch die Garderobenfrage fürs erste gelöst.

In dieses sichtbar aufblühende Geschäft platzte nun die verwitwete Frau Kanzleirat Marlowitz nebst Tochter Antonie, letztere durchaus ansehnlich und – wie sich bald herausstellte – auch recht geschickt. Aus den anfänglichen Handlangerdiensten wurde schnell produktive Mitarbeit, und bald konnte Ernst Pabst auf seine ›Gesellin‹ gar nicht mehr verzichten. Außerdem sprach sie besser Englisch als er selber, was die manchmal komplizierten Verkaufsverhandlungen mit den Besatzern wesentlich abkürzte.

Antonie wiederum bewunderte ihren Brötchengeber, der alles das hatte, was ihr selbst fehlte: Unternehmungsgeist, Tatkraft, Humor und eine jungenhafte Unbekümmertheit. Auch die verwitwete Frau Kanzleirat betrachtete den jungen Mann wohlwollend, zumal er ihr nicht nur regelmäßig Bohnenkaffee brachte, sondern hin und wieder auch einen Blumenstrauß. Wer in dieser materialistischen Zeit an solche Artigkeiten dachte, verdiente ein gewisses Entgegenkommen. Und im übrigen war ja nun wirklich nichts dabei, wenn dieser nette Herr Pabst das Fräulein Antonie ins Kino einlud.

Natürlich blieb es nicht beim Kinobesuch. Antonie lernte Boogie-Woogie, bekam von Ernst Nylonstrümpfe und Hershey-Schokolade geschenkt und zum Geburtstag ein Paar Schuhe mit Kreppsohlen – made in USA. Kurz vor der Währungsreform machte Ernst Pabst dem Fräulein Antonie

Marlowitz einen Heiratsantrag, und kurz nach der Währungsreform fand die zeitgemäß bescheidene Hochzeit statt. Eine Hochzeitsreise gab es nicht, oder vielmehr doch, nur endete sie schon in den Außenbezirken Düsseldorfs, wo das junge Paar eine nicht übermäßig komfortable, jedoch gründlich renovierte Zweizimmerwohnung mit Küche, Bad und Ofenheizung bezog. Hier wurde im Herbst 1949 auch Tochter Tinchen geboren.

Frau Kanzleirat Marlowitz übersiedelte aus ihrem Untermieterzimmer in die nun freie Kleinstwohnung ihres Schwiegersohnes. Als sie im Zuge des Lastenausgleichs endlich ihre Entschädigung erhielt, kaufte sie sich im Vorort Ratingen eine Eigentumswohnung und bemühte sich seitdem, ihre keineswegs magere Pension angemessen zu verleben. Zwei gleichgesinnte Damen, mit denen sie regelmäßig Canasta spielte, halfen ihr dabei.

Antonie Pabst geborene Marlowitz hatte in den ersten Ehejahren noch im Geschäft mitgeholfen, aber als sie feststellte, daß ihr Ernst das auch allein schaffen würde beziehungsweise im Bedarfsfall festbesoldete Fachkräfte einstellen konnte, zog sie sich aus dem Berufsleben zurück und widmete sich nur noch ihren eigentlichen Neigungen, nämlich dem Haushalt und dem Kochen. Als Tinchen geboren wurde, hatte Antonie den Kampf mit der Waage bereits aufgegeben. Sie war nun mal kein junges Mädchen mehr, sie war eine verheiratete Frau und Mutter. Außerdem aß der Ernst gerne gut, und daß sie eine ausgezeichnete Köchin war, wußte sie selber. Aber wer hatte schon jemals einen dünnen Koch gesehen? Daß Tinchen nicht auch schon im Schulalter zu einer kleinen Tonne herausgefüttert worden war, hatte sie in erster Linie dem unerwarteten und reichlich verspäteten Erscheinen ihres Bruders Karsten zu verdanken. Die mütterliche Fürsorge wandte sich jetzt vorwiegend dem Nachkömmling zu, und niemandem fiel es auf, wenn Tinchen ihren Teller nicht mehr leer aß, sondern die Reste im Abfalleimer verschwinden ließ. Karsten dagegen schien ein Faß ohne Boden zu sein. Gleichgültig, was seine Mutter (und später er selbst) hineinstopfte, er blieb dünn und schlaksig – genau wie sein Vater.

So war Frau Antonie die einzige in der Familie, die ihre Garderobe lediglich nach dem Angebot und nicht nach den persönlichen Wünschen zusammenstellen mußte, weil es die erwählten Modelle selten in den Größen 46 oder 48 gab. War sie wieder einmal mit einer mausgrauen Bluse statt der erträumten rosafarbenen nach Hause gekommen, beschloß sie eine rigorose Änderung des Speisezettels, die jedoch nur bei den übrigen Familienmitgliedern zu dem erwünschten Gewichtsverlust führte. Antonie konnte sich jedenfalls nicht mehr erinnern, wann die Waage bei ihr zum letzten Mal unterhalb der Achtzig-Kilo-Marke stehengeblieben war. Seitdem gab es für sie auch keine aufregendere Beschäftigung mehr als die, andere Frauen zu entdecken, die noch dicker waren.

»Du solltest regelmäßig radfahren!« hatte Herr Pabst empfohlen und seiner Frau zum Hochzeitstag einen Hometrainer gekauft. Jetzt benutzte er ihn selber.

»Du solltest jeden Tag spazierengehen!« hatte Tinchen angeregt und ihrer Mutter zum Geburtstag ein reich bebildertes Pilzbuch geschenkt. »Häufiges Bücken ist die beste Gymnastik!«

Frau Pabst fuhr lieber Straßenbahn.

»Vielleicht solltest du mal eine mehrwöchige Schlafkur in einem Sanatorium machen«, hatte Karsten vorgeschlagen, »so eine, bei der man unter ärztlicher Aufsicht steht und gar nichts ißt. Ich habe dir ein paar Prospekte mitgebracht.«

Frau Pabst wollte nicht. »Soll ich vielleicht einen Haufen Geld ausgeben, nur um zu schlafen und nichts zu essen? Das kann ich auch hier zu Hause haben. Sogar viel billiger. Überhaupt ist es unmoralisch. Geld für gar nichts zu verlangen.« Mißvergnügt blätterte sie im Prospekt. »Was nützt mir wohl ein Einzelzimmer mit Balkon und Blick in den parkähnlichen Garten, wenn ich immer die Augen zu habe? Außerdem ist es ganz ungesund, so rapide abzunehmen. Frau Freitag sagt das auch.«

Frau Freitag wog noch etwas mehr als Antonie, aber da sie alleinstehend, phlegmatisch und darüber hinaus finanziell unabhängig war, kümmerte sie sich weder um die herrschende Mode noch um irgendwelche sonstigen Schönheitsideale. »Ich versuche zwar ständig, Gewicht zu verlieren, aber es findet mich immer wieder! Nun habe ich es aufgegeben.«

Schließlich hatte Karsten ein Trostwort gefunden, an das sich Frau Pabst im Notfall klammern konnte: »Du hast schon das ideale Gewicht, Mutti! Du bist bloß ein paar Zentimeter zu klein dafür!« –

»Mutsch, könntest du wohl morgen mein Jackenkleid aus der Reinigung holen?«

Antonie schreckte auf. Was um Himmels willen hatte sie bloß veranlaßt, plötzlich in weit zurückliegenden Erinnerungen zu kramen?

Ach ja, die Eisenbahn. Tinchens Fahrt nach Frankfurt. Vielleicht hatten sich die Verhältnisse bei der Bundesbahn in der Zwischenzeit wirklich geändert. Die Züge sahen zumindest sehr viel schicker und moderner aus als damals. Allerdings hatte Antonie seit Jahren keinen mehr betreten. Heutzutage fuhr man ja nur noch Auto. Oder man reiste mit dem Flugzeug, was in der Praxis bedeutete, daß man von immer mehr immer weniger zu sehen bekam.

Antonie gab sich einen Ruck und stand auf. »Ja, natürlich, Kind, ich gehe gleich morgen früh bei der Reinigung vorbei.«

3

Beklommen blickte Tinchen an dem Betonklotz empor und musterte die eintönige Fassade. Der Neubau schien gerade erst fertiggeworden zu sein und wirkte noch irgendwie unbewohnt. Das Messingschild mit dem eingeprägten Schmetterling glänzte auch ganz neu und verlor sich auf der großen Hinweistafel. Schaudernd dachte sie an Schlagzeilen wie ›Überfall im Hochhaus‹ oder ›Mörder kam mit dem Fahrstuhl‹ und sah sich schon als Balkenüberschrift im Tageblatt: ›Sekretärin mit Schal erdrosselt! Wir trauern um unsere Mitarbeiterin!‹ Quatsch! Erstens habe ich gar keinen Schal um, und zweitens ist es elf Uhr vormittags. Hochhausmörder kommen bloß bei Dunkelheit!

Sie betrat den Lift und ließ sich in den achten Stock baggern. Der lange Flur war menschenleer und roch nach Farbe. In einer Ecke lag ein Haufen Sägespäne, in einer anderen welkte ein flüchtig ausgewickelter Alpenveilchentopf vor sich hin. ›Blumenhaus Kusentzer‹ stand auf dem Papier. Grabesstille herrschte – abgesehen natürlich von Tinchens Herzklopfen. Außerdem war es lausig kalt.

Auf Zehenspitzen schlich sie vorwärts, sah geöffnete Türen, dahinter leere Zimmer, mittendrin eine geschlossene Tür mit der Aufschrift ›Personal-Toilette‹. Dann machte der Gang einen Knick, und dann kamen neue Türen. Hinter einer hörte man gedämpftes Husten.

Gott sei Dank, dachte Tincher, außer dem Blumentopf scheint es hier doch noch etwas Lebendiges zu geben. An der Tür prangte das nun schon hinlänglich bekannte Pfauenauge. Sie klopfte leise.

»Wir sind keine Beamten, hier hat jeder sofort Zutritt!« klang es von drinnen.

Erleichtert öffnete sie und sah sich einer jungen Dame gegenüber, die selbst unter Berücksichtigung der winterlichen Jahreszeit etwas merkwürdig gekleidet war. Ihre dicke Cordhose hatte sie in Pelzstiefel gestopft, dazu trug sie einen Rollkragenpullover, eine dreiviertellange Strickjacke und einen Schal. Schmetterling im Kokon, schoß es Tinchen durch den Kopf.

»Sehen Sie mich nicht so entgeistert an«, lachte der Schmetterling, »in spätestens zehn Minuten werden Sie bereuen, daß Sie sich so elegant angezogen haben!«

Flüchtig musterte sie Tinchens erdbeerfarbenes Jackenkleid, die dünnbestrumpften Beine und die hochhackigen Pumps. »Irrtum, schon nach *fünf* Minuten!«

Aber auch das stimmte nicht, denn Tinchen fror bereits jetzt ganz erbärmlich.

»Nun setzen Sie sich erst einmal«, sagte die Dame und wies auf ein Möbel aus Plexiglas, das auch in einer etwas wärmeren Umgebung nicht gerade anheimelnd gewirkt hätte. »Ich nehme an, Sie sind Fräulein Pabst. Herr Dennhardt telefoniert gerade, Sie müssen also noch ein paar Minuten warten. Inzwischen bekommen Sie erst einmal etwas Heißes.«

Während sie aus einer Isolierkanne Tee in eine Tasse goß, plauderte sie munter weiter: »Den Architekten dieses Bauwerks sollte man hier lebendig einmauern! Der Kerl muß sein Diplom im Lotto gewonnen haben. Selbst ich als blutiger Laie weiß, daß warme Luft nach oben steigt und nicht nach unten, aber dieser neunmalkluge Mensch hat die Heizung in die Decke einbauen lassen! Zu allem Überfluß funktioniert sie nicht einmal. Seit drei Tagen suchen die Handwerker den Fehler. Wahrscheinlich sind sie schon längst erfroren!«

Dankbar nahm Tinchen die Tasse entgegen.

»Halt! Noch nicht trinken! Da muß erst Rum rein. Der ist in diesem Fall kein Genuß, sondern ein lebensnotwendiges Übel, aber ich habe heute früh bloß Verschnitt auftreiben können. Gestern haben wir uns mit Himbeergeist warmgehalten. Allerdings mußte der Laden schon mittags wegen Volltrunkenheit des Personals geschlossen werden. – Übrigens habe ich ganz vergessen, mich vorzustellen. Ich beiße Sibylle Mair, mit a-i-r.«

»Ernestine Pabst«, sagte Tinchen höflich und hätte sich am liebsten sofort auf die Zunge gebissen. Sie hatte sich doch extra vorgenommen, Barbara zu sagen, und nun war ihr doch wieder diese verflixte Ernestine herausgerutscht. Hastig versuchte sie eine Ablenkung: »Wie lange hausen Sie denn schon in diesem Eiskeller?«

»Seit einer Woche erst, aber mir kommt es vor wie eine Ewigkeit.«

»Sind Sie hier ganz allein?« Eigentlich hatte Tinchen in einem Reisebüro etwas mehr Betriebsamkeit erwartet.

»Im Augenblick ja«, sagte Sibylle, »das heißt so ganz stimmt das auch wieder nicht. Normalerweise sitzt hier noch eine Kollegin von mir, aber wir haben es vorgezogen, in Raten zu frieren. Eine hält die Stellung, die andere wärmt sich auf. Zum Glück haben wir gleich um die Ecke eine Cafeteria. Scheußlich ungemütlich, aber wenigstens geheizt. Möchten Sie noch einen Tee?« Aufmunternd winkte sie mit der Kanne.

»Ja, gerne, aber diesmal ohne Rum. Immerhin habe ich noch ein wichtiges Gespräch vor mir.«

»Dann bringen Sie es am besten gleich hinter sich.« Sibylle sah flüchtig zum Telefon. »Herr Dennhardt hat gerade aufgelegt. Nehmen Sie die Tasse ruhig mit, etwas Wärmeres werden Sie drüben auch nicht finden.« Sie öffnete die Tür zum Nebenzimmer und schob Tinchen vor sich her. »Herr Dennhardt, hier ist Fräulein Pabst aus Düsseldorf. Ich habe sie schon ein bißchen aufgetaut, aber machen Sie es trotzdem nicht allzu lange, sie ist nämlich absolut nicht winterfest angezogen.«

Die Tür schloß sich hinter Tinchen. Neugierig sah sie zu dem Herrn auf, der hinter seinem Schreibtisch hervortrat. Etwa vierzig Jahre alt, Manchesterhosen, Skipullover, dicke Lederjacke, Stiefel. Er stellte Tinchens Tasse auf einen kleinen runden Tisch und reichte ihr die Hand.

»Guten Tag, Fräulein Pabst. Ich freue mich, daß endlich mal jemand kommt, der wirklich so aussieht wie auf dem Foto. Die meisten Bewerberinnen haben Bilder geschickt, die mindestens zehn Jahre alt sind.«

Mitleidig sah er Tinchen an, die vergeblich das Zähneklappern zu unterdrücken suchte. »Ist Ihnen sehr kalt? Möchten Sie einen Kognak zum Aufwärmen?«

»Nein, danke, mir ist schon der Rum in den Kopf gestiegen.«

»Macht nichts, ich habe mich inzwischen daran gewöhnt, von alkoholisierten Mitarbeitern umgeben zu sein. Wenn die Heizung nicht bald funktioniert, werden wir alle im Delirium tremens enden. Hoffentlich kriegt der Architekt die Beerdigungskosten aufgebrummt.« Er trat wieder hinter seinen Schreibtisch und nickte Tinchen zu.

»Warum setzen Sie sich nicht?«

Diesmal war es ein Ledersessel, in dem sie Platz nahm. Dennhardt schlug einen Aktendeckel auf. »Also, Fräulein Ernestine Pabst, nun verraten Sie mir einmal, was Sie sich unter Ihrer künftigen Tätigkeit vorstellen!«

Ach, du liebe Zeit! Unruhig rutschte Tinchen auf ihrem Sessel hin und her. Auf alle möglichen Fragen war sie vorbereitet, nur auf diese nicht. Sie hatte doch gar keine Ahnung, was von ihr erwartet wurde. »Ja, ich dachte... ich nehme an, daß... in erster Linie...« Dann sagte sie entschlossen: »Eigentlich habe ich mir überhaupt nichts Konkretes gedacht. Vermutlich suchen Sie Leute, die Omnibusfahren vertragen, Geschichtszahlen herunterbeten und Karten lesen können, damit man abends auch am richtigen Etappenziel ankommt. Diese Bedingungen kann ich erfüllen. Was sonst noch gebraucht wird, weiß ich nicht.«

Dennhardt brach in schallendes Gelächter aus. »Aus welchem Märchenbuch haben Sie denn diese Weisheiten her? Wir sind ein ganz kleines bescheidenes Reiseunternehmen, das noch aus Idealisten besteht und seine Kunden individuell betreuen möchte. Die wollen sich nämlich gar nicht bilden, sondern erholen, und das ohne Bevormundung, aber nach Möglichkeit auch ohne Ärger. Wir haben nicht den Ehrgeiz, sie von einer geschichtsträchtigen Ruine zur anderen zu karren, sondern wir möchten ihnen helfen, ihre spärlichen Urlaubstage so unbeschwert wie möglich zu verbringen. Also keine Auseinandersetzungen mit Hoteliers wegen knarrender Betten, keine Kämpfe um Liegestuhl und Sonnenschirm, keinen Ärger mit geklauten Fotoapparaten und so weiter. Deshalb werden wir in jedem unserer ohnehin noch nicht sehr zahlreichen Ferienorte einen Reiseleiter installieren, der sich um den ganzen Kram kümmert, der auch mal seelischer Mülleimer spielt, und der ein bißchen Eigeninitiative entwickelt, falls sich irgendwo doch mal Begräbnisstimmung ausbreitet. Und weil die meisten unserer Kunden jüngere Leute sind, möchten wir ihnen als Kindermädchen natürlich keine in Ehren ergrauten Matronen vorsetzen. Würden Sie sich diesen Job zutrauen?«

»Ja, ohne weiteres!« erwiderte Tinchen prompt. »Eine Redaktion besteht zu sechzig Prozent aus Verrückten, und der Rest ist auch nicht ganz normal, sonst hätte er einen vernünftigen Beruf gewählt. Darüber hinaus habe ich einen Bruder im Teenageralter und eine Mutter, die Diätrezepte sammelt. Bisher bin ich mit allen mühelos fertiggeworden. Was sind dagegen schon Hotelbesitzer oder schlechtgelaunte Touristen?« Dann erkundigte sie sich noch vorsichtig: »Gehört Buchhaltung auch in mein eventuelles Ressort?«

»Nein, ganz bestimmt nicht«, versicherte Dennhardt, dem es sichtbar schwerfiel, ernst zu bleiben. »Die Abrechnungen werden von hier aus erledigt. Sie bekommen nur jede Woche die Buchungsunterlagen, also wie viele Personen insgesamt wie viele Zimmer brauchen, und die müssen Sie dann in unseren Vertragshotels reservieren. Praktisch ist das reine Routinearbeit, die bloß ein paar Telefongespräche erfordert. Sie haben natürlich ein eigenes Büro, in dem Sie zu bestimmten Zeiten erreichbar sein sollten. Zwei bis drei Stunden pro Tag genügen. Ab und zu müßten Sie sich auch in den einzelnen

Hotels sehen lassen, damit Sie eventuelle Beschwerden entgegennehmen und möglichst sofort ausbügeln können. Am besten machen Sie die Besuchsrunden zu den Fütterungszeiten, weil die meisten Gäste dann im Speisesaal zu finden sind. Das hat auch noch einen weiteren Vorteil, denn ein satter Gast ist fast immer auch ein zufriedener Gast – mit leerem Magen meckert es sich viel leichter.«

Tinchen nickte. »Das klingt einleuchtend. Aber nun möchte ich doch noch gern wissen, wo der Pferdefuß bei der ganzen Sache steckt?«

Dennhardt sah sie fragend an. »Welcher Pferdefuß? Was meinen Sie damit?«

»Weil das, was Sie als mein künftiges Aufgabengebiet umrissen haben, höchstens ein paar Stunden täglich in Anspruch nimmt. Was mache ich nachmittags?«

»Sie werden sich wundern, wieviel Zeit Sie mit Kleinkram vertrödeln müssen. Es passiert immer mal etwas Unvorhersehbares, und deshalb brauchen wir ja auch Mitarbeiter, die flexibel genug sind, auch mit außergewöhnlichen Situationen fertig zu werden.«

»Aha«, sagte Tinchen, »also doch ein Pferdefuß. Mit welchen Situationen wäre denn beispielsweise zu rechnen?«

»Du lieber Himmel, was erwarten Sie eigentlich? Wir vermitteln doch keine Callgirls! Was ich meine sind Streiks, Erdbeben, Trauerfall oder weiß der Kuckuck, was sonst noch eintreten kann. Überschwemmung habe ich noch vergessen!«

»Ich habe den Freischwimmer!«

»Im übrigen, liebes, verehrtes Fräulein Ernestine Pabst, möchten wir unseren Mitarbeitern auch ein bißchen Freizeit gönnen, denn überarbeitete Reiseleiter mit blassen Gesichtern sind eine miserable Reklame. Eine geregelte Arbeitszeit mit ausnahmslos freiem Wochenende haben Sie sowieso nicht, das ist bei dieser Art Job nicht drin. Wir sind keine Beamten.«

»Das habe ich heute schon einmal gehört!«

»Um so besser. Dann wissen Sie auch, daß Sie bei uns weder Pensionsansprüche noch turnusmäßige Beförderungen zu erwarten haben. Wir würden Sie zunächst für eine Saison verpflichten, also vom 1. April bis zum 30. September. Bei beiderseitiger Zufriedenheit läßt sich später auch über den Einsatz in einem Wintersportort reden. Können Sie skilaufen?«

»Nein, nur rodeln.«

»Ist auch ungefährlicher. – Also, was ist, Fräulein Pabst, haben Sie Lust, ein Schmetterling zu werden?«

»Wenn ich nicht auch noch Fliegen lernen muß ...« Tinchen sah ihr Gegenüber mit einem fröhlichen Lachen an. Dann gab sie sich einen Ruck. »Eigentlich würde ich noch ganz gern wissen, ob man bei Ihnen auch etwas verdienen kann.«

Scheinbar betrübt schüttelte Dennhardt den Kopf. »Da biete ich Ihnen nun Sonne, Meer, Strand und ein ganz kleines bißchen Arbeit, und Sie reden von Geld.« Ein Blick in Tinchens Gesicht ließ ihn aber schnell fortfahren: »Wir zahlen Ihnen für den Anfang zwölfhundert Mark netto bei freier Verpflegung und Unterkunft in einem unserer besten Hotels. Das ist zwar kein fürstliches Gehalt, aber es dürfte als Taschengeld ausreichen.«

»Einverstanden!« sagte Tinchen. »Nun müßten Sie mir nur noch verraten, wohin Sie mich schicken wollen.«

»In Anbetracht Ihrer offensichtlichen Vorliebe für Italien und nicht zuletzt Ihrer perfekten italienischen Sprachkenntnisse wegen« – er blätterte noch einmal in den Unterlagen – »würde ich sagen, wir beordern Sie in die germanische Hochburg.«

Ich habe es ja geahnt, dachte Tinchen, nie ist ein Mensch so vollkommen wie in seinen Bewerbungsschreiben. Wenn der jetzt auf die Idee kommt, meine sogenannten Sprachkenntnisse unter die Lupe zu nehmen ...?

Im Augenblick schien das nicht der Fall zu sein. Dennhardt erhob sich vielmehr und meinte abschließend: »Dann wäre ja so weit alles klar zwischen uns. Ich muß Sie jetzt nämlich rauswerfen, weil ich gleich noch eine Aspirantin erwarte, die mir als Foto ein Baby auf dem Eisbärfell geschickt und als Fremdsprache Jodeln angegeben hat. Jetzt möchte ich gern wissen, ob sie inzwischen wenigstens schon zur Schule geht.«

Mit einem kräftigen Händedruck verabschiedete er sich. »Sie gehen jetzt erst einmal mit Fräulein Mair irgendwohin zum Auftauen. Mit ihr können Sie auch die ganzen Formalitäten erledigen, und wenn Sie noch Fragen haben, dann sind Sie bei ihr in den besten Händen.«

Er öffnete die Tür. »Sibylle, bringen Sie diesen Eisklotz möglichst schnell ins Warme und trichtern Sie ihm einen Grog oder Glühwein oder sonst irgend etwas Belebendes ein! Und kümmern Sie sich bitte um den Papierkram! Fräulein Ernestine ist engagiert!«

Tinchen drehte sich noch einmal um. »Weshalb betonen Sie eigentlich fortwährend meinen Vornamen, Herr Dennhardt? Gefällt er Ihnen so gut?«

»Und wie!« versicherte er grinsend. »Wer heißt denn heutzutage noch so? Werden Sie zu Hause wirklich Ernestine genannt? Tinchen würde viel besser zu Ihnen passen.«

»Eigentlich heiße ich doch Barbara!« Sie heulte beinahe vor Zorn.

»Eine Barbara haben wir schon«, lehnte Dennhardt ab, »das gibt nur Verwechslungen. Und Tinchen ist auch viel hübscher, nicht wahr, Sibylle?«

»Ja, fast so schön wie Gottlieb Maria«, sagte Sibylle und schloß nachdrücklich die Tür. Dann zwinkerte sie Tinchen zu. »Er heißt tatsächlich so, ist aber gegen diese Namen ausgesprochen allergisch. Jedenfalls wissen Sie nun, wie Sie ihm den Wind aus den Segeln nehmen können. Jetzt wollen wir aber machen, daß wir aus diesem Gefrierschrank rauskommen. Soll Gottlieb ruhig mal Stallwache schieben. Der muß unter seinen Vorfahren einen Eisbären gehabt haben, weil ihm die Kälte überhaupt nichts ausmacht.«

Sie griff nach der Pelzjacke, die über einer Stuhllehne hing, und wickelte sich frierend hinein. »Meine Kollegin muß auch jeden Augenblick zurückkommen. Sie ist schon überfällig. Hoffentlich hängt sie nicht wieder im Fahrstuhl fest, der funktioniert nämlich auch nicht immer.«

Entschlossen schob sie Tinchen zur Tür hinaus. »Gehen wir zur Tränke. Dabei weiß ich schon gar nicht mehr, wie ich die ganzen Alkoholika zum Auftauen eigentlich verbuchen soll.«

»Am besten als Streusalz«, schlug Tinchen vor.

Eine Stunde später rührte sie versonnen in ihrem Glühwein – es war bereits der dritte –, fischte mit dem Löffel die Zitronenscheibe heraus und versuchte sich zu erinnern, ob sie in Italien jemals Zitronenbäume gesehen hatte. Auf jeden Fall gab es Palmen. Wuchs an denen auch was? Datteln oder so? Oder gab es die nur in Afrika? Egal, irgend etwas würde es schon geben, was man dort von den Bäumen pflücken und essen konnte. Natürlich nicht so etwas Profanes wie Kirschen oder Pflaumen. Etwas Exotisches mußte es schon sein. Richtig – Olivenbäume gab es ja massenweise. Olio Dante. Leider machte sich Tinchen nichts aus Oliven.

»Stimmt was nicht mit deinem Wein?«

»Meeresrauschen«, flüsterte Tinchen, »Wellenkämme und salzige Brise.«

»Ist das Zeug nicht süß genug?« Sibylle winkte dem Kellner. »Angelo, noch eine Portion Zucker!«

»Sei nicht so entsetzlich prosaisch, ich habe doch nur ein bißchen geträumt.« Langsam kam Tinchen in die Wirklichkeit zurück. Die bestand überwiegend aus rotem Plastikmobiliar und nannte sich ›Café Napoli‹.

»Träumen kannst du heute nacht. Mich interessiert im Augenblick viel mehr, ob du noch irgendwelche Fragen hast.« Sibylle hatte Tinchen schon beim ersten Glühwein das Du angeboten, »weil wir uns in unserem Laden eigentlich alle duzen. Mit Ausnahme des Chefs natürlich. Es klingt entschieden netter, wenn man ›du Idiot‹ sagt statt ›Sie Idiot‹.«

Das hatte Tinchen eingeleuchtet. Im übrigen hatte sie keine Fragen mehr. Sie war von Sibylle über alles informiert worden, was ihr wichtig erschienen und Tinchen ziemlich gleichgültig gewesen war. Mit dem Papierkram würde sie schon fertig werden, und dann sollte ihr ja in den ersten zwei Wochen noch ein Herr Harbrecht zur Seite stehen. Der war ein ganz alter Hase im Touristikgewerbe, hatte aber nach fast zwanzig Jahren Reiseleitertätigkeit im Dienste nahezu aller Branchenriesen nun endgültig die Nase voll und gedachte, sein ferneres Leben im Schwarzwald zu verbringen. Vorher würde er Tinchen aber noch über die Anfangsschwierigkeiten hinweghelfen.

»Hast du dir schon überlegt, an welchem Stiefelteil du dich etablieren möchtest? Riviera oder Adria? Noch kannst du es dir aussuchen.« Tinchen überlegte nicht lange. »Die Adriaküste kenne ich rauf und runter, also sehe ich mir lieber mal die andere Seite an.«

»Wie du willst. Da kämen drei Orte in Frage, nämlich Cardicagno, Verenzi und San Giorgio. Cardicagno würde ich dir nicht empfehlen. Das ist ein ziemlich ödes Kaff in der Nähe von Rapallo. Im übrigen ist dort auch unsere holländische Konkurrenz vertreten und überschwemmt den ganzen Ort mit dicken Frauen in geblümten Sommerkleidern. Das ist nichts für dich!«

Sibylle bestellte zwei Espresso. »Es wird Zeit, daß wir wieder nüchtern werden! Wo waren wir stehengeblieben? Ach ja, Cardicagno. Das haken wir also gleich ab. Bleiben noch Verenzi und San Giorgio. Beide Orte liegen nur sieben Kilometer auseinander und ziemlich genau in der Mitte zwischen Genua und San Remo.«

Tinchen schüttelte den Kopf. »Ich kenne keines von den Nestern. Also ist es mir wurscht, wohin ich komme. Wozu würdest du mir denn raten?«

Sibylle überlegte nicht lange. »Verenzi. Da gibt es einen erstklassigen Friseur. Außerdem können wir dich im Hotel Lido einquartieren, das ist eine unserer Nobelherbergen. Der Besitzer ist übrigens Deutscher. Mit dem kannst du wenigstens quasseln, wie dir der Schnabel gewachsen ist. Aber bei deinen perfekten Sprachkenntnissen bist du darauf sicher nicht angewiesen.«

Tinchen schluckte. »So furchtbar weit her ist es damit ja gar nicht. Wenn Herr Dennhardt mich auf die Probe gestellt hätte, wäre ich fürchterlich auf die Nase gefallen. Ich habe die ganze Zeit Blut und Wasser geschwitzt.«

»Und das auch noch völlig umsonst. Gottlieb spricht zwar fließend Spanisch, aber auf Italienisch kann er bloß fluchen.« Mißtrauisch beäugte Sibylle ihren Kaffee und äußerte die Befürchtung, man habe die Ingredienzen aus dem Reformhaus bezogen. »Schmeckt wie aufgebrühte Sonnenblumenkerne!«

Tinchen kicherte.

»Mach dir wegen der eventuellen Sprachschwierigkeiten keine Sorgen. Seit fünfundzwanzig Jahren ist die Riviera fest in deutscher Hand. Inzwischen versteht dort beinahe jeder Schuster deutsch.«

»Trotzdem werde ich mich gleich morgen in der Berlitz-School anmelden«, versprach Tinchen.

»Das lohnt sich doch gar nicht mehr! Kümmere dich lieber ein bißchen um das, was da unten wächst, kriecht und krabbelt. Es kann durchaus passieren, daß dir jemand ein halbverwelktes Blatt unter die Nase hält und von dir wissen will, von welchem Gestrüpp es stammt und ob es auch bei ihm in Wuppertal auf dem Balkon anwächst.«

»Auch das noch! In Biologie hatte ich immer eine Vier.«

»Du brauchst ja nicht die ganze südliche Flora zu kennen. Es genügt schon, wenn du eine Pinie von einer Agave unterscheiden kannst. Trichtere dir sicherheitshalber ein paar lateinische Pflanzennamen ein, und dann bete, daß dir nicht gerade ein engagierter Botaniker über den Weg läuft.«

Sibylle stand auf. Dem herbeieilenden Kellner erklärte sie, daß die Rechnung ›wie üblich‹ abzufassen sei und ohnehin erst später bezahlt werden würde. »Vielleicht kann ich dem Knaben doch eines Tages begreiflich machen, daß er diese Wartezimmerstühle rausschmeißen und ein paar anständige Sessel hinstellen muß, wenn er noch ein paar Gäste mehr haben will. Nächste Woche zieht unsere übrige Belegschaft um, und dann könnte diese Pinte durchaus unser Stammlokal werden. Schmetterlinge sind bekanntlich gefräßige Tiere.

Aber mach das mal diesem Neapolitaner klar! Der hält sein Plastik-Interieur für das Nonplusultra in der Eisdielenbranche.«

Auf der Straße sah sich Sibylle suchend um. »Wo steht dein Wagen?«

Tinchen lachte. »Als treuer Bürger dieses Staates halte ich mich an das Energiesparprogramm und fahre Bundesbahn. Von wegen Auto! Ich hab' nicht mal einen Führerschein!«

»Was hast du nicht?« Sibylle blieb mitten auf dem Fahrdamm stehen und zwang den heranrasenden Mercedesfahrer zu einem waghalsigen Ausweichmanöver, untermalt von Kommentaren, die auf einen bedauerlichen Mangel an Kinderstube schließen ließen. Mit zwei Sprüngen rettete sie sich zurück auf den Gehsteig. »Sag das noch mal ganz deutlich! Du hast wirklich keinen Führerschein?«

»Ganz bestimmt nicht«, bestätigte Tinchen. »Ist das etwa eine Bildungslücke?«

»Nein, eine Katastrophe! Wir können dir doch nicht auch noch einen Chauffeur stellen.«

»Was soll ich mit einem Chauffeur? Ich habe Beine bis zum Boden und eine gute Kondition.«

»Die wirst du auch brauchen, wenn die Karre mal wieder nicht anspringt. Ansonsten meldest du dich morgen in einer Fahrschule an, paukst keine italienischen Vokabeln mehr, sondern Verkehrsregeln und hast spätestens am 30. März deinen Führerschein.«

»Das klappt nie!« Entsetzt wehrte Tinchen ab. »In acht Wochen ist das überhaupt nicht zu schaffen.«

»Ich habe meine Fahrprüfung sogar nach sechs Wochen gemacht«, sagte Sibylle, »und auf Anhieb bestanden. Allerdings mit privater Nachhilfe. Hast du nicht jemanden, der dir ein paar Privatstunden gibt? Vater, Bruder, Freund oder einen anderen Mitmenschen mit pädagogischen Fähigkeiten und einem schrottreifen Wagen?«

»Nein!« versicherte Tinchen im Brustton der Überzeugung, und damit hatte sie zweifellos recht. Immerhin hatte Florian schon einmal versucht, sie in die Geheimnisse des Autofahrens einzuweihen. Die dabei entstandene Beule im rechten Kotflügel seines Käfers hatte ihn kaltgelassen. »Sie stellt lediglich die optische Symmetrie des Wagens wieder her«, hatte er Tinchen beruhigt, »im linken ist ja auch schon eine.« Auch die verbogene Stoßstange hatte er noch hingenommen. Aber dann hatte Tinchen den falschen Gang erwischt, war in zügigem Tempo rückwärts die Bordsteinkante sowie zwei Treppenstufen raufgefahren und hatte den Auspuff demoliert. »Wenn überhaupt, dann lerne Panzer fahren! Da hast du noch Überlebenschancen!« hatte Florian erklärt und sie auf den Beifahrersitz verbannt.

Sibylle hatte sich milde lächelnd die blumenreiche Schilderung angehört. »Autofahren kann jeder Trottel lernen. Da ich dich nunmehr für einen solchen halte, wirst du es auch lernen. In Verenzi steht ein kleiner Fiat, der zum Inventar gehört und steuerlich absetzbar ist. Du wirst ihn gefälligst benutzen, und sei es auch nur aus dem Grund, daß die Mühle demnächst wieder im Freien parkt. Der Mietvertrag für die Garage läuft im März ab. Wenn der Wagen dann nicht regelmäßig bewegt wird, rosten auch noch die Stellen, die jetzt noch halbwegs intakt sind.«

»Glaubst du wirklich, ich setze mich freiwillig in solch einen Schrotthaufen? Lieber laufe ich!«

»Nur wer das Kopfsteinpflaster von Verenzi kennt, weiß, wie die Füße leiden«, rezitierte Sibylle in freier Interpretation den Geheimen Rat aus Weimar. »Und vergiß nicht, fünfundzwanzig Grad im Schatten gelten als durchaus gemäßigte Temperatur!«

»Dagegen hätte ich jetzt auch nichts einzuwenden.« Tinchen trat von einem Fuß auf den anderen, aber wärmer wurde ihr trotzdem nicht.

»Dann verschwinde, bevor du festfrierst! Alles andere kriegst du schriftlich! Tschüß und gute Heimfahrt!« Ein kurzes Winken, dann war Sibylle hinter der gläsernen Eingangstür verschwunden.

Im Zug ließ Tinchen sich alles noch einmal durch den Kopf gehen. Sie war rundherum glücklich und hätte sich liebend gern mit einem ihrer Mitreisenden unterhalten, aber die anderen Fahrgäste hatten ihre Gesichter in Leerlaufstellung. So zog sie lustlos das umfangreiche Buch aus der Tasche, für das sie vorhin 38 Mark auf den Ladentisch geblättert hatte, und schlug es auf. »Die Blütezeit italienischen Kunstschaffens begann in der Frührenaissance. Als herausragendster Vertreter der Baukunst gilt bis heute...«

Und das 531 Seiten lang! dachte Tinchen leicht erschüttert, klappte ihre Neuerwerbung wieder zu und machte sich auf die Suche nach dem Speisewagen.

4

Die Neuigkeit schlug wie eine Bombe ein! Karsten starrte seine Schwester mit weit aufgerissenen Augen an, haute sich auf die Schenkel und wieherte los: »Was willst du werden? Reiseleiterin? Heiliger Christophorus, steh den Touristen bei! Stellt euch doch bloß mal unser Tinchen vor, wie sie mit Flüstertüte vorm Schnabel und Spickzettel in der Hand zwischen den Ruinen von Pompeji steht und den Leuten die Badesitten der ollen Römer erklärt. Ich könnte mich totlachen!«

»Blöder Affe!« war alles, was Tinchen dazu zu sagen hatte. Aber auch Herr Pabst meldete Bedenken an. »Glaubst du wirklich, daß du so etwas kannst? Normalerweise benimmst du dich in fremder Umgebung doch immer wie ein herrenloser Hund, und jetzt willst du die Verantwortung für eine ganze Reisegruppe übernehmen?«

»Ihr habt ja gar keine Ahnung«, protestierte Tinchen, »laßt mich doch erst einmal alles erzählen!«

Dann erzählte sie, und je mehr sie erzählte, desto länger wurde Antonie Pabsts Gesicht. Schließlich platzte sie heraus: »Das ist ja alles schön und gut, mein Kind, und ich verstehe auch, daß du gerne mal an die Riviera möchtest, aber dahin kannst du doch im Urlaub fahren. Die andere Sache klingt mir dagegen reichlich unseriös. Für so etwas Unsicheres willst du deinen schönen Posten bei der Zeitung aufgeben? Du mußt doch auch an die Zukunft denken!«

»Das tu ich ja, Mutsch, und deshalb will ich endlich mal raus! So einen Job wie beim Tageblatt finde ich jederzeit wieder, aber wann bekomme ich noch einmal die Chance, im Ausland zu arbeiten?«

»Da hat Tinchen vollkommen recht.« Herr Pabst lächelte seiner Tochter aufmunternd zu. »Soll sie doch ruhig ein paar Erfahrungen sammeln. Und nebenher lernt sie Italienisch.

Fremdsprachen kann man heutzutage immer gebrauchen. Und was du mit unseriös meinst, Toni, das verstehe ich nicht. In der Touristikbranche arbeiten doch Tausende von Menschen. Glaubst du denn, das sind alles verkrachte Existenzen?«

»Na, ich weiß nicht, Ernst, Reisebegleiterin klingt doch wirklich etwas komisch – irgendwie so zweideutig.«

»Mutsch, ich bin Reise*leiterin* und nicht Begleiterin. Das ist ein himmelweiter Unterschied. So, und jetzt gehe ich ins Bett. Der Tag heute war doch ein bißchen anstrengend.«

»Gute Nacht, mein Kind«, sagte Antonie. »Es ist wohl besser, wenn du alles erst noch einmal überschläfst.«

Aber Tinchen hatte nichts zu überschlafen. Sie hoffte lediglich auf eine Erleuchtung, wie sie an diesen verflixten Führerschein herankommen könnte.

»Paps, kennst du einen besonders talentierten Fahrlehrer?« Tinchen ließ Honig auf das Brötchen tropfen, biß hinein und schrie auf. Dann murmelte sie vor sich hin: »Zum Zahnarzt muß ich vorher auch noch.«

Paps faltete seine Zeitung zusammen. »Wozu brauchst du einen Fahrlehrer? Mußt du deine Gäste persönlich nach Italien kutschieren?«

»Natürlich nicht.« In kurzen Worten erzählte sie alles Notwendige, unterließ aber nähere Angaben über den offenbar reichlich desolaten Zustand des Wagens, der in Verenzi auf sie wartete.

Herr Pabst schüttelte den Kopf. »Ich habe meinen Führerschein zwar innerhalb von zehn Tagen gemacht, aber damals haben sich die Leute auf den Straßen auch noch nach jedem Auto umgedreht. Vier Päckchen Chesterfield hat mich der ganze Spaß gekostet, und das Benzin mußte ich selber mitbringen. Dagegen erwartet ja die heutige Generation, daß man ihr diesen Freibrief für Fußgängermord zum achtzehnten Geburtstag auf den Gabentisch legt. – Du nicht, Tinchen, du warst eine rühmliche Ausnahme! Deshalb tut es mir auch leid, daß ich dir nicht helfen kann, aber ich kenne keinen Fahrlehrer, der Wunder vollbringt.«

»Frag doch mal Herrn Krotoschwil«, schlug Karsten vor.
»Wer ist das?«
»Na, dieser alte Knacker, der bei Oma im Haus wohnt. Du hast den bestimmt schon gesehen! Das ist so ein kleiner Dicker mit Glatze, der immer aussieht, als ob ihm die Petersilie verhagelt wäre. Soviel ich weiß, hat er irgendwo am Graf-Adolf-Platz eine Fahrschule. Am besten meldest du mich gleich mit an, vielleicht kriegen wir Mengenrabatt.«

»Erst machst du dein Abitur, Karsten, und dann können wir meinethalben über den Führerschein reden!« Herr Pabst warf seinem maulenden Sproß einen warnenden Blick zu und wandte sich wieder an Tinchen: »Das wäre wirklich eine Möglichkeit. An Herrn Krotoschwil habe ich gar nicht gedacht. Ruf ihn nachher mal an, fragen kostet ja nichts.«

»Ach, der nimmt dich bestimmt Tinchen, das ist so ein netter Mann.« Frau Antonie goß sich die dritte Tasse Kaffee ein. »Als ich neulich das ganze Eingemachte zu Oma gebracht habe und mich mit den schweren Taschen abschleppen mußte, da hat er doch tatsächlich mitten auf der Straße umgedreht und mich bis vor die Tür gefahren. Sogar die Taschen hat er mir noch raufgebracht.«

»Ob diese gewiß anerkennenswerte Hilfsbereitschaft Aufschluß über seine Fähigkeiten als Fahrlehrer gibt, bleibt dahingestellt«, sagte Herr Pabst und schob seinen Stuhl zurück. »Seid ihr fertig, Kinder? Wenn ihr mitfahren wollt, müßt ihr euch beeilen!«

»Nicht mal in Ruhe frühstücken kann man!« Karsten stopfte sich zwei Brötchen in die Hosentasche und suchte den Tisch nach weiteren handlichen Nahrungsmitteln ab. »Jeden Morgen die gleiche Hektik! Dabei fangen die in der Schule auch ohne mich an!«

Herr Krotoschwil teilte denn auch in keiner Weise Antonie Pabsts Optimismus. Er erklärte Tinchen rundheraus, daß es erstens völlig unmöglich sei, in derartig kurzer Zeit den Führerschein zu bekommen, daß sie zweitens nahezu jeden Tag eine Fahrstunde brauche und drittens noch am selben Abend zum theoretischen Unterricht zu erscheinen habe.

»Eigentlich mache ich das allens gar nich mehr selber, bloß noch die Theorie, weil da hat sich ja nu nich sehr viel geändert, und mit die Fragebogen ist das auch viel einfacher. Aber bei Ihnen werde ich mich ausnahmsweise noch mal neben Ihnen setzen und Sie das Fahren beibringen. Das mache ich aber bloß, weil Ihre Oma so eine hochfeine Dame ist. Immer, wenn ich in Kur bin, nimmt sie meinen Hansi zu sich und füttert ihn, und denn hat sie mir neulich zum Geburtstag doch richtig so einen schönen Napfkuchen gebacken, ganz so, wie früher meine Frau. Nee, also für die Frau Marlowitz ihre Enkelin muß ich ja nu wohl auch mal was tun.«

Fortan stand Herr Krotoschwil pünktlich zu Beginn der Mittagspause vor dem Pressehaus, und ebenso pünktlich hingen alle abkömmlichen Redaktionsmitglieder aus den Fenstern. Immerhin gelang es Tinchen bereits nach vier Tagen, das Auto beim ersten Versuch zu starten.

Nach weiteren vier Tagen konnte sie schon rechtwinklig in eine Seitenstraße einbiegen und den Wagen bis zwanzig Meter vor oder hinter dem bezeichneten Ziel zum Halten bringen. Sie fürchtete sich nicht mehr vor jeder Straßenlaterne und wich vor entgegenkommenden Lastwagen immer seltener auf den Gehsteig aus. Sie konnte die Scheinwerfer einschalten, ohne daß das Fenster von der Waschanlage berieselt wurde, und nur noch manchmal blinkte sie links, wenn sie rechts einbiegen wollte.

Unbegreiflicherweise war Herr Krotoschwil noch immer nicht zufrieden. »Wenn Sie nu noch 'n bißchen auf die Verkehrsschilder achten tun und etwas schneller fahren wie 'n Traktor, denn können wir uns das nächstemal schon in die Innenstadt wagen.«

Abends hockte Tinchen in ihrem Zimmer und büffelte Vorfahrtsregeln, die nach ihrer Ansicht in einem einzigen Satz zusammengefaßt werden konnten: Vorfahrt ist nichts, was man hat, es ist etwas, das einem jemand läßt. Tut er's nicht, hat man sie nicht.

Bei dem vorsichtigen Versuch, ihrem Fahrlehrer auch einige Kenntnisse über das Innenleben eines Autos zu entlocken, hatte der nur abgewinkt. »Nee, Frollein Pabst, das is nu allens so kompliziert geworden, daß einer, wo selber was reparieren will, bloß noch mehr kaputtmachen tut. Das Wichtigste, wo Sie bei einer Panne brauchen, is Kleingeld und die Telefonnummer von die nächste Werkstatt.«

Von den Schmetterlingen flatterten regelmäßig Briefe ins Haus, die sehr förmlich mit ›Sehr geehrtes Fräulein Pabst‹ begannen und Prospekte, Buchungsformulare und andere komplizierte Unterlagen enthielten. Zum Einarbeiten, wie Herr Dennhardt Tinchen wissen ließ. Manchmal lag auch ein weniger förmlicher Brief bei, und der interessierte sie viel mehr.

›Die Heizung funktioniert wieder‹, schrieb Sibylle. ›Manchmal erreichen wir schon eine Innentemperatur von 17 Grad und kommen uns vor wie im Hochofen. Alkohol darf nicht mehr auf Geschäftskosten gekauft werden, dabei hätten wir uns alle schon sehr daran gewöhnt und eine bemerkenswerte Aufnahmekapazität erreicht.‹

Ein andermal teilte sie Tinchen mit, daß man in Verenzi ein neues Hotel unter Vertrag genommen habe. ›Die Besitzerin soll Haare auf den Zähnen und eine besondere Vorliebe für gutaussehende Männer haben. Vielleicht sollte man zwecks günstigerer Zahlungsbedingungen unseren Gottlieb für ein paar Tage hinschicken.‹

Aber dann kam ein Brief, von dem Tinchen alles andere als begeistert war. ›Gestern nacht ist unser Büro in San Giorgio abgebrannt. (Ich hätte zwar eher damit gerechnet, daß es eines Tages einstürzen würde, aber dem ist ein explodierender Gasbehälter zuvorgekommen.) An materiellen Verlusten beklagen wir lediglich das schon reichlich antike Mobiliar sowie drei Flaschen Grappa, die übrigens nicht im Inventarverzeichnis enthalten gewesen waren. Viel schlimmer ist die

Tatsache, daß wir so kurz vor Saisonbeginn keine neuen Büroräume mehr kriegen. Nach Rücksprache mit Herrn Harbrecht hat Gottlieb deshalb beschlossen, daß San Giorgio von Verenzi aus betreut wird. Deine Kollegin wird also nicht sieben Kilometer, sondern höchstens sieben Meter von dir entfernt im selben Raum sitzen. Ich habe dir die netteste aus unserer Damenriege rausgesucht, und ich glaube, ihr werdet ganz gut harmonieren. Jedenfalls könnt ihr gegenseitig auf euch aufpassen (Honi soit qui mal y pense!). PS. Was macht der Führerschein??‹

Daran mochte Tinchen nun überhaupt nicht denken. Herr Krotoschwil bescheinigte ihr zwar eine außergewöhnliche Rücksicht gegenüber Fußgängern, weil sie beim Anblick von Passanten automatisch auf die Bremse trat, meinte aber, daß auch Hunden ein gewisses Entgegenkommen zustehe (den Dackel hatte er sofort zum Tierarzt gefahren). Und wenn sie nicht bald lernen würde, rückwärts einzuparken, ohne sich nach dem Gehör zu orientieren, dann würde es mit dem Führerschein wohl nichts werden.

Tinchen nickte, versuchte es zum fünftenmal und streifte ganz leicht das Halteverbotschild.

Noch zwölf Tage bis zur Prüfung und vierzehn Tage bis zur Abreise! Und übermorgen die Abschiedsfeier im Büro! In der Redaktion hatte man Tinchens Kündigung mit der gleichen Gelassenheit hingenommen, wie man ein Lawinenunglück oder einen Regierungswechsel hinzunehmen pflegte – bedauerlich, aber nicht zu ändern. Nur Florian war sichtbar erschüttert gewesen.

»Tinchen, du kannst doch nicht so einfach von der Bildfläche verschwinden«, hatte er gejammert. »Wer kühlt denn jetzt mein schweres Haupt, wenn ich mich nach durchwachter Nacht mit letzter Kraft in diese heiligen Hallen schleppe? Ich habe immer geglaubt, Eisbeutel, Kaffee und tröstender Zuspruch seien im Zeilenhonorar enthalten?«

»Eis und Kaffee kriegst du in der Kantine, und den Zuspruch kannst du dir künftig beim Sperling holen. Der ist sowieso schon sauer, weil du dich jeden Vormittag in Laritz' Büro rasierst.«

»Wie kann man bloß so kleinlich sein. Das bißchen Strom...«

Tinchen mußte lachen. Ob aus diesem flapsigen großen Jungen wohl jemals ein richtiger Mann werden würde? »Du solltest heiraten, Flox«, empfahl sie, »keine Frau ist so schlecht, daß sie nicht die bessere Hälfte eines Mannes werden könnte.«

»Bist du wahnsinnig? Oder kennst du nicht den Werdegang einer Familie: Einzimmerwohnung, Häuschen, Haus, Häuschen, Einzimmerwohnung.« Er schüttelte sich. »Die Ehe ist ein Vertrag, bei dem man als Mann auf die eine Hälfte der Lebensmittel verzichtet, damit man ihm die andere Hälfte kocht!«

»Aber willst du denn ewig deine Hemden aus der Wäscherei und deine Verpflegung von der Würstchenbude beziehen?«

»Hast du eine Ahnung, Tinchen! Vorige Woche habe ich mir eine Waschmaschine angeschafft und einen supermodernen Herd mit eingebautem Heißluftgrill. Für Fleisch habe ich jetzt allerdings kein Geld mehr. Warum kann man die Raten eigentlich nicht in Raten zahlen?«

Tinchen nickte verständnisvoll. Sie hatte sich auch ziemlich verausgabt, aber was hätte sie machen sollen? Ihre Garderobe entsprach nun mal nur den hier gängigen sommerlich-arktischen Temperaturen. Was sollte sie wohl am Strand von Verenzi mit einem dunkelblauen Hosenanzug aus reiner Schurwolle anfangen?

Der letzte Arbeitstag. Tinchen betrat etwas wehmütig die große Eingangshalle, stieg in den Lift, der sie programmwidrig erst einmal in das Untergeschoß beförderte, wo eine Putzfrau nebst Bohnerbesen und Scheuereimer zustieg, dann hielt er wieder im Erdgeschoß, um Putzfrau samt Utensilien zu entlassen, und schwebte endlich in den sechsten Stock empor.

Dort herrschte ungewohnte Stille. Nicht mal das Radiogeplärre, mit dem sich die Sportredaktion sonst ständig berieseln ließ, war zu hören. Tinchen sah auf die Uhr. Fünf nach neun, also hatten zumindest die subalternen Mitglieder des Tageblatts anwesend zu sein, auch wenn sie die erste Stunde ihres Arbeitstages in der Regel mit Kaffeekochen, Schönheitspflege und der Verbreitung hausinterner Neuigkeiten zu verbringen pflegten. Von den Herren Redakteuren ließ sich ohnehin keiner vor elf Uhr blicken.

Aber diesmal waren sie alle da! Als Tinchen die Tür zur Redaktion öffnete, sah sie sich einer Phalanx meist würdiger älterer Herren gegenüber, wie sie in dieser Massierung eigentlich nur beim alljährlichen Betriebsfest anzutreffen waren. Herr Dr. Vogel trat einen Schritt vor, korrigierte den Sitz seiner Krawatte, räusperte sich und begann:

»Mein liebes Fräulein Pabst! In dem Bewußtsein, eine traurige Pflicht erfüllen zu müssen, nehmen wir heute von Ihnen Abschied.« Dann schien ihm aufzugehen, daß es sich diesmal nicht um eine Beerdigung handelte, und so ergänzte er schnell: »Abschied nicht für immer, sondern nur von einer Mitarbeiterin, die uns jetzt verlassen will, weil sie uns verlassen muß beziehungsweise möchte...«

»Nun hat er endgültig den Faden verloren«, flüsterte Sabine. Die war auch schon da, obwohl ihr Dienst erst mittags begann.

Eine hilfreiche Hand schob dem Redner ein eingewickeltes Päckchen zu. Dr. Vogel griff danach wie nach einem rettenden Strohhalm, drückte es an die Brust und fuhr fort: »Damit Sie Ihre bisherige Wirkungsstätte nicht völlig vergessen, haben Ihre Kolleginnen und Kollegen und natürlich auch wir« – damit blickte er gönnerhaft lächelnd zu seinen Redakteuren – »ein kleines Abschiedsgeschenk vorbereitet. Möge es Sie an die arbeitsreichen, manchmal jedoch auch mußevollen Stunden in diesen Räumen erinnern!«

Unter dem höflichen Beifall der Anwesenden überreichte er Tinchen das Päckchen.

»Die Blumen!« soufflierte eine Stimme.

»Ach ja, die Blumen.« Dr. Vogel sah sich irritiert um. »Wo sind die denn überhaupt?«

Sabine griff nach einem voluminösen Nelkenstrauß, der noch im Waschbecken schwamm, und drückte ihn dem Sperling in die Hand. Mit einer gemessenen Verbeugung reichte er ihn an Tinchen weiter.

Sie war so überrascht, daß sie nicht wußte, was sie sagen sollte. Schon die Tatsache, nahezu die gesamte Redaktion vor sich aufgereiht zu sehen, verschlug ihr die Sprache. Sie versteckte ihr feuerrotes Gesicht hinter den Blumen und fing hilflos zu stottern an:

»Es ist ... ich meine ... ich wollte sagen ... ich bin so überwältigt, daß ich nicht weiß, was ich sagen soll. Mir fällt das Weggehen sowieso nicht leicht, und nun auch noch dieser feierliche Abschied – das ist einfach zu viel auf einmal!«

Schluchzend drückte sie Sabine die Nelken in die Hand und lief zur Tür hinaus Richtung Damentoilette. Sabine warf die Blumen auf den Schreibtisch und rannte hinterher.

»Meine Güte, Tinchen, seit wann hast du denn so dicht am Wasser gebaut? Dabei war es doch urkomisch, wie der Sperling mit seiner Leichenrede anfing. Die hat er zum letztenmal gehalten, als der alte Nickelmann gestorben war.« Hilfreich gab sie Tinchen ein Papiertaschentuch. »Nun beruhige dich wieder, der Auftrieb ist ja jetzt zu Ende. Von elf bis zwölf findet in der Kantine das große Gelage statt. Vogel hat fünf Flaschen Sekt kaltstellen lassen. Wenn alle kommen, kriegt jeder ein halbes Glas voll. Nur gut, daß wir noch etwas Gehaltvolleres in Reserve haben!«

Tinchen hatte sich wieder etwas restauriert und war nunmehr bereit, allem Kommenden gefaßt ins Auge zu sehen. Viel zu sehen gab es allerdings nicht. Das vorhin beinahe überquellende Zimmer war fast leer, nur Florian lümmelte auf einer Schreibtischkante herum und betrachtete versonnen den großen Blumenstrauß. Irgend jemand hatte ihn in einen leeren Farbeimer gestellt.

»Wenn man bedenkt, daß eine Nelke ungefähr einsfuffzig kostet, dann kannst du dir ausrechnen, wieviel du denen wert bist – nämlich genau dreißig Mark. Ich habe mich an der Sammlung für dieses Gemüse übrigens nicht beteiligt.«

»Hier zählt nicht der materielle Wert, sondern der ideelle«, sagte Tinchen. »Außerdem sind Nelken meine Lieblingsblumen. Was ist eigentlich in dem Päckchen?«

»Mach es doch auf! Die Idee zu diesem Angebinde stammt von mir, sonst hättest du doch wieder die übliche Bowlenschüssel oder eine andere Scheußlichkeit bekommen!«

Vorsichtig entfernte sie das Seidenpapier. Zum Vorschein kam ein Fotoalbum aus rotem Leder. Sie schlug es auf und entdeckte auf der ersten Seite den Kopf des Tageblatts. Neugierig blätterte sie weiter. Da waren sie alle, die würdevollen Herren des Hauses und ihre weniger würdevollen, weil noch nicht arrivierten Mitarbeiter.

Auf jeder Seite blickte Tinchen ein anderer Repräsentant der Zeitung an, umgeben von gezeichneten oder eingeklebten Attributen seines Ressorts. Da stapelte sich ein Bücherberg, auf den Dr. Laritz mit ernster Miene herabsah; da gab es Kinoanzeigen, Brieftauben und flüchtig skizzierte Biergläser, womit das Arbeitsgebiet von Herrn Müller-Menkert genügend aufgezeigt wurde. Auf einem riesigen Fußball thronte Herr Dahms, und auf dem Gipfel des Matterhorns stand ein jodelnder Herr Winterfeld, zuständig für ›Reise und Erholung‹. Ihm zu Füßen begoß Frau Fischer einen gemalten Gummibaum. Der Uhu posierte mit einem Blumenkohl in der Hand, und sogar Herr Amreimer war nicht vergessen worden. Er blickte anklagend in die Kamera inmitten eines unbeschreiblichen Durcheinanders von Zeitungen und Papieren, und oben drüber stand: Computer für Archiv gesucht.

Als Tinchen die letzte Seite des Albums aufschlug, sah sie ein Foto ihres eigenen Schreibtisches. Die Maschine war zugedeckt, in der leeren Kaffeetasse welkte eine gelbe Rose, und über ihrem ebenfalls leeren Stuhl prangte ein großes rotes Fragezeichen.

In ihren Augen glitzerte es verdächtig. »Weißt du, Flox, manchmal hast du mich ja bis zur Weißglut gereizt, und ein widerwärtiges Individuum bleibst du trotz allem, aber dieses Geschenk hier vergesse ich dir nicht! Von wem stammen denn die ganzen Aufnahmen?«

»Die sind von Rudi Wallner.« Florian grinste. »Der war direkt selig, daß mal einer Bilder von ihm haben wollte. Seine Fußballfotos ist er doch bei uns noch nie losgeworden!«

Noch einmal blätterte Tinchen die Seiten durch. Jede einzelne Aufnahme war mit dem dazugehörigen Autogramm versehen, besonders Korrekte hatten sogar das Datum an den Rand geschrieben.

»Es ist das originellste Geschenk, das ich jemals bekommen habe. Tausend Dank, Flox!«

»Na ja, ich dachte mir, wenn du von Heimweh zerfressen und fern des tröstenden Zuspruchs auf den Klippen am Meeresrand sitzt, dann hast du doch wenigstens etwas, woran du dich festhalten kannst.«

»Und wenn du dann die dämlichen Visagen aller Zurückgebliebenen siehst, wird dein Heimweh sofort wieder vergehen!« unterbrach Sabine betont burschikos. »Hör mit diesem elegischen Geschwafel auf. Nach meiner Ansicht hat sich Tinchen genau den richtigen Zeitpunkt zum Absprung ausgesucht. Nächsten Monat fangen die doch schon an, uns zu verkabeln, und dann dauert es auch nicht mehr lange, bis aus unserem gemütlich-vergammelten Redaktionszimmer ein steriles Großraumbüro wird, in dem jeder vor seinem Bildschirm klebt und bloß noch Knöpfchen drückt! *Ich* würde jedenfalls liebend gern mit Tinchen tauschen!«

»Ich auch«, sagte Florian, »aber das braucht sie ja nicht zu wissen!«

Aus der Arbeit wurde an diesem Tag nicht mehr viel. Es hatte sich schnell herumgesprochen, daß im Sekretariat ein illegaler Getränkeausschank installiert war, und so fanden auch diejenigen dorthin, die sich normalerweise niemals blicken ließen. Sogar Herr Winterfeld tauchte auf, nahm dankend einen bis zur Unkenntlichkeit verdünnten Whisky an und ermunterte Tinchen, gelegentlich ihre Reiseeindrücke zu Papier zu bringen.

»Die Leute lesen gern mal etwas Natürliches, Unverbildetes. Vielleicht eine kleine Plauderei über die einheimische Küche, angereichert mit ein paar Rezepten – so was kommt immer an!«

»Nachzulesen in jedem Kochbuch«, ergänzte Sabine, nachdem Herr Winterfeld sich mit vielen guten Wünschen für Tinchens Wohlergehen verabschiedet hatte.

Auch Herr Dahms hatte seine eigenen Vorstellungen von ihrer künftigen Freizeitgestaltung. »Wenn Sie in Italien sind, finden doch dort unten gerade die Europameisterschaften statt. Wie wär's denn mit einem kleinen Stimmungsbericht? Nichts Sportliches natürlich, vom Fußball haben Sie ja doch keine Ahnung. Aber Sie könnten doch mal dem Volk aufs Maul schauen! Meinungsäußerungen und so weiter! Muß natürlich etwas Heiteres sein, für das Gegenteil sorgt schon unsere Nationalmannschaft!«

»Ob die alle glauben, ich fahre zu meinem Privatvergnügen nach Verenzi?« fragte Tinchen, während sie ihren Schreibtisch ausräumte und ihre Habseligkeiten in einem Pappkarton mit der Aufschrift ›20 Dosen Pfälzer Leberwurst‹ verstaute. »Willst du übrigens die Erbsensuppe haben?« Auffordernd hielt sie drei Packungen Fertigsuppen in die Höhe. »Die hat der Gerlach mal in einer Tombola gewonnen und in einem Anflug von Großmut dem Redaktionsfonds gestiftet. Angeblich mag er keine Erbsen.«

Sabine winkte ab. »Gib sie Flox! Der sammelt das Zeug. Ich habe ihn neulich im Supermarkt getroffen, als er das halbe Regal abgeräumt hat.«

»Was habe ich abgeräumt?« Unbemerkt war Florian wieder ins Zimmer getreten.

»Tütensuppen! Du mußt doch schon ein ganzes Lager davon haben?«

»Aber doch nicht zum Essen!« Entsetzt wehrte der so Verdächtigte ab. »Ich klebe die Dinger an die Wand, damit die Küche nicht so kahl aussieht!« Er griff sich den Karton und eilte wieder zur Tür. »Ich warte lieber im Wagen auf dich. Abschiedsszenen machen mich immer so melancholisch, und wenn ich melancholisch bin, muß ich saufen. Andererseits kann ich nicht schon besoffen bei dieser Vernissage im Kunstverein aufkreuzen. Die Leute sind lediglich daran gewöhnt, daß man besoffen *geht*.«

Die Tür klappte hinter ihm zu.

»Laß es uns kurz machen, Tinchen.« Sabine wischte sich verstohlen eine Träne aus dem Gesicht und schneuzte nachdrücklich in ihr Taschentuch. »Ich weiß gar nicht, was ich eigentlich habe. Schließlich wanderst du ja nicht nach Lappland aus. Schreib also mal und ruf an, wenn du wieder im Lande bist!«

»Darauf kannst du dich verlassen!« Noch einmal ließ Tinchen ihren Blick durchs Zimmer schweifen. Dann reichte sie ihrer Kollegin die Hand. »Tschüß, Sabine, halte die Stellung! Wenn ich erst gründlich auf die Nase gefallen bin, kann ich ja wieder zurückkommen!«

»Im Archiv wird wohl immer ein Platz für dich frei sein«, grinste Sabine, »aber so weit kommt es ja doch nicht. Und wenn du einen Millionär an der Angel hast, dann sieh dich mal in seinem Bekanntenkreis um. Ich könnte auch einen gebrauchen.«

Florian warf seine Zigarette weg, als er Tinchen kommen sah, und öffnete zuvorkommend die Wagentür.

»Nanu? So höflich heute? Wenn ein Herr einer Dame die Autotür öffnet, ist entweder der Wagen neu oder die Dame. Beides trifft nicht zu. Du bist doch nicht etwa krank?«

Er brummte Unverständliches und drehte den Zündschlüssel. Schweigend reihte er sich in den Verkehr ein. Schweigend starrte er auf die Autoschlange vor ihm, die nur schrittweise vorankam. Erst als er den Verkehrsschutzmann sah, der auf seinem Podest stand und hilflos mit den Armen ruderte, knurrte er grimmig: »Ich glaube, wir befürchten zu Unrecht, die Automation könnte uns brotlos machen. Bei jeder größeren Verkehrsstauung schalten sie die Ampeln aus und holen einen Polizisten!«

Der Wagen hielt vor dem Reihenhaus. Florian stellte den Motor ab. Dann sah er Tinchen an.

»Eigentlich wollte ich dir noch eine ganze Menge sagen, aber ich schreib's dir lieber bei Gelegenheit. Im Mündlichen war ich nie sehr gut.« Er versuchte ein Lachen, aber es klang reichlich gequält. »Es tut mir wirklich leid, daß du gehst, Tinchen, ich hab' dich nämlich verdammt gern. Und manchmal hatte ich sogar schon gedacht, ob ich...«

Sie verschloß mit der Hand seinen Mund. »Nicht sentimental werden, Flox, das paßt nicht zu dir. Du hast selbst gesagt, daß dich Abschiednehmen immer melancholisch macht.«

Mühsam versuchte sie, den Kloß hinunterzuschlucken, der ihr plötzlich in der Kehle steckte. »Ich werde bei so was auch immer tränenklüterig. Aber wenn es dich beruhigt: Ich mag dich auch ganz gern, du... du... du widerwärtiges Individuum.«

Schnell stieg sie aus dem Wagen. »Jetzt gib mir mein Leberwurstpaket und das Grünzeug, und dann verschwinde endlich!« Sie griff nach dem Blumenstrauß, klemmte sich den Karton unter den Arm und lief zur Haustür. Ohne sich noch einmal umzusehen angelte sie die Schlüssel aus der Manteltasche, schloß auf und verschwand im Haus.

Florian sah ihr lange nach. Bevor er wieder losfuhr, faßte er seine Gefühle in einem einzigen Wort zusammen: »Scheiße!«

Ein nachdrückliches Hupen schreckte Tinchen auf. Sie stellte die Kaffeetasse hin, lief zum Fenster und öffnete es. »Bin gleich soweit, nur noch zwei Minuten!«

»Hat ja keine Eile nich«, beruhigte sie Herr Krotoschwil, zündete eine Zigarette an und schlug die Zeitung auf, bereit, die Wartezeit nutzbringend zu überbrücken. Er kannte seine Pappenheimer! Je älter die Damen waren, desto länger dauerten ihre zwei Minuten.

Bei Tinchen dauerten sie fünf. Sie öffnete die Wagentür und plumpste hinter das Steuer. »Mir ist ganz flau im Magen, und geschlafen habe ich auch miserabel. Glauben Sie wirklich, ich könnte es schaffen?«

Herr Krotoschwil faltete die Zeitung zusammen. »Mit 'm bißchen Glück wird es schon schiefgehen. Immerhin haben Sie doch die theoretische Prüfung prima bestanden, so was sehen die Herren von die Kommission immer gern, da drücken sie beim praktischen Teil schon mal 'n Auge zu. Ich werde dafür sorgen, daß Sie gleich als erste drankommen, weil denn is der Prüfer noch nich so mit die Nerven runter. Und nu woll'n wir noch mal eine Runde drehn über'n Bahnhof und denn die Graf-Adolf-Straße hoch, weil die Strecke wird fast immer gefahren. Und immer schön in den Rückspiegel gucken, auch wenn Se eigentlich gar nich müssen!«

Solchermaßen aufgerüstet setzte Tinchen den Wagen in Gang und bewältigte die vorgegebene Route ohne ernsthafte Zwischenfälle. Letzten Endes kann es jedem mal passieren, daß er falsch in eine Einbahnstraße einbiegt, und wenn alle Leute fahren könnten, die einen Führerschein haben, gäbe es nicht so viele Unfälle.

»So was dürfen Se aber nachher nich machen, Frollein Ernestine, weil das haben die Prüfer nich so gern.«

Tinchen sah das ein.

Der Ingenieur Papenberg war ein netter älterer Herr mit vielen Fachkenntnissen und schwachen Nerven. Nur so ließ es sich wohl erklären, daß er die Außenbezirke der Stadt bevorzugte, wo es relativ wenig Verkehr und noch weniger Verkehrsschilder gab. Dafür fanden sich Parklücken, die sogar einem Möbelwagen Platz geboten hätten. Er ließ sich auch nicht lange spazierenfahren, sondern dirigierte Tinchen in eine ruhige Seitenstraße, kritzelte seine Unterschrift auf ein graues Stück Papier und händigte es ihr aus.

»Und nun lassen Sie mal lieber den Herrn Krotoschwil zurückfahren«, forderte er die frischgebackene Führerscheinbesitzerin auf, lehnte sich in die Polster zurück und schloß die Augen. »Wenn Sie vielleicht an der nächsten Apotheke kurz anhalten könnten... mit meinen Magenschmerzen ist es heute wieder besonders schlimm.«

Tinchen schwankte zwischen Mitleid und Verblüffung. Magenschmerzen? Soso. Dann waren also nicht ihre brillanten Fahrkünste, sondern ein respektables Zwölffingerdarmgeschwür der Grund für die bestandene Prüfung?

Später kam Herr Krotoschwil zu dem gleichen Schluß. »Nu glauben Se bloß nich, daß ich Se gerne auf die Menschheit loslasse, Frollein Ernestine, aber für Italien wird's schon reichen. Die können da ja alle nich fahren. Fuß auf'm Gas, Finger auf der Hupe, Augen zu und denn los. Jedenfalls wünsche ich Sie viel Glück, weil Sie können's brauchen!«

Mit etwas gedämpftem Optimismus betrat Tinchen ein Papierwarengeschäft und kaufte eine Klarsichthülle. Amtliche Dokumente soll man pfleglich behandeln, ganz besonders solche, die man in Zukunft ständig mit sich führen muß.

Als nächstes suchte sie eine Telefonzelle. Herr Pabst war selbst am Apparat. Er nahm die frohe Botschaft mit unverständlichem Gleichmut entgegen, behauptete, gar nichts anderes erwartet zu haben, und lehnte es ab, sich von seiner Tochter abends nach Hause fahren zu lassen. »Heute wird es später, Tinchen, ich muß mit Herrn Schmeisser noch die Rechnungen durchgehen.«

Herr Schmeisser war Goldschmied und hatte mit Abrechnungen nicht das geringste zu tun.

Tinchen steckte zwei weitere Groschen in den Apparat und wählte die Nummer des Tageblatts. Mit irgend jemandem mußte sie jetzt reden! Sabine beglückwünschte sie zwar, erklärte aber, im Augenblick gar keine Zeit zu haben. »Der Laritz schreit schon seit einer halben Stunde nach mir, wenn er noch länger warten muß, kriegt er eine Herzattacke. Willst du mal mit Florian sprechen? Der kommt gerade zur Tür herein und macht ein Gesicht, als habe er seinen Goldfisch verschluckt. Wiedersehn, Tinchen, mach's gut!«

Im Hintergrund hörte sie Gelächter, Schritte näherten sich,

dann wurde der Hörer wieder aufgenommen. »Tach, Tinchen, treibt dich die Sehnsucht an den Apparat, oder willst du bloß dein Abonnement kündigen? Wieso bist du überhaupt noch hier? Ich denke, du jagst Schmetterlinge?«

»Ja, ab übermorgen. Erst mußte ich doch noch meinen Führerschein machen. Eben habe ich ihn gekriegt.«

»O Gott!« sagte Florian und legte auf.

Enttäuscht verließ Tinchen die Telefonzelle. Er hätte mir wenigstens gratulieren können, aber vermutlich interessiert ihn das alles gar nicht mehr. Sicher scharwenzelt er schon fleißig um die Neue herum. Die kann einem eigentlich leid tun. Bestimmt fällt sie auch auf sein Süßholzgeraspel herein, ohne zu ahnen, daß er bloß Kaffee und Zigaretten schnorren will. So macht er es doch mit allen. Hat er mit mir ja auch gemacht. Aber ich bin nicht auf ihn hereingefallen. *Ich* nicht! Und überhaupt ist es mir völlig egal, wen er jetzt wieder um den Finger wickelt! Wenn ich erst in Verenzi bin, schicke ich ihm eine extra große Ansichtskarte, damit er sich gründlich ärgert! So, und jetzt gehe ich in die nächste Kneipe und trinke einen Doppelten!

Tinchen packte Koffer. Die zwei großen waren schon auf dem Weg nach Italien, die beiden kleinen lagen mit aufgeklappten Deckeln auf der Couch. Frau Antonie saß daneben und nähte einen abgerissenen Knopf an die Wolljacke. »Hast du Nähzeug eingepackt?«

»Natürlich, Mutti, auch Schuhcreme und Aspirintabletten. Im übrigen fahre ich nicht in die Wüste. In Verenzi gibt es ebenfalls Geschäfte, die haben sogar abends auf.«

»Müssen sie wohl. Tagsüber liegen die Italiener doch alle auf der faulen Haut!«

Tinchen seufzte leise. Sie hatte es aufgegeben, ihre Mutter von dem unbestreitbaren Fleiß auch anderer Europäer zu überzeugen. Die ließ allenfalls noch die Österreicher gelten, weil »das ja auch mal Deutsche gewesen sind, und da muß doch noch irgend etwas hängengeblieben sein«.

»Ihr könntet doch in diesem Jahr ausnahmsweise mal nicht ins Zillertal fahren, sondern Urlaub in Verenzi machen«, schlug Tinchen vor. »Ich besorge euch ein hübsches Quartier, und du siehst endlich mal etwas anderes als Berge und Kühe.«

Antonie schüttelte den Kopf. »Das ist ja gut gemeint von dir, aber nach Mayrhofen fahren wir nun schon seit sieben Jahren, da fühlen wir uns beinahe wie zu Hause. Die Frau Janda weiß, wie der Papa seine Kalbshaxe haben will und daß er kein fettes Schweinefleisch verträgt. Und dann kommen ja auch wieder die Ferbers aus Schwäbisch Hall, mit denen ist es jedesmal sehr nett gewesen. Was soll ich in Italien, da müßte ich ja sogar eigene Bettwäsche mitnehmen. Ich habe nun wirklich keine Vorurteile, aber man weiß doch, daß da nicht alles so proper ist wie bei uns.«

Sie biß den Faden ab, faltete die Jacke und legte sie in den Koffer. »Bist du jetzt fertig? Du weißt doch, Oma muß gleich kommen.«

Frau Marlowitz schälte sich mit Karstens Hilfe gerade aus ihrem Persianer, als Tinchen die Treppe herunterkam. Sie wurde von Kopf bis Fuß gemustert, dann nickte Oma beifällig. »Endlich einmal im Rock! Das sieht doch gleich viel damenhafter aus, findest du das nicht selbst?«

»Ich habe meine Hosen schon alle eingepackt«, sagte Tinchen, drückte ihrer Großmutter einen Kuß auf die Wange und nahm etwas mißtrauisch die karierte Tüte in Empfang. Sie trug den Aufdruck eines bekannten Modegeschäftes.

»Ich hoffe, es wird dir gefallen. Du mußt ja auch etwas haben, wenn du abends mal ausgehst.«

Das Mitbringsel entpuppte sich als grüne Organdybluse mit Bubikragen und sehr viel Rüschen vorne.

»Ach, ist die hübsch!« Antonie hielt ihrer Tochter das durchsichtige Etwas unter das Kinn und zupfte daran herum. »Zu deinem schwarzen Samtrock muß das ganz exquisit aussehen. Zieh sie doch schnell mal an!«

»Grün steht mir doch gar nicht«, wagte Tinchen einen

schüchternen Protest, aber Frau Marlowitz schnitt ihr das Wort ab. »Das ist ja auch kein einfaches Grün, das ist Meergrün. Nun zieh die Bluse über!«

»Du siehst aus wie eine Wasserleiche!« kommentierte Karsten denn auch den Aufzug seiner Schwester. »Ich dachte immer, so was mit Volants hängt man vors Küchenfenster?« (Ein taktvoller Mensch ist jemand, der ausspricht, was die anderen denken!)

Tinchen schwieg. Folgsam drehte sie sich langsam um und ließ sich begutachten.

»Die Bluse steht dir ganz ausgezeichnet«, sagte Oma, womit sie das Thema als abgeschlossen betrachtete. Tinchen nickte ergeben, bedankte sich lauwarm und machte, daß sie wieder in ihr Zimmer kam. Wütend zerrte sie das Kleidungsstück vom Körper.

»Meergrün! Daß ich nicht lache! Und dann diese Rüschen! Bin ich ein Zirkuspferd? Ich möchte nicht wissen, was dieser Fetzen gekostet hat! Dafür hätte ich glatt den schicken weißen Bademantel gekriegt, aber nein, eine Rüschenbluse mußte es sein. In Meergrün! Am besten schmeiße ich sie da auch rein!«

Karsten steckte den Kopf durch die Tür. »Na, kleine Seejungfrau, haste wieder abgetakelt?« Er hob die verschmähte Bluse vom Boden auf und stopfte sie in einen Koffer. »Nun nimm das Ding schon mit, vielleicht kannst du dein Zimmermädchen damit glücklich machen. Das zahlt sich bestimmt aus. Kleine Geschenke erhalten bekanntlich die Freundschaft!«

Sehnsüchtig betrachtete er die Koffer. »Du hast es gut, Tine. Wir schreiben morgen Mathe, und du fährst in den Süden. Es gibt keine Gerechtigkeit auf der Welt.«

»Du kannst mich ja in den Ferien besuchen«, sagte sie großmütig, wohl wissend, daß ihr Bruder zusammen mit zwei Freunden einen Angelurlaub in Schweden plante.

Sie war froh, als Oma Marlowitz sich gegen zehn Uhr verabschiedete. Deren Kenntnisse vom Mittelmeer beschränkten sich auf die nähere Umgebung von Palma de Mallorca, wo sie im vergangenen Jahr die Wintermonate verbracht hatte. Die Tatsache, daß sie auf eine Wiederholung dieser vorübergehenden Emigration verzichtet hatte, ließ nur einen Schluß zu: Es hatte ihr nicht gefallen! Folglich hatte es auch anderen nicht zu gefallen, und sie gab sich redliche Mühe, Tinchen davon zu überzeugen.

»Und denke daran, mein Kind, immer einen warmen Schlafanzug anziehen! Die Nächte am Meer sind sehr kühl. Wo habe ich denn jetzt wieder meine Handschuhe?« Hastig durchwühlte sie ihre große Tasche. »Ich weiß doch genau, daß ich... ach, da sind sie ja! Und hier ist noch etwas, das hätte ich beinahe vergessen.« Sie zog ein kleines verschnürtes Päckchen heraus und gab es ihrer Enkelin.

»Das nimmst du auch noch mit! Aber versprich mir, daß du es erst in Italien aufmachst!«

Tinchen gelobte, ihre ohnehin nicht sehr große Neugier zu bezähmen. Wenigstens war das Paket klein. Ein weiteres Kleidungsstück würde es kaum enthalten. Vermutlich Briefpapier, dachte sie, und so versprach sie auch noch bereitwillig, regelmäßig zu schreiben und gelegentlich Fotos zu schicken.

Oma zog ab, gefolgt von Karsten, der den Korb mit Äpfeln trug (Sonderangebot, das Kilo nur einsneunundsiebzig), und von Ernst Pabst, der seine Schwiegermutter nach Hause fahren durfte. An der Tür drehte er sich noch einmal um.

»Wir sehen uns ja noch beim Frühstück, Tinchen, aber zum Bahnhof kann ich dich leider nicht bringen. Um neun Uhr hat sich ein Vertreter angesagt.«

»Macht nichts, Paps, ich nehme mir ein Taxi.«

»Ach, das ist aber auch wirklich zu dumm«, klagte Frau Antonie, »da wirst du ganz allein fahren müssen. Ausgerechnet morgen früh will endlich der Installateur kommen, auf den ich schon seit Tagen warte. Da muß doch jemand zu Hause sein!«

»Dann bringe *ich* sie eben zum Zug.« Karsten war ganz brüderliche Hilfsbereitschaft.

»*Du* schreibst Mathe! Mit den Koffern werde ich alleine fertig.«

Als Tinchen endlich im Bett lag und langsam ins Reich der Träume hinüberglitt, glaubte sie zu hören, wie Meereswellen an den Strand spülten und sich sanft an den Klippen brachen...

Nebenan im Bad tropfte der Wasserhahn.

Der Abschied war kurz, hektisch und tränenreich. Antonie schluchzte abwechselnd ins Taschentuch und in die Kaffeetasse, Herr Pabst suchte verzweifelt seine Autoschlüssel, die er gestern abend irgendwo hingelegt und bis jetzt noch nicht wiedergefunden hatte, und Karsten bemühte sich, seine Aufmerksamkeit zwischen dem Mathebuch und seiner Schwester zu teilen. Schließlich klappte er das Buch zu. »Den Quatsch habe ich bis heute nicht kapiert, also werde ich ihn jetzt auch nicht mehr begreifen. Das gibt sowieso 'ne glatte Fünf, deshalb kann ich dich ruhig zum Bahnhof bringen!«

»Du gehst zur Schule, mein Sohn! Toni, sieh doch mal in der Manteltasche nach, vielleicht sind sie da.« Herr Pabst warf einen Blick zur Uhr. »Verflixt, ich müßte längst weg sein. Karsten, bist du fertig?« Hastig trank er seine Tasse leer. »Toni, hast du die Schlüssel? Nein? Ja, Himmeldonnerwetter, wo soll ich denn noch suchen? Was meinst du? Am Schlüsselbrett? Wer hängt denn da...«

Er stürzte in den Flur und kam triumphierend zurück. »Da waren sie tatsächlich! Möchte bloß wissen, wer sie dort hingehängt hat!«

»Ich«, sagte Antonie, »ich hatte es bloß vergessen.«

Herr Pabst umarmte seine Tochter. »Mach's gut, Tinchen. Laß dich nicht unterkriegen, und lerne aus den Fehlern anderer, denn kein Mensch hat so viel Zeit, sie alle selbst zu machen.«

Aus der Tasche zog er ein zusammengefaltetes Stück Papier. »Hier ist übrigens noch etwas für dich, quasi als erste Hilfe bei Unglücksfällen!«

Es war ein Scheck über fünfhundert Mark.

Tinchen schniefte. »Danke, Paps. Wenn ich ihn nicht brauche, bekommst du ihn zurück.«

»Würde ich nicht tun«, bemerkte Karsten. »Kauf dir lieber Ersatz für Omas meergrüne Wolkengardine!« Dann drückte er seiner Schwester die Hand. »Ciao, Tinchen, bleib brav und denk mal an mich, wenn du in der Sonne schmorst, während ich mich zu Tode schufte. Gymnasiasten der Oberstufe haben nachweislich einen längeren Arbeitstag als ihre Väter – ohne Martini zur Entspannung!«

Weg war er.

Tinchen öffnete das Fenster und winkte: Karsten winkte zurück. Dann beugte er sich noch einmal aus dem Auto. »Schick mal 'n Paket! In Italien gibt es schicke Herrenpullover.«

Der Wagen verschwand um die Ecke.

»Hast du schon ein Taxi bestellt?« Antonie räumte den Frühstückstisch ab, was diesmal erheblich länger dauerte, denn sie mußte sich fortwährend die Tränen aus dem Gesicht wischen. Liebevoll nahm Tinchen ihre Mutter in den Arm.

»Du tust gerade so, als ob ich auswandere. Was sind schon tausend Kilometer?«

»Ach Kind«, schluchzte Antonie, »wenn ich mir so vorstelle, was dir alles passieren kann... Die Welt wird doch immer schlechter, man liest das ja jeden Tag in der Zeitung.«

»Unsinn, Mutsch, die Welt ist gar nicht schlechter geworden, nur der Nachrichtendienst ist heutzutage besser!«

Frau Pabst eilte in die Küche und kam mit einer Plastiktüte zurück. »Hier, Kind, ich habe dir ein bißchen was für unterwegs eingepackt. Du hast doch kaum was gegessen.«

»Das reicht ja bis Italien! Ich fahre doch jetzt nur nach Frankfurt. Abends geht es erst weiter. Irgendwann dazwischen werde ich bestimmt Zeit zum Mittagessen finden.«

»Spar dir man das Geld, Kind. So guten Geflügelsalat, wie ich ihn dir zurechtgemacht habe, kriegst du in keinem Restaurant.«

Die Tüte verschwand in der Reisetasche, genau wie die Thermosflasche mit Tee und die Pfefferminzbonbons. »Hier hast du auch noch eine Serviette und ein Obstmesser für die Orangen!«

Es klingelte.

»Das wird mein Taxi sein!« Tinchen lief zur Tür. »Nehmen Sie bitte die beiden Kof...«

Es war der Klempner. Seinem lautstarken Tun, das natürlich von Frau Antonie beaufsichtigt werden mußte, war es zu verdanken, daß der endgültige Abschied doch nicht ganz so tränenreich ausfiel. Antonies Aufmerksamkeit wurde zunehmend von dem Handwerker und seiner Rohrzange beansprucht, und als er dann auch noch einen leeren Eimer nebst Scheuerlappen anforderte, war es mit ihrer Ruhe vorbei.

»Nun fahr man los, Tinchen, ich muß schnell wieder ins Haus. Sonst setzt mir der Mann noch das ganze Bad unter Wasser.«

So winkte nicht einmal jemand hinterher, als das Taxi endlich abfuhr. Ist ja auch Blödsinn, dachte Tinchen, in sechs Monaten bin ich wieder zu Hause.

Der Zug war schon eingelaufen. Sie fand ein fast leeres Abteil und bat eine mitreisende Dame, einen Moment auf ihre Koffer zu achten.

»Ich hole mir nur schnell etwas zum Lesen.«

Auf dem Bahnsteig lief sie Florian in die Arme. Ganz außer Atem stammelte er: »Ich dachte schon, ich schaff's nicht mehr. Dafür stehe ich aber auch im Halteverbot, und diesmal wird's teuer. Wenn ich heute wieder eine Verwarnung kriege, ist es die sechste, und jedesmal, wenn das halbe Dutzend voll ist, bezahle ich. Das habe ich mir ein für allemal zur Regel gemacht!«

»Woher weißt du denn, wann ich fahre?«

»Ich habe meine angeborene Schüchternheit überwunden und deinen Vater angerufen. War gar nicht so schlimm.«

Suchend klopfte er seine Jackentaschen ab und förderte aus einer davon ein kleines Etui zutage. »Hier, Tinchen, für 'n ganzes Auto hat es nicht gereicht, aber es ist wenigstens ein Anfang.«

Überrascht blickte Tinchen auf den goldenen Schlüsselanhänger. »Du bist verrückt, Flox, der hat doch ein Vermögen gekostet!«

»Ganz so schlimm war es nun auch wieder nicht, und im Notfall kann ich ja meine Küchendekoration auffressen!« Verlegen wehrte er Tinchens Dank ab. »Nun steig schon ein, sonst hast du wirklich Grund zum Heulen. Wenn nämlich der Zug ohne dich abfährt!«

Verstohlen wischte sie sich eine Träne aus dem Gesicht, stellte sich auf die Zehenspitzen und gab dem verdutzten Florian einen Kuß. Dann drehte sie sich um und kletterte in den Zug. Langsam setzte er sich in Bewegung.

Florian signalisierte durch Handzeichen, daß er noch etwas mitzuteilen wünschte. Tinchen öffnete das Abteilfenster.

»Hättest du damit nicht früher anfangen können?«
»Womit?«
»Mit dem Küssen! Ich dachte, du kannst das gar nicht!«
»Was weißt denn du schon, du ... du widerwärtiges Individuum!« sagte Tinchen, und dann noch ganz leise: »Vergiß mich nicht ganz ...«

Aber das hatte Florian bestimmt nicht mehr gehört.

5

Diesmal wimmelte es in dem Hochhaus von Betriebsamkeit. Im achten Stock klebten jetzt an vielen Türen Schmetterlinge, dahinter hörte man Telefongebimmel und Maschinenklappern. Es war angenehm warm, so daß Tinchen schon im Gehen ihren Mantel aufknöpfte. Tee mit Rum würde heute keinesfalls zu erwarten sein.

Weniger zaghaft als beim erstenmal öffnete sie die Tür, an der neben dem Pfauenauge ein neues Schild prangte: Vorzimmer G. Dennhardt. Sibylle grüßte mit erhobener Kaffeetasse.

»Da bist du ja endlich! Wir hatten schon Angst, du hättest es dir in letzter Minute noch anders überlegt.«

Neben ihrem Schreibtisch stand eine sehr gutaussehende junge Dame, von der Tinchen ungeniert gemustert wurde. »Darf ich dich mit deiner künftigen Leidensgefährtin bekannt machen?«

Sibylle war aufgestanden und hatte Tinchen kameradschaftlich untergehakt. »Das hier ist Lieselotte Küppers, einunddreißig Jahre alt, aufgewachsen in Berlin, wofür sie aber nichts kann, wohnhaft in Hamburg, und in der Branche genauso ein unbeschriebenes Blatt wie du. Italienisch kann sie auch nicht. Ihr werdet euch also prima ergänzen!«

Tinchen warf einen abschätzenden Blick auf ihre neue Kollegin und wunderte sich. Warum war die eigentlich nicht Mannequin geworden oder Fotomodell? Groß, schlank, blond, apartes Gesicht mit hohen Wangenknochen und leicht schräggestellten Augen – also genau der Typ, nach dem sich die Männer umdrehen. Zögernd reichte Tinchen ihr die Hand.

»Ich freue mich«, murmelte sie nicht ganz wahrheitsgemäß und fügte tapfer hinzu: »Wir werden bestimmt gut miteinander auskommen.«

Ein ironisches Lächeln spielte um die Mundwinkel der anderen. »Ich weiß genau, was Sie jetzt denken! Was hat diese Pin-up-Type hier verloren? Die sucht doch bloß einen betuchten Mann, und wenn sie den gefunden hat, verschwindet sie. Stimmt's?«

Tinchen wurde flammend rot. »Nein, gar nicht, das heißt, ich habe nur ...« Dann erklärte sie mit entwaffnender Ehrlichkeit: »Sie haben recht! Genau das habe ich gedacht!«

Wie auf Kommando brachen alle drei in lautes Gelächter aus. Das Eis war gebrochen.

»Dank Sibylles Geschwätzigkeit weiß ich von Ihnen schon eine ganze Menge. Es ist also nur fair, wenn ich Ihnen auch ein paar Einzelheiten über mich verrate.« Lieselotte setzte sich aufs Fensterbrett und dozierte: »1945 in einem Berliner Keller geboren, aufgewachsen zwischen Trümmern, später nach Hamburg übersiedelt, zwei Jahre Internat, Abitur erst im zweiten Anlauf geschafft, von Beruf Schmalspurjuristin ohne nennenswerte praktische Erfahrungen, geschieden, aber sonst nicht vorbestraft.«

Sibylle nickte beifällig: »Das hast du sehr schön aufgesagt. Wenn ihr den Rest eurer Lebensbeichte bis nachher verschieben könnt, dann bringe ich euch jetzt zu Gottlieb. Seine Stimmung ist heute nicht die beste. Verströmt also nach Möglichkeit Optimismus und gute Laune, meckern könnt ihr später bei mir.« Sie schob die beiden jungen Damen ins Allerheiligste.

Zwei Stunden später waren sie wieder entlassen, vollgestopft mit Ratschlägen, Verhaltensmaßregeln, Anweisungen, und verabschiedet mit einem nicht gerade sehr aufmunternd klingenden »Nun machen Sie das Beste daraus!«.

»Uff!« sagte Tinchen, als sich die Tür endlich hinter ihnen geschlossen hatte. »Ich bin mir vorgekommen wie eine Sechsjährige, die zum erstenmal allein Straßenbahn fahren soll.«

»Jedenfalls wissen wir jetzt, was uns erwartet, und irgendwie habe ich die fürchterliche Ahnung, als ob der blaue Himmel das einzige ist, was von meinen himmelblauen Träumen übrigbleiben wird.« Lieselotte kramte in ihrer Handtasche. »Hat jemand eine Zigarette für mich?«

Tinchen schob ihr eine angebrochene Packung zu. »Was ich jetzt dringender brauche, ist ein Kognak.«

»Großartige Idee! Gibt es hier in der Nähe eine Kneipe?«

Sibylle nickte. »Tinchen weiß Bescheid. Mich müßt ihr leider entschuldigen, ich habe noch eine kleine Nebenbeschäftigung.«

Das Café Napoli strahlte noch immer die Gemütlichkeit eines Bahnhofwartesaals aus, erfreute sich aber trotzdem regen Zuspruchs. Zielsicher steuerte Tinchen den einzigen noch freien Tisch an.

»Due espressi e due cognac, per favore.«

»Nu, Gott sei Dank, daß wenigstens eine von uns richtig palavern kann!« Aufatmend ließ sich Lieselotte in den Stuhl fallen. »Ich spreche nämlich bloß Akzent ohne eine Spur Italienisch.«

Tinchen verschluckte sich beinahe. »Sie auch nicht???«

»Was heißt auch? Ich denke. Sie können...« Endlich schien Lieselotte zu begreifen. »Heißt das etwa, Sie haben auch keine Ahnung?«

Tinchen nickte.

»Mahlzeit!« Lieselotte hob ihr Glas und prostete ihrem Gegenüber zu.

»Nun gibt es wirklich gar nichts mehr, was jetzt noch schiefgehen könnte.« Sie trank ihren Kognak und schüttelte sich. »Ein widerliches Gebräu, aber es hilft meistens. Und nun mal ganz ehrlich: Sprechen Sie wirklich nicht italienisch?«

»Von Sprechen kann keine Rede sein, allenfalls von Verständigen.«

»Jedenfalls ist das mehr, als ich von mir behaupten kann. Bevor ich zur persönlichen Rücksprache antraben mußte, hatte ich mir am Bahnhofskiosk ein Exemplar des ›Corriere della sera‹ gekauft und schön sichtbar in die Manteltasche gesteckt. Damit wollte ich einer etwas intensiveren Nachprüfung meiner angeblich perfekten Sprachkenntnisse entgehen. War wohl doch keine so gute Idee! Was sollen wir denn jetzt machen?«

»Alles an uns herankommen lassen!« Entschlossen kippte Tinchen den Kognak hinunter. »Ich besitze ein dickes italienisches Lexikon, und zwei Sprachführer habe ich mir noch zusätzlich gekauft.«

»So ein Ding habe ich auch! Da steht alles drin von ›Herr Doktor, mir geht es nicht gut‹ bis ›Schicken Sie die Leiche per Flugzeug heim‹.«

Die beiden sahen sich an und prusteten los. »Kann man auch mit Kaffee Brüderschaft trinken?« fragte Lieselotte. »Ich glaube, es wird höchste Zeit.« Feierlich hob sie ihre Tasse. »Laut Geburtsurkunde heiße ich Lieselotte Angelika Elfriede, aber im Zeitalter der allgemeinen Rationalisierung ist Lilo die passendere Variante.«

»Einverstanden. Ich heiße übrigens...«

»Ernestine, genannt Tinchen. Weiß ich schon längst.« Sie winkte dem Kellner. »Am besten bringen wir jetzt das Abschiedszeremoniell hinter uns, und dann machen wir uns dünne. Soviel ich weiß, fährt unser Zug erst nach einundzwanzig Uhr. Wollen wir nicht vorher noch einen kleinen Stadtbummel machen?«

Tinchen war einverstanden. Wohlversehen mit Spesenvorschuß, Fahrkarten und Sibylles privater Telefonnummer – »Wenn's mal außerhalb der Bürostunden brennt!« – standen die beiden kurz darauf wieder vor dem Eingang des Hochhauses.

»Bella Italia, wir kommen!« frohlockte Lilo. »Aber vorher brauche ich noch einen schicken Badeanzug!«

»Mir hängt der Magen schon in den Kniekehlen!« Mit einem anklagenden Blick deutete Tinchen auf die große Normaluhr, deren Zeiger beide auf der Sieben standen. »Seit dem Frühstück habe ich nichts mehr gegessen.«

»Ich auch nicht. Deshalb werden wir uns jetzt auch ein ganz

opulentes Mahl gönnen!« Lilo steuerte ein Restaurant an, das nicht so aussah, als ob es zur unteren Preisklasse gehörte.

»Müssen wir das selber bezahlen, oder können wir bestellen, was wir wollen?«

»Natürlich geht das auf Spesen. Der Mensch lebt schließlich nicht von Brot allein!«

»Wenn du meinst...« Bereitwillig marschierte Tinchen im Kielwasser ihrer Begleiterin durch die Tür. Ein Kellner in grüner Smokingjacke nahm ihnen die Mäntel ab, ein Kellner in Weinrot führte sie zu einem Tisch, ein dritter rückte die Stühle zurecht, ein vierter brachte die Speisekarten. Sie waren die einzigen Gäste.

»Ist ja auch noch ein bißchen früh«, beruhigte sich Tinchen und studierte die Karte. »Ich hätte Appetit auf ein riesengroßes Steak.«

»Dann guck mal nach rechts! Bei den Preisen überziehen wir unser Spesenkonto gleich für den nächsten halben Monat. Schade, daß es keine Dinosaurier mehr gibt. Nach den Bildern von den Biestern zu urteilen, würden wir mit ihnen sicher billiger zu unseren Steaks kommen.«

Sie entschieden sich für Zürcher Geschnetzeltes. »Angesichts der Tatsache, daß wir uns in den nächsten sechs Monaten von Reis und Nudeln ernähren müssen, sollten wir unsere letzte kultivierte Mahlzeit ausgiebig genießen.«

»Viel Ahnung scheinst du vor. der italienischen Küche nicht zu haben«, lachte Tinchen. »Wie oft bist du eigentlich schon in Italien gewesen?«

»Einmal. Das war vor drei Jahren in Canazei. Damals war ich noch verheiratet, und zwar mit einem Wintersport-Enthusiasten, dem die Skihalter auf dem Autodach als Statussymbol galten. Ich bin aber nun mal keine Kaltluftfanatikerin und nehme mein Eis lieber im Whisky. Außerdem kommt eine gute Figur viel besser im Bikini an einem sonnigen Strand zur Geltung als eingemummelt in langen Unterhosen und pelzgefüttertem Anorak. Deshalb zieht es mich ja auch an die Riviera und nicht in die Dolomiten.«

Tinchen wurde aus Lieselotte nicht recht klug. War sie wirklich so naiv, wie sie tat? War die betonte Schnoddrigkeit ein Panzer, hinter dem sie sich versteckte, oder gab sie sich nur so, wie es offenbar ihrem Naturell entsprach: unbekümmert, lässig und ausgestattet mit dem Gemüt eines Kindes, das jemanden hinter sich weiß, der ihm alle Verantwortung abnimmt?

Jedenfalls ist sie ein netter Kerl, und langweilig wird es mit ihr bestimmt nicht werden, dachte Tinchen und sah mit etwas schlechtem Gewissen zu, wie Lilo die Rechnung bezahlte. Zweiundvierzig Mark ohne Trinkgeld! Ob man die wirklich auf die Spesenabrechnung setzen konnte? Florian mußte mit Herrn Schröder von der Buchhaltung um jedes Glas Bier kämpfen, das er hin und wieder mal springen ließ, und einmal hatte er seine monatliche Spesenrechnung sogar mit einem handschriftlichen Vermerk des Sperlings zurückbekommen: »Die Abrechnung kann ich leider nicht anerkennen, aber ich würde gern das Urheberrecht daran erwerben.«

»Schläfst du schon?« Lilo war aufgestanden und suchte ihre diversen Einkaufstüten zusammen. »Dazu hast du noch genügend Zeit, vorausgesetzt, daß man in diesen Liegewagen überhaupt schlafen kann. Die hätten uns ruhig ein Schlafwagenabteil spendieren können!«

»Ich glaube eher, wir sollen aus eigener Erfahrung wissen, in welchem Stadium des Zusammenbruchs unsere künftigen Gäste am Ziel ankommen.«

»So ein Quatsch! Ein Arzt läßt sich bestimmt nicht freiwillig den Magen auspumpen, nur um zu wissen, wie man sich hinterher fühlt. Aber Liegewagen ist natürlich billiger.«

Der Zug stand schon abfahrbereit. Bewaffnet mit ihrem Handgepäck machten die beiden sich auf die Suche nach dem Kurswagen Hamburg–Ventimiglia.

»Natürlich der allerletzte Waggon!« stöhnte Lilo.

»Und der Speisewagen ist ganz vorne«, moserte Tinchen.

»Hör bloß auf, mir wird schon schlecht, wenn ich nur an Essen denke!«

»Wenn du immer so viel frißt, könnte es eventuell später mal Schwierigkeiten geben. Laut Vertrag sind die Schmetterlinge nur verpflichtet, für Unterkunft und Verpflegung zu sorgen, nicht aber für einen Zinksarg, um die Rückführung deiner irdischen Reste zu ermöglichen.«

Das Abteil war schon von zwei älteren Damen belegt, die sich allem Anschein nach auf eine mehrtägige Reise vorbereiteten. Sie hantierten mit Kopfkissen, Thermosflaschen und Hausschuhen, suchten Haken für Morgenrock und Handtuch und fühlten sich in ihrer häuslichen Zweisamkeit sichtlich gestört.

»Hier ist besetzt!« erklärte denn auch eine, während die andere sekundierte: »Nebenan ist auch noch was frei!«

Erst dem herbeigerufenen Schaffner gelang es, die streitbaren Amazonen zum Rückzug zu bewegen. Mürrisch räumten sie ihre Toilettensachen zur Seite und machten die beiden reservierten Plätze frei. Dann nahmen sie das unterbrochene Gespräch wieder auf.

»Und was soll ich dir sagen, Elsbeth, als ich nach einer Woche wieder an dem Geschäft vorbeikam, lag das Kleid immer noch im Schaufenster. Da habe ich mir gedacht, wenn es sonst niemand haben will, will ich es auch nicht. *Deshalb* habe ich es nicht gekauft.«

Lilo stellte ihre Koffer ab und warf Tinchen einen beschwörenden Blick zu. Die nickte verstehend. »Machen Sie sich nur in aller Ruhe für die Nacht fertig«, sagte sie zuvorkommend, »wir gehen so lange in den Speisewagen.«

Der Zug hatte schon die Außenbezirke Frankfurts hinter sich gelassen, als Lilo und Tinchen sich endlich zum vordersten Wagen durchgekämpft hatten.

»Es gibt nur zwei Möglichkeiten, diese Nacht zu überstehen«, sagte Lilo, »Schlaftabletten oder Schnaps. Tabletten haben wir nicht, also besaufen wir uns.«

Daraus wurde dann doch nichts. Eine Flasche Gewürztraminer genügte völlig, den beiden zur nötigen Bettschwere zu verhelfen, und kaum hatten sie sich auf den ungewohnt schmalen Liegen ausgestreckt, da waren sie auch schon eingeschlafen. Nicht einmal der Platzregen konnte sie aufwecken.

Als Tinchen erwachte, war es halb acht und ziemlich dunkel. Lilo schlief noch, und die anderen beiden Mitreisenden hatten das Abteil unter Hinterlassung von Butterbrotpapier und Bananenschalen geräumt. Vorsichtig turnte sie aus ihrer Koje abwärts, wechselte ihre Trainingshosen gegen Jeans, zog einen Pullover über und machte sich auf die Suche nach dem Waschraum.

Das Wasser tröpfelte nur noch und reichte gerade zum Zähneputzen. Dann eben nicht, dachte sie, riß eine Packung Erfrischungstücher auf und rieb sich damit Gesicht und Hände ab. »Unter chemischer Reinigung habe ich mir auch immer etwas anderes vorgestellt«, murmelte sie, klemmte ihren Kulturbeutel unter den Arm und schlingerte im Rhythmus des Zuges zurück ins Abteil.

Lilo stand am Fenster und starrte in den feinen Nadelstreifenregen. »Das Wetter im Süden ist auch nicht mehr das, was es mal war! Sind wir eigentlich schon hinter'm Gotthardt?«

»Du hast vielleicht eine Ahnung von Geographie! Wir müssen bald in Mailand sein! Und jetzt beeil dich ein bißchen, ich habe Hunger!«

Die Stunden dehnten sich. Die eintönige Landschaft der Po-Ebene schien kein Ende zu nehmen. Der Regen auch nicht, und erst als sich der Zug der Küste näherte, riß der bleigraue Himmel auf.

Die ersten Sonnenstrahlen brachen durch, Wolken treidelten ihre schweren Schatten über die Hügel, und als sie durch die Vororte von Genua fuhren, war der Himmel blau.

»Na also«, frohlockte Tinchen und steckte den Kopf aus dem Fenster, »die Luft ist wie Seide.«

»Und wo ist das Meer?«

»Das kommt noch!«

Es kam auch wirklich, nur präsentierte es sich nicht gerade

von seiner reiseprospektfreundlichsten Seite. In riesigen Öllachen schwammen rostige Konservendosen, verschimmeltes Holz trieb am Ufer entlang, dazwischen tote Fische und ein altes Teerfaß. Schiffe in allen Stadien des Verrottens dümpelten in der trüben Brühe.

»Im Hamburger Hafen sieht es bestimmt auch nicht anders aus, und trotzdem wird in der Nordsee gebadet«, tröstete Tinchen die völlig verstörte Lilo. »Letzten Endes ist Genua eine Großstadt.«

»Aber hier sehen ja sogar die Palmen aus wie zerfledderte Staubwedel. Irgendwie hatte ich von der Riviera eine andere Vorstellung.«

Erst allmählich änderte sich das Landschaftsbild. Die Küste wurde felsiger, kleine Buchten tauchten auf, der erste Sandstrand, ein Pinienwäldchen, und immer wieder das Meer, das sich wie eine riesige Katze an den Felswänden rieb.

»Herrlich!« jubelte Lilo, »beinahe so schön wie im Prospekt! Ob man schon baden kann?«

»Natürlich! Du mußt dich nur warm anziehen.«

Wieder hielt der Zug auf einem der kleinen Bahnhöfe. »Finale Ligure«, las Tinchen. »Ich glaube, wir sind bald da. Allmählich sollten wir unsere Sachen zusammensuchen. Hast du übrigens Appetit auf Geflügelsalat?« Unschlüssig betrachtete sie das Schraubglas. »Wenn ich bedenke, daß ich das Zeug seit gestern mit mir herumschleppe... Ach was, die Fische wollen auch leben!« Schwungvoll warf sie den mütterlichen Reiseproviant aus dem Fenster.

»Du hättest zweckmäßigerweise vorher den Deckel abschrauben müssen«, bemerkte Lilo, »oder wirfst du jetzt noch einen Büchsenöffner hinterher?«

Der Zug verschwand in einem der zahlreichen Tunnel. Dann verlangsamte er seine Fahrt, kroch ans Tageslicht und blieb stehen.

»Ich hab's ja geahnt«, sagte Tinchen mit einem flüchtigen Blick auf das Stationsschild, »jetzt aber nichts wie raus!«

In Windeseile rafften sie Koffer, Taschen und Mäntel zusammen und stürzten zur Tür. Die wurde bereits von einem Herrn geöffnet, dessen Lächeln sofort einer schmerzverzerrten Miene wich. Er hatte Lilos Koffer ans Schienbein gekriegt.

»Verzeihung... äh... scusi vielmals«, stotterte sie etwas verwirrt und bemühte sich vergeblich, den zweiten Koffer noch abzubremsen. Nunmehr hatte der Herr den Verlust eines Jackenknopfes zu beklagen.

»Wie viele kommen denn noch?« Vorsichtshalber ging er hinter einem Blumenkübel in Deckung.

»Beschuß eingestellt!« Tinchen hob den letzten Koffer aus dem Wagen und stellte ihn auf den Bahnsteig. Dann drehte sie sich um. »Wieso sprechen Sie eigentlich deutsch?«

»Wieso nicht?« Langsam näherte sich der Herr und lüftete seinen Strohhut. »Mein Name ist Theo Harbrecht, und wenn ich mich nicht irre, habe ich es mit zwei angriffslustigen Exemplaren der Gattung Lepidopteren zu tun.«

»Wie bitte?«

»Ich rede von Schmetterlingen!«

»Ach so!« Erleichtert streckte Tinchen ihm die Hand entgegen. »Ich heiße Ernestine Pabst, und das hier ist Lilo Küppers.«

Die war mit schuldbewußter Miene herangekommen. »Es tut mir wirklich leid, aber...«

»Jedenfalls haben Sie einen bleibenden Eindruck bei mir hinterlassen!« Harbrecht streifte sein Hosenbein etwas hoch und betrachtete die dicke Schramme. »Ein Glück, daß Sie nicht mit Schrankkoffern reisen.«

Aus dem Hintergrund näherte sich ein untersetzter Mann mit Seehundsbart und baute sich vor Lilo auf. »Buon giorno, signora. Dove sono gli scontrini del bagáglio?«

»Si. Grazie«, sagte Lilo, die kein Wort verstanden hatte und wenigstens höflich sein wollte.

Harbrecht schmunzelte. »Sehr weit her scheint es mit Ihrem Italienisch aber nicht zu sein. Luigi möchte Ihre Gepäckscheine haben. Oder ist das hier alles?« Er wies auf die herumstehenden Handkoffer.

»Nein, natürlich nicht.« Bereitwillig zog Lilo einen zusammengefalteten Zettel aus ihrer Tasche. Luigi nahm ihn grinsend in Empfang.

»Makt nix, ich sprechen deutsch.«

Harbrecht bewaffnete sich mit zwei Koffern und marschierte zum Ausgang. »Ich bringe Sie erst einmal in Ihre Hotels. Beim Abendessen werden wir alles Notwendige durchsprechen, und dann müssen Sie sehen, wie Sie klarkommen. Morgen abend muß ich in Sizilien sein.«

Er stellte das Gepäck neben einem Taxi ab und blickte belustigt in die entsetzten Gesichter seiner Begleiterinnen.

»Aber ich denke, Sie bleiben noch mindestens eine Woche hier?« Tinchen schnappte hörbar nach Luft.

»Impossibile. Unser Kollege in Taormina ist von irgendeinem Vieh gebissen worden, das es laut Prospekt dort gar nicht geben dürfte. Jedenfalls war es giftig, und nun liegt er im Krankenhaus. Kein Mensch ist da, der den Laden schmeißt. Dabei hat die Saison dort unten schon angefangen.«

»Aber wir können doch nicht...«

»Ihr könnt schon! Bekanntlich wächst der Mensch mit seinen Aufgaben!«

»Und was ist, wenn jemand Wachstumsstörungen hat?« fragte Lilo.

Luigi tauchte auf, begleitet von einem dienstbaren Geist, der die vorausgeschickten Koffer schleppte. »Gutt, daß ich habe großes Auto. Ist auch deutsch.«

Ein Teil des Gepäcks verschwand im Kofferraum, der Rest auf dem Vordersitz.

»Prima a Hotel Lido, Luigi, e poi a Buona Vista!«

»Si, Signor!« Luigi klemmte sich hinters Steuer und trat das Gaspedal durch. Die Reifen quietschten, zwei Tauben ergriffen panisch die Flucht, ein entgegenkommender Wagen wich in ein Blumenbeet aus, ein zweiter schaffte es nicht mehr, und Luigi trat voll auf die Bremse. Die drei Insassen flogen halb über die vorderen Sitze.

»Makt nix«, sagte Luigi, »Bremsen sind gutt!« Dann setzte er seine Fahrt in etwas gemäßigterem Tempo fort. Trotzdem konnte Tinchen nur einen flüchtigen Blick auf die palmenbestandene Promenade werfen, auf der reger Betrieb herrschte. Spaziergänger schlenderten zwischen Blumenrabatten, Kinder fütterten Tauben, bewacht von strickenden Großmüttern; vor den kleinen Bars saßen Müßiggänger, löffelten Eis und ließen sich von den letzten Strahlen der untergehenden Sonne bescheinen. Wenn Luigi mal nicht den Finger auf der Hupe hatte, konnte man sogar das Meer rauschen hören.

Die Promenade verjüngte sich zu einer schmalen Straße, die seitlich von einer niedrigen Steinmauer begrenzt wurde. Dahinter lag das Meer. Von Strand war nichts zu sehen. Faustgroße Steine, die bis zum Fuß der Mauer reichten, bedeckten den Boden.

»Ist das hier die Badestelle für Fakire?« erkundigte sich Lilo.

»Die Strandbäder liegen überwiegend hinter der Promenade. Dort gibt es auch Sand. Oder besser gesagt, die Steine sind mit Sand vermischt. Da vorne ist übrigens das Hotel Lido!« Harbrecht wies auf einen quadratischen Kasten, der etwas abseits der Straße stand. »War mal das erste Haus am Platze, aber inzwischen ist es von den modernen Betonburgen etwas in den Hintergrund gedrängt worden. Man wohnt hier sehr ruhig. Die Verpflegung ist erstklassig, und außerdem hat Fritz immer ein anständiges Bier im Kühlschrank. Trinken Sie Bier?«

»Selten.« Tinchen beäugte etwas zweifelnd das Gemäuer, in dem sie während des nächsten halben Jahres zu Hause sein würde. Der ehemals weiße Anstrich war bestenfalls dunkelweiß zu nennen und blätterte an einigen Stellen schon ab. Dagegen waren die steinernen Blumenkästen neben dem Eingang frisch bepflanzt und leuchteten trotz der frühen Jahreszeit in allen Farben. An der Seitenfront rankte ein dekoratives Grüngewächs.

Luigi kurvte schwungvoll in die Einfahrt, preßte den Finger auf die Hupe und den Fuß auf die Bremse. Kieselsteine spritzten zur Seite, aber der Wagen hielt genau vor dem Eingang.

»Dieser verrückte Hund ruiniert mir noch den ganzen Weg!« Aus der Tür trat ein Riese, der in karierten Hosen steckte, ein gestreiftes Hemd trug und dazu eine Fliege mit gelben Punkten. Die fehlenden Kopfhaare wurden durch einen gewaltigen grauen Vollbart kompensiert.

Harbrecht war ausgestiegen und half seinen Begleiterinnen aus dem Wagen.

»Welche kriege ich denn?« Der Riese trat näher und streckte beide Hände aus. »Willkommen in Verenzi! Ich bin Fritz Schumann, und ich freue mich wirklich, daß Herr Dennbardt endlich vernünftig geworden ist. Junge Damen sind ein erfreulicherer Anblick als alte Männer. Oder solltest du anderer Meinung sein, Theo?«

»Guck doch in den Spiegel, Rübezahl!«

Luigi sortierte das Gepäck. »Sind Sie Signora Er-ne-sti-na?« buchstabierte er vom Kofferschild und sah Tinchen fragend an.

»Signorina«, verbesserte sie.

»Makt nix, ich bin geheiratet.«

Harbrecht hatte es eilig. »Kümmere dich bitte um die Päbstin, Fritz. Ich liefere jetzt Fräulein Küppers ab, mache noch einen Sprung ins Büro und komme so gegen acht mit ihr zum Essen. Wir haben noch eine ganze Menge zu besprechen. Morgen früh bleibt ja kaum Zeit. Bis nachher, Heiligkeit! Und haben Sie keine Angst vor diesem Neandertaler, der ist ganz harmlos.«

Das Taxi fuhr mit einem Kavaliersstart davon. »Wenn man bedenkt, daß Luigi in dreißig Jahren noch nicht einen einzigen Unfall gebaut hat, könnte man direkt an Wunder glauben.«. Schumann bemächtigte sich der beiden großen Koffer. »Kommen Sie, Fräulein Pabst, ich bringe Sie erst einmal auf Ihr Zimmer.«

Das Innere des Hauses stach von seinem Äußeren in erfreulicher Weise ab. Zwar sah alles ein bißchen altmodisch aus, und wenn die dunkelgrünen Plüschsessel in der Halle auch leicht verschlissen waren, so wirkten sie ausgesprochen gemütlich. Diesen Eindruck machte auch der Speisesaal, in den Tinchen einen Blick werfen konnte, bevor sie in den reichlich antiquierten Aufzug stieg. Es war ein regelrechter Drahtkäfig, der sich quietschend in Bewegung setzte und im zweiten Stock wieder anhielt.

»Ich habe Sie in Harbrechts Zimmer einquartiert. Der hat sämtliche Räume des Hauses durchprobiert und ist hier hängengeblieben. Diese Nacht schläft er natürlich woanders.« Schumann öffnete die letzte Tür des Ganges und ließ Tinchen eintreten.

»Ach, ist das hübsch!« rief sie spontan und lief sofort zum Fenster. Die gelben Vorhänge ließen den ganzen Raum sonnig erscheinen und gaben den Blick aufs Meer frei. Nur ein schmaler Sandstreifen trennte das Hotel vom Ufer.

»Fantastisch!« Sie drehte sich um und nahm das Zimmer in Augenschein: Doppelbett, zwei Nachttische, Kleiderschrank, Schreibtisch, eine kleine Sesselgarnitur mit rundem Tisch, eine Stehlampe, an den Wänden Farbdrucke französischer Impressionisten, auf dem Tisch ein Nelkenstrauß, ein gefüllter Obstkorb und eine Flasche Chianti.

»Ich lasse Ihnen noch einen kleinen Frisiertisch hineinstellen«, versprach Schumann und wies auf den freien Platz neben dem Fenster. »Theo hatte dort immer seine Bierkisten stehen, aber die brauchen Sie ja wohl nicht.«

»Das ist aber wirklich nicht nötig.«

»Nötig vielleicht nicht, aber nützlich.« Schumann öffnete eine Tapetentür, die Tinchen noch gar nicht bemerkt hatte. »Hier ist das Bad. Für eine Wanne hat der Platz nicht gereicht, aber angeblich ist Duschen ja heutzutage moderner. Außerdem haben wir die Riesenbadewanne direkt vor der Tür. – So, und jetzt lasse ich Sie erst einmal in Ruhe, damit Sie sich ein bißchen erholen können. Nachher schicke ich Ihnen Franca hinauf. Sie kann Ihnen beim Auspacken helfen. Sie hat zwei

Jahre in Stuttgart gearbeitet und ist immer froh, wenn sie deutsch sprechen kann. Wenn Sie sonst noch etwas brauchen, klingeln Sie einfach.«

Dankbar streckte Tinchen ihm die Hand entgegen. »Ich bin so froh, Herr Schumann, daß man mich hier bei Ihnen einquartiert hat. Besser hätte ich es bestimmt nicht treffen können.«

Schumann lächelte geschmeichelt. »Wir sehen uns später beim Abendessen. Mögen Sie übrigens calamaio?«

»Natürlich«, versicherte Tinchen und nahm sich vor, ihre Wissenslücke via Lexikon zu füllen. Ohnedies würde es etwas mit Nudeln sein.

Das erste, was ihr beim Auspacken in die Hände fiel, war das Päckchen von Oma Marlowitz. Zum Vorschein kam ein Tagebuch mit Ledereinband und vergoldetem Schloß. Auf das Deckblatt hatte Oma geschrieben:

»Liebes Tinchen, gerade in der Fremde braucht man manchmal einen Freund, dem man alles anvertrauen kann. Dieser hier hat noch den Vorteil, verschwiegen zu sein.«

Klingt ja ein bißchen sehr nach Mädchenpensionat! Tinchen stopfte den verschwiegenen Freund erst einmal in die Schreibtischlade, wo schon Florians Schlüsselanhänger lag.

Dank Francas Hilfe, einem quecksilbrigen Irrwisch mit deutlich sichtbarem Hang zur heimischen Teigwarenproduktion, waren die Koffer bald leer und alle verfügbaren Abstellplätze voll. Zuletzt stellte Tinchen das gerahmte Foto ihrer Eltern – vergrößerter Schnappschuß aus dem Zillertal – und das Paßbild von Karsten auf den Nachttisch. Franca begutachtete das Arrangement. »Deine Eltern?«

Tinchen nickte.

»Dein... mi scusi, *Ihr* Freund?«

Tinchen schüttelte den Kopf. »Das ist mein Bruder – mio fratello.«

»Che bello ragazzo! Wie alt ist ihm?«

»Er ist achtzehn. Diciotto.«

»Sehr schade. Ist zu jung für mir.«

Es klopfte. Lilo steckte vorsichtig den Kopf durch die Tür, dann trat sie ein. »Diesmal ist es Gott sei Dank richtig. Ich habe bereits einen betagten Herrn in Unterhosen und eine Dame in Lockenwicklern besichtigt. Weitere Einblicke in die Intimsphäre meiner Mitmenschen hätte ich vor dem Essen auch nicht mehr verkraftet.« Anerkennend sah sie sich um. »Hübsch hast du es hier. Und sogar den obligatorischen Blick zum Meer. Den habe *ich* nur in Form eines goldgerahmten Ölschinkens an der Wand: Sag mal, bedeutet buona vista nicht so etwas Ähnliches wie ›Schöne Aussicht‹? Mein Hotel heißt nämlich so, aber der schöne Blick beschränkt sich auf die Ansicht einer Unkrautplantage, veredelt durch ein rostiges Autowrack und diverse Blecheimer. Mitten drin steht ein ausgetrockneter Brunnen. Wenn das nicht eine Brutstätte für Mücken ist, dann weiß ich nicht, wo die Viecher sonst noch gedeihen sollen. Ob man hier Moskitonetze kriegt?«

»Mucken wir nicht haben viele hier«, korrigierte Franca, »nur tàfani. Ich weiß nicht, wie heißen in Deutsch.«

»Ich auch nicht«, sagte Tinchen.

Während des Abendessens lernten sie die übrigen Hotelbewohner kennen, sowohl die zahlenden als auch die bezahlten. Letztere waren noch in der Überzahl.

»Noch ist Schonzeit, der Betrieb geht erst zu Ostern richtig los«, erläuterte Harbrecht. »Aber die ersten siebzehn Schmetterlinge rollen am Mittwoch an. Alle Unterlagen sind im Büro, die gebe ich Ihnen morgen. Soviel ich weiß, beherrschen Sie den ganzen Papierkrieg ja schon in der Theorie. Die Praxis ist viel unkomplizierter. Im Verhältnis zu den Giganten der Branche sind wir nur ein ganz kleines Unternehmen, das gesteigerten Wert legt auf Individualität, was immer man darunter auch verstehen will. Als Reiseleiter ist man jedenfalls Mädchen für alles. Ich habe schon mal beim deutschen Konsulat in Genua eine Hochzeit organisiert, habe für einen Kölner Kegelclub zwanzig Dosen Sauerkraut aufgetrieben und für einen der deutschen Sprache nur mangelhaft Mächtigen Liebesbriefe übersetzt. Ich habe mich als Fremdenführer betätigt und als Quizmaster, als Babysitter vierjähriger Zwillinge und als Aufpasser einer Nymphomanin. Bloß Hebamme bin ich noch nicht gewesen. Aber da hat Luigi Erfahrung. Der hatte seine Patientin nämlich nicht mehr rechtzeitig nach Savona in die Klinik bringen können. Die Behörden waren sich lange nicht einig, was denn nun als Geburtsort einzutragen wäre. Kilometerstein 119 erschien ihnen zu ungenau.«

Harbrecht köpfte eine weitere Bierflasche. »Prost, ihr beiden, auf daß unsere Kinder lange Hälse kriegen!«

»Haben Sie denn welche?« erkundigte sich Lilo neugierig.

»Meines Wissens nicht. Ich bin seit neunundfünfzig Jahren überzeugter Junggeselle.«

Tinchen gähnte. »Eigentlich wollte ich ja noch einen kleinen Spaziergang machen, aber den werde ich wohl auf morgen verschieben. Wann müssen Sie denn weg?«

»Mit dem Zehn-Uhr-Zug nach Mailand. Um siebzehn Uhr startet meine Maschine. Können Sie um sieben zum Frühstück unten sein? Bevor wir ins Büro fahren, holen wir Fräulein Küppers ab und machen eine Rundfahrt durch Verenzi. Dann kann ich Ihnen auch gleich unsere Vertragshotels zeigen.«

»Einverstanden. Und wie kommt Lilo jetzt nach Hause?«

»Ich fahre sie schnell hoch.« Er trank sein Bier aus und stand auf.

»Kommen Sie, Lilo, jetzt lernen Sie auch gleich den feurigen Elias kennen.«

»Wer ist denn das nun schon wieder?«

»Das betriebseigene Automobil. Wenn's bergab geht, hat es sogar südländisches Temperament.«

»Und bergauf?«

»Es empfiehlt sich, derartige Strecken zu meiden.«

Als Tinchen ihr Zimmer betrat, fiel ihr sofort die kleine Frisierkommode ins Auge, ein zierliches Schleiflackmöbel mit winzigen Schubkästen und einem ebenso winzigen Stühlchen. Auf der Glasplatte lag das Wörterbuch.

Daß calamaio Tintenfisch heißt, war ihr inzwischen wieder eingefallen, aber sie hatte doch noch etwas anderes nachschlagen wollen? Ach ja, tàfani sollten die Viecher heißen, von denen Franca gesprochen hatte.

Tinchen blätterte. »Taccoae, tàcito... hier ist es: Tàfano heißt Pferdebremse!«

6

Als Tinchen die Augen aufschlug, blinzelte sie genau in die Sonnenstrahlen, die durch das weit geöffnete Fenster fielen. Vorschriftsmäßig rauschte das Meer, ein leichter Wind blähte die Vorhänge, streifte über den Frisiertisch und raschelte mit den Seiten des aufgeschlagenen Wörterbuchs.

Pferdebremsen! dachte sie erschrocken, sprang aus dem Bett und schloß das Fenster. Wer weiß, ob die Viecher nicht schon im Anmarsch waren! Sie warf einen Blick auf den Reisewecker. Kurz nach halb sieben, also höchste Eisenbahn, wenn sie pünktlich sein wollte.

Die Dusche röhrte und gluckerte, spendete aber nach unangemessen langer Zeit doch noch lauwarme Tröpfchen. Wenn es hier unten erst mal richtig warm ist, braucht man sowieso kein heißes Wasser, tröstete sich Tinchen, und überhaupt soll man am besten kalt duschen, das ist viel gesünder. Zähneklappernd trocknete sie sich ab, schlüpfte in den Bademantel und öffnete den Kleiderschrank. Was sollte sie an ihrem ersten Arbeitstag bloß anziehen? Gäste wurden noch nicht erwartet, also mußte es nicht unbedingt etwas Seriöses sein. Den Hosenanzug? Entschieden zu elegant für die geplante Runde bei den einzelnen Hoteliers. Waren Hosen überhaupt angebracht? Später vielleicht, nicht gleich beim erstenmal! Sie entschied sich für ein hellblaues Sommerkleid, auch wenn sie darin ein bißchen fröstelte. Quatsch, Ernestine, du bist im Süden, und hier fängt der Sommer schon im Frühling an. Du mußt bloß daran glauben!

Im Speisesaal hockten drei Frühaufsteher wie eingerollte Farnwedel über ihren Kaffeetassen. Harbrecht war noch nicht da. Tinchen wählte einen Tisch neben einem der drei großen Fenster und setzte sich. Nach fünf Minuten wurde sie ungeduldig. Kam denn hier niemand? Die anderen Gäste hatten doch auch schon gefrühstückt. Oder war etwa Selbstbedienung üblich, und wenn ja, wo denn nur? Ein entsprechend bestücktes Buffet war jedenfalls nirgends aufgebaut. Ob sie mal den Herrn am Nebentisch fragen sollte? Lieber nicht, der las in einer italienischen Zeitung und sah nicht so aus, als ob er so früh am Morgen an einer vermutlich sehr anstrengenden, zweisprachigen Konversation interessiert wäre. Mehr denn je zweifelte Tinchen an ihren Sprachkenntnissen, hatte sie doch noch gestern abend einen Wortwechsel zwischen Franca und einem anderen Zimmermädchen mitgehört, ohne auch nur den Grund dieser temperamentvollen Auseinandersetzung zu erraten.

Endlich kam Harbrecht, offensichtlich schon im Reiseanzug, denn er trug Strümpfe und eine Krawatte, Dinge also, die er noch vor zwölf Stunden als entbehrlich bezeichnet hatte.

»Guten Morgen, Tina. Hat Sie der Arbeitseifer aus dem Bett getrieben oder das gräßliche Weib, das seit dem Morgengrauen im zweiten Stock herumräsoniert?«

»Ich habe nichts gehört.«

»Dann seien Sie froh. Das ist eine von denen, die die Redefreiheit nicht als Recht ansehen, sondern als ständige Verpflichtung!« Er ließ sich in einen Stuhl fallen und warf einen erstaunten Blick auf den leeren Tisch. »Haben Sie bereits gefrühstückt?«

»Schön wär's!«

»Ja, um Himmels willen, wie lange sitzen Sie denn schon hier?«

»Seit zehn Minuten.«

»Verdammte Schlamperei! Jedesmal, wenn Giovanna Frühdienst hat, gibt's Ärger! Am besten kommen Sie gleich mal mit!«

Er stand auf und zog Tinchen an der Hand hinter sich her. Sie durchquerten den Speisesaal und betraten die dahinterliegende Küche. Bis auf ein paar Fliegen, die um einen Marmeladeneimer kreisten, war sie leer. Auf dem Herd stand ein großer Aluminiumtopf, in dem eine undefinierbare dunkle Flüssigkeit brodelte.

»Was ist denn *das?*«

»Ihr Kaffee!« sagte Harbrecht trocken.

»Meinen Sie das im Ernst?«

»Selbstverständlich! Der ausgelaugte Extrakt von der Espressomaschine wird gesammelt, mit entsprechend viel Wasser aufgefüllt und am nächsten Morgen gründlich durchgekocht. Anschließend gießt man das Zeug durchs Sieb und serviert es. Das ist eben die italienische Variante von deutschem Kaffee. Nennenswerte Beschwerden hat es noch nicht gegeben, aber manche Gäste lassen sich zusätzlich heißes Wasser bringen, weil ihnen das Gebräu angeblich zu stark ist.«

Tinchen schüttelte sich. »Ihr Glück, sonst hätten Sie doch laufend Todesfälle wegen akuter Coffeinvergiftung! Was sagt denn Herr Schumann dazu? Ich denke, er ist Deutscher?«

»Ist er ja auch, aber er trinkt keinen Kaffee.«

»Durchaus begreiflich. Muß ich diese Brühe auch nehmen, oder kann ich Tee haben?«

»Da er auf ähnliche Weise hergestellt wird wie der sogenannte Kaffee, rate ich Ihnen davon ab. Machen Sie es wie ich: Kaufen Sie sich Pulverkaffee und lassen sich heißes Wasser bringen, das ist noch am ungefährlichsten. Oder trinken Sie Capuccino?«

Durch eine Tür im Hintergrund, die auf einen kleinen Hof führte, kam ein auffallend hübsches Mädchen gehuscht und hielt erschrocken inne, als es die beiden Besucher entdeckte. »Buon giorno, Signor Theo.«

»Buon giorno, Giovanna. Hast wohl wieder mit Amadeo geflirtet, was? Und in der Zwischenzeit verhungern deine Gäste!«

»Ich kommen subito, Signor Theo.« Dann nickte sie Tinchen schüchtern zu. »Buon giorno. Signora.«

»Das ist Signorina Pabst, Giovanna. Sie wird ab heute die Schmetterlinge betreuen, und ich kann nur hoffen, daß sie hier ein bißchen energischer durchgreift als ich! Sie wird sich wohl kaum von deinen schönen schwarzen Augen beeindrucken lassen. Ich bin eben doch bloß ein Mann!« In seinem Seufzer lag ein ganzer Roman. Leise flüsterte er Tinchen zu: »So was wie Giovanna würde ich mir gern für meine alten Tage aufheben!«

Lachend ging Tinchen auf das junge Mädchen zu. »Vor mir brauchen Sie bestimmt keine Angst zu haben. Wer im Urlaub so früh aufsteht, ist selber schuld, wenn er auf sein Frühstück warten muß.«

Giovanna lächelte verlegen. »Ich nix schuld. Ich gebracht Colazione in Zimmer 29 zu dickes Frau England.«

»Wenn die im Bett frühstücken will, dann soll sie bis acht Uhr warten! Für den Zimmerservice ist Fernando zuständig«, sagte Harbrecht entschieden. »Und jetzt bring uns endlich was zu essen, wir müssen gleich weg! Aber wehe, du wagst es, uns diese Tinte anzubieten!«

Er warf einen beziehungsreichen Blick auf den Aluminiumtopf, in dem es immer noch blubberte.

»No, Signor Theo, ich machen Capuccino, va bene?«

Eine Viertelstunde später schob Harbrecht seine Reisetasche in das winzig kleine Auto und klemmte sich hinters Lenkrad. »Nun steigen Sie schon ein, es wächst doch nicht mehr!« ermunterte er Tinchen, die noch immer in den Anblick dieses Vehikels versunken war. Es hatte einen himmelblauen Anstrich, war über und über mit bunten Schmetterlingen bemalt und zeigte ober- und unterhalb der Scheinwerfer aufgepinselte schwarze Wimpern.

»Wer hat denn *das* verbrochen?«

»Meinen Sie die Dekoration? Die stammt von Sergio, den werden Sie auch noch kennenlernen. Ist unser Mädchen für alles. Germanistikstudent aus Turin. Verdient sich sein Studium während der Semesterferien. Netter Kerl, aber ein fürchterlicher Schürzenjäger. Ich kann's ihm nicht mal übelnehmen, schließlich sitzt er hier ja an der Quelle. Nun kommen Sie aber endlich, sonst schaffen wir unser Pensum nicht!«

Lachend quetschte sich Tinchen in den kleinen Fiat. »Hat der Bambino einen Namen?«

»Und ob! Ich nenne ihn ›Sole mio‹, weil er nur bei schönem Wetter anspringt. Wenn er im Regen eine Nacht draußen gestanden hat, kriegen Sie den Karren weder durch Zureden noch mit Gewalt in Gang. Heute nacht war's trocken, also wird er wohl keine Mätzchen machen!«

›Sole mio‹ zeigte sich von seiner besten Seite und tuckerte los. Geschickt fädelte sich Harbrecht in den schon sehr lebhaften Verkehr ein und kurvte in halsbrecherischem Tempo durch die engen Straßen. Tinchen hielt sich krampfhaft am Türgriff fest.

»Haben Sie den Film ›Ben Hur‹ gesehen?«

Sie nickte. Sprechen konnte sie nicht.

»Dann sollten Sie doch wissen, wie man in Italien Auto fährt!« Endlich trat er auf die Bremse. Sie standen vor einem jener Betonkästen, die sich weniger durch Schönheit als durch Zweckmäßigkeit auszeichnen und in den Reisekatalogen in der Regel als Hotels der ersten Kategorie angepriesen werden. Lilo wartete schon. Schick sieht sie aus, dachte Tinchen ein bißchen neidisch, aber mit ihrer Figur kann sie sich die knallengen Hosen ja leisten. Ich könnte auch ruhig ein paar Pfund abnehmen, das würde gar nichts schaden. Vati hat schon immer behauptet, daß die meisten Diätkuren ihren Ursprung bei der Schneiderin haben und nicht beim Arzt.

»Guten Morgen, ihr Langschläfer! Seit zwanzig Minuten stehe ich mir die Beine in den Bauch. Ich hab' schon da drüben in der Kaffeebar gewartet, aber in so einer Umgebung ist es für eine Frau schwierig, nicht so auszusehen, als ob sie Angst hätte, versetzt zu werden.«

Sie zwängte sich auf den Rücksitz. »Von mir aus kann's losgehen.«

Harbrecht sah auf seine Armbanduhr. »Es tut mir leid, Kinder, aber die Hotels können wir nicht mehr abklappern. Dazu reicht die Zeit einfach nicht. Dann geht ihr eben nachher allein auf Besuchstour! Sehen wir lieber zu, daß wir ins Büro kommen, damit ich euch wenigstens noch das Nötigste erklären kann.«

Das Schmetterlingsnest lag in der Parallelstraße zur Strandpromenade und nahm das Parterre eines schmalbrüstigen Hauses ein. Harbrecht schloß die Tür auf und überreichte Tinchen feierlich den Schlüssel. »Nicht verlieren, es ist der letzte!«

»Kriege ich denn keinen?« fragte Lilo.

»Selbst ist die Frau! Für Schlüssel, Wasserrohrbrüche, kaputte Autos, amerikanische Zigaretten und erstklassigen Landwein ist Bobo zuständig, der meccanico von der Tankstelle an der Ecke. Er sieht zwar aus wie ein schlafender Säugling, hat es aber faustdick hinter den Ohren. Es gibt so gut wie nichts, was der nicht irgendwo auf Lager hat. Und wenn er's wirklich nicht hat, kann er's besorgen. – So, nun kommt mal rein in die gute Stube!«

Das Büro war ein langer schmaler Schlauch und ziemlich dunkel. Licht fiel nur durch das verhältnismäßig kleine Fenster, das auch noch von einem müde vor sich hinstaubenden Geranientopf halb verdeckt wurde, und durch das verglaste obere Drittel der Eingangstür.

»Vielleicht wird es heller, wenn wir mal die Patina von den Scheiben schrubben!« hoffte Tinchen und malte ein Herz auf das schmutzige Fenster.

»Wo geht es denn hier hin?« Lilo hatte sich an den beiden nebeneinanderstehenden Schreibtischen vorbeigeschlängelt, ein paar Stühle aus dem Weg geräumt und zeigte nun auf die dem Eingang gegenüberliegende Tür. Gelbes Riffelglas verwehrte den Blick nach draußen.

»Machen Sie doch auf! Der Schlüssel steckt!«

Neugierig öffnete Lilo die Tür und prallte zurück. Direkt vor ihrer Nase fuhr laut hupend ein Lastwagen vorbei. Nur ein handtuchbreiter Gehsteig trennte sie von der Straße. Erschrocken knallte sie die Tür wieder zu. »Ich komme mir vor wie auf einem Güterbahnhof!«

»Halb so schlimm!« beruhigte sie Harbrecht. »Der Krach

hält sich in Grenzen und hat manchmal sogar seine Vorteile, wenn sich Gäste beschweren wollen. Hinterher kann man immer behaupten, man habe sie nicht richtig verstanden.«

»Wie ich das sehe, kann man dieses Büro also von zwei Seiten betreten, und wen man vorne rausschmeißt, der kommt hinten wieder rein!« stellte das praktische Tinchen fest.

»Sie müssen das anders interpretieren!« lachte Harbrecht. »Die hintere Tür ist immer abgeschlossen, dient aber als Fluchtmöglichkeit. Vorausgesetzt, Sie sind spurtschnell. Von Ihrem Schreibtisch – das ist hier der vordere – sind es genau neuneinhalb Meter bis zur Tür. Wenn Sie bei den ersten Anzeichen einer bevorstehenden Invasion losprinten, schaffen Sie es noch!«

»Verstehe ich nicht!«

»Ist aber ganz einfach! Leute, die meckern wollen, kommen selten allein, weil sie moralische Unterstützung brauchen. Unverkennbare Warnsignale sind lautes, meist empörtes Reden, kurzes Anhalten vor der Tür zwecks Überprüfung der Garderobe, sodann energisches Klopfen... aber wenn Sie Glück haben, hören Sie das schon nicht mehr!«

»Mal angenommen, die Flucht ist geglückt! Was mache ich dann?«

»Dann trinken Sie nebenan in der Bar einen café, rauchen eine Zigarette und kommen durch den vorderen Eingang wieder zurück. Jeder Mensch hat das Recht, gewisse Örtlichkeiten aufzusuchen, und eine eigene Toilette haben wir hier nämlich nicht. In der Zwischenzeit sind Ihre Besucher entweder verschwunden, was oft der Fall ist, oder das Warten hat sie ein bißchen abgekühlt. Manchmal geschieht natürlich das Gegenteil, und für diese akuten Notfälle steht eine Spesenflasche im Schreibtisch!«

»Haben denn alle Häuser zwei Eingänge?«

»Nicht alle, aber die meisten. In diesen engen Gassen ist das sowohl für die Geschäftsleute als auch für die Kunden äußerst praktisch. Lange Wege zum Einkaufen gibt es hier nicht!«

Harbrecht knipste die Deckenlampe an. Eine getönte Neonröhre tauchte das Büro in ein süßliches rosa Licht.

»Scheußlich!« sagte Tinchen.

»Weiß ich selber, ist aber noch ein Überbleibsel von dem Juwelierladen, der früher mal hier drin gewesen ist. Wahrscheinlich haben die falschen Brillanten dann nicht ganz so falsch ausgesehen. – Jetzt kommt mal her, ihr beiden Hübschen! Ich hab' noch genau fünfundfünfzig Minuten Zeit, euch das Wichtigste zu erklären!«

Die drei vertieften sich in Ordner, die säuberlich aufgereiht in mehreren Regalen standen, verglichen die Zimmerreservierungen mit der Liste jener Gäste, die in vier Tagen ankommen sollten, und während Lilo den an der Wand hängenden Stadtplan studierte und alle Vertragshotels einzeichnete, notierte Tinchen in Stichworten alles das, was Harbrecht noch so ganz nebenbei erwähnte.

»Die Fahrten nach Nizza und Portofino teilt ihr euch am besten. Einer fährt nach Osten, der andere nach Westen. Dann braucht jeder nur einmal den ganzen Quatsch zu lernen. Auf die Dauer wird das zwar ziemlich langweilig, aber es ist bequemer.«

»Welche Fahrten?«

»Die Busausflüge natürlich! Einmal pro Woche werden die Vergnügungssüchtigen eingesammelt und durch die Landschaft gekarrt. Nach längstens fünf Tagen kennen sie in Verenzi jede Palme und wollen auch mal etwas anderes sehen. Also tun wir ihnen den Gefallen. San Remo, Ventimiglia, Monte Carlo mit Abstecher ins Spielkasino, dann Nizza, wo sich alle auf den Blumenmarkt stürzen und den Bus in ein rollendes Treibhaus verwandeln... Es ist jedesmal das gleiche.«

»Aber davon hat uns kein Mensch etwas gesagt!« Im Geiste sah sich Tinchen schon mit einem Bus voll schimpfender Touristen auf einer verlassenen Landstraße stehen, vom rechten

Wege abgekommen und ohne die geringste Hoffnung, ihn jemals wiederzufinden.

Harbrecht schien ihre Gedanken zu erraten. »Sie brauchen keine Angst zu haben! Luigi fährt die Strecke schon seit Jahren, kennt jeden Kilometerstein und natürlich auch den ganzen Sermon, den ich jedesmal herunterbeten mußte. Notfalls könnte er die Touren sogar allein machen. Eigentlich müssen Sie bei diesen Fahrten nur zwei Grundregeln beachten: Erstens: Sehen Sie zu, daß mindestens ein ungebildeter Mensch dabei ist, der all die dummen Fragen stellt, die die anderen auch gern stellen würden, es aber nicht tun, weil man sie sonst für ungebildet halten könnte. Und zweitens: Auf Exkursionen müssen Sie der Herde immer ein Stück voraus sein, damit Sie alle Pflanzen zertreten können, die Sie nicht kennen!«

»Das ist ein schwacher Trost«, stöhnte Tinchen. »Ich kann doch nicht die ganze Botanik ausrotten! Außerdem bin ich noch niemals in Frankreich gewesen, habe keine Ahnung, wie man da hinkommt und weiß nicht das geringste über etwaige Sehenswürdigkeiten.«

»Die Fahrerei überlassen Sie ruhig Luigi, und alles andere können Sie sich zusammenlesen! Hier muß noch ein ganzer Haufen liegen« – Harbrecht kramte in der untersten Schreibtischschublade und förderte einen Schwung Prospekte zutage –, »das reicht für den Anfang. Und was Sie nicht wissen, erfinden Sie. Kirchen werden meistens nach irgendwelchen Heiligen benannt, die sich sowieso kein Mensch merken kann, was Sie an Bergen sehen, gehört grundsätzlich zum italienischen Apennin und jenseits der Grenze zum französischen, und wenn in Monaco die obligatorische Frage kommt – und die kommt immer! –, ob denn wohl die Jacht von Arndt Krupp oder Christina Onassis im Hafen liegt, dann suchen Sie sich den größten Kahn heraus und behaupten, das sei sie. Kein Mensch kontrolliert das nach, aber alle freuen sich, daß sie einen Blick auf das Ambiente der internationalen Prominenz werfen konnten!«

»Ist das alles nicht ein bißchen unfair?« fragte Lilo zögernd.

»Der Himmel erhalte euch euer Gewissen! Spätestens nach der sechsten Tour seid ihr so abgestumpft, daß euch alles Wurscht ist. Mich hat mal jemand vor ein paar zusammengefallenen Mauersteinen gefragt, was das gewesen sei. Darauf hab' ich ihm gesagt, da habe eine der ersten christlichen Kirchen gestanden, die Nero erbaut habe. Der Kerl hat andächtig die Trümmer beguckt und gemeint: »Dann liegen die ja schon seit unvordenklichen Zeiten hier, und ich hatte geglaubt, die sind noch viel älter!«

Tinchen prustete los. »Ihr Glück, daß das kein Historiker gewesen ist.«

»Die buchen keine Schmetterlings-Reise, die nehmen Neckermanns Studienfahrten!« Harbrecht sah auf die Uhr. »Kinder, es wird Zeit. Bringt ihr mich noch zum Bahnhof?«

»Das ist doch Ehrensache!« versicherte Lilo. »Nachdem Sie uns auch noch das letzte bißchen Selbstbewußtsein geraubt haben, können Sie uns ja ruhig unserem Schicksal überlassen.«

»Wer fährt?« Fragend hielt er den Autoschlüssel hoch.

»Sie!« kam es unisono zurück.

Wieder ging es in mörderischem Tempo und unter Mißachtung einschlägiger Verkehrsregeln durch die Straßen.

»Können Sie denn nicht mal auf einer Seite bleiben?« jammerte Tinchen, als Harbrecht ein paar gewagte Überholmanöver beendet hatte.

»In manchen Ländern fährt man rechts, in anderen links«, erklärte er nachsichtig. »Hier fährt man eben im Schatten!« Wie zum Beweis drehte er das Steuer ein wenig und brauste mitten auf der Straße geradeaus, ohne sich um das empörte Hupen entgegenkommender Fahrzeuge zu kümmern.

»Die meisten Unfälle passieren, weil der Fahrer im vierten Gang fährt, während sein Geist auf Leerlauf geschaltet ist!« murmelte Tinchen.

Harbrecht grinste nur, nahm aber doch den Fuß vom Gas. Trotzdem war sie froh, als er endlich auf dem Bahnhofsvorplatz anhielt. Er stieg aus und zerrte seine Tasche vom Rücksitz.

»Ist das Ihr ganzes Gepäck?« wunderte sich Lilo.

»Nein, meine Dame. Selbst Junggesellen brauchen gelegentlich eine Hose zum Wechseln. Die Koffer sind schon weg und werden hoffentlich vor Ablauf dieses Monats in Taormina eintreffen. Wenn nicht, kommen sie im nächsten. Hier dauert alles ein bißchen länger als woanders.«

Dann gab er sich einen Ruck: »Bringen wir's hinter uns, ich hasse Abschiedsszenen.« Er gab beiden die Hand. »Kopf hoch, Mädchen, ihr schafft das schon!« Und als er die zweifelnden Gesichter sah, fügte er tröstend hinzu: »Ihr braucht bloß zu beten, daß jeden Donnerstag die Sonne scheint!«

»Wozu soll das gut sein?«

»Mittwochs kommen die Gäste an und sind nach der langen Fahrt froh, wenn sie endlich ihr Hotel und ein Bett sehen. Zum Meckern sind sie viel zu müde. Das heben sie sich für den nächsten Tag auf: Wenn dann aber die Sonne scheint, wollen sie an den Strand und kümmern sich einen Schmarrn um den quietschenden Fahrstuhl oder den klappernden Fensterladen, über den sie sich noch am Abend vorher so maßlos aufgeregt haben. Am dritten Tag haben sie sich sowieso daran gewöhnt. Nur wenn es regnet, wird es fürchterlich! Also betet um ein Azorenhoch, das vom Mai bis zum September anhält! Und immer optimistisch bleiben, selbst wenn es Strippen gießt. Hier ändert sich das Wetter schnell. Das ist sogar die Wahrheit!«

Er nahm seine Tasche, winkte den beiden noch einmal zu und verschwand im Bahnhof. Kurz darauf sahen sie den Zug davonfahren.

»Und nun?« fragte Tinchen zaghaft.

»Trinken wir uns erst mal Mut an!« bestimmte Lilo und klapperte unternehmungslustig mit den Autoschlüsseln.

AUS TINCHENS TAGEBUCH

6. April

Habe eben die Tomatenflecken aus der Bluse geschrubbt und muß warten, bis sie trocken ist. Alle anderen sind in der Wäscherei. Werde vorläufig keine pasta asciutta mehr essen, machen sowieso zu dick.

Heute die ersten Schmetterlinge in Empfang genommen. Sahen alle aus wie Trauermäntel. Muß das nächstemal die Namensliste mitnehmen zum Bahnhof. Waren zwei Meiers dabei. Sahen beide gleich alt aus. Waren empört, als ich sie nach ihrem Geburtsdatum fragte. Älterer Herr wollte wissen, wo man hier etwas erleben kann. Habe ihn in die Splendid-Bar geschickt, da trinkt der Pfarrer jeden Abend seinen Apéritif.

›Sole mio‹ hat einen heimtückischen Charakter. Bleibt am liebsten auf Kreuzungen stehen. Weiß inzwischen, daß man vor dem Anschieben die Handbremse lösen muß. Habe mir bequeme Schuhe gekauft, weil die bei längeren Fußmärschen praktischer sind.

8. April

Keine Reklamationen. Mußte die künstliche Blondine aus Bottrop enttäuschen. Verenzi hat keinen FKK-Strand. Älterem Herrn hat es in der Splendid-Bar nicht gefallen. Wollte mich zum Essen einladen: Behauptete, er sei in den besten Jahren. Kann sein, aber seine guten sind vorbei.

Heute Bekanntschaft mit Bobo gemacht. Wirklich ein heller Junge! Hat mir erklärt, daß ein Auto auch Öl braucht. Hofft, daß er die Reparatur in drei Tagen schafft. Habe mir noch ein Paar Schuhe mit flachen Absätzen gekauft.

11. April

Habe Schwierigkeiten mit dem hiesigen Dialekt. Schwer verständlich. Leute alle nett und freundlich, behaupten, ich spräche sehr gut italienisch. Wo ich es gelernt hätte? Vermuten in Kalabrien. Rat von Fritz Schumann befolgt und deutsch geredet. Klappte großartig. Carabinieri sehr zuvorkommend. Helfen sogar schieben. Haben mir empfohlen, Reservekanister zu kaufen.

13. April

Bin seit heute wieder abergläubisch. Mit dem Dreizehnten muß es *doch* was auf sich haben! Mittags angefangen zu regen. Zug hatte Verspätung, Gäste deshalb sehr ungemütlich. Hatten außerdem Regenschirme zu Hause gelassen. Transport mit Bus in die einzelnen Hotels verzögerte sich. Luigi hatte Nagel im Fuß. Will den Schuster verklagen. Hatte Gäste endlich abgeliefert und kam zurück, um Gepäck zu holen. Kofferschilder nicht mehr zu entziffern, weil Schrift vom Regen zerlaufen. Haben zusammen alle Hotels abgeklappert und Gäste aufgefordert, Kollektion im Bus zu besichtigen und Eigentum herauszusuchen. Hat beinahe bis Mitternacht gedauert.

Ein Koffer ist übriggeblieben, steht jetzt im Büro. Hoffe, Besitzer ist verständnisvoller junger Mann und nicht alte Dame, die Flanellnachthemd braucht.

Wolken reißen auf. Schumann sagt, morgen scheint wieder die Sonne.

14. April

Koffer ist abgeholt worden, rothaarige Besitzerin hatte ihn gestern noch gar nicht vermißt. Sie nächtigte angeblich im Zimmer ihrer Nachbarin, die auf der Herfahrt eine Gallenkolik gehabt haben soll.

Anhand der Ankunftsliste festgestellt, daß nur noch zwei *Herren* für die Pension Bellevue gebucht haben.

17. April

Große Aufregung! Dame vom Strandhotel vermißte wertvollen Ring. Beschuldigte Zimmermädchen. Zimmermädchen beschuldigte Putzfrau. Putzfrau beschuldigte Etagenkellner. Ich mußte Risotto und interessanten Mann stehenlassen und zum Tatort fahren. Ring immer noch weg. Alle Verdächtigten hochgradig empört. Übersetzte ihr »stupido cretino« mit »Wir sind unschuldig«. Dame zum Glück der italienischen Sprache nicht mächtig. Sonntags Carabinieri nicht erreichbar. Habe Opfer zu einem Grappa auf Spesen eingeladen. Will Ring trotzdem wiederhaben. Muß mich morgen drum kümmern.

Interessanter Mann in der Zwischenzeit natürlich verschwunden.

18. April

Ring ist wieder aufgetaucht. Dame hatte ihn bei abendlicher Schönheitspflege im Cremetopf entdeckt, wo sie ihn aus Angst vor Dieben eingegraben hatte. Beklagte ihr mangelndes Erinnerungsvermögen. Verdächtigte Angestellte weniger an Entschuldigung interessiert als an Trinkgeld. Bekamen beides.

Interessanten Mann wiedergesehen. Saß mit Lilo im Strandcafé. Und mir hatte sie erzählt, daß sie nach San Giorgio fährt!

20. April

Heute erstes Sonnenbad genommen. Wasser zum Baden noch zu kalt. Leider. Muß dringend abnehmen, damit ich in den neuen Badeanzug passe. Wasser zehrt! Andererseits: Wenn Schwimmen so gut für die schlanke Linie ist, wie soll man sich dann den Wal erklären? Diesmal schon 32 Schmetterlinge angekommen. Habe einigen erklären müssen, daß Hotels Vorder- und Rückseiten haben und nicht alle Zimmer Ausblick zum Meer bieten. Besonders Verdrossenen empfohlen, den nächsten Urlaub auf einer kleinen Insel zu verbringen.

22. April

Vorhin heftiges Gewitter. Nach dem dritten Donnerschlag gingen überall die Lichter aus. Schumann sagt, das sei hier unten üblich. Warum, weiß er nicht. Habe festgestellt, daß es nur dann romantisch ist, bei Kerzenlicht zu essen, wenn man es nicht muß.

Will morgen mit Lilo die Route nach Nizza abfahren. Müssen ja wissen, was da auf uns zukommt. Habe schon fleißig Schularbeiten gemacht. In San Remo gibt es eine romanische Kirche aus dem 13. Jahrhundert, in Nizza ein Chagall-Matisse-Museum sowie eine ganze Menge Trümmer aus der Römerzeit. Hoffe sehr, daß die Schmetterlinge, wie es sich letztlich gehört, mehr Interesse für den Blumenmarkt zeigen. Hätte im Geschichtsunterricht eben doch besser aufpassen müssen!

7

Tinchen saß in ihrer ›Röhre‹, wie sie das schmale Büro insgeheim nannte, und blätterte in den Prospekten. In jedem Nest, das sie gestern auf ihrer Fahrt entlang der Küste durchquert hatten, war als erstes die Kurverwaltung angesteuert und alles eingesammelt worden, was an Gedrucktem herumgelegen hatte – einschließlich des Eisenbahnfahrplans und der Impfvorschriften für reisende Haustiere.

Auf dem Fußboden hatte sie eine große Straßenkarte ausgebreitet, anhand derer sie nun ihre Unterlagen sortierte. »Albenga kommt vor Alássio, Laiguéglia liegt dahinter, dann kommt San Remo... nee, dazwischen liegt noch Diano Marina, das war doch der Ort mit dem künstlich aufgeworfenen Sandstrand... dann San Remo, Bordighera... zum Donnerwetter noch mal, wer soll sich denn das alles merken?«

Wütend feuerte sie die Prospekte in die Ecke und griff nach einer Zigarette. Warum hatte ausgerechnet sie die Frankreich-Tour übernehmen wollen? Zur anderen Seite hin nach Genua und Portofino gab es bestimmt nicht so viele Badeorte, und die Sehenswürdigkeiten hielten sich auch in Grenzen. Aber nein, sie mußte sich ja Frankreich aussuchen! Das hatte sie jetzt davon! Allein in ihrem Reiseführer wurde San Remo auf fünf Seiten abgehandelt! Welche Kaiser und Könige wann in welchen Hotels residiert hatten, wo der Fürst XY und der Erbprinz von Sowieso abgestiegen waren... Ob das die Touristen von heute wirklich noch interessierte? Schumann sagt ja. Blödsinn, ich kann doch nicht den ganzen Gotha auswendig lernen! Überhaupt war es eine Schnapsidee, am Sonntag ins Büro zu kommen und arbeiten zu wollen. Lilo hatte sich ja auch nicht blicken lassen. Angeblich wollte sie nach San Giorgio, weil es irgendwelche Beschwerden gegeben hatte. War sicher bloß eine Ausrede!

Tinchen stopfte die Prospekte wieder in den Schreibtisch. Die konnten warten! Vor Mitte Mai würden sowieso noch nicht genug Gäste da sein, um einen ganzen Ausflugsbus zu füllen, denn es gab ja auch genügend Individualisten, die auf organisierte Freizeitgestaltung verzichteten und lieber auf eigene Faust loszogen.

Sorgfältig drehte sie den Schlüssel zweimal herum, obwohl ein fester Schlag mit dem Handballen genügt hätte, das altersschwache Schloß der Bürotür zu sprengen, und machte sich auf den Weg zu Signora Ravanelli – zu deutsch: Radieschen. Diese nicht eben schlank zu nennende Dame unbestimmbaren Alters war Inhaberin eines kleinen Obst- und Gemüseladens, in dem Tinchen ihren täglichen Vitaminbedarf zu decken pflegte. Die Konversation verlief in der Regel sehr einseitig und wurde überwiegend von Frau Radieschen bestritten.

Sie grinste erfreut, als Tinchen den etwas schmuddeligen Laden betrat, und begrüßte sie mit einem Wortschwall, der ihr jede Hoffnung nahm, jemals die Landessprache zu erlernen. Sie begriff kein Wort.

»Vorrei, per favore, due arangio«, verlangte sie schüchtern.

»Si, Signorina!« Frau Radieschen grub unter einem Berg von Petersilie zwei Orangen aus und reichte sie über den Ladentisch. »Fa un tempo splendido!« setzte sie die Unterhaltung fort.

»Si«, nickte Tinchen glücklich, denn diesmal hatte sie verstanden, und daß das Wetter herrlich war, ließ sich nicht bestreiten.

»Ma ieri sera à piovuto!«

»Si«, erwiderte Tinchen, gestern abend hatte es wirklich geregnet.

Nun kam wieder eine Frage, deren Sinn im dunkeln blieb. »Si, si«, antwortete Tinchen bereitwillig, was sie aber Sekunden später bereute, denn es schien sich um ein Verkaufsangebot gehandelt zu haben. Signora Ravanelli drückte ihr ein Bund Zwiebeln in die Hand und fing an, Tomaten in eine Tüte zu füllen.

»No, grazie, Signora, e Arrivederci«, stammelte Tinchen entsetzt, legte ein paar Münzen auf den Tisch und ergriff die Flucht, bevor Frau Radieschen das nahrhafte Stilleben durch Lauchstengel oder Blumenkohl ergänzen würde. Immerhin war es schon ein paarmal vorgekommen, daß sie einen Armvoll Gemüse in der Hotelküche abliefern mußte. Offenbar war Signora Ravanelli davon überzeugt, daß Tinchen zu jener Gruppe jugendlicher Camper gehörte, die vor Verenzis Toren ihre Zelte aufgeschlagen hatten und sich überwiegend von mitgebrachten Konserven und Chianti ernährten. Es war ihr noch nicht gelungen, Signora Radieschen von ihrem durchaus seriösen Beruf zu überzeugen, was natürlich in erster Linie daran lag, daß die gute Frau vermutlich aus den unteren Schichten der Bevölkerung stammte, nur den einheimischen Dialekt beherrschte und von dem klassischen Italienisch, wie Tinchen es sprach, wenig oder gar nichts verstand.

Langsam schlenderte sie die Strandpromenade hinauf, als neben ihr ein wohlbekanntes Auto bremste. »Steig ein!« rief Lilo, während sie mit einem wohlgezielten Fußtritt von innen die Beifahrertür öffnete. »Die klemmt mal wieder!«

Tinchen quetschte sich in den Fiat und zog die Tür heran. Prompt sprang sie wieder auf. »Jetzt mußt du sie schon zuhalten!« Lilo trat aufs Gas. »Vorhin habe ich fünf Minuten gebraucht, um sie mit zwei Papiertüchern festzustopfen.«

»Was war denn drüben los? Oder bist du gar nicht in San Giorgio gewesen?«

»Natürlich, ich komme ja gerade zurück. Nach dem Geschrei, das diese Frau Malinowski am Telefon angestimmt hatte, glaubte ich schon, es handele sich um einen mittelschweren Wasserrohrbruch. Dabei war's bloß das übliche. Die Dusche tropfte, und deshalb konnte die gute Frau nachts nicht schlafen. Inzwischen hatte der Hausknecht längst Abhilfe geschaffen.«

»Dann war doch alles in Ordnung!«

»Eben nicht! Die Dame legte Wert auf deutsche Gründlichkeit und nicht auf landesübliche Improvisation. Weißt du, welche geniale Idee der Kerl gehabt hat? Anstatt den Duschkopf auszuwechseln, hat er bloß einen langen Bindfaden rangebunden. An dem sind die Wassertropfen lautlos in den Abfluß gelaufen.«

»Das gibt's doch nicht!«

»Doch, das gibt es! Und es funktioniert prima! Ich werde mir diese Methode für künftige Notfälle merken!«

Sie hatten das Lido erreicht. »Hast du heute etwas Besonderes vor?«

»Nein, warum?« Erleichtert ließ Tinchen die Wagentür los und schälte sich aus dem Auto.

»Wir könnten doch nach Portofino fahren! Schließlich muß ich meine Busroute auch mal kennenlernen!«

»Bist du wahnsinnig? Ich habe noch von der gestrigen Tour die Nase voll und Blasen an den Füßen. Außerdem ist es viel zu spät! Und dann glaubst du doch wohl nicht, daß ich stundenlang die Tür festhalte?«

»Da ist bloß eine Schraube locker. Wenn ich einen Schraubenzieher gehabt hätte, dann hätte ich die Kleinigkeit schon selbst repariert.«

Tinchen wunderte sich. »Irgendwo muß doch Bordwerkzeug sein?«

»Ist ja auch! Eine verbogene Schere, drei Rollen Isolierband, eine Maurerkelle und Fahrradflickzeug

»Ist wenigstens ein Reservereifen da?«

»Ja, aber der ist platt!«

»Dann können wir sowieso nicht fahren!«

»Warum nicht? Oder kannst du im Notfall den Reifen wechseln?«

»Natürlich nicht!«

»Na also! Weshalb brauchen wir dann einen?« stellte Lilo mit bezwingender Logik fest. »Mach dich fertig, in einer halben Stunde hole ich dich ab!«

Es dauerte zwar ein bißchen länger, aber dafür war die Autotür in Ordnung und der Reservereifen aufgepumpt.

»Bobo hat gesagt, wir sollen auf keinen Fall über achtzig

fahren«, lachte Lilo. »Der hat vielleicht Humor! Fünfundsechzig ist das Äußerste, was die Karre noch bringt, sonst fällt sie auseinander.«

»Nehmen wir die Autostrada?« Mißtrauisch überprüfte Tinchen die Tür.

»Vielleicht sollten wir sie doch lieber festbinden!«

Routiniert fädelte sich Lilo in den sonntäglichen Ausflugsverkehr ein. »Den langweiligen Teil heben wir uns für den Rückweg auf. Jetzt fahren wir die Via Aurelia entlang. Das dauert zwar länger, ist aber landschaftlich viel schöner.«

»Und gefährlicher!« ergänzte Tinchen. Trotzdem genoß sie die Fahrt entlang der Küste, hauptsächlich deshalb, weil sie nicht selbst hinter dem Steuer saß. In stillschweigender Übereinkunft übernahm Lilo die Rolle des Chauffeurs, wenn sie beide zusammen im Wagen saßen, denn Tinchens Fahrkünste hatten ihr nur ein Kopfschütteln entlockt.

»Wenn du so vorsichtig herumgurkst, wirst du zum Verkehrshindernis. Hast du denn die italienische Mentalität noch immer nicht begriffen? Für die bedeutet Rot an der Ampel nicht Stopp, sondern bloß eine Art Hinweis, der nichts anderes heißt als: Es ist Rot, also mach, was du willst. Wenn du durchfahren möchtest, bitte sehr, es sagt sowieso keiner was. Aber wenn du aufs Pedal trittst, dann paß wenigstens auf. Willst du lieber anhalten, dann tu es, aber sei in diesem Fall besonders vorsichtig, weil die hinter dir nicht damit rechnen, daß du stoppst und womöglich auf dich draufbrettern. Na ja, und Grün heißt nichts anderes, als daß du jetzt Vorfahrt hast, aber darauf kannst du dich nicht verlassen, denn die Querstraße hat Rot, und du weißt ja, was sich dann tut. Am besten fährst du bis zur Mitte, guckst nach links und rechts, und wenn du niemanden siehst, gib Gas!«

»Und wenn Gelb ist?«

»Gar nicht drum kümmern! Das gelbe Licht wird nur beibehalten, weil die Ampeln alle importiert sind!«

Nach diesem Schnellkurs in italienischer Fahrpraxis hatte Tinchen es vorgezogen, überwiegend zu Fuß zu gehen, obwohl auch das keine hundertprozentige Überlebenschance bot. Die einzig sichere Methode, hierorts eine Straße zu überqueren, ist, eine Kuh mitzunehmen. Dieser relativ seltene Anblick veranlaßt offenbar jeden Autofahrer, abrupt auf die Bremse zu treten. Tinchen hatte das staunend beobachtet.

Anhand ihres Reiseführers kommentierte sie jeden Ort, durch den sie fuhren. »Varazze weist Reste der römischen Stadtmauern auf und die Stiftskirche Sant' Ambrogio. Pegli bietet als Sehenswürdigkeiten die Villa Doria sowie die Parkanlagen von...«

»Hör auf mit dem Quatsch! Du bist jetzt nicht im Dienst! Oder glaubst du, daß ich diesen Quark jedesmal herunterbete? Die meisten hören ja doch nicht zu. Harbrecht hat recht! Einfach warten, bis die Leute fragen, und dann kann ich mir immer noch etwas einfallen lassen. Hinter der nächsten Kurve haben sie sowieso alles wieder vergessen!«

Ein bißchen bezweifelte Tinchen ja doch die Kurzlebigkeit gespeicherter Informationen in teutonischen Gehirnen, aber wenn sie an ihr eigenes dachte, in dem sich nicht einmal drei Telefonnummern speichern ließen, dann könnte Lilo mit ihrer Ansicht vielleicht doch richtig liegen.

»Such lieber mal den Stadtplan von Genua heraus, der muß in der Seitentasche stecken. Wir sind nämlich gleich da.«

Die Häuser wurden zahlreicher, die Autos ebenfalls, und bevor Tinchen die ohnehin nur spärlich vorhandenen Straßennamen auf der Karte gefunden hatte, war Lilo längst wieder irgendwo abgebogen, und die Suche begann von neuem.

»So hat das keinen Zweck! Halt mal da drüben an der Piazza!« Tinchen kurbelte das Fenster herunter und schrie in eine Gruppe feierlich gekleideter Spaziergänger: »In quale direzione si trova il Campo Santo?«

Mehrstimmig tönte es zurück: »Al sinistra la secondo strada traversale!«

»Was ist los?« fragte Lilo verblüfft.

»Ich habe gefragt, wo es zum Friedhof geht, und die haben gesagt, zweite Querstraße links.«

Respektvoll murmelte sie: »Mensch, du kannst ja wirklich Italienisch!« Und nach einem Weilchen: »Was sollen wir denn auf dem Friedhof?«

»Der Campo Santo von Genua ist berühmt und folglich sehenswert.«

»Warum?«

»Keine Ahnung. Laß uns erst mal hinfahren. Vielleicht finden wir es heraus.«

Wenig später kurvte Lilo völlig entnervt zum drittenmal durch dasselbe Gäßchen, das sich von den anderen nur dadurch unterschied, daß es noch ein bißchen schmaler war. »Ich finde hier nicht mehr raus!« jammerte sie. Schließlich öffnete sie das Fenster und fragte einen herumlungernden Müßiggänger: »Ist das hier die zweite Querstraße links?«

»Non capisto!«

»Du mich auch!« knurrte sie und zuckelte weiter.

Mehr dem Zufall als der verzweifelten Suche war es zu verdanken, daß ›Sole mio‹ doch noch vor dem großen Tor des Campo Santo ausrollte und genau neben einem unübersehbaren Schild zum Stehen kam. »Parken nur für Anlieger gestattet!« buchstabierte Tinchen mit Hilfe des Wörterbuchs. »Klingt ein bißchen sehr makaber, nicht wahr?«

Der Friedhof erwies sich als eine Ansammlung monumentaler Scheußlichkeiten in Gips, Stuck und Marmor. »Hier scheinen die himmlischen Heerscharen komplett versammelt zu sein«, sagte Lilo kopfschüttelnd und zeigte auf eine Gruppe riesiger Marmorengel, die am Kopfende eines verwilderten Grabes standen. »Die müssen ja ein Vermögen gekostet haben!«

»Angeblich gibt es Leute, die ihr ganzes Leben lang sparen, um später einen würdigen Grabstein zu bekommen. Da drüben die Brezelfrau soll es auch so gemacht haben.« Tinchen zeigte auf eine große Bronzefigur, zu deren Füßen ein Korb mit ehernen Brezeln stand. »Sie hat Lira auf Lira gelegt, damit sie nach ihrem Tod genauso ein schönes Denkmal kriegen konnte wie die reichen Leute.«

»Schön blöd! Was hat sie denn jetzt davon?« Lilo betrachtete die Statue und warf einen beziehungsreichen Blick auf die Brezeln.

»Langsam bekomme ich Hunger! Oder müssen wir vorher noch ein paar andere Sehenswürdigkeiten abhaken?«

»Die würden wir ja doch nicht finden. Oder weißt du vielleicht, wo das Geburtshaus von Columbus steht?«

»Ich hatte gar keine Ahnung, daß der hier geboren ist.«

»Ignorantin!« tadelte Tinchen. »Du solltest dich wirklich ein bißchen mehr um italienische Geschichte kümmern und weniger um italienische Männer!«

»Wenn du den von gestern abend meinst, dann irrst du dich. Der war aus Österreich. Und über Columbus haben wir gar nicht gesprochen.«

In der Nähe des Hafens entdeckten sie eine kleine Trattoria, die als Spezialität des Hauses ›Frutti di mare‹ verhieß. Lilo war mißtrauisch. »Wer weiß, was die darunter verstehen. Am Ende setzen sie uns Entengrütze vor, garniert mit Seetang.«

»Blödsinn! Früchte des Meeres sind Fische, Krabben, Muscheln – eben alles, was im Meer lebt.«

»Wächst Seetang vielleicht nicht im Meer?«

Das Innere des Restaurants schien Lilos Befürchtungen zu bestätigen. Zwar waren die Fliegen weniger zahlreich als die Flecken auf den Tischtüchern, aber bekanntlich soll man sich von solchen Äußerlichkeiten nicht abschrecken lassen. Das Etablissement war gut besucht, und daraus folgerte Tinchen, daß zumindest die Küche mehr hielt, als der Speisesaal versprach.

»Bestell du!« forderte Lilo, als sie endlich einen leeren Tisch gefunden hatten, »ich kann das doch nicht übersetzen.«

Tinchen vertiefte sich in die Speisekarte. »Wie mögen hier die Schnecken sein?«

»Die sind als Kellner verkleidet!« klang es entmutigt vom Nebentisch. »Sollten Sie heute noch etwas anderes vorhaben, dann wechseln Sie lieber das Lokal! Ich will auch gerade wieder gehen.«

Ein junger Mann erhob sich und trat zu ihnen. »Das Essen soll gut sein, aber bis ich das ausprobieren kann, bin ich verhungert. Seit einer geschlagenen halben Stunde warte ich, und als ich mich beschweren wollte, wurde dieser cameriere auch noch patzig. Weshalb schimpfen Sie über die schlechte Bedienung, hat er geraunzt, Sie haben doch noch gar keine gehabt!«

Lachend erkundigte sich Tinchen: »Kennen Sie denn hier in der Nähe ein anderes Restaurant?«

»Nö, aber wir werden schon eins finden!«

Gemeinsam verließen sie das Lokal, und wie selbstverständlich hakte sich der junge Mann bei den Mädchen unter, während er munter drauflos schwatzte. »Das nenne ich Glück haben! Um diese Jahreszeit findet man relativ selten Landsleute, und zwei so hübsche schon gar nicht!«

»Sparen Sie sich Ihr Süßholzgeraspel für den Strand auf!« Tinchen schüttelte den Arm ihres Begleiters ab. »Manche Menschen nehmen alles mögliche mit in den Urlaub, nur ihre Manieren nicht!«

»Touché!« parierte er lächelnd. »Holen wir also die Formalitäten nach!«

Er hieß Klaus Brandt, war 32 Jahre alt, stammte aus Hannover und lebte schon seit zwei Monaten bei seiner Tante in Loano, eine Behauptung, die Tinchen sofort anzweifelte. »Früher nannte man diese Damen ›Kusinen‹, heute bezeichnet man sie als Tanten. Warum hat bloß jeder Mann Hemmungen, ›meine Freundin‹ zu sagen?«

»Weil Tante Josi vierundsiebzig und wirklich meine liebe Tante ist!«

»Wir sind auch nicht zum Vergnügen hier!« Lilo hielt es für angebracht, den gutaussehenden jungen Mann dezent darauf hinzuweisen, daß er es hier nicht mit Urlauberinnen zu tun hatte, die nach drei Wochen wieder abreisten.

»Reiseleiterinnen?« fragte er denn auch verdutzt, »die hatte ich mir eigentlich immer als spätes Mittelalter mit Dutt und Brille vorgestellt, vollgestopft mit Geschichtszahlen und einem Grundkurs in Erster Hilfe. Anscheinend habe ich mich geirrt! Übrigens nicht zum erstenmal! Das Dumme an euren Ferienparadiesen ist nämlich die Tatsache, daß man die bildschönen Mädchen aus den Katalogen am Strand meist vergeblich sucht.«

»Demnach ist Ihr Urlaubsideal ein paar sonnige Tage im Schatten einer hübschen Blondine?« konterte Tinchen.

»Sind Sie immer so bissig?«

»Nur, wenn ich Hunger habe!«

»Dann müssen wir schleunigst etwas dagegen tun!«

Bald saßen sie in einem gemütlichen kleinen Restaurant, das sich sowohl durch internationale Küche als auch durch ebensolche Preise auszeichnete. Brandt bestellte für alle Risotto con carciofi. »Früher habe ich mir nie etwas aus Artischocken gemacht, bis ich anfing, in den Blattschuppen Unterröcke zu sehen!«

Während des Essens beteiligte sich Tinchen kaum an der Unterhaltung, gab nur einsilbige Antworten und verwünschte ihr Schicksal, das sie ausgerechnet an eine so blendend aussehende Erscheinung wie Lilo gefesselt hatte. Neben der hatte sie ja nie eine Chance! Dabei gefiel ihr dieser Klaus Brandt wirklich ausnehmend gut. Leider hatte sie auch von Computern nicht die geringste Ahnung, ein Gebiet, auf dem sich Brandt bestens auskannte. Beiläufig hatte er erwähnt, daß er Informatik studiert habe und jetzt über seiner Dissertation brüte.

»Verstehen Sie etwas von Computern?«

»Nein!« erwiderte Tinchen knapp, »aber ich finde sie trotzdem sympathisch. Sie sind wenigstens unbestechlich, und man erreicht gar nichts bei ihnen, wenn man sie mit ›Liebling‹ anredet oder ihnen erzählt, daß man ihre Großeltern gut gekannt hat! – So, und jetzt müssen wir gehen, sonst kommen wir heute bestimmt nicht mehr nach Portofino.«

Brandt erbot sich, seine ›charmanten Begleiterinnen‹ selbst an ihr Ziel zu bringen, denn er habe zweifellos die bessere Ortskenntnis und ohnehin nichts anderes vor.

»Herrlich! Ein Kabrio!« schrie Lilo begeistert, als sie seinen Wagen sah, und beschlagnahmte sofort den Beifahrersitz. »Ich kann den Wind nicht besonders gut vertragen. Dir macht es doch nichts aus, hinten zu sitzen, nicht wahr, Tinchen?«

Die knirschte nur mit den Zähnen. »Und was wird mit dem Fiat?«

»Den lassen wir hier stehen und holen ihn auf dem Rückweg wieder ab«, sagte Brandt, öffnete ihr höflich die Tür und legte ihr eine Decke über die Beine.

»Danke!« Er muß mich für ausgesprochen gebrechlich halten! Ist ja auch kein Wunder, wenn ich immer im Schatten von diesem Glamourgirl stehe! Bloß Fassade mit nichts dahinter! Wütend nahm Tinchen sich vor, Lilo ab sofort ihrem Schicksal zu überlassen. Sollte die sich doch künftig mal selbst mit den Hoteliers auseinandersetzen. Jedesmal, wenn irgend etwas schiefgelaufen war, mußte Tinchen einspringen, weil Lilo ihre mangelnden Sprachkenntnisse vorschob. Dabei war sie nur zu faul, ihre Nase auch mal in ein Lehrbuch zu stecken statt nur ins Campariglas! Und überhaupt wimmelte sie die meiste Arbeit auf Tinchen ab und fuhr lieber mit ›Sole mio‹ durch die Gegend. Gästebetreuung nannte sie das! Was gab es da schon zu betreuen? Die Beschwerden halste sie Tinchen auf, während sie selbst den meist gutaussehenden Männern und notgedrungen auch deren Begleitung die Sehenswürdigkeiten der Umgebung zeigte.

»Du bist doch den Bürokram gewöhnt«, pflegte sie zu sagen. »Ich übernehme lieber den Außendienst. Dazu braucht man Fingerspitzengefühl und Menschenkenntnis! Beides hast du nicht!«

Aber das würde sich jetzt ändern! schwor Tinchen. Sie würde nicht mehr stundenlang in der ›Röhre‹ sitzen und Zimmerreservierungen zählen, während Lilo als Dolmetscherin (haha!) und Sachverständige mit souvenirwütigen Gästen herumzog und sich dabei gründlich übers Ohr hauen ließ!

Von dem Gespräch auf den Vordersitzen bekam sie nichts mit, aber es schien eine recht lustige Unterhaltung zu sein.

Lilo kicherte in einer Tour, und Brandt bemühte sich redlich, seine Aufmerksamkeit zwischen der Straße und seiner Nachbarin zu teilen. Tinchen schwante Fürchterliches. »Unfälle entstehen häufig nur deshalb, weil die Leute ihr Auto mit ebensoviel Selbstbewußtsein wie Benzin fahren!« bemerkte sie sarkastisch, als Brandt haarscharf an einem entgegenkommenden Bus vorbeimanövriert war.

»Wollen wir die Plätze tauschen?« fragte er hinterhältig. Sie gab keine Antwort. Es fehlte gerade noch, daß sie sich mit ihren jämmerlichen Fahrkünsten blamierte. Außerdem war der Lancia fast doppelt so lang wie ›Sole mio‹, und wenn es sich auch nicht gerade um das allerletzte Modell handelte, so war der Wagen sehr gepflegt, und eine Beule hätte sein gediegenes Aussehen doch erheblich beeinträchtigt.

»Ist das eigentlich Ihr Auto?« wollte Lilo wissen.

»Nein, es gehört meiner Tante, aber sie fährt nicht mehr selbst, und deshalb kann ich es benutzen. Auch dann, wenn ich nicht gerade Chauffeur für sie spiele.«

Aha, so war das also! kombinierte Tinchen. Die Tante hatte ihrem Untermieter sogar einen offiziellen Status gegeben. Wie alt mochte sie tatsächlich sein? An die 74 Jahre glaubte sie natürlich nicht, schließlich war man hier ja nicht in Florida, wo sich bekanntlich reiche ältere Damen jugendliche Liebhaber hielten, aber vielleicht um die Vierzig herum? Oder noch älter? Ist auch völlig egal, jedenfalls war dieser Klaus Brandt ein Hallodri, ein Windhund, ein Gigolo, und, wenn sie's recht bedachte, auch gar nicht ihr Typ. Sie hatte doch noch nie für blonde Männer geschwärmt.

Das Ortsschild von Rapallo tauchte auf, und wenig später parkte Brandt auf einer großen, von riesigen Blumenrabatten umsäumten Piazza. Ganze Regimenter strammstehender Tulpen leuchteten in allen Farben, während das dahinterliegende Meer schamlos in der Sonne blinzelte. Tinchen war so in diesen Anblick versunken, daß sie Lilos Entsetzensschrei überhörte und erst aufmerksam wurde, als die sie energisch am Arm zog. »Gib mir mal schnell meine Wolljacke her!«

Suchend sah sich Tinchen um. »Hier ist keine! Die wirst du wohl im Fiat gelassen haben.«

»Dann gib mir deine! Ich muß mir irgend etwas über den Po hängen, mir ist eben meine Hose geplatzt!«

»Das schadet dir gar nichts!« Schadenfroh inspizierte sie die aufgerissene Naht, zog ihre Jacke von den Schultern und reichte sie aus dem Wagen. »Weshalb kaufst du dir ewig diese engen Dinger? Für dich scheint es nur drei Größen zu geben: Klein, mittel und nicht bücken!«

»Quatsch! Die müssen in der Reinigung eingegangen sein.« Lilo knotete die Jackenärmel in Taillenhöhe zusammen und drapierte den Rest so geschickt, daß der fragliche Bereich notdürftig bedeckt war. »Was mache ich denn jetzt bloß? Ich kann doch nicht den ganzen Tag mit diesem rosa Fetzen um den Bauch herumlaufen?«

Brandt nahm die Hiobsbotschaft mit einem Melonenscheibengrinsen entgegen und empfahl den Ankauf einer neuen Hose, schließlich sei man in einem Seebad, und da gebe es genügend Geschäfte, die auch sonntags geöffnet hätten. Man müsse nur eins finden.

In einer kleinen Gasse fanden sie eine Art Boutique, in der es neben neckischen Kopfbedeckungen, venezianischen Plastikgondeln und stapelweise Ansichtskarten nahezu alles zu kaufen gab, was ein Touristenherz begehrt. Lilo verschwand hinter der Tür, war aber gleich wieder da.

»Tinchen, wieviel Geld hast du dabei? Meins reicht nicht!«

»Knapp 5000 Lire.« Sie zog ein paar Scheine aus ihrer Handtasche und zählte nach. »Sind bloß 4700, dafür kriegst du nicht mal Bermuda-Shorts!«

»Wenn ich vielleicht aushelfen dürfte ...« Brandt zückte schon die Brieftasche.

»Sie dürfen nicht!« bestimmte Tinchen. »Notfalls kann sie sich ja einen Rock kaufen, der ist billiger. Und ihre Beine sehen endlich mal die Sonne!«

Maulend zog Lilo ab.

»Wie ich Ihre Freundin einschätze, wird dieses Unternehmen einige Zeit dauern. Wollen wir so lange in der Cafeteria warten?« Brandt deutete auf eine Gruppe spinnenbeiniger Tische und Stühle, die an der gegenüberliegenden Straßenecke aufgereiht standen. »Mich gelüstet es nach etwas Trinkbarem.«

Tinchen hatte nichts dagegen: Sie wollte der Tante auf den Grund gehen, und jetzt war die Gelegenheit günstig. Allerdings blockte Brandt ihre Fangfragen geschickt ab, versteckte sich hinter nichtssagenden Erklärungen und wurde erst ein bißchen gesprächiger, als Tinchen auf seinen Beruf zu sprechen kam.

»Nach meinem Studium habe ich ein paar Jahre bei IBM gearbeitet, und nun will ich endlich meine Doktorarbeit zu Ende bringen. Tante Josi meinte, in Hannover käme ich ja doch nicht dazu, und deshalb hat sie mich eingeladen, nach Loano zu kommen und das Angenehme mit dem Nützlichen zu verbinden.«

»Also Beruf mit Blondinen! Arbeiten Sie eigentlich am Strand oder unter der Höhensonne?«

»Wieso?«

»Doktoranden pflegen in der Regel eine durchgeistigte Blässe aufzuweisen. Sie unterscheiden sich aber in keiner Weise von den männlichen Strandhyänen.«

»Das ist bestimmt nur äußerlich«, entschuldigte er sich lachend, »und lediglich der Tatsache zu verdanken, daß ich meistens auf der Terrasse sitze. Sie können mich gern einmal besuchen und sich von meinem Arbeitseifer überzeugen.«

»Das werde ich bestimmt nicht tun!« versprach Tinchen. »Zu Tanten habe ich seit jeher ein gestörtes Verhältnis.« Mißtrauisch rührte sie in ihrer Tasse, die ein offenbar fußkranker Kellner mit vorwurfsvoller Miene vor sie hingestellt hatte. »Warum bekommt man nirgends einen trinkbaren Kaffee? Das Zeug hier schmeckt nach gar nichts!«

»Am Kaffee sollten Sie niemals Kritik üben! Auch Sie werden mal alt und schwach!« Brandt sah auf seine Uhr. »Weshalb könnt ihr Frauen euch eigentlich nie etwas schneller entscheiden? Ich möchte zu gerne wissen, wie viele Feigenblätter Eva anprobiert hat, bis sie sagte: »Ich nehme dieses!«

»Wahrscheinlich hat Adam danebengestanden und auf die Preise geschielt.«

Endlich öffnete sich die Ladentür und entließ eine strahlende Lilo, eingewickelt in kanariengelbe Hosen, die sie bis zur Wade aufgekrempelt hatte. »Die waren zu lang«, behauptete sie. Vorsichtig setzte sie sich. »Aber so geht's doch zur Not, nicht wahr?«

»Bist du da ohne Schuhanzieher überhaupt reingekommen?«

»Natürlich! Bei *meiner* Figur!«

»Können wir jetzt gehen?« Brandt legte einen Geldschein auf den Tisch und stand auf. Langsam schlenderten sie zurück zum Wagen, vorbei an Spitzenklöpplerinnen, die vor ihren Türen saßen und ungeachtet der neugierigen Passanten die hölzernen Klöppel durcheinanderwarfen, vorbei an parkenden Ausflugsbussen, die wie riesige Staubsauger Touristen in sich hineinsaugten, vorbei an dem bunten Gewimmel herumschlendernder Spaziergänger und gestikulierender Straßenhändler. Tinchen hätte noch stundenlang so weiterbummeln können, aber Lilo klagte über schmerzende Füße – kein Wunder, bei diesem Nichts von Riemchen und Absatz, dachte Tinchen erbittert – und steuerte auf kürzestem Weg den Parkplatz an.

Brandt öffnete Lilo zuvorkommend die Wagentür, und zwar die hintere, wie Tinchen belustigt feststellte. Dann setzte er sich auf den Beifahrerplatz, streckte die Beine von sich und reichte Tinchen den Schlüssel. »Links ist die Kupplung, in der Mitte die Bremse, und das lange Pedal rechts ist fürs Gas. Fahren Sie vorläufig immer geradeaus, ich sage Ihnen früh genug, wo Sie abbiegen müssen!«

Noch Tage später dachte Tinchen mit Schrecken an diese Fahrt zurück, obwohl sie das Auto überhaupt nicht beschädigt und sich auch nur zweimal verfahren hatte. Was konnte sie denn dafür, daß der Wegweiser von einer riesigen Reklametafel verdeckt gewesen war? Brandt hätte ja auch aufpassen können, statt pausenlos mit Lilo zu flirten! Natürlich war es für ihn unangenehm gewesen, mit nassen Hosenbeinen im Bach zu stehen und den Wagen aus dem glitschigen Schlamm schieben zu müssen, aber es war ja nichts Ernsthaftes passiert. Und welcher einigermaßen mitdenkende Mensch legt seine Jacke so dicht ans Ufer, daß sie schon von einer kleinen Welle weggespült wird? Die Tante konnte ihm ja eine neue kaufen!

Zugegeben, nach Portofino waren sie nicht mehr gekommen, aber sie hatten es aus der Ferne bewundert. Hübsch hatte es ausgesehen mit den an die Berge geklebten Lichtern, die im Wasser widerspiegelten, und deren Schein sich mit den bunten Lampen des Jachthafens vermischte. Zwischen dahinjagenden Wolken hatten Sterne bläuliche Morsezeichen geblinkt, und die von der leichten Brandung genoppte Felsenküste hatte in der Dunkelheit sogar ein bißchen bedrohlich gewirkt.

»Am Tage sieht es richtig malerisch aus«, hatte Brandt behauptet, und Tinchen hatte das ohne weiteres geglaubt. Irgendwann würde sie bestimmt noch mal nach Portofino kommen. Heute hätte die ganze romantische Kulisse sowieso nichts genützt. Bei dreien ist eben immer einer zuviel!

8

»Einzelzimmer mit Bad, Einzelzimmer mit Bad, Balkon und Seeblick, Einzelzimmer mit Bad ... wo um Himmels willen soll ich die denn bloß alle herkriegen?« Ratlos blickte Tinchen auf den großen Papierstapel zu ihrer Linken, während rechts neben ihr lediglich ein kleines Häufchen lag, das sie nun schon zum drittenmal durchzählte. »Nur sieben Doppelzimmer, dafür dreiundzwanzig Einzelzimmer, zwei Drittel davon mit Blick aufs Meer! Sind die in Frankfurt wahnsinnig geworden? Die kennen unser Bettenkontingent doch bis zur letzten Badewanne und sollten langsam wissen, daß sie nicht mehr Einzelzimmer verkaufen können, als tatsächlich vorhanden sind. Was soll ich denn jetzt machen?«

»Laß deinen Charme spielen!« empfahl Lilo. »Dieser Signor Sowieso vom Hotel Garibaldi hat's doch schon lange auf dich abgesehen! Wenn du ihm ein bißchen um den Bart gehst, tritt er dir vielleicht noch zwei Einzelzimmer ab.«

»Denkste! Der zeigt mir höchstens ein Doppelzimmer und erwartet, daß ich es zusammen mit ihm benutze. Soweit geht mein Engagement für unsere Gäste nun doch nicht!«

»Die Zeiten haben sich geändert! Als ich mit meinem damaligen Verlobten in so einem friesischen Kaff ein Doppelzimmer haben wollte, kriegten wir keins, weil wir nicht verheiratet waren. Jetzt bietet man den Pärchen welche an, und sie wollen sie nicht! Verstehst du das?«

»Nein! Ich hab' hier sogar ein Ehepaar, das getrennte Zimmer wünscht!« Tinchen wühlte in den Papieren. »Hier. Wolfgang Schmitz, neunundzwanzig, wohnhaft in Köln-Ehrenfeld, und Undine Schmitz, ebenfalls Köln-Ehrenfeld. Beide haben je ein Einzelzimmer im Paradiso gebucht.«

»Heißt die wirklich Undine?«

»Vielleicht ist ihr Vater Opernsänger und ihre Mutter ein

Goldfisch, aber das interessiert mich herzlich wenig. Viel schlimmer ist ihr Drang zur Einsamkeit!« Sie krauste die Stirn und nuckelte grübelnd am Kugelschreiber. »Ob ich die beiden einfach in ein Doppelzimmer stecke? Kann ja sein, daß sie sich verkracht haben, also muß man ihnen die Möglichkeit geben, sich wieder zu versöhnen.«

»Und wenn der Mann bloß schnarcht?«

»Daran wird sie sich im Laufe der Ehe gewöhnt haben!« Entschlossen packte Tinchen die Anmeldungen auf die rechte Seite. »Die kommen in *ein* Zimmer, ob es ihnen nun paßt oder nicht! Trotzdem fehlen mir immer noch neun Einzelzimmer. Ich muß mich also wieder auf den wöchentlichen Rundgang machen und zusehen, wie viele Doppelzimmer ich diesen Hyänen als Einzelzimmer aus dem Kreuz leiern kann. Dabei würden die Hoteliers aus lauter Raffgier am liebsten in jede Besenkammer noch ein Bett schieben und vermieten!«

»Viel Spaß!« wünschte Lilo schadenfroh.

Das anfangs gute Verhältnis zwischen den beiden hatte sich seit jener Fahrt nach Portofino merklich abgekühlt. Ihre Drohung hatte Tinchen wahrgemacht und sich strikt geweigert, ihrer Kollegin auch weiterhin einen Teil der Arbeit abzunehmen. »Inzwischen hast du genügend Zeit gehabt, dich in den ganzen Kram reinzufinden, also kümmere dich gefälligst selbst um alles. Ich bin nicht dein BEN!«

»Mein was?«

»Dein Betriebs-Eigener Nigger!«

Lilo hatte mit beleidigtem Achselzucken reagiert, und ein paar Tage lang hatten sich die beiden mit giftigen Blicken angeschwiegen, aber auf die Dauer hatten sich ihre pantomimischen Fähigkeiten erschöpft, und sie waren zu einem normalen Umgangston zurückgekehrt.

Bevor Tinchen die ›Röhre‹ verließ, erkundigte sie sich maliziös: »Hast du heute abend etwas Besonderes vor?«

»Nein, wieso?«

»Dann besteht ja wohl Hoffnung, daß du mal pünktlich im Büro sein kannst! Ich bin es leid, ständig Stallwache zu schieben, während du noch im Bett liegst. Schade, daß der Kater immer erst dann kommt, wenn der Rausch längst verflogen ist, nicht wahr?«

Sie knallte die Tür hinter sich zu und bemerkte erst draußen, daß sie die Autoschlüssel auf dem Schreibtisch liegengelassen hatte. Noch mal zurück? Nein, auf keinen Fall! Nach diesem eindrucksvollen Abgang konnte sie unmöglich umkehren. Damit hätte sie die ganze Wirkung verdorben! Andererseits bedeutete ihr Entschluß mindestens vier Kilometer Fußmarsch quer durch Verenzi, und das auf hohen Absätzen! Warum mußten die einzelnen Vertragshotels auch alle so weit auseinanderliegen?

Nach dem fünften vergeblichen Bittgang – »Mi dispiace tanto, Signorina, aber wir haben keine zusätzlichen Einzelzimmer mehr frei!« – resignierte Tinchen. Sie brauchte jetzt entweder eine Pause oder andere Schuhe. Die Cafeteria ist billiger, entschied sie, suchte sich eine leere Hollywoodschaukel vor einem der zahlreichen Promenadencafés, bestellte einen doppelten Espresso und streifte erleichtert ihre Sandaletten ab. Die Dinger waren sowieso zu eng, aber sie hatten Tinchen so gut gefallen, und eine Nummer größer waren sie nicht mehr im Lager gewesen. Ich bin eben noch nicht alt genug, um mehr auf die Paßform von Schuhen zu achten als auf ihre Eleganz, dachte sie und rieb die schmerzenden Füße. Und wenn ich nicht die blöden Schlüssel vergessen hätte ...

»Ich habe mir entschieden den falschen Beruf ausgesucht«, klang eine fröhliche Stimme neben ihr. »Reiseleiter hätte ich werden sollen! Welcher andere Arbeitnehmer kann es sich schon leisten, am hellen Vormittag tatenlos in der Sonne zu sitzen?«

Empört sah Tinchen hoch. Was bildete sich dieser Klaus Brandt eigentlich ein? Ausgerechnet der hatte nun wirklich keinen Grund, sich über sie lustig zu machen. Tut gar nichts, wird von einer Pseudo-Tante ausgehalten und spielt in seiner Freizeit den Papagallo! Was kann man von so einem schon erwarten? Wenn er jedem hübschen Mädchen nachstarrt, liegt es bloß daran, daß sein Auge besser entwickelt ist als sein Verstand. Zweimal hatte er schon mit Lilo telefoniert, und wer weiß, wie oft er sie angerufen hatte, wenn sie, Tinchen, nicht im Büro gewesen war? Soll er sich doch weiterhin mit dem Blondchen die Zeit vertreiben.

»Schweigen Sie immer in Fortsetzungen?«

»Sollte ich Selbstgespräche führen?«

»Wie wäre es, wenn Sie sich mit mir unterhielten?« Ungeniert setzte er sich in die Schaukel und strahlte Tinchen an. »Ich bin sehr vielseitig interessiert, müssen Sie wissen! Wir können übers Wetter reden, über Kaninchenzucht oder gemeinsam überlegen, wie wir den heutigen Abend verbringen werden.«

»Im Bett!« sagte Tinchen sofort. Erst als sie Brandts ironisches Lächeln sah, verbesserte sie sich hastig: »Ich meine natürlich, daß ich früh schlafen gehen werde.«

»Sehr vernünftig«, lobte er. »Leider bin ich nicht solch ein Arbeitstier wie Sie, das um acht Uhr vor Erschöpfung in die Federn fällt. Als anpassungsfähiger Mensch habe ich mich sehr schnell an die südländischen Sitten gewöhnt. Oder sollte Ihnen entgangen sein, daß man hier erst am Abend anfängt zu leben?«

»Wie schön für Sie! Dann brauchen Sie ja Ihre Tante nicht zu fürchten. Oder ist sie trotz ihres fortgeschrittenen Alters noch sehr vergnügungssüchtig?«

Der belustigte Blick, mit dem Brandt sie musterte, entging Tinchen. Sie kramte in ihrer Handtasche nach Kleingeld. Als sie wieder aufsah, hatte er schon eine gleichgültige Miene aufgesetzt.

»Tante Josephine geht nicht mehr so häufig aus, zwei- oder dreimal die Woche. Montags allerdings nie, da spielt sie Bridge. Deshalb habe ich heute ja auch meinen freien Tag! Also, wie ist es nun mit uns beiden? Gehen wir nachher ein bißchen bummeln?«

Ihre schlanke Gestalt erstarrte zu einem mißbilligenden Fragezeichen. »Wir?«

»Wenn Sie natürlich zu müde sind, können wir es auf ein anderes Mal verschieben. Vielleicht hat Ihre Freundin Lust? Wissen Sie, wo ich sie erreichen kann? Am Telefon meldet sie sich nämlich nicht.«

»Wahrscheinlich in irgendeiner Hotelbar!« sagte Tinchen patzig. »Sie wird von Ihrem Vorschlag sicher begeistert sein! – Cameriere, il conto per favore!«

»Wenn man lediglich einen Kaffee getrunken hat, sagt man besser: Quanto ho da pagare? Eine Rechnung verlangt man nur im Restaurant!« korrigierte Brandt.

»Ich verzichte auf Ihre Belehrung!« Wütend knallte Tinchen ein 500-Lire-Stück auf den Tisch und rannte los.

»Wollen Sie Ihre Schuhe nicht mitnehmen?«

Sie drehte wieder um, riß dem spöttisch grinsenden Brandt die Sandaletten aus der Hand und nickte hoheitsvoll. »Danke. Ich wünsche Ihnen viel Vergnügen heute abend. Und empfehlen Sie mich Ihrer Frau Tante!«

Wie sie in ihr Hotelzimmer gekommen war, konnte sie später nicht mehr sagen. Sie wußte nur noch, daß sie blindlings drauflosgestapft war, nicht auf den Weg geachtet hatte und prompt mit dem Absatz in einem Gully hängengeblieben war. Jetzt waren die teuren Schuhe hinüber, außerdem tat ihr Knöchel weh, und die helle Hose war nach dem Sturz auch reif für die Reinigung. Alles bloß wegen dieses eingebildeten, arroganten Gigolos, der doch tatsächlich glaubte, daß jede Frau auf ihn fliegt! Sie aber nicht! Sie hatte ja schon immer gewußt, daß richtig unangenehm nur die Halbstarken zwischen Dreißig und Vierzig sind! Sollte er doch mit Lilo herumziehen! Die paßte großartig zu ihm! Bei der war der geistige Horizont auch bloß der Abstand zwischen Gehirn und Brett!

Tinchen suchte ein Taschentuch. Warum heulte sie überhaupt? Na ja, der Knöchel tat wirklich scheußlich weh. Ob sie es mal mit einem kalten Umschlag versuchte? Schniefend humpelte sie ins Bad. Während sie das nasse Handtuch um ihren Fuß klatschte, entdeckte sie den Brief. Schon hundertmal hatte sie Franca gesagt, daß sie die Post unten im Schlüsselfach liegenlassen sollte.

Warum mußte Mutsch bloß jeden Briefumschlag zusätzlich mit Tesafilm verkleben? Hatte sie Angst, die italienischen Postbeamten würden ihre seitenlangen Episteln mitlesen? Tinchen kramte nach der Schere, fand sie nicht und versuchte, das Kuvert mit dem Finger aufzuschlitzen. »Autsch!« So, jetzt war wenigstens der Nagel auch hin! Heute ging wirklich alles schief!

Sie ließ sich auf das Bett fallen und begann, Antonie Pabsts gestochen scharfe Sütterlinschrift zu entziffern:

10. Mai 1976

Mein liebes Tinchen,
nun bist Du schon über sechs Wochen weg und hast Dich erst zweimal gemeldet. Natürlich begreife ich, daß Du viel zu tun hast, das sage ich ja auch immer zu Oma, die ebenfalls auf Post von Dir wartet, aber ein bißchen Zeit solltest Du doch für Deine Lieben daheim erübrigen können.

Wie schön, daß Du Dich mit Deiner Kollegin so gut verstehst,

(meinen Brief nach Hause muß ich wirklich schon vor einer ganzen Weile geschrieben haben, dachte Tinchen)

denn auch schwierigste Aufgaben lassen sich leichter bewältigen, wenn man sich aufeinander verlassen kann.

(Haha, lachte Tinchen erbittert, wer verläßt sich denn hier auf wen?)

Bei euch wird es sicher schon viel wärmer sein als hier, wo es überhaupt nicht Frühling werden will. Die Tulpen im Garten fangen gerade erst an zu blühen, und das Mandelbäumchen will auch nicht so richtig kommen. Gestern habe ich Petersilie gesät und die Salatpflanzen in die Erde gebracht. Hoffentlich gibt es keinen Nachtfrost mehr.

Ziehst Du Dich auch immer schön warm an? Frau Beinholz von vis-à-vis, die über Ostern in Spanien gewesen ist, hat mir erzählt, daß es nur in der Sonne richtig warm ist, während man im Schatten leicht zu frösteln anfängt. Ich schicke Dir mit gleicher Post ein paar Mako-Schlüpfer. Du hast bestimmt keine mitgenommen, und da unten im Süden wirst Du wohl keine bekommen. Du weißt ja, wie lange Du vor drei Jahren mit Deiner Nierenbeckenentzündung herumgedoktert hast!

Oma läßt schön grüßen. Sie hat bei einem ihrer Canasta-Abende den Bruder von Frau Sanitätsrat Kreipel kennengelernt – das ist die mit dem Pekinesen –, und vorigen Donnerstag waren sie zusammen in der Oper. Am Wochenende wollen sie gemeinsam eine Dampferfahrt auf dem Rhein machen. Ich weiß nicht, ob man da einfach tatenlos zusehen kann. Wir kennen diesen Mann doch gar nicht! Vielleicht ist er ein Heiratsschwindler? Man liest jetzt so viel darüber. Papa lacht nur und meint, ich soll Oma doch ruhig das bißchen Abwechslung gönnen. Das Krampfadern-Geschwader, mit dem sie sonst ihre Freizeit verbringt, sei ohnehin schon restlos verkalkt. (Er hat wirklich ›Krampfadern-Geschwader‹ gesagt, dabei können sich die Damen durchaus noch sehen lassen.)

Vielen Dank für die beiden Fotos. Auf dem einen bist Du ja recht gut getroffen, aber das andere gefällt mir ganz und gar nicht! Findest Du nicht auch, daß der Mann neben Dir ein bißchen zu alt für Dich ist? Außerdem sieht er sehr bohemienhaft aus, irgendwie unsolide und gar nicht nach einer akzeptablen Herkunft. Bestimmt verdient er auch nicht viel. Frau Freitag hat nämlich die Karten für Dich gelegt und prophezeit, daß Du dort unten Dein Glück machen wirst. Der Herzbube hat direkt neben Dir gelegen, auch die Geldkarte. Aber darauf solltest Du nicht so sehr achten, ein ordentlicher Charakter und eine solide Grundlage reichen aus. Auf dieser Basis läßt sich viel aufbauen!

Tinchen kugelte sich vor Lachen. Das war mal wieder typisch Mutsch! Da hatte Luigi seine neue Sofortbildkamera ausprobiert, ein paar Schnappschüsse gemacht, und gleich zog Mutti tiefsinnige Schlüsse! Nein, solide sah Fritz Schumann auf dem Foto wirklich nicht aus, aber er hatte gerade eigenhändig ein Spalier an die Hauswand genagelt und nur höchst widerwillig als Modell posiert. Sein Overall war drei Nummern zu groß, und ein Hemd hatte er auch nicht angehabt. Tinchen konnte also Frau Antonies Entsetzen nachfühlen. Der Jammer war nur, daß sie in jedem männlichen Wesen einen potentiellen Schwiegersohn sah.

Amüsiert las Tinchen weiter:

Da fällt mir noch etwas ein: In der vorigen Woche hat der nette Herr Bender bei Papa im Geschäft angerufen. Er wollte Deine Adresse haben, aber Papa wußte sie natürlich nicht. Jetzt habe ich sie ihm mitgegeben für den Fall, daß sich Herr B. noch einmal meldet. Du könntest ihm ruhig einen kurzen Gruß schicken, damit vergibst Du Dir nichts.

So, mein liebes Kind, für heute lassen wir es gut sein. Wenn ich gleich die Schlüpfer zur Post bringe, nehme ich diesen Brief hier mit.

Er wird bestimmt eher da sein als das Päckchen.

Viele herzliche Grüße, auch von Papa und Karsten,
Deine Mutti Antonie Pabst

Ihr Bruder hatte selbst noch ein paar Zeilen daruntergekritzelt:

Liebe Tine,
ich hätte Dich doch lieber zum Bahnhof bringen sollen! Die Mathe-Arbeit habe ich restlos in den Sand gesetzt, und von der verhauenen Latein-Klausur ahnt Paps noch gar nichts. Du fehlst mir sehr, weil Du seine Unterschrift viel besser nachmachen kannst als ich.

Die Fotos sind prima. Der Waldschrat neben Dir sieht aus wie Bud Spencer, und das andere Bild, auf dem Du so elegisch in die räudige Palme stierst, benutze ich immer zum Eierabschrecken!
Gruß, Karsten

Sieh mal an, dachte Tinchen, während sie den Brief zusammenfaltete und in das Kuvert zurücksteckte, der Florian erinnert sich also doch noch an mich! Ich werde ihm nachher eine

Karte schicken, eine ganz große mit viel Meer und vielen Palmen drauf. Den Absender werde ich natürlich vergessen. Wenn er mir antworten will, dann weiß er ja, wo er meine Adresse erfahren kann. Man soll es den Männern nicht zu leicht machen!

Natürlich war Lilo am nächsten Tag doch wieder nicht pünktlich im Büro, und natürlich war gerade der erste Besucher ein Gast aus San Giorgio, der sich über das Essen beschwerte.

»Jeden Tag Nudeln vorweg, Pastaschuta heißt das Zeug, danach ...«

»Sie brauchen die Vorspeise ja nicht zu nehmen«, unterbrach ihn Tinchen.

»Wovon soll ich denn sonst satt werden?«

»Vom Hauptgericht!«

»Da kann ich ja nur lachen!« Sein Bauch zitterte mit dem empörten Mann um die Wette. »Ein mageres Schnitzel, nicht mal paniert, keine Kartoffeln und Gemüse nach Wahl. Als ich den Kellner fragte, was denn zur Wahl stehe, sagte er Blumenkohl. Was anderes sei nicht da. Da hab' ich ihn gefragt, wieso ich denn die Wahl hätte, und da sagte er, ich könnte wählen, ob ich den Blumenkohl will oder nicht. Das ist doch eine glatte Unverschämtheit! Ich bin zum erstenmal im Ausland, weil ich mal was anderes sehen wollte, man kann im Verein ja schon gar nicht mehr mitreden, wenn man immer nur in Deutschland Urlaub macht, unser Kassenwart war sogar schon in Kanada, aber das nächstemal fahre ich wieder in den Bayerischen Wald. Da gibt es ein anständiges Kotelett, richtiges Bier und nicht so eine abgestandene Plärre wie hier, und die Betten sind auch besser. Kann man denn nicht ein richtiges Federbett kriegen statt dieser Decken? Bezüge kennen die hier ja auch nicht! Entweder rutscht die Decke runter, dann wacht man nachts auf, weil man unter dem dünnen Laken friert, oder man strampelt sich den Lappen ab, und dann kratzt die Decke. So was bin ich nicht gewöhnt! Können Sie da nicht mal Abhilfe schaffen, Fräulein?«

Mühsam verbiß sich Tinchen das Lachen. »Erstens betreut meine Kollegin die Gäste in San Giorgio, aber die ist im Augenblick nicht hier, und zweitens sind Sie doch ins Ausland gefahren, um Dinge zu sehen, die anders sind als bei Ihnen daheim. Weshalb beklagen Sie sich dann, wenn es hier nicht genauso ist wie zu Hause?«

»Weil ich dafür bezahle, daß ich mich erhole. Aber wenn ich mich den ganzen Tag ärgern muß, erhole ich mich ja nicht.«

»Das ist ein Argument!« Tinchen notierte Namen und Hotel des ungehaltenen Gastes, versprach Abhilfe (Wie denn?) und komplimentierte ihren Besucher zur Tür hinaus.

Solche notorischen Meckerer erbitterten sie immer wieder. Das Essen taugt nichts, weil es keine Salzkartoffeln und keinen Sauerbraten gibt, auch keine Konditorei mit Schwarzwälder Kirschtorte und Mohrenköpfen! Das Bier schmeckt nicht, das Brot ist zu hell und der Kaffee zu dunkel! Sollen sie doch allesamt zu Hause bleiben, sich mit Eisbein vollstopfen und denen die Einzelzimmer überlassen, die weniger Wert aufs Essen legen und mehr an anderen Dingen interessiert sind! Frisches Weißbrot, ein Stück Gorgonzola und ein Glas Landwein ersetzen jede Mahlzeit. Aber dazu muß man wohl verliebt sein! Sehnsüchtig dachte sie an den Urlaub vor zwei Jahren. Mark hatte er geheißen, der braungebrannte Soziologe aus Bremen, den sie am Strand kennengelernt hatte. Vier Tage lang waren sie gemeinsam herumgezogen, dann hatte er abreisen müssen. Viel zuwenig, um sich näherzukommen. Seine Adresse hatte Tinchen verbummelt, und er hatte sich nie wieder gemeldet. Eigentlich schade, es hätte sich ja etwas mehr daraus entwickeln können ...

Um die Mittagszeit erschien Lilo. »Entschuldige, Tinchen, aber mein Wecker hat nicht geklingelt. Ich hatte gestern abend Kopfschmerzen und habe eine Schlaftablette genommen. Wahrscheinlich war sie zu stark, jedenfalls bin ich erst vor einer halben Stunde aufgewacht.«

»Allein?«

»Dumme Frage, selbstverständlich allein!«

»Erstens ist das nicht selbstverständlich, und zweitens bist du im Kielwasser von Klaus Brandt durch alle einschlägigen Vergnügungsschuppen gezogen!«

Tinchen hatte diesen Pfeil aufs Geratewohl abgeschossen, aber er traf!

»Ich wußte nicht, daß du mir nachspionierst!«

»Als ob ich nichts Besseres zu tun hätte! Aber der Brandt hat dich ja erst aufgelesen, nachdem ich ihm einen Korb gegeben hatte. Für so einen Hallodri bin ich mir zu schade!«

»Ich weiß gar nicht, was du gegen ihn hast.« Lilo trat vor den kleinen Spiegel und überprüfte ihr makelloses Make-up.

»Hat er dich schon mit seiner Tante bekannt gemacht?«

»Nein, zum Glück nicht. Alten Damen gegenüber habe ich immer Hemmungen.«

»Keine Angst, du wirst sie auch nicht kennenlernen. Die alte Dame dürfte vermutlich ein bißchen zu jung für ihren angeblichen Status sein.«

»Ich glaube, du bist ganz einfach eifersüchtig! Dir gefällt er nämlich auch!« trumpfte Lilo auf.

»Phhh!« machte Tinchen und wurde rot.

»Übrigens waren wir gar nicht zum Tanzen, sondern im Kino.«

»Ach nee! Zeigen die hier denn noch Stummfilme?«

»Du brauchst gar nicht ironisch zu werden! Verstanden habe ich natürlich kaum ein Wort, aber gesehen habe ich leider auch nichts. Im Kino brauche ich eine Brille, und die habe ich nicht über die künstlichen Wimpern gekriegt.«

Schallendes Gelächter kam aus Tinchens Ecke. »Was ich an dir rückhaltlos bewundere, ist deine Ehrlichkeit. Wieso habe ich dich noch nie mit Brille gesehen?«

»Wenn man die Dreißig überschritten hat, verlangt die Selbstachtung den Verzicht auf eine solche! Aber den Zettel hier kann ich noch entziffern. Wer ist Herr Plümmlich, und was will er?«

»Das übliche! Meckert übers Essen, braucht aber Hosenträger, weil kein Gürtel um seinen Bauch paßt. Als er sich endlich aus dem Stahlrohrsessel befreit hatte, mußte ich hinterher die Lehnen geradebiegen.«

Lilo betrachtete das lädierte Möbelstück. »Jetzt sieht er aus wie ein Produkt der modern art.« Sie kam zurück und setzte sich auf Tinchens Schreibtisch. »Aber nun mal was anderes: Hast du die fehlenden Zimmer noch bekommen?«

»Den halben Vormittag habe ich herumtelefoniert, aber es sind immer noch zwei zu wenig.«

»Im Mirabell hätte ich noch zwei. Vielleicht sind deine Gäste bereit, statt nach Verenzi lieber nach San Giorgio zu gehen?«

»Was heißt da vielleicht?« atmete Tinchen auf, »die müssen! Entweder Einzelzimmer in San Giorgio oder halbes Doppelzimmer hier. Kann ja auch sein, daß wir wieder mal Glück haben und ein Paar dabei ist, das sich schon während der Reise entschlossen hat, den Urlaub gemeinsam zu verbringen. So eine Nachtfahrt scheint den Drang zur Zweisamkeit erfreulicherweise zu fördern.«

»Ist mir unbegreiflich. Nach diesen Ölsardinenbüchsen, die sich Liegewagen nennen, müßte *ich* Bewegungsfreiheit haben. Einen möglichen Zimmergenossen würde ich vermutlich bei der ersten Gelegenheit erdrosseln.«

Tinchen staunte. »Hast du den Brandt etwa umgebracht?«

»Fängst du schon wieder an?«

»Nein, aber das wäre eine Erklärung für dein Zuspätkommen. Eine Leiche im Zimmer ist auf die Dauer reichlich unbequem. Wohin hast du sie denn gebracht?«

»Ich lache nachher darüber, ja? Jetzt gehe ich erst mal einen Kaffee trinken.« Lilo fuhr sich mit der Puderquaste übers Gesicht, schüttelte die blonde Mähne in Form und stöckelte zur Tür. »Kommst du mit?« Sie sah auf ihre Uhr. »Den Laden können wir ruhig dichtmachen, jetzt sitzen alle vor der Futterkrippe.«

Tinchen raffte ebenfalls ihre Utensilien zusammen. »Keine Zeit, ich will mir bei Lorenzo noch schnell die Bluse holen, die ich mir habe zurücklegen lassen. Gestern hatte ich nicht genug Geld dabei.«

»Wie du willst! Sehen wir uns heute noch?«

»Ich glaube nicht«, sagte Tinchen schnell, »heute bin ich verabredet.«

»Also deshalb der neue Fummel! Mein geschiedener Mann ist Werbefachmann. Er sagte auch immer, daß die Verpackung wichtiger sei als der Inhalt! Tschüß!« Weg war sie.

Vor Zorn hätte Tinchen heulen mögen! Immer war ihr Lilo einen Schritt voraus! Immer hatte sie eine bissige Bemerkung parat, während ihr, Tinchen, im passenden Augenblick nie etwas Gescheites einfiel. Mit einer treffenden Antwort ist es eben wie mit einer Fliegenklatsche. Wenn man sie endlich hat, ist der richtige Moment schon weg! Außerdem stimmte ja gar nicht, was sie Lilo erzählt hatte. Natürlich hatte sie keine Verabredung – mit wem wohl? –, aber sie wollte nicht zugeben, daß sie jeden Abend in ihrem Hotelzimmer saß, Kreuzworträtsel löste oder Strumpfhosen wusch und bestenfalls in der Küche mal mit Fritz Schumann klönte.

Sie schloß die Tür ab und machte sich auf den Weg zu Lorenzo. Dessen Boutique lag in einem schmalen Seitengäßchen und war nur Eingeweihten bekannt. Touristen verirrten sich selten in diesen abgeschiedenen Winkel, weil es hier nichts zu fotografieren gab. Aber heute hatten doch zwei Urlauber von dem Lädchen Besitz ergriffen. Ein beleibter Mann wühlte in einem Stapel fantasievoll gemusterter Hemden, während seine nicht minder beleibte Frau Hosen probierte.

»Haben Sie die hier nicht eine Nummer größer ... äh ... una numero molto grande?«

Hilflos zuckte die Verkäuferin mit den Schultern. »Non capisco niente, nix spreken deutsch. Do you speak english?«

»Will *ich* was verkaufen oder Sie?« moserte die Dame im geblümten Strandanzug. »Ich dachte, hier sprechen inzwischen alle deutsch.«

Höflich fragte Tinchen: »Kann ich Ihnen helfen?«

»Ach, Fräulein, Sie schickt der Himmel! Können Sie italienisch?«

Sie nickte selbstbewußt.

»Sind Sie von Neckermann?«

»Nein, ich bin Reiseleiterin bei Schmetterlings-Reisen.«

»Siehste, Paul. Ich hab' ja gleich gesagt, wir sollten ruhig mal mit einer anderen Firma fahren!«

»Was hat denn das mit deiner Hose zu tun?« knurrte der so Angesprochene und hielt sich ein mit Palmen bemaltes Hemd vor seine Brust. »Steht mir das?«

»Dafür bist du zwanzig Jahre zu alt!« stellte seine Gattin gnadenlos fest. »Dieses nette Fräulein wird mir jetzt sicher helfen, das Richtige zu finden.«

»Wird auch langsam Zeit! Ich verstehe nicht, Trudi, daß ihr Frauen heute genausolange zum Anziehen braucht wie früher, als ihr wirklich noch was anhattet!«

Inzwischen hatte Tinchen der hilflosen Verkäuferin ein paar Anweisungen gegeben, und nun verschwand sie mit ihrer geblümten Kundin sowie einem Stapel Hosen in der Kabine.

Nunmehr versuchte sich Paul in Konversation: »Machen Sie diesen Job schon lange?«

»Wie man's nimmt«, entgegnete Tinchen vage. Auf keinen Fall wollte sie ihre Kompetenz in Frage gestellt sehen, andererseits fühlte sie sich noch nicht sattelfest genug, um sich auf längere Diskussionen über den Beruf eines Reiseleiters einzulassen. Angestrengt suchte sie nach einem unverfänglicheren Gesprächsthema. »Wie gefällt es Ihnen denn in Verenzi?«

»Och, soweit ganz gut«, meinte Paul, »is bloß zuviel Wasser da und zuwenig Gegend. Letztes Jahr waren wir in Venedig. War sehr schön, bloß von den Gondolieri war ich enttäuscht. Bei denen is endgültig der Gesang ausgestorben. Jeder hatte ein Transistorradio dabei. Aber wir haben viel gesehen. Sogar in Florenz waren wir, weil man ja auch mal was für die Bildung tun muß. Hier gibt's wohl nichts zum Besichtigen? Ich muß noch was für meinen Dia-Abend zu Hause haben. Wenn da nicht ein paar Bilder mit Kultur darunter sind, hält man uns ja für richtige Banausen!«

Tinchen überlegte. »Waren Sie schon im Karmeliter-Kloster? Das liegt bei Loano. Auch die Grotte von Toirano ist sehenswert.«

»Nee, Fräulein, Tropfsteinfotos habe ich schon. Mit dem Kegelklub waren wir dieses Jahr auf der Schwäbischen Alb in der Bärenhöhle. Is aber nicht viel bei rausgekommen, weil es zum Fotografieren zu dunkel war.«

»Paul, zieh mir mal den Reißverschluß zu, ich komm hinten so schlecht ran!« Die Kabinentür hatte sich geöffnet und Tinchen fielen fast die Augen aus dem Kopf. Ungefähr 170 Pfund Lebendgewicht steckten in hautengen Slacks, die mindestens zwei Nummern zu klein waren.

»Die Konfektionsgrößen sind auch nicht mehr das, was sie mal waren«, behauptete Trudi und betrachtete zweifelnd ihr Spiegelbild, »vierundvierzig hat mir immer gepaßt!«

Taktvoll bemerkte Tinchen: »Die italienischen Maße stimmen mit den deutschen nicht überein. Hier muß man immer zwei Nummern größer nehmen.«

»Dann bin ich ja beruhigt«, strahlte Trudi.

Ihr Mann sah die Sache anders. »Zieh diese albernen Dinger aus! Capri-Hosen sind nichts für dich, Trudi. Capri ist eine Insel, kein Erdteil!«

»Scusi, Signora, aber Sie müssen wählen andere Farbe! Diese Rot paßt nicht zu Ihre schöne blonde Haar!« Lorenzo war mit Tinchens Bluse aus einem der hinteren Räume gekommen und überblickte sofort die Situation. Er griff zu einer dunkelblauen Popelinehose, die abseits auf einem Bügel vor sich hinstaubte und ganz offensichtlich ein Ladenhüter war. »Probieren diese, Signora! Werden sehen, sitzt exzellent!«

Das tat sie nun ganz und gar nicht, aber Trudi verließ sich mehr auf Lorenzos Urteil als auf den Spiegel, und als Lorenzo nach längerem Feilschen einen Preisnachlaß gewährte, war auch der Dicke ausgesöhnt. Schließlich schied man in der gegenseitigen Überzeugung, ein gutes Geschäft gemacht zu haben.

»Den Rabatt verjubeln wir«, bestimmte Paul. »Darf ich Sie einladen, Fräulein ... wie heißen Sie eigentlich?«

»Tina Pabst«, sagte Tinchen, inzwischen daran gewöhnt, von allen Italienern mit ›Signorina Tina‹ angesprochen zu werden.

»Angenehm. Ich bin Paul Stresewitz aus Pirmasens, und das ist meine Gattin Gertrud. Und nu sagen Sie uns mal, wo man anständig Kaffee trinken kann! Wir haben nämlich bloß Halbpension und essen immer erst abends.«

Dafür aber die dreifache Menge, dachte Tinchen mit einem Blick auf die beiden rundlichen Gestalten, die sie jetzt in die Mitte genommen hatten und darauf warteten, welche Richtung Tinchen einschlagen würde. Sie entschied sich für Anselmos Café-Bar. »Dort gibt es die größte Auswahl an Kuchen.«

Trudi winkte ab. »Da waren wir schon. Der Kuchen schmeckt nicht. Wir nehmen uns von unterwegs welchen mit.«

Bevor Tinchen protestieren konnte, war Trudi in der nächsten Pasticceria verschwunden und kam kurz darauf mit einem umfangreichen Paket wieder heraus. »Halten Sie mal! Was heißt Schlagsahne auf italienisch?«

»Panna montata.«

»Das kann ich mir wenigstens merken.« Wieder trabte sie in die Konditorei. Paul sah ihr kopfschüttelnd nach. »Können Sie ihr nicht mal klarmachen, Fräulein Tina, daß sie zu fett ist? Mir glaubt sie es nämlich nicht.«

»Seien Sie nicht so ungalant. Von einem bestimmten Alter an darf man ruhig etwas mollig sein. Ihrer Frau steht das sogar sehr gut«, schwindelte Tinchen. Immer höflich zu den Gästen sein, auch wenn Sie sich deshalb auf die Zunge beißen müssen, hatte Dennhardt ihr seinerzeit als Grundregel eingebleut.

»Neben Ihnen sieht sie aus wie eine trächtige Kuh!« Die Kuh gesellte sich wieder zu ihnen, in einer Hand einen Pappbecher mit Sahne, in der anderen eine Schachtel Pralinen. »Die sind für abends im Bett«, erklärte sie. »Wenn mein Mann seine Zeitung liest, braucht er immer was zum Knabbern.«

»Und wieso ist die Packung jedesmal leer, wenn ich wirklich mal ein Stück essen will?«

»Schokolade besteht zum größten Teil aus Fett, und Fett wird in dieser Hitze hier unten schnell ranzig«, behauptete Trudi.

Mit einem beziehungsreichen Blick auf das Paket, dessen Reklameaufdruck keinen Zweifel über seinen Inhalt zuließ, nahm der Kellner Pauls Bestellung entgegen: »Due Kaffee tedesco mit Latte, und was die Signorina will, soll sie Ihnen selbst sagen!«

Die Signorina bestellte einen Eiskaffee, lehnte den angebotenen Kuchen dankend ab und fragte sich im stillen, ob diese beiden verfressenen Germanen nun die Regel oder bloß die Ausnahme waren. Sie hatte schon längst bemerkt, daß deutsche Touristen in Italien nicht sonderlich beliebt waren – ausgenommen ihre Freude am Geldausgeben –, hatte diese heimliche Aversion aber auf die gelegentlichen Taktlosigkeiten geschoben, die ihren Landsleuten so gerne unterliefen. Keine Italienerin würde den Kölner Dom in Shorts betreten, während es ihren deutschen Geschlechtsgenossinnen gar nichts ausmachte, die hiesige Kirche im Bikini zu besichtigen. Kein italienischer Mann würde sich mittags im Speisesaal nur mit einer Badehose bekleidet zeigen; deutsche Männer finden das völlig natürlich, und wenn sie dazu noch ein Handtuch um den Hals geknotet haben, fühlen sie sich ausreichend angezogen. Kein Italiener käme auf die Idee, während einer Moselfahrt sein bella napoli zu besingen, aber die ohnehin als sehr sangesfreudig gefürchteten Deutschen scheuen sich nicht, in einer Trattoria vom Münchner Hofbräuhaus zu johlen und dann beim Kellner »Noch 'ne Pulle von dem labbrigen Zeug da, dem Schianti« zu bestellen. Manchmal schämte sich Tinchen direkt, auch eine Deutsche zu sein! So wie jetzt, als Trudi ungeniert das Kuchenpaket auswickelte, die Kaffeetasse kurzerhand auf den Tisch stellte und die Untertasse als Kuchenteller benutzte.

»Gucken Sie nicht so entsetzt, Fräulein Tina, das machen wir immer so!«

»Auch in Deutschland?«

Trudi stutzte einen Moment, dann lachte sie. »Natürlich nicht. Da würde uns der Ober sofort an die frische Luft setzen.«

»Das würde er hier sicher auch am liebsten tun, nur ist er zu höflich dazu.«

»Recht haben Sie, Fräulein Tina« bestätigte Paul. »Dafür kriegt er nachher auch ein extra großes Trinkgeld!«

Als ob man sich mit Geld die Achtung seiner Mitmenschen kaufen könnte! Tinchen gab ihre Bekehrungsversuche auf. Bei Herrn Stresewitz waren sie verschwendet. Er mochte ja ein herzensguter Mensch sein, aber er hatte das Feingefühl eines Nilpferds.

»Wenn Sie hier reiseleiten, Fräulein Tina, dann müßten Sie doch am besten wissen, wo ein bißchen was los ist. Keine Bumslokale oder so, aber gibt's denn hier keine Ausflüge, Safaris – na, Sie wissen schon, was ich meine.«

Das wußte Tinchen eben nicht. »Es gibt doch regelmäßig Busfahrten nach Genua und nach Frankreich ...«

»Haben wir ja schon hinter uns«, winkte Stresewitz ab. »Meiner Frau ist schlecht geworden, und ich hab' mich in Cannes verlaufen und hätte beinahe die Rückfahrt verpaßt. Nee, ich denke da an so etwas Ähnliches wie die Kamelritte zu den ollen Pyramiden. Ein Freund von mir war nämlich in Ägypten und hat dolle Fotos mitgebracht.«

»Kamele gibt es hier aber nicht«, wandte Tinchen ein.

»Pyramiden ja ooch nicht!« witzelte Stresewitz. »Müssen ja keine Kamele sein, Esel sind doch auch zum Reiten da. Und die Viecher rennen hier rum wie anderswo die Hunde. Also auf so'n Muli 'ne Tour ins Hinterland, dafür würde ich schon was springen lassen, nicht wahr, Trudi?«

Trudi vertilgte das dritte Stück Kuchen. »Ich hätte Mitleid mit dem Tier«, sagte sie kauend, »unter deinem Gewicht würde es zusammenbrechen!«

»Sitzt im Glashaus und schmeißt mit Steinen!« räsonierte Paul. »Aber mal im Ernst, Fräulein Tina, kennen Sie nicht einen Mulitreiber, der sich ein paar Mark nebenbei verdienen will?«

Tinchen kannte keinen, versprach aber, sich umzuhören und gegebenenfalls Bescheid zu sagen. Dann stand sie auf.

»Stresewitz, Villa Flora, unten am Porto. Nicht vergessen!« Mit einem Nußknackerhändedruck verabschiedete er sich von Tinchen. »War nett, Sie kennengelernt zu haben. Und wenn wir wieder mal 'n Dolmetscher brauchen, kommen wir zu Ihnen!«

Bloß nicht! Sie murmelte ein paar Dankesworte, griff nach ihrer Einkaufstüte und machte, daß sie wegkam. Was jetzt? Die Uhr an der Ecke zeigte Viertel vor eins. Zurück ins Büro? Um diese Zeit kam eigentlich nie jemand. Wer seine Siesta nicht im Bett hielt, der brutzelte am Strand. Weshalb sollte sie also in der muffigen ›Röhre‹ hocken? Lilo war ja auch noch da! Sollte die ruhig mal Blitzableiter spielen.

Außerdem hatte sie, Tinchen, ohnehin behauptet, eine Verabredung zu haben, also würde Lilo gar nicht mit ihr rechnen.

Tinchen beschloß, aus der Notlüge Wahrheit zu machen. Sie war einfach mit dem Fahrer verabredet, der sie mit dem Linienbus nach Loano bringen würde. Man kann als Reiseleiter keine Sehenswürdigkeiten empfehlen, die man selber gar nicht kennt! Und das Karmeliterkloster kannte sie noch nicht.

9

Loano gefiel Tinchen auf Anhieb. Zwar war sie schon des öfteren durchgefahren und hatte sich jedesmal über die Wohnsilos geärgert, die auf der Piazza gleich neben dem Bahnhof in die Höhe ragten und wohl die Bestrebungen der Stadtväter dokumentieren sollten, daß man keineswegs hinter dem Mond lebe und auch etwas von moderner Architektur verstünde – aber nun schlenderte sie staunend durch die malerischen Gassen mit ihren jahrhundertealten Torbögen und war ganz enttäuscht, wenn sie dahinter statt einer Kesselschmiede oder eines Spezereienhändlers nur eine ganz prosaische chemische Reinigung entdeckte. Auch der Doria-Palast – in jedem Reiseführer an erster Stelle abgehandelt – diente nicht mehr als Residenz des alten genuesischen Fürstengeschlechts. Waren die stolzen Herrscher in früheren Zeiten hoch zu Roß die breite Treppe hinaufgesprengt (mit viel Fantasie lassen sich sogar noch Hufabdrücke ausmachen), so müssen sich die heutigen Bewohner des Palazzo zu Fuß in ihre Büros bemühen. Es war zum Rathaus degradiert worden.

In einem Schaufenster auf der Palmenpromenade entdeckte Tinchen eine Korallenkette. Sie wollte schon lange eine haben, aber die jeweiligen Preise hatten immer in krassem Gegensatz zu ihrem Budget gestanden. Die hier war aber gar nicht so entsetzlich teuer! Dafür war sie vermutlich auch nicht echt. Mit Schaudern dachte Tinchen an die kleine Elfenbein-Eule, die sie unlängst auf dem Markt für Mutsch gekauft hatte. Die sammelte ja diese Viecher und hatte mindestens drei Dutzend zu Hause in der Vitrine stehen, aus Holz, aus Porzellan, aus Keramik, aus Bast – nur ein elfenbeinerner Uhu war noch nicht darunter.

Als sie Fritz Schumann ihre Neuerwerbung gezeigt hatte, hatte der nur gegrinst. »Das ist billiger Plastikkram mit einem

Eisenkern in der Mitte, damit das Ding schwerer wird. So etwas dürfen Sie nie auf dem Markt kaufen, Tina! Diese fliegenden Händler bleiben immer nur ein paar Stunden am selben Ort, damit man nicht mehr reklamieren kann. Wenn sie die ganze Küste abgegrast haben, fangen sie wieder von vorne an. Alle Gäste, die sie übers Ohr gehauen haben, sind in der Zwischenzeit abgereist, und die neuen haben meistens keine Ahnung!«

Jetzt stand die elfenbeinerne Plastikeule auf Tinchens Nachttisch als tägliche Warnung vor preisgünstigen Gelegenheitskäufen. »Occasione«, hatte der Vogelhändler gesagt! Was ist überhaupt eine Okkasion? Alles, was nicht ganz so sündhaft teuer ist, wie man befürchtet hat!

Immer noch liebäugelte Tinchen mit der Kette. Das Geschäft machte eigentlich einen ganz soliden Eindruck. Soweit sie sehen konnte, gab es hier nicht den üblichen Andenkenkitsch, und die Seidentücher, die neben der Tür an einem Haken flatterten, waren nicht nur wirklich aus Seide, sondern darüber hinaus sogar recht geschmackvoll. Fragen kostet nichts! Entschlossen betrat Tinchen den Laden.

Er war leer. Dafür gab es Korallenketten in jeder Länge. Sie lagen in einem Kästchen offen auf dem Ladentisch. Ein bißchen mißtrauisch nahm sie eine davon in die Hand. Sie fühlte sich echt an, aber das hatte die Eule auch getan.

»Kann ich Ihnen helfen?«

Hinter ihr betrat eine schlanke Dame mit einem markanten Ahnengesicht den kleinen Verkaufsraum.

»Sie sprechen deutsch?« fragte Tinchen verblüfft.

»Ich bin Deutsche.«

»Da bin ich aber froh!« Ihr fiel ein Stein vom Herzen. Um die landesübliche Feilscherei, bei der sie schon rein rhetorisch noch immer den kürzeren zog, würde sie diesmal wohl herumkommen. Und schon sprudelte sie die Eulengeschichte heraus.

»Sie können zufrieden sein, daß Sie nicht mehr Lehrgeld bezahlt haben! Was glauben Sie, wie viele Touristen hier schon goldene Uhren gekauft und erst zu Hause festgestellt haben, daß es bloß Doublé war? Aber Sie können ganz unbesorgt sein, meine Korallen sind wirklich echt. Wieviel möchten Sie denn ausgeben?«

Vergeblich schielte Tinchen auf die Preisschilder. Sie konnte keins entziffern. Als Frau von Welt hatte man zu wissen, was so etwas kostet, als Tinchen Pabst hatte sie aber herzlich wenig Ahnung. »Ich weiß nicht recht, vielleicht fünfzig Mark...?«

»Viel zu teuer!« tönte eine Stimme aus dem Hintergrund. »Dafür kriegen Sie ja schon fast einen Trauring!«

»Sollte ich wirklich mal einen brauchen, dann werde ich ihn hoffentlich geschenkt bekommen! Oder müssen sich Ihre Bräute die Ringe immer selbst kaufen?« Tinchen war empört! Wo kam dieser Klaus Brandt schon wieder her? Spionierte der ihr nach? Sein impertinentes Lächeln machte sie noch zorniger. »Haben Sie heute schon wieder Ausgang?«

»Habe ich Ausgang, Tante Josi?«

Die Verkäuferin blickte ratlos zwischen den beiden hin und her.

»Ich verstehe überhaupt nichts. Kennst du die junge Dame, Klaus?«

»Kennen ist maßlos übertrieben! Wir sind uns erst zweimal begegnet, nur scheine ich keinen so nachhaltigen Eindruck hinterlassen zu haben wie umgekehrt. Aber wenigstens kann ich Sie bei dieser Gelegenheit mit meiner Tante Josephine bekannt machen! Tante Josi, das ist Tina Pabst, zur Zeit Leithammel bei Neckermann-Reisen oder einem ähnlichen Touristenbagger. Was sie macht, wenn sie richtig arbeitet, weiß ich noch nicht! Würdest du ihr bitte bestätigen, daß wir Blutsverwandte ersten Grades sind? Sie glaubt mir das nämlich nicht.«

Die Verkäuferin schmunzelte. »Seit wann legst du so großen Wert auf unsere verwandtschaftlichen Beziehungen? Im allgemeinen pflegt man mit alten Tanten nicht zu renommieren.«

»Erstens bist du nicht alt, Tante Josi, was ist schon ein Dreivierteljahrhundert in der Menschheitsgeschichte, und zweitens hält mich Tina für einen Playboy, der sich auf betuchte Frauen der gehobeneren Jahrgänge spezialisiert hat. Du wirst verstehen, daß dieser Verdacht meinem Image sehr unzuträglich ist!«

»Welchem Image?«

»Dem eines fleißigen Doktoranden, der Tag und Nacht schuftet, um mit seiner Dissertation der staunenden Fachwelt völlig neue Erkenntnisse auf dem Gebiet der Computertechnik vermitteln zu können.«

»Vorausgesetzt, die Fachwelt kann noch ein paar Jahre darauf warten!« konterte Tinchen. Plötzlich hatte sie glänzende Laune, fand alte Tanten reizend, dachte nicht mehr an Korallenketten und Karmeliterkloster, wartete.

»Wir gehen schwimmen!« beschloß Brandt. »Ich hole nur schnell meine Sachen. Paß auf, Tante Josi, daß sie in der Zwischenzeit nicht türmt! Am besten schließt du die Tür ab!«

»Ich hab' doch gar nichts dabei!« protestierte Tinchen, aber Brandt hörte sie nicht mehr.

»Wir werden schon etwas Passendes finden!« Tante Josi ging zu einem gut bestückten Ständer, auf dem Badeanzüge und Bikinis in allen Farbschattierungen hingen. »Größe vierzig, stimmt's?«

Tinchen nickte. Ein Glück, daß sie die Kette noch nicht gekauft hatte! Hoffentlich würde noch genug Geld für ein Stück Pizza übrigbleiben. Seit dem Frühstück hatte sie nichts mehr gegessen, und ihr Magen knurrte wie ein Hofhund.

Gerade als sie sich für einen weißen Bikini entschieden hatte, kam Brandt zurück. »Nicht den, Tina, dafür sind Sie noch nicht braun genug! So was können Sie in zwei Monaten anziehen!« Fachmännisch prüfte er die Auswahl und zog schließlich ein winziges blaues Etwas mit Lurexfäden heraus. »Das ist er!«

»Sieht aus wie Geschenkpapier!« Tinchen verschwand in der Umkleidekabine. Geschmack hat er ja, dachte sie, während sie sich vor dem Spiegel drehte, aber er hat auch den kleinsten Bikini erwischt, der da war. Direkt unanständig! Ein Glück, daß Mutsch sie so nicht sehen konnte. Die hatte sich ihren letzten Badeanzug kurz nach der Währungsreform gekauft und ihn nur drei- oder viermal getragen, weil er keine angeschnittenen Beine gehabt hatte. »Der ist mir einfach zu genierlich«, hatte sie behauptet und darauf bestanden, daß man die Ferien künftig nur noch im Gebirge verbrachte, wo ein Badeanzug nicht unbedingt zum Urlaubsgepäck gehörte. Die Bergseen waren zum Baden ohnehin zu kalt, außerdem konnte Frau Antonie nicht schwimmen. »Wenn der liebe Herrgott das gewollt hätte, dann hätte er mir Flossen gegeben!« pflegte sie zu sagen.

»Soll ich helfen?«

»Das könnte Ihnen so passen!« Erschrocken streifte Tinchen das Kleid über den Bikini, stopfte Slip und BH in ihre Umhängetasche, die sich daraufhin nicht mehr schließen ließ, und öffnete die Tür. »Ich hab' ihn gleich anbehalten! Was kostet er?«

Ratlos sah sie auf die Tasche. Wie sollte sie jetzt bloß das Portemonnaie herauskriegen? »Ach, hätten Sie vielleicht doch eine Tüte?« Tante Josi holte eine durchsichtige Cellophanhülle unter dem Ladentisch hervor. Tinchen wurde rot. »Ich hatte eigentlich mehr an etwas Solideres gedacht...« Verstohlen hielt sie Tante Josi die halbgeöffnete Tasche entgegen. Die nickte verstehend und reichte eine rote Plastiktüte herüber.

»Was bin ich Ihnen schuldig?«

»Gar nichts«, versicherte Brandt. »Tante Josi zieht mir den Betrag vom Taschengeld ab!«

Warum muß er alles gleich wieder kaputtmachen, dachte Tinchen enttäuscht.

»Ich berechne Ihnen nur den Einkaufspreis, einverstanden?« Sie nickte dankbar. Offenbar arbeitete Tante Josi gar nicht als Verkäuferin, vielmehr schien ihr das Geschäft zu gehören. Ob sie wirklich Brandts Tante war? Aber hätte sie sonst anstandslos geduldet, daß er mit ihr schwimmen ging?

Sei nicht immer so mißtrauisch, Ernestine, glaube an das Gute im Menschen! Sie *ist* seine Tante! Nimm es als Tatsache hin und geh ihr nicht weiter auf den Grund!

Brandt übernahm die Führung. Er steuerte Tinchen schräg über die Promenade, vorbei an den vor Anker liegenden Fischerbooten, die in dem leicht bewegten Wasser einander freundschaftlich zunickten, vorbei an den überfüllten Stränden, wo schon ein verirrter Wasserball bei den Sonnenanbetern eine Kettenreaktion auslöste, vorbei an Musikboxen und schwitzenden Kellnern, die mit Tabletts voller Eisbecher durch das Menschengewimmel pflügten, bis er endlich auf eine ins Meer ragende Klippe deutete. »Mein Stammplatz! Nicht gerade komfortabel, dafür kostet er keinen Eintritt, und deshalb kommt auch selten jemand hin.«

Wenig später turnte Tinchen über die Klippen. Die hilfreich ausgestreckte Hand ihres Cicerone übersah sie geflissentlich. Sie war nicht Tante Josi!

»Seien Sie nicht albern, Tina, die Steine sind glatt, und wenn...«

»Au!« Die Warnung kam zu spät! Tinchen war von einem algenbewachsenen Stein abgerutscht und hielt sich jetzt mit schmerzverzerrtem Gesicht den rechten Fuß. »Ich kann nicht mehr weiter! Der ist mindestens gebrochen!«

»Nicht bewegen! Ich hole Sie!« Brandt balancierte zurück. »Stützen Sie sich fest auf mich, und dann treten Sie mal ganz vorsichtig auf!« Tinchen tat es. »Ist wohl noch mal gutgegangen, aber es tut höllisch weh!«

»Soll ich Sie tragen?«

»Bloß nicht!« Seinen stützenden Arm nahm sie aber gerne. Mit zusammengebissenen Zähnen humpelte sie die restlichen Meter bis zu einer großen Felsplatte, die fast waagerecht über dem Wasser hing. »Bricht die auch nicht ab?« Dann verfolgte sie schweigend, wie Brandt die mitgebrachten Luftmatratzen aufblies. Kräftige Lungen hatte er! Sicherlich Nichtraucher! Sie wollte sich auch schon längst die Qualmerei abgewöhnen, aber es hieß ja immer, dann würde man sofort zunehmen, und das wiederum bedeutete den Verzicht auf kleine Bikinis mit Silberfäden.

Sie hatte ihr Kleid ausgezogen und sah zufrieden an sich herab. Brandt hatte recht gehabt, für einen weißen Badeanzug war sie wirklich noch zu blaß, aber der blaue hob sich schon wunderbar von ihrer leicht gebräunten Haut ab. Brandt trug natürlich Weiß. Konnte der sich ja auch leisten! Angeber!

Der Angeber hatte sein atemraubendes Werk beendet. Er legte die Luftmatratzen dicht nebeneinander, deckte zwei Frotteehandtücher darüber und machte eine einladende Handbewegung: »Weiter auseinander geht's nicht, sonst fallen Sie ins Meer!«

»Wieso ich? Sie liegen doch an der Außenkante!« Sie plumpste auf die Matratze und streckte sich wohlig aus.

»Erst einschmieren!« Er förderte eine Flasche Sonnenöl zutage und begann, Tinchens Arme einzureiben. Einen Augenblick lang ließ sie es sich gefallen, dann nahm sie ihm die Flasche aus der Hand. »Das kann ich selber!«

»Auch auf dem Rücken?«

Widerwillig drehte sie sich um. Dabei empfand sie seine kräftigen Hände doch als so angenehm! Dumme Gans! Man verliebt sich nicht in jemanden, den man erst zweimal gesehen hat! Dazu ist es viel zu früh! Auch wenn man jetzt in Italien lebt, wo die Sonne scheint und die Wellen glucksen und überhaupt alles ganz anders und viel, viel schöner ist.

Brandt schraubte die Flasche zu. »Es wird ja immer behauptet, daß die Liebe vom Wandel der Zeit unberührt bleibt. Ich stelle mir aber gerade vor, wie Hero und Leander am Strand sitzen und sich gegenseitig mit Lichtschutzfaktor sechs einreiben!«

»Hatten die ja noch gar nicht«, murmelte Tinchen und war auch schon eingeschlafen.

Eiskalte Wasserspritzer weckten sie wieder auf. Neben ihr stand ein triefender Brandt und schüttelte sich wie ein nasser Hund. »Los, Tina, kommen Sie mit! Das Wasser ist ganz warm!«

»Will nicht. Wenn die Sonne wirklich so viel Energie abstrahlt, weshalb macht dann ein Sonnenbad so faul?« Sie blinzelte zu ihm hoch.

»Außerdem bin ich keine Sardine!«

»Was soll das heißen?«

»Sehen Sie sich doch mal an!« Sie deutete auf die klebrigen schwarzen Flecken, mit denen Brandts Beine bedeckt waren. Abfallprodukte der Zivilisation. »Das ist doch Teer, oder?«

»Wahrscheinlich. Dagegen hilft nur Petroleum.« Er wühlte in seiner Tasche und brachte ein kleines Fläschchen zum Vorschein. »Der kluge Mann baut vor! Angeblich soll ja das Meer die große Energiequelle der Zukunft sein. Mir wäre fürs erste schon damit gedient, wenn wir das hineingelaufene Öl wieder herausholen könnten!«

Die Teerflecken waren notdürftig beseitigt. »Wie wäre es mit einer kleinen Erfrischung? Nicht der Durst macht uns zu schaffen, sondern daß man nichts zu trinken kriegt!« Bäuchlings robbte er zum Rand der Klippe und zog an einer dort befestigten Schnur. »Ich weiß, daß Rotwein Zimmertemperatur haben soll, aber der hier stand schon kurz vor dem Siedepunkt!«

Er entkorkte die tropfende Flasche und reichte sie Tinchen. »Sie können ihn ruhig trinken! Ist ein ganz leichter Landwein. Gläser müssen auch irgendwo sein.« Wieder kramte er in seiner unergründlichen Tasche.

»Geht auch Pappe?«

Der zerbeulte Becher war offenbar schon häufiger benutzt worden. Tinchen winkte dankbar ab. »Sie verwöhnen mich zu sehr!« Sie setzte die Flasche an, nahm einen kräftigen Schluck und hustete los. »Was ist denn das?« keuchte sie, »Rostschutzfarbe?« An ihrer Hand zeigten sich rötliche Spuren.

»Um Himmels willen, jetzt habe ich den Metaxa erwischt!« Brandt riß ihr die Flasche aus der Hand. »Den hat mir mal ein Freund aus Griechenland mitgebracht, und neulich habe ich das Zeug in eine Korbflasche umgefüllt, weil ich die Originalpulle als Blumenvase brauchte. Sie hat einen so schönen langen Hals.«

»Den habe ich auch!« kicherte Tinchen. Der scharfe Schnaps war ihr zu Kopf gestiegen und hatte dort einiges Unheil angerichtet. Das kommt davon, wenn man mit nichts im Magen griechisch trinkt! Wieso überhaupt griechisch? War sie nicht in bella Italia? Und wieso hatte der Adonis da drüben einen Bruder bekommen? Zwei Adonisse? Oder war einer davon Apoll? Römischer Liebesgott mit vier Buchstaben, kam in jedem Kreuzworträtsel vor. Quatsch, der heißt doch Eros! Alles, was mit -os oder -is endet, ist griechisch! Bloß, wie kam der griechische Eros hierher? Sie gab es auf, die Geheimnisse des Olymps zu enträtseln, rollte sich zusammen und schlief kurzerhand wieder ein.

Laute Stimmen schreckten sie auf. »Kiek mal, Bruno, 'ne Robinsine!«

»Laß ma mit deine ewige Fische in Ruhe, ick hab' ja doch keene Ahnung, wie die Biester alle heeßen!«

Auf dem Wasser schaukelte ein Tretboot, besetzt mit zwei Männern, von denen der eine die Küste mit einem Feldstecher abgraste.

»Ick rede nich von Fische, ick meene den weiblichen Robinson da oben uffn Felsen. Oder sollte ick besser Loreley sagen?«

»Jib ma die Kieke!«

Das Glas wechselte den Besitzer. »Nee, Loreley is det nich, die war blond.«

»Woher weeßte det?«

»Weil Joethe von det joldene Haar jeschwärmt hat.«

»Det war aba nich Joethe, det war'n andrer!«

»Na, denn war et Schiller, eener von beeden isset ja imma!« Er schwenkte seinen Strohhut. »Soll'n wa ruffkommen, Kleene?«

»Nein, ich will gerade gehen!« Eilends zog Tinchen ihr Kleid über den Kopf und rollte das Handtuch zusammen.

Zwischendurch warf sie einen vorsichtigen Blick zum Boot hinunter. Aber das hatte sich schon wieder in Bewegung gesetzt. »Na, vielleicht een andret Mal!« winkte Bruno.

Erleichtert setzte sich Tinchen wieder hin. Das hätte ihr gerade noch gefehlt! Ein Glück, daß sie rechtzeitig aufgewacht war. Nicht auszudenken, wenn diese unternehmungslustigen Berliner tatsächlich gelandet wären und sie im Schlaf überrascht hätten. Weit und breit kein Mensch! Und sie selbst gehbehindert und schutzlos den lüsternen Knaben ausgeliefert! Das hatte man nun davon, wenn man sich dazu überreden ließ, mit einem wildfremden Mann in die Einöde zu ziehen! Erst macht er einen betrunken, und dann verschwindet er einfach! Seine Sachen waren zwar alle noch da, aber die könnte er später immer noch holen! Er wußte ja, daß sie mit ihrem lädierten Fuß kaum selbst die Klippen hochkäme und nicht imstande wäre, auch noch eine Tasche mitzunehmen. Tasche? Du liebe Zeit, er hatte doch wohl nicht ihr Handtäschchen geklaut? Viel Geld war ja nicht mehr drin, und dem Busfahrer würde sie notfalls ihren Ring als Pfand dalassen, aber Ausweis, Führerschein... Tinchen suchte hektisch. Nichts! Sie kippte Brandts Badetasche aus, durchwühlte ihren Inhalt, fand aber außer schon Bekanntem nur das leicht zerknitterte Foto einer langmähnigen Schönheit. Wahrscheinlich ein früheres Opfer dieses hinterhältigen Handtaschenräubers! Sie zerriß das Bild und warf die Schnipsel ins Meer. Alles andere sollte man auch reinschmeißen! Der würde ziemlich dumm dastehen, wenn er bei seiner Rückkehr nichts mehr fände! Wütend gab sie der Luftmatratze einen Tritt. Und was lag darunter?

»Na schön, ein Dieb ist er nicht, aber ein verantwortungsloser und gemeiner Abenteurer bleibt er trotzdem! Und auf so was muß ausgerechnet ich reinfallen!« Schniefend kramte sie nach einem Taschentuch. Wie üblich fand sie keins. Dieser geschniegelte Angeber hatte bestimmt eins dabei! Man durchsucht zwar keine fremden Hosentaschen, aber das war Tinchen egal. Erleichtert schnaubte sie in das hellblaue Tuch.

Lackaffe, blöder! Wählt seine Taschentücher passend zum T-Shirt! Und dann diese messerscharfen Bügelfalten! Warum trug er nicht Jeans wie andere Studenten auch? Paßte wohl Tantchen nicht? Na, die würde sich wundern!

Einen Augenblick zögerte Tinchen noch, dann warf sie kurzentschlossen die Hosen über die Klippen und spähte hinterher. Schade, ganz würden sie wohl nicht versinken, der Gürtel war an einer Felsspitze hängengeblieben, aber die Hosenbeine klatschten im Rhythmus der Wellen auf die glibbrigen Steine, und die Bügelfalten waren draußen!

So, das wäre geschafft! Und jetzt der Rückmarsch! Leicht würde er nicht werden, denn mit dem rechten Fuß konnte sie nur ganz vorsichtig auftreten, und selbst dann tat er scheußlich weh. Zu allem Überfluß hatte sie sich auch noch einen Sonnenbrand geholt. Jedesmal, wenn das Kleid ihre Oberschenkel berührte, brannte es wie Feuer. »Nicht in der Sonne einschlafen!« pflegte sie regelmäßig ihren Gästen zu predigen, und was tat sie? Egal, heute war sowieso alles schiefgegangen, und der Sonnenbrand war bloß das I-Tüpfelchen.

Sie hängte sich die Tasche um den Hals und begann den Aufstieg. Die ersten paar Meter gingen ganz gut, aber dann kam ein hoher abgeschliffener Stein, auf dem sie mit ihren glatten Sohlen keinen Halt fand. Dann eben barfuß! Eine kleine Pause konnte sie ohnehin gebrauchen.

Sie schlüpfte aus den Schuhen und stand vor einem neuen Problem: Wohin damit? Die Hände brauchte sie zum Festhalten, die Tasche war zu klein – was machte man bloß in solchen Fällen? Tinchen rekapitulierte sämtliche Bergsteigerfilme, die sie im Fernsehen über sich hatte ergehen lassen, fand aber keine Situation, die ihrer jetzigen entsprochen hätte. Die jeweiligen Alpinistinnen waren entweder per Hubschrauber oder von wettergegerbten Naturburschen gerettet worden, die ihnen erst in einer einsamen Schutzhütte mit Schnee die halberfrorenen Füße abgerieben und sie anschließend auf ihren Armen ins Tal getragen hatten. Tinchen wollte nicht ins Tal, sie wollte die Klippen hoch, und ein Retter war auch nicht in Sicht. Weit draußen tauchte ab und zu der Kopf eines einsamen Schwimmers aus den Wellen, aber ihr Rufen und Winken bemerkte er nicht.

Ratlos schlenkerte sie die Schuhe hin und her. Natürlich hätte sie sie zwischen den Steinen verstecken und an einem der nächsten Tage holen können, aber barfuß durch den halben Ort und dann noch in den Bus? Schließlich knotete sie die Riemchen zusammen, hängte sich die Sandalen über den Arm und machte sich wieder an die Kletterei. Na also, ohne Schuhe ging es viel besser! Die Hälfte hatte sie schon geschafft.

»Halt!! Nein!!« schrie sie plötzlich, griff nach den Sandalen und kriegte noch einen zu fassen. Der andere schoß in Purzelbäumen abwärts und blieb auf der Felsplatte liegen – direkt neben Brandts Badetasche.

Tinchen heulte hemmungslos. Jetzt war sie beinahe oben gewesen, und nun das! Wenn sie sich nicht beeilte, schaffte sie es überhaupt nicht mehr. Die Dämmerung brach herein, und die dauerte hier unten nie sehr lange. Vorsichtig kletterte Tinchen wieder zurück. Es ging besser, als sie erwartet hatte. Bis auf den Riß im Saum, aber das Kleid war ja sowieso zu lang gewesen. Man soll doch zeigen, was man hat! Endlich hatte sie wieder die Plattform erreicht, hinkte zu ihrem Schuh und bekam Kulleraugen. Er war in der Mitte durchgebrochen und nur noch als Fischfutter zu gebrauchen, vorausgesetzt, die Viecher fraßen Schlangenleder. In hohem Bogen warf sie den Schuh ins Meer. Dafür nun die ganze halsbrecherische Kraxelei! Die hätte sie sich weiß Gott sparen können! Im Bus könnte sie jetzt schon sitzen, in einem schönen weichen Lederpolster... statt dessen hockte sie auf diesem dämlichen Felsen und hatte die ganze Ochsentour noch einmal vor sich! Sie tastete nach einem Handtuch und wischte sich über das tränenverschmierte Gesicht. Und alles bloß wegen dieses geschniegelten Affen, dieses Gigolos, dieses gewissenlosen... ihr fiel nichts Passendes mehr ein, mit dem sich die negativen Charakterzüge des betreffenden Herrn ausreichend definieren ließen, und so heulte sie erst mal wieder ein bißchen vor sich hin.

»Das Tinchen saß auf einem Stein, einem Stein...«, klang es mehr laut als melodisch, aber Tinchen erschien es wie eine Opernarie.

»Entschuldigen Sie, daß es so lange gedauert hat, aber da draußen hatte sich jemand zuviel zugemutet und schlappgemacht. Den mußte ich erst an Land bringen!« Brandt zog sich über die Klippe und griff nach seinem Handtuch.

»Wie heroisch! Und wie passend, daß gerade heute ein geeignetes Objekt für Ihre humanitären Anwandlungen in greifbarer Nähe war! Kriegen Sie jetzt die Rettungsmedaille?«

»Wofür denn? Ich war doch bloß so eine Art moralische Unterstützung. Als der Mann merkte, daß er nicht mehr allein war, konnte er wieder schwimmen. Ich bin lediglich neben ihm hergepaddelt, bis er Boden unter den Füßen hatte. Für eine Medaille reicht das nicht.«

»Ihr Pech!«

»Nö, gar nicht. So ein Ding muß man bloß regelmäßig putzen und auf Verlangen vorzeigen, wobei dann immer eine ausführliche Schilderung der Heldentat erwartet wird.«

»Diese Aussicht müßte Ihrem Hang zur Selbstdarstellung doch sehr entgegenkommen!«

»Warum sind Sie plötzlich so kratzbürstig, Tina? Ich gebe ja zu, daß ich Sie eine ganze Weile alleingelassen habe, aber Sie haben fest geschlafen, zusammengerollt wie ein Embryo. Ich bin kein Maler, der stundenlang ein schönes Gesicht anstarren kann, und einseitige Unterhaltungen sind auf die Dauer so unergiebig. Also bin ich schwimmen gegangen. Sind Sie mir deshalb böse?« Prüfend sah er sie an. »Haben Sie etwa geweint?«

»Weshalb sollte ich?« Tinchen war gar nicht wohl in ihrer Haut. Das alles hörte sich so logisch an, aber sie hatte gleich wieder das Schlimmste vermutet. »Mir ist vorhin eine Mücke ins Auge geflogen, die ging so schwer raus.«

»Wahrscheinlich ist sie ertrunken! Sie müssen ja wahre Tränenbäche vergossen haben!« Er fing an, den herumliegenden Inhalt seiner Tasche zusammenzusuchen. »Wir sollten uns ein bißchen beeilen, es wird langsam kühl.« Suchend sah er sich um. »Wo ist eigentlich meine Hose?«

»Im Wasser!« sagte Tinchen.

»Verflixt!« Jetzt war es mit seinem Gleichmut vorbei. »Wie ist sie denn da hingekommen?«

»Runtergefallen!«

»Einfach so?«

»Wie denn sonst?«

»Das frage ich Sie ja!« Brandt beugte sich über die Klippe. »Nichts zu sehen.«

»Vorhin war sie aber noch da!« Auf allen vieren kroch Tinchen über das Plateau und kniete sich neben ihn. »Verstehe ich nicht! Ich hatte nicht weit genug geworfen, und da war sie mit dem Gürtel an dem Stein da vorne hängenge...« Erschrocken hielt sie sich den Mund zu.

Brandt stand auf und blickte finster auf sie herab. »Tina, beichte!«

Das Du überhörte sie erst einmal. Jetzt sah sie sich in die Defensive gedrängt, und es wäre albern gewesen, auf Förmlichkeiten herumzureiten. »Als ich aufwachte, saß ich hier ganz allein, meine Handtasche war weg, und dann kamen auch noch die beiden Männer...«

»Welche Männer?«

»Die mit der Loreley. Sie ist auch gar nicht von Goethe oder Schiller, sondern von Heinrich Heine. Dann hab' ich ein Taschentuch gesucht, und weil Sie überhaupt nicht mehr wiederkamen, habe ich die Hose ins Wasser geworfen!«

»Du hättest lieber den Metaxa nehmen sollen! Den hast du offenbar nicht vertragen!«

»Der hatte keine so schönen Bügelfalten!«

Er half ihr wieder auf die Beine und sah sie besorgt an. »Mädchen, du hast einen Sonnenstich bekommen! Laß mal sehen, ob du Fieber hast!«

Schön kühl war seine Hand und sehr zärtlich. »Ich hab'

keinen Sonnenstich! Mir ist nur reichlich flau im Magen, weil ich seit heute früh nichts gegessen habe. Als dann noch diese beiden Freizeitkapitäne auftauchten und die Klippen entern wollten, muß wohl bei mir irgendwas ausgehakt haben. Dabei waren sie eigentlich ganz ulkig!«

Während Brandt den Felsen entrümpelte, erzählte Tinchen – diesmal jedoch etwas zusammenhängender – ihre ganze Leidensgeschichte.

Allerdings unterschlug sie den Taschendieb und das zerrissene Foto. Vielleicht würde er es gar nicht vermissen. Sicher war es nur eins von vielen. »Meine Schuhe sind auch hin!« beendete sie ihr Klagelied, »oder wenigstens einer davon. Der andere hängt oben zwischen den Steinen.«

»Armes Aschenbrödel! Wie gut, daß es gleich vorn an der Promenade einen Prinzen gibt, der calzolaio heißt und wunderhübsche Schuhe hat.«

»Aschenbrödel hat aber kein Geld mehr. Es hat schon alles für ein Ballkleid mit Lurexfäden ausgegeben.« Sie wehrte sich nicht, als er sie in seine Arme nahm. Seine Lippen waren weich und zärtlich, aber ›er sollte sich lieber zweimal am Tag rasieren!‹ dachte sie, bevor sie glücklich die Augen schloß.

Langsam schraubte sich der Wagen über die Serpentinen aufwärts. Seine Scheinwerfer piksten Lücken in die Dunkelheit und beleuchteten abwechselnd Olivenbäume, Kakteen und Petersilienbeete. Nach Tinchens Ansicht eine viel zu prosaische Kulisse; zu diesem märchenhaften Abend hätten Orchideen oder wenigstens Rosen gehört, die man pflücken und an sein klopfendes Herz drücken könnte. Jedenfalls taten das die Damen in den einschlägigen Romanen aus Schumanns Hotelbibliothek, die überwiegend aus den zurückgelassenen Taschenbüchern abgereister Gäste bestand.

Tinchen hatte wirklich Herzklopfen und weiche Knie bis zu den Augen. Vergessen war der verkorkste Nachmittag, vergessen die peinliche Situation im Schuhgeschäft, als Tinchen nur noch zwei zerfranste Tausend-Lire-Lappen im Portemonnaie gefunden hatte und warten mußte, bis Brandt sie auslöste. Den Schuldschein hatte er abgelehnt, aber sie würde ihm das Geld gleich heute noch zurückgeben! Oder morgen! Der Abend hatte ja noch gar nicht richtig angefangen...

»Wohin bringen Sie mich eigentlich? Auf ihr Schloß?«
»Abwarten!«

Immer weiter ging es aufwärts, immer schmaler wurde die Straße. Weit unten verschmolz Loano zu einem Mosaik bunter Lichter, und dicht über dem Meer stand der Mond, dünn wie eine Oblate und in einem so leuchtenden Orange, wie Tinchen ihn nie gesehen hatte. Glühwürmchen hatten ihre Hecklleuchten eingeschaltet und geisterten durch die Abendluft wie Flitter.

Plötzlich hörte die Straße auf, Straße zu sein, und verwandelte sich in eine Art Maultierpfad. Brandt lenkte den Wagen auf eine notdürftig mit Schotter befestigte Wiese und zog den Zündschlüssel ab.

»Den Rest müssen wir zu Fuß gehen!«

Mit leisem Bedauern stieg Tinchen aus. Sie hätte noch stundenlang so weiterfahren können, aber allem Anschein nach war hier die Welt zu Ende. Oder vielleicht doch nicht? Erstaunt bemerkte sie erst jetzt die vielen Autos, die auf diesem Parkplatz standen. Mindestens ein Dutzend waren es, und alles Exemplare der oberen Preisklasse.

»Komm, Aschenbrödel, jetzt zeige ich dir mein Schloß!« Brandt ergriff ihren Arm und steuerte sie vorsichtig durch die Dunkelheit. Gehorsam hinkte Tinchen nebenher und fragte sich, wo dieser Ausflug wohl enden würde.

»Achtung, hier wird's eng!« Ein halbverfallener Torbogen tauchte auf, von einer müden Laterne nur spärlich beleuchtet, dahinter machte der Weg eine scharfe Kurve, und plötzlich war alles in strahlende Helligkeit getaucht. Ein Kastell mußte das sein. Oder wenigstens etwas Ähnliches. Schmiedeeiserne Ampeln flankierten ein wahrhaft königliches Portal und warfen ihren Schein auf die riesigen Agaven, die sich neben der Treppe ausbreiteten.

»Das ist ja wirklich ein Schloß!« flüsterte Tinchen andächtig. Brandt lächelte spöttisch. »Märchengläubige kleine Mädchen soll man nicht enttäuschen!« Er öffnete die Tür und ließ sie eintreten.

»Du solltest aber vorsichtshalber keine livrierten Diener erwarten, die dich zu einem baldachingekrönten Prunkbett führen! Der Torre vecchio ist ein ganz simples Speiserestaurant, allerdings ein sehr gutes!«

Von einer Halle führten Türen in mehrere kleine Speisesäle. Fast jeder Tisch war besetzt, und zwar überwiegend von Italienern, wie Tinchen mit einem kurzen Blick feststellte.

»Eisbein mit Sauerkraut gibt's hier genausowenig wie fish and chips!« erklärte Brandt die fehlende Invasion hungriger Touristen.

»Setzen wir uns auf die Terrasse?«

Am dienernden Maître vorbei führte er sie ins Freie. Eine halbhohe Mauer aus uralten Steinen begrenzte einen kleinen Platz, auf dem nur vier Tische Platz gefunden hatten. Einer war noch frei. Brandt rückte Tinchen den Stuhl zurecht und vertiefte sich zusammen mit dem herbeigeeilten Kellner in die Speisekarte, deren Lektüre längere Zeit in Anspruch nahm. Von der in schnellem Italienisch geführten Unterhaltung verstand Tinchen kaum die Hälfte, aber es schien sich um das schwerwiegende Problem zu handeln, ob der prosciutto di parma auch wirklich von dort stammte, und wann man die piccioni hereinbekommen habe.

»Mögen Sie Langusten?«

Nein, wollte Tinchen sagen, die diese nur aus Fühlern und Beinen bestehenden Schalentiere lediglich im Aquarium gesehen hatte und sich nicht vorstellen konnte, daß so etwas überhaupt eßbar sei, aber sie wußte natürlich, daß sie als Delikatesse galten und bei Feinschmeckern sehr beliebt waren.

»Die esse ich sogar leidenschaftlich gern!« versicherte sie im Brustton der Überzeugung, nicht gewillt, sich mit ihrem eher der soliden Hausmannskost zugeneigten Geschmack zu blamieren. Und was, um alles in der Welt, waren piccioni?

Klang irgendwie nach Gemüse! Na, sie würde sich einfach überraschen lassen! Vorsichtshalber angelte sie eine Scheibe Weißbrot aus dem bereitgestellten Körbchen, bestrich sie dick mit Butter und biß hinein. Wer weiß, ob sie von dem, was sie erwartete, überhaupt satt werden würde.

Der Kellner zog ab und kehrte gleich darauf zurück. In seinen Armen trug er ein Bastkörbchen, das er wie ein Baby an die Brust gedrückt hielt und dann andachtsvoll präsentierte.

»Va bene«, sagte Brandt, nachdem er probiert hatte, und nickte. In einem leuchtenden Rot floß der Wein in die Gläser.

»Die Farbe suche ich schon lange«, murmelte Tinchen.

»Wofür denn?«

»Für meinen Nagellack!«

Einen Augenblick lang hatte es Brandt die Sprache verschlagen, dann lachte er schallend los. »Dein Hang zum Prosaischen ist wirklich entsetzlich, Tina! Da führe ich dich in eins der besten Restaurants an der ganzen Küste, lasse dir einen Port zelebrieren, nach dem sich alte rotnasige Weinkenner die Finger lecken würden, und du denkst an Nagellack!« Er hob sein Glas. »Prosit, Aschenbrödel, trinken wir auf den verlorenen Schuh, dem ich diesen Abend zu verdanken habe.«

Das stimmte sogar. Ursprünglich hatte sich Tinchen nur nach Verenzi zurückbringen lassen wollen, vor allem deshalb, weil sie Brandt das verauslagte Geld wiedergeben wollte. Aber dann war ihr in dem Schuhgeschäft regelrecht schlecht geworden, und Brandt hatte angeordnet, daß sie erst einmal etwas essen müsse. Richtig diktatorisch war er geworden! Nun saß sie hier in diesem Luxusschuppen mit 325 Lire in der Tasche und dem Gefühl, wirklich ein Aschenbrödel zu sein, zu dem ein leibhaftiger Prinz herabgestiegen war und sie in eine ganz andere Welt geführt hatte. Bei Florian hatte es immer nur zu McDonald's gereicht!

Tinchen gab sich einen Ruck. Wie kam sie nur ausgerechnet jetzt auf Florian?

»Wo sind wir hier eigentlich?« fragte sie um einiges zu

munter, denn Brandt machte keinerlei Anstalten, die versickerte Unterhaltung wieder in Gang zu bringen.

»In Corsenna. Es wird behauptet, vor Jahrhunderten sei es ein Schlupfwinkel von Seeräubern gewesen. Daran muß was Wahres sein. Ihre Nachkommen haben ein Restaurant daraus gemacht und plündern ahnungslose Besucher genauso schamlos aus wie ihre Altvorderen. Nicht umsonst gelten die Italiener als sehr traditionsbewußt.«

Eine Prozession von Kellnern nahte, beladen mit Beistelltischen und furchterregenden Gerätschaften. Vor Tinchen wurde ein Arsenal von Bestecken aufgebaut, deren Zweck ihr völlig unklar war. Eine große Platte kam auf den Tisch, die Kupferhaube wurde abgenommen, und da lagen sie, die gräßlichen Viecher mit den großen schwarzen Knopfaugen und den endlos langen Fühlern. Schön sahen sie nicht aus in ihrem Bett aus Dekorationsgemüse, aber wenigstens friedlich! Wie rückte man den Biestern jetzt zu Leibe?

Ihr Gegenüber beobachtete sie schmunzelnd und wartete. Tinchen wartete ebenfalls. Desgleichen die Langusten.

»Nun fang doch endlich an! Ich denke, du ißt sie so gern?«

Tinchen wurde kleinlaut. »Aber bloß in entkleidetem Zustand. Ich dachte immer, das Ausziehen sei euch Männern vorbehalten!«

»Aschenbrödel, du wirst frivol!« Geschickt zerteilte er eine Languste und legte die eßbaren Teile auf Tinchens Teller.

»Im Schweiße deines Angesichts sollst du dein Brot essen!« rezitierte sie und hantierte noch etwas unbeholfen mit der zweizinkigen Gabel. »Ich wußte gar nicht, daß das so wörtlich gemeint war!«

Die Teller wurden abgeräumt, neue kamen, und Tinchen futterte sich zufrieden durch das Menü. Der Parmaschinken war exzellent, die piccioni entpuppten sich als ganz ordinäre Tauben, schmeckten aber trotzdem, das Kalbsschnitzel war zart und der Käse unbekannt und rosarot, worauf Tinchen beschloß, endlich satt zu sein.

Belustigt hatte Brandt verfolgt, wie seine Begleiterin eine

Platte nach der anderen leerte. »Allmählich begreife ich, weshalb Pauschalreisen immer teurer werden!«

»Sie vergessen meinen Nachholbedarf!«

»Willst du nicht endlich mit diesem albernen Sie aufhören, Aschenbrödel? Oder kennst du ein Märchen, in dem der Prinz seine Prinzessin siezt?«

Bisher hatte Tinchen eine direkte Anrede nach Möglichkeit vermieden. Aber nun war ihr das Sie doch wieder herausgerutscht. Weshalb nur konnte sie nicht zu dem burschikoskameradschaftlichen Umgangston finden, der ihr doch in der Redaktion nie schwergefallen war?

Gleich am ersten Tag hatte sie Florian geduzt, und zwar nicht nur, weil ›das hier so üblich‹ ist, wie er ihr versichert hatte. Schon wieder Florian!

Brandt goß neuen Wein in die Gläser und stieß mit ihr an. »Ich heiße Klaus und bei den Eingeborenen Claudio. Du kannst dir also das Passende heraussuchen.«

Tinchen schwieg und wartete auf den obligatorischen Kuß. Sie wurde enttäuscht. Brandt rückte lediglich seinen Stuhl neben den ihren und legte seinen Arm um ihre Schultern. »Siehst du, Aschenbrödel, ich habe dir die ganze Welt zu Füßen gelegt.« Er deutete auf die Lichterpünktchen, die aus der Tiefe heraufschimmerten. In der Ferne jammerte der Neun-Uhr-Zug durch das Tal, verschwand in einem der zahllosen Tunnel, tauchte leuchtend wie eine Bernsteinkette auf und wurde vom nächsten Tunnel wieder verschluckt.

Wie zufällig lehnte sie den Kopf an seine Schulter. »Danke.«

Er rührte sich nicht, und sie wagte kaum zu atmen aus Angst, die schweigende Vertrautheit zu stören.

Plötzlich stand er auf. »Entschuldige mich bitte einen Moment, bin gleich wieder da.«

Wie lange ist gleich? Nach zehn Minuten wurde Tinchen unruhig. Ein Mann, der bekanntlich weder frischen Lidschatten auftragen noch sich die Nase pudern muß, kann doch keine Ewigkeit auf der Toilette verbringen! Selbst wenn er, hm, an Verdauungsbeschwerden leiden sollte! Was, wenn er nun doch einen zweifelhaften Charakter hatte und sie einfach hier sitzenließ? Mit der unbezahlten Rechnung und 325 Lire. Damit wäre in diesem feudalen Kasten ja nicht einmal die Klofrau zufrieden! Nervös schielte sie zur Tür. Der dort postierte Kellner guckte schon reichlich komisch. Na also, nun kam er auch noch geradewegs auf sie zu. So etwas Ähnliches hatte sie erwartet.

»Posso versar Le ancora un bicchiere?«

»Wie bitte? Ach so, ja, si, grazie.«. Nun war schon alles egal! Wenn sie sowieso als Zechprellerin verhaftet werden würde, konnte sie wenigstens den Wein austrinken. In einem Zug leerte sie das Glas. Hoppla, warum schaukelte der Mond jetzt wie eine Papierlaterne? Sie kniff die Augen zusammen und machte sie ganz langsam wieder auf. Na bitte, nun stand er wieder still. Statt dessen bewegte sich das Windlicht auf dem Tisch. Immer näher kam es, und hinter ihm ragte ein bedrohlicher Schatten auf ...

»Wir müssen gehen, Tina, da hinten zieht ein Gewitter auf. Vorsichtshalber habe ich schon den Wagen zugemacht. Mit offenem Verdeck dürfte es gleich sehr ungemütlich werden!«

Wolken, dick wie Klöße, ballten sich über den Bergen zusammen. Tinchen ließ sich fröstelnd in Tante Josis Wolljacke wickeln, die der vorausschauende Brandt mitgebracht hatte. »Hat es im Paradies eigentlich auch geregnet? Oder fliegen wir jetzt bloß gewaltsam da raus?«

»Keine Ahnung! Aber eins weiß ich sicher: Wenn wir nicht gleich verschwinden, kommen wir heute nicht mehr nach Hause. Ein Gewitterregen verwandelt diese jämmerliche Zufahrtsstraße in eine Schlammwüste.«

Die ersten Regentropfen klatschten auf die Steine, als sie den Wagen erreicht hatten. Es war der letzte, die anderen Autos waren schon alle weg.

»Statt nach unten hätten wir lieber mal nach oben sehen sollen!« schimpfte Brandt und deutete auf den pechschwarzen Himmel, aus dem jetzt eine wahre Sturzflut herunterkam.

»Mein Steuermannspatent kriege ich nämlich erst im nächsten Jahr.«

Später hätte Tinchen nicht sagen können, wie sie den Berg heruntergekommen waren. Sie hatte die Augen fest geschlossen gehalten und sich krampfhaft am Sitz festgeklammert, während Brandt im Schneckentempo die Serpentinen heruntergerollt war. Zweimal hatte er hörbar die Luft eingesogen, weil der Wagen seitlich wegrutschte, und Tinchen hatte sich überlegt, daß ihr Leben zwar kurz und nicht besonders ereignisreich, aber zumindest in den letzten Stunden doch sehr schön gewesen war.

Unten an der Küste tobte sich das Gewitter erst richtig aus. Peitschenknallende Blitze schossen durch die Luft, unmittelbar darauf krachten Donnerschläge, und der Wagen wischte unermüdlich den Regen aus den Augen. Die Straßen waren menschenleer. Auf der Promenade trieften ein paar vergessene Sonnenschirme, auf einem hing sogar ein hinaufgewehtes Tischtuch. Das Meer war beinahe schwarz. Schwere Brecher wälzten sich gischtsprühend über den Strand und klatschten an die Mauer.

Wie es jetzt wohl auf unserer Klippe aussieht? Die Hosen dürften endgültig weg sein, selbst wenn sie sich vorher doch noch irgendwo verklemmt hatten. »Aber das Taschentuch habe ich noch!« sagte Tinchen laut, zog ein zerknülltes Stück Stoff aus der Tasche und hielt es Brandt entgegen. Dann steckte sie es doch schnell wieder ein. »Ich werde es wohl besser erst waschen.«

»Du kannst es ruhig behalten«, sagte er gleichgültig.

Im Lido brannte kein Licht. Paolo, der Nachtportier, steckte den Kopf aus der Tür, beäugte im Schein eines Kerzenstummels die Ankömmlinge und murmelte ein unwilliges »Buona sera«, als er Tinchen erkannte. Anschließend verkroch er sich wieder. Genau wie eine Schildkröte, ging es Tinchen durch den Kopf.

»Willst du nicht aussteigen?«

Sie zuckte zusammen. »Doch, natürlich.« Zögernd angelte

sie ihre Tüte vom Rücksitz. War das nun alles? Kein zärtliches ›Auf Wiedersehen, Aschenbrödel‹, kein Abschiedskuß, kein ›Es war schön mit dir‹? Sie war maßlos enttäuscht. Er hatte ja nicht einmal so viel Anstand, auszusteigen und ihr aus dem Wagen zu helfen. Allerdings mußte ihr Gerechtigkeitssinn zugeben, daß Höflichkeit auch ihre Grenzen haben konnte – zumindest bei einem Platzregen.

»Das Geld! Ich habe ja das Geld vergessen!« Ein Glück, daß ihr das noch rechtzeitig genug eingefallen war! Immerhin eine kleine Galgenfrist. »Warte einen Moment, ich hole es schnell. Oder möchtest du nicht lieber für einen Augenblick hereinkommen?«

»Weder noch! Das eilt nun wirklich nicht so! Ich rufe dich an, Tina. Und jetzt mach, daß du ins Haus kommst, sonst holst du dir noch nasse Füße!«

Er zog die Wagentür ins Schloß und brauste ab.

Dumme Tine, was hast du dir eigentlich eingebildet? Liebe auf den ersten, oder nein, auf den dritten Blick? Das hast du nun davon! Der Prinz ist weg, das Märchen aus! Vorzeitig beendet von einem simplen Gewitterregen. Hatschi!

Langsam schlurfte sie zur Tür. Sie hätte doch lieber das Karmeliterkloster besichtigen sollen!

10

Auch der Bahnhof von Verenzi wies jene architektonische Absonderlichkeit auf, die fast allen Bahnhöfen vorbehalten ist: Wo immer man sich außerhalb des Stationsgebäudes aufhielt, zog es! Ob vor oder neben dem Eingang, ob auf den beiden Bänken oder im Windschatten des Kaugummiautomaten, ob hinter den Blumenkübeln oder an der Telefonzelle, war egal – es zog! Selbst im Hochsommer, wenn kaum ein Lüftchen wehte und man jeden Windhauch als willkommene Kühlung begrüßte, rieb jeder fröstelnd die Arme und wickelte sich in eine Jacke, sobald er den Bahnsteig betrat. Den besten Schutz boten noch die beiden Briefkästen, die etwas schief an der Mauer hingen. Ein Schild in vier Sprachen besagte, daß der linke Kasten für Post Richtung Genua bestimmt war, während der rechte seinen Inhalt auf die entgegengesetzte Route schicken würde. Bemerkenswert war nur die Tatsache, daß beide Briefkästen zur selben Zeit in denselben Sack geleert wurden. Der Postmensch hatte Tinchen allerdings versichert, man würde die Briefe später wieder auseinandersortieren. Eine längere Diskussion über die Sinnlosigkeit der Briefkasten-Zwillinge war an der Sprachbarriere gescheitert. In ihrem systematischen Vokabelstudium (›Italienisch in 30 Tagen‹) war sie erst bis zum Buchstaben M gekommen, also Margarine, Meineid, Mondfinsternis, alles, was mit dem Postversand zu tun hatte und über den Kauf von Briefmarken hinausging, stellte Tinchen noch vor sprachliche Schwierigkeiten.

Bibbernd stand sie zwischen den beiden Kästen und verfolgte die Zeiger der Bahnhofsuhr. Die ging zwar nie ganz genau, aber darauf kam es auch nicht an. Der Sonderzug war noch niemals pünktlich angekommen, und heute bestand sogar die Aussicht, daß er noch später eintrudeln würde als sonst. »Mi dispiace molto, signorina«, hatte Signor Poltano, seines Zeichens Stationsvorsteher, mit tiefbekümmerter Miene versichert, »aber Zug steht noch in Savona. Muß erst Rapido durchlassen, und Rapido hat Verspätung.«

Tinchen nickte ergeben. Wieso auch nicht? Deshalb heißt er ja Eilzug.

Sie trat von einem Bein aufs andere, aber wärmer wurde ihr nicht. Das Wetter hatte umgeschlagen, es war empfindlich kalt geworden, und die dicken Wolkenbänke hatten den ganzen Tag keinen Sonnenstrahl durchgelassen. Schumann hatte zwar behauptet, spätestens morgen früh sei der azurblaue Reiseprospekt-Himmel wieder da, aber vorsichtshalber hatte er doch das Barometer in der Halle ein bißchen manipuliert. »Wenigstens die Hoffnung muß den Gästen bleiben«, hatte er gesagt und den Zeiger mit Tesafilm auf ›Schönwetter‹ fixiert.

»Und wenn's nun weiterregnet?«

»Dann ist das Ding eben keine deutsche Wertarbeit und folglich kaputt! So was hebt das germanische Selbstwertgefühl!«

Schon vierzig Minuten Verspätung! Tinchen fluchte leise vor sich hin. Der ganze Zeitplan würde wieder durcheinanderkommen! Koffer nicht im Hotel, lauwarmes Essen für die Gäste, schlecht gelaunte Kellner und dazu dieses Mistwetter! Das würde morgen Beschwerden hageln!

Als der Zug endlich aus dem Tunnel tauchte, stöckelte Lilo auf den Bahnsteig. Die mußte entweder einen sechsten Sinn haben oder ein Verhältnis mit dem Stationsvorsteher. »Ciao, Tinchen!«

»Du kannst wohl nie ein bißchen früher da sein?«

»Wozu denn? Wenn ich hier rumstehe, kommt der Zug auch nicht eher!«

Weil sie dieser unwiderlegbaren Logik nichts entgegensetzen konnte, trabte Tinchen wütend zur Lautsprecheranlage. Heute war sie an der Reihe. Sie griff nach dem Mikrofon, räusperte sich kurz und versuchte, das Zischen der

Lokomotive und den Lärm der schlagenden Türen zu übertönen:

»Herzlich willkommen in Verenzi! Alle Schmetterlinge, die nun endlich am Ziel sind, wollen bitte aussteigen und ihr Gepäck nicht vergessen. Die Koffer bleiben auf dem Bahnsteig stehen und werden Ihnen später in Ihre Quartiere gebracht. Vor dem Bahnhofsgebäude wartet ein Bus, der Sie sofort in Ihre Hotels fährt. Schmetterlings-Reisen wünscht Ihnen allen einen schönen, erholsamen Urlaub!«

Dämliches Geschwafel! Tinchen hängte das Mikrofon in die Halterung zurück. Gleich fallt ihr wie die Heuschrecken über mich her, weil keiner zugehört hat oder jeder alles noch einmal ganz genau wissen will. Individuelle Betreuung! Von wegen!

»Ach, Fräulein, hat mein Zimmer denn nun wirklich einen Balkon nach Süden?«

»Selbstverständlich!« Sie nickte der betulichen alten Dame freundlich zu und betete insgeheim, es möge sich nicht um jene Amelie von Sowieso handeln, die kategorisch ein sehr ruhiges Eckzimmer, Südlage, mit Blick zum Meer verlangt hatte. Vorsichtshalber hatte Tinchen sie in die weit entfernt liegende Pension Margarita einquartiert, wo es zwar garantiert keinen Straßenlärm, aber ebenso garantiert keinen Meeresblick gab.

»Sind Sie die Reiseleiterin? Wir möchten nämlich die Zimmer tauschen!«

Zwei Jünglinge, einer davon mit Nickelbrille auf der pickeligen Nase, bauten sich vor Tinchen auf. »Mein Freund und ich... nein, meine Freundin und ich... also die Gudrun und die Heike wohnen in einem anderen Hotel, und da haben wir gedacht...«

»Heute abend läßt sich das nicht mehr arrangieren, aber kommen Sie morgen ins Büro, ich werde sehen, was sich machen läßt.« Vielleicht wurden dadurch Einzelzimmer frei.

»Fräulein, mein Handkoffer ist nicht da. Können Sie nicht mal...«

»Sagen Sie, verehrte Dame, ist die blonde Sängerin vom letzten Jahr immer noch in der Splendid-Bar?«

»Frau Reiseleiterin, wie weit muß ich von der Villa Flora bis zum Strand gehen? Sind das auch wirklich nur hundert Meter?«

Eingekeilt zwischen aufgeregten, mürrischen und jovialen Gästen blickte Tinchen hilfesuchend zu Lilo hinüber, die ihren Trupp schon zusammengesammelt hatte und zum Ausgang dirigierte. Wie machte die das bloß?

»Wie geht's denn nu weiter, Fräulein Schmetterling?« Ein Herr in grauen Nadelstreifen drängte sich zu Tinchen durch. »Laut Fahrplan sitzen wir schon längst im Hotel beim Abendessen.«

Endlich kam Bewegung in die Menge, und bald saß Tinchen vorn im Bus auf ihrem Klappsitz und spulte den sich allwöchentlich wiederholenden Text herunter. »Wir fahren zuerst zum Hotel Miramare, dann zum Bellavista, danach...« Es war jedesmal die gleiche Route, die gleiche Prozedur: Klappsitz hoch, Tür auf, aussteigen, Gäste abzählen, »Auf Wiedersehen und viel Vergnügen!«, einsteigen. Tür zu, Klappsitz runter, weiterfahren...

Um sieben hatte sie endlich alle Schäfchen abgeladen und ließ sich zum Lido bringen. Den Koffertransport erledigte Luigi immer allein, weil das nach seiner Ansicht schneller ging, als wenn Tinchen seine nie zu ergründende Methode des Einsortierens störte.

Sie fand Schumann in der Küche, wo er, umgeben von dem sichtbar verzweifelten Küchenpersonal, in einer großen Schüssel rührte.

»Was hat mich bloß auf den Gedanken gebracht, diesen Nudelfetischisten die Herstellung von Kartoffelsalat beibringen zu wollen? Probieren Sie mal, Tina!«

Gehorsam griff sie nach dem Löffel. »Warum sieht der denn so grün aus?«

»Weil diese Idioten die ganze Petersilie, die als Dekoration bestimmt war, durch den Fleischwolf gedreht und druntergemischt haben!«

Vorsichtig kostete sie. »Schmeckt irgendwie ein bißchen nach Butterkrem!«

»Kein Wunder! Piero hat statt Mayonnaise einen ganzen Liter süße Sahne reingekippt. Auf diese Weise hat er zwar ein völlig neues Gericht kreiert, aber eigentlich wollte ich bloß simplen Kartoffelsalat haben!«

»Nennen Sie ihn Insalata italiano und setzen ihn als Spezialität des Hauses auf die Speisekarte!«

»Geht nicht! Am Ende macht der noch Furore. Ich rühre aber schon seit einer Stunde in dem Zeug herum und versuche, Geschmack reinzubringen. Was da jetzt alles drin ist, weiß ich nicht mehr, auf keinen Fall würde ich ihn wieder so hinkriegen!«

Angewidert schob er die Schüssel zur Seite und ordnete für morgen als Vorspeise die doppelte Portion Ravioli an. »Von irgendwas müssen die Leute ja satt werden!«

Verlegen druckste Tinchen herum. »Hat – hat vielleicht jemand für mich angerufen?«

Schumann schlug sich mit der Hand vor die Stirn. »Natürlich! Dreimal schon! Sie sollen gleich zurückrufen!«

»Mach' ich sofort!« versicherte sie eifrig. »Haben Sie zufällig die Nummer notiert?« Sie hatte keine Ahnung, wie Tante Josi mit Nachnamen hieß, und ein Klaus Brandt würde wohl kaum im Telefonbuch zu finden sein.

»Hotel Marittimo, die Nummer liegt irgendwo im Büro! Mit Rotstift auf'm Zeitungsrand!«

Enttäuscht drehte Tinchen um. Ihre Hochstimmung war verflogen. Sie hatte fest mit einem Anruf von Brandt gerechnet, nachdem er sich den ganzen Tag über nicht gemeldet hatte. Sogar mittags war sie im Büro geblieben, und als das Telefon sich nicht ein einziges Mal gerührt hatte, war sie davon überzeugt gewesen, daß im Hotel eine Nachricht von ihm liegen würde. Warum schwieg er sich aus? Er hatte doch gestern beim Abschied gesagt, daß er anrufen werde!

Im Hotel Marittimo hatte bereits der Nachtportier seinen Dienst angetreten, der kaum Deutsch und ein sehr sizilianisch gefärbtes Italienisch sprach, von dem Tinchen nur die Worte camera und autorimessa verstand. Allerdings konnte sie sich keinen Reim darauf machen, was das Zimmer mit einer Garage zu tun haben sollte, denn das Marittimo war erst vor zwei Jahren erbaut worden und relativ großzügig ausgestattet.

»Fritz!« schrie sie entnervt, als der italienische Wortschwall kein Ende nehmen wollte, »können Sie nicht mal kommen?«

Schumann trabte an, nahm grinsend den Hörer entgegen und flüsterte mit zugehaltener Sprechmuschel: »Was hat Sie bloß bewogen, ausgerechnet in Italien Reiseleiterin spielen zu wollen?«

»Das Meer, was denn sonst? Wenn man untergeht, zieht einen vielleicht ein hübscher junger Mann aus dem Wasser, aber wer rettet mich in den Schweizer Bergen aus der Lawine? Ein Bernhardiner!«

Noch immer lachend ließ Schumann geduldig das Palaver seines unsichtbaren Gesprächspartners über sich ergehen und legte schließlich auf. Dann prustete er erst richtig los. »Ich glaube, Sie haben sich heute Ihr Meisterstück geleistet! Offenbar haben Sie zwei Leute gleichen Namens, die sich überhaupt nicht kennen, in ein Doppelzimmer verfrachtet!«

»Die Schmitzens!« stöhnte Tinchen. »Ich hab' ja gleich geahnt, daß das schiefgeht! Aber ich hatte damit gerechnet, daß die beiden wenigstens verheiratet sind!«

»Was nicht ist, kann ja noch werden«, tröstete Schumann, »nur im Augenblick droht der weibliche Teil, lieber in der Garage oder im Bügelzimmer zu schlafen, als noch eine Minute länger mit diesem rheinischen Flegel unter demselben Dach zu verbringen.«

Tinchen griff nach ihrer Handtasche. »Da bleibt mir wohl nichts anderes übrig, als die Sache sofort in Ordnung zu bringen! Ich weiß bloß nicht, wie! Wo kriege ich heute noch ein Einzelzimmer her? Wenn alle Stricke reißen, muß der weibliche Schmitz diese Nacht bei mir schlafen. Notfalls gehe ich zu Lilo. Oder haben Sie zufällig eine leere Badewanne?«

»Die auch, aber für zwei Nächte kann ich Ihnen sogar ein Zimmer geben. Die Schwedin aus dem dritten Stock ist heute früh überraschend abgereist. Hatte wohl was Passendes gefunden! Jedenfalls wurde sie von einem Franzosen mit Silberlocke und Sportwagen abgeholt und hat als Nachsendeadresse ein Hotel in Saint-Tropez angegeben.«

»Bei der hatte ich schon immer den Eindruck, daß sie sehr tierlieb ist. Es gibt bestimmt nichts, was die nicht für einen Nerz täte!« Tinchen drückte Schumann einen Kuß auf die Wange. »Vielen Dank, was würde ich bloß ohne Sie anfangen?«

»Ein Heiratsbüro eröffnen!«

Im Marittimo hatten sich die Gemüter schon wieder beruhigt. Das unfreiwillige Ehepaar hockte an der Hotelbar, trank Sekt – selbstverständlich auf Kosten der Schmetterlinge, wie Direktor Corti Tinchen erklärte – und erging sich in Vermutungen über die Komplikationen beim Standesamt, wenn ein Fräulein Schmitz aus Köln-Ehrenfeld einen Herrn Schmitz, ebenfalls Köln-Ehrenfeld, zu ehelichen gedächte.

»Schmitz mol Schmitz jitt Schmitz hoch zwei, dat is en mathematisch Problemsche un kein famílljerechtlichet«, stellte Fräulein Schmitz fest und kämpfte mit dem Gleichgewicht, das ihr auf dem hohen Stühlchen immer mehr verlorenging.

»Dat is doch ejal!« Der männliche Schmitz orderte eine neue Flasche.

»De Schmitzens sin joode rheinische Adel, und dä bliev am beste unger sich!« Er rutschte vom Hocker und schwankte auf Tinchen zu.

»Schad, dat et he keen lecker Bierche jit. De Schlabberbröh do kann me net suffe, de jeht su in dr Fös!« Mit verpliertem Blick musterte er Tinchen. »Ich han Üch äver och ens jesinn. Sin Se ouch us Kölle?«

Tinchen dankte dem Himmel, daß sie als gebürtige Düsseldorferin an die rheinische Mundart gewöhnt war; Lilo hätte diesen munteren Knaben bestimmt nicht verstanden. »Nein, ich bin nicht aus Köln, und gesehen haben Sie mich vorhin auf dem Bahnhof. Ich bin Ihre Reiseleiterin.«

»Dann han *Sie* us verkuppelt? Dat wor en joode Idee von Üch! Könne me dat Doppelzimmer behale, uch wenn me nit verhierot sin?«

»Wenn Fräulein Schmitz damit einverstanden ist...«

»Dat is se bestimmb! Die kritt jetzt noch e Piccolöche, und dann jeht dat schon in Ordnung, nit wohr, Undinsche?«

Undine nickte bestätigend. »Mer han uns jefunne! Un de Wolfgang is ene nette Kääl, mit dem kann me uskomme. Ich glöv, dat wit ene schöne Urlaub. Wenn bloß en ander Wedder wär. Is dat imme so feucht he?«

»Nur wenn's regnet«, versicherte Tinchen ernsthaft und versprach für den nächsten Tag blauen Himmel sowie angemessene Badetemperaturen.

Und was, wenn das nicht stimmt? dachte sie auf dem Heimweg. Dann bin ich morgen eben krank oder tot, bleibe im Bett und überlasse es Lilo, mit den aufgebrachten Schmetterlingen fertig zu werden.

Als ob die mit ihrer Buchung auch gleich die Garantie für Sonnenschein und fünfundzwanzig Grad über Null eingekauft hätten! Und überhaupt sollten sie sich nicht ständig über das Wetter beklagen. Würde es sich nicht immer wieder ändern, könnten die meisten von ihnen gar kein Gespräch anknüpfen!

AUS TINCHENS TAGEBUCH

23. Mai

Pfingstmontag. Kennt man hier nicht. Es wird geniggert wie an einem ganz normalen Wochentag. Bin trotzdem zum Baden gegangen. War aber langweilig, so ganz allein. Von Klaus keine Spur. Wahrscheinlich hat die Tante was gegen mich!

26. Mai

Horror-Trip nach Nizza. Keine Ahnung, was den Gottlieb Maria in Frankfurt auf die Idee gebracht hat, bei den Schmetterlingen würden überwiegend jüngere Leute buchen. Heute war die Jüngste 43 und magenkrank. Ausgerechnet in Monte Carlo! Hätte sie ihre Gastritis nicht vor der Grenze kriegen können? Zum Glück sprach Apotheker leidlich gut italienisch. Meinte, die Tabletten würden zwar nicht viel helfen, aber sie hätten wenigstens keine Nebenwirkungen. Bin mir da nicht so sicher. Erstaunlich schnell regenerierte Patientin verspielte fast 300 Mark im Kasino.

28. Mai

Bin heute nach Loano gefahren. Wollte endlich meine Schulden bei Klaus bezahlen. Tante und Neffen nicht gesichtet, aufreizend attraktive Verkäuferin bewachte Laden nebst Inhalt. Vermutlich Kusine von Klaus. Ist zwar Italienerin, aber seine Verwandtschaft bewegt sich ja ohnehin auf internationaler Ebene. Habe Geld mit ein paar Danksworten im Umschlag hinterlegt. Gegen Quittung. Telefonnummer vom Büro dann doch wieder durchgestrichen. Kann man aber immer noch lesen.

29. Mai

Lilo ist krank. Behauptet sie wenigstens. Wollte Autoschlüssel holen und fand ein viktorianisches Ritual, bestehend aus Chaiselongue, darauf bleiche Gestalt in bodenlangem Rüschengewand, drumherum nach Lavendel duftende Spitzentücher sowie unberührte Speisen. Morgen ist sie auch noch krank, hat sie gesagt. Was ihr fehlt, weiß sie nicht. Vielleicht kann sie das Alleinsein nicht ertragen. Ihr letzter ständiger Begleiter ist am Donnerstag wieder abgereist. Trug plötzlich Ehering am Finger – und eine Zelluloidente unterm Arm – zu groß für die heimische Badewanne. Wird wohl Mitbringsel für den Nachwuchs gewesen sein!

Bin heute nachmittag mit ›Sole mio‹ nach Loano gefahren. Wollte endlich Karmeliterkloster besichtigen. Statt dessen auf dem Golfplatz gelandet. Anschließend über Promenade gebummelt und drei Martinis getrunken. Erst nach einer Stunde Auto wiedergefunden, hatte immer in der falschen Richtung gesucht. Zufällig an Tante Josis Laden vorbeigekommen. War geschlossen.

30. Mai

Der Mai ist ein so schöner Monat, verstehe nicht, daß er auch Montage hat. Miserable Nacht verbracht. Konnte nicht einschlafen. Rauchte zwei Zigaretten und nahm schließlich Tablette. Umsonst. Die Brandung rauschte so laut, der Wind jaulte ums Haus, nebenan kläffte ein Köter – hatte mir immer eingebildet, am Meer herrsche das große Schweigen! Versuchte es mit Schäfchenzählen. Kam bis 634. Sämtliche Schäfchen schlürften Martinis und rauchten Zigaretten.

3. Juni

Habe Sammelbrief vom Klassentreffen bekommen. Große Jubiläumsfeier. Sind wirklich schon zehn Jahre seit dem Abitur vergangen? Die meisten sind verheiratet und ein paar wieder geschieden. Die haben wenigstens schon was von ihrem Leben gehabt!

7. Juni

Muß mir unbedingt etwas einfallen lassen, um gelangweilte Gäste aufzumöbeln. Heute erschien Abordnung aus dem Paradiso – da wohnen zur Zeit 37 Schmetterlinge – und beschwerte sich über mangelnde Freizeitgestaltung. Neckermann macht Bingo-Abende, Touropa veranstaltet Folklorefeste, bei Scharnow wird um die Wette geangelt – bloß wir hätten nichts Gleichwertiges zu bieten. Also ein Fall für Eigeninitiative! Ob man den Italienern Schuhplattln beibringen kann? Oder vielleicht sollte ich es doch mal mit den Eseln versuchen?

»Buon giorno, ich bin Sergio!«

Etwas irritiert sah Tinchen hoch. Vor ihrem Schreibtisch stand ein hochgewachsener Italiener mit dunklen Haaren, dunklen Augen, einem ebenmäßig geschnittenen Gesicht und garantiert echten schneeweißen Zähnen. Seine hellen Hosen paßten farblich genau zu dem dunkelblauen Hemd, und die weiße Jacke, die er lässig über die Schulter geworfen hatte, diente bestimmt nur als Dekoration. Draußen war es brütend heiß.

»Ich bin Sergio Perelli«, wiederholte dieses personifizierte Fotomodell noch einmal nachdrücklich.

»Ein schöner Name«, sagte Tinchen bereitwillig, »und so melodisch. Sind Sie Schauspieler?«

»Nein, Signora. Aber darf ich fragen, was Sie hier tun?«

Das wurde ja immer besser! »Ich warte auf die Straßenbahn!« knurrte Tinchen bissig. »Im übrigen war ich zuerst hier. Wenn also jemand Fragen stellt, dann ich! Was wollen Sie?«

»Ich möchte zu Herrn Harbrecht!« Er sprach ein nahezu akzentfreies Deutsch.

»Wenn Sie sich beeilen, können Sie noch die 17-Uhr-Maschine nach Catania erreichen. Wie lange Sie dann bis Taormina brauchen, weiß ich allerdings nicht. Sonst noch was?« Sie beugte sich wieder über ihre Listen.

Jetzt kam Bewegung in den Kleiderständer. Er klappte zusammen und ließ sich auf einen Stuhl fallen. »Herr Harbrecht ist nicht mehr hier?«

»Das sagte ich doch gerade!«

»Maledetta porcheria!«

»Meinethalben können Sie ruhig auf deutsch fluchen!«

»Entschuldigung, Signora, aber das ist wirklich zu ärgerlich. Jetzt komme ich extra aus Turin herunter, nur um zu erfahren, daß ich nicht gebraucht werde.« Er deutete auf Lilos Schreibtisch. »Wie ich sehe, haben Sie schon eine Hilfe.«

Plötzlich klickerte es bei Tinchen. Hatte Harbrecht nicht beiläufig einen Germanistikstudenten erwähnt, der während seiner Semesterferien als Mädchen für alles zur Verfügung stehen würde? Wenn das stimmte und dieser gutaussehende Mensch da wirklich jener Sergio war, dann hatte sie sich mal wieder gründlich in die Nesseln gesetzt! Falls überhaupt, so hatte sie mehr an ein bebrilltes unterernährtes Knäblein gedacht, das Geschichtszahlen herunterleiern und alle heimischen Gewächse mit den botanischen Namen belegen konnte und bestenfalls als wissenschaftliche Autorität auf den Sightseeing-Touren zu verwenden sein würde. Aber dieser Reiseprospekt-Adonis sah nicht so aus, als ob ihm viel an der Betreuung wissensdurstiger älterer Damen gelegen sei. Wenigstens sprach er fließend Italienisch und war somit prädestiniert, die Verhandlungen mit hartnäckigen Hoteliers zu führen. Je weiter die Saison voranschritt, desto mehr Zimmer schienen plötzlich renovierungsbedürftig zu sein. Auch eine unerklärliche Epidemie hatte offenbar den Ort befallen, weil erstaunlich viele Gäste krank geworden waren und nun gezwungenermaßen ihre Abreise verschieben mußten. Allerdings war noch kein Schmetterling von dieser rätselhaften Krankheit heimgesucht worden; vielmehr handelte es sich bei den Bedauernswerten ausschließlich um jene Touristen, die auf eigene Faust angereist waren, in der Regel erheblich mehr zahlten und sich natürlich bei ihren Gastgebern größerer Sympathie erfreuten. Tinchen hatte schon erbitterte Kämpfe ausgefochten und sich auf das vereinbarte Zimmerkontingent berufen, war aber gerade in den letzten Tagen mehrmals mit einem Schulterzucken abgefertigt worden. Man kann doch einen Fiebernden nicht einfach aus dem Hotel werfen, nicht wahr? Dafür mußte die Signorina doch Verständnis haben! Selbstverständlich war es unangenehm, daß gerade dieses Zimmer ab morgen für zwei Schmetterlinge reserviert gewesen war, aber Krankheit sei schließlich höhere Gewalt, und bei höherer Gewalt sei man nicht mehr zuständig, das stehe im Vertrag!

»Scusi, Signora, aber könnten Sie mir wohl die genaue Anschrift von Herrn Harbrecht geben?«

Tinchen schreckte hoch. Wo, zum Kuckuck, war sie bloß wieder mit ihren Gedanken gewesen? Vor ihr saß dieser rettende Engel, der sich in dem Laden hier auskannte, viel mehr Charme und bestimmt auch mehr Durchsetzungsvermögen hatte als sie, der italienisch sprach, Auto fahren konnte und wahrscheinlich auch ein Patentrezept für berufsmäßige Querulanten wußte, und sie, Tinchen, fertigte ihn ab wie einen Reisenden in Hosenträgern.

Sie stand auf, umrundete den Schreibtisch und streckte mit zerknirschter Miene ihrem Besucher die Hand entgegen. »Seien Sie bitte nicht böse, weil ich Sie nicht gleich richtig eingeordnet habe. Natürlich weiß ich, wer Sie sind! Herr Harbrecht hatte Sie ja angekündigt. Und ich bin heilfroh, daß Sie da sind! Uns wächst der Kram hier langsam über den Kopf. Ich kriege einfach die notwendigen Zimmer nicht zusammen!«

»Die alljährliche Grippe-Epidemie, nicht wahr?«

»Woher wissen Sie ...?« fragte sie verblüfft.

»Sie machen diesen Job wohl zum erstenmal?«

Sie nickte.

»Herr Harbrecht hätte Ihnen wirklich die branchenüblichen Rettungsmaßnahmen für Notfälle erklären müssen! Im Falle strikter Verweigerung droht man den renitenten Hoteliers zunächst mit dem Direktor des Fremdenverkehrsamtes, dann mit der Steuer, und wenn das immer noch nichts nützt, kündigt man erst einmal – natürlich nur mündlich! – ab sofort den laufenden Vertrag, was in der Praxis ganz oder halb leere

Häuser in der Nachsaison bedeutet. Spätestens bei dieser Aussicht werden die armen Kranken über Nacht gesund und die belegten Zimmer wieder frei!«

So also lief die Sache ab! Tinchen bezweifelte zwar, daß ihre Vorstöße bei den maßgeblichen Institutionen erfolgreicher sein würden als die Bittgänge zu den einzelnen Hotelbesitzern, aber jetzt hatte sie ja einen Fachmann zur Seite, der offenbar mit allen Wassern gewaschen war.

»Können Sie morgen schon anfangen?« fragte sie hoffnungsvoll. Er konnte! Nein, er wohne nicht in einem Hotel, er habe ein Zimmer in der Casa blanca, einer kleinen Familienpension am Ortsende, schon beinahe in den Bergen gelegen, mit italienischer Küche und selbstgekeltertem Wein. Dort wohne er schon seit Jahren, und ob man sein monatliches Gehalt nicht etwas aufstocken könne, schließlich sei alles teurer geworden, sogar die Musikbox und die Sonnenschirme am Strand.

Tinchen sicherte zu. Mit Frankfurt würde sie schon klar kommen, und notfalls war immer noch die Spesenkasse da. Sie diente zwar in erster Linie der Finanzierung von Bestechungsgeldern, ohne die hier unten so gut wie gar nichts lief, aber dann würde man in Zukunft eben etwas sparsamer sein müssen.

»Also dann bis morgen früh, Signora... Wie heißen Sie eigentlich?«

»Pabst, Tina Pabst, aber verheiratet bin ich noch nicht!«

»Die deutschen Männer müssen nicht nur blind, sondern auch dumm sein!« behauptete Sergio, schenkte Tinchen ein strahlendes Lächeln und wandte sich zur Tür.

»Halt! Einen Moment noch! Können Sie Esel besorgen???«

Sergio erwies sich als Glückstreffer. Innerhalb weniger Tage hatte er nicht nur die fehlenden Zimmer requiriert, er hatte es sogar geschafft, der völlig unzugänglichen Signora Gonzarello vom Hotel Palm Beach zwei zusätzliche Einzelzimmer abzuschwatzen. »Keine Frau kann widerstehen, wenn man sie als Juwel der Schöpfung bezeichnet«, hatte Sergio gegrinst und Tinchen eine Quittung über eine Flasche Asti spumante präsentiert. »Ich hab' sie dann ja auch eine Stunde lang mit Fassung ertragen.«

Sergio wußte, wo man rheinisches Schwarzbrot kaufen konnte und die silberne Girlande für ein Jubelpaar, das seinen 25. Hochzeitstag feierte. Sergio verbreitete Optimismus auch an Regentagen, stellte Wanderrouten für Sportfanatiker zusammen, organisierte Taxifahrten ins Spielkasino nach San Remo, kümmerte sich um verlorengegangene Handschuhe, Koffer und Kinder – kurz, er arbeitete mit vollem Einsatz. Am liebsten abends, wenn er mit jungen und meist blonden Schmetterlingen über die Promenade zog bis hinten zur Mole, wo es einsam, dunkel und offenbar sehr romantisch war. In seiner Brieftasche vermehrten sich zusehends die Fotos weiblicher Schönheiten, versehen mit herzerweichenden Aufschriften und Heimatadresse, aber Tinchen hatte den Eindruck, als ob es sich hierbei mehr um eine Trophäensammlung handelte als um eine Dokumentation investierter Gefühle.

Hatte Sergio seine jeweilige Favoritin am Vormittag zum Zug gebracht und den meist tränenreichen Abschiedsschmerz mit dem üblichen Nelkenstrauß gemildert, so peilte er am Nachmittag unter den Neuankömmlingen bereits sein nächstes Opfer an und hatte oftmals Mühe, sich seine Konkurrenten vom Leibe zu halten. Mit schöner Regelmäßigkeit fanden sich alle stadtbekannten Strandcasanovas ein, sobald der Sonderzug in den Bahnhof rollte: Allerdings hatte Sergio den unübersehbaren Vorteil, quasi dienstlich seine Hilfe anbieten zu können, während die übrigen Belagerer erheblich mehr Fantasie aufbringen mußten, um einen Anknüpfungspunkt zu finden.

Anfangs hatte Tinchen sich noch verpflichtet gefühlt, ihre Schutzbefohlenen vor diesen Papagalli zu warnen, aber dann hatte sie kapituliert. In den seltensten Fällen konnten ihre theoretischen Beispiele der braungebrannten Realität mit den dunklen Samtaugen standhalten.

Sogar Lilo hatte es aufgegeben, das spezielle Prachtexemplar personifizierter Männlichkeit für sich zu interessieren. »Sergio ist einfach zu jung für mich!« hatte sie Tinchen erklärt. »Außerdem widerstrebt es mir, mit einem Mann auszugehen, der besser frisiert ist als ich!«

Als Tinchen eines Abends mit Schumann in der Hotelhalle saß und ihn davon zu überzeugen suchte, daß der von ihr als Raubtierkäfig bezeichnete Fahrstuhl dringend überholungsbedürftig sei – »Vorige Woche bin ich mit dieser Antiquität schon wieder steckengeblieben!« –, kam Sergio durch die Tür gestürmt.

»Tina, wie viele Esel brauchst du?«

»In der Öffentlichkeit solltest du etwas respektvoller von den Gästen reden!« mahnte Schumann.

»Dich meine ich ja gar nicht! Aber Tina will Esel haben, und die kann sie kriegen!«

»Wo?«

Sergio ließ sich in einen Plüschsessel fallen und orderte Bier.

»Deinen Wein kann man leider nicht trinken!«

»Banause! Meine Weine kommen fast alle aus Frankreich!« verteidigte sich Schumann empört.

»Ich will sie ja zum Trinken haben und nicht zur Unterhaltung!« konterte Sergio. Dann wandte er sich an Tinchen: »Der Besitzer von meiner Pension hat einen Bruder, der irgendwo oben in den Bergen lebt und so eine Art Altersheim für Esel betreibt. Warum, weiß ich nicht, muß wohl ein Hobby von ihm sein. Manchmal verleiht er sie, hauptsächlich zur Obst- und Olivenernte, aber viel springt dabei bestimmt nicht heraus. Gegen einen regelmäßigen Nebenverdienst hätte er sicher nichts einzuwenden.«

»Klingt ja ganz vielversprechend. Aber wie kriegen wir Roß und Reiter zusammen? Wir können die Gäste doch nicht kilometerweit durch die Wildnis karren?«

»Und warum nicht? Wir nennen das ganze Unternehmen

Safari, verlangen einen Haufen Geld dafür, denn bloß was teuer ist, ist exklusiv, und dann fahren wir die Leute zu dieser Mulifarm. Sie bekommt einen schönen Namen, Hazienda Asino oder so ähnlich, und du wirst sehen, das wird *die* Sensation der Saison!«

Kopfschüttelnd hatte Schumann zugehört. »Bist du überhaupt schon mal auf einem Esel geritten?« Und als Sergio verneinte, »dann versuch's erst gar nicht!«

»Wer redet denn von mir? Ich bin ja nicht so vergnügungssüchtig!«

Jetzt schaltete sich Tinchen ein: »Mich hat mal einer auf den Drachenfels geschleppt, deshalb spreche ich aus Erfahrung! Das Tier ist ganz friedlich gewesen und hat aufs Wort pariert.«

»Dann muß es sich um eine degenerierte Abart gehandelt haben. Italienische Esel sind störrisch, verfressen und launenhaft.«

»Also ähneln sie in wesentlichen Charakterzügen ihren künftigen Reitern«, lachte Sergio und stand auf. »Morgen früh werde ich mal diesem Mulitreiber auf die Bude rücken und mir die ganze Sache ansehen. Willst du mitkommen?«

Sie schüttelte den Kopf. »Morgen ist Donnerstag, und ich habe einundfünfzig Anmeldungen für Nizza. Es werden jetzt so viele Ausflügler, daß sie sich an den üblichen Aussichtspunkten gegenseitig in die Schnappschüsse geraten!«

In dieser Nacht träumte Tinchen von einer Maultierkarawane, die sich auf den Weg nach Nizza machte, beladen mit Säcken voller Roulettekugeln und angeführt von einem zerlumpten Treiber, der genauso aussah wie Klaus Brandt.

Eine Woche später hielt sie den Probeabzug des Plakates in der Hand, das künftig im Büro, am Bahnhof und selbstverständlich in jedem Hotel hängen würde. Auf gelbem Grund prangte ein melancholisch dreinblickender Esel mit viel zu langen Beinen, und darunter stand in dicker schwarzer Schrift:

Jeden Freitag

ESEL-SAFARI ZUR LODGE ASINO

Ein Abenteuer-Ausflug in die Ursprünglichkeit der Berge
Preis pro Person: 10 000 Lire
Grillparty und Landwein inklusive!

»Wie sich die Grillparty mit der Ursprünglichkeit der Berge vereinbaren läßt, weiß ich zwar nicht, aber Sergio meinte, Essen zieht immer!« sagte Tinchen und reichte das Plakat an Lilo weiter.

»Womit er vollkommen recht hat. Noch dazu, wenn es nichts zusätzlich kostet.« Sie fing an zu lachen. »Weißt du übrigens, daß bei mir im Hotel seit ein paar Tagen keine Obstkörbe mehr auf die Tische kommen?«

»Warum denn nicht? Zur Zeit ist doch Obst preiswerter als jedes andere Dessert.«

»Aber nicht, wenn die Gäste jedesmal alles ratzekahl abräumen. Was sie nicht schaffen, wickeln sie in Servietten und nehmen es mit aufs Zimmer, nach der Devise: Wir haben das bezahlt, also gehört es uns! Jetzt kriegen sie bloß noch kleine Tellerchen mit abgezählten Früchten, also vier Erdbeeren und einen Pfirsich oder so.«

»Wir sind eben ein Volk von Gourmands und nicht von Gourmets«, stellte Tinchen gleichmütig fest. »Die meisten Deutschen sind ohnehin mehr an Ernährung als an Essen interessiert!«

»Wer soll diesen wöchentlichen Mulitrip eigentlich anführen? Wenn du glaubst, daß ich...«

»Sergio natürlich!« sagte Tinchen schnell. »Aber beim erstenmal werden wir wohl oder übel mitmachen müssen.«

»Ich nicht!« erklärte Lilo kategorisch.

»Du auch! Und wehe dir, wenn du am Freitag wieder irgendwelche undefinierbare Leiden hast. Du bist ein typischer Hypochonder! Dir geht's bloß gut, wenn's dir schlecht geht.«

»Quatsch! Was kann ich denn dafür, daß ich so wetterfühlig bin und dauernd Kopfschmerzen habe?«

»Versuch's doch mal mit Akupunktur!« empfahl Tinchen, »irgendwas wird da wohl dran sein. Oder hast du schon mal einen Igel mit Migräne gesehen?«

Pünktlich um halb neun stand Tinchen auf der Piazza direkt neben dem Bahnhof. Vereinzelte Sonnenanbeter, beladen mit Gummiflößen, Strohhüten und den unvermeidlichen Transistorradios, pilgerten zum Strand. Der weitaus größere Teil aller Touristen wanderte allerdings in die entgegengesetzte Richtung, dorthin nämlich, wo der allwöchentliche Markt stattfand. Wir hätten doch lieber einen anderen Tag wählen sollen, überlegte Tinchen. Kaum anzunehmen, daß unsere Esel mit dem Kitsch, Kram und Krempel konkurrieren können. Nur elf Abenteuerlustige hatten sich für die Safari angemeldet, entschlossen, den Gefahren der Wildnis zu trotzen.

Der erste trudelte gerade ein. Er trug Kniebundhosen, rote Wollstrümpfe, eine Schirmmütze und einen Rucksack. Nach Tinchens Ansicht hätte er besser zu einem oberbayerischen Wanderverein gepaßt.

»Zwei Esel sind ja schon da!« witzelte er, nachdem er sie begrüßt hatte. »Und wo bleiben die anderen?«

»Die haben noch zwanzig Minuten Zeit.«

So lange dauerte es auch, bis der Trupp vollzählig versammelt war. Als letzte erschien Lilo, frisch onduliert, mit hellrosa Shorts, einem gleichfarbigen Blüschen und – Tinchen wollte es beinahe nicht glauben – hochhackigen Sandaletten.

»Wir wandern ja nicht, wir reiten!« meinte sie schnippisch, als sie Tinchens beziehungsreichen Blick sah.

»Aber doch nicht auf einem Schaukelpferd!«

Eine auf jugendlich getrimmte Dame ganz in Rot kam auf Tinchen zugeschossen. »Ach, Fräulein Pabst, mein Mann konnte leider nicht mitkommen, er hat einen entzündeten Fußnagel. Dafür ist Herr Lerse, unser Tischnachbar, für ihn eingesprungen. Das macht doch nichts, oder?«

Tinchen beteuerte, daß das gar nichts mache, wünschte dem Fußkranken gute Besserung und dirigierte ihre Herde zu dem Stiefmütterchenbeet hinüber, neben dem gerade ein sehr abenteuerliches Gefährt geparkt hatte. Genaugenommen handelte es sich um einen Pritschenwagen unbekannter Herkunft. Die offene Ladefläche war mit alten, aber doch noch verhältnismäßig sauberen Säcken gepolstert, und an den Seitenwänden hingen aufgeblasene Autoschläuche. Auf der Kühlerhaube prangte ein zähnefletschender Tigerkopf, während die Seitenflächen mit dunkelgrauen Schäferhunden bemalt waren.

»Schmetterlinge lassen sich leichter zeichnen!« Grinsend kletterte Sergio aus dem Vehikel. »Aber mit ein bißchen gutem Willen kann man doch erkennen, daß das Esel sein sollen, nicht wahr?«

»Der größte bist du!« fauchte Tinchen wütend. »Ich denke, wir bringen die Gäste mit Taxis zum Startplatz? Du kannst doch niemandem zumuten, in diesen Viehtransporter einzusteigen!«

»Tina, du verstehst das nicht! Die haben alle schon den Grzimek gesehen und die Serengeti und den Kilimandscharo – im Fernsehen natürlich –, und die wissen auch, daß man zu einer Safari nicht im Cadillac fährt. Das muß alles ein bißchen primitiv sein, ein bißchen unbequem – na, eben abenteuerlich!«

»Ich weiß nicht, wieso blaue Flecken auf dem Rücken und dreckige Hosen abenteuerlich sein sollen«, maulte Lilo, »kann ich auf den Beifahrersitz?«

»Nein!« winkte Sergio ab, »der ist für Tina. Die wird so schnell seekrank!«

Inzwischen hatten die Safari-Teilnehmer mit Hallo das Fahrzeug geentert und machten es sich auf den Kartoffelsäcken bequem.

»Ist ja richtich gemütlich!« stellte der Dicke mit den Kniebundhosen fest, »und die Rettungsringe hier sind eine prima Idee. Mein Stuhl zu Hause im Finanzamt ist nicht so gut gepolstert.«

»Sind alle drin?« Sergio sicherte die Ladeklappe, klemmte sich hinter das Steuer, legte den Gang ein und trat aufs Gas. »Akuna matata!«

»Seit wann stotterst du?«

»Das ist Kisuaheli und heißt ›Alles okay‹.«

Die Fahrt durch Verenzi glich einem Spießrutenlaufen. Erstaunte Blicke, Gelächter sowie unmißverständliche Handbewegungen begleiteten den Wagen, und Tinchen atmete auf, als sie die letzten Häuser und damit leider auch die asphaltierte Straße hinter sich ließen.

»Die werden sich alle schon an unseren Landrover gewöhnen«, versicherte Sergio, »paß mal auf, bald brauchen wir einen zweiten.«

»Wo hast du diese Karre bloß aufgetrieben?«

»Bei Bobo, wo denn sonst? Der braucht sie vorläufig nicht, hat er gesagt. Für 5000 Lire pro Fahrt können wir sie jeden Freitag kriegen. Taxi ist viel teurer und längst nicht so schön! Immerhin habe ich mir zwei halbe Nächte um die Ohren geschlagen, damit ich den Wagen bemalen konnte.«

»Aber weshalb denn bloß mit einem Tiger? Wir gehen doch nicht auf Großwildjagd!«

»Die graue Farbe war alle, ich hatte bloß noch Orange.«

Die Straße schlängelte sich aufwärts, war steinig und staubig, und Tinchen klammerte sich an der Sonnenblende fest, um nicht dauernd gegen die Tür geworfen zu werden.

»Laß los, die bricht sonst ... hab' ich's nicht gesagt?« Sergio nahm ihr die schwarze Plastikklappe aus der Hand und warf sie unter seinen Sitz. »Die ist sowieso immer runtergefallen.«

»Wie weit ist es denn noch?« Stöhnend rieb sich Tinchen den Arm, mit dem sie an den Türgriff geknallt war. »Die da hinten müssen sich vorkommen wie im Vorwaschgang.«

»Wir sind gleich da.« Schwungvoll bog er in einen kaum sichtbaren Feldweg ein. Auf der Ladefläche quietschte und polterte es, ein Beweis dafür, daß der Richtungswechsel die zweibeinige Fracht etwas unverhofft getroffen hatte, ihre gute Laune aber nicht zu beeinträchtigen vermochte. Jemand klopfte an die Scheibe. »Det nächstemal aba mit Vorwarnung! Ick hab' ma in die falsche Richtung orientiert und an die Hosenträger von mein' Nachbarn festjehalten. Dabei hab' ick uff der andern Seite wat janz Schnuckelijet sitzen!«

»Da vorne ist es!« Sergio deutete auf einen Ziehbrunnen um den mehrere weißgekalkte Gebäude gruppiert waren, teilweise überschattet von Pinien und dekoriert mit Heiligenfiguren jeglicher Form und Farbe.

»Da hat wohl jeder Esel seinen eigenen?« vermutete Tinchen.

»Ich glaube, für Viecher ist der heilige Franziskus zuständig, das ist der mit dem Schaf auf dem Arm. Die anderen schützen vor Blitz, Donner, Krankheit, Wassermangel, Säuferwahn und wahrscheinlich Touristen!«

Sergio bremste, sprang aus dem Wagen und öffnete die Ladeklappe. Leicht derangiert kletterten die Gäste von der Pritsche. Der Dicke mit den Kniebundhosen wischte sich mit einem Taschentuch über das bemehlte Gesicht. »Ist der Staub hier wenigstens sauber? Ich habe mindestens einen halben Kubikmeter geschluckt.«

»Gleich gibt es etwas zu trinken«, tröstete Sergio, während er einer schmächtigen Blondine vom Wagen half, die sich dann auch bereitwillig in seine Arme fallen ließ. »Auf dem Rückweg kommen Sie zu mir nach vorn.«

»Ach ja«, hauchte sie.

Lilo schimpfte wie ein Rohrspatz. »Dieser Kerl fährt wie ein Müllkutscher! Ich spüre jeden Knochen im Leib! Warum haben wir denn keine Taxis genommen, das war doch abgesprochen? Keine zehn Pferde kriegen mich mehr in diesen Schrotthaufen!«

»Aba Frollein, nu ham Se sich nich so! Mit so 'ne Autos bin ick fast bis nach Moskau jefahrn! Hätt ick ooch janz jern für'n Rückweg benutzt, aba da mußten wa loofen. War doch janz ulkig, die Tour. Jetzt könn' ma wenigstens ooch die Esel nich mehr erschüttern.«

»Bon giorno, Signore e Signori!« Aus dem größeren der

vier Gebäude, offensichtlich dem Wohnhaus, trat ein hochgewachsener Italiener. Tinchen schätzte ihn auf etwa fünfzig Jahre. Er umarmte Sergio, schüttelte allen die Hand und deutete mit einer einladenden Geste an, daß man ihm folgen solle. Gehorsam setzte sich der Trupp in Bewegung.

»Ach, ist das hübsch!« entfuhr es Tinchen, als sie um die Hausecke gebogen war. Unter einem großen Dach aus Bambusstäben, das offensichtlich ganz neu war und noch glänzte, standen Tische und grob zusammengezimmerte Bänke; auf jedem Tisch prangte ein Feldblumenstrauß, drumherum stapelten sich Gläser, und die aufgereihten Weinkrüge ließen sie das Schlimmste ahnen. Der aus soliden Backsteinen errichtete Grill hatte die Aufnahmekapazität eines mittelgroßen Ochsen und berechtigte zu den schönsten Erwartungen. ›Alles inklusive‹ wurde hier anscheinend sehr großzügig ausgelegt.

Sergio übernahm die Rolle des Cicerone. »Unser Gastgeber heißt Ercole. Leider spricht er kein Deutsch – die Esel übrigens auch nicht! –, aber er freut sich, Sie alle begrüßen zu können, und hofft, daß Sie einen schönen Tag verleben werden. Nach unserer kleinen Rast hier werden wir gegen zehn Uhr aufbrechen, um halb eins machen wir eine Pause, damit Sie Ihre Lunchpakete leerfuttern können, und dann geht es wieder hierher zurück. Etwa um vier Uhr werden wir da sein, und dann wird gegrillt! Begleiten werden uns Renato, der mit den Eseln bestens vertraut ist, sowie Tonio. Der ist zwölf Jahre alt und Juniorchef. Und jetzt schlage ich vor, daß Sie den wirklich hervorragenden Wein probieren! Ercole keltert ihn selbst und, was noch viel wichtiger ist, trinkt ihn auch selber!«

Sergios Ansprache wurde mit Beifall quittiert. Dann erhob sich der dünne Berliner und klopfte mit einem Kieselstein ans Glas. »Wo wa doch nu wenigstens für heute eene jroße Familije sind, schlage ick vor, det wa uns duzen: Is doch ville einfacher, oda nich? Ick heeße Erwin.«

Bloß nicht, dachte Tinchen entsetzt, aber Erwin umrundete

bereits mit seinem Weinglas den Tisch und stieß mit jedem an. »Erwin, anjenehm, und wie heißen Gnädigste?«

»Roswitha«, sagte die Dame in Rot, »und der neben mir ist Wolf-Dieter.«

Genauso sieht er aus! Tinchen betrachtete Herrn Lerse von den leicht staubgepuderten Wildlederslippern bis zum tadellos gebundenen Seidenschal. Der stellte ja sogar noch Brandt in den Schatten!

Das fade blonde Wesen hieß Corinna, der kniebundbehoste Dicke hörte auf den schönen Namen Konrad, und die ältere Dame, deren graue Löckchen ihr Gesicht wie eine Geschenkverpackung umhüllten, hatte sich als Annemarie vorgestellt. Sie war, wie sie Tinchen verraten hatte, Studienrätin für Englisch und Biologie und hatte diese Safari lediglich aus fachlichen Gründen gebucht, weil sie Esel bisher nur im Zoo gesehen hatte und sich eine Erweiterung ihrer rein theoretischen Kenntnisse versprach.

Die übrigen vier Teilnehmer bestanden aus zwei Pärchen in den Zwanzigern, von denen Frank und Sabine zusammengehörten und Monika mit Heiko. Letztere erwogen sogar, gemeinsam einen Esel zu benutzen, denn sie seien ja beide nicht so schwer, darüber hinaus im Reiten völlig ungeübt und auf gegenseitige Hilfe angewiesen.

»Wo sind denn die Viecher überhaupt?« Konrad schenkte sich bereits das dritte Glas Wein ein.

»Ich glaube, wir sollten uns langsam auf den Weg machen!« Entschlossen stand Tinchen auf. Wenn die hier noch länger herumhockten, würden manche bald nicht mehr in der Lage sein, ihre Esel zu besteigen, geschweige denn, stundenlang darauf zu reiten.

»Muß ick überhaupt mit? Det is hier so jemütlich, heiß isset ooch, ick kann ja warten, bis ihr wiedakommt.« Erwin peilte sehnsüchtig die noch halbvollen Krüge an. »Wäre ooch schade um den schönen Wein. Der wird ja janz schal.«

Sergio hievte den Unentschlossenen von der Bank hoch. »Nachher schmeckt er noch viel besser!« Er winkte den unschlüssig Herumstehenden. »Der Corral ist dort drüben hinter dem letzten Stallgebäude. Gehen Sie bitte schon hinüber, ich komme gleich nach.«

In einem umzäunten Geviert standen vierzehn Esel und blickten ergeben auf die Ankömmlinge. Auf ihren Rücken trugen sie mit Seegras ausgestopfte, vorn und hinten nach oben gebogene Säcke, die so gar keine Ähnlichkeit mit den glänzenden Ledersätteln hatten, wie Tinchen sie kannte. Allerdings hatte sie diese Prachtstücke bisher nur auf Pferden gesehen, aber sie hatte geglaubt, eine etwas kleinere Ausführung würde man auch für Esel verwenden.

»Ich fürchte, dafür habe ich die falsche Anatomie!« flüsterte sie Lilo zu.

»Dafür gibt es überhaupt keine!« Nach kurzer Prüfung ging sie auf das kleinste Tier zu. »Den nehme ich! Da fällt man wenigstens nicht allzu tief.«

»Ich will den da drüben haben, der guckt so traurig.« Tinchen deutete auf ein fast schwarzes, struppiges Tier, das gelangweilt auf dem Seil herumkaute, mit dem es festgebunden war.

»Wie kommt man denn auf diese Viecher rauf?« Roswitha stand mit einem Bein auf dem Zaun, mit dem anderen versuchte sie, in den Sattel zu kommen, was aber etwas erschwert wurde, weil ihr das Tier unter Mißachtung aller Höflichkeitsformen permanent sein Hinterteil entgegenstreckte.

»Warten Sie einen Moment, Renato hilft Ihnen!« Sergio hatte seinen Esel bereits erklommen und verbiß sich mühsam das Lachen, als er Roswithas vergeblichen Kampf beobachtete. Nun schritt Wolf-Dieter ein. Heroisch packte er den Esel an der Wäscheleine, die ihm als Zügel diente, und drehte ihn in die entgegengesetzte Richtung. Das Tier schnaubte kurz und drehte sich nochmals. Roswithas Knie landete in der Schwanzgegend. »Der kann mich nicht leiden!«

»Ich kann's ihm nachfühlen«, murmelte Tinchen.

»Uno momento, Signora!« Auf kleinen krummen Beinen schoß ein bärtiges Individuum quer durch den Corral, bot der hilflos auf dem Zaun hängenden Roswitha seine verschränkten Hände als Steigbügel und hob sie mit Schwung in den Sattel. Prompt rutschte sie auf der anderen Seite wieder herunter. Erst nachdem Wolf-Dieter Position bezogen hatte und seiner fülligen Amazone stützend zur Seite stehen konnte, wurde die Prozedur wiederholt. Endlich saß Roswitha fest im Sattel.

Mit Renatos Hilfe hatten bald auch die anderen mehr oder weniger graziös ihre vierbeinigen Transportmittel bestiegen, und die Karawane setzte sich in Bewegung. Vorneweg Tonio, ein munteres Bürschlein mit pfiffigem Gesicht, das barfuß durch den dunklen Staub trottete, dann die Esel, einer hinter dem anderen, und zum Schluß Renato, der auf einer kurzen Stummelpfeife herumkaute und mit dem Knaster, der darin qualmte, sowohl die Fliegen weg- als auch die Esel vorantrieb. Auch er ging zu Fuß, und schon nach einer halben Stunde wußte Tinchen, warum.

Hatten ihr anfangs der gemächliche Zockeltrab und das sanfte Gerüttel noch Spaß gemacht, so rutschte sie bereits nach kurzer Zeit auf ihrem Seegrassattel hin und her, krampfhaft bemüht, eine halbwegs bequeme Sitzposition zu finden. Außer der zerfransten Wäscheleine gab es auch nichts zum Festhalten, und als sie sich versuchsweise an die langen Eselsohren klammerte, nahm der das übel. Unwillig schüttelte er den Kopf und preschte los. In flottem Eselsgalopp stockerte er an der Karawane vorbei, während Tinchen haltsuchend seinen Hals umklammerte und immer mehr zur Seite rutschte, begleitet von dem brüllenden Gelächter der anderen Reiter. Sogar Tonio bog sich vor Lachen, bevor er schließlich in die Zügel griff und den rasanten Ritt beendete.

»Maledetto cretino!« schimpfte Tinchen, eingedenk der Mahnung, daß Esel keine Fremdsprachen beherrschen.

»Du mußt det Vieh bestechen, Tina«, empfahl Erwin und reichte ihr zwei Stück Würfelzucker hinüber, »ick hab meins vorhin erst mal jefüttert, und nu isset janz friedlich.«

»Wie komme ich denn da vorne ran?«

»Gib mal her, ick mach det schon!" Erwin manövrierte seinen Esel an Tinchens Seite und hielt dem kleinen Schwarzen den Zucker vors Maul. Der mümmelte genußvoll vor sich hin und machte keine Anstalten mehr, auch nur noch einen Schritt vom Weg abzuweichen.

»Na siehste, ick hab's doch jesagt. Hier sind sojar die Viecher korrupt!« Er hielt seinen Esel zurück, um sich wieder in die Schlange einzureihen. Prompt blieb auch Tinchens Esel stehen.

»Nun los, weiter! Avanti! Marsch!«

Das Tier rührte sich nicht von der Stelle. »Wie setzt man den wieder in Gang? Sergio, hilf doch mal!«

Der hörte nicht. Er war vollauf damit beschäftigt, seiner blonden Begleitung die Schönheit der Olivenbäume zu erklären. Die sahen zwar auch nicht anders aus als unten im Tal, aber sie waren außer dem staubigen Trampelpfad und den Steinen rechts und links des Weges das einzig Abwechslungsreiche in dieser Gegend.

Plötzlich trabte der Esel wieder los, aber nur, um neben Erwin erneut stehenzubleiben.

»Mistvieh, elendes!«

Endlich nahte Hilfe. Renato hatte sich aus einem Olivenzweig eine Gerte geschnitten und zog dem renitenten Grautier eins über. Erschrocken keilte es nach hinten aus, und Tinchen landete sehr unsanft auf der Erde.

»Keine zehn Pferde bringen mich da noch einmal rauf!« Sie heulte vor Wut und Selbstmitleid, verwünschte ihre Idee, den Gästen unbedingt etwas ganz Originelles bieten zu wollen, noch dazu, wenn sie selbst die Ursache der allgemeinen Belustigung war, und überhaupt würde sie das ganze Unternehmen wieder abblasen, vorausgesetzt, sie bekäme noch einmal die Gelegenheit dazu.

Inzwischen hatte die ganze Karawane angehalten. Die gutgemeinten Ratschläge reichten von »Am besten obendrauf anbinden!« bis zu »Mal andersrum raufsetzen und dann am

Schwanz festhalten!«, aber sie war so stocksauer, daß ihr nicht einmal eine schlagfertige Antwort einfiel.

Dann gehe ich eben auch zu Fuß! Was dieser alte Tattergreis mit seiner stinkenden Pfeife da hinten kann, kann ich schon lange! Ist auch viel gesünder! Ich habe in letzter Zeit sowieso viel zuwenig Bewegung gehabt, und für die Bandscheibe ist so ein Eselrücken bestimmt ganz verkehrt, man hört doch überall so viel von Frühinvalidität, alles wegen der Bandscheibe... Wenn ich mir bloß heute früh Söckchen angezogen hätte, der rechte Schuh fängt an zu scheuern, aber barfuß traue ich mich nicht, die vielen Steine...

»Das kann man ja nicht mit ansehen!« Rote Kniestrümpfe tauchten vor ihr auf, dann eine Lederhose, und dann hatte sich Konrad endlich von seinem Esel befreit und reckte stöhnend sein Kreuz. »Komm, Tina, nimm meinen! Bequem ist er nicht, aber er hat einen sanftmütigen Charakter.«

Ehe sie richtig begriffen hatte, hatte Konrad sie auf den Esel gesetzt und sich mit Renatos Unterstützung auf Tinchens widerborstiges Vieh geschwungen.

Weiter ging es. Querfeldein durch Geröll, Disteln, Hitze, Staub und Fliegen. Allmählich verstummten die Gespräche, wurden von unterdrückten Schmerzenslauten und verhaltenem Stöhnen abgelöst. Irgendwo knatterte ein Motorroller – unsichtbares Zeichen ferner Zivilisation.

»Eine knappe Viertelstunde noch, dann rasten wir!« rief Sergio, der die Karawane anführte, aber nicht einmal diese erfreuliche Aussicht konnte die lethargischen Gestalten etwas aufmuntern. Sie erwachten erst zu neuem Leben, als Roswitha warnend schrie: »Achtung, Fotograf an Steuerbord!«

Tinchen schreckte hoch und blickte genau in die Linse von Marios Kamera. Er gehörte zu jenen Strandhyänen, die mit schußbereiten Fotoapparaten über die Promenade oder direkt am Meer herumliefen und in jedem Touristen ein potentielles Opfer sahen. Zwei Tage später präsentierten sie die fertigen Bilder, und dann gab es kaum eine ›Bellissima Bionda‹, die nicht ihr Portemonnaie zog und den überhöhten Preis für einen Abzug in Postkartengröße zahlte. Aber wie, um alles in der Welt, kam denn Mario hier in diese Einöde? Irgend jemand mußte ihm doch etwas gesteckt haben!

»Sergio, hast du etwa...?«

»Bestimmt nicht! Das kann nur Bobo gewesen sein. Der Kerl wittert doch überall ein Geschäft. Wetten, daß er von jedem Foto seine Prozente kriegt?«

Nachdem Mario gewissenhaft jeden einzelnen Esel nebst dem dazugehörigen Reiter abgelichtet hatte, packte er seine Kamera wieder ein und versprach: »Bilder Montag fertig! Können gesehen werden in Geschäft von Via Garibaldi. Schönes Souvenir an Esel. Ganz billig!« Dann bestieg er seine Vespa und tuckerte fröhlich winkend davon. Neidisch sah Tinchen hinterher. Was hätte sie nicht dafür gegeben, wenn sie ihren Esel gegen den Roller hätte tauschen können. Sämtliche Knochen taten ihr weh, sitzen konnte sie nicht mehr, Kopfschmerzen hatte sie auch und überhaupt und für alle Zeiten die Nase voll!

Wie lange zottelten sie eigentlich schon durch diese Pampa. Zwei Stunden, drei – oder noch länger? Die Orientierung hatte sie längst verloren, kein Wunder bei diesem ewigen Richtungswechsel, wahrscheinlich waren sie ständig im Kreis gelaufen, in der Wüste kommt so etwas ja auch dauernd vor, vermutlich wußte nicht einmal mehr Tonio, wo sie waren, Renato schon gar nicht, der schlief ja bereits im Stehen...

»Na endlich! Det is Labsal für meine jeplagten Oogen!« dröhnte Erwin, der von allen noch am muntersten war und deshalb die Spitzenposition übernommen hatte. »Ick hab jarnich jewußt, det Jrün so 'ne schöne Farbe is.«

Vor ihnen lag eine große Wiese, gesprenkelt mit Feldblumen, und mitten drin gluckerte ein Bächlein.

»Det is also die unberührte Natur! Nischt jejen Quellwasser, aba so'n schönet kühlet Bier wär ma jetzt lieba!«

Wie aufs Stichwort schob sich ein Jeep auf die Wiese. Während Ercole Bier- und Sprudelflaschen auslud, hinkten die leidgeprüften Reiter zum Bach.

»Wenn ich mir vorstelle, daß ich jetzt gemütlich in meinem Liegestuhl am Strand sitzen könnte...« Roswitha tauchte ihre nackten Füße ins Wasser und ließ sich von Wolf-Dieter den Rücken massieren.

»Sie hätten mich vorher warnen müssen, Fräulein Tina«, bemerkte die Frau Studienrätin spitz, »für eine ältere Dame ist diese Art Ausflug nun wirklich nichts.« Sie war aber sofort wieder versöhnt, als Sergio ihr freundlich zunickte. »Natürlich haben Sie recht, gnädige Frau, aber wo ist denn hier die ältere Dame?«

An den Rückweg dachte Tinchen mit Grausen. Lustlos kaute sie auf dem Hühnerbein herum, das offenbar so unerläßlich zu jedem Lunchpaket gehörte wie das pappige Brötchen und der halbzermatschte Pfirsich, tupfte zwischendurch Spucke auf die Mückenstiche und beobachtete ihre Leidensgenossen, die in sämtlichen Stadien der Erschöpfung im Gras hockten.

»Wie kriegen wir die bloß wieder nach Hause?«

»Notfalls zu Fuß, aber eine halbe Stunde lang werden sie schon noch durchhalten!« Mit einem spitzbübischen Lachen beugte sich Sergio über Tinchens Ohr. »Jetzt nehmen wir besser den direkten Weg!

»Soll das heißen...«

»Was hast du denn gedacht? Wir sind keine zwanzig Minuten von der Lodge entfernt.« Als er Tinchens entgeistertes Gesicht sah, fügte er entschuldigend hinzu: »Natürlich haben wir einen kleinen Umweg gemacht, aber schließlich mußten wir den Leuten doch etwas bieten für ihr Geld!«

»Das ist dir auch großartig gelungen! Wenn du dir die traurigen Gestalten ansiehst, wirst du feststellen, daß ihre Begeisterung schon gar keine Grenzen mehr kennt!«

»Das ist nur äußerlich! Paß mal auf, wie schnell ich die wieder auf die Beine stelle!«

Es gelang ihm hervorragend. Das anfangs ungläubige Staunen wechselte zu befreiendem Gelächter und endete in einem Bombardement von Hühnerknochen, Kronenkorken und überreifem Obst. Sergio konnte nur mit Mühe den zahlreichen Geschossen ausweichen und rettete sich zwischen die Esel.

Wenig später befand sich die Kavalkade auf dem Rückweg. Ob es nun an der berechtigten Aussicht lag, die Tortur bald hinter sich zu haben, oder an dem lauwarmen Bier, das Ercole verteilt hatte, ließ sich später nicht mehr ergründen – jedenfalls zuckelte die Karawane lauthals singend durchs Gelände und war gerade beim schönen Westerwald angekommen, als hinter einer Wegbiegung die ersehnten weißen Häuser auftauchten. Die Esel setzten zum Endspurt an, und in einer undurchdringlichen Staubwolke kam der Troß schließlich zum Stehen.

»Endstation! Allet aussteigen!« Schwerfällig plumpste Erwin auf den Boden. »Also wenn ick so bedenke, wat ick für mein Jeld allet jekriegt habe, denn kann ick mir wirklich nich beklagen: Schwielen am Hintern, 'n lahmet Kreuz, Reibeisen an die Oberschenkel, und loofen kann ick ooch nich mehr!«

An den ›gemütlichen Ausklang‹ dieser Safari dachte Tinchen später nur noch ungern zurück, obwohl die meisten anderen Beteiligten ihn als Höhepunkt bezeichnet hatten. Die Schweinesteaks, von Ercole mit mehr Enthusiasmus als Sachkenntnis gegrillt, waren zwar ein bißchen zäh gewesen, hatten sich aber mit dem reichlich ausgeschenkten Wein ohne weiteres hinunterspülen lassen. Nach dem dritten Glas war die Frau Studienrätin sanft entschlummert, nach dem fünften war Corinna von der Bank gefallen, nach dem sechsten hatte Roswitha schluchzend ihren armen kranken Mann bedauert, nach dem achten hatte Erwin unter dem Tisch gelegen, und dann hatte Tinchen zum Aufbruch gemahnt.

»Wenn ich die bloß schon auf dem Wagen hätte!« Sergio hatte sich ratlos am Kopf gekratzt und festgestellt, daß man bei den künftigen Safaris wohl doch noch einiges werde ändern müssen. »Nicht mehr als drei Gläser Wein pro Person, statt der Steaks lieber Würste, und von dem eingesparten Geld heuern wir einen Folkloresänger an, so mit Gitarre und möglichst deutschem Repertoire.« Dank Ercoles Hilfe war es ihm dann doch gelungen, die mehr oder weniger alkoholisierten, zum Teil singenden Eselbändiger auf die Pritsche zu verfrachten, aber er hatte sich geweigert, mit dieser nicht gerade repräsentablen Ladung durch Verenzi zu fahren. Vielmehr hatte er von der ersten Telefonzelle aus Luigi angerufen, der auch sofort mit seinem Taxi gekommen war und die restliche Beförderung übernommen hatte. In drei Etappen hatte er die weinseligen Eselritter in ihre Hotels gebracht und war anschließend noch einmal zum Kassieren erschienen. Daß man Lilo vergessen oder verloren hatte, war bis dahin auch noch niemandem aufgefallen. Später war sie von Ercole schlafend im Heuschober gefunden und zu mitternächtlicher Stunde von ihm nach Hause gebracht worden.

»Heute war's vermutlich noch ein Verlustgeschäft, aber schon beim nächstenmal wird Erccle ein Plus machen!« hatte Sergio prophezeit, eine Behauptung, der Tinchen energisch widersprochen hatte. »Ein nächstes Mal wird es erst gar nicht geben!«

Drei Tage später, als sie endlich wieder halbwegs aufrecht auf einem Stuhl sitzen konnte, waren die nächsten beiden Safaris ausgebucht!

11

Während Tinchen in ihrem Bett herumrollte und schließlich auf dem Bauch einschlief, weil sie dort noch die wenigsten blauen Flecke hatte, machte rund tausend Kilometer weiter nördlich ein junger Mann sein Auto reisefertig. Er hatte es vollgetankt, Öl und Reifendruck geprüft, mit einem roten Filzstift die Stelle markiert, auf die man drücken mußte, damit die Hupe noch funktionierte, hatte die Waschanlage kontrolliert und sicherheitshalber ein Abschleppseil gekauft. Einem Käfer wurde zwar eine hohe Lebenserwartung nachgesagt, aber auf eine genauere Angabe hatte sich der Verkäufer dann doch nicht einlassen wollen; er hatte jedoch behauptet, mit 80 000 auf dem Tacho sei der Wagen gerade erst aus dem Säuglingsalter heraus. Bedauerlicherweise hatte sich auch das genaue Herstellungsjahr nicht mehr feststellen lassen, aber Peter Gerlach hatte gemeint, es müsse Baujahr 1958–61 gewesen sein. Die Hinterachse sei nämlich älter als die vordere, der Reservereifen stamme noch aus der Gründerzeit, und lediglich das Lenkrad sei höchstens vier Jahre alt. Er hatte allerdings zugeben müssen, daß zumindest die Lackierung ganz neu war. »Die haben bestimmt zweimal gespritzt! Beim erstenmal haben sie die Rostlöcher ja gar nicht zugekriegt!«

Trotzdem hatte sich Florian seine Neuerwerbung nicht vermiesen lassen. Der Gerlach war ja bloß neidisch! Niemand sonst aus der Redaktion fuhr ein Kabriolett, er, Florian, war der einzige! Die vier Fahrradflicken, mit denen er die kleinen Löcher im Verdeck provisorisch zugeklebt hatte, hätten vielleicht auch noch von einem Fachmann ausgewechselt werden müssen, andererseits hätte das wieder einen Tag Verzögerung bedeutet, und überhaupt ging die Reise ja in den Süden, wo es im Juli bekanntlich sehr warm ist.

Fröhlich pfeifend trug Florian sein Gepäck zum Wagen und sah sich vor eine Schwierigkeit gestellt, die er vorher gar nicht einkalkuliert hatte: Wie bringt man einen großen Koffer, einen kleinen Koffer, ein Schlauchboot nebst Paddel, eine Reiseschreibmaschine und eine Tasche mit neun Einmachgläsern und zwei selbstgebackenen Kuchen unter? Der Dachträger, einziges Überbleibsel von Kabrios inzwischen verschrottetem Vorgänger, fristete jetzt im Keller ein nutzloses Dasein, hatte aber früher vom Einmannzelt bis zur kompletten Küchenspüle alle Transportprobleme mühelos bewältigt. Ein Auto oben ohne hat eben auch einige Nachteile!

Im Schein der Straßenlaterne skizzierte Florian einen Lageplan. Wenn er den Reservekanister zu Hause lassen und die Weckgläser einzeln verstauen würde, brauchte er die Reisetasche nicht und könnte den kleinen Koffer unter die Haube legen. Den großen Koffer hochkant auf die Rückbank, das zusammengefaltete Schlauchboot daneben, Schreibmaschine und Paddel auf den Boden – also doch kein Problem!

Kurz vor Mitternacht stand er noch immer inmitten seiner Gepäckstücke, die sich inzwischen um eine halbgeleerte Flasche Wodka und den vergessenen Schlafsack vermehrt hatten. Der kleine Koffer war vier Zentimeter zu breit oder sechs Zentimeter zu lang, jedenfalls paßte er nicht unter die Haube, der große Koffer ging hinten nicht rein, die Paddel waren auch zu sperrig, weil die Gewinde in der Mitte verrostet waren und sich nicht mehr auseinanderschrauben ließen...

»Hat Ihre Frau Sie an die frische Luft gesetzt?« Ein Passant, der seinen Pudel von Platane zu Platane führte, schenkte Florian einen mitleidigen Blick und empfahl ihm seinen Anwalt. »Das is nich so einer, bei dem die Frauen immer Recht kriegen! Ganz billig is er aber nich!«

Florian knurrte Unverständliches und stopfte seine Habseligkeiten schnell in den Wagen. Nur mit Mühe ließ sich die Tür zudrücken.

»Ja, und wie wollen Sie jetzt fahren?«
»Gar nicht. Ich schiebe!«

Nach einem Moment sprachlosen Erstaunens pfiff der Mann seinem Hund und entfernte sich eilig. Mit einem Verrückten so ganz allein auf nächtlicher Straße wollte er nichts zu tun haben.

Auch Florian trat den Rückzug an. Er würde sich morgen früh noch einmal mit dem Gepäck befassen. Eigentlich hatte er ja schon im Morgengrauen starten wollen oder wenigstens zwischen sechs und sieben, spätestens um halb acht, aber daraus würde wohl nichts werden! War auch besser so, der Berufsverkehr und der Wodka ... und überhaupt würde er an seinem ersten Urlaubstag zunächst mal richtig ausschlafen! Gestern war es ja auch wieder spät geworden! Als Herr Pabst die zweite Flasche Wein aufgemacht und Frau Antonie den Muschelsalat auf den Tisch gestellt hatte, wäre es unhöflich gewesen, sich zu verabschieden. Also war Florian geblieben. Und gar nicht mal so ungern. Nur als Antonie mit dem Eingemachten erschienen war, hatte Florians gute Laune einen Dämpfer bekommen.

»Tinchen ißt doch die Birnen so gerne«, hatte sie gesagt und ihm die Tasche in die Hand gedrückt. »Einen Streuselkuchen habe ich auch noch gebacken und einen Frankfurter Kranz. Seien Sie bitte ein bißchen vorsichtig, er zerdrückt so leicht.«

Dabei hatte Florian sich nur mit Tinchens Eltern in Verbindung gesetzt, weil er nicht gewußt hatte, in welchem Hotel sie wohnte. Auf der Ansichtskarte hatte natürlich nichts draufgestanden. Als Antonie dann erfahren hatte, daß der nette Herr Bender seinen Urlaub in Verenzi verbringen würde, hatte sie sofort eine Möglichkeit gesehen, ihrer Tochter ein paar Produkte der heimischen Küche mitzuschicken. Das arme Kind ernährte sich seit Monaten sicher bloß von Nudeln. Man kannte das ja!

Die Hotelreservierung hatte zum Glück reibungslos geklappt. Na ja, wann wurde in so einem italienischen Provinznest schon mal ein Zimmer per Fernschreiber bestellt? Überhaupt ein Wunder, daß die Kurverwaltung technisch so auf der Höhe war. Die Bestätigung von einem Herrn Schumann, offenbar dem Besitzer des Lido, war dann auch postwendend gekommen. Also hatte sich die Theaterkarte für die kleine Kesse aus der Fernschreibzentrale doch ausgezahlt! –

Bevor er ins Bad ging, schaltete Florian den Fernseher ein. Vielleicht würde er noch den Wetterbericht von den Spätnachrichten mitbekommen. Herr Köpcke berichtete über Benzinpreiserhöhungen. Florian gurgelte. Er hatte die Brieftasche voller Gutscheine und fühlte sich nicht unmittelbar betroffen. Herr Köpcke sprach von Wassermangel in spanischen Ferienorten. Florian freute sich, daß Tinchen in Italien reiseleitete. Herr Köpcke redete vom Wetter. Florian rannte zurück ins Zimmer. Bewölkt sollte es morgen sein, im Norden eventuell einzelne Schauer, Temperaturen um 18 Grad.

Na also! Ideales Reisewetter! Befriedigt kroch Florian ins Bett und hatte ganz vergessen, daß sich der große Koffer nur dann transportieren ließ, wenn man ihn hochkant auf den Rücksitz stellte. Was wiederum voraussetzte, daß das Verdeck nicht geschlossen werden mußte.

Das widerlichste Geräusch ist ein Staubsauger am frühen Morgen! Florian stülpte sich ein Kissen über den Kopf, dann ein zweites, dann räumte er sie wieder weg und plierte zum Weckerradio. Die Mühlbauer mußte verrückt sein, schon morgens um neun anzutanzen und solch einen infernalischen Lärm zu machen! Wieso war die überhaupt da? Samstags kam sie doch nie?

Er richtete sich stöhnend auf, angelte nach seinen Hausschuhen und schlurfte zur Tür. »Was um alles in der Welt machen Sie denn hier?«

»Sie sind noch da? Ich denke, um diese Zeit wollten Sie schon in Frankfurt sein?« Witwe Mühlbauer, Florians Putzfrau und gelegentlich auch seelischer Mülleimer, schaltete den Staubsauger aus. »Nu machen Sie bloß, daß Sie verschwinden, ich will endlich mal gründlich saubermachen! Nächste Woche kommt meine Schwester zu Besuch, die aus der Zone, Sie wissen ja, und dann habe ich keine Zeit.«

»Das heißt DDR, und Zeit haben Sie noch genug, ich bleibe ja vier Wochen weg!« Er schlappte ins Bad. »Können Sie mir einen Kaffee machen mit zwei Aspirintabletten? Ich hab' scheußliche Kopfschmerzen.«

»Bei Kater is Kaffee mit Zitrone aber besser!«

»Bleiben Sie mir mit Ihren selbstkomponierten Rezepten vom Leib! Damit haben Sie bestimmt auch Ihren Mann umgebracht. Was haben wir eigentlich für Wetter?«

»Sonne, blauen Himmel und einundzwanzig Grad.«

»Dann kann ich ja doch offen fahren! Diese Fernsehmeteorologen sollten nicht dauernd in die Kameras gucken, sondern zwischendurch auch mal aus dem Fenster!« Er verschwand endgültig im Bad.

Ob es nun Frau Mühlbauers Katerelixier zu verdanken war oder den Tabletten, die er vorsichtshalber auch noch geschluckt hatte, war ihm egal, jedenfalls saß er eine halbe Stunde später schmerzfrei, frisch gewaschen und von Kopf bis Fuß in ladenneuer Freizeitkleidung am Frühstückstisch und studierte die Reiseroute.

Autobahn bis Stuttgart, dann Richtung Bodensee, Konstanz, Rheinfall von Schaffhausen, den mußte man ja auch mal gesehen haben, irgendwo da in der Gegend übernachten, am nächsten Morgen durch die Schweiz, Mittagessen in Como, dann Mailand, Genua und gegen Abend in Verenzi. Gar nicht so schlimm!

Florian goß sich noch einen Kaffee ein und versuchte, die Karte wieder zusammenzulegen. Unbegreiflicherweise ging das nicht. Nach dem fünften Versuch gab er auf. »Straßenkarten sagen einem alles, was man wissen will, bloß nicht, wie man sie wieder zusammenfaltet.«

»Mein Mann hat immer gesagt, die einfachste Art, eine Straßenkarte wieder zusammenzufalten, ist die, sie anders zusammenzufalten«, sagte Frau Mühlbauer, was Florian dann auch tat. Nun war sie doppelt so groß wie vorher und paßte nicht mehr ins Handschuhfach.

Wenigstens die Transportfrage ließ sich jetzt spielend lösen.

Verdeck auf, die Koffer auf die Rückbank, Schlauchboot unter die Haube, Tasche auf den Beifahrersitz, Paddel senkrecht aufgestellt, Radiorecorder auf volle Lautstärke: »Wenn bei Capri die rote Sonne...« Florian war auf dem Weg nach Italien.

Bereits am Frankfurter Kreuz verfranzte er sich zum erstenmal. Das gleiche passierte ihm in Höhe Karlsruhe, als er sich plötzlich auf dem Weg nach Saarbrücken befand. In Stuttgart-Vaihingen war das Benzin alle und der Stau etliche Kilometer lang, bis Florian seinen Wagen endlich aus dem Verkehr gezogen hatte. Die Schweizer Grenze passierte er gegen Mitternacht, der Rheinfall wurde auch einer, weil in der Dunkelheit genausowenig zu sehen wie eidgenössische Gasthäuser, die ausnahmslos ihre Lichter gelöscht und ihre Türen verschlossen hatten. Notgedrungen entrümpelte Florian sein Auto und nächtigte auf den Rücksitzen.

Während Tinchen im Speisesaal des Lido nichtsahnend an einem aufgebackenen Brötchen herumkaute, frühstückte Florian Frankfurter Kranz. Er hatte sich morgens am Rand einer Wiese wiedergefunden und berechtigte Zweifel, ob er sich in seinem zerknautschten Zustand dem bestimmt sonntäglich aufgeräumten Dorf nähern könnte, dessen Kirchturmspitze über einen kleinen Hügel ragte. Dann zog er es aber doch vor, sein Gepäck wieder zu verladen und eine Straße zu suchen, die etwas breiter war als der Feldweg, auf dem er parkte, und die ihn in etwas belebtere Gegenden führen würde.

Mehr dem Zufall war es zu verdanken als der detaillierten Beschreibung eines Spaziergängers, von dessen in flüssigem Schwyzerdütsch vorgebrachten Erklärungen Florian ohnehin kaum etwas verstanden hatte, daß er schließlich den Luganer See erreichte. Am Abend war er in Mailand, hundemüde, aber trotzdem wild entschlossen, auch noch die restliche Strecke herunterzuspulen. Er hatte bereits sein gesamtes Repertoire an Volks- und Wanderliedern heruntergesungen, alle Wirtinnenverse und siebenundzwanzig Strophen von Herrn Pastor sin Kau, als seine Marathonfahrt ein abruptes Ende fand. Pfffhhh machte es, erst ganz leise, dann lauter, und dann war der linke Vorderreifen platt. Florian ließ den Wagen ausrollen und wunderte sich nicht einmal, daß er genau vor dem Eingang eines Motels zum Stehen kam. Er ahnte nur ein Bett, eine Dusche und vielleicht sogar noch etwas Eßbares, das nicht nach Frankfurter Kranz schmeckte.

Ein Motel kann noch so viele Zimmer haben – der Mann, der um fünf Uhr früh losfährt, parkt garantiert unter Ihrem Fenster! Diese Erfahrung machte auch Florian, als er von einem nagelnden Dieselmotor geweckt wurde. Er stand auf und schloß nachdrücklich die Fensterflügel. Nun dieselte es zwar etwas leiser, dafür setzte auf der Straße der Fernverkehr ein. Das Schicksal war eindeutig gegen ihn!
Er beschloß, daß fünf Stunden Nachtruhe ausreichten und ein handfestes Frühstück jetzt genau das Richtige sei. In dieser Hoffnung sah er sich allerdings getäuscht. Ein verschlafenes Individuum, das ein Mittelding zwischen Nachtportier und Putzfrau zu sein schien, schüttelte bedauernd den Kopf und wies auf die gegenüberliegende Tankstelle. Dabei redete er unermüdlich auf seinen Gast ein.
»Langsam, Mann! Io parlo italiano bloß per Schallplatte!« Endlich hatte Florian begriffen. Frühstück gab es erst ab sieben Uhr, weil die Köchin dieser Herberge gleichzeitig die Frau des Nachtportiers war, der wiederum als Patron dem ganzen Unternehmen vorstand, und als Gattin hatte sie zuerst ihre Mutterpflichten zu erfüllen. Eilige Gäste wurden in die Imbißstube der Tankstelle geschickt.
Florian entschied sich, das Angenehme mit dem Nützlichen zu verbinden. Der Reifen mußte gewechselt werden, und wenn er das nicht selbst zu tun brauchte, sollte es ihm nur recht sein.
Die Zapfsäule war auf Selbstbedienung eingestellt und außerdem kaputt. Im Innern einer Wellblechbaracke, die gleichzeitig Büro und Cafeteria darstellte, spülte eine zahnlose alte Frau Kaffeetassen. Florian vermutete verwandt-

schaftliche Beziehungen zum Motelbesitzer und tippte auf Großmutter. Im übrigen sah sie nicht danach aus, als ob sie einen Autoreifen von einem Rettungsring unterscheiden konnte. Sie schob ihm einen Capuccino hin. »Con zuochero o senza questo?«

Er winkte ab. Zucker wollte er nicht.

»Allora non rimescolare!« (Dann nicht umrühren!) befahl sie und wies auf den Teller, der mitten auf der Theke stand. Unter einem Glassturz lagen altbackene Törtchen, die alle ein bißchen nach Frankfurter Kranz aussahen.

»Nie wieder werde ich mich über das deutsche Hotelfrühstück aufregen!« Florian trank seinen Milchkaffee aus, legte eine Münze auf den Tresen und verließ den gastlichen Raum. Es half nichts, er mußte sich allein mit dem Reifen herumschlagen. Je früher, desto besser, irgendwo in dieser lausigen Gegend würde es doch wohl ein Restaurant geben, das etwas mehr zu bieten hatte als lauwarmen Kaffee und drei Tage alte Cremetörtchen.

Als er die Reisetasche vom Rücksitz holte, weil irgendwo dahinter der Wagenheber liegen mußte, tropfte es. Die Birnen! Eine oberflächliche Prüfung ergab, daß ein Glas zerbrochen war und ein anderes einen Sprung hatte. Lange würde es bestimmt nicht mehr halten, und Birnen zum Frühstück sind allemal besser als gar nichts.

Solchermaßen gestärkt, machte er sich an die Arbeit. Der Reifen war schnell gewechselt und hätte von Rechts wegen sofort geflickt werden müssen, aber Florian vertraute auf sein fast neues Reserverad, das die restlichen 250 Kilometer bestimmt durchhalten würde. Wie war bloß dieser riesige Nagel in den Schlauch gekommen?

Als er eine halbe Stunde später auf der kleinen Mauer hockte und dem plötzlich von irgendwoher aufgetauchten Mechaniker zusah, wie der schnell und geschickt die Reifen flickte, wunderte er sich gar nicht mehr. Achtzehn Nägel hatte er im Umkreis von Motel und Tankstelle gefunden, und einer davon war dann auch prompt seinem Hinterrad zum Verhängnis geworden. Es sah ja beinahe so aus, als ob dieser jemand mit Absicht... Florian konnte diesem Jemand die unorthodoxe Art der Arbeitsbeschaffung nicht einmal verdenken. Dieses Provinznest, sofern man die paar Häuser überhaupt als Ort bezeichnen konnte, lag nur wenige Kilometer von Mailand entfernt. und freiwillig würde hier bestimmt niemand übernachten. Weshalb sollte man da nicht ein bißchen nachhelfen? Die steckten sicher alle unter einer Decke!

»Na, du Winzling? Seit wann frißt ein Hund denn Birnen? Gehörst du auch zu den Alternativen, die sich bloß noch von Kuhfutter und Körnern ernähren?« Florian schlenderte zu dem kleinen Dackel hinüber, der sich gierig auf Frau Antonies Eingemachtes gestürzt hatte. »Nun warte doch mal, du kannst doch nicht auch noch die Scherben fressen!«

Vorsichtig fischte er die Birnenhälften aus dem Straßengraben und hielt sie dem Tier vor die Schnauze. »Du hast wohl noch länger nichts Vernünftiges zu fressen bekommen als ich? Magst du Frankfurter Kranz?«

Er mochte, und Florian sah mit Entsetzen, daß für Tinchen bestenfalls noch eine Kostprobe übrigbleiben würde. »Na, wenn schon, dann ist das eben ihr Beitrag zur Entwicklungshilfe! Du mußt dich ja erst zu einem Hund entwickeln! Fragt sich nur, zu was für einem!«

Nach eingehender Prüfung stellte Florian fest, daß es sich bei diesem gefräßigen Gast vorwiegend um einen Dackel handeln mußte, dessen Ohren von einem Cockerspaniel stammten, während der Schwanz möglicherweise zu einem Pudel gehörte, jedenfalls baumelte an seinem Ende eine kleine Quaste. Das Tier war sicher kaum älter als drei Monate.

»Wo gehörst du überhaupt hin?« Eine Frage, die ebenso dämlich wie zwecklos war, denn der Hund verstand natürlich kein Deutsch. Es gelang Florian nicht, die Besitzverhältnisse zu klären. Der Meccanico zuckte nur mit den Schultern, und der Moteldirektor, nunmehr als Gärtner tätig und damit beschäftigt, drei total verstaubte Sonnenblumen zu bewässern, knurrte etwas von ›Vagabondo‹, was Florian mit Hilfe des Wörterbuchs als Streuner übersetzte.

»Was soll ich denn jetzt mit dir machen? Ich kann dich doch nicht mitnehmen!«

Der Hund war allerdings anderer Meinung. Sobald Florians Käfer wieder auf seinen vier Beinen stand, hüpfte er in das Auto, rollte sich auf dem Schlafsack zusammen und enthob seinen adoptierten Herrn damit aller gegenteiligen Entscheidungen.

»Moment mal, Bürschchen, ich nehme grundsätzlich nie Anhalter mit!« Der Dackel-Pudel-Cocker kläffte zustimmend, sprang auf den Beifahrersitz und deponierte seinen Kopf auf Florians Knie.

»Das ist glatte Erpressung!« Florian legte den Gang ein. Dann sah er lachend in die bittenden Hundeaugen. »Weißt du, was? Wir kaufen dir unterwegs eine hübsche große Schleife, und dann bringe ich dich Tinchen als Geschenk mit!«

»Lilo hat mir ja gar nicht gesagt, daß sie heute hier ißt.« Tinchen setzte sich auf ihren Platz und zeigte fragend auf das zweite Gedeck.

»Ein Gast hatte gebeten, ausnahmsweise mit Ihnen essen zu dürfen.«

»Sie wissen doch genau, Fritz, daß diese Tour bei mir nicht zieht! Sagen Sie dem Herrn, daß ich nicht gekommen bin. Ich esse in der Küche!«

»Zu spät! Da ist er schon!«

Tinchen fielen fast die Augen aus dem Kopf. In der Tür stand Florian, und neben ihm dackelte ein kleines braunes Etwas, das vor rosa Taft kaum zu sehen war. Es hatte einen Zipfel der Schleife zu fassen gekriegt und zerrte unwillig daran herum.

»Man packt keine fremden Geschenke aus!« Florian hob den Hund hoch und legte ihn Tinchen in den Arm. »Das ist deiner! Habe ich dir mitgebracht, statt Blumen!«

»Das sieht dir ähnlich!« war alles, was sie herausbrachte. Dann leuchteten ihre Augen auf, sie fiel Florian um den Hals und jubelte: »Ich freue mich so, Flox!«

Der Hund hatte für Tinchens Gefühlsausbruch nichts übrig. Er jaulte los und verlangte zappelnd, wieder Boden unter die Dackelbeine zu bekommen.

»Ich glaube, der hat in seinem ganzen Hundeleben noch gar nicht erfahren, was Liebe ist«, sagte Florian.

»Armer Kerl.« Sie drückte ihn sanft an sich und kraulte seinen kleinen Kopf.

»Warum bin ich kein Hund?«

Vorsichtshalber überhörte sie die Frage und setzte sich wieder hin. Der Hund rollte sich auf ihrem Schoß zusammen.

»Kommst du direkt von zu Hause, Flox?«

»Ja, und ich habe dir auch noch sieben Gläser eingemachte Birnen mitgebracht und einen Streuselkuchen. Den Frankfurter Kranz hat Helene gefressen.«

»Wer ist Helene?«

»Das Vieh da! Aber ich glaube, ich erzähle besser von Anfang an.«

Während Florian sich mit größtem Appetit über die Lasagne hermachte, berichtete er. »Na ja, und weil unsere Bekanntschaft letzten Endes den Birnen zu verdanken ist und ich Birnen immer mit ›Birne Hélène‹ in Verbindung bringe, seitdem ich mir daran mal den Magen verdorben habe, habe ich das Tier eben Helene getauft.« Er schob seinen Dessertteller zur Seite und zündete eine Zigarette an. »Irgendwie mußte ich das Vieh doch anreden.«

»Aber nicht Helene«, protestierte Tinchen, »das ist nämlich ein ER!«

»Für so was hast du eben einen besseren Blick!«

Tinchen wurde rot und wechselte schnell das Thema: »Wie lange bleibst du denn, und wo wohnst du überhaupt?«

»Na, hier! Wo denn sonst? Und ich gedenke, den mir gesetzlich zustehenden Jahresurlaub in deiner Nähe zu verbringen.«

»Die ganzen vier Wochen hintereinander? Ist das nicht ein bißchen zu riskant? Nach meiner Erfahrung ist Urlaub die Freizeit, die man den Mitarbeitern gewährt, um sie daran zu erinnern, daß der Betrieb auch ohne sie auskommt.«

»Quatsch! Man darf niemals unersetzlich sein! Wer unersetzlich ist, kann nicht befördert werden!« behauptete Florian überzeugt.

»Erzähl mal ein bißchen von der Redaktion!« bat Tinchen. »Wie geht es Sabine? Und wie macht sich meine Nachfolgerin?«

»Großartig! Sie sieht aus wie Marilyn Monroe, tippt verheerend, kann kaum Stenographie, aber sie ist ein unerschöpfliches Gesprächsthema. Wenn man berücksichtigt, daß sie auch mit der Orthographie auf dem Kriegsfuß steht, ist es eigentlich ein Segen, daß sie nicht maschineschreiben kann. Kopfschmerztabletten hat sie auch nie dabei.«

Schumann trat an ihren Tisch. »Wie ich sehe, Tina, haben Sie gegen Ihren Tischgast ja doch nichts einzuwenden.«

Sie funkelte ihn an. »Weshalb haben Sie mir denn nicht gesagt, daß Flox... daß Herr Bender kommt?«

»Seit wann interessieren Sie sich für meine Privatgäste? Ich konnte doch nicht wissen, daß Sie sich kennen. Herr Bender hat schriftlich ein Zimmer bei mir reserviert und logischerweise gar nichts mit Ihrem Verein zu tun. Aber daß er einen Hund mitbringt, hat er vorher nicht geschrieben.«

»Da habe ich auch noch nichts von ihm gewußt«, verteidigte sich Florian. »Das ist ein heimatloser Asylant. Ich bezahle natürlich für ihn.«

Schumann winkte ab. »Geschenkt! Was der frißt, fällt sowieso in der Küche ab. Außerdem sind mir vierbeinige Gäste manchmal lieber als die anderen. Sie wischen sich nämlich ihre Schuhe nie an der Gardine ab, brennen keine Zigarettenlöcher in die Teppiche und kommen selten betrunken nach Hause.«

Florian schob seinen Stuhl zurück und stand auf. »Ich werde jetzt erst mal auspacken, und dann muß ich dringend eine Hundeleine kaufen. Schließlich kann ich Helene nicht dauernd mit dem Abschleppseil Gassi führen.«

»Bist du verrückt? Damit erwürgst du ihn ja!« Tinchen zerrte den Gürtel aus ihrer Hose. »Hier, nimm den so lange!«

»Hellblau mit weißen Punkten! Helene, du wirst vornehm!« Ungeschickt fummelte Florian dem Tier das improvisierte Halsband über den Kopf.

»Wie kann man bloß so dämlich sein?« Mit zwei Handgriffen hatte Tinchen Hund und Halsband zusammengebracht. »Und sag nicht immer Helene zu ihm! So heißt meine Großmutter, und mit der hat er nun wirklich keine Ähnlichkeit! Er ist viel hübscher!«

»Aber irgendeinen Namen muß er doch haben!«

»Laß mich überlegen!« Sie streichelte sein struppiges Fell und spielte gedankenverloren mit der kleinen Schwanzquaste. Plötzlich lachte sie auf. »Ich hab's! Wir nennen ihn Bommel!«

Bommel erklärte sein Einverständnis, indem er seiner Taufpatin auf die Schuhe pinkelte.

»Wo geht's hier eigentlich zum Strand?«

»Der liegt direkt vorm Meer, gar nicht zu verfehlen!« Auf eine dumme Frage gehörte auch eine dumme Antwort! Außerdem war sie überflüssig, denn Tinchen hatte gestern zusammen mit Florian und Bommel noch einen langen Spaziergang gemacht und den beiden alles gezeigt, was ihr wichtig erschienen war, einschließlich der Palme, die von den meisten einheimischen Hunden bevorzugt wurde und Bommels uneingeschränktes Interesse gefunden hatte. Sogar Signora Ravanelli hatten sie besucht, und Florian hatte erstaunt die in flüssigem Italienisch geführte Unterhaltung verfolgt.

»Donnerwetter, Tinchen, du hast ja wirklich was gelernt! Hast du noch Schwierigkeiten mit deinem Italienisch?«

»Nein, ich nicht, aber die Italiener!« hatte sie lakonisch geantwortet.

Nun saß er zusammen mit ihr im Speisesaal und frühstückte. Unter dem Tisch schnarchte Bommel. Ihm war es zu verdanken gewesen, daß sein Herr zu ungewohnt früher Stunde hatte aufstehen und Gassi gehen müssen. Zielpunkt: die Palme. Der Versuch, dem Hund das Duschbecken als Ersatzrinnstein anzubieten, war fehlgeschlagen. Bommel hatte den Papierkorb zu seinem Stammbaum erkoren, und Florian hatte dem Zimmermädchen ein angemessenes Trinkgeld in die Hände drücken müssen, damit es die Spuren wieder beseitigte.

»Mal ganz im Ernst, Tinchen, du willst doch nicht behaupten, daß diese Ansammlung von Steinen, Kies und grauem Sand der berühmte Riviera-Strand ist? Ein Strand hat weiß zu sein, sollte wenigstens zu 98 Prozent aus feinkörnigem Sand bestehen und ohne Schuhe betreten werden können.«

»Du bist hier am Mittelmeer und nicht auf den Malediven! Dann hättest du eben an die Ostsee fahren müssen!«

»Da gibt's kein Tinchen!«

»Bildest du dir ein, ich gehöre zum Hotelinventar, auf das du jederzeit zurückgreifen kannst? In einer Viertelstunde muß ich im Büro sein. Heute ist Dienstag, da bin ich allein, weil Lilo mit ihrer Herde nach Portofino...«

»Wer ist Lilo?«

»Meine Kollegin.«

»Ist sie hübsch?«

»Wahrscheinlich. Aber mach dir keine Hoffnungen! Sie ist auf der Suche nach einem Mann, der alles hat – sich aber auch mal von was trennen kann.«

»Warum so bissig? Kannst du sie nicht leiden?«

»Anfangs schon, jetzt nicht mehr! Wer die zur Freundin hat, braucht keine Feinde mehr!«

»Sie muß dir ja ganz schön in die Quere gekommen sein.«

»Blödsinn! Ich hab' nur was gegen Mitarbeiterinnen, die mangelnde Fähigkeiten durch künstliche Wimpern kompensieren wollen! – So, und jetzt muß ich weg! Wenn du Lust hast, kannst du mich ja nachher mal besuchen.«

»Kann ich nicht gleich mitkommen?« Florian kippte den Rest seines Kaffees hinunter und stand auf.

»Du bleibst schön hier und erholst dich!«

»Wo denn?«

Tinchen wurde ungeduldig. »Sei nicht albern. Flox! Das Lido hat einen hoteleigenen Strand, da gehst du jetzt hin, meldest dich bei Umberto – das ist der Bademeister –, läßt dir einen Liegestuhl geben und einen Schirm, und bis zum Mittagessen hast du garantiert schon den ersten Sonnenbrand weg. Damit bist du dann für den Rest des Tages beschäftigt. Die Apotheke ist übrigens gleich vorne an der Promenade.«

Auf dem Weg zur ›Röhre‹ kaufte Tinchen einen Blumenstrauß. Einfach so. Sie hätte die ganze Welt umarmen mögen, beschränkte sich dann aber doch auf einen barfüßigen Jungen, dem sie erst durch den Lockenkopf fuhr und dann eine Eistüte spendierte. Mit Sahne obendrauf.

Florians Ankunft, der abendliche Bummel gestern, Arm in Arm wie die vielen anderen Paare auch, der harmonische Ausklang in der kleinen Kneipe – sie hatte schon beinahe vergessen, daß es noch etwas anderes gab als Namenslisten, fehlgeleitete Koffer und einsame Abende im Hotelzimmer. Natürlich war sie nicht verliebt in Florian, dazu kannte sie ihn viel zu gut, und ernst nehmen konnte sie ihn auch nicht. Er war nichts als ein guter Kamerad, jemand, mit dem man Pferde stehlen und bei dem man sich notfalls ausheulen konnte. Zur Liebe gehörte mehr! Man mußte seinen Partner respektieren können, zu ihm aufsehen – bei meiner Größe passiert das ja zwangsläufig, dachte sie –, ihn vielleicht sogar bewundern können, klug mußte er sein und natürlich Humor haben. Den hatte Florian wirklich, aber das allein war ein bißchen wenig. Egal, in den kommenden Wochen würde sie abends jedenfalls nicht mehr Kreuzworträtsel lösen müssen.

Als sie die Tür aufschloß, klingelte das Telefon. Fünf vor neun, da mußte es aber jemand eilig haben! Sie griff nach dem Hörer: »Schmetterlings-Reisen, guten Tag.«

»Guten Morgen, Aschenbrödel.«

Der Schreck verschlug ihr die Sprache. Sie schluckte, die Knie fingen an zu zittern, sie tastete blind nach dem Stuhl, setzte sich, umklammerte krampfhaft den Hörer und – schwieg.

»Hallo, Aschenbrödel, bist du noch da?«

»Ja.«

»Ich weiß, was du jetzt sagen willst, und du hast ja auch recht, aber sag lieber nichts. Wenn du willst, kannst du mich im nachhinein noch bedauern. Ich hatte nämlich Mumps.«

»Was hattest du?«

»Mumps. Ziegenpeter, oder wie diese alberne Krankheit sonst noch heißt! Ich habe ausgesehen wie ein Hamster und mich aus diesem Grunde selbst aus dem Verkehr gezogen.«

»Sechs Wochen lang?«

»Und einen Tag! Als mein Kürbiskopf endlich auf eine normale Dimension abgeschwollen war und meine Stimme sich nicht mehr anhörte, als hätte ich mit Reißnägeln gegurgelt, kriegte ich die Masern.«

»Und das soll ich glauben? Normale Menschen bekommen Kinderkrankheiten, wenn sie noch zur Schule gehen. Dann sind sie wenigstens nützlich.«

»Ich bin eben ein Spätentwickler.«

Tinchen wußte nicht, was sie sagen sollte. Wochenlang hatte sie auf diesen Anruf gewartet, hatte abwechselnd gehofft und resigniert, hatte Brandt nach einem Verkehrsunfall mit Gedächtnisverlust im Krankenhaus gesehen oder auch mal als unbekannten Toten, zerschellt an irgendwelchen Klippen – aber ganz bestimmt nicht rotgesprenkelt in Tante Josis Bett.

»Kann man mit Masern nicht telefonieren?«

»Doch, man kann! Aber wie ich dich einschätze, wärst du doch sofort mit Blümchen und Pralinen an mein Schmerzenslager geeilt, und das wollte ich nicht. Ich esse nämlich keine Pralinen.«

Jetzt mußte sie doch lachen. »Setzt du nicht ein bißchen zu viel Mitgefühl bei mir voraus?«

Seine Stimme klang ernst: »Nein, Tina, das glaube ich nicht.

Aber mir ging es wirklich miserabel, und ich wollte keinen Menschen sehen. Nicht einmal dich.«

»Ein Kompliment ist das gerade nicht.«

»Doch, Aschenbrödel, das ist eins. Alle anderen in meiner Umgebung habe ich vergrätzt, mit dir sollte mir das nicht passieren. Verstehst du das?«

Sie verstand es nicht, aber sie glaubte ihm.

»Der Arzt hat die Quarantäne aufgehoben. Sehen wir uns heute?«

Tinchen zögerte. »Ich weiß nicht recht ... Lilo ist mit dem Bus unterwegs, und ich habe Stallwache.«

»Auch abends?«

Sie wollte schon zusagen, als ihr Florian einfiel. Sie hatte doch versprochen, mit ihm nach Noli zu fahren, in das kleine Fischerdorf mit den Spezialitätenrestaurants; Muscheln wollten sie essen oder Krabben, je nachdem, was gerade frisch angelandet worden war. Nein, das konnte sie unmöglich absagen! Brandt hatte so lange nichts von sich hören lassen, jetzt konnte er auch nicht erwarten, daß sie auf Abruf bereitstand.

»Es tut mir leid, Klaus, aber heute abend habe ich keine Zeit.«

»Dann morgen?«

»Da geht's erst recht nicht. Mittwoch ist An- und Abreisetag, ich weiß vorher nie, wann ich fertig bin.«

Eine ganze Weile schwieg er, dann sagte er in gleichmütigem Ton: »Du willst also nicht?«

»Doch, ich will!« antwortete sie schnell, »ganz bestimmt will ich, nur nicht heute und morgen. Versteh das doch! Wenn ich die letzten Gäste in ihrem Hotel abgeliefert habe, ist es meistens schon nach acht, und ich gehe auf dem Zahnfleisch. Bis ich mich dann halbwegs erholt und restauriert habe, ist Mitternacht.«

»Okay, Tina, das Argument lasse ich gelten«, lachte er, »dann hole ich dich übermorgen um sechs im Lido ab!«

»Lieber um halb acht, ich komme erst gegen sieben aus Nizza zurück. Hammelherden-Trip nach Frankreich.«

»Armes Aschenbrödel. Nach Frankreich fährt man entweder nur zu zweit oder gar nicht! Ciao bis übermorgen!« Noch lange starrte Tinchen auf den Hörer in ihrer Hand, ehe sie ihn endlich auflegte. Sie freute sich auf das Wiedersehen, aber sie hatte auch ein bißchen Angst. Jener Abend in Corsenna lag so weit zurück und schien ihr heute so unwirklich, daß sie sich nicht vorstellen konnte, den Faden dort wieder anzuknüpfen, wo er damals so abrupt zerrissen war. Sie schmunzelte in sich hinein. Wochenlang interessierte sich überhaupt kein Mann für sie, und jetzt umbalzten sie gleich zwei, wobei Florian natürlich nicht zählte. Für den gehörten Flirts genauso zum täglichen Leben wie Hot dogs und Aspirin.

Der Vormittag verging quälend langsam. Tinchen arbeitete unkonzentriert, verrechnete sich ständig und hatte zum Schluß zwei Einzelzimmer übrig, was noch nie vorgekommen war und sowieso nicht stimmen konnte.

Endlich erschien Sergio. »Scusi, Tina, aber ich bin noch einmal oben bei Ercole gewesen und habe die künftigen Safaris mit ihm durchgesprochen. Er wollte gar nicht begreifen, weshalb wir einiges ändern müssen. Angeblich ist er trotz der Weinschwemme auf seine Kosten gekommen, und den Gästen habe es doch auch gefallen. Er freut sich schon auf die nächsten. Kannst du das verstehen?«

»Frag ihn in sechs Wochen noch mal!« Sie schob Sergio die Listen hinüber. »Zähl *du* mal nach. ich kriege immer was anderes raus.«

»Gleich. Ich habe dir doch noch etwas mitgebracht.« Er zog einen großen Briefumschlag unter seinem Hemd hervor und gab ihn Tinchen. Neugierig öffnete sie. Zum Vorschein kam ein Steckbrief. »Wanted!« stand oben drauf, und in der Mitte prangte ihr Foto. Wie ein Klammeraffe hing sie auf dem Esel, grinste dümmlich vor sich hin und entsprach so gar nicht der Warnung, die auf dem Steckbrief zum Ausdruck kam. Gefährlich sollte sie sein, rücksichtslos von der Schußwaffe Gebrauch machen und scharfe Zähne haben. Zehn Millionen Lire waren auf ihren Kopf ausgesetzt.

»Was soll denn dieser Blödsinn?«

»Eine Idee von Mario. Der hat das mal irgendwo gesehen und sofort nachdrucken lassen. Jetzt bildet er sich ein, daß er auf diese Weise seine Safari-Schnappschüsse schneller los wird.«

»Der Kerl spinnt doch! Wieviel verlangt er denn dafür?«

»Dreitausend Lire.« Sergio nahm Tinchen das Plakat aus der Hand und nagelte es ans Schwarze Brett, direkt neben die Esel-Reklame.

»Bist du verrückt? Nimm das sofort wieder runter! Häng dich doch selber auf!«

»Ich bin längst nicht so fotogen wie du«, behauptete Sergio und malte liebevoll einen dicken roten Rand um den Steckbrief. »Was glaubst du wohl, wie werbewirksam dieses Foto ist! Jeder, der diese jämmerliche Gestalt sieht, ist doch davon überzeugt, daß er selbst eine viel elegantere Figur abgeben wird. Und weil er das beweisen muß, wird er eine Safari buchen!« Dann machte er sich über die Listen her. »47 Abreisen, 79 Ankünfte, stimmt bis zum letzten Bett!« erklärte er nach einer Weile.

»Noch!« sagte Tinchen. »In der nächsten Woche beginnen in Deutschland die Schulferien, und dann wird's lustig.«

»Ich weiß. Es geht schon das Gerücht um, daß man an den Stränden Lautsprecher anbringen will. Alle dreißig Minuten ertönt das Kommando ›Bitte wenden!‹, damit sich die Sonnenhungrigen auf die andere Seite drehen können.«

Noch vor dem Essen hatte Tinchen beschlossen, den Nachmittag freizunehmen. Hatte nicht Gottlieb Maria behauptet, blasse und überarbeitete Reiseleiter seien eine schlechte Reklame für das Unternehmen? Wo sollte denn die Bräune herkommen, wenn nicht vom Strand? Außerdem hatte sich im Laufe der Zeit herausgestellt, daß sich nachmittags nur selten Besucher im Büro einfanden; die kamen überwiegend morgens, bevor sie zum Strand gingen, oder allenfalls gegen zwölf, wenn sie auf dem Weg zur Futterkrippe waren. Danach waren sie in der Regel müde und hatten keine Lust mehr, sich mit ihrer auch nicht viel muntereren Reiseleiterin herumzustreiten. Wofür Tinchen ihnen dankbar war.

Florian freute sich. Bommel auch. Er trug jetzt grünes Leder und benahm sich sehr gesittet.

»Kein Wunder, der ist vollgefressen bis obenhin. Kalbsbrühe mit Haferflocken, und zum Nachtisch eine Vitaminpille. Herr Schumann hat gesagt, ich soll trotzdem mit ihm zum Tierarzt. Wahrscheinlich hätte Helene Flöhe, Würmer und artfremde Vorfahren. Er jedenfalls hätte noch nie einen Hund gesehen, der saure Gurken frißt.«

Tinchen warf ihren Bademantel ab und präsentierte sich nicht ohne Stolz in dem blauen Badeanzug, den Brandt damals für sie ausgesucht hatte. Anerkennend pfiff Florian durch die Zähne. »Weißt du, Tinchen, ich hab' ja schon immer gewisse Schwierigkeiten gehabt, dir in die Augen zu sehen, und der Bikini macht mir das keineswegs leichter!« Dann erkundigte er sich höflich: »Darf ich dir meinen Liegestuhl anbieten?«

»Nachher vielleicht. Ich geh' erst mal ins Wasser.« Sie rannte los, Florian hinterher, und in gebührendem Abstand folgte Bommel. Widerwillig tapste er mit den Pfoten ins Meer, zog sich aber gleich wieder zurück und rettete sich rückwärts kriechend aufs Trockne. Dort blieb er platt liegen und beobachtete ängstlich die beiden einzigen Menschen, die gut zu ihm waren, die er liebte, und die ihn jetzt doch wieder allein ließen. Er richtete sich auf, seine Ohren gingen auf halbmast, und dann setzte er zu einem so jammervollen Geheul an, daß Florian gleich wieder kehrtmachte.

»Mit dir habe ich mir vielleicht was eingehandelt. Stell sofort die Sirene ab!« Bommel war selig. Vorn leckte er seinem Herrchen die Füße, und hinten machte er sie vor lauter Freude wieder naß. Fluchend rannte Florian zurück ins Wasser. »Wo hast du bloß deine Manieren her?«

Fünf Minuten später hatte er sein Schlauchboot klargemacht, Bommel hineingesetzt, und nun paddelte er wie ein Wilder der blauen Badekappe hinterher, die schon ziemlich weit draußen auf den Wellen tanzte. Endlich hatte er sie erreicht.

»Nimmst du immer ein Boot mit, wenn du schwimmen gehst?« fragte Tinchen hinterhältig.

»Der Köter ist wasserscheu!«

»Genau wie sein Herr! Oder weshalb sonst hast du dich heute nicht rasiert?«

Florian befühlte seine Stoppeln. »Eines rechten Mannes Kinn ist im natürlichen Zustand bewaldet. Aber wenn dir mein angehender Vollbart nicht paßt, kann ich ihn ja wieder abnehmen.«

»Du siehst aus wie ein Seeigel!«

Lange trieb das Boot steuerlos auf dem wenig bewegten Wasser. Florian war eingeschlafen, und Tinchen mochte ihn nicht wecken. Bommel hatte es sich auf seinem Bauch bequem gemacht, und sie hatte den Kopf an seine Schulter gelehnt – ganz vorsichtig, damit er nicht wach wurde, aber er hatte es doch gemerkt. Im Halbschlaf war er zärtlich durch ihre Haare gefahren und hatte ihren Kopf an sein Kaktuskinn gedrückt. So war sie liegengeblieben. Nicht sehr bequem, denn das Paddel drückte gegen die Kniekehle, und Bommels Schwanz fuhr gelegentlich durch ihr Gesicht. Ganz still war es hier draußen, nur ein paar Möwen übten kreischend Zielanflug.

»Kann man die Viecher eigentlich auch essen?« Florian rappelte sich auf und blinzelte in die tiefstehende Sonne. »Ich hab' nämlich Hunger!«

»Du kannst ja mal so einen Vogel zusammen mit einem Ziegelstein in die Bratröhre stecken, und du wirst sehen, daß der Stein eher gar ist als die Möwe. Wahrscheinlich schmeckt er sogar besser!«

»So lange kann ich nicht warten. Komm, rudern wir zurück und machen uns landfein!«

Aber dann hatte der Abend doch noch mit einem Riesenknall geendet! Warum hatte Florian unbedingt noch in die Beach-Bar geben müssen? Ausgerechnet in diesen Schuppen, in dem man vor lauter Radau sein eigenes Wort nicht verstand und jede Unterhaltung im Dröhnen der Lautsprecherboxen unterging! Krachend voll war es außerdem gewesen. Tinchen hatte sofort wieder umkehren wollen, aber Florian hatte abgewinkt. »Warum denn? Was man in der Straßenbahn Überfüllung nennt, heißt in Nachtlokalen Atmosphäre.«

Und wem war er beim ersten Tanz mit Tinchen auf die Füße getreten? Lilo! Da hatte es sich natürlich nicht mehr umgehen lassen, daß man sich zusammensetzte, und ebenso natürlich hatte Lilo sofort mit Florian zu flirten angefangen. Um ihren Begleiter, einen sehr schweigsamen Engländer mit Glubschaugen und Haaren, die genauso farblos gewesen waren wie der ganze Mensch, hatte sie sich kaum noch gekümmert. Brüderschaft hatte sie mit Florian getrunken und ihm Letkiss beigebracht, diesen albernen Tanz, bei dem man dauernd in die Hände klatschen muß. Dann hatten sie Mona-Lisa-Cocktails bestellt und nach dem dritten ›La Paloma‹ gesungen.

Als Tinchen in den Waschraum ging, war Lilo hinterhergekommen. »Wo hast du denn diesen blendend aussehenden Mann aufgerissen?«

»Der ist mir hinterhergefahren, aber du kannst ihn gerne haben!« hatte Tinchen wütend geantwortet.

»Ist das dein Ernst?«

Doch Tinchen hatte sich schon umgedreht und war hinausgelaufen. Zum Tisch war sie auch nicht mehr zurückgegangen, sondern schnurstracks ins Hotel, wo sie Bommel gesucht und beim Nachtportier gefunden hatte. Beide hatten geschlafen. Sie hatte sich den Hund geschnappt und mit auf ihr Zimmer genommen. Das arme Tier konnte doch nun wirklich nichts dafür, wenn sein Herr sich nächtelang herumtrieb, statt sich um das kleine, hilflose Baby zu kümmern. Sollte er Bommel doch suchen! Aber wahrscheinlich würde er ihn gar nicht erst vermissen! Der hatte anderes im Kopf!

Bommel hatte ihr die Tränen abgeleckt, und an sein weiches Fell gekuschelt, war sie endlich eingeschlafen.

12

Hinter der Zeitung, die er als Barrikade aufgebaut hatte, tauchte Florians Gesicht hoch. »Guten Morgen, Tinchen. Ausgeschlafen?«

Sie würdigte ihn keines Blickes, entfaltete die Serviette, goß Kaffee in die Tasse, suchte aus dem Brotkorb das noch am wenigsten pappige Brötchen, bestrich es mit Marmelade – schwieg.

»Schlechte Laune?«
»Warum sollte ich?«
»Eben!«

Die Minuten dehnten sich, zertröpfelten in lange Sekunden.

»Möchtest du vielleicht von der Zeitung was abhaben?«
»Nein.«
Schweigen.

»Himmeldonnerwetter, Tinchen, jetzt spiel nicht die beleidigte Leberwurst! Ich gebe ja zu, daß ich gestern ein bißchen über die Stränge geschlagen bin und zu viel getrunken habe, aber das ist noch lange kein Grund ...«

»Mona-Lisa-Cocktails!! Deshalb bist du auch den ganzen Abend das dämliche Grinsen nicht mehr losgeworden!« Mit betont desinteressierter Miene stand sie auf. »Im übrigen ist mir dein Privatleben völlig egal!«

Der majestätische Abgang, den sie oben vor dem Spiegel geübt hatte, wurde durch den hereinstürmenden Bommel beeinträchtigt. Er kugelte laut kläffend in den Speisesaal, wieselte um Tinchens Beine und gab nicht eher Ruhe, bis sie sich hinabgebeugt und ausgiebig gestreichelt hatte.

»Der muß heute nacht herumgestreunt sein!«

»Der hat heute nacht bei mir geschlafen«, berichtigte Tinchen.

Florian seufzte sehnsüchtig: »Warum kann ich nicht auch so ein Hundeleben führen?«

AUS TINCHENS TAGEBUCH

6. Juli

Lilo ist ein Miststück! Fragte heute früh ganz harmlos, ob ich wirklich keine Besitzansprüche auf Flox hätte. Sie hätte den Eindruck, daß er sich mir gegenüber verpflichtet fühle. Habe ihr erklärt, daß Kleinkinder zu starker Mutterbindung neigen. Darauf meinte sie, es sei Sache der Mutter, ihre Kinder frühzeitig genug abzunabeln. Im übrigen sei sie heute abend mit ihm verabredet.

Und wenn schon! Ich muß sowieso Strümpfe waschen.

8. Juli

Männer, die gut mit Frauen zurechtkommen, sind meist solche, die auch ohne sie fertig werden. Klaus gehört dazu. Blieb den ganzen Abend über reserviert. Schwärmte von Tante Josis Krankenkost und seiner Schwester Tanja, die sich jeden zweiten Tag telefonisch nach seinem Befinden erkundigt habe. Bekam ganze Krankengeschichte zu hören und zum Abschied väterlichen Kuß auf die Stirn. Wenn man wirklich so alt ist, wie man sich fühlt, dann bin ich 120.

Florian heute nur kurz gesehen. Buchte für Dienstag Busfahrt nach Portofino. Bot ihm ein paar Prospekte an, um sich über Wissenswertes informieren zu können, da er von seiner Reiseleiterin in dieser Hinsicht nichts zu erwarten habe. Lehnte ab mit der Begründung, er sei nicht an Sehenswürdigkeiten interessiert, sondern an netter Gesellschaft.

10. Juli

Gestern ganzen Nachmittag am Strand gelegen. Allein mit Bommel. Florian lag zwanzig Meter weiter links. Mit Lilo. Trug neuen rosa Badeanzug mit passender Sonnenbrille und machte auf Dame. Sollte ihn eigentlich warnen. Würde aber nichts nützen, er hat einen schalldichten Kopf.

Morgens um zwei heftiges Gewitter: Bommel noch mehr Angst als ich. Hunde wären viel nützlichere Haustiere, wenn sie bei Gewitter die Fenster schließen würden, statt sich wimmernd im Bett zu verkriechen.

11. Juli

War gestern offiziell bei Tante Josi zum Tee eingeladen. Allein. Mußte Sandkuchen essen und Fotoalben betrachten. Klaus sehr fotogen. Hat schon als Schulkind immer adrett (und langweilig) ausgesehen. War Klassenbester, Schulsprecher und Studentenmeister im Kraulen (oder so ähnlich). Mußte Tante Josi Autobiographie liefern. Schien befriedigt, daß ich ›auch Akademikerin‹ sei (die zwei Semester!!). Musterknabe später dazugekommen. Trug hellgrauen Flanell und tat sehr beschäftigt. Brachte mich zurück ins Hotel. Bin dezentem Abschiedskuß durch leidenschaftliche Umarmung zuvorgekommen. Florian saß in der Halle. Hat alles mitgekriegt.

12. Juli

Zufällig auf der Piazza gewesen, als Bus aus Portofino zurückkam. Florian als letzter ausgestiegen. Konnte sich wohl nicht trennen! Lilo sehr elegant in weißem Hosenanzug (wie kommt sie bloß an die vielen Klamotten? Sie kriegt doch auch nicht mehr Geld als ich?). Hoffe, daß Flor...

Es klopfte. Tinchen klappte das Tagebuch zu und stopfte es schnell ins Schubfach. »Pronto!«

Durch den Türspalt schob sich ein Plüschkamel. Am Halsband trug es eine Rose, die mit Sicherheit aus dem großen Strauß in der Halle stammte, und einen Zettel. »Ich bin auch eins! Flox.« las Tinchen. Und was für ein großes! dachte sie, während sie das Kamel aufhob und aufs Bett setzte. Ein Mann hat im Durchschnitt dreißig Kilogramm Muskulatur und etwa anderthalb Kilo Hirnsubstanz. Das erklärt manches!

»Da draußen steht ein Hippietyp mit Handgepäck auf dem Rücken und behauptet, er will zu dir!«

»Gib ihm zweihundert Lire und schick ihn zum Campingplatz!« Tinchen schob Lilo die Spesenkasse über den Schreibtisch. »Die Jungs müssen uns mit dem deutschen Konsulat verwechseln. Ich weiß schon gar nicht mehr, wie ich die ganzen Almosen verbuchen soll.«

Lilo öffnete die Tür und winkte. Ein schlaksiger Jüngling mit Zweitagebart sowie einer soliden Dreckschicht auf Gesicht und Händen schlappte langsam näher. Vorsichtig linste er um die Ecke. »Morgen, Tinchen.«

»Karsten!!! Wo um alles in der Welt kommst *du* denn her? Ich denke, du angelst Lachse? Ist zu Hause etwas passiert?«

»Nö, da ist alles in Ordnung.« Er druckste herum, zog mit dem Fuß einen Stuhl heran, setzte sich, klimperte mit den Büroklammern, räusperte sich und sah schließlich treuherzig zu seiner Schwester auf.

»Weißte, Tine, das mit Schweden ist in die Hose... wollte sagen, ist schiefgegangen. Der Bernd hat vorige Woche seinen Wagen an eine Straßenbahnhaltestelle gebrettert, und für die Reparatur ist sein ganzes Reisegeld draufgegangen. Die Haltestelle muß er auch noch bezahlen. Nun ist es mit unserer Fahrt natürlich Essig gewesen.« Er zögerte einen Augenblick. »Außerdem glaube ich nicht, daß Papa mir überhaupt noch einen Urlaub bewilligt hätte.«

»Verstehe ich nicht. Wie bist du denn hier runtergekommen?«

»Per Anhalter.«

»Und das hat Paps erlaubt?« Langsam hatte sich Tinchen von ihrer Überraschung erholt. »Irgend etwas stimmt doch da nicht!«

»Die Eltern wissen ja gar nicht, daß ich hier bin!« So, jetzt war es endlich heraus! Karsten atmete auf. Den Rest würde er seiner Schwester erst allmählich beichten, alles auf einmal wäre wohl doch zuviel.

Die griff schon nach dem Telefon, aber Karsten schüttelte den Kopf. »Noch nicht anrufen. Das dicke Ende kommt ja erst! Ich wollte dir die ganze Sache doch in Raten verklickern!«

Sie ließ den Hörer wieder los. »Raus mit der Sprache! Was hast du angestellt?«

»Ich gar nichts! Du mußt das andersherum sehen! Man hat mit mir was angestellt! Man hat mich nämlich nicht versetzt!«

Sie holte tief Luft. »Ein Jahr vor dem Abi! Das ist ja eine reizende Überraschung!«

»Für mich nicht«, sagte Karsten, »aber für die Eltern wird es eine werden.«

»Das wissen sie *auch* noch nicht?«

»Woher denn? Ich bin doch gleich am letzten Schultag abgehauen! Hab' bloß meine Sachen zusammengesucht und bin getürmt. Zum Glück war Mutti bei Oma, einkochen helfen, und da habe ich bloß einen Zettel auf mein Bett gelegt und bin stiftengegangen.«

»Daß Mutsch jetzt halb verrückt ist vor Angst, hast du wohl nicht einkalkuliert?«

»Ich hab' doch geschrieben, daß ich trampen gehe«, verteidigte er sich, »und hinterher sind sie bestimmt froh, wenn ich heil zurückkomme. Bis dahin hat sich dann auch die Aufregung wegen der miesen Zensuren gelegt. Man muß ja nicht freiwillig in das Zentrum eines Hurrikans laufen, die Nachwirkungen sind auch noch schlimm genug.«

»Karsten, du bist ein Idiot!«

Er nickte bestätigend. »Das hat mein Lateinpauker auch gesagt.« Dann etwas kleinlauter: »Rufste jetzt mal zu Hause an?

Ich gehe solange auf die Toilette, muß mich sowieso ein bißchen frisch machen.«

»Hiergeblieben!!« donnerte Tinchen.

Bisher hatte Lilo dem Dialog schweigend zugehört, aber nun ergriff sie Karstens Partei. »Dein Bruder hat recht. Am besten sagst du jetzt nur, daß er gesund und dreckig hier angekommen ist und heute abend selbst noch einmal anrufen wird. Dann ist es auch billiger!«

Sie nickte Karsten zu. »Komm mit, du Held! Die Toilette ist nebenan in der Bar. Hast du überhaupt schon etwas gegessen?«

»Ja, zwei Pfirsiche und 'ne Cola, aber das war heute früh um sechs.«

Als Tinchen nach zehn Minuten in die Bar kam, vertilgte ihr Bruder gerade das vierte Hörnchen.

»Am Buffet schließen sie schon Wetten ab, wie viele er noch schafft«, lachte Lilo und orderte das fünfte. »Seit dem Mittagessen gestern habe ich ja auch nichts Vernünftiges mehr in den Magen gekriegt, und dieses ostpreußische Mißgeschick hätte ich auch nicht gegessen, wenn ich nicht solchen Kohldampf gehabt hätte.«

»Was war denn das?«

»Ich glaube, es sollten Königsberger Klopse sein, aber die Tante auf dem Campingplatz in Como hatte vom Kochen noch weniger Ahnung als Tinchen.« Er spülte den letzten Bissen mit einem Schluck Capuccino hinunter. »Sag mal, haben die hier auch Pizza?«

»Wieviel Geld hast du eigentlich dabei?« wollte Tinchen wissen. »Bei deinem Appetit hast du in drei Tagen meine gesamten Ersparnisse verfressen!«

»Hast du mit Papa telefoniert?« Karsten hielt es für besser, die Geldfrage nicht näher zu erörtern, hauptsächlich deshalb, weil es nichts zu erörtern gab: Er besaß etwas mehr als 7000 Lire und den Fünfzigmarkschein, den ihm seine Großmutter zum Ankauf des roten Judogürtels geschenkt hatte. Na ja, der konnte warten.

»Ich habe im Geschäft angerufen und Papa vorbereitet. Jetzt kannst *du* dich vorbereiten! In einer halben Stunde ruft er zurück.«

»Dann reicht es ja noch für ein Hörnchen«, sagte Karsten erleichtert. Die Aussicht auf das väterliche Donnerwetter erschütterte ihn nicht mehr; tausend Kilometer Telefonkabel waren eine beruhigende Distanz.

Diesen Eindruck schien auch Herr Pabst zu haben. Er verbiß sich alle Vorwürfe, zeigte sogar Verständnis für seinen geflüchteten Sohn, bedauerte aber dessen Vertrauensmangel im Hinblick auf die schulische Katastrophe. »Wieso habe ich davon nie etwas erfahren?«

»Den blauen Brief hatte ich abgefangen, und seitdem ich achtzehn bin, kann ich die Klassenarbeiten selbst unterschreiben!« erwiderte sein Sprößling.

Darauf sagte Herr Pabst gar nichts mehr, bewilligte seinem Stammhalter zwei Wochen Ferien unter der schwesterlichen Obhut, sicherte die telegraphische Überweisung der mutmaßlichen Spesen zu sowie eine intensive Nachhilfe in Mathe und Latein, sobald der Nestflüchter wieder zu Hause sei.

»Den letzten Satz hätte er sich wirklich sparen können«, maulte Karsten, nachdem er das Telefongespräch so knapp wie möglich wiedergegeben hatte. »Jetzt macht der ganze Urlaub keinen Spaß mehr.«

»Von mir aus könntest du heute schon zurückfahren«, sagte seine Schwester ungnädig. »Oder willst du mir mal verraten, wo ich dich unterbringen soll? Wir haben nämlich Hauptsaison und in ganz Verenzi kein freies Zimmer.«

»Brauch' ich ja gar nicht«, versicherte Karsten sofort. »Ich habe einen Schlafsack mit und knacke bei dir auf dem Fußboden.«

»Hemmungen hast du wohl gar nicht?«

»Ich denke nur rationell! Ein Zimmer kostet normalerweise einen Haufen Geld. Da du mietfrei wohnst, kann man das doch sparen und lieber anders verwenden. Ich habe auch gar nicht viel zum Anziehen mit« – er zeigte auf eine Art Seesack, der mit einem komplizierten Röhrensystem verbunden war und mit einem herkömmlichen Rucksack herzlich wenig Ähnlichkeit hatte –, »und wenn ich dich nicht blamieren will, muß ich mir noch ein paar Sachen kaufen.«

»Aber nicht auf Kosten meines ungestörten Privatlebens!« protestierte Tinchen. »Jetzt komm erst mal mit ins Hotel. Vielleicht weiß Fritz noch eine andere Möglichkeit.«

Nachdem Tinchen ihren Bruder vorgestellt und die Vorgeschichte seines plötzlichen Auftauchens erzählt hatte, betrachtete Schumann den Zuwachs gründlich von Kopf bis Fuß. »Wenn der gewaschen ist, möchte ich ihm eine gewisse Familienähnlichkeit nicht absprechen. Stellen Sie ihn erst mal unter die Dusche, Tina, er ruiniert das Renommee meines Hauses!« Karsten bekam Tinchens Zimmerschlüssel ausgehändigt und trabte ab. Schumann kratzte sich am Kopf. »Ein Zimmer habe ich beim besten Willen nicht mehr, und daß der Bengel bei Ihnen wohnt, halte ich für unklug. Sie wissen doch, wie die Leute sind! Und wenn er zehnmal Ihr Bruder ist – getratscht wird trotzdem! Wollen Sie nicht mal mit Herrn Bender reden? Ich könnte eine Notliege in sein Zimmer stellen lassen, groß genug ist es ja.«

Unter normalen Umständen hätte Tinchen sofort nach diesem Strohhalm gegriffen, aber die Umstände waren eben alles andere als normal. Florians Versöhnungsgeschenk hatte sie zwar angenommen, und sie bemühte sich auch um einen unverbindlichen Umgangston, aber das alte kameradschaftliche Verhältnis war noch längst nicht wiederhergestellt. Auf keinen Fall wollte sie sich Florian gegenüber verpflichten, was unweigerlich der Fall wäre, wenn er mit dem armen Obdachlosen Zimmer und Bett teilte.

»Vielleicht fällt mir noch etwas anderes ein«, tröstete sie sich, obwohl sie ganz genau wußte, daß ihr bestimmt nichts einfallen würde.

Auf der Suche nach dem richtigen Zimmer war Karsten zunächst in die entgegengesetzte Richtung gelaufen und im Halbdunkel auf einen Hund getreten, der an solche Behandlung nicht gewöhnt war und sein Mißfallen laut und deutlich kundtat. Sofort öffnete sich eine Tür, und es erschien Florian, bewaffnet mit Scheuerlappen sowie einer Flasche Superblitz, dem Universalreinigungsmittel für Polster und Teppiche, vorgestern erst im deutschen Supermarkt gekauft und heute schon halbleer. Fluchend ging er in die Knie, bereit, die Spuren von Bommels Freßlust zu beseitigen. Er hatte einsehen müssen, daß sich Francas Tierliebe auf Gassigehen und gelegentliche Leckerbissen beschränkte und sie nicht gewillt war, auch noch die Folgen dieser nahrhaften Zuwendung zu entfernen.

Die Überraschung war beiderseitig! Während Karsten freudestrahlend auf Florian zuging, zeigte dessen Gesicht blankes Entsetzen. »Jetzt bist du mitten reingetreten!«

»Wo rein?«

»Frag nicht so lange, zieh deine Treter aus und gib sie her!« Fünf Minuten später weichten die Turnschuhe im Waschbecken und Karsten in der Badewanne. Erstaunlich schnell hatte Florian die Zusammenhänge und die sich daraus ergebenden Schwierigkeiten erfaßt, und noch schneller hatte er die Möglichkeit gesehen, sich bei Tinchen einen Stein ins Brett zu setzen.

»Bei deiner Schwester darfst du nicht wohnen, das ist aus moralischen Gründen nicht drin. Aber wenn es dir nichts ausmacht, kannst du bei mir bleiben. Im Wagen habe ich einen Schlafsack, den können wir ...«

»Hab' selber 'ne Penntüte mit!« winkte Karsten ab, »aber Ihre könnte ich drunterlegen, damit es nicht so hart ist.«

Als Karsten krebsrot und bis auf einen schwärzlichen Rand in der Halsgegend auch gründlich gesäubert aus der Wanne stieg, war er davon überzeugt, in Florian einen wahrhaften Freund gefunden zu haben. Der hatte ihm sofort das Du angeboten und ihn aufgefordert, sich aus seinem Kleiderschrank zu bedienen. Dann hatte er ihm eine Handvoll Lirescheine in die Hand gedrückt, »damit du deine Schwester nicht für jede Zigarettenpackung anpumpen mußt, solange das Geld von deinem Vater noch nicht da ist«.

Daß er in Zukunft den Liebeswerber spielen und Florians Hoheslied singen sollte, ahnte er allerdings nicht. Er hatte sich lediglich gewundert, daß Florian auf seine gezielten Fragen so ausweichend geantwortet hatte. Eigentlich ging ihn die ganze Geschichte ja auch gar nichts an, nur konnte er sich keinen besseren Schwager vorstellen als diesen sympathischen und so überaus hilfsbereiten Florian Bender. »Ich verstehe nicht, weshalb du bei Tinchen noch nicht gelandet bist. Die ist doch sonst nicht so dämlich! Oder bist du nur zu schüchtern?«

»Wenn ich das nicht wäre, dann wärst du wahrscheinlich schon Onkel!« knurrte Florian grimmig, während er die Schuhe zum Trocknen über die Bettpfosten stülpte.

Die ersten Auswirkungen des Familienzuwachses bekam Tinchen bereits im Speisesaal zu spüren. Ihr kleiner Tisch, hinter einem Pfeiler verborgen und durch ein dickblättriges Grüngewächs zusätzlich getarnt, reichte für drei Personen nicht mehr aus; jetzt fand sie sich gleich neben der Tür wieder, wo jeder Schmetterling sie freudig begrüßte und bei dieser Gelegenheit Wünsche und Beschwerden ablud. Letztere waren in der Überzahl.

»Fräulein Tina, ich kriege jeden Tag einen anderen Liegestuhl. Der von heute ist ganz durchgesessen. Können Sie nicht mal dafür sorgen, daß ...«

»Ich habe gestern ein Tuch gekauft, aber nun paßt es in der Farbe nicht zu meinem Kleid. Was heißt ›umtauschen‹ auf italienisch?«

»Im Nebenzimmer bellt dauernd ein Hund! Muß ich mir das gefallen lassen? Einen Socken hat er mir auch schon geklaut.«

»Wenn das so weitergeht, esse ich künftig in der Küche«, schimpfte sie. »Vorhin hat mich einer gefragt, warum wir nicht mal einen bunten Abend veranstalten mit Gesangswettbewerb oder einem Tanzturnier. Dann gäbe es wenigstens mal richtig was zum Lachen, ich bin doch hier nicht als Kindergartentante angestellt, der dauernd irgendwelche Spiele einfallen müssen. Jetzt habe ich erst die Esel-Safari angeleiert, und nun soll ich schon wieder ...«

»Wo hast du denn die anderen Esel alle her, Tine?«

»Einer fehlt uns noch!« giftete sie zurück. Sie war gereizt und nicht in der Stimmung, sich auch noch von ihrem Bruder anfrotzeln zu lassen.

Zwar war der Sonderzug heute ausnahmsweise einmal pünktlich gewesen, aber dafür hatte es Ärger gegeben mit zwei reiferen Damen, die gemeinsam ein Doppelzimmer gebucht und sich während der Reise so gründlich zerstritten hatten, daß sie bereits im Bus die entferntesten Plätze belegt und angekündigt hatten, für den Rest ihres Lebens kein einziges Wort mehr miteinander zu wechseln.

»Das brauchen Sie ja auch nicht, wenn Sie nicht wollen«, hatte Tinchen gesagt und krampfhaft nach einer Lösung gesucht, »tun Sie doch einfach so, als ob die andere nicht da sei.«

»Das ist unmöglich«, hatte die eine Doppelzimmerhälfte geantwortet, »Luise schnarcht.«

»Ich schnarche überhaupt nicht«, hatte die andere Hälfte protestiert, »und selbst wenn, dann nur nachts, während Käte vierundzwanzig Stunden lang hustet. Kaum achthundert Mark Rente, aber dreißig Zigaretten pro Tag! Als ihre Mutter noch lebte, hat sie sogar ...«

»Wären Sie eventuell bereit, in den Nachbarort zu gehen?« Tinchen wußte, daß bei Lilo nicht alle Zimmer belegt waren. »San Giorgio ist nur fünf Kilometer entfernt.«

»Je weiter, desto besser!« hatte Luise behauptet und sogar auf eigene Kosten ein Taxi genommen, »damit ich keine Minute länger als notwendig mit dieser ... dieser Lebedame dieselbe Luft atmen muß!«

Die Lebedame hatte nur ›Phhh‹ gemacht und während der Fahrt den ganzen Bus mit Einzelheiten aus dem ohnehin nicht sehr ergiebigen Liebesleben ihrer ehemaligen Busenfreundin Luise unterhalten.

Tinchen hatte jedenfalls wieder einmal restlos genug von Touristen im allgemeinen und weiblichen Schmetterlingen im besonderen. Und trotzdem würde sie morgen wieder einen ganzen Käfig voll nach Nizza transportieren müssen – zum elften Mal!

13

Der Bus tappte vorsichtig über die Bahngleise. Noch eine Kurve, dann hatten sie Verenzi endlich hinter sich gelassen und damit hoffentlich auch das Gedränge an den Fenstern, verbunden mit Ausrufen wie: »Da hinten das rote Dach gehört zu meinem Hotel«, oder: »Zwanzig Meter Luftlinie links von der großen Palme kann man genau in mein Zimmer sehen. Das Gelbe am Fenster ist mein Badeanzug!«

Mit dem Rücken zur Tür stand Tinchen und überblickte ihre Herde. Bunte Mischung diesmal, überwiegend Jüngere, nur vier Ehepaare dabei, eins davon mit einem zweipfündigen Reiseführer bewaffnet, da würde es Schwierigkeiten geben. Ganz hinten eine kichernde Clique, bei der bereits eine Zweiliterflasche kreiste, und vorne in der ersten Bank ein strahlend gelaunter Florian. Neben ihm saß Karsten und hatte Zahnschmerzen. Krampfhaft hielt er ein Tuch an seine leicht geschwollene Wange gepreßt.

»Du hättest nicht mitfahren sollen! Tut's sehr weh?«

Florian grinste. »Sein verletzter Stolz tut ihm weh, nicht die Ohrfeige! Der Casanova hat sich nämlich heute früh an die kleine Italienerin herangemacht, die seit gestern im Nebenzimmer wohnt. Als Mann von Welt begrüßte er sie mit ›Pronto‹, weil er das von dir am Telefon gehört hatte, und kriegte prompt eine gescherbelt.«

»Ich weiß noch immer nicht, warum«, jammerte Karsten.

»Weil ›Pronto‹ nicht ›Hallo‹ heißt, sondern ›bereit‹, du Trottel!«

»Woher soll ich das denn wissen?«

»Italienisch gehört zu den romanischen Sprachen und hat ihren Ursprung im Lateinischen«, dozierte seine Schwester, »und nach acht Jahren Gymna ...«

»Halt die Klappe!« empfahl Karsten. Er wickelte sich noch

enger in seine Windjacke und schloß die Augen. Sollten sie ihn doch endlich in Ruhe lassen.

»Ist das nicht meine?« Florian prüfte mißtrauisch den hellgrauen Popelineärmel.

»Natürlich ist das deine! Du willst doch sicher nicht, daß dein weißer Pullover dreckig wird!«

»Könnt ihr nicht endlich mal den Mund halten!« zischte Tinchen leise, »gelegentlich möchte ich auch mal etwas sagen!«

Die Begrüßungsrede konnte sie inzwischen rückwärts, die üblichen Witzchen, zehnmal erprobt und immer wieder Heiterkeitserfolge, kamen ebenfalls an, und nach dem Hinweis, daß man in San Remo eine Kaffeepause einlegen werde, schaltete sie das Mikrofon wieder ab.

»Jetzt gucken sie noch zehn Minuten lang in die Gegend, dann fangen sie an zu essen, und danach schläft die Hälfte.«

»Fräulein, wissen Sie, wie der Berg da drüben heißt?« Der Herr mit dem Baedeker war aufgestanden und zeigte nach rechts. »Ich meine den da hinten mit dem Turm obendrauf.«

Tinchen suchte Hilfe bei Luigi, aber der zuckte nur mit den Schultern. »Das ist der Monte Gallo«, behauptete sie entschlossen, wobei sie den Fahrer entschuldigend anlächelte. Luigi grinste zurück. Er hätte sich nie träumen lassen, daß sein Familienname, der ganz prosaisch ›Hahn‹ lautete, einmal zu topographischen Ehren kommen würde.

»Wieviel mag so ein Berg wohl wiegen?«

Florian sah Tinchens entgeistertes Gesicht und wandte sich höflich nach rückwärts: »Meinen Sie mit Turm oder ohne?«

»Nun sei doch mal still, Karlheinz! Wir können die Angaben ja doch nicht auf ihre Richtigkeit prüfen!« Die Baedeker-Gattin zog ihren Mann wieder auf den Sitz zurück.

»Man wird ja wohl noch fragen dürfen«, knurrte der und vertiefte sich wieder in seinen Wälzer.

»Fünfunddreißig Mark pro Person, und du liest ein Buch! Warum bist du überhaupt mitgekommen?«

»Weil ich wissen will, ob auch alles stimmt, was hier drinsteht!«

Endlich San Remo. Zuerst drängten diejenigen aus dem Bus, die schon seit einiger Zeit unruhig auf ihren Sitzen herumgerutscht waren und nun eilig in die nächste Bar stürzten. Der Inhaber, an derartige Invasionen gewöhnt und bemüht, zur vermutlichen Ankunftszeit die Toilette freizuhalten, brühte deutschen Kaffee auf. Tinchen bekam ihren umsonst, dazu ein frisches Croissant und eine Packung Nazionali grün, die billigste Zigarettensorte und ungenießbar. Sogar Karsten lehnte sie ab.

Die Herde bestellte Kaffee und wollte wissen, wie es nun weitergehe. »Sie haben eine Stunde zur freien Verfügung«, verkündete Tinchen. »Ich empfehle Ihnen einen kleinen Bummel durch die Pigna, also die Altstadt, und vielleicht einen Blick in die orthodoxe Kirche. Allerdings möchte ich betonen, daß Sie dort keine Gelegenheit zum Schwimmen haben. Es ist daher unnötig, die Kirche in Strandkleidung zu betreten. Und seien Sie bitte pünktlich um zehn Uhr wieder am Bus!«

Florian hakte Tinchen unter und zog sie ins Freie. »Jetzt zeigst du mir, wo die ollen Kaiser und Könige immer ihr Zipperlein kuriert haben!« Und zum hinterhertrottenden Karsten: »Du störst! Hier hast du tausend Lire, geh so lange ins Kino!«

Violette Blütenkaskaden fielen von der Mauer bis fast auf den Weg, vermischten sich mit den raschelnden Gräsern und ließen Tinchen vergessen, daß ein paar hundert Meter weiter der Verkehr brodelte und eine Schar Touristen auf sie und den Weitertransport wartete. Schön war dieser Spaziergang gewesen, erst am Meer entlang und dann oben durch die halbverwilderten Gärten. Aprikosen hatte Florian geklaut und Petersilie, weil die in Deutschland immer so teuer ist. »Hier wächst das Zeug wie Unkraut, nicht zu fassen!« hatte er gesagt und sich ein paar Stengel ins Knopfloch gesteckt. Dann hatte er Tinchen geküßt und ihr Margeriten ins Haar geflochten. In einer davon hatte eine Spinne gesessen, und mit der Romantik war es wieder einmal vorbei gewesen. Spinnen an der Wand waren schon schlimm genug, krabbelnd im Halsausschnitt beinahe ein Grund zum Herzinfarkt! Schreiend war Tinchen aufgesprungen und hatte das Tier abgeschüttelt.

Jetzt stapfte sie verbissen schweigend den holprigen Weg entlang. Was war nur mit ihr los? Einen Augenblick lang hatte sie Florians Umarmung an jenen Nachmittag in Loano erinnert, und sie hatte sich gewünscht, daß nicht er, sondern Klaus Brandt ihr die Blumen ins Haar steckte, aber dann war ihr wieder die letzte Begegnung eingefallen, der korrekte Herr im grauen Flanell mit den untadeligen Manieren, und sie hatte ganz schnell die Augen aufgemacht. Prinzen gehörten eben in Märchen, und Märchen erlebt man nur einmal! Punktum, Ernestine!

Vor der Bar wimmelte die Herde durcheinander und vermischte sich mit einer Omnibusfracht reisender Amerikanerinnen. Tinchen kämpfte sich zu dem dösenden Luigi durch. »Drücken Sie mal auf die Hupe!«

Die gehorsamen Schafe versammelten sich. »Sind alle da?« Vergebens reckte sie den Hals, um ihre Mannschaft zu überblicken. Sie war einfach ein paar Zentimeter zu klein.

»Warum zählst du nicht die Beine und dividierst durch zwei?« schlug Karsten vor, aber Florian hatte bereits die Initiative ergriffen.

»Erst mal alles einsteigen! Dann kontrolliert jeder, ob sein Nebenmann da ist! Wenn keiner fehlt, können wir abfahren!«

Niemand fehlte, es war im Gegenteil einer zu viel an Bord.

»Das ist Jürgen!« stellte Karsten vor. »Der will nach Frankreich trampen. Da habe ich gesagt, daß er mit uns fahren kann, wir haben doch noch zwei Plätze frei.«

Um den neuen Passagier kümmerte sich niemand. Alle waren damit beschäftigt, die soeben erworbenen Souvenirs auszupacken und Preisvergleiche anzustellen. Herr Baedeker hatte eine Wanderkarte gekauft und suchte jetzt den Monte Gallo. Seine Gattin häkelte Grünes. Tinchen erläuterte die bevorstehenden Grenzformalitäten, gab den Wechselkurs bekannt und das Porto für Ansichtskarten nach Deutschland, merkte aber bald, daß kaum jemand zuhörte, und sparte sich den Rest. Erst jenseits der Grenze wurden die Insassen wieder munterer. Herr Baedeker knipste Felsen. Tinchen griff wieder zum Mikrofon und kündigte eine kurze Fotopause an. Man nähere sich einem bekannten Aussichtspunkt, von dem aus man einen herrlichen Blick über Monaco habe. Neue Filme wurden in die Kameras gelegt.

»Rechts sehen Sie die Grande Corniche, während es auf der linken Seite rund siebzig Meter in die Tiefe geht. Wer nicht runtergucken will, sollte die Augen schließen«, empfahl Tinchen, der schon auf einer gewöhnlichen Haushaltsleiter schwindlig wurde.

Hoffentlich ist dieser Viehtrieb bald zu Ende! Florian hatte sich in den Schatten einer Agave gesetzt und beobachtete Tinchen, die mit fremden Fotoapparaten hantierte und wunschgemäß Mama, Papa und Tochter Heidelinde vor der Skyline von Monte Carlo knipste oder Herrn und Frau Kruse, eine Palme stützend.

Dann war auch dieser Programmpunkt abgehakt, und die Herde trottete willig zurück zum Bus.

Nächste Station: Spielkasino. Viel Stuck und Plüsch, verstaubtes Relikt der einstigen mondänen Welt, müde herabhängende Palmwedel, ein goldstrotzender Portier, am Billettschalter eine verblühte Schönheit mit Schal und Strickjacke. Zwei Roulette-Tische waren besetzt, die anderen, mit weißen Tüchern abgedeckt, erinnerten an ein Leichenschauhaus. Florian wechselte zwanzig Mark in Chips und drückte sie Tinchen in die Hand.

»Setz du für mich! Bei so was habe ich niemals Glück. Wenn ich mir bei einer Tombola zehn Lose kaufe, gewinne ich höchstens einen Kugelschreiber oder zwei Eintrittskarten für ein Billardturnier, das schon vor vier Wochen stattgefunden hat.«

»Laßt mich doch mal ran!« bat Karsten. »Ich habe noch nie Roulette gespielt. Neulinge sollen doch immer Glück haben, und vom Gewinn lade ich euch zum Essen ein!« Siegessicher plazierte er die Chips auf Manque und Impair. Es kam die Achtundzwanzig, worauf er beschloß, auf das bekannte

Sprichwort zu vertrauen und es lieber noch einmal mit der kleinen Italienerin zu versuchen.

»Reisen bildet«, tröstete Tinchen. »Man lernt, wie schnell man sein Geld loswerden kann!«

»Habt ihr euch mal das Publikum angeguckt? Fast nur Frauen, und alle irgendwo zwischen fünfundsiebzig und scheintot. Verspielen die hier ihre Rente?«

»Das sind die Zeichen der Zeit, Karsten. Wenn heutzutage Großmütter am schnurrenden Rade sitzen, dann höchstwahrscheinlich im Spielkasino«, sagte Florian. »Können wir jetzt wieder gehen? Oder muß noch etwas besichtigt werden?«

»Aquarium, Botanischer Garten, Schloß mit Wachtparade...«

»Der Himmel bewahre mich vor diesem Kasperltheater! Diese Pseudosoldaten erinnern mich immer an den Nußknacker, der bei meiner Oma auf'm Vertiko stand.« Florian schüttelte den Kopf. »Mein Bildungshunger ist erst mal gestillt. Ich suche mir jetzt 'ne Bockwurstbude!«

Am liebsten wäre Tinchen mitgegangen, aber sie sah sich schon wieder umringt von ihrer Herde, die das Fürstenpaar sehen wollte und das Penthouse von Björn Borg, den Laden mit den Torerohüten, die Jacht von Tina Onassis und die Stelle am Strand, wo Hans Albers damals ›Das ist die Liebe der Matrosen‹ gesungen hatte.

Herr Baedeker hielt Tinchen zwei bizarr geformte Steine vor die Nase.

»Da hinten liegen noch viel mehr« – er deutete irgendwo in die Gegend –, »zum Teil tonnenschwere Brocken. Woher kommen die?«

»Sie sind vermutlich in früher Zeit von Gletschern mitgebracht worden.«

»Interessant. Und wo sind die Gletscher jetzt?«

»Unterwegs. Neue Steine holen!« knurrte Karsten halblaut. »Sag mal, Tinchen, stellen die immer so dusselige Fragen?«

»Noch dusseligere!«

Die Herde hatte sich in alle Windrichtungen zerstreut, bereit, es mit den Sehenswürdigkeiten aufzunehmen. Auch Karsten wollte sich verkrümeln. Unter dem Vorwand, mal etwas für seine Biologienote tun zu müssen, peilte er das Aquarium an. »Kommste mit, Tine?« fragte er anstandshalber.

»Nein, danke. Gebratene Fische sind mir lieber.«

Sie bummelte durch die Straßen in der Hoffnung, irgendwo auf Florian zu stoßen, sah aber nur Baedekers und flüchtete in den nächsten Laden. Es handelte sich um ein Spezialgeschäft für Umstandsmoden, das sie mangels für sie geeigneter Angebote schließlich mit einer Quietschente wieder verließ. Bommel würde sich bestimmt freuen. Sein Herrchen auch.

Um zwei Uhr startete der Bus zur letzten Etappe. Tramper Jürgen verabschiedete sich. Er hätte da ›so 'n paar Typen‹ kennengelernt, die auf dem Weg nach Paris seien. Das kenne er auch noch nicht und wolle mit. Nach Marseille könne er ja später immer noch gehen. Und schönen Dank noch fürs Mitnehmen.

Tinchen steckte ihm ihr Lunchpaket zu (kaltes Huhn und Pfirsiche!) und die grünen Nazionali. Karsten spendete ein Päckchen Kaugummi und Florian Hustenbonbons. Jürgen revanchierte sich mit einer zerknitterten Visitenkarte sowie der Einladung, ihn in Darmstadt zu besuchen. »Aber erst ab Mitte September, vorher bin ich doch nicht zu Hause.«

Müdigkeit machte sich breit. Man hatte, je nach Veranlagung, Kaffee und Kuchen oder Wein und Pizza zu sich genommen und verdaute. Fürstens hatte man leider nicht gesehen, aber man nahm sie in Form von handbemalten Porzellantellern Made in Hongkong oder wenigstens als Ansichtskarte im DIN-A5-Format mit in die monarchenlose Heimat.

Nizza. Palmenpromenade mit Großstadtverkehr, dahinter stuckverzierte Luxushotels – Kulisse von Simmel-Romanen und Fernsehfilmen, den Businsassen also bestens vertraut. Protest kam auf, als Luigi in das Straßengewirr der Altstadt tauchte. »Was sollen wir hier? Mietshäuser gibt es auch in Wanne-Eickel!«

Tinchen versicherte, daß man lediglich den Busparkplatz

aufsuche, und von dort sei man in fünf Minuten wieder am Meer. Rechts um die Ecke befinde sich der weltberühmte Blumenmarkt, genau gegenüber ein Restaurant mit deutscher Küche, ansonsten fahre man um siebzehn Uhr zurück, und nun viel Vergnügen!

»Und was machen wir, Tinchen?«

»Essen gehen!« Schon bei ihrem ersten Besuch in Nizza hatte sie ein kleines, typisch französisches Restaurant entdeckt, unscheinbar von außen, innen jedoch sehr stilvoll eingerichtet und von Touristen bisher übersehen. »Ich lade dich ein, Flox!« Und als sie seine abwehrende Handbewegung sah: »Das geht auf Spesen.«

»Hättest du das nicht früher sagen können? Jetzt habe ich mir schon in Monte Carlo zwei Tüten Pommes reingeschoben!«

Trotzdem ging er mit. Er wäre überall mitgegangen, sogar auf den Blumenmarkt, wenn Tinchen das gewollt hätte, obwohl er von Blumen nur soviel wußte, daß sie bei offiziellen Besuchen obligatorisch und vermutlich deshalb so unverschämt teuer waren. Dann gab es noch Blumen in Töpfen, aber die wurden immer nach einer Woche welk, was hauptsächlich daran lag, daß sie regelmäßig begossen werden mußten, und zwar mit Wasser. Da Florian diese Flüssigkeit nur zum Kaffeekochen und Zähneputzen verwendete, konnte er sich nicht vorstellen, daß es Lebewesen geben sollte, die so etwas trinken. Er hatte es schon mit Bier versucht und mit verdünntem Wodka, aber die Zimmerlinde hatte allergisch reagiert und kurzerhand ihren Geist aufgegeben. Seitdem bestanden Florians Zimmerpflanzen aus zwei Schnittlauchtöpfen, denen gar keine Zeit zum Welkwerden blieb, weil er sie immer schon vorher aberntete.

Den Blumenmarkt kannte Tinchen schon. Sie fand ihn langweilig und die Aussicht, dort mindestens die halbe Busbesatzung zu treffen, schlichtweg entsetzlich. Sie wollte ins Museum.

»Schon wieder Bildung!« stöhnte Florian. »Warum können

wir nicht hier sitzen bleiben, noch ein Glas Wein trinken und uns ganz einfach unterhalten?«

Sie hatten vorzüglich gegessen, zuerst gefüllte Auberginen, dann ein Kalbsbries und zum Schluß flambierte Kirschen, von denen Florian behauptet hatte, sie seien nicht mit Grand Marnier übergossen worden, wie es die Speisekarte versprochen hatte, sondern mit einem namenlosen Fusel. Auf diesem Gebiet könne er sich durchaus als Fachmann bezeichnen.

Der herbeizitierte Kellner hatte Florians Verdacht wortreich bestritten und war Sieger geblieben. Schon aus rhetorischen Gründen, denn Florian hatte seinerzeit nur Englisch und Latein gelernt. »Drei Sorten Menschen gibt es, mit denen jede Diskussion unmöglich ist«, hatte er schließlich festgestellt, »amerikanische Psychiater, englische Zollbeamte und französische Kellner.«

Nun tigerte er schimpfend hinter Tinchen her, deren Vorliebe für französische Malerei in krassem Gegensatz zu seinen schmerzenden Füßen stand. »Ich habe heute schon mein halbes Monatssoll an Laufarbeit geleistet. Kannst du dir den Rest nicht das nächstemal ansehen?«

Aber Tinchen wollte nicht. Sie hatte sich vorgenommen, die Chagalls zu besichtigen, und davon ließ sie sich nicht abbringen. Irgendwie mußte sie der Wärter mißverstanden haben, oder er war nicht geneigt gewesen, ihnen auch die Betrachtung der übrigen Schätze des Museums zu schenken, jedenfalls hatten sie sich schon an einer Reihe moderner Plastiken vorbeiführen lassen und die wortreichen Erklärungen des Mannes anhören müssen, die sie im einzelnen zwar nicht verstanden hatten, denen sie jedoch entnehmen konnten, daß dies alles sehr schön und kostbar sei.

»Ich verstehe nicht viel von modernen Skulpturen, aber ich weiß genau, was meine Frau Mühlbauer nie abstauben würde«, bemerkte Florian vor einem Gebilde, das große Ähnlichkeit mit einem Schweizer Käse hatte.

»Ich möchte gar nicht erst fragen, wie lange der Meister

daran herumgehämmert hat. Und was ist dabei herausgekommen? Nichts als Löcher!«

Die Chagalls fanden sie dann doch noch, aber Florian interessierte sich mehr für die Bank mitten im Saal, die ihm weitaus besser gefiel als alles, was an den Wänden hing.

»Was weißt du über Chagall?«

Er überlegte. »Ich glaube, das ist ein französischer Pole oder meinethalben auch ein polnischer Franzose, und er malt immer das, was ich träume, wenn ich besoffen bin!«

Tinchen zuckte zusammen. »Ist das alles?«

»Was willst du denn von mir hören, zum Donnerwetter? Katalog-Weisheiten? Wiedergekäute Kunstkritiken? Wer vor solchen Bildern steht und Tiefsinniges vor sich hinschwafelt, benutzt doch selten eigene Gedanken. Die meisten denken per Anhalter. Außerdem kommt es nicht darauf an, was man weiß, sondern auf das, was einem im richtigen Moment einfällt. Mir fällt aber im Augenblick nichts anderes ein als die Tatsache, daß ich ein Loch im Strumpf und darunter eine Blase habe. Laß uns endlich gehen, damit ich mich irgendwo hinsetzen kann.«

»Wir müssen sowieso zurück! In einer Viertelstunde geht der Bus.«

Mit einem Blick auf den jämmerlich humpelnden Florian spendierte sie ein Taxi. Dankbar ließ er sich in die Polster sinken. »Merci, Madame.«

»Mademoiselle«, korrigierte Tinchen, »oder solltest du nicht einmal den Unterschied kennen zwischen Madame und Mademoiselle?«

»Doch«, grinste Florian, »Monsieur!«

Auf dem Parkplatz war die Herde fast vollzählig versammelt. Der Bus war verschlossen. Luigi nirgends zu sehen. Baedekers fehlten noch und Karsten, der sich gleich nach ihrer Ankunft verdrückt hatte. Auch die weinselige Vierergruppe von der Rückbank war noch nicht aufgetaucht. Also würden sie wieder einmal nicht pünktlich wegkommen.

Dafür kam Luigi. Er hatte die vergangenen Stunden im

Kreise von Leidensgenossen verbracht, Unmengen von Mineralwasser getrunken und dabei ausgerechnet, um wieviel tausend Lire ihn Pasquale, der krumme Hund, heute wohl wieder betrügen würde. Dienstags und donnerstags, wenn Luigi mit dem Touristenbus unterwegs war, übernahm Pasquale sein Taxi, aber nach seiner Ansicht konnte er weder richtig fahren noch richtig rechnen. Dafür war er billig, und das hatte letztlich den Ausschlag gegeben.

Kaum hatte Florian den Bus betreten, als er auch schon wieder kehrtmachte. »Muß ich da wirklich rein? Ich habe keine Lust, noch vor meiner Beerdigung in einem rollenden Krematorium herumzufahren!«

Für Tinchen war der Anblick von mindestens fünfzig Nelkensträußen, über sämtliche Ablageplätze verteilt, nichts Ungewöhnliches mehr. Sie konnte hundertmal erklären, daß die Blumen auf dem Wochenmarkt in Verenzi um einiges billiger waren als hier; niemand glaubte das, und so bogen sich jedesmal die Gepäcknetze unter der Last von langstieligen Nelken, die später im Hotelzimmer um drei Viertel gekürzt in Zahnputzbechern landeten. Betäubender Duft zog durch den Wagen und würde sich erst nach einigen Kilometern etwas verflüchtigen, wenn Luigi ungeachtet des allgemeinen Protests die Ventilatoren einschaltete.

Frau Baedeker schnaufte über den Platz. »Ist mein Mann schon da? Nein? Dann müssen wir ihn suchen!«

Es stellte sich heraus, daß der Gatte vor dem vierten Souvenirladen kapituliert und sich allein auf den Rückweg gemacht hatte. »Weit kann er nicht sein, ich bin ja auch bloß um zwei Ecken gegangen und stand plötzlich hier.«

Die Herde schwärmte aus und kam kurz darauf im Triumphzug zurück. Vorneweg Karsten, der drei Weinflaschen schleppte, dahinter im Zickzackkurs ein selig vor sich hinbrabbelnder Herr Baedeker, dann der Troß.

»Man kann – hicks – nicht immer nur Gero... Georgra... also nicht immer – hicks – Erdkunde studie... studieren, man m-muß auch mal prak-praktische Studien b-betreiben: Ich b-bin mit den – hicks – W-weinproben noch gar nicht f-fertig. Die anderen habe ich m-mitgebracht. W-willst du auch – hicks – m-mal kosten, H-Helene?«

Die war zu einem mißbilligenden Fragezeichen erstarrt: »Karlheinz!!!«

Karlheinz hörte nicht. Er überwachte das Verstauen seiner hochprozentigen Mitbringsel und sank befriedigt auf seinen Sitz. »Das w-war mal ein schö-schöner Ausf-flug!«

Endlich trudelte auch das Rückbank-Quartett ein. Es hatte den Nachmittag am Strand verbracht und knirschte, nach allen Seiten Entschuldigungen murmelnd, durch den Bus. Der Duft von Nelken mischte sich mit dem Geruch von Sonnenöl und Haute Sauternes.

»Mußte jetzt wieder quasseln?«

Tinchen mußte nicht. Sie ließ sich vielmehr von Karsten erzählen, wie er bei seinem ersten Versuch der deutsch-französischen Kommunikation gescheitert war.

»Ich bin da hinter so 'ner tollen Blondine hergestapft, erstklassige Figur, ganz enge Jeans, und als ich sie gerade ankeilen wollte, habe ich erst gemerkt, daß das 'n Kerl war. Vorher waren mir die hohen Absätze an den Stiefeln gar nicht aufgefallen!« In seinem Seufzer lag die ganze Enttäuschung. »Heutzutage kann man die Geschlechter wirklich bloß noch im Kinderwagen unterscheiden!«

»Wer dich von hinten sieht, könnte auch auf falsche Gedanken kommen«, bemerkte Florian, »du solltest endlich mal zum Friseur gehen!«

»Kommt gar nicht in Frage!«

»Denk nicht so sehr an die Haare, die du verlierst, freu dich lieber, daß du mehr Gesicht bekommst!«

»Im Gegensatz zu dir hätte ich wenigstens eins zum Vorzeigen!«

»Wie lange noch? Jugend und Schönheit sind vergänglich.«

»Stimmt, aber Häßlichkeit vergeht nie!«

Amüsiert hatte Tinchen dem Schlagabtausch zugehört und gleichzeitig überlegt, wie wohl Klaus ihren Bruder behandeln würde. Sicher ein bißchen von oben herab mit väterlich-wohlwollender Überheblichkeit, immer bemüht, Haltung zu wahren. Auf keinen Fall würde er Karsten an das Steuer seines Wagens setzen und ihn sechs Runden um den Golfplatz drehen lassen, wie Florian es getan hatte. Er würde auch keine Aprikosen von fremden Bäumen pflücken und Blumen mit Spinnen drin verschenken. Statt dessen war er mit Tante Josi nach Mailand gefahren – Schmuck einkaufen!

Es war schon fast dunkel, als der Bus wieder auf der Piazza von Verenzi hielt. Schweigsam war es während der letzten beiden Stunden gewesen, fast alle hatten geschlafen, Herr Baedeker mit einer Flasche im Arm und Frau Baedeker mit einer Porzellanvase – Bonjour de Nice.

Tinchen verabschiedete ihre Herde, nahm Dankesworte in Empfang und Trinkgelder, an die sie sich noch immer nicht gewöhnt hatte, und die jedesmal wie Feuer in ihrer Hand brannten, murmelte Unverbindliches und atmete auf, als der letzte endlich den Bus verlassen hatte. Die gesammelten Scheine reichte sie an Luigi weiter, der sie unbesehen einsteckte. »Grazie. Heute mal alles gutt gegangen. Nix Person vergessen, nix Kontrolle an Grenze, und Auspuff hat auch gehalten! Habe ich angebunden heute früh noch schnell mit Draht! Buona sera, Signorita.«

In der Halle des Lido wartete Brandt. Er hatte bereits sämtliche Illustrierte durchgeblättert, die Tageszeitungen der vergangenen Woche und La Cuccina Romagna, obwohl er sich im allgemeinen für Kochrezepte nicht interessierte, aber diese Lektüre war immer noch besser, als den neugierigen Blicken standzuhalten, mit denen ihn die Prozession hungriger Gäste auf dem Weg zum Speisesaal durchlöcherte. Alle paar Minuten sah er auf die Uhr. Diese Frankreich-Touren dehnten sich auch von Mal zu Mal länger aus, und wahrscheinlich würde Tina wieder viel zu müde sein, um mit ihm noch irgendwohin zu gehen. In letzter Zeit war sie überhaupt etwas zurückhaltend geworden, gar nicht mehr das entzückend naive Aschenbrödel, das weinend auf der Klippe gesessen und zum erstenmal Langusten gegessen hatte. Übrigens recht geschickt, wie er festgestellt hatte, also kam sie doch aus einem guten Stall. Aber das hatte ihm ja schon Tante Josi bestätigt, gleich nach der Teestunde. Ein Edelstein sei Tina, hatte sie gesagt, vielleicht noch ein bißchen ungeschliffen, aber das würde sich bestimmt verlieren. Jedenfalls habe sie gegen die Wahl ihres Neffen nichts einzuwenden, zumal es an der Zeit sei, daß er endlich heirate. Schließlich sei er beinahe schon Doktor, und in leitender Position brauche er nun mal eine Frau, das sei so üblich. Schon aus gesellschaftlichen Gründen. Seine Schwester Tanja habe das auch gesagt, und die müsse es ja wissen. Nicht umsonst habe ihr Mann innerhalb von fünf Jahren diese Karriere gemacht. Tanja habe wesentlich dazu beigetragen und ihre repräsentativen Pflichten untadelig erfüllt. Aber Tanja war langweilig, Tina nicht. Und das hatte bei Brandt den Ausschlag gegeben. Beinahe wäre er ja auf diese attraktive und selbstsichere Lilo hereingefallen, aber dann hatte sie ihm erzählt, daß sie schon einmal verheiratet gewesen war, und eine geschiedene Frau hätte Tante Josi niemals akzeptiert. In dieser Hinsicht hatte die italienische Mentalität auf sie abgefärbt. Mit einer Geschiedenen amüsierte man sich höchstens eine Zeitlang, aber so etwas heiratete man nicht!

Als Tinchen endlich auf der Bildfläche erschien, war Brandt gerade bei der Überlegung angekommen, daß man es bei zwei Kindern belassen sollte, die tunlichst in einem Abstand von höchstens drei Jahren geboren werden müßten, denn ein noch größerer Altersunterschied würde sich bestimmt nachteilig auswirken. Seine Schwester war fünf Jahre älter als er und ihr Verhältnis auch heute noch alles andere als innig.

Er ignorierte die beiden traurigen Gestalten neben Tina und überreichte ihr mit strahlendem Lächeln den Rosenstrauß. Absichtlich hatte er blaßrosa Blüten gewählt, rote wären zu eindeutig gewesen.

»Du bist schon zurück?« Achtlos griff Tinchen nach den Blumen, während Brandt etwas irritiert die beiden Männer musterte, die so gar keine Anstalten machten, endlich zu verschwinden.

»Willste uns nicht mal bekannt machen?« forderte Karsten.

»Ach so, ja, natürlich. Das ist mein Bruder Karsten, und das ist sein Freund Florian Bender. Herr Brandt aus Hannover.«

»Sehr erfreut«, murmelte Brandt und war gar nicht erfreut. »Ich dachte... ich wußte nicht... Sind Sie hier auf Urlaub?«

»Ja, noch vierzehn Tage«, sagte Karsten.

»Höchstens noch eine Woche«, verbesserte Florian und wandte sich zum Fahrstuhl. »Komm mit, Knabe, merkst du nicht, daß wir stören?«

»Nö, wieso denn?«

Unschlüssig wanderte Tinchens Blick zwischen den beiden Kontrahenten hin und her. Vor ihr der wie aus dem Ei gepellte Brandt, hinten am Lift ein zerknautschter Florian mit Ziehharmonikahosen und verwelkter Petersilie im Knopfloch.

»Sei nicht böse, Klaus, aber ich bin hundemüde. Die Fahrt und die Hitze... Können wir uns nicht morgen sehen?«

»Aber natürlich, Tina. An sich bin ich auch nur vorbeigekommen, weil ich in Verenzi etwas zu erledigen hatte und dir bei dieser Gelegenheit mein Mitbringsel geben wollte.« Er zog ein Päckchen aus der Tasche. »Nur eine Kleinigkeit. Du sollst wenigstens wissen, daß ich an dich gedacht und nichts vergessen habe.«

»Aber...«

»Ciao, Tina, schlaf gut! Ich rufe dich morgen an.« Schon war er verschwunden.

Wegen dieses Florian Bender ließ er sich keine grauen Haare wachsen. Der war nun wirklich kein Konkurrent für ihn!

Ursprünglich hatte Tinchen vorgehabt, das Geschenk ungeöffnet zurückzugeben, aber dann siegte doch die Neugierde. Sie entfernte das Seidenpapier und öffnete das schmale Etui. Vor ihr lag eine Korallenkette.

»Die nehme ich auf keinen Fall an!« sagte sie laut zu ihrem

Spiegelbild. »Von Männern lasse ich mir keinen Schmuck schenken, selbst dann nicht, wenn sie ihn mit Rabatt kriegen!« Dabei fiel ihr Blick auf die Autoschlüssel, an denen der goldene Anhänger baumelte. Der war ja auch ganz etwas anderes! Man konnte ihn nicht um den Hals hängen, also war er kein Schmuckstück. In weitestem Sinn konnte man ihn als technisches Zubehörteil einstufen. Außerdem hatte sie Florian heute zum Essen eingeladen, das Taxi bezahlt, und die Omnibusfahrt hatte er auch umsonst gehabt. Also waren sie quitt.

Sie stellte sich unter die Dusche und kroch sofort ins Bett. Keinen Menschen wollte sie heute mehr sehen! Müde war sie und ein bißchen unglücklich, obwohl es doch eigentlich gar keinen Grund gab. Zwei Männer bemühten sich um sie, und sie brauchte nur zu wählen. Weshalb fiel ihr das nur so schwer? Und warum mußte sie überhaupt? Schließlich konnte sie doch mit beiden befreundet sein. Lilo zog ja auch jeden dritten Tag mit einem anderen herum und war nicht die Spur unglücklich.

Schlaf endlich, Tine, morgen sieht alles anders aus!

Aber sie konnte nicht schlafen. Sie hörte Franca kichern und Herrn Überall, ihren Zimmernachbarn, der schnarchend einen halben Pinienwald abholzte. Sie hörte die Kirchturmuhr Mitternacht schlagen und das Moped von Raffaelo, dem Barkeeper, der nach Hause fuhr. Sie hörte leise Schritte über den Flur tappen und vor ihrer Tür anhalten. Es klopfte.

»Tinchen?« klang es leise und sehr zärtlich.

»Ich – ich schlafe schon!«

»Schade. Bommel wollte dir noch gute Nacht sagen.«

Sie krabbelte aus dem Bett und drehte den Schlüssel herum. Vorsichtig ging die Tür auf. Bommel wehrte sich energisch gegen die zugehaltene Schnauze und zappelte wie ein Verrückter, bis Florian ihn auf den Boden setzte. »Ich hatte Angst, der kläfft das ganze Haus zusammen.«

»Warum hast du ihn überhaupt mitgebracht?«

»Als Alibi. Es könnte ja sein, daß Karsten doch mal mitten in der Nacht wach wird!«

14

Florian las BILD. Zu seinem Kummer ließ sich das Düsseldorfer Tageblatt in keinem Laden auftreiben, wofür selbstverständlich die mangelnde Flexibilität der Vertriebsabteilung verantwortlich zu machen war. Sie mußte doch wissen, daß zu den Grundbedürfnissen eines deutschen Touristen neben Sonne und Sahnetorte die Zeitung gehört, die aufzutreiben ihm kein Weg zu weit ist. Am Strand hatten sich schon Fahrgemeinschaften gebildet, weil es in Loano eine größere Auswahl an Boulevardblättern gab als in Verenzi. Aber das Tageblatt hatte Florian auch dort nirgends entdeckt, und er hatte beschlossen, mal ein ernstes Wort mit dem Sperling zu reden. Schließlich mußte der in erster Linie daran interessiert sein, daß seine Leitartikel auch während der Urlaubssaison gelesen und nicht nur zum Einwickeln von Salatköpfen verwendet wurden.

»Nackte Frau stand zitternd vor der Haustür«, las Florian laut.

»Vor Kälte oder vor Angst?« fragte Tinchen.

»So was Dämliches! Warum ist sie nicht zur Nachbarin gegangen statt zu warten, bis ein Reporter sie entdeckt?«

Tinchen rollte sich vom Rücken auf den Bauch und blinzelte ihren Bruder an. »Du bist ein Idiot!«

Da sie diese Feststellung mindestens dreimal pro Tag traf und mindestens zweimal damit recht hatte, überhörte Karsten diese Beleidigung und widmete sich weiter dem aussichtslosen Versuch, Bommel die verordneten Tabletten einzutrichtern. Der Tierarzt hatte Würmer diagnostiziert und kleine blaue Pillen verschrieben. »Schnauze auf, Tabletten möglichst tief in den Rachen stecken, und dann Schnauze zuhalten, bis der Hund geschluckt hat!« hatten die Anweisungen des Arztes gelautet.

»Wer weiß, ob du das überhaupt richtig verstanden hast.« Schon zum viertenmal klaubte Karsten die Pillen aus dem Sand und spülte sie unter der Süßwasserdusche ab. »Bommel spuckt das Zeug immer wieder aus.«

»Laß mich mal!« Zärtlich nahm Tinchen das Tier auf den Arm, öffnete ihm vorsichtig die Schnauze und schob die Tabletten hinein. Dann drückte sie die Schnauze wieder zu. Bommel schluckte gehorsam, sah Tinchen fest in die Augen, die ließ los, und Bommel spie die Tabletten auf den Bademantel. Nach seiner Ansicht war das ein ziemlich blödes Spiel, aber den Großen schien es Spaß zu machen. Wütend warf Tinchen die Pillen in den Sand. »Soll er doch seine Würmer behalten!«

Bommel sah sein Frauchen verachtungsvoll an, sprang von ihrem Arm, schlenderte gemächlich zu den Tabletten und fraß sie auf. »Das nächstemal kriegt er sie als Leckerbissen. Statt Hundekuchen!«

Die Sonne knallte vom wolkenlos blauen Himmel, verteilte gleichmäßig Wärme und Faulheit und wirkte besänftigend auf alle Schmetterlinge, die schon seit Tagen keinen Grund zu Beschwerden gefunden und ihre Reiseleiterin weitgehend in Ruhe gelassen hatten. Endlich konnte auch sie nachmittags an den Strand gehen, sich braun brennen lassen und ...

»Tine, hier steht, daß in der nächsten Woche die Eisenbahner streiken!«

»Laß sie doch! Irgendwer streikt hier immer! Letzten Monat waren es die Briefträger, davor die Metzger, weil ihnen die amtlichen Hygienevorschriften nicht in den Kram gepaßt haben, dann mal wieder die Krankenschwestern, und nun sind es eben die Bahnbeamten. Wahrscheinlich sind sie in diesem Jahr noch nicht drangewesen.« Merkwürdig, daß sich hier niemand aufregte, wenn man tagelang keine Post oder kein Fleisch bekam. Das müßte mal in Deutschland passie ...

»Wer will streiken?« Mit einem Ruck war Tinchen hoch und riß Florian die Zeitung aus der Hand. »Von wann ist denn die?«

»Von vorgestern.«

»Und wo ist die von heute?«

»Die kommt doch erst morgen.«

»O Gott!« Sie griff nach ihrem Bademantel und rannte los. »Ich muß sofort rauskriegen, für welchen Tag der Streik angesetzt ist.«

»Warum denn? Wir fahren doch sowieso mit dem Auto zurück.«

Florian warf Karsten einen mitleidigen Blick zu. »Du denkst auch bloß von der Wand bis zur Tapete! Übermorgen kommen doch wieder neue Gäste an.« Dann spurtete er hinterher.

Er fand Tinchen an der Rezeption. Schumann blätterte im Telefonbuch, und Tinchen wählte: »... Zwei-Neun-Sieben. Hoffentlich geht Signor Poltano überhaupt ran! Um diese Zeit fährt kein Zug, und wenn keine Güterwagen kommen, pennt er gewöhnlich. Wie? Oh, Scusi, Signora, äh – falsch verbunden!« Sie drückte auf die Gabel und wählte noch einmal. »Warum sind falsche Nummern nie besetzt?«

Diesmal hatte sie Glück. Der Stationsvorsteher teilte ihr mit, daß er von dem angekündigten Streik auch erst aus der Zeitung gehört habe, offiziell noch gar nichts wisse und auch keine Ahnung habe, wo man Genaueres erfahren könne. Vielleicht bei der Kurverwaltung oder bei der polizia, am sichersten bei der Regierung in Rom. Aber um diese Zeit sei da bestimmt niemand mehr zu erreichen.

Schumann hatte sich inzwischen an den zweiten Apparat gehängt und seine geheimen Informanten angerufen. Die hatte hier jeder. Irgend jemand kannte immer irgendwen, der an einer Schaltstelle saß und je nach Bekanntschaftsgrad seine Kenntnisse gegen ein mehr oder weniger großes ›mancia‹ weitergab. Diese Trinkgelder fielen in der Regel unter die Rubrik ›Laufende Geschäftskosten‹ und waren steuerlich absetzbar. Nach mehreren Telefonaten, die eigentlich nur die Zuverlässigkeit des ersten Informanten bestätigen sollten, schob Schumann den Apparat zur Seite.

»Ich habe eine gute und eine schlechte Nachricht für Sie, Tina. Zuerst die gute: Der Streik ist vorläufig nur für vierundzwanzig Stunden angesetzt. Und jetzt die schlechte: Er beginnt am Mittwoch um Mitternacht.«

»Das heißt also, der Sonderzug sitzt am Mittwochvormittag in Chiasso fest!«

»Kann man den denn nicht einen Tag lang zurückhalten?« Florian zündete zwei Zigaretten an und schob Tinchen eine zwischen die Lippen.

»Oder ganz einfach später in Marsch setzen?«

»Unmöglich! Was soll aus denen werden, die übermorgen abreisen? Außerdem besteht der Zug ja nicht nur aus Schmetterlings-Touristen, von unserem Verein sind höchstens zwei Wagen dabei, und einer davon geht von Genua aus in die entgegengesetzte Richtung.«

»Wie viele Gäste sollen denn diesmal kommen?«

»Das weiß ich nicht genau. So um die siebzig. Die Listen liegen im Büro.«

»Einfach zwei Busse zur Grenze schicken«, sagte Schumann.

»Prima Idee! Und wo kriege ich die her?« Tinchen drückte die Zigarette im Aschenbecher aus und griff nach einer neuen. »Wahrscheinlich bin ich die letzte, die von diesem Streik erfahren hat, und ich gehe jede Wette ein, daß es an der ganzen Küste keinen einzigen Bus mehr zu chartern gibt.«

»Du hast es ja noch gar nicht versucht«, besänftigte Florian. »Zieh dir erst mal etwas an und komm zum Büro. Ich versuche inzwischen, euren komischen Luigi aufzutreiben. Steht er mit seinem Taxi nicht meistens auf der Piazza?«

Tinchen nickte. Ein Glück, daß Florian da war. Er verlor in brenzligen Situationen nie den Kopf.

Vom Büro aus rief sie sofort in Frankfurt an. Sogar Herr Dennhardt war noch erreichbar, drückte wortreiches Bedauern aus und versicherte gleichzeitig, daß man von dort aus leider nicht das geringste tun könne. Der Zug fahre planmäßig ab und würde wohl, wenn die italienische Gewerkschaft nicht noch in letzter Minute ein Einsehen habe, unplanmäßig an der Grenze stehenbleiben. Ob man die Schmetterlinge nicht für einen Tag in den umliegenden Hotels unterbringen könne, wollte Tinchen wissen. Das säße etatmäßig nicht drin, behauptete Dennhardt, und außerdem gebe es im Umkreis von dreißig Kilometern kein freies Zimmer mehr. Das habe man bereits erkundet. »Sehen Sie, Fräulein Pabst, genau das fällt unter den Sammelbegriff Unvorhersehbares, und soweit ich mich erinnere, hatten Sie doch seinerzeit behauptet, mit allen Schwierigkeiten fertigzuwerden. Ich gebe zu, daß das diesmal ein ziemlich harter Brocken wird, aber notfalls können Sie ja Ihre Esel in Marsch setzen.«

Das wußte er also auch schon! Absichtlich hatte sie noch keinen Bericht nach Frankfurt geschickt, weil sie erst abwarten wollte, ob diese Safari nur eine Eintagsfliege oder doch eine dauernde Einrichtung werden würde. Diesem Dennhardt schien aber auch nichts zu entgehen, und ganz bestimmt würde er genau verfolgen, wie sie mit dem jetzigen Problem fertig wurde. Vorläufig wußte sie es selbst noch nicht. Vielleicht hatte Florian Glück.

Als sie seine unheilverkündende Miene sah, wußte sie Bescheid.

»Wenn ich Luigi richtig verstanden habe, dann kann er einen kleinen Bus kriegen, der momentan noch bei irgendeinem Bobo repariert wird. Den großen, mit dem ihr immer durch die Gegend gurkt, hat sich schon Neckermann gekrallt. Und sonst ist weit und breit kein Fahrzeug mehr aufzutreiben. Luigi hat sich schon gewundert, daß du dich noch um gar nichts gekümmert hast.«

»Wenn mir doch auch niemand was sagt!«

Florian sah das ein. Er hätte allerdings entgegnen können, daß man wenigstens einmal täglich Zeitung lesen oder Radio hören sollte, aber er bezweifelte, daß dieses berechtigte Argument zum jetzigen Zeitpunkt angebracht war. Sein Tinchen saß in der Patsche, und er, Florian, mußte ihm da heraushelfen.

»Ich brauche erst mal ganz genaue Zahlen! Wie viele Gäste kommen, beziehungsweise wie viele reisen ab?«

»Neunundvierzig Gäste fahren weg, und dreiundsiebzig kommen.«

»Der Bus faßt fünfunddreißig, hat Luigi gesagt.«

»Dann reicht er gerade fürs Gepäck.«

»Die Koffer lassen wir erst mal beiseite. Wenn alle Stricke reißen, bleiben sie an der Grenze und werden mit dem ersten Zug, der wieder fährt, nachgeschickt.«

»Das klappt nie!« Nicht umsonst hatte Tinchen ihre Erfahrungen mit verlorengegangenem Gepäck. Einmal war ein in Dortmund vergessener und nachgesandter Koffer in Florenz gelandet, weil irgendwo ein beamteter Analphabet statt Verenzi ›Firenze‹ gelesen hatte, sofern er überhaupt hatte lesen können.

»Und was ist mit den Abreisenden? Du glaubst doch nicht, daß die so ohne weiteres ihre Koffer hierlassen? Bei denen drehen sich doch schon im Geiste die Waschmaschinen!« Sie dachte an ihre Mutter, die sofort bei ihrer Heimkehr die schon in Österreich unter dem Aspekt von Schon-, Bunt- und Kochwäsche gepackten Koffer auszukippen pflegte, um – meistens noch in Hut und Mantel – die erste Ladung von unzähligen noch folgenden in die Maschine zu stopfen. »Ich bin erst froh, wenn alles wieder sauber im Schrank liegt«, lautete die immer gleichbleibende Entschuldigung für diesen übertriebenen Arbeitseifer, »zum Teil sind die Sachen schon seit bald drei Wochen schmutzig, man kriegt das ja gar nicht mehr raus!«

»Wenn wir ein paar Stühle in den Gang stellen, bekommen wir vierzig Leute in den kleinen Bus«, überlegte Florian.

»Erstens ist das verboten, und zweitens rutschen die Ärmsten in jeder Kurve durch die Gegend wie Brötchen auf dem Backblech.«

»Aber sie kommen ans Ziel! Die Frage ist nur, wie wir die restlichen dreiunddreißig runterholen.«

»Vierunddreißig«, korrigierte Tinchen. »Ich muß ja auch mit. Das heißt, zunächst mal muß ich rauf.«

»Ich bringe dich natürlich mit dem Wagen nach Chiasso, da haben auch noch zwei Leute Platz, aber es bleiben immer noch zu viele übrig.«

»Und wenn wir Taxis nehmen?«

Er legte tröstend den Arm um ihre Schulter. »Ich weiß ja, daß du nicht besonders gut rechnen kannst, Tinchen, aber zwei und zwei solltest du wenigstens zusammenzählen können! Wer übermorgen ein Taxi benutzen muß, zahlt dreifachen Tarif, dafür garantiere ich.«

Die Tür ging auf und wedelte einen freudig erregten Karsten herein.

»Herr Schumann läßt fragen, ob dir mit zwei Kleinbussen geholfen sei. Damit werden normalerweise Gleisbauarbeiter nach ich weiß nicht wohin transportiert, aber die müssen am Mittwoch auch streiken, weil niemand da ist, der irgend etwas Wichtiges hin- und herfährt. Kranwagen auf Schienen oder so ähnlich.«

»Ab heute werde ich Fritz in mein tägliches Nachtgebet einschließen«, gelobte Tinchen, fiel ihrem Bruder um den Hals und gab ihm einen Kuß. Der wehrte entsetzt ab. »Womit habe ich das verdient? Ich dachte, du wärst mir dankbar.«

Der praktische Florian telefonierte bereits mit Schumann und erfuhr, daß die offerierten Kleinbusse nicht eben bequem, aber mit jeweils vier Sitzbänken ausgestattet und der behördlichen Requirierung aus nicht geklärten Gründen entgangen seien. Die Verhandlungen über den Mietpreis seien allerdings noch nicht abgeschlossen, er hoffe aber, im Laufe der nächsten halben Stunde zu einem konkreten Ergebnis zu kommen. Amadeo entkorkte gerade die zweite Flasche Black Label. »Ich könnte jetzt auch einen gebrauchen«, meinte Florian, nachdem er den Hörer aufgelegt hatte. »Den rein organisatorischen Teil knobeln wir im Hotel aus.«

Plötzlich wurde Tinchen leichenblaß und sank auf ihrem Stuhl zusammen. »Ich habe einen Denkfehler gemacht!«

»Wieso?«

»Weil ich Lilos Gäste aus San Giorgio vergessen habe!«

Hektische Betriebsamkeit setzte ein. Tinchen hing an der Strippe und telefonierte sich durch alle einschlägigen Hotels und Bars, in denen sich Lilo aufhalten könnte, während Florian sämtliche Diskotheken abklapperte und Sergio suchte. Ihm war nämlich eingefallen, daß man den Safari-Wagen zum Gepäcktransporter umfunktionieren könnte, aber für die notwendigen Verhandlungen mit Bobo fühlte er sich nicht kompetent genug.

Auch Karsten bot seine Hilfe an. »Ich könnte ja mal durch die Straßen fahren und sehen, ob deine Lilo irgendwo draußen sitzt. Wer hockt denn bei diesem herrlichen Wetter in einer muffigen Kneipe?«

»Sagtest du fahren?«

»Na ja«, druckste er, »ich habe zwar noch keinen Führerschein, aber den würde ich auf Anhieb kriegen, sagt Florian. Auf jeden Fall fahre ich besser als du!« trumpfte er auf.

»Dazu gehört auch nicht viel.« Sie schob ihm die Schlüssel über den Tisch. »Aber sei um Himmels willen vorsichtig. Und wenn du doch erwischt wirst, sagst du einfach, du hättest den Wagen heimlich genommen!« Viel konnte ohnehin nicht passieren. Das schmetterlingsverzierte Auto war stadtbekannt, Tinchens mitunter recht eigenwillige Lenkradartistik ebenfalls, und die Carabinieri hatten es inzwischen aufgegeben, sich mit dieser verrückten Tedesca herumzustreiten. Irgendwann würde sie sich sowieso den Hals brechen, und bis dahin sollte sie ruhig Narrenfreiheit genießen.

Florian kam zurück und mit ihm Sergio. »Wir können den Lkw kriegen, aber Bobo will keine Garantie übernehmen, daß der Wagen die ganze Strecke schafft. Auf jeden Fall sollen wir ihn in Chiasso in eine Werkstatt bringen und durchchecken lassen. Natürlich auf unsere Kosten.«

»Das hat er sich aber fein ausgedacht! Wir lassen die Karre reparieren, und er kassiert auch noch die Leihgebühr!«

»Weißt du eine bessere Lösung?

Tinchen schwieg. Langsam war ihr alles egal: Sie sah Berge von Rechnungen auf sich zukommen, Ärger, Beschwerden und nicht zuletzt ihre sofortige Kündigung. Immerhin war sie gerade dabei, das Unternehmen Schmetterlings-Reisen in den sicheren Ruin zu führen.

Das Telefon läutete. Karsten teilte mit, daß er Lilo noch nicht gefunden habe, und ob Tinchen einen Reserveschlüssel besäße.

»Der liegt im Hotel. Was ist denn passiert?«

Nichts Schlimmes. Er habe nur den Wagen zugemacht und den Schlüssel innen steckenlassen, und ob Florian nicht...

Doch, Florian werde kommen. Nur müsse Karsten sich ein bißchen gedulden. Sie wisse nicht mehr genau, wo der Ersatzschlüssel liegt, und es könne eine Weile dauern, bis Florian ihn gefunden habe. »Wo bist du denn jetzt?«

»Ganz am Ende der ... warte mal!« Der Hörer wurde abgelegt, Schritte entfernten sich und kamen gleich wieder zurück. »Via Vittorio Emanuele. Hier stehen lauter Apfelbäume.«

»Kannst du mir mal erklären, weshalb du Lilo ausgerechnet in einer Obstplantage suchst? Sie bevorzugt Früchte ausschließlich in flüssiger Form.«

»Ich hab' mich ein bißchen verfahren.«

»Ein bißchen absichtlich, nicht wahr?« Die Antwort wartete sie gar nicht mehr ab, sondern knallte wütend den Hörer auf die Gabel.

Kaum war Florian in seinen Wagen gestiegen und abgefahren, als das Telefon erneut klingelte. »Ist Florian schon weg?«

»Ja, aber er kommt auch nicht schneller, wenn du alle fünf Minuten hier anrufst.«

»Eigentlich braucht er gar nicht mehr zu kommen. Ich habe nämlich eben gemerkt, daß die Beifahrertür offen ist.«

»Du...«

»... Idiot, ich weiß, aber das sagst du heute schon zum fünftenmal!«

»Wie willst du dem Florian klarmachen, daß du ihn völlig umsonst durch die Gegend gehetzt hast?«

»Überhaupt nicht. Ich verriegle die Tür jetzt von innen und schlage sie zu. Und wehe dir, wenn du petzt!«

Klick machte es, und die Leitung war tot.

Lilo blieb den ganzen Abend unauffindbar, und als sie am nächsten Vormittag frisch onduliert im Büro erschien, begriff sie die Aufregung gar nicht.

»Für meine Leute ist gesorgt. Sie werden mit einem Bus zur Grenze gebracht beziehungsweise von dort abgeholt. Ich weiß gar nicht, warum ihr hier alle verrückt spielt.«

»Weil ich kaum damit rechnen konnte, daß du nicht nur mal nachdenkst, sondern sogar handelst. Wo zum Kuckuck hast du überhaupt den Bus her?«

»Von einem Bekannten.«

Tinchen hütete sich, der Sache auf den Grund zu gehen. Wer immer dieser Bekannte auch sein mochte – und die Auswahl war groß –, er verdiente Anerkennung und Provision.

»Wieviel?«

»Was meinst du mit wieviel? Der Bus hat vierzig Sitze.«

»Ich will wissen, was er kostet«, sagte Tinchen ungeduldig.

»Nur das Benzin.«

»Ist dein Bekannter bei der Heilsarmee?«

»Er ist Fabrikant und stellt mir eines seiner Betriebsfahrzeuge zur Verfügung. Natürlich umsonst, er will mir ja einen persönlichen Gefallen tun.« Lilo strahlte Tinchen an und meinte beziehungsreich: »Man muß sich eben die richtigen Leute aussuchen!«

Nachdem nun das Transportproblem gelöst war, erschöpfte sich der Rest im rein Organisatorischen. Die Gäste würden sich morgen früh um sieben Uhr auf der Piazza sammeln und in die bereitgestellten Busse steigen, während Florian zusammen mit Sergio das in den Hotels verbliebene Gepäck abholen würde. Spätestens um halb acht sollte der Konvoi starten, wobei Tinchen hoffte, daß Florians Käfer genug Temperament entwickelte, um wenigstens eine Stunde vor dem ganzen Troß an der Grenze sein zu können. Sie ahnte Fürchterliches und sollte recht behalten.

»Wie kommst du denn nach Chiasso?« erkundigte sie sich. »Wenn du willst, kannst du bei uns mitfahren.«

»Nein, danke«, winkte Lilo ab, »ich ziehe eine etwas komfortablere Beförderung vor. Selbstverständlich bringt mich Enrico zur Grenze.«

Inzwischen hatte Tinchen erfahren, daß der menschenfreundliche Enrico Besitzer einer kleinen Fabrik zur Herstellung von Schuhsohlen war und als solcher über ein angemessenes Einkommen sowie erstaunlich viel Freizeit verfügte, was zur Folge hatte, daß Tinchen ihre Kollegin nur noch selten sah und die Gäste sie überhaupt nicht mehr zu Gesicht bekamen.

»Ich muß schließlich an meine Zukunft denken«, hatte Lilo gesagt, »und so, wie es aussieht, scheint Enrico mich heiraten zu wollen.«

»Herzlichen Glückwunsch, obwohl ich der Meinung bin, daß er mit seinen siebenundvierzig Jahren ein bißchen zu alt ist für dich.«

»Ältere Männer sind mir lieber. Denen braucht man wenigstens nicht mehr das Studium zu finanzieren.«

»Lange genug hast du ja auch gesucht! Es war bestimmt schwer, sich durch all die Ehemänner, die so gern wieder Junggesellen wären, bis zu dem Junggesellen durchzufinden, der gern Ehemann wäre.«

»Du brauchst gar nicht ironisch zu werden. Immerhin habe ich schon eine verkorkste Ehe hinter mir, und wenn ich ein zweites Mal heirate, dann muß sich das wenigstens lohnen.«

»Sobald man in der Liebe zu rechnen anfängt, kommt meistens ein Bruch heraus«, philosophierte Tinchen.

»Und wenn schon, mir reicht es ja, wenn unter dem Bruchstrich eine entsprechende Summe übrigbleibt. Arm und unglücklich kenne ich bereits, jetzt versuche ich es mal halbwegs zufrieden und nicht ganz unbemittelt. Und glaub ja nicht, daß ich nur aus materiellen Gründen heirate. Enrico sieht blendend aus und könnte bestimmt jede Frau haben, die er will. Du wirst ihn ja morgen kennenlernen!"

Tinchen lernte ihn kennen und konnte Lilo verstehen. Zwar war er ein bißchen klein geraten, so daß sie ihre Vorliebe für hohe Absätze würde dämpfen müssen, um das optische Gleichgewicht einigermaßen herzustellen, aber der silberne Skalp des Dottore Enrico Verucci paßte ausgezeichnet sowohl zu dem gebräunten Gesicht als auch zu dem dunkelblauen Sportwagen. Lilo trug wieder Rosa und ergänzte die farbliche Harmonie. Neben ihr kam sich Tinchen in ihren Jeans und der verwaschenen Bluse wie ein Aschenputtel vor. Der dazugehörige Prinz sah auch nicht besser aus. Mit seiner Latzhose und dem rotkarierten Hemd wirkte er wie ein Transportarbeiter, und genauso fühlte er sich auch.

»Ich weiß nicht, was die Leute alles mit in den Urlaub schleppen«, stöhnte Florian, während er die Koffer möglichst platzsparend auf dem Lkw stapelte, »hier muß einer seinen dreiviertel Kleiderschrank mitgenommen haben!«

»Das ist bestimmt meine Frau gewesen«, vermutete einer der herumstehenden Zuschauer, »wenn die Koffer packt, dann immer nach der Methode Noah: Alles in doppelter Auflage.«

Entgegen Tinchens Vermutung hatten sich alle Betroffenen ohne Protest in das Unvermeidliche gefügt und sahen in der unkonventionellen Fahrt zur Grenze offenbar eine Art krönenden Abschluß ihres Urlaubs. Sie hatten es hingenommen, zu ungewohnt früher Stunde aufstehen und noch vor dem Frühstück ihr Gepäck an den Rezeptionen deponieren zu müssen. Sie waren auch alle pünktlich auf der Piazza gewesen, und Tinchen glaubte in einigen Gesichtern sogar ein bißchen Enttäuschung gesehen zu haben, weil sich die angekündigten Behelfsfahrzeuge dann doch nur als ganz normale Busse entpuppt hatten – kleiner als gewohnt und auch nicht ganz so bequem, aber keineswegs abenteuerlich und deshalb wohl auch ziemlich langweilig. Nur der Safariwagen sah verwegen aus. Nachdem Sergio zusammen mit Florian das ganze Gepäck eingesammelt und wahllos auf die Pritsche gelegt hatte, war ihm bei den letzten Koffern klargeworden, daß er diese Ladung niemals auch nur bis nach Genua, geschweige denn bis nach Chiasso bringen würde. Spätestens in Mailand wäre von seiner Fracht bestenfalls noch die Hälfte da. Es gab nur eine Lösung: alles noch einmal abladen und von vorne anfangen. Aus seinem unerschöpflichen Reservoir antiker Gebrauchsartikel hatte Bobo fünfundvierzig Meter leicht geteerte Segelschnur zur Verfügung gestellt, unter deren Verwendung der schwankende Aufbau von Koffern, Taschen und Schachteln einigermaßen rutschfest verankert worden war. Als Beifahrer hatte Sergio Karsten angeheuert, der ihm zwar in keiner Weise nützen würde, ihn aber auch nicht störte. Er konnte ja ab und zu einen Blick in den Rückspiegel werfen und Alarm schlagen, sobald die ersten Koffer auf der Straße lagen.

Mit nur fünf Minuten Verspätung setzte sich der Konvoi in Bewegung. Zu Lilos heimlichem Groll übernahm nicht der schöne Sportwagen die Führung, vielmehr war Enrico dazu verdonnert worden, hinter den vier Bussen, aber wenigstens noch vor dem Safariauto zu fahren, das ohnehin bald den Anschluß verlor und erst am frühen Abend in Chiasso eintrudelte, als die verstörten Besitzer des ganzen Gepäcks schon wieder deutschen Boden unter ihren Eisenbahnrädern hatten. Immerhin war unterwegs kein Stück verlorengegangen, und abgesehen von zwei Reifenpannen und dem blockierten Anlasser, den Sergio immer mit jeweils drei gezielten Hammerschlägen wieder hatte in Gang bringen müssen, war die Fahrt ohne größere Komplikationen verlaufen.

Nachdem sich Florian ein paar Kilometer lang davon überzeugt hatte, daß der Konvoi in relativ zügigem Tempo über die Autostrada donnerte, trat er aufs Gas. »Je schneller wir an der Grenze sind, desto besser! Ich kann mir lebhaft vorstellen, was für ein Chaos jetzt schon dort herrscht. Ist dir eigentlich klar, daß euer Zug ungefähr der zwanzigste oder fünfundzwanzigste ist, der da oben steckenbleibt? Heute abend stauen sich die Waggons bis zum Luganer See!«

»Du spinnst!« sagte Tinchen, aber ganz wohl war ihr doch nicht in ihrer Haut.

Endlos dehnten sich die Felder rechts und links der Autobahn, endlos schienen auch die Autobuskolonnen, die sich über die Straßen schoben, ganz zu schweigen von den Lastwagen und Ferntransportern, die überhaupt kein Ende nehmen wollten.

»Es dauert nicht mehr lange, und wir hängen im schönsten Stau. Am besten schlagen wir uns seitwärts in die Büsche. Gib mal die Straßenkarte her!« Florian kurvte auf einen Parkplatz und beugte sich über den zerknitterten Wegweiser. »Wir sind jetzt ungefähr hier« – er deutete auf ein winziges rotes Pünktchen – »und müssen da hin!« Das andere rote Pünktchen war noch ziemlich weit entfernt.

»Wenn wir bei der nächsten Abfahrt runtergehen und Mailand in großem Bogen umfahren, sparen wir bestimmt eine Menge Zeit und Kilometer. Kannst du Karten lesen?«

Tinchen behauptete, sie könne, und bald befanden sie sich auf dem direkten Weg nach Turin.

»Nimm's mir nicht übel, Tine, aber manchmal bist du wirklich selten dämlich!« konstatierte Florian, als er die Abzweigung nach Genua entdeckte. Ärgerlich umrundete er den Dorfbrunnen eines ärmlichen Provinznestes und fuhr dieselbe kurvenreiche Straße zurück, die er eben erst fluchend entlanggepreschtwar.

»Ich dachte ... ich habe gemeint ...«, stotterte Tinchen eingeschüchtert.

»Leider haben wir gesetzlich verbriefte Redefreiheit. Jeder kann sagen, was er denkt, auch wenn er nicht denken kann!« unterbrach Florian ihre Entschuldigungsrede. »Mach lieber die Augen zu, dann richtest du noch am wenigsten Unheil an!«

Sie wurde wieder wach, als er abrupt auf die Bremse trat. Eine Schar Enten wackelte schnatternd über die staubige

Straße und ließ sich auch durch die quietschenden Reifen nicht vom Weg abbringen.

»Drück mal auf die Hupe!« verlangte Tinchen ungeduldig.

»Nützt doch nichts. Die Viecher laufen ja schon so schnell, wie sie können.« Plötzlich lachte er. »Weshalb rege ich mich eigentlich so auf, anstatt diese Spritztour mit dir zu genießen? Sonst haben wir doch immer einen Aufpasser dabei, entweder deinen Bruder oder deinen Hund, meistens alle beide. Jetzt sind wir endlich mal allein!« Er stellte den Motor ab und zeigte auf die Enten. »Guck mal, die verschwinden auch schon diskret.«

Die Straße war leer, und niemand sah zu, als Florian sein Tinchen lange und leidenschaftlich küßte.

Das erste, was ihr ins Auge fiel, war der blaue Sportwagen. Ungeachtet des Halteverbots parkte er vor dem Bahnhof, und daneben stand eine sehr gelangweilte Lilo, die das Getümmel ringsherum überhaupt nicht beeindruckte. Sie winkte Tinchen heran. »Hier geht alles drunter und drüber, und kein Mensch weiß, wo unser Zug geblieben ist.«

»Das muß doch rauszukriegen sein!«

»Enrico versucht es ja, aber niemand fühlt sich zuständig. Man kommt an kein Telefon ran, jeder sagt etwas anderes, aber keiner was Richtiges, und wie wir jemals unsere Gäste finden sollen, ist mir langsam schleierhaft. Wahrscheinlich hängen sie auf der Schweizer Seite fest. Wo habt ihr denn die Busse geparkt?« Tinchen wurde blaß. »Wieso wir? Es war doch ausgemacht, daß *ihr* die Karawane begleitet!«

»Du glaubst doch wohl nicht ernsthaft, wir seien die ganze Zeit hinterhergeschlichen? Gleich hinter Genua haben wir uns abgesetzt. Irgend jemand mußte schließlich rechtzeitig an der Grenze sein.«

»Eine geniale Idee! Jetzt haben wir die Busse wenigstens auch noch verloren!«

»Die werden schon allein herfinden«, behauptete Lilo

gleichmütig, »mich interessiert vielmehr, wo Enrico abgeblieben ist. Seit einer halben Stunde warte ich!«

»Hoffentlich schlägst du Wurzeln!« wünschte Tinchen aufrichtig, denn im Augenblick erschien ihr Lilo denkbar überflüssig. Wo nur Florian steckte? Er wollte versuchen, irgendwo in der Nähe den Wagen zu parken, aber angesichts des Ameisenhaufens, der hier durcheinanderwimmelte, würde das wohl so gut wie unmöglich sein. Die Zeiten hatten sich eben geändert. Früher suchte man ein Häuschen auf dem Land, heute sucht man einen Parkplatz in der Stadt.

Nachdem Florian dreimal den Bahnhof umrundet und jede zweite Einbahnstraße in entgegengesetzter Richtung durchquert hatte, durfte er sich zwar als ortskundig bezeichnen, aber einen Abstellplatz für seinen Käfer hatte er trotzdem nicht gefunden. Es half alles nichts, er mußte Tinchen wieder aufsammeln und es etwas weiter außerhalb noch einmal versuchen. Vielleicht hatte sie in der Zwischenzeit ja auch schon alles Notwendige erfahren.

»Der Zug ist verschwunden oder hat sich in Luft aufgelöst«, berichtete sie atemlos, nachdem sie neben Florian Platz genommen hatte. Allerdings verschwieg sie, daß sie diese Information lediglich von Lilo bezogen und selbst keinen Versuch unternommen hatte, auf eigene Faust Erkundigungen einzuholen. Im übrigen wäre das zwecklos gewesen. Sie hatte ja nicht mal einen Carabinieri stoppen können, der rücksichtslos auf ihren Fuß getreten war. Nicht einmal entschuldigt hatte sich dieser Flegel. »No competento!« hatte er auf ihre schüchtern vorgebrachte Frage geantwortet. Offenbar war hier niemand für irgend etwas zuständig.

»Wir fahren jetzt ganz einfach zu den Schweizern hinüber!« entschied Florian. »Da sitzen zwar auch lauter Italiener, die wahrscheinlich aus Sympathie mitstreiken, aber wenigstens dürfen sie das nicht offiziell tun.«

Die Schweizer Beamten zeigten sich entgegenkommend und hilfsbereit, aber wo nun genau der Zug stehengeblieben war, wußten sie auch nicht. Die Vermutungen reichten von

›Abstellgleis‹ bis ›möglicherweise noch in Zürich‹, vielleicht auch irgendwo dazwischen, man müsse schließlich die Strecke für den inländischen Verkehr freihalten, und die Herrschaften brauchten sich auch keine Sorgen zu machen, es käme schon alles in Ordnung, man habe die Sache bestens organisiert.

Florian fragte sich skeptisch, worin diese Organisation wohl bestehen mochte, wahrscheinlich in der kostenlosen Verteilung von Tee und Suppe, wie bei allen größeren Katastrophen üblich – dank der hochsommerlichen Temperaturen erübrigte sich wenigstens die Spende von Wolldecken –, aber die Schweizer schienen mehr auf Lawinen- oder Seilbahnunglücke spezialisiert zu sein als auf Streiks. Soweit er informiert war, kannten sie dieses Wort ohnehin nur aus Zeitungen.

Während er noch überlegte, ob überhaupt, und wenn ja, wo die Suche nach den verschwundenen Schmetterlingen fortgesetzt werden sollte, tippte ihm jemand auf die Schulter. »Suchen Sie auch den Sonderzug?«

Tinchen nickte eifrig. »Wissen Sie etwas?« Sie hatte den blonden Mann mit dem Adlerprofil schon früher ein paarmal gesehen, meist auf dem Busparkplatz in Nizza, wo er genau wie sie als Leithammel einer Touristenherde eingesetzt war, aber sie hatte keine Ahnung, zu welcher Firma er gehörte.

»Van Lommel«, stellte er sich vor, »Reiseleiter aus Amsterdam.« Er sprach ausgezeichnet deutsch, hatte bessere Beziehungen als Tinchen und folglich auch bessere Informationen, aber er hatte kein Auto. Nach den Auskünften, die er aus nicht näher erläuterten Quellen bezogen hatte, sollte der Sonderzug sechs Kilometer landeinwärts auf einer Nebenstrecke stehen. »Würden Sie so freundlich sein und mich mitnehmen?«

Florian war so freundlich. Er bot dem rettenden Engel sogar seine letzte Zigarette an und war heilfroh, als dieser ablehnte. »Das Rauchen habe ich mir vor zwei Jahren abgewöhnt.«

»Hab' ich auch schon versucht, aber es ging nicht. In einer Redaktion gilt Rauchen nicht als Laster, es gehört vielmehr zum Selbsterhaltungstrieb. Ohne blauen Dunst läuft da nichts.« Nachdenklich betrachtete er den Glimmstengel. »Normalerweise verfolgt die Natur ja mit allem einen bestimmten Zweck, aber was, zum Teufel, hatte sie bloß mit dem Tabak vor?«

Abseits der überfüllten Durchgangsstraße wurde der Suchtrupp endlich fündig. Auf einem schon seit Jahren stillgelegten Bahnhof stand der Zug und wirkte in dieser ländlichen Umgebung sehr artfremd. Er war umringt von nahezu allen Bewohnern dieses Ortes, die den hilflos Gestrandeten kuhwarme Milch anboten, Selbstgebackenes und Würste aus dem eigenen Rauchfang. Daß man sich diese Hilfsbereitschaft angemessen bezahlen ließ, war nur natürlich. Bekanntlich beziehen die Eidgenossen den größten Teil ihrer Einkünfte aus ihren lila Kühen und dem Fremdenverkehr, so daß man es niemandem verdenken konnte, wenn er die unerwartete Touristeninvasion als Geschenk des Himmels betrachtete und eine spontane Sympathie für die italienischen Bahnbeamten empfand.

Rund um die abgestellten Waggons sah es aus wie auf einem Open-air-Festival der Beatles. Mehr oder weniger bekleidet lagerten Pärchen auf Decken oder schnell aufgeblasenen Luftmatratzen mitten zwischen Butterblumen, gleichermaßen bestaunt von Dorfkindern wie von glotzenden Kühen. Über einem Lagerfeuer brodelte Teewasser, an einem zweiten versuchte jemand, auf Aluminiumfolie Spiegeleier zu braten. Ein Jüngling mit Knopf im Ohr malträtierte seine Gitarre, ein anderer spielte Mundharmonika. Zusammen klang das wie mißlungene Kompositionsversuche von Stockhausen. Die Stimmung schien jedenfalls prächtig zu sein.

»Die sehen gar nicht so aus, als ob sie sich über ihre Befreiung freuen würden«, warnte Florian, aber er täuschte sich. Die Campingplatz-Atmosphäre konnte nicht verbergen, daß die Berufsnörgler unter den Fahrgästen bereits fleißig Zweckpessimismus verbreitet hatten, obwohl die Zugbegleiter immer wieder versicherten, daß man sie bald hier abholen und zur Grenze bringen werde.

Herr van Lommel hatte seine Reisegruppe schnell gefunden und befand sich schon mit Florian auf der Rückfahrt nach Chiasso, als Tinchen noch über die Wiesen stolperte und ihre Schmetterlinge suchte. Im vorletzten Waggon entdeckte sie endlich Kofferschilder mit dem wohlbekannten Pfauenauge, aber es dauerte noch eine ganze Weile, bis sie die dazugehörigen Besitzer aufgetrieben hatte.

»In Kürze werden drei Busse hier eintreffen«, verkündete sie ihrem staunenden Auditorium. »Sie werden also mit nur wenigen Stunden Verspätung in Verenzi sein, was man in der gegenwärtigen Situation beinahe als kleines Wunder bezeichnen darf.«

Der erwartete Beifall setzte auch sofort ein, und Tinchen nahm ihn mit einem dankbaren Lächeln entgegen. Ihr Selbstbewußtsein hatte sich in den letzten Minuten beträchtlich gehoben, denn offenbar war sie bisher die einzige, deren Rettungsmaßnahmen für die unfreiwillig Internierten von Erfolg gekrönt waren. Das schlechte Gewissen meldete sich zwar, wenn sie an Florian und seinen tatkräftigen Beistand dachte, aber der hatte letztlich keine offizielle Funktion und würde mit dem zu erwartenden Ruhm gar nichts anfangen können.

Vor dem verfallenen Bahnhofsgebäude tauchte der erste Bus auf, die zwei kleineren folgten in längeren Abständen, weil sich die beiden Fahrer nicht über den Weg hatten einigen können, verschiedene Richtungen eingeschlagen hatten und erst am Ortsausgang wieder zusammengetroffen waren, wo sie sich für die dritte Möglichkeit entschieden hatten, die dann auch noch falsch gewesen war. Entschlossen, sich lieber weiterhin zu verfahren statt einen Schweizer nach dem Weg zu fragen, waren sie noch eine Zeitlang herumgeirrt, bis sie rein zufällig ein Nudistenpärchen und damit die Vorhut der Urlauber entdeckt hatten.

»Wieviel Geld hast du bei dir?« brüllte Florian schon von

weitem, kaum daß er seinen Wagen zum Halten gebracht hatte.

»Für ein Mittagessen reicht es!« Selbst unter Berücksichtigung von Florians unstillbarem Appetit würde die Spesenkasse diese Belastung noch ertragen.

»Wer redet von Pfennigen! Wir brauchen Fahrkarten! Ich habe die abreisenden Gäste erst mal fünf Kilometer vor Chiasso in einer Dorfkneipe deponiert, wo sie vermutlich alles kahlfressen werden, weil es nicht ihr Geld kostet, aber sie müssen mit einem regulären Zug weiterfahren, und dazu brauchen sie Fahrkarten. So viel Geld hat keiner mehr in der Tasche, und die wenigsten haben Euroschecks mit.«

»Sehe ich aus wie ein wandelnder Tresor?«

Eine berechtigte Frage, die Florian denn auch sofort verneinte.

»Die Schmetterlinge haben ihren Urlaub einschließlich Rückfahrt bezahlt und somit keine Veranlassung, noch ein zweites Mal Geld hinzublättern«, entschied Tinchen.

»Dann sitzen sie morgen noch hier! Euer Sonderzug fährt doch erst zurück, wenn alle Fahrgäste da sind, und der Himmel mag wissen, wann die letzten kommen. Alle Zufahrtsstraßen zur Grenze sind verstopft! Du kannst deine Leute nur mit einem normalen Zug nach Hause befördern, aber ohne gültige Fahrkarten keine Weiterfahrt, und ohne Geld keine Fahrkarten. Darin sind sich alle Bahnbeamten gleich. Kannst du nicht mal deine vorgesetzte Behörde anrufen?«

Nach längeren Verhandlungen mit einer Dorfschönen, die gleichzeitig Vorsteherin der örtlichen Postfiliale, beamtete Telefonistin und Saaltöchterli des einzigen Gasthauses war, kam die Verbindung mit Frankfurt zustande. Doch, man werde sich sofort mit den zuständigen Beamten in Verbindung setzen, notfalls auch mit übergeordneten Instanzen, eine Regelung werde man auf jeden Fall finden, und Tinchen solle unbesorgt nach Chiasso zurückfahren. Sie habe alles großartig gemacht, man sei überaus zufrieden und habe sie schon für die Wintersaison in den Bayerischen Alpen vorgesehen. Jodelkenntnisse seien nicht erforderlich, und Skifahren könne man lernen.

Tinchen bedankte sich lauwarm und wünschte Herrn Dennhardt im stillen die Pest an den Hals. Im Augenblick interessierte sie sich weder für Bayern noch für eine Verlängerung ihres Vertrags, sie wollte nichts anderes sehen als die Schlußlichter des Zuges, der die 43 Schmetterlinge endlich Richtung Heimat befördern würde.

Der blaue Sportwagen holperte über die Wiese, gefolgt von einem chromblitzenden Autobus, auf dem unübersehbar in silberner Schnörkelschrift der Name Verucci prangte.

»Wie haben die denn hierhergefunden?« wunderte sich Tinchen.

»Weil ich deiner Lilo gesagt habe, wo sie ihre Gäste aufsammeln kann. Nur aus Egoismus! Der Bus ist nämlich groß genug, um noch ein paar von deinen Leuten aufzunehmen. Dann kommen sich die anderen wenigstens nicht wie Heringe in der Dose vor.«

Als professioneller Manager übernahm Enrico sofort die Leitung des ganzen Unternehmens, und bald schaukelten die vier Busse unter Luigis Führung Richtung Verenzi. Nur ungern hatten sich die Reisenden von ihrem Gepäck getrennt und sich erst dann zufriedengegeben, als der Zugreiseleiter heilige Eide geschworen hatte, jeden einzelnen Koffer wie Englands Kronjuwelen zu bewachen, wobei ihm noch völlig rätselhaft war, wie er das in der Praxis bewerkstelligen sollte. Andererseits sind alle guten Deutschen gegen nahezu alle Eventualitäten versichert, und ein möglicherweise doch verschwundener Koffer würde den Besitzer sicher nicht an den Bettelstab bringen.

»Ich glaube, wir können uns jetzt auch verkrümeln«, meinte Florian zufrieden, »wenn ich bloß wüßte, wo Sergio mit seinem Eselskarren hängt.«

»Um den ist mir nicht bange. Wir werden auf dem Bahnhof in Chiasso eine Nachricht für ihn hinterlassen, und dann wird er sich schon irgendwie durchwursteln. Clever genug ist er ja.«

»Steig ein, damit wir endlich Land gewinnen!« Angewidert überblickte Florian noch einmal die Wiesen, auf denen immer noch reges Campingtreiben herrschte. »Ich glaube kaum, daß die Bauern uns in guter Erinnerung behalten werden. Hier sieht es schon jetzt aus wie auf einer Mülldeponie! – Na ja, die Menschheit hat sich aus der Steinzeit hochgearbeitet, also wird sie sich auch aus dem Altpapierzeitalter wieder hochrappeln.«

»Sei nicht so optimistisch! Heutzutage ergibt eine Tüte Lebensmittel zwei Tüten Müll!«

Quer durch die Gänseblümchen kam Lilo auf sie zu. »Können wir jetzt endlich nach Hause fahren?«

»Wo denkst du hin! Erst müssen wir noch die Abreisenden Richtung Heimat in Marsch setzen.«

»Die sind doch längst weg!«

Sehr intelligent sah Tinchen nicht aus. »Ich denke, die sitzen auf Warteposition in irgendeiner ländlichen Pinte und lauern auf ihre Fahrkarten?«

»Ach wo, das ist doch schon lange erledigt. Enrico hat einen Scheck ausgeschrieben. Irgendwann wird er das Geld wohl zurückbekommen, nicht wahr?«

»Natürlich«, versicherte Tinchen sofort. Ihr war ein Stein vom Herzen gefallen. »Ich werde mich gleich morgen darum kümmern.«

»So eilig ist es nun auch wieder nicht.«

»Sag deinem Dottore herzlichen Dank. Bei nächster Gelegenheit hole ich es persönlich nach, dann kriegt er auch einen Orden. Jetzt muß ich erst einmal ein Telefon auftreiben und die Frankfurter verständigen, daß sämtliche Schmetterlinge auf dem Rückflug sind.« Spontan umarmte sie ihre Kollegin. »Heute hast du so ziemlich alles ausgebügelt, was du in den letzten Wochen verbockt hast!«

»Weißt du, Tinchen«, lachte Lilo, »Probleme lassen sich immer am besten mit anderer Leute Geld lösen.«

Hundemüde waren sie, als sie kurz vor Einbruch der Dunkelheit wieder im Lido eintrafen. Zweimal schon hatte Sergio angerufen – das erste Mal, um die glückliche Ankunft in Chiasso zu vermelden, das zweite Mal, als er endlich das bahnpolizeilich sichergestellte Gepäck gefunden und nach langen Debatten ausgehändigt bekommen hatte. Im übrigen sei der Sonderzug schon auf der Rückfahrt. Man habe die an- und abreisenden Passagiere mit Schweizer Bussen im Pendelverkehr über die Grenze gebracht, und abgesehen von der unvermeidlichen Verspätung sei alles komplikationslos verlaufen.

Fassungslos starrte Tinchen auf den Notizblock, den Schumann ihr zusammen mit einem doppelstöckigen Kognak über den Tisch geschoben hatte. »Ich glaube, den können Sie jetzt brauchen!«

»Florian, was sind wir für Idioten! Wenn wir ein bißchen weniger tüchtig und ein bißchen weniger schnell gewesen wären, hätten wir uns eine Menge Zeit und Aufregung sparen können!«

»Ganz zu schweigen von den doppelt bezahlten Fahrkarten!« Mit einem schmerzlichen Grinsen nahm er Tinchen das Glas aus der Hand und leerte es auf einen Zug. »Weißt du, was Selbstkritik ist? Wenn man den Nagel auf den Daumen trifft!«

15

Schon seit zwei Tagen hatten Florian, Karsten und Fritz Schumann die Köpfe zusammengesteckt, geheimnisvoll gewispert und sofort das Thema gewechselt, sobald Tinchen in der Nähe erschienen war. »Abwarten!« lautete die immer gleichbleibende Entschuldigung, »die Geschichte ist noch nicht ganz spruchreif.«

Dann war sie es endlich! Am Montagabend bauten sich die drei Verschwörer vor Tinchen auf und verkündeten: »Wir veranstalten ein Schmetterlingsfest!«

»Ein was?«

»Ein Sommerfest! Und als Höhepunkt krönen wir eine Miß Butterfly!« Florian sah Tinchen beifallheischend an. »Und wo soll dieses gesellschaftliche Ereignis stattfinden?«

»Hier natürlich!« sagte Karsten sofort. »Ich habe mir neulich mal diesen komischen Glaskasten angesehen. Der ist doch bestens geeignet!«

Wenn man davon absah, daß dieser große verglaste Anbau mit seiner Jugendstilfassade seit Jahren als Abstellraum für Liegestühle, reparaturbedürftige Möbel, verbeulte Kochtöpfe und ins Überdimensionale gewachsene Topfpflanzen diente und außer Spinnen nur noch diverse Fledermäuse beherbergte, so konnte man den Pavillon durchaus als repräsentabel bezeichnen. Allerdings müßte er zunächst einmal entrümpelt und von der Patina zweier Jahrzehnte befreit werden. Tinchen sah sich im Geist schon Fenster putzen und ging sofort in Abwehrposition. »Ihr spinnt ja!«

»Genau die Reaktion haben wir erwartet!« trumpfte Karsten auf. »Du gehörst auch zu denen, die sich nie spontan für etwas Außergewöhnliches entscheiden können – so nach der Devise: Das haben wir noch nie so gemacht! Das haben wir schon immer so gemacht! Da könnte ja jeder kommen!«

»Im Ernst, Tina, wir haben das genau durchkalkuliert«, behauptete Schumann, der von dieser Idee ganz begeistert war. »Den Pavillon bringen wir in spätestens drei Tagen auf Hochglanz, dafür müßte ich nur genügend Leute ansetzen. Im Speisesaal bauen wir ein kaltes Buffet auf, im Festsaal improvisieren wir eine zweite Bar, vielleicht kann ich bis dahin noch deutsches Faßbier auftreiben, dann engagieren wir eine Kapelle, die auch noch ein paar Walzer in ihrem Repertoire hat, und damit wären die Grundvoraussetzungen für einen gelungenen Abend geschaffen.«

»Für wann habt ihr denn das ganze Spektakel geplant?«

»Für kommenden Samstag«, sagte Florian kleinlaut. »Jetzt seid ihr total verrückt! Erstens ist das in fünf Tagen nie hinzukriegen, und zweitens müßte dieser Auftrieb irgendwie publik gemacht werden, damit überhaupt ein paar Leute kommen. Drittens ist das Ganze eine Schnapsidee, die wohl auch genau da ihren Ursprung hat!«

»Wegen der Reklame brauchst du dir keine Sorgen zu machen«, versicherte Karsten, »das Plakat habe ich schon fertig, und wenn du willst, geht es morgen in die Druckerei und kann am Nachmittag abgeholt werden. Abends hängt es bereits in allen Hotels. Das erledige ich!«

Allmählich begann Tinchen sich für den Plan zu erwärmen. »Die Idee ist ja gar nicht so schlecht, ich verstehe nur nicht, weshalb ihr die Sache so Hals über Kopf durchziehen wollt. Nächste Woche ist doch auch noch früh genug.«

»Eben nicht«, widersprach Schumann. »Die ganze Geschichte war doch Florians Einfall, und es ist klar, daß er den Spaß noch mitmachen möchte. Am Montag fährt er doch wieder nach Hause.«

Tinchen erschrak. »Sind die vier Wochen schon herum?« Sie hatte jedes Gefühl für Daten verloren und lebte nur noch nach Wochentagen: Dienstag Portofino, Mittwoch An- und Abreise, Donnerstag Nizza-Tour, Freitag Eselkarawane ... und die deutschen Zeitungen, die als Antiquitäten in der Halle lagen, waren meistens vom vergangenen Monat. Aber wenn der Juli schon fast vorbei war, dann blieben ihr ja auch nur noch acht Wochen, bis für sie die Abschiedsstunde schlug. Vielleicht sollte sie sich doch langsam an den Gedanken gewöhnen, daß alles Schöne mal ein Ende hatte. Dabei dachte sie gar nicht so sehr an Florians Abreise, den würde sie ja in zwei Monaten wiedersehen, nur alles andere mußte sie zurücklassen: das Meer, die Sonne, die südländische Lebensfreude, die Nachmittage am Strand und die lauen Nächte, die so viele Sehnsüchte weckten und manche sogar erfüllten.

Energisch schüttelte Tinchen die trübseligen Gedanken ab. Andere freuten sich ein ganzes Jahr lang auf drei Wochen Urlaub, und sie hatte immerhin noch zwei Monate vor sich. Weshalb also jetzt schon Trübsal blasen?

Die erwartungsvollen Gesichter der zweieinhalb Mannsbilder brachten sie in die Gegenwart zurück. »Wenn ihr alles schon bis ins kleinste organisiert habt, dann weiß ich gar nicht, weshalb ich überhaupt noch gefragt werde. Macht doch, was ihr wollt!«

»Geht aber nicht«, bohrte Florian weiter. »Du bist quasi Schirmherrin der Veranstaltung. Irgend jemand muß doch die Begrüßungsrede halten und später der Miß Butterfly die Krone aufs Haupt drücken!«

»Ganz bestimmt nicht ich!« protestierte Tinchen. »Habt ihr denn überhaupt eine?«

»Was? Eine Krone? Kleinigkeit, die machen wir selber«, versprach Karsten. »Man muß bloß improvisieren können. Nicht umsonst bin ich in der Theater-AG unserer Penne schon seit drei Jahren als Requisiteur angeheuert. Für das letzte Stück brauchten wir einen Raubtierkäfig, und sogar den habe ich organisiert.«

»Wo denn?«

»In der Turnhalle. Allerdings fielen eine Zeitlang sämtliche Ballspiele aus, weil ich die Netze demontiert hatte.«

»Also tut, was ihr nicht lassen könnt«, entschied Tinchen, »mir ist das egal. Es darf bloß kein Geld kosten.«

»So ganz ohne geht es aber doch nicht.« Florian zählte auf, was an unvermeidbaren Ausgaben berücksichtigt werden mußte. »Die Plakate müssen bezahlt werden, drei Blumensträuße für die Siegerinnen und natürlich drei Präsente – klein, kleiner, am kleinsten. Nun denk mal nicht ans Geld, sondern an die Reklame, die wir für deinen Verein machen. Läßt sich alles unter Werbungskosten absetzen.«

»Dafür ist meine Spesenkasse nicht vorgesehen.«

»Laß man, Tine, mir wird schon irgend etwas einfallen«, tröstete Karsten und gab damit zu verstehen, daß man alles getrost in seine bewährten Hände legen sollte.

Zunächst fiel ihm ein, daß er unbedingt etwas zum Anziehen brauchte, denn als Bruder der Schirmherrin konnte er unmöglich in ausgeleierten Jeans kommen, und Florians Hosen waren alle zehn Zentimeter zu lang. Da half auch keine Sicherheitsnadel, und Tesafilm war gänzlich ungeeignet, das hatte er vor ein paar Abenden feststellen müssen, als er von einer Minute zur anderen ständig über seine Hosenbeine gestolpert war.

Seine Schwester bewilligte den Ankauf einer weißen Leinenhose, und weil sie nun schon einmal bei Lorenzo waren, konnte sie sich eigentlich auch etwas Passendes aussuchen. Die meergrüne Bluse von Oma hatte sie gleich in den ersten Tagen an Lilo verschenkt – verfrühte Konzession an eine gar nicht existente Freundschaft.

Mit Kennermiene durchwühlte Karsten den Kleiderständer und entschied sich für ein mattgelbes Cocktailkleid mit einem ziemlich gewagten Ausschnitt. »Hier, zieh das mal an!«

»Sieh erst nach, ob ein Name drinsteht. Steht einer drin, ist es sowieso zu teuer!«

Es war keiner zu finden, und Tinchen verschwand mit dem Kleid in der Kabine. Es paßte auf Anhieb und stand ihr ausgezeichnet. Der straßbestickte Gürtel betonte ihre schlanke Taille, der weite Rock wippte bei jeder Bewegung, dazu noch die hochhackigen Sandaletten, die sie sich einmal aus lauter

Übermut gekauft und noch nie getragen hatte... doch, sie würde bestimmt eine gute Figur machen. Wenn bloß dieser unanständig tiefe Ausschnitt nicht wäre!

»Biste noch nicht rein- oder schon rausgewachsen, Tine?« Durch den Türspalt linste Karsten. Anerkennend pfiff er durch die Zähne. »Steht dir prima, aber bücken darfste dich nicht!«

»Ich weiß, das Dekolleté ist einfach polizeiwidrig!« Sie wollte das Kleid gerade ausziehen, als Lorenzo an die Tür klopfte. »Scusi, Signorina, aber Sie haben vergessen die Jacke.« Er reichte ein glitzerndes Bolerojäckchen in die Kabine. »Für den Fall, daß Sie verlieren die Courage!«

Moralisch gestärkt durch das kleine Stückchen Stoff zahlte Tinchen den unverschämt hohen Preis, drückte Karsten die Tüte in die Hand und ging auf schnellstem Weg ins Büro. »Ich bin schon viel zu spät dran.«

Zu ihrer Überraschung saß Lilo am Schreibtisch und manikürte ihre Fingernägel.

»Hast du dich in der Adresse geirrt?«

»Nein, aber ich habe um halb zehn Anprobe. Enrico läßt mir für den Ball ein fantastisches Abendkleid anfertigen.«

»Für welchen Ball?«

Irritiert sah Lilo hoch. »Du willst mir doch nicht erzählen, daß du noch nichts von dem Schmetterlingsball weißt?«

»Ach, du meinst diesen Tanzabend? Natürlich weiß ich davon, ich kann mir nur nicht vorstellen, daß unsere Gäste große Abendgarderobe im Koffer haben. Du wirst also ganz schön aus dem Rahmen fallen.«

Diese Aussicht beeindruckte Lilo nicht im geringsten. Enrico würde selbstverständlich einen Smoking tragen, und es war nur zu begreiflich, daß auch sie entsprechend angezogen sein mußte. Leider besaß sie keinen passenden Schmuck, aber vielleicht konnte sie Enrico noch davon überzeugen, daß die Perlenkette, die sie in einem Geschäft auf der Promenade entdeckt hatte, das richtige Accessoire zu dem roséfarbenen Chiffonkleid wäre. Mattschimmernde Perlen auf gebräunter

Haut – das klang direkt nach Klatschspalte und High-Society, denn dazu durfte sich Enrico durchaus zählen. Zumindest hier in Verenzi und der unmittelbaren Umgebung, wo die Auswahl an Prominenz nicht sehr groß war und im wesentlichen aus dem örtlichen Kommunistenführer, zwei Bischöfen und der geschiedenen Gattin eines Perückenfabrikanten bestand. Zu deren fünfzigstem Geburtstag war sogar ein offizieller Glückwunsch der italienischen Regierung gekommen, vermutlich der Fürsprache des kommunistischen Abgeordneten zu verdanken, aber solche Beziehungen mußte man ja auch erst einmal haben. Jedenfalls würde sie, Lilo, schon dafür sorgen, daß die Feste in der Villa Verucci in Zukunft auch zu den gesellschaftlichen Höhepunkten der Saison zählten.

»Hast du eine Ahnung, wo wir möglichst billig drei dekorative Geschenke herkriegen?« Auf Karstens Einfälle wollte Tinchen sich nicht unbedingt verlassen. »Florian besteht darauf, daß wir eine Miß Schmetterling küren, und da ist es obligatorisch, der betreffenden Dame etwas zur bleibenden Erinnerung zu überreichen, wobei ich einen aufgespießten Zitronenfalter für angebracht hielte. Ich glaube nur nicht, daß ich mit diesem Vorschlag durchkomme.«

»Vielleicht gibt es Schmetterlinge als Modeschmuck. Das wäre doch dekorativ genug.«

»Manchmal hast du direkt einen Geistesblitz! Wenn er bloß nicht so teuer wäre.«

»Laß doch auch mal deine Beziehungen spielen«, riet Lilo. »Warum fragst du nicht Klaus Brandt? Bei dem bekommst du das Zeug doch zum Einkaufspreis. Oder ist es aus zwischen euch?«

Tinchen wurde rot. »Da ist nie etwas gewesen. Wir sind nur gute Bekannte.«

»Platonische Freundschaft also?« nickte Lilo verstehend.

»Halb Loano behauptet allerdings, es sei keine.«

»Woher willst ausgerechnet du das wissen? Du weißt ja nicht mal, was Freundschaft auf italienisch heißt!« entgegnete Tinchen patzig.

»Relazione.«

»Irrtum, das heißt Verhältnis!« korrigierte Tinchen, »aber bei dir ist das vermutlich ein und dasselbe!«

Lilo zog es vor, keine Antwort zu geben. Es wurde ohnedies höchste Zeit für die Anprobe, und sie war froh, die ›Röhre‹ verlassen zu können. Tinchens angeblicher Humor wurde beißend wie ein Laserstrahl.

Einen Augenblick zögerte Tinchen, bevor sie zum Telefon griff, aber dann fiel ihr ein, daß sie Brandt offiziell zu dem Sommerfest einladen und so ganz nebenbei fragen konnte, ob er ihr bei der Auswahl der Geschenke helfen würde.

Er war selbst am Apparat. Selbstverständlich habe er am Nachmittag Zeit, für sie immer, und ob es nicht etwas früher gehe, dann könnten sie doch zusammen essen, das hätten sie schon so lange nicht mehr getan. Ach so, sie habe noch in der Druckerei zu tun wegen der Plakate, das verstehe er natürlich, dann werde man eben abends essen gehen. Aha, den Abend habe sie ihrem Bruder versprochen. Minigolf? Danke für die Einladung, aber dafür habe er nun gar nichts übrig. So so, Karsten reise am Montag wieder ab. Herr Bender auch? Fahren zusammen? Nun ja, das sei zweifellos auch bequemer. Dann bleibe es also bei vierzehn Uhr? Vor dem Lido? Sehr schön, er werde pünktlich sein. Bis dann also. Ciao.

Nachdenklich legte sie den Hörer wieder auf. Eigenartig, daß es überhaupt nicht mehr kribbelte, wenn sie mit Brandt telefonierte. Dabei mochte sie ihn nach wie vor, bewunderte seine Selbstsicherheit, seine Intelligenz, seinen Humor – aber irgend etwas fehlte, das schon einmal dagewesen war. Damals, auf der Klippe, und erst recht in Corsenna. Verliebt? Nein, Tinchen war nicht verliebt, oder wenn doch, dann nur ein ganz kleines bißchen, und zwar in Florian. Für mehr reichte es nicht, und für Klaus reichte es *noch* nicht. Es wurde wirklich Zeit, daß Florian endlich zurückfuhr. Wenn man fortwährend Gelegenheit hat, zwei Männer miteinander zu vergleichen, bleibt von keinem genug übrig, um den anderen auszustechen. Das Leben war entsetzlich kompliziert!

Im Lido lief der Betrieb auf vollen Touren. Eine ganze Besenbrigade war angerückt, die unter Schumanns Kommando den verstaubten Glaspavillon in einen Ballsaal verwandelte. Schon blitzten die Fensterscheiben, das Parkett wurde gewachst, damit die Gäste gepflegt darauf ausrutschen konnten, ein Podium wurde aufgeschlagen, gleichermaßen als Tribüne für das Orchester beziehungsweise als Empore für die künftige Miß Schmetterling gedacht, die ersten Lampions baumelten über der Tanzfläche – es sah alles sehr vielversprechend und ein bißchen kitschig aus. Zum Glück hatte Tinchen Schumann wenigstens das künstliche Weinlaub ausreden können, mit dem er die beiden Marmorpfeiler rechts und links vom Eingang umwickeln wollte.

Auch die Küchenbelegschaft rotierte. Schumann hatte in Alassio den ganzen Bestand an Sauerkrautkonserven aufgekauft – offenbar gab es entlang der Küste nur ein einziges Geschäft, das diese teutonische Delikatesse führte – und beschlossen, das kalte Buffet mit Sauerkohl und Würstchen anzureichern. Da diese als ›Wiener‹ deklarierten rosa Plastikschläuche ebenfalls aus der Dose stammten, versuchte er, eine Marinade zu komponieren, in der die Würstchen 24 Stunden lang ruhen und ihren Geschmack verbessern sollten. Das taten sie auch. Nach ihrem Bad schmeckten sie leichtsäuerlich und kompensierten dadurch das etwas süßlich geratene Sauerkraut, wurden dennoch ein Erfolg und künftig auf der Speisekarte unter der Rubrik ›Kalte Speisen‹ und dort wiederum als ›Spezialität des Hauses‹ geführt.

Das Problem, mit welchem Geschenk die erste Miß Butterfly geehrt und gleichzeitig dauerhaft an den Initiator dieser Wahl, nämlich das Unternehmen Schmetterlings-Reisen, erinnert werden sollte, war in der Zwischenzeit auch gelöst worden. Zu einem gar nicht angemessenen Preis, hinter dem Tinchen ein erhebliches Entgegenkommen seitens Tante Josis vermutete, hatte sie eine kleine, mit Saphirsplittern besetzte Anstecknadel in Schmetterlingsform gekauft. Die zweite Preisträgerin sollte einen silbernen Armreif bekommen, und für die dritte hatte Tante Josi einen Seidenschal gestiftet unter der Bedingung, daß er mit dem noch extra angebrachten Firmenschild überreicht wurde. Edel sei der Mensch, hilfreich und nicht ganz selbstlos!

Karsten bastelte an der Krone. Nach dem vierten mißlungenen Versuch kapitulierte er und beschloß, seine Niederlage nur insofern einzugestehen, als er das unerläßliche Attribut königlicher Würde von seinem eigenen Geld kaufen würde. Zu seinem Erstaunen gab es in ganz Verenzi kein Geschäft für Faschingsartikel, was ihn in seinem Urteil bestärkte, daß Italien in mancher Hinsicht doch ein ziemlich rückständiges Land sei. Trotzdem gab er nicht auf. In einem Laden, der neben Nachthemden und Unterwäsche auch drei Brautkleider auf Lager hatte und zwischen Weihnachten und Ostern sogar eine bescheidene Auswahl an Kommunionskleidern führte – wer es sich leisten konnte, kleidete seine Kinder ja doch in Mailand oder zumindest in Genua ein –, wurde er schließlich fündig. Mit Händen und Füßen erklärte er seinen Wunsch, worauf ihm die Verkäuferin zunächst einen Tüllschleier und auf seinen verzweifelten Ruf: »Etwas mit fiori dran!« ein Gesteck aus imitierten Orangenblüten auf den Ladentisch legte. Erst als er mimisch um Papier und Bleistift bat, weil er sich von seiner künstlerischen Ausdruckskraft mehr versprach als von seiner rhetorischen, kam man einer Verständigung etwas näher. Mit ein paar Strichen skizzierte er eine Art Diadem. Die Signorina nickte erfreut, verschwand durch einen Vorhang und erschien nach längerer Zeit wieder mit einer Schachtel. Zwischen vergilbtem Seidenpapier lag das Gesuchte: Kopfschmuck für Kommunikantinnen.

Karsten wählte eine Kreation, die nach dem Entfernen der störenden Dekoration aus künstlicher Myrthe und gelackten Gänseblümchen zumindest die äußere Form eines königlichen Diadems hatte und mit Hilfe von Goldfolie auch den majestätischen Glanz erhalten könnte. Widerspruchslos zahlte er den verlangten Preis in der Absicht, ihn von Tinchen zurückzufordern. Schließlich braucht jeder Künstler Material, um seine Werke zu schaffen. Auch ein Leonardo da Vinci ist nicht ohne Leinwand ausgekommen!

»Er hat aber bestimmt nicht seine Verwandtschaft beklaut!« wetterte Tinchen, als sie später an der goldpapierumwickelten Krone ihre Straßkette wiederfand.

»Das Ding hast du doch nie getragen!« entschuldigte sich Karsten. »Seit wann behängst du dich mit solchen Woolworth-Klunkern?«

»Modeschmuck ist nie echt!«

»Deshalb braucht er aber nicht auszusehen wie ein Hundehalsband für Pekinesen. Kauf dir lieber was Geschmackvolles!« Einen Moment zögerte er, dann fragte er neugierig: »Hast du eigentlich noch Papas Notgroschen?«

»Meinst du den Scheck? Selbstverständlich habe ich ihn noch.«

»Du bist schön blöd! Papa hat den längst abgeschrieben, aber du knauserst mit jedem Pfennig. Warum haust du ihn nicht endlich auf den Kopf? Wenn du das nicht allein schaffst... ich könnte zu der neuen Hose noch ein schickes Hemd gebrauchen!«

»Raus!!!«

Murrend trollte er sich. »Alter Geizkragen! Bloß weil du sparen willst, muß ich auf alles Lebensnotwendige verzichten!«

16

Große Ereignisse warfen ihre Schatten voraus! Bereits morgens um sieben stand Karsten vor dem Spiegel und rasierte sich.

»So ein Blödsinn«, gähnte Florian, »warum machst du das nicht heute abend?«

»Bis dahin soll mein Gesicht ja wieder abgeheilt sein.«

»Die paar Haare kannst du doch noch mit einer Nagelschere kappen!« Er fuhr mißmutig über sein borstiges Kinn. »Jeden Tag die gleiche überflüssige Prozedur! Angeblich sollen den meisten Männern ihre geistigen Heldentaten beim Rasieren eingefallen sein, die Formel für die Atomspaltung zum Beispiel, oder wie man Champignons züchtet, aber die einzige gute Idee, die mir jemals beim Abschaben gekommen ist, war die, mir einen Bart stehenzulassen. Bloß Tinchen hatte was dagegen!«

»Verstehe ich nicht! Viele große Männer haben doch Bärte getragen. Einstein, Lenin, Che Guevara, Clark Gable...«

»Idiot! Wer sagt denn, daß ich ein großer Mann sein will? Es ist schon eine respektable Leistung, überhaupt ein Mann zu sein!« Florian kroch aus dem Bett und trat vor den Spiegel. Eingehend musterte er sein Gesicht, um dann resignierend feststellen: »Ich glaube kaum, daß ich jemals in die Annalen der Geschichte eingehen werde. Dabei würde ich mich so gern mal als 9 waagerecht oder 34 senkrecht in einem Kreuzworträtsel verewigt sehen! – Haben wir noch ein Paar saubere Socken?«

Fünf Türen weiter betrachtete Tinchen ebenfalls ihr Spiegelbild. Besonders gut ausgeschlafen sah sie nicht aus, aber gestern war es doch wieder ziemlich spät geworden. Hauptsächlich deshalb, weil Florian die obligatorische Schärpe reklamiert hatte, ohne die eine richtige Miß nicht denkbar wäre.

»Heiliger Himmel, daran habe ich überhaupt nicht gedacht!« hatte Karsten entsetzt gerufen, denn als selbsternannter Requisitenbeschaffer wäre er dafür zuständig gewesen. Aber dann hatte er sofort einen Ausweg gefunden. »Drei Meter Taft und einen Topf Goldbronze, mehr brauche ich nicht. Den Lappen pinsele ich selber!«

»Und wer näht dir die drei Meter Stoff zusammen?« hatte Tinchen gefragt. Darauf hatte Karsten geschwiegen und gleich darauf behauptet, so eine Schärpe sei ohnedies sehr hinderlich und würde jedes Kleid verschandeln, das könne man doch immer im Fernsehen feststellen bei diesen Staatsempfängen mit Lieschen Windsor oder anderen gekrönten Häuptern. Florian hatte allerdings auf dieser Schärpe bestanden und sogar die rettende Idee gehabt: »Hier gibt es doch eine Friedhofsgärtnerei, oder?«

Tinchen hatte nur genickt und nichts begriffen.

»Und was binden die an ihre Kränze? – Eben!!«

Schumann hatte versprochen, sich der Sache gleich am nächsten Morgen anzunehmen, und als Tinchen im Speisesaal erschien, bekam sie zusammen mit dem Kaffee die Vollzugsmeldung.

»Dreimal habe ich die beiden Wörter buchstabiert und viermal erklärt, wozu wir die Bauchbinde brauchen, schon wegen des außergewöhnlichen Formats«, erzählte er lachend, »um fünf Uhr können wir sie abholen. Wenn Sie mit dem Frühstück fertig sind, Tina, kommen Sie doch bitte mal in den Pavillon rüber! Florian und Sergio liegen sich seit einer halben Stunde in den Haaren, weil sie sich nicht über den Standort der Bierbar einigen können.«

Es war Schumann tatsächlich gelungen, drei Fässer Starkbier aufzutreiben, deren fachgemäßes Anstechen Florian übernehmen wollte. Schließlich sei er ein halber Bayer, da ihm seine Mutter als gebürtige Rosenheimerin die Liebe zum Bier und die entsprechende Sachkenntnis quasi mit der Muttermilch eingeflößt habe. Im übrigen habe der Ausschank gleich links neben der Tür zu sein und nicht am entgegengesetzten Ende, weil da die Kapelle säße und Musiker traditionsgemäß Anrecht auf Freibier hätten. »Wenn die so dicht an der Quelle hocken, saufen sie ein Faß alleine leer.«

Dem hielt Sergio entgegen, daß eine italienische Combo, und eine solche habe man ja wohl engagiert, weit über dem Niveau einer deutschen Blaskapelle stehe und allenfalls mal ein Glas Wein trinke.

»Was bleibt den armen Schweinen auch anderes übrig? Wer säuft schon gerne Abwaschwasser?« sagte Florian. Bevor die Diskussion über die Qualität heimischer Nationalgetränke in eine handgreifliche Auseinandersetzung übergehen konnte, fällte Tinchen ein salomonisches Urteil: »Die Bar kommt an die Längsseite, sonst müßten die Kellner jedesmal quer über die Tanzfläche pilgern.«

»Von mir aus, ich bin ja tolerant«, knurrte Florian, womit er einräumte, daß Tinchen vielleicht doch recht haben könnte.

Kaum hatten sich die Gemüter beruhigt, da kam Schumann mit allen Anzeichen eines bevorstehenden Herzinfarkts gelaufen. »Den Alfredo schmeiße ich raus! Sofort! Koch will der Kerl sein und verhunzt mir meinen schönen Geflügelsalat! Knoblauch hat er druntergerührt und Parmesan! Und dann behauptet dieser Ignorant auch noch, das Rezept stamme von seiner sizilianischen Großmutter! Als ob der jemals eine gehabt hätte! Der ist doch eine Mutation von Esel und Kamel!«

Sofort bot Florian seine Hilfe an. »Ich bin Hobbykoch und habe festgestellt, daß man so ziemlich jedes Gericht mit Salbei und Kognak retten kann. Den Salbei schüttet man ins Essen, den Kognak trinkt man selber. Spätestens nach dem dritten ist alles wieder in Ordnung!

Die beiden verschwanden Richtung Küche, und Tinchen warf noch einen Blick auf den Blumenschmuck, von Franca mit viel Geschick arrangiert, bevor sie ins Büro ging. Mit Besuchern rechnete sie zwar nicht, die saßen entweder am Strand oder beim Friseur, aber sie wollte noch einmal in Ruhe alles durchgehen und nachprüfen, ob sie auch nichts vergessen hatte.

Die drei Buketts für die Preisträgerinnen waren bereits am Morgen geliefert worden und schwammen cellophanumhüllt in leeren Marmeladeeimern. Die Nummernschilder 1–20 für die Kandidatinnen, von Karsten unter Verwendung von Tinchens Lippenstift beschriftet, lagen im Hotel auf ihrem Schreibtisch, zusammen mit einem Stapel zurechtgeschnittener Zettel für die Stimmabgabe. Es hatte lange gedauert, bis sie sich auf einen Wahlmodus geeinigt hatten. Schumann hatte für zwei Durchgänge plädiert, von denen einer im Badeanzug stattfinden sollte, weil er so wenig Gelegenheit habe, Bikini-Schönheiten zu besichtigen. »Im Hotel sind sie ja meistens angezogen!« Zu seinem Bedauern wurde er überstimmt, was nicht zuletzt auf den Mangel an geeigneten Umkleideräumen zurückzuführen war.

»Wer soll überhaupt die Kandidatinnen aussuchen?« hatte Tinchen gefragt, aber nur mitleidige Blicke geerntet.

»Die melden sich von selber. Wir werden ein Überangebot haben«, hatte Florian versichert, für den gegenteiligen Fall jedoch angeregt, daß die anwesenden Herren eine Vorentscheidung treffen und den nach ihrer Meinung aussichtsreichsten Damen einfach eine Nummer in die Hand drücken sollten.

»Außerdem finde ich, daß nur wir Männer stimmberechtigt sein müßten«, hatte Karsten gefordert. »Ihr Frauen zählt ja doch bloß die falschen Wimpern und seid neidisch, weil ihr nicht so gut aussieht. Wir Männer beurteilen die Schönheit einer Frau nach anderen Kriterien!«

»Besonders du! ich kann mich noch gut an deine letzte Tussie erinnern! Sie hatte Füße wie Donald Duck, eine Knubbelnase und hundertvierzig Pfund Nettogewicht.«

»Dazu kamen aber eine Eins in Latein und sämtliche Platten von Alexis Korner. Wenn man erst siebzehn ist, legt man eben andere Maßstäbe an. Inzwischen bin ich reifer geworden.«

»Um ganze sieben Monate«, hatte Tinchen gesagt, dann aber eingeräumt, Karstens Vorschlag sei gar nicht so schlecht. Wenn nur die Männer abstimmten, seien Fehlentscheidungen aufgrund von Neid oder verletzter Eitelkeit nahezu ausgeschlossen. »Siegen wird vermutlich ein blondes Puppengesicht mit Wespentaille und langen Beinen, aber Intelligenz ist morgen abend ja doch nicht gefragt. Sie ließe sich in Ermangelung einer kompetenten Jury auch gar nicht ermitteln!«

Um zwölf Uhr schloß Tinchen die Bürotür ab und machte sich auf den Heimweg. Weshalb sollte sie noch länger in der ›Röhre‹ herumhängen? Viel besser wäre es, sich nach dem Essen ein bißchen hinzulegen, vorausgesetzt, man ließe sie in Ruhe.

Kaum hatte sie die Halle betreten, als Florian schon auf sie zustürzte.

»Dein Bruder behauptet, ich müsse zum Friseur. Stimmt das?«

Sie warf einen flüchtigen Blick auf seine wallende Haarpracht. »Zu einem schulterfreien Kleid würde die Schnittlauchfrisur bestimmt gut aussehen, bei einem Oberhemd kaschiert sie bestenfalls den dreckigen Kragen!«

»Also doch Friseur!« resignierte er. »Welchen kannst du mir empfehlen? Ich habe schon Schumann gefragt, aber der braucht ja keinen mehr. Das Beste an einer Glatze ist, daß man damit immer adrett aussieht.«

»Bei mir bist du auch an der falschen Adresse, weil ich nie zum Friseur gehe.« Zum Beweis fuhr sie sich mit beiden Händen durch die kurzen Haare. »Die schneide ich mir immer selber.«

»Meine aber nicht!« wehrte er ab. »Also sag schon, welcher von euren Figaros ist am billigsten?«

»Der neben Bobos Tankstelle. Wenn ich zu dem nicht gehe, spare ich fünfundzwanzig Mark, bei dem auf der Promenade fünfunddreißig. Meistens entscheide ich mich für den letzteren.«

»Recht hast du, Tine! Ich werde mir an dir ein Beispiel nehmen und heute abend Mozartzopf tragen. Könntest du mir vielleicht mit einer passenden Schleife aushelfen?«

Wütend ließ sie ihn stehen und lief die Treppen hinauf zu

ihrem Zimmer. Auf dem Tisch stand ein Wasserglas mit einer blaßvioletten Orchidee. Überrascht öffnete sie den beiliegenden Umschlag. ›Sie müßte zu Deinem gelben Kleid passen. Lila: Bekanntlich der letzte Versuch! Ich freue mich auf heute abend. K. B.‹

Wie beim Tanzstundenball, dachte sie flüchtig, aber dann war sie doch gerührt. Auf solch eine Idee würde Florian niemals kommen, der verschenkte allenfalls Suppengrün. Deshalb also hatte Klaus sich so dafür interessiert, was sie nachher anziehen würde. Aber was meinte er mit ›Letzter Versuch‹? So alt war sie ja nun doch noch nicht, auch wenn sie in knapp drei Monaten achtundzwanzig wurde.

Als Mittagessen ließ Schumann Minestrone servieren und Salatplatten. Das Küchenpersonal habe keine Zeit zum Kochen, es sei mit den Vorbereitungen für den Abend beschäftigt, wofür die geschätzten Herrschaften doch sicher Verständnis hätten.

Sie hatten es und beschlossen, sich später am kalten Buffet schadlos zu halten, für das sie als Hausgäste nicht zu bezahlen brauchten. Wie er die vermutlich zahlreichen Nassauer von seinen eigenen Gästen unterscheiden sollte, wußte Schumann noch nicht, auf jeden Fall würde er höllisch aufpassen müssen. Wer weiß, wie viele Mädchen Sergio ohne Eintritt ins Hotel ließ. Bei dem genügte doch schon ein verheißungsvolles Lächeln, und er vergaß sämtliche Geschäftsinteressen. Er war es auch gewesen, der dafür plädiert hatte, daß man den italienischen Strandcasanovas Zutritt gewähren sollte, obwohl er dann mit einer erheblichen Konkurrenz rechnen mußte.

»Es gibt aber zu viele weibliche Touristen und zu wenig Männer. Die Mädchen wollen tanzen, und mit wem sollten sie, wenn nicht mit uns Eingeborenen?«

»Sergio, du weißt doch selbst, daß die Jungs kaum ein paar Lire in der Tasche haben«, hatte Tinchen eingeworfen.

»Die nicht, aber die Frauen! Ihr Deutschen propagiert doch ständig die Emanzipation. Weshalb soll also nicht derjenige die Rechnung bezahlen, der das meiste Geld hat?«

»Jawohl!« hatte Florian bekräftigt, »mir macht es auch nichts aus, mich von einer Frau zum Essen einladen zu lassen.« Dabei hatte er Tinchen zugeblinzelt, und die hatte schleunigst ihren Mund wieder zugeklappt.

Nun stand sie unter der Dusche, ließ das lauwarme Wasser an sich herabrieseln und memorierte ihre Begrüßungsrede. Kurz sollte sie sein, humorvoll und trotzdem Wesentliches aussagen. Wesentliches fiel ihr nicht ein, ihr Repertoire an humoristischen Allgemeinplätzen spulte sie jede Woche einmal auf der Fahrt nach Nizza ab, so daß es keinen Anspruch mehr auf Originalität erheben konnte, und wozu überhaupt eine Ansprache? Reden sollten gefälligst die Leute halten, die Spaß daran hatten: Politiker, Wirtschaftsbosse, Brautväter ...

Mit einem Knall flog die Zimmertür auf. »Tine, wo bist du?«

Sie griff nach dem Badetuch und versuchte, es möglichst dekorativ und vor allem rutschfest um ihren Körper zu drapieren. Gelungen war ihr das noch nie. Wie machten die das bloß immer im Film? Da stiegen die Frauen aus der Wanne, hüllten sich flüchtig ins Handtuch, klemmten links oben einen Zipfel fest und bewegten sich die nächste halbe Stunde so sicher, als hätten sie einen bequemen Trainingsanzug an. Tinchen dagegen stand nach längstens drei Schritten wieder oben ohne da. »Kannst du nicht anklopfen?« fauchte sie. »Gib mir wenigstens den Bademantel rüber!«

»Hab dich nicht so! Guck dir lieber an, was du deiner Miß Butterfly nachher über den Busen hängen sollst!« Aus einer Plastiktüte zog Florian die Schärpe und entfaltete sie zu voller Länge.

»Soll das ein Witz sein?« Vor Tinchen lagen dreieinhalb Meter schwarzer Taft, an beiden Enden mit Silberfransen verziert, und mitten drin stand in großen silbernen Buchstaben: Miss Butterfly.

Ein paar Sekunden lang starrte sie fassungslos auf die Trauerschleife, dann brach sie in schallendes Gelächter aus. »Wir müssen umdisponieren! Statt der schönsten Frau werden wir ganz einfach die älteste prämieren.«

»Und ihr mit diesem Trauerflor taktvoll klarmachen, daß sie bereits kurz vor dem Ableben steht. Bist du verrückt geworden, Tine?«

»Nein, das geht auch nicht«, räumte sie ein, »wer will schon wahrhaben, daß er älter ist als alle anderen?« Sie bückte sich und legte die Schärpe aufs Bett. »Was sagt denn Schumann dazu?«

»Der tobt! Allerdings mußte er zugeben, daß er am Telefon nichts von der Farbe gesagt hatte. Er war der Meinung gewesen, Begräbnisschleifen seien grundsätzlich weiß.«

»Das muß er mit den Lorbeerkränzen verwechselt haben, die immer an Kriegerdenkmälern abgelegt werden«, lachte Tinchen. »Jedenfalls können wir das Ding hier vergessen!«

»Nimm es auf alle Fälle mit rüber«, empfahl Florian und stopfte den Stein des Anstoßes in die Tüte zurück, »es könnte doch sein, daß es wenigstens zum Kleid unserer künftigen Queen paßt. Und solltest du noch einmal eine Miß-Wahl inszenieren, dann such dir einen anderen Lieferanten. Friedhofsgärtner leben schon von Berufs wegen alle halb im Jenseits! – Jetzt schmeiß dich endlich in Gala, die ersten Ballschönen trudeln bereits ein.«

Kaum hatte sie mit dem Make-up begonnen, als Karsten im Türrahmen erschien. »Hast du Nähgarn? Der Manschettenknopf ist ab, und mit Uhu hält er nicht.«

»Im Nachttischkästchen müßte welches sein.« Während Karsten mit doppeltem Zwirn den Knopf annähte, beobachtete er interessiert die kosmetischen Anstrengungen seiner Schwester.

»Warum machste das überhaupt?«

»Ein bißchen Lidschatten macht die Augen schöner.«

Er sah sie prüfend an. »Und wann wirkt es?«

Erbost warf sie die Haarbürste in seine Richtung. »Verschwinde! Ich habe keine Lust, mir die unqualifizierten Kommentare eines Halbwüchsigen anzuhören!«

Das hatte gesessen! »Verstehst du denn überhaupt keinen Spaß mehr? Ich wollte doch nur sagen, daß du dich gar nicht anzumalen brauchst, weil du auch ohne diesen ganzen Quatsch prima aussiehst.«

Sie strich ihm versöhnlich über die Haare. »Ist ja gut. Deine Getränke heute abend hätte ich sowieso bezahlt.«

Als sie gegen zwanzig Uhr den Pavillon betrat, war sie überrascht, daß fast jeder Tisch schon besetzt und die Tanzerei in vollem Gang war. Gleich neben der Tür stand Schumann. Er hatte einen Frack angezogen und wirkte sehr historisch. »Der Abend wird ein Bombenerfolg, Tina, so etwas hätten wir schon viel öfter machen sollen.«

Suchend blickte sie in die Menge. Auf der Tanzfläche entdeckte sie Karsten, der mit einem nickelbebrillten Teenager vom Typ Klassenbeste herumhopste, und gleich neben der Bierbar – wo auch sonst? – unterhielt sich Florian mit einem rothaarigen Vollblutweib. Beinahe hätte Tinchen ihn gar nicht erkannt. Er trug einen nagelneuen weißen Anzug, dazu ein dunkelblaues Hemd mit Schlips, und der schicke Haarschnitt war ihm ganz bestimmt nicht im Laden neben der Tankstelle verpaßt worden. Der sah nach mindestens dreißig Mark aus.

Jetzt hatte Florian sie gesehen. Lässig winkte er mit der Hand und wandte sich wieder seiner Gesprächspartnerin zu. Vierzig war die bestimmt und aufgetakelt wie ein Zirkuspferd, registrierte Tinchen wütend. Die hatte bestimmt den halben Nachmittag vor dem Spiegel verbracht, damit sie für fünf Stunden zehn Jahre jünger aussah! Was fand er bloß an der? Nun führte er sie sogar zur Tanzfläche! Ausgerechnet Florian, der im ganzen Pressehaus als Tanzmuffel verschrien und auf dem Betriebsfest nur mit Mühe zu bewegen gewesen war, die üblichen Pflichtrunden mit Frau Sperling und der Chefsekretärin zu drehen. Tinchen hatte er noch nie aufgefordert, aber für diesen wandelnden Farbkasten da hinten brach er mit sämtlichen Prinzipien! Wahrscheinlich hatte sie Geld! Und Florian hatte ganz sicher seine letzten Kröten in den neuen Habitus gesteckt, um jetzt eine lohnende Quelle anzuzapfen. Nun hatte er sie offenbar gefunden. Auch wenn sie viel zu alt für ihn war und gefärbte Haare hatte. Außerdem war sie mehr als nur vollschlank. Dafür trug sie allein am Hals ein halbes Einfamilienhaus mit sich herum! Die andere Hälfte steckte an den rotlackierten Fingern! Und für so einen charakterlosen Schuft hatte sie, Tinchen, Sympathie und sogar noch ein bißchen mehr empfunden! Ein Glück, daß ihr noch rechtzeitig genug die Augen aufgegangen waren!

Trotzdem konnte sie die aufsteigenden Tränen nicht verhindern. Ein Schluchzen saß in ihrer Kehle, das sie mühsam zu unterdrücken suchte, weil die Wimperntusche nicht wasserfest war. Aber dann tropfte es doch dunkelgrau auf ihren Handrücken, und sie trat eilends den Rückzug an. Auf ihr Zimmer wollte sie, am liebsten gleich ins Bett, niemanden mehr sehen, schon gar nicht Florian – jetzt tropfte das schwarze Zeug bereits aufs Kleid –, sollte er doch seine Miß Karottenkopf krönen, zu der paßte sogar die Trauerschärpe, weil sie ohnehin in schwarzen Brillantsamt gewickelt war ...

»Schon wieder eine Fliege im Auge?« Tinchen fühlte sich von zwei kräftigen Armen gepackt, die sie vom Eingang weg in die Dunkelheit zogen. »Du siehst bezaubernd aus, Tina, und solltest wirklich keinen Grund zum Weinen haben.«

»Ich weine ja gar nicht«, schluchzte sie.

»Auf Freudentränen hatte ich allerdings nicht zu hoffen gewagt.«

Brandt reichte ihr sein Taschentuch: »Napoleon hat mal gesagt, daß Frauen zwei Waffen haben: Kosmetik und Tränen. Damit hatte er zweifellos recht, nur solltet ihr nicht beide gleichzeitig anwenden!«

Sie schnaubte herzhaft in das Tuch und steckte es ein. »Jetzt habe ich schon zwei.« Und mit einem zaghaften Lächeln: »Ich freue mich, daß du endlich da bist. Wir sitzen dort drüben unter den grünen Lampen. Wartest du einen Moment? Ich glaube, ich muß mich doch erst ein bißchen restaurieren.«

Florian würde hoffentlich nicht die Unverfrorenheit besitzen, seine neue Eroberung an ihren Tisch zu bringen. Der war für Lilo und ihren Dottore reserviert, für Karsten natürlich, für Sergio und für sie, gezwungenermaßen auch für Florian, aber keinesfalls für brillantenbehängte Matronen!

Als sie kurze Zeit später zurückkam, hatte Tinchen Lilos großen Auftritt verpaßt. Mit genau einkalkulierter Verspätung war sie just in dem Augenblick am Eingang erschienen, als die Kapelle eine Pause gemacht hatte und die Anwesenden nicht mehr von der Freizeitakrobatik auf der Tanzfläche abgelenkt worden waren.

»Die ist reingerauscht wie eine Primadonna«, flüsterte Karsten seiner Schwester zu, »und ihr Macker ist hinterhergewieselt wie der Impresario.«

Genauso benahm er sich auch. Er bestellte Champagner für den ganzen Tisch, ließ ein Sortiment Zigaretten bringen und sorgte dafür, daß ständig mindestens ein Kellner für ihn durch die Gegend trabte und die kleine Gesellschaft in den Mittelpunkt der Aufmerksamkeit rückte. Im Gegensatz zu Tinchen schien Lilo dieses allgemeine Interesse zu genießen. Scheinbar zufällig spielte sie mit ihrer neuen Perlenkette. An der linken Hand blitzte ein Halbkaräter.

»Na, hast du ihn doch herumgekriegt?«

»Die Perlen sind mein Verlobungsgeschenk. Enrico wird das nachher offiziell bekanntgeben.«

»Bravo! Dann hast du es ja endlich geschafft! Gratuliere!« Neidisch war Tinchen nicht, aber einen kleinen Stich verspürte sie doch. Man hätte ihr diesen Enrico zwar platinumwickelt auf einem Tablett servieren können, ohne daß sie ihm mehr als zwei Blicke geschenkt hätte, aber Lilo schien sich diesen Goldfisch nicht nur aus materiellen Erwägungen geangelt zu haben. Es sah fast so aus, als ob sie sogar Gefühle investierte.

»Stammt der Ring auch von ihm?«

»Nein, der ist schon alt. Mein erster Mann hatte ihn mir zur Hochzeit geschenkt.«

»Und du hast ihn nach der Scheidung nicht zurückgegeben?« staunte Tinchen, »ich denke, das tut man?«

»Weshalb denn? Meine Gefühle für den Ring hatten sich doch nicht verändert!«

Entgegen Sergios Behauptung hatte die Kapelle das deutsche Faßbier dem einheimischen Wein vorgezogen und ging frisch gestärkt wieder an die Arbeit. Sie spielte einen Walzer.

»Darf ich bitten?«

In dem weißen Dinnerjackett machte Brandt eine tadellose Figur, und daß er dazu auch noch hervorragend tanzen konnte, überraschte Tinchen gar nicht. Wer so aussah, mußte das einfach können! Sie selbst tanzte auch nicht schlecht, und so dauerte es nicht lange, bis sich die anderen Paare von dem Rondell zurückzogen und den beiden das Parkett allein überließen.

»Genau wie im Märchen, als der Prinz mit Aschenbrödel den Ball eröffnete«, flüsterte Brandt, bevor er Tinchen unter dem Beifall der übrigen Gäste wieder zum Tisch brachte. Dort lümmelte Florian einsam und verlassen auf seinem Stuhl. Mit scheelen Blicken begrüßte er seinen Nebenbuhler.

»Der nächste Tanz gehört aber mir, Tine!«

Sie wollte empört ablehnen, besann sich dann aber doch eines Besseren. Ganz nüchtern war Florian bestimmt nicht mehr, und einen Korb würde er kaum widerspruchslos hinnehmen. Eine lautstarke Auseinandersetzung wollte sie aber nicht riskieren, deshalb stand sie gehorsam auf, als die Kapelle wieder spielte.

»Warum tanzt du nicht mit deinem Zirkuspferd?«

»Mit wem?« Florians Erstaunen war echt.

»Ich meine dieses rothaarige Tier mit seinen goldbeschlagenen Hufen!«

Vor lauter Überlegen kam er aus dem Takt und trat ihr auf die Füße.

»Autsch!«

»Tschuldigung, aber ich kann mich beim besten Willen an kein Pferd erinnern.«

»Vorhin an der Bierbar konntest du es noch ganz gut.«

Endlich hatte Florian begriffen. »Du meinst doch nicht

etwa Frau Leibowitz? Die habe ich schon gekannt, als sie noch in meinem Alter war. Sie ist Moderedakteurin bei einer Illustrierten und hauptberuflich Gattin eines Badewannenfabrikanten. Zur Zeit macht sie Urlaub. Warum ausgerechnet hier, weiß ich nicht. Wahrscheinlich war Hawaii schon ausgebucht. Ich hab' sie ganz zufällig getroffen.«

Tinchen biß sich auf die Lippen. Nur nicht weich werden! Florian konnte ihr viel erzählen! Seine Fantasie schlug manchmal Purzelbäume. Das hatte schon Dr. Vogel festgestellt – damals, als Flox den detaillierten Bericht in die Setzerei gegeben hatte über einen Liederabend, der wegen Erkrankung des Künstlers kurzfristig abgesagt worden war. Erst am nächsten Tag war herausgekommen, daß Florian überhaupt nicht hingegangen war, sondern seinen Artikel aus Archivmaterial zusammengeschmiert hatte. Die Blamage hatte ihm der Sperling lange nicht verziehen.

»Wann soll die Schlacht eigentlich beginnen?« Ein Themawechsel schien Tinchen jetzt dringend angebracht.

»Soviel ich weiß, wird das Buffet um zehn Uhr freigegeben.«

»Kannst du nur ans Essen denken?«

»Wenn's nichts kostet, immer!«

Sie seufzte – weniger wegen Florians Vorliebe für Eiersalat, von dem er bereits am Nachmittag zwei Teller verdrückt hatte, sondern weil er schon wieder auf ihrem Fuß stand. »Du tanzt wie ein Nilpferd!«

»Ich weiß, aber Tango war noch nie meine Stärke.«

»Das ist ein Foxtrott!«

»Den kann ich auch nicht!«

Sie löste sich aus seinen Armen und ließ ihn einfach stehen. Es wurde sowieso höchste Zeit, die Anwesenden mit den Präliminarien zur Schönheitskonkurrenz bekanntzumachen. Die Kellnerbrigade, aufgefüllt durch mehrere Aushilfskräfte, die nach Schumanns Ansicht ihr Metier in einer Hafenkneipe gelernt hatten, verteilte die Stimmzettel, während Tinchen auf den verabredeten Tusch wartete, der größeren Ereignissen immer vorauszugehen pflegt. Brandt half ihr zuvorkommend aufs Podium, stellte das Mikrofon niedriger, vor dem ein ellenlanger Schmalztenor in allen Variationen sein ›Bella Italia‹ besungen hatte, drückte Tinchen beruhigend die Hand und überließ sie ihrem Schicksal.

»Sehr geehrte Damen und Herren, liebe Schmetterlinge«, begann sie und hätte sich am liebsten gleich auf die Zunge gebissen. So ähnlich hatte Lübke auch immer angefangen, wenn er in einem Negerkral die Stammesältesten begrüßen mußte. Sie fuhr fort: »In der ganzen zivilisierten Welt wird immer irgendwo irgend etwas gewählt: das Europaparlament, der Sportler des Jahres, die deutsche Weinkönigin, der billigste Kleinwagen oder die erfolgreichste Fernsehsendung. Und dann gibt es noch die Schönheitsköniginnen, die von der Miß Airport bis zur Miß Strumpfhose so ungefähr alle Bereiche umfassen, die ein publikumswirksames Aushängeschild brauchen. Nur die Tierwelt ist bisher verschont geblieben. Dieses Versäumnis wollen wir heute nachholen. Wir werden eine Miß Schmetterling wählen, oder – um es auf gut Deutsch zu sagen – eine Miß Butterfly.«

Bravorufe ertönten, es wurde Beifall geklatscht, und eine sonore Männerstimme rief: »Denn bleiben Se man jleich da oben stehn, Frollein! Eenen schön'ren Schmettaling wer'n wa wohl janich finden!«

Sie überhörte das Kompliment und fuhr fort: »Da bekanntlich die Herren der Schöpfung seit Jahren um ihre Gleichberechtigung kämpfen, sollen sie heute das alleinige Stimmrecht bekommen. Die Mutigen unter Ihnen können sich bei mir eine Nummer abholen, die Sie dann bitte an die Dame weitergeben wollen, der Sie eine berechtigte Chance einräumen. Wenn das Defilee der Kandidatinnen vorüber ist, werden auch alle Ehemänner Gelegenheit haben, ihrer Favoritin zum Sieg zu verhelfen. Die Wahl ist selbstverständlich geheim und nur den Männern vorbehalten. Und jetzt darf ich um die Nominierung der Kandidatinnen bitten.«

Im Handumdrehen war Tinchen ihre Lippenstiftnummern los. Amüsiert verfolgte sie, wie sich die Männer an den

Tischen vorbei zu ihren Auserwählten schlängelten und den zum Teil Zögernden die Nummernschilder in die Hand drückten. Besonderes Gedränge herrschte bei Lilo, die offenbar schon jetzt als heimliche Siegerin galt. Geschmeichelt überlegte sie, mit welcher der drei angebotenen Nummern sie in die Konkurrenz gehen sollte. Sie hatte sich gerade für die Sieben entschieden, als Florian dazwischenfuhr.

»Du bist wohl total plemplem, Mädchen! Als Angestellte dieses Vereins kannst du bei dem Zirkus doch nicht mitmachen! Ja, ich weiß, du würdest mit Längen gewinnen, aber was willst du mit einer Pappmachékrone, wenn dir dein Schuhsohlenfritze bald eine aus diesem grünen Stachelzeug aufs Haupt drückt. Oder heiratet man beim zweiten Mal nicht mehr in Weiß?«

Verärgert setzte sich Lilo wieder hin. So ungern sie Florian recht gab, mußte sie doch einsehen, daß sie wirklich nicht an der Wahl teilnehmen konnte.

»Gib mir mal so'n Ding!« Er klemmte sich die Zwölf unter den Arm und verschwand im Gedränge.

Die ersten Kandidatinnen sammelten sich auf der Tanzfläche. Hellblauer Tüll mischte sich mit Großgeblümtem, hochhackige Sandaletten trippelten neben ausgetretenen Slippern Größe 42, toupiertes Blond musterte abschätzend dunklen Pagenkopf. Die jüngste Teilnehmerin mochte gerade sechzehn sein, die älteste bereits im Rentenalter – eine zierliche Dame mit schneeweißen Haaren und lustigen braunen Augen. Sie wurde von ihrem Enkel begleitet.

»Drei Stimmen kriegst du garantiert, Oma! Meine, die von Onkel Albrecht und die von dem Herrn am Nebentisch, der schon den ganzen Abend mit dir flirtet. Für mich bist du sowieso die Schönste!« Mit einem Kuß verabschiedete er sich.

Recht hat er, dachte Tinchen. Neben diesen ausdruckslosen Schaufensterpuppen wirkte die alte Dame mit dem faltigen Gesicht als einzige lebendig. Bewundernswert ihr Humor, der sie diesen Blödsinn hier mitmachen ließ.

Tinchen zählte die Damenriege durch. Neunzehn – also

fehlte noch eine. »Wir vermissen unsere letzte Kandidatin!« tönte sie ins Mikro, und prompt klang es von ganz hinten: »Die kommt schon!«

Tinchen fielen fast die Augen aus dem Kopf. Auf der Tanzfläche erschien schwarzer Samt, darauf ein Brillantkollier – das Zirkuspferd! Nur Florian konnte diese Walküre in die Arena geschickt haben! Und dann behauptete der verlogene Kerl auch noch, er würde sie nur flüchtig kennen! Rein beruflich natürlich! Wer sich selbst zum Gespött der Leute macht und als Beinahe-Greisin mit gutgewachsenen jungen Mädchen in Konkurrenz tritt, der mußte entweder blind oder verliebt sein. Blind war sie bestimmt nicht, sonst hätte sie eine Sonnenbrille getragen statt der angeklebten Fliegenbeine. Mancher Mensch braucht eben eine ganze Menge Zubehör – um halbwegs menschlich auszusehen!

Zu den Klängen des River-Kwai-Marsches zogen die zwanzig Auserwählten unter den teils wohlwollenden, teils spöttischen Blicken der Zuschauer ihre Kreise. Fünfmal rechts herum, dann Kehrtwendung, und noch einmal das gleiche in entgegengesetzter Richtung. Man konnte ja nicht wissen, wer wo seine Schokoladenseite hatte, und schließlich sollte die Wahl einigermaßen gerecht ablaufen.

Die Kapelle verstummte, und Tinchen griff wieder zum Mikrofon. »Jetzt sind Sie dran, meine Herren! Notieren Sie bitte die Nummer Ihrer Favoritin, und falten Sie die Zettel zusammen. Die Kellner werden sie gleich einsammeln und genau darauf achten, daß nicht gemogelt wird. Jeder hat nur *eine* Stimme!«

Erleichtert kehrte Tinchen auf ihren Platz zurück. Das Schlimmste war überstanden.

»Haste ganz prima gemacht, Tine«, lobte Karsten, »besser hätte ich das auch nicht hingekriegt. Was glaubst du denn, wer Sieger wird?«

»Wenn es nach mir ginge, das Muttchen. Für wen hast du gestimmt?«

»Geht dich gar nichts an, die Wahl ist geheim!«

»Ich habe von meinem demokratischen Recht Gebrauch gemacht und mich der Stimme enthalten«, sagte Brandt. Leise fügte er hinzu: »Meine Königin siegt außer Konkurrenz.«

Gott, dachte Tinchen, ein bißchen viel Schmalz auf einmal. Warum rutschen die meisten Männer bloß immer ins Banale ab, sobald sie ein Kompliment machen wollen?

Die erste ›Wahlurne‹ wurde vor ihr abgeladen. Karsten kippte den Sektkühler um und machte sich ans Zählen.

»Wo ist Lilo?«

»Die hat sich verdrückt. Als Florian ihr verklickert hatte, daß sie bei dieser Fleischbeschau nicht mitmachen könnte, ist sie beleidigt abgezogen. Ihren Heini hat sie mitgenommen. Wahrscheinlich hatte sie Angst, der würde angesichts dieser geballten Masse Schönheit auf falsche Gedanken kommen. – Sagen Sie mal, Herr Brandt, haben Sie von ihren Computern schon genug gelernt, um aufgrund der ersten Ergebnisse eine Hochrechnung aufstellen zu können? Nein? Dann bin ich Ihnen überlegen. Ich tippe auf die Nummer elf.«

Eine knappe halbe Stunde dauerte es, dann stand die Siegerin fest. Es war tatsächlich die Elf.

»Weißt du noch, was sie anhat?«

»Irgendwas in Grün mit was Schwarzem am Hals«, lautete die präzise Auskunft, wobei man Karsten zugestehen mußte, daß er sich mehr für die Gesichter interessiert hatte als für die Garderobe und darüber hinaus eine ganz andere Aspirantin gewählt hatte, die weit abgeschlagen auf dem siebzehnten Platz gelandet war.

»Dann können wir die Schärpe ja doch benutzen!« Tinchen holte die Trauerschleife aus der Tüte, vergewisserte sich, daß die Blumensträuße ohne Marmeladeneimer griffbereit neben dem Schlagzeug lagen, und bestieg erneut das Podium. Sofort wurde es still im Saal.

»Darf ich die Nummern vier, sechs und elf herbitten?«

Hälse wurden gereckt, Stimmengemurmel setzte ein, und unter dem Beifall des Publikums bauten sich die drei Siegerinnen vor Tinchen auf, darunter die alte Dame mit dem weißen Haar. Vor Aufregung hatte sie richtige rote Bäckchen bekommen.

»Gewinnerin und damit Miß Butterfly wurde die Nummer elf!« verkündete Tinchen und drapierte dem Brigitte-Bardot-Verschnitt das Taftungetüm über die Schulter. Das Kleid entpuppte sich übrigens als türkisfarben und das Schwarze am Hals als gehäkelte Stola – eine etwas merkwürdige Kombination, die durch den schwarzen Brustwickel nun auch nicht eleganter wirkte. Mit einer artigen Verbeugung überreichte Schumann die Blumen, aber irgend etwas fehlte doch noch? Richtig, die Krone. Verflixt noch eins, wo war das Ding denn abgeblieben? Hilfesuchend sah Tinchen zu Karsten hinunter. WO IST DIE KRONE? artikulierte sie stumm.

»An der Rezeption!« brüllte der und entwetzte. An eine Fortsetzung der Inthronisation war im Augenblick nicht zu denken. Mit hochrotem Gesicht überreichte Tinchen den beiden Plazierten – Oma war Dritte geworden – Blumen nebst Angebinde, sicherte ihnen aus lauter Verlegenheit noch eine Freifahrt nach Nizza zu (Nummer vier hatte die Tour schon hinter sich und wollte lieber nach Portofino) und schickte sie mit ein paar Floskeln wieder auf ihre Plätze. Endlich kam Karsten angestürmt, reichte die Krone aufs Podium, wobei er ein gezischtes »Du kannst nachher noch was erleben!« kassierte, und nun konnte Tinchen die Zeremonie beenden. Lauter Beifall ertönte, als sie der strahlenden Miß Butterfly das glitzernde Diadem auf die blonden Dauerwellen drückte. Nachdem sie die Brosche überreicht hatte, sagte sie einladend: »Vielleicht möchten Sie ein paar Worte sagen?«

»O yes.« Fräulein Schmetterling trippelte zum Mikrofon und hauchte mit Piepsstimme: »I'm so very happy! Thanks to all!«

Ausgerechnet eine Janet Carter aus Birmingham war deutsche Schmetterlingskönigin geworden!

Tinchen stand neben Brandt an der Hotelbar und spielte mit dem Campariglas. Es war schon der dritte, trotzdem zeigte er überhaupt keine Wirkung. Dabei reichten normalerweise zwei, um sie in Hochstimmung zu versetzen. Diesmal trat das Gegenteil ein. Sie hatte einen Moralischen und fühlte sich zum Heulen.

Durch die geöffnete Tür beobachtete Brandt die Schlacht am kalten Buffet. »Leute, die vor einer Bevölkerungsexplosion warnen, meinen eine Welt mit zu vielen Menschen und zu wenig Nahrung – also genau das, was sich da drüben gerade abspielt.«

»Laß sie doch. Was heute nicht alle wird, kriegen die Angestellten sonst morgen als Personalessen.«

Aufmerksam sah er sie an. »Tina, was ist los mit dir? Du hast doch allen Grund, froh zu sein. Diese alberne Wahl hast du sehr souverän über die Bühne gebracht, die Party ist ein voller Erfolg, alle amüsieren sich, nur du läßt die Flügel hängen und machst auf Weltschmerz. Laß uns tanzen! Vielleicht kommst du dann auf andere Gedanken.«

Kam sie auch! Das erste, was sie sah, war der schwarze Brillantsamt und neben ihm ein schwafelnder Florian. Jetzt verhakten sie auch noch ihre Arme, führten die Sektgläser zum Mund und... Also für einen harmlosen Brüderschaftskuß dauerte der aber entschieden zu lange! Die ließ ihn ja gar nicht mehr los! Und dann diese unverhohlene Leidenschaft hier vor allen Leuten! Außer Tinchen kümmerte sich allerdings niemand um das vergnügte Paar, so daß sie ihre Empörung nicht einmal laut hinausschreien konnte.

»Wollen wir nicht einen kleinen Spaziergang machen?« schlug Brandt nach einer Weile vor. Er hatte Tango getanzt und Rumba, sogar Charleston, obwohl er dafür nun gar nichts übrig hatte, nur weil Tinchen plötzlich eingefallen war, daß die Tanzfläche jetzt nicht mehr so voll sei und man sich endlich richtig bewegen könne. Dabei hatte sie sich gar nicht bewegt. Sie war mehr oder weniger auf der Stelle getreten und hatte sich kaum einmal herumgedreht. Ständig hatte sie die Bierfässer im Auge behalten, obwohl die inzwischen geleert und schon deshalb völlig uninteressant waren.

»Kann ich nicht endlich mal ein paar Minuten mit dir allein sein?« bohrte Brandt von neuem, »ich möchte dich nämlich etwas fragen.«

»Was denn?«

»Etwas Wichtiges.«

Für Tinchen gab es im Augenblick nichts Wichtigeres als den Tisch, an dem sich Florian mit dem Brillantsamt amüsierte. Seit der Miß-Wahl, die für seine Favoritin zu einem grandiosen Miß-Erfolg geworden war (auf den sechzehnten Platz war sie gekommen!), hatte er kein Wort mehr mit Tinchen gewechselt. Viel Spaß hatte er ihr nur gewünscht und dafür plädiert, daß man Gesellschaftstanz als Pflichtfach in allen Schulen einführen sollte, da es offenbar zur Allgemeinbildung gehöre und für manche Leute entscheidender sei als ein liebend Herz, das man trotz aller medizinischen Fortschritte noch immer nicht sichtbar vor sich hertragen könne. Im übrigen sei sie kalt wie eine Hundeschnauze, was andererseits eine Beleidigung für Bommel bedeute, noch blinder als ein Maulwurf und so feinfühlig wie ein Panzernashorn. Womit seine Kenntnisse der Mentalität einzelner Tierarten erschöpft seien, aber mehr Vergleiche brauche er sowieso nicht. Dann hatte er sie stehenlassen und den ganzen Abend nicht mehr angesehen.

»Willst du nicht wenigstens eine Kleinigkeit essen?« Manchen Menschen schlägt ein leerer Magen aufs Gemüt, und nach Brandts Ansicht mußte Tina auch dazu gehören. Wenn sie ihm bloß nicht wieder aus den Pantinen kippte!

»Ich hab' keinen Hunger.«

»Der Appetit kommt beim Essen!« dozierte er Großmütterweisheit, ohne zu ahnen, daß Antonie Pabst mit diesem Spruch ihre kalorienarmen Mahlzeiten anzupreisen pflegte und fast immer das Gegenteil erlebte.

Wie zum Beweis für Brandts Theorie erschien ein vergnügter Karsten am Tisch. In der linken Hand balancierte er einen vollgehäuften Teller, mit der anderen schaufelte er Muschelsalat in sich hinein. »Schmeckt prima, Tine, willste mal probieren?«

»Nein danke, du frißt ohnehin für zwei! Das ist doch mindestens der vierte Teller, den du jetzt verdrückst! Schämst du dich eigentlich nicht?«

»Nö, warum denn?« fragte er kauend, »die letzten drei Mal habe ich Schumann gesagt, es sei für dich. Spendierst du mir noch 'n Gin-Fizz? Dann rutscht es besser.«

An der Bar hockten Lilo und ihr Dottore, erstere ein bißchen pikiert, weil sich noch immer keine Gelegenheit ergeben hatte, die Verlobung offiziell zu verkünden. Enrico unterhielt sich sehr angeregt mit dem Stadtpfarrer, einem noch sehr jugendlichen Herrn, von dem behauptet wurde, er habe seiner inoffiziellen Freundin einen Parfümeriesalon eingerichtet. Das Gerücht hielt sich hartnäckig, obwohl Don Emilio in dem eleganten Geschäft nicht häufiger gesichtet wurde als in der Splendid-Bar und im Waisenhaus. Oder ebenso selten – je nachdem, wie herum man die Sache sehen wollte.

Wie fast überall in Italien tolerierte man das Privatleben des parroco und erwartete als Gegenleistung, daß er von der Kanzel nicht ewige Verdammnis predigte, sondern ein Hintertürchen offenließ und mit den Sündern im Beichtstuhl gnädig umging. Zehn Ave Maria nebst einem Scherflein für den Opferstock erschienen selbst dem ärgsten Geizkragen nicht zu viel. Man würde ja auch dafür Sorge tragen, daß sich jener peinliche Vorfall nicht wiederholte, als ein paar Halbwüchsige ihrem Seelenhirten zu nächtlicher Stunde aufgelauert und ihn in die Gartenlaube seiner – nun ja, mütterlichen Freundin gesperrt hatten. Erst am Morgen hatte man die Tür entriegelt, und es hatte wohl vieler weiser Worte bedurft, um später dem Bischof dieses für einen geistlichen Herrn doch etwas unübliche Nachtquartier zu erklären.

Tinchen langweilte sich. Außerdem begannen die vielen Camparis zu wirken und machten sie müde. Eigentlich könnte sie jetzt ruhig schlafen gehen. Niemandem würde auffallen, wenn sie jetzt verschwände, nicht einmal Klaus, der offenbar vergessen hatte, was er ihr Wichtiges sagen wollte. Er stand neben Schumann und sah ungläubig auf das Dekolleté der schwarzhaarigen Frau, die gerade mühsam einen Hocker erkletterte.

»Unfaßbar!« murmelte er.

Schumann nickte zustimmend. »Leider!«

Die Dame war nicht allein. In ihrem Kielwasser schwamm ein angeheiterter Florian, der zuerst stutzte, als er Tinchen sah, dann schnurstracks auf die Theke zusteuerte und Whisky bestellte. In einem Zug kippte er ihn hinunter und orderte sofort den nächsten. »Bei deinen Preisen, Fritz, kann man sich erst dann zu dem zweiten entschließen, wenn man den ersten intus hat.« Versonnen stierte er ins Glas. »Den ganzen Abend schon will ich meine Sorgen ertränken, aber die können alle so prima schwimmen.«

»Was haste denn für Sorgen?« Mitfühlend legte Karsten seinen Arm um Florians Schultern. »du kannst doch Schumann ruhig anpumpen, er hat es dir ja angeboten.«

»Quatsch! Notfalls kann ich noch meine Benzingutscheine verscherbeln. Aber dieser gelackte Affe da drüben« – ein finsterer Blick streifte Brandt – »macht mir deine Schwester abspenstig. Kannst du mir vielleicht mal verraten, was der hat und ich nicht habe?«

»'ne weiße Jacke!«

»Habe ich auch!« Florian strich über sein Revers und korrigierte sich: »Jedenfalls war sie weiß, bis mir jemand Pfefferminzlikör drübergekippt hat. Außerdem ist das nur äußerlich. Arroganz ist aber angeboren. Und dieser Knilch da ist widerwärtig arrogant!«

Der so Beschuldigte nahm die Anklage mit hochgezogenen Augenbrauen entgegen, sagte aber nichts.

»Er hält mich ja nicht mal einer Antwort für würdig!« Es war offensichtlich, daß Florian Streit suchte.

»Läßt du dir das gefallen?« stichelte Tinchen. Sie hatte ihren Kopf demonstrativ an Brandts Schulter gelegt und mimte junges Glück.

»Nein!« sagte Brandt entschieden und baute sich vor Florian auf.

»Darf ich Ihnen jetzt mal in aller Freundschaft meine Meinung sagen?«

»Nur zu!« ermunterte ihn Florian, während er nun seinerseits aufstand. »Das ist die zivilisierte Form, Beleidigungen anzubringen!« Er kochte vor Wut und Eifersucht, sah aber ein, daß er jetzt und hier auf jeden Fall den kürzeren ziehen würde. Dieser Brandt schien stocknüchtern zu sein, während er, Florian, entschieden zuviel getrunken hatte. Seit jenem Abend in der Disco, wo er so intensiv mit Lilo geflirtet und sich Tinchens Zorn eingehandelt hatte, war ihm das nicht mehr passiert. Aber heute hatte er einfach nicht anders gekonnt. Stundenlang zusehen zu müssen, wie sein Tinchen in den Armen dieses Schnösels lag, war einfach mehr gewesen, als er in nüchternem Zustand ertragen konnte. Man muß ja nicht unbedingt Wange an Wange tanzen, wenn man nicht will! Aber Tinchen hatte ja gewollt, das hatte er ganz deutlich gesehen. Daraufhin hatte ihn der Hafer gestochen, und er hatte angefangen, mit dieser verblühten Schönheit aus Neuss herumzualbern. Eine ganze Flasche Asti spumante hatte es ihn gekostet, bis sie endlich bereit gewesen war, an dieser Schönheitskonkurrenz teilzunehmen. Aber der Einsatz hatte sich wenigstens gelohnt! Für Tinchen war es ein Schock gewesen, als Inge Leibowitz plötzlich mit der Nummer in der Hand auftauchte. Und später, als Tinchen mit diesem personifizierten Kleiderständer so hingebungsvoll getanzt hatte und gar nicht mehr aufhören wollte, da hatte er sich sogar überwunden und mit der Badewannentante Brüderschaft getrunken. Jetzt bereute er diesen Einfall bitter. Vielleicht war er doch zu weit gegangen. Der eisige Blick, den Tinchen ihm zugeworfen hatte, hätte sogar die Sahara in eine Kältesteppe verwandelt! Seitdem hatte sie durch ihn hindurchgesehen, als ob er Luft wäre. Warum war er nicht ganz einfach hingegangen und hatte diesem Klaus Brandt eine heruntergehauen? Das ist zwar nicht die feine englische Art, manchmal aber sehr wirkungsvoll, und das Überraschungsmoment wäre auch auf seiner Seite gewesen.

Jetzt war es zu spät. Brandt stand vor ihm, lächelte spöttisch und – wartete.

Florian zog die Konsequenzen. Er stellte das leere Glas auf die Theke, und mit einem verachtungsvollen Blick auf seinen Widersacher wandte er sich zum Ausgang. »Ich überlasse Ihnen kampflos das Feld! Mich sehen Sie hier nicht wieder!« Sprach's und wankte hinaus.

Tinchen erinnerte sich, etwas ähnlich Monumentales bei Schiller gelesen zu haben, aber es war doch wohl kaum anzunehmen, daß er die Absicht hatte, als Räuber in die böhmischen Wälder zu gehen.

»Das war'n Abgang!« sagte Karsten ehrfurchtsvoll.

»Das war kindisch!« sagte Tinchen.

»Das war gemein!« sagte die Schwarzhaarige auf dem Barhocker. »Er hatte doch versprochen, heute nacht noch mit mir Boot zu fahren.«

In jeder Lage hilft Salzwasser – Schweiß, Tränen oder das Meer. Nachdem Tinchen die erste und die letzte Möglichkeit verworfen hatte, entschied sie sich für die Alternative. Sie heulte.

Nur mit Mühe hatte sie in leidlich gefaßter Haltung die Bar verlassen und in ihr Zimmer laufen können, aber dann hatte es einen wahren Sturzbach gegeben. Der ganze Ärger und vor allem die Enttäuschung über diesen verpatzten Abend hatten sich in einem minutenlangen Schluchzen Luft gemacht, aber erleichtert hatte es sie nicht. Sie trat ans Fenster und schob die Vorhänge zur Seite. Das Meer glitzerte, wie es eben bei Mondschein zu glitzern hat, Gelächter war zu hören und ein Plattenspieler, der jaulend einem verlorengegangenen Motorrad nachtrauerte. In der Ferne flackerte ein Feuer. Strandparty.

So jung müßte man noch einmal sein, dachte sie sehnsüchtig, jung und unbeschwert, nicht von Enttäuschungen verbittert und von Erfahrungen gereift!

Das Kapitel Florian war jedenfalls abgeschlossen! Gleich

morgen früh würde sie mit ›Sole mio‹ wegfahren, in die Berge oder nach Mailand, endlich mal den Dom und die Scala wenigstens von außen angucken, und erst spät abends würde sie zurückkommen, wenn Florian auf seinem Zimmer Koffer packte. Sie wollte ihn vor der Abreise nicht mehr sehen. Überhaupt nie mehr! Statt dessen würde sie sich bei Klaus entschuldigen, weil sie vorhin ganz einfach weggelaufen war. Er würde das schon verstehen. Auch ohne viel Worte. Hatte er nicht vorhin erst gesagt, daß man die gar nicht brauche? Ein Händedruck genüge schon oder eine Blume, zum Beispiel eine violette Orchidee. Nein, mit ihrem Alter habe die Farbe gar nichts zu tun, vielmehr habe er einen letzten Versuch machen wollen, mit Tinchen ins reine zu kommen, aber dazu sei dieser Abend wohl doch nicht geeignet. Zu viele Menschen und nicht immer die angenehmsten!

Sie schloß die Vorhänge und zog sich aus. Schon im Halbschlaf überlegte sie, ob Lilo nun doch noch ihre Verlobung hatte bekanntgeben können. Dieser Enrico war eigentlich ein Trottel! Wer zum zweitenmal heiraten will, hat es wirklich nicht verdient, daß ihm die erste Frau weggelaufen ist.

17

AUS TINCHENS TAGEBUCH

3. August

Bommel fehlt mir. Wenn ich in mieser Stimmung war, hat er wenigstens nicht dauernd wissen wollen, was ich habe.

Karsten hat ihn mitgenommen. Behauptete, ich hätte weder Zeit noch Verständnis für Lebewesen, Touristen ausgenommen. Hat sich mit Florian solidarisiert und nicht mal auf Wiedersehen gesagt. Meinte, es sei ganz allein meine Schuld, wenn Florian nichts mehr von mir wissen will. Dabei wird erst umgekehrt ein Schuh daraus! Man muß die Tatsachen schon sehr genau kennen, bevor man sie verdrehen will!

6. August

Schumann behandelt mich wie ein krankes Kind. Ich bin nicht krank, ich bin auch nicht unglücklich, und heiraten will ich schon gar nicht! Die Ehe ist vielleicht gut für Männer, als Frau bleibt man besser ledig!

11. August

Klaus ist rührend. Jeden Abend holt er mich ab und schleppt mich in irgendwelche Feinschmeckerlokale. Ich habe schon drei Pfund zugenommen. Schumann sagt, das sei Kummerspeck, und ich solle endlich mal an was anderes denken. Blöder Hund! Gute Ratschläge sollte man weitergeben. Einem selbst nützen sie ja doch nichts.

19. August

Heute früh große Aufregung. Kurz nach sechs scheuchte mich Franca aus dem Bett. Einem Gast sei offenbar schlecht geworden, entsetzliches Stöhnen käme aus seinem Zimmer, und was sie tun solle. Die Tür könne sie nicht öffnen, weil innen der Schlüssel stecke. Auf Klopfen käme keine Antwort. Ob sie einen Arzt holen müsse? Schickte sie zu Schumann. Der diagnostizierte durch geschlossene Tür Herzinfarkt und telefonierte nach Dottore Marineo. Stöhnen ging in Erstickungsanfälle über. Schumann ließ Tür aufbrechen.

Todkranker saß äußerst lebendig auf Toilettenbrille. Hielt Opernpartitur in der Hand und sah reichlich verdattert aus. Glaubte an Raubüberfall oder Terroristen.

Des Rätsels Lösung: Gast ist Opernsänger und probte für seine neue Rolle. Soll in ›Lulu‹ den Schigolch spielen, einen asthmatischen Greis, der trotzdem singt. Behauptete, die überzeugende Darstellung solch eines medizinischen Phänomens erfordere wochenlanges Probieren. Sehr zerknirscht, weil er unwissentlich Ursache dieses Volksauftriebs gewesen. Versprach Dottore Marineo Freikarten.

22. August

Nun ist es amtlich! Am Samstag Lilos Verlobungsanzeige in der Zeitung entdeckt. Hochzeit soll im November sein. Meinen Segen hat sie, legt aber wohl keinen Wert darauf. Wurde richtig giftig, als ich ihr sagte, daß Verlobungszeit wie ein süßer Traum sei und die Hochzeit der Wecker. Fragte mich, wie ich zu dieser Weisheit käme, dabei müßte sie das doch selbst am besten wissen. Anscheinend gehört sie aber zu jenen ausgeglichenen Menschen, die denselben Fehler zweimal machen können, ohne dabei nervös zu werden.

27. August

Sergio hat heute den Dienst quittiert. Behauptet, er müsse mal wieder an ernsthafte Arbeit denken. Weiß aber noch nicht, ob er weiter Germanistik oder nicht doch besser asiatische Religionswissenschaften studieren soll. Letzteres reize ihn wegen der damit verbundenen Meditationsübungen, denn sie machten das Nichtstun endlich gesellschaftsfähig.

Großer Bahnhof am Bahnhof. Blondinen wie die Orgelpfeifen, dazwischen zwei einheimische Gewächse (vermutlich stille Reserve), sogar Ercole war aus seiner Einöde gekommen. Ohne Esel. Die werden sich auch wundern. Nicht ohne Grund hat Sergio in jedem Hotel immer die Zuckertütchen geklaut.

Seine ewig gute Laune und sein loses Mundwerk werden mir fehlen.

31. August

Die Reisewelle ebbt langsam ab. Heute 84 Gäste abgereist und nur 30 angekommen. Alles ältere Ehepaare ohne Anhang. Die Ferien gehen zu Ende. Schumann deshalb ganz froh. Stellte fest, daß Kinder tatsächlich jedes Haus erhellen – sie lassen überall das Licht brennen.

Als Tinchen mittags vom Büro kam, lief ihr Franca über den Weg. Sie schluchzte zum Steinerweichen, schimpfte zwischendurch in allen ihr geläufigen Sprachen, darunter auch in Englisch, und Tinchen entnahm ihrem wütenden »Go to hell, you stupid silly woman!«, daß es mal wieder Ärger mit einem weiblichen Gast gegeben hatte.

»Was ist denn los, Franca? Sie sollten doch inzwischen wissen, daß die Engländer noch mehr Marotten haben als andere Touristen. Weshalb regen Sie sich also auf?«

»Ist nicht englisch Frau, ist Deutsche. Sagt, ich nicht bin

sauber genug und will alles machen selber. Putzt Boden und macht Bett.«

»Dann lassen Sie sie doch! Um so weniger Arbeit haben Sie.«

»Aber wenn Chef erfährt, er ist böse.«

»Unsinn! Herr Schumann weiß ganz genau, daß Sie sein bestes Pferd im Stall sind. Ich werde mir diesen Putzteufel mal vorknöpfen. In welchem Zimmer wohnt die Dame?«

»Nummer siebenunddreißig in dritten Steck.«

»Wissen Sie, ob sie jetzt da ist?«

Franca nickte heftig. »Ist da. Macht gerade Bett mit eigene Wäsche.«

Tinchen wurde neugierig. Es war tatsächlich schon vorgekommen, daß ein Gast gelegentlich Scheuerpulver gekauft und sein Waschbecken selbst geschrubbt hatte, aber hauptsächlich dann, wenn er dort Seesterne eingeweicht oder seine Haare gefärbt hatte. Ein Tourist, der mit eigener Bettwäsche anreiste, war allerdings neu. Tinchen klopfte an die Tür.

»Komme Se nur roi, dann kenne Se glei d'Wäsch uffräume!«

Vor Tinchen stand eine Frau von etwa fünfzig Jahren, eingewickelt in Kittelschürze nebst Kopftuch, die mit einem Lederlappen das Fenster bearbeitete. »Des isch au schon seit mindeschdens fäzeh Tag nimmi geputzt worre!«

»Das könnte stimmen«, sagte Tinchen belustigt, »soviel ich weiß, werden hier alle drei Wochen die Fenster geputzt.«

»Awa net bei mir! Des g'hört jede Woch g'macht!« Auch ohne den unverkennbaren Dialekt hätte Tinchen sofort gewußt, daß sie es mit einem typischen Exemplar der Gattung ›Schwäbische Hausfrau‹ zu tun hatte; bekanntlich ist ja die Elite dieses Berufszweiges in dem süddeutschen Musterländle beheimatet. Das Zimmer war makellos aufgeräumt, zwei Koffer lagen – rechtwinklig ausgerichtet – auf dem Schrank, ein dritter stand geöffnet auf dem Boden. Neben einem Sortiment von Handtüchern enthielt er auch mehrere

Staublappen, Scheuertücher, zwei oder drei Schürzen, eine Hohlsaumdecke (die zweite, röschenbestickt, zierte bereits den runden Tisch), eine Wurzelbürste sowie eine respektable Auswahl an Putzmitteln. Neben dem Doppelbett lag ein säuberlich zusammengefalteter Stapel Hotelwäsche. Die Schlafdecken steckten in himmelblauem Damast, die für hiesige Verhältnisse ungewöhnlich großen Kopfkissen in ebensolchen Bezügen mit Spitzenumrandung. Die Laken waren eine Schattierung dunkler und faltenfrei glattgezogen.

»Do gucke Se, Freilein, gelle? I nemm immä mei eigene Wäsch mit, wenn i fortgeh. Weiß ma denn, wer in denne annere Sach scho alles g'schlofe hat? Un so richtich gründlich mit Vorwäsch un Stärke hinnerhä wird do b'schimmt net g'wäsche. Mei Kisse bring i au immä mit, die do sin mir zu kloi un zu hart. Bloß mit de Teppich isch es ä bissel umschtändlich. Die Größ paßt net in mei Üwwerzüg. Wie wir vorigs Johr in Mallorca ware, hewwe sich die Teppich immä zusammegerollt. Diesmol hab' i Sicherheitsnadle mitg'nomme.«

»Welche Teppiche?« Nach Tinchens Ansicht gehörte ein Teppich auf den Boden und nicht ins Bett.

»Sie sage jo Decke da dazu, bei uns im Schwäbische heißt des Debbich. Daheim hewwe mir nur Daune, awa die kennt ma ja do net. Die wäre au ä bissel zu warm. Ha, und daß i mei Zimmer selwa putz, isch au klar, des mecht mir nämlich koiner sauber g'nug. I bring mir au immä mei eigens Zeug mit, do bin i dran g'wöhnt, un do weiß i, was i hab. Bloß die Bürscht für d'Heizung hab i diesmol dahoam g'lasse. In Mallorca hab i sie nämlich net brauche könne, weil die do gar koi Heizung hewwe.«

»Weshalb verreisen Sie überhaupt?« fragte Tinchen verwundert.

»Ha, man will doch au mol was anneres sehe!«

Italienische Spinnweben und spanische Staubflocken, dachte Tinchen, für mehr interessierst du dich ja doch nicht! Trotzdem fragte sie höflich: »Gefällt es Ihnen denn hier?«

»Des kann i noch net sage. Mir sinn erscht geschtern okumme, un do hab i glei auspackt un als allererschtes des Bad putzt. Nachher, wenn's Zimmer fertich isch, geh i eikaufe. En anschtändig's G'sells zum Frühstück un frische Eier, wo mir uns dann koche losse, und für mei Mann ebbes Richtig's zum Veschpern. Wisse Se, wo do da de beschte Metzger wohnt?«

Was auch immer das geheimnisvolle ›G'sells‹ sein mochte, Tinchen war davon überzeugt, daß Frau Wölfle es nirgends bekommen würde. Vermutlich handelte es sich um eine Spezialität aus Epfenbach, jenem Ort, in dem die Familie Wölfle beheimatet war, und der dicht bei Waibstadt liegen sollte. Tinchen hatte noch nie etwas von Waibstadt oder Epfenbach gehört, hütete sich aber, diese offensichtliche Bildungslücke zuzugeben. So ließ sie sich geduldig die geographischen Vorzüge von Epfenbach schildern, die wohl im wesentlichen darin bestehen, daß es irgendwo im Schwäbischen liegt, und beneidete Herrn Wölfle, der vor dem Reinlichkeitsdrang seiner Gattin geflohen und höchstwahrscheinlich in einer Kneipe gelandet war.

Endlich konnte sich auch Tinchen verdrücken. Unter dem Vorwand, wieder ins Büro zu müssen, hatte sie den Redefluß der mitteilungsbedürftigen Dame stoppen können. Zustimmend nickte die. »Ganget Se nur, wenn d'Pflicht ruft, Freilein. I kenn des, mei Mann isch au Beamter.«

Das sind bestimmt die besten Ehemänner, sinnierte Tinchen, während sie den langen Flur entlangstapfte, abends sind sie niemals müde, und die Zeitung haben sie auch schon gelesen. Ob Herr Wölfle wohl statt dessen Geschirr spülte?

Während der nächsten Tage intensivierte sich der Kontakt zwischen Tinchen und Frau Wölfle – hauptsächlich deshalb, weil Tinchen jedesmal als Dolmetscher bemüht wurde, sobald es Schwierigkeiten gab. Und die gab es häufig.

»Sage Se mol dem Mädle, daß es net immä de Nachthemde wegräume soll. Die g'höre bis middags an d'frisch Luft!«

Fortan baumelten die rüschenverzierten Barchenthemden am Fensterkreuz.

»Der Kellner solt uns e Holzbredd bringe. Die Zwiebele für de Salat müsse kloig'schnitte sei und net in so große Ring. Awa des mach i mi scho selwer.«

Amadeo schleppte grinsend ein Brett von Toilettendeckelgröße an.

»Was soll'n des sei? Schpinat? Bin i denn e Kuh, wo ganze Blätter frißt? Schpinat g'hört g'hackt, des hab i schon als Kind g'lernt.«

Herrn Wölfle waren die diktatorischen Äußerungen seiner Frau sichtbar unangenehm. Ihm schmeckte die italienische Küche, aber als er sich einmal lobend über die verschiedenen Nudelvariationen ausließ, funkte seine Frau dazwischen: »Mir sind mei handg'schabte Schpätzle lieber. Oder die g'schmälzte Maultasche. Für die ellelonge Schpaghetti zum Esse hab i net g'nug Händ.« Worauf sie dem italienischen Nationalgericht mit Messer und Gabel zu Leibe rückte.

Das Personal ertrug Frau Wölfle mit dem gleichen Fatalismus, mit dem es auch gelegentlichen Stromausfall oder den Streik der Bäckerinnung hinnahm: Unangenehm, aber nicht zu ändern! Außerdem pflegte Herr Wölfle etwaige Anzeichen einer Rebellion im Keim zu ersticken. Nach dem Gießkannenprinzip verteilte er Trinkgelder, von denen seine Frau nichts wissen durfte, denn die Höhe entsprach so gar nicht der schwäbischen Sparsamkeit. Als plötzlich das Wetter umschlug und von einem Tag zum anderen ein Kälteeinbruch kam, befahl Frau Wölfle ihrem fröstelnden Ehemann: »Denk an die Nachsaisonpreis, Häbbel, dann frierscht au nimmer!«

Herbert fror weiter, holte sich eine Erkältung, fuhr trotzdem mit nach Nizza, wo es auch nicht viel wärmer war, bekam eine Angina und verbrachte den Rest seines Urlaubs im Bett. Darauf verkündete seine Frau, daß man im nächsten Jahr ganz bestimmt nicht verreisen werde. »Was hot er jetzt von seine fünfäfuchzich Mark pro Tach inklusiv Vollpangsion? Tee un Penicillin! Des kann er dahoim billicher hawe!«

Als das Ehepaar Wölfle nach drei Wochen ins heimische Epfenbach zurückfuhr, hatte Tinchen noch immer nicht herausgebracht, was ein nördlich der Mainlinie geborener Deutscher unter ›G'sells‹ zu verstehen hatte. Erst aus dem geöffneten Abteilfenster kam die Aufklärung: »Ha no, des isch Mus. Mar-me-la-de! Selbscht eikocht isch se am beschte. I nemm immä Obscht aus'm eigene Garte. Johonnisbäre und Kirsche und vor allem Breschtling. Do brauch man net so viel...«

Das Wort ›Zucker‹ verstand Tinchen nicht mehr, doch das interessierte sie auch nicht, denn was, um alles in der Welt, waren Breschtling?

Portofino blinzelte ins Sonnenlicht. Träge lag es in der Mittagshitze und schien nahezu ausgestorben. Am Randstein der Uferpromenade dösten zwei Taxis vor sich hin. Neben seinem Wagen hielt der Eisverkäufer Siesta. Sogar die Musikbox gab nur halblaute Töne von sich.

Tinchen löffelte ihre Cassata. Brandt trank Mineralwasser. Beide schwiegen. Sie waren die einzigen Gäste in der kleinen Bar und darüber hinaus, wie es Tinchen schien, auch unerwünschte, denn der Kellner polierte nun schon zum drittenmal die Espressomaschine und gab damit deutlich zu verstehen, daß er sich in seinem Dolce far niente gestört fühlte, das jedem standesbewußten Italiener zwischen dreizehn und sechzehn Uhr zusteht.

Der Ausflug war überraschend gekommen. Brandt hatte ganz einfach vor dem Hotel gestanden und erklärt, der heutige Sonntag sei ja wohl die letzte Gelegenheit für Tinchen, Portofino kennenzulernen, es gehe doch nicht an, daß sie die Perle der italienischen Riviera nicht gesehen habe, und überhaupt müsse er mal ein paar ernste Worte mit ihr reden. So eine Spritztour sei gerade die richtige Gelegenheit dafür.

Bevor sie protestieren konnte, hatte sich Tinchen im Lancia wiedergefunden – diesmal auf der rechten Seite –, und neben ihr hatte ein schweigender Brandt gesessen. Bis Rapallo hatte er belangloses Zeug geredet, aber dann war er plötzlich zur Sache gekommen. Er hatte den Wagen wieder auf der großen Piazza geparkt und war mit ihr genau denselben Weg entlanggebummelt, den sie damals auf der Suche nach einer Boutique genommen hatten. Sogar das kleine Café hatte er nicht ausgespart, sondern bei demselben fußkranken Kellner den gleichen miesen Kaffee bestellt.

Tinchen hatte sich über diesen nostalgischen Spaziergang gewundert. So etwas taten doch sonst nur alte Leute, wenn sie nach Jahrzehnten mal wieder in ihren Geburtsort zurückkehrten oder an die Stätte ihrer ersten Liebe, und in der Vergangenheit das suchten, was ihnen die Gegenwart vorenthielt. Plötzlich hatte sie lauthals lachen müssen und sich ausgemalt, wie sie als würdige Greisin in das Brombeergestrüpp kriechen würde, hinter dem sie damals ihren ersten Kuß bekommen hatte. Vierzehn war sie gewesen und Peter fünfzehn, ein Junge aus der Nachbarschaft, dessen Vater zwei Bäckerläden besaß und von Antonie Pabst schon aus diesem Grund wohlwollend betrachtet worden war. Sogar zu Tinchens fünfzehntem Geburtstag hatte sie ihn eingeladen, wo er sich zwischen den ganzen Mädchen etwas unbehaglich gefühlt hatte. Heute war er Tanzlehrer und absolut keine gute Partie, obwohl Frau Antonie noch eine Zeitlang darauf hingewiesen hatte, daß ihm dermaleinst ein respektables Erbe zufallen würde. Schließlich sei nicht jeder zum Bäcker geboren, schon allein das frühe Aufstehen sei äußerst lästig, und gut eingeführte Geschäfte könne man ja auch gewinnbringend verpachten. Tinchen hätten allenfalls die Torten interessiert, nicht aber der potentielle Erbe.

»Hast du etwas Bestimmtes vor, oder weshalb sonst schleppst du mich ausgerechnet durch die Straßen, die ich schon alle kenne?« hatte sie gefragt, und Brandt hatte erwidert, daß es ihn erstaune, wenn sie nicht ähnliche Gedanken habe wie er. »Hier haben wir uns näher kennengelernt, und schon hier habe ich gemerkt, daß du ein liebenswerter, entzückender Kerl bist, den man nicht mehr von seiner Seite lassen sollte.«

Der entzückende Kerl war feuerrot geworden. »Aber warum hast du dann damals den ganzen Tag so unverschämt mit Lilo geflirtet?«

»Weil ich wissen wollte, ob du eifersüchtig wirst«, hatte er lächelnd geantwortet. »Das bist du ja auch prompt geworden.«

Lauthals hatte sie protestiert: »Blödsinn! Ich war überhaupt nicht eifersüchtig. Ich fand es bloß unfair, daß du mit zwei Frauen herumziehst und dich nur um eine kümmerst.«

»Also doch eifersüchtig?«

»Nicht im geringsten! Damals habe ich dich für einen eingebildeten Affen gehalten und für einen Gigolo.«

»Und heute?«

»Nehme ich den Gigolo zurück!« hatte sie lachend gesagt.

Der nostalgische Trip war weitergegangen. Kurz vor Portofino hatte Brandt wieder an derselben Stelle angehalten, von der aus sie an jenem Tag auf den Ort geblickt und sich vorgenommen hatten, irgendwann einmal wiederzukommen. Nur war es diesmal gar nicht romantisch gewesen. Der kleine Parkplatz war fast aus den Nähten geplatzt, hupende Autos hatten sich gegenseitig den Weg versperrt, und Tinchen hatte belustigt festgestellt: »Jeder will zurück zur Natur, aber keiner zu Fuß.«

Nun hockten sie hier in diesem trübseligen kleinen Café und wußten nicht, was sie sagen sollten. Tinchen litt schon ein bißchen unter Abschiedsschmerz, und Brandt sah auch nicht gerade aus, als ob er sonderlich glücklich sei. Dabei hatte er sich fest vorgenommen, heute endlich die Entscheidung herbeizuführen. Nur – wie sollte er am besten anfangen?

»Weißt du schon, was du in Zukunft machen wirst, Tina?«

Das hatte sie sich auch schon überlegt. »Keine Ahnung. Zunächst mal ein bißchen aussparnen. Ich muß mich ja erst wieder akklimatisieren. Meine Mutter hat geschrieben, daß beim letzten Herbststurm die halbe Regenrinne heruntergekommen ist. In Düsseldorf heizen sie schon fleißig, und ich renne hier im Sommerfähnchen herum.« Sie schmunzelte. »Kein Wunder, daß am Mittwoch noch einmal ein beachtlicher Schwung Gäste eingetrudelt ist. Die glauben sicher, daß sich Herbstlaub bei dreiundzwanzig Grad im Schatten hübscher verfärbt als zu Hause im Garten.«

»Willst du wieder in deine Zeitungsredaktion zurückgehen?«

»Ich glaube kaum, daß die dort auf mich warten: Irgendwie habe ich auch keine rechte Lust mehr. Acht Stunden täglich eingesperrt zu sein, stumpfsinnige Briefe zu schreiben und literweise Kaffee zu kochen ... das kann ich mir einfach nicht mehr vorstellen. Vielleicht komme ich doch auf Dennhardts Angebot zurück und lasse mich für die kommende Saison anheuern. Die dauert nur vier Monate, und im Winter bin ich sowieso noch nie verreist.«

Brandt richtete sich auf. Mit einem beinahe hypnotischen Blick, der Tinchen ein bißchen an die Kuhaugen von Rumpelstilz erinnerte, zwang er sie, ihn anzusehen. »Tina, willst du mich heiraten?«

»Warum denn?« fragte sie automatisch, denn in ihrem zugegebenermaßen nicht sehr großen Bekanntenkreis wurde immer erst dann geheiratet, wenn ein Kind unterwegs war. Lilo mal ausgenommen, aber hier in Italien legte man eben noch Wert auf korrekte Formen.

Ein einfaches Nein hätte Brandt akzeptiert, obwohl er ein verschämtes Ja lieber gehört hätte, aber auf dieses unerwartete Warum war er nicht vorbereitet.

»Weil... weil du mir gefällst, weil ich gern mit dir zusammen bin, weil du Humor hast, weil... weil ich dich liebe!« Das war ja wohl der Hauptgrund und bei Frauen ohnehin der entscheidende! Seine persönlichen Verhältnisse kannte Tinchen sowieso, die waren gesichert und karriereverdächtig. Er würde jetzt sogar daran denken können, ein eigenes Haus zu bauen.

»Du sagst ja gar nichts?«

»Ich bin viel zu überrascht«, murmelte Tinchen. Natürlich

hatte sie damit gerechnet, daß er ihr einen Antrag machen würde, allerdings nicht einen so seriösen. Weshalb sonst hätte sie wohl Schumann darauf vorbereitet, daß sie heute nacht wahrscheinlich nicht nach Hause kommen, sondern irgendwo außerhalb übernachten würde? Vielleicht sogar hier in Portofino. Abendessen bei Kerzenlicht, ein Spaziergang unter Sternen, von irgendwoher Mandolinenklänge – einfach bloß Gitarre wäre zu profan –, unter dem schützenden Dach einer Palme ein zärtlicher Kuß, Mondschein, betäubender Duft von exotischen Blumen (die wuchsen hier gar nicht, aber das war ja auch egal), Glühwürmchen... kurzum, die ganze Romantik einer südlichen Nacht, wie Tinchen sie aus Büchern kannte und selbst noch nie erlebt hatte. Und was kam statt dessen? Ein Heiratsantrag! Bei Eis und aqua minerale. Keine Rosen und kein »Ich kann ohne dich nicht mehr leben!«, einfach bloß »Willst du mich heiraten?«

»Nein!« sagte sie laut. »Ich heirate nicht! Weder dich noch einen anderen! Ich heirate überhaupt nie!«

»Ist das endgültig?« wollte Brandt wissen.

»Vorläufig endgültig!«

»Hm«, überlegte er, »wir müssen ja auch nicht gleich heiraten. So eine Ehe auf Probe wäre eigentlich nicht schlecht. Es könnte ja sein, daß wir gar nicht zusammenpassen. Schraubst du immer die Zahnpastatube zu?«

Verdutzt sah sie ihn an. »Ich glaube ja. Aber was hat das mit Heiraten zu tun?«

»An Zahnpastatuben sind schon viele Ehen kaputtgegangen.«

»Schraubst du sie denn zu?«

»Immer!« sagte er überzeugt.

»Wie beruhigend«, spöttelte sie, »dann gibt es einen Scheidungsgrund weniger.«

Brandt konnte sich des Eindrucks nicht erwehren, als ob das Gespräch in die falsche Richtung lief. »Ich erwarte ja gar nicht, daß du dich sofort entscheidest. Einen so schwerwiegenden Entschluß kann man nicht Hals über Kopf fassen.

Überleg ihn dir in aller Ruhe. In spätestens sechs Wochen bin ich wieder in Hannover, und bis nach Düsseldorf sind es nur ein paar Autostunden. Dann werde ich mir deine Antwort selbst abholen.«

Also doch Kintopp! dachte Tinchen. Bedenkzeit, Antrittsbesuch bei den Eltern, Jawort, vorsorglich gekühlte Sektflasche, Freudentränen, Happy-End. Mutsch würde mit dem akademisch gebildeten Schwiegersohn renommieren, Vati würde die Achseln zucken und »Es ist schließlich dein Leben, Tinchen« sagen, und Karsten würde seinen Schwager mit Florian vergleichen, wobei das Resultat schon jetzt feststand.

Entschlossen stand sie auf. »Laß uns bitte heimfahren, Klaus.« Er war sofort dazu bereit. »Habe ich dir etwa die Stimmung verdorben?«

»Ich hab' erst gar keine gehabt! So ein zauberhaftes Fleckchen Erde sollte man nicht besuchen, wenn man in fünf Tagen wegfahren muß und nicht weiß, ob man jemals zurückkommt. Wer hierherfährt, sollte glücklich sein.«

»Du bist nicht glücklich?«

»Nicht besonders«, sagte sie leise.

Zu ihren Mandolinenklängen kam sie aber doch noch. Spätabends stand am hinteren Ausgang des Hotels der Kellner Fernando und sah schmachtend zu Franca hinauf, die drei Stockwerke über ihm aus dem Fenster hing. Die Mandoline in seinem Arm glänzte verdächtig neu, aber bekanntlich ist den Italienern die Musikalität ja angeboren. Fernando war der lebende Beweis dafür. Virtuos entlockte er dem Instrument schmeichelnde Töne, und nur Tinchen sah den geschickt im Gebüsch verborgenen Kassettenrecorder.

18

Die Summe der Teile kann sehr wohl größer sein als das Ganze – besonders wenn man nach dem Urlaub seine Koffer packt. Diesen mathematischen Widerspruch bekam Tinchen zu spüren, als sie in fünf Koffern nicht das unterbringen konnte, was sie vor einem halben Jahr in vier Koffern hergeschleppt hatte. Es waren zwar ein paar Sachen dazugekommen, andererseits hatte sie einen Teil ihrer Garderobe ausrangiert und den Zimmermädchen geschenkt – somit hätte die Relation eigentlich stimmen müssen. Trotzdem gingen die Koffer nicht zu. Ob das an den ganzen Mitbringseln lag? Besonders der Keramikkrug für Oma Marlowitz war so sperrig. Einfach zurücklassen? Kommt nicht in Frage, das Ding ist viel zu teuer gewesen!

Vorsichtshalber hatte Tinchen die Verwandtschaft in zwei Gruppen eingeteilt – solche unter zwanzig Mark und solche darüber. Oma gehörte zur zweiten Kategorie, also mußte der Topf unter allen Umständen mit.

Wieder fing sie von vorne an, und wieder blieb ein Haufen übrig. Sie hätte eben doch Florians Angebot annehmen und ein paar entbehrliche Dinge im Wagen mit nach Hause schicken sollen, aber um nichts in der Welt wäre sie diesem widerwärtigen Individuum freiwillig noch einmal unter die Augen getreten. Im Zimmer hatte sie sich eingeschlossen, als er sich hatte verabschieden wollen, mucksmäuschenstill war sie gewesen, hatte Nichtdasein vorgetäuscht und auf dem Bettrand vor sich hingeheult.

Jetzt war sie allerdings darüber hinweg. Florian existierte nicht mehr! Abgeschrieben, ausgelöscht, vergessen! Was hätte sie auch mit solch einem Windhund anfangen sollen? Ewig pleite (wer weiß, wie lange er für seinen Urlaub gespart und wen er nicht alles vorher angepumpt hatte), völlig ohne Ehrgeiz (in dreißig Jahren noch würde er sich als Lokalreporter die Schuhsohlen durchwetzen!), einer, der in den Tag hineinlebte und sich einen Teufel darum scherte, wovon er am nächsten Mittag seine Tütensuppe bezahlen würde. Der ewige Junggeselle! Lieber zwei Ringe unter den Augen als einen an der Hand!

Da war Klaus doch ein ganz anderer Typ: strebsam, zielbewußt, finanziell abgesichert, eine attraktive Erscheinung mit erstklassigen Manieren, einer ebensolchen Familie und – manchmal wenigstens – einer gehörigen Portion Humor. Warum also nicht? An die himmelhochjauchzende Liebe glaubte Tinchen sowieso nicht mehr. So, etwas passierte einem allenfalls in ganz jungen Jahren, und zu dieser Zeit mußte sie wohl gerade in England gewesen sein, wo Love eine Lippenstiftmarke und vielleicht noch eine Vokabel im Wörterbuch gewesen war.

Weshalb also sollte sie Klaus nicht heiraten? Die stürmische Leidenschaft ging ohnedies irgendwann einmal vorüber und war schon deshalb nicht als alleinige Grundlage einer Ehe empfehlenswert. Viel wichtiger waren Verständnis, Vertrauen, Kameradschaft – alles das würde sie bei Klaus finden.

Langsam begann sie sich mit dem Gedanken anzufreunden. Eine eigene Familie zu haben, Kinder, ein schönes Zuhause ... Früher hatte man doch auch häufig nur aus Vernunftgründen geheiratet, und trotzdem waren die Ehen sehr glücklich geworden. Kaiser Franz Joseph zum Beispiel mit Sissi – na ja, die war ja wohl doch nicht so unbedingt glücklich gewesen! – oder der letzte Zar von Rußland – auch kein so gutes Beispiel! –, aber Urgroßtante Melanie und Onkel Oskar! Die hatten wirklich bloß geheiratet, damit aus der Tischlerei und dem Sarggeschäft endlich ein gemeinsamer Betrieb werden konnte. Und was war dabei herausgekommen? Acht Kinder und zu guter Letzt ein Doppelgrab nachdem die Luftmine das Haus getroffen hatte.

»Bis zur letzten Minute haben die beiden Hand in Hand im Luftschutzkeller gesessen, getreu ihrem Gelöbnis »Bis daß der Tod euch scheidet«, hatte Oma oft genug erzählt, eine Behauptung, die begreiflicherweise nie bewiesen, aber auch ebensowenig widerlegt werden konnte. Jedenfalls wurden die 32 Jahre Eheglück von Melanie und Oskar Marlowitz immer als lobenswertes Beispiel angeführt, wenn irgendwo im Bekanntenkreis von Scheidung die Rede war. »Obwohl sie nicht aus Liebe geheiratet haben«, wie Oma quasi als I-Punkt anzufügen pflegte.

Die werden zu Hause Augen machen, wenn ich als Braut zurückkomme! Oder vielleicht wäre es besser, doch noch nichts zu verraten und zu warten, bis sie Klaus in voller Lebensgröße präsentieren konnte. Nächsten Monat schon werde er nach Deutschland zurückfahren, hatte er noch gestern gesagt. Seine Arbeit sei nahezu abgeschlossen, und wenn Tina erst weg sei, würde ihn auch nichts mehr in Loano halten. Keine Minute länger als unbedingt nötig wolle er hier unten bleiben, vielleicht fahre er sogar noch früher ab.

Verlobung unterm Weihnachtsbaum, Hochzeit im Mai – alles sehr stilvoll und bestimmt nach Muttis Geschmack. Ihre eigene Hochzeit war ja wohl ziemlich kläglich gewesen, damals so kurz nach der Währungsreform, um so mehr würde sie jetzt dafür sorgen, daß alles so ablief, wie eine richtige Hochzeit abzulaufen hatte. Mutsch im weinroten Knöchellangen, das sie sich zum fünfzigjährigen Firmenjubiläum hatte machen lassen. Vati im Smoking, der ihm wahrscheinlich gar nicht mehr paßte, Karsten fluchend im korrekten Anzug, Oma in ihrem silbergrauen Opernkleid, Onkel Anton im Bratenrock und Tante Sophie großgeblümt – und sie selbst ganz in Weiß mit viel Tüll auf dem Kopf und Maiglöckchenstrauß. Klaus natürlich im Frack. Die Figur dazu hatte er ja. Und eine richtige Kutsche wollte sie haben mit vier Pferden und ...

Mitten in ihre Backfischträume hinein klopfte es.

»Luigi steht mit dem Taxi unten und will das Gepäck holen. Sind Sie fertig, Tina?«

»Sofort! Ich muß bloß noch einen Koffer kaufen!«

Das große Türenschlagen lief am Zug entlang. Tinchen lehnte aus dem Abteilfenster und überblickte noch einmal das zahlreich erschienene Abschiedskomitee. Lilo stand da und Enrico, Bobo war gekommen und hatte ihr den vergessenen Schlüsselanhänger gebracht. ›Sole mio‹ würde den Winter über bei ihm bleiben, vorausgesetzt, er würde ihn noch einmal in Gang bringen können. Als Tinchen gestern ihre Abschiedsrunde gedreht hatte, war er genau vor Signora Ravanellis Laden stehengeblieben und hatte keinen Ton mehr von sich gegeben. Aber sie hatte ja schon immer gewußt, daß ›Sole mio‹ kein gewöhnliches Auto war. Es hatte Charakter! Und eine Seele! Es mußte wohl geahnt haben, daß es vorläufig nicht mehr gebraucht wurde.

Sogar Lorenzo hatte sich eingefunden und Tinchen eine Tüte zugesteckt. »Kleine Souvenir!« hatte er gesagt. Ganz verlegen war er geworden, als sie sich überschwenglich für das Seidentuch bedanken wollte. Geliebäugelt hatte sie schon lange damit, aber es war so sündhaft teuer gewesen.

Zum drittenmal schüttelte Luigi ihre Hand. »Nächstes Jahr ick komme auch nach Deutschland. Muß kaufen neues Taxi. Wenn genug Zeit, ick komme auch nach Dusseldorf«, versprach er.

»Düsseldorf, nicht Dussel!« verbesserte Tinchen.

»Makt nix, ick finde beides!«

Signor Poltano blickte mahnend zu Tinchen und zeigte auf die Uhr. Schon zwei Minuten Verspätung. Eine würde er noch zugeben, aber dann war Schluß!

»Du kommst doch zur Hochzeit, nicht wahr, Tinchen?« forderte Lilo zum siebenundzwanzigsten Mal, »du sollst doch meine Brautjungfer sein. Natürlich bist du eingeladen. Enrico schickt dir die Flugkarte, und in Mailand holen wir dich ab.« Enrico nickte bestätigend. Wenn seine Lilo unbedingt eine deutsche Brautjungfer brauchte, obwohl es in seiner Verwandtschaft nun wirklich genügend junges Gemüse für diesen Zweck gab, dann sollte sie sie haben.

Herr Poltano hob die Kelle. Der Zug ruckte an. »Im nächsten Frühjahr kommen Sie doch bestimmt wieder? Ihr Zimmer halte ich frei, da kommt mir kein anderer rein!« versprach Schumann. Er durchwühlte seine Hosen nach einem Taschentuch. »Nur zum Winken«, wie er versicherte. Dabei fiel die Tüte, die er bis jetzt krampfhaft festgehalten hatte, zu Boden. Schnell hob er sie auf und trabte neben dem anfahrenden Zug her. »Die ist für Sie, Tina. Ein bißchen was für unterwegs. Kaltes Huhn und ein paar Pfirsiche.«

Tinchen winkte, obwohl sie gar nichts mehr sehen konnte. Ein Tränenschleier hing vor ihren Augen. Dann kam endlich der Tunnel, und sie konnte sich ausgiebig ihrer derzeitigen Lieblingsbeschäftigung widmen: sie heulte.

Als der Zug in Loano einlief, tropften die Tränen zwar immer noch, aber Tinchen wischte sie schnell ab und öffnete das Fenster. Klaus würde für ihr verschmiertes Gesicht bestimmt Verständnis haben, vielleicht glaubte er sogar, daß sie seinetwegen in Abschiedsschmerz versunken war. Wo steckte er bloß? Sie konnte ihn nirgends entdecken, obwohl er doch versprochen hatte...

»Hallo, Aschenbrödel! Eigentlich hatte ich fest damit gerechnet, daß du den Zug verpaßt. Du bist doch noch nie irgendwo pünktlich gewesen!«

Beinahe hätte sie ihn nicht erkannt. Der sonst so konservativ gekleidete Doktorand hatte sich wieder in den Prinzen zurückverwandelt, als den Tincher ihn kennengelernt und in den sie sich damals verliebt hatte: Ausgeblichene Hosen, ein zerknittertes T-Shirt, an den Füßen Tennisschuhe und in der Hand einen Rosenstrauß.

»So gefällst du mir viel besser!« sagte sie überzeugt.

Ein wenig schuldbewußt sah er an sich herab. »Ich hab' ein bißchen im Garten herumgewurstelt und gar nicht gemerkt, daß es schon so spät geworden war. Da hatte ich keine Zeit mehr zum Umziehen.«

Er reichte ihr die Blumen ins Abteil. »Diesmal sind es rote! Da ich mich trotz deiner Kaugummitaktik seit fünf Tagen als dein Verlobter betrachte, habe ich auch das Recht, dir rote

Rosen zu schenken. Oder hast du etwa schon welche?« Mit den Augen durchstöberte er das Abteil.

»Das sind alles bloß Nelken«, versicherte Tinchen sofort. »Die roten stammen von Lilo, die gelben sind von Schumann, desgleichen der Gurkeneimer zum Frischhalten, und den bunten Strauß hat mir Franca geschenkt. Der verwelkt bestimmt nicht, weil sie ausgiebig hineingeheult hat.«

»Und was ist das Gelbe da in der Tüte?« forschte er weiter.

»Ein Zitronenzweig mit Früchten dran. Den will ich meiner Mutter mitnehmen. Sie glaubt nämlich immer noch, die Dinger buddelt man wie Kartoffeln aus der Erde.«

Türen knallten, ein Pfiff ertönte, der Zug rollte wieder. Brandt lief nebenher und hielt Tinchens Hand fest. »Warte auf mich, Tina«, sagte er plötzlich sehr ernst, »ich bin bald in Düsseldorf. Sogar eher, als du denkst. Ich liebe dich nämlich.«

»Ich glaube, ich dich auch«, hörte sie sich zu ihrer Überraschung sagen, aber das hatte er wahrscheinlich gar nicht mehr verstanden. Bevor sie wußte, was sie eigentlich tat, hatte sie einen Schuh ausgezogen und aus dem Fenster geworfen. »Den mußt du aber wieder mitbringen!« rief sie hinterher. Wenn schon Aschenbrödel, dann wenigstens konsequent bis zum Grimmschen Ende. Und wenn sie nicht gestorben sind ...

Lange Zeit saß sie auf ihrem Platz und starrte nachdenklich auf ihren nackten Fuß. Blödsinnige Idee, einfach die Sandalette rauszuschmeißen. Fast hätte Klaus sie noch an den Kopf gekriegt! Er hatte ja auch reichlich blöd geguckt, als er den Schuh aufhob. Ob er den tieferen Sinn überhaupt verstanden hatte? Vermutlich hielt er sie für verrückt, aber daran mußte er sich ohnehin gewöhnen. Sogar Karsten hatte sich schon des öfteren anerkennend über den Einfallsreichtum seiner Schwester geäußert, obwohl er selbst auch nicht gerade an Fantasiemangel litt. Und Florian erst! Aber der hatte ja immer mit gleicher Münze heimgezahlt. Der Regenwurm in der Schreibtischschublade als Quittung für den mit zwei Teelöffeln Salz getränkten Kaffee, oder die Sache mit der angeblichen Opernpremiere, als sie im langen Abendkleid aus dem Taxi gestiegen war und sich zwischen lauter Teenagern wiedergefunden hatte. Und dann hatte Florian auch noch mit todernster Miene behauptet, er müsse wohl den Tag verwechselt und sie statt dessen zu einem Konzert der Bay-City-Rollers eingeladen haben.

Sie schüttelte energisch den Kopf. Das alles war jetzt vorbei! Mit Klaus würde sie richtige Opern besuchen, in klassische Konzerte gehen und überhaupt kulturell viel aufgeschlossener werden. Er schien eine ganze Menge Ahnung zu haben. Wagner liebte er besonders und hatte ihr auch schon angedroht – nein, natürlich versprochen! –, daß er mit ihr zu den Festspielen nach Bayreuth fahren werde.

Sie stand auf und holte die Reisetasche aus dem Gepäcknetz. Die grünen Slipper würden zwar nicht zu den hellblauen Hosen passen, aber darauf kam es jetzt auch nicht an. In Kürze würde es sowieso dunkel werden. Plötzlich schoß es ihr siedendheiß durch den Kopf: Sie hatte die Schuhe ja noch in letzter Minute in den großen Koffer gestopft, der zusammen mit dem anderen Gepäck aufgegeben worden und bestimmt schon in Düsseldorf war. Was nun? Fieberhaft durchwühlte sie die Tasche in der Hoffnung, doch noch ein Paar Treter zu finden, obwohl sie genau wußte, daß sie vergeblich suchte. Nur dunkelrote Socken von Florian kamen zum Vorschein. Handgestrickte, die Bommel mal angeschleppt hatte. Immer noch besser als gar nichts an den Füßen! Sie zog die Strümpfe an und stellte fest, daß sie nicht nur mindestens drei Nummern zu groß waren, sondern auch noch Löcher hatten. Nicht mal anständige Socken kann er sich leisten! Aber wozu auch? Meistens lief er ja ohne herum!

Tinchen zog ihre Entenbeine auf den Sitz und legte die Wolljacke darüber. Hoffentlich blieb sie möglichst lange allein im Abteil oder wenigstens bis zur Schlafenszeit, wenn die Pritschen heruntergeklappt wurden und sich sowieso kein Mensch mehr darum kümmerte, in welcher Aufmachung man in seine Koje kroch. Oma ging ja auch immer mit Socken ins Bett. Jedenfalls im Winter. Wegen der Arthritis. Dumm war nur, daß sie sich nicht in den Speisewagen setzen konnte. Dabei hatte sie Hunger, aber nicht den geringsten Appetit auf kaltes Huhn. Schumann hätte sich wirklich mal etwas anderes einfallen lassen können. Ein Wunder, daß es in Italien überhaupt noch Hühner gab. Eigentlich müßten die schon längst ausgerottet und in den Lunchpaketen verschwunden sein!

»Bis Weihnachten kann ich jedenfalls kein Huhn mehr sehen!« sagte Tinchen laut, »und ab morgen werde ich mich an Muttis Diätkur beteiligen. Die drei Kilo zuviel müssen wieder runter! Am Ende glauben noch alle, daß ich heiraten *muß!*«

Beim Anblick der Schrebergartenkolonien, die die Vororte von Düsseldorf signalisierten, wurde Tinchen aufgeregt. Nicht zuletzt wegen des Problems, barfuß durch den ganzen Bahnhof und über den belebten Vorplatz laufen zu müssen. Wer weiß, wo Vati den Wagen hatte parken können. Vielleicht holte sie ja auch Mutsch ab. Dann würden sie ein Taxi nehmen müssen, und das bedeutete noch einmal erstaunte Blicke und spöttisches Lächeln. Der Zollbeamte an der Grenze hatte ja auch gefragt, ob sie vielleicht ausgeraubt worden sei, und ob er mit grauen Strümpfen aushelfen dürfe, die seien unauffälliger. Seitdem lief sie barfuß herum, was man ihren Füßen auch ansehen konnte. Außerdem waren sie eiskalt. Kein Wunder bei diesen arktischen Temperaturen. Zehn Grad über Null und nackte Beine!

Als der Zug in den Hauptbahnhof einlief, steckten ihre Füße wieder in den roten Handgestrickten. Das zu erwartende Spießrutenlaufen würde schlimmstenfalls fünf Minuten dauern, eine Lungenentzündung ebenso viele Wochen! Und wenn sie als Letzte aus dem Wagen stieg und wartete, bis sich die meisten Reisenden verlaufen hatten, würde es schon nicht so furchtbar werden. Zum Glück hatte sie ja nicht viel Gepäck, wenn man einmal von den Blumen absah. Und hinter denen konnte sie sich ganz gut verstecken. Immerhin war es ja möglich, daß ihr jemand Bekannter über den Weg lief.

Halb verborgen von der geöffneten Tür wartete sie. Vorn am Ausgang drängten sich die Reisenden, aber der größte Teil des Bahnsteigs war schon leer. Sie griff nach der Tasche, klemmte sich die Blumen unter den Arm und stieg vorsichtig aus dem Zug. Ein verlassen herumstehender Kofferkuli kam ihr gerade recht. Wenn sie den vor sich herschob, fielen die Entenfüße vielleicht gar nicht so auf. Inzwischen war es auch an der Sperre leerer geworden, und so marschierte sie zielstrebig dem Ausgang zu.

Plötzlich löste sich ein winziges Pünktchen aus der Menge und jachterte kläffend den Bahnsteig entlang. Bommel! Und wer kam hinter ihm herspaziert? So, als ob nichts, aber auch rein gar nichts gewesen wäre?

»Tach, Tinchen«, sagte Florian, »schön, daß du wieder da bist. Wurde auch höchste Zeit! Ich wollte mit Bommel schon zum Psychiater, weil er ganz offensichtlich verhaltensgestört ist, aber dann hätte mich der Seelenklempner auch gleich dabehalten. Und für zwei wird's zu teuer.«

Vor lauter Freude wußte Bommel gar nicht, wo er sein endlich wieder aufgetauchtes Frauchen zuerst belecken sollte. Also fing er unten an und entdeckte auch gleich die Löcher, durch die er wenigstens ein kleines Stück Fuß erwischen konnte.

»Ach, *da* sind meine Socken«, staunte Florian und wunderte sich sonst überhaupt nicht, »die suche ich schon seit Wochen. Aber wenn sie dir gefallen, darfst du sie behalten. Du solltest sie bloß mal stopfen!«

Tinchen saß auf dem Kofferkarren, hielt den zappelnden Bommel im Arm und wußte nicht, ob sie lachen oder empört sein sollte. Schließlich dachte sie an das Nächstliegende. »Hat denn niemand von meiner Familie Zeit gehabt, mich abzuholen?«

»Doch, natürlich. Es hat lange genug gedauert, bis ich sie davon abbringen konnte. Dein Vater wollte sein Geschäft wegen des freudigen Ereignisses heute schließen, deine Mutter hat um halb sieben mit dem Kochen angefangen, damit das Essen fertig und sie am Bahnhof sein konnte, deine Oma war gestern extra noch beim Friseur, und Karsten hatte sich schon vor Tagen für heute beurlauben lassen. Wegen einer Familienfeier. Jetzt sitzt er draußen im Auto und fährt immer ums Karree. Wir hatten nämlich keinen Groschen für die Parkuhr.«

Er warf einen scheelen Blick auf die Blumensträuße. »Mit diesen Edelgewächsen kann ich natürlich nicht konkurrieren, aber du mußt dich sowieso wieder an normale Verhältnisse gewöhnen. Hierzulande kauft man Nelken nämlich stückweise und nicht nach Gewicht! Aber so ganz ohne was wollte ich doch nicht kommen.«

Mit einem spitzbübischen Grinsen überreichte er sein Bukett: Die von einer Spitzenmanschette umhüllten und mit ein paar Margeriten aufgemotzten Petersilienstengel. »Diesmal garantiert ohne Spinne!« wie er ernsthaft versicherte.

Ob sie wollte oder nicht, sie mußte ganz einfach lachen. Es hatte Florian bestimmt eine Menge Mühe gekostet, eine Floristin zu finden, die diesen aber schon sehr eigenwilligen Biedermeierstrauß binden wollte.

»Eine richtige Ansprache hatte ich mir auch schon zurechtgelegt, weil man so was ja immer feierlich vortragen soll, aber nun habe ich doch wieder die Hälfte vergessen. Ich hab' nämlich so gar keine Übung. Immerhin ist das mein erster Versuch in dieser Richtung.«

Vorsichtshalber machte er eine Pause, aber als der erwartete Einspruch nicht kam, fuhr er mutig fort: »Der Müller-Menkert hat sich aufs Altenteil zurückgezogen, und ich bin sein Nachfolger geworden. Du siehst also, wenn man getreulich jeden Tag acht Stunden arbeitet, kann man schließlich Chef werden und zwölf Stunden arbeiten. Jetzt bin ich Lokalredakteur beim Tageblatt mit festem Gehalt, Lohnsteuerkarte I und keinerlei Abzugsposten. Mit Ehefrau käme ich in Klasse III. Außerdem braucht Bommel dringend eine Mutter, und daß ich keine Strümpfe stopfen kann, hast du ja selbst gemerkt. – Tinchen, willst du mich heiraten?«

»Ja!« sagte Tinchen sofort und hatte alles andere vergessen. »Ich will's wenigstens mal mit dir versuchen!«

»Na, Gott sei Dank!« Florian seufzte erleichtert. »Ich hab' mich bei deinen Eltern nämlich schon als künftiger Schwiegersohn eingeführt.« Er angelte die Reisetasche vom Karren und drückte Tinchen die Nelken in die Hand. »Willst du die Rosen auch mitnehmen?«

Sie zögerte. »Lieber nicht, aber zum Wegwerfen sind sie eigentlich zu schade.«

»Gib mal her!«

Die Putzfrau machte ein sehr komisches Gesicht, als Florian ihr die Blumen in den Scheuereimer steckte. »Die brauchen wir nicht mehr, weil wir uns gerade verlobt haben!«

Lachend hakte er Tinchen unter. »Jetzt aber nichts wie nach Hause, sonst wird das Mittagessen kalt. Es gibt übrigens Hühnerfrikassee!«

DAS MACH' ICH DOCH MIT LINKS

INHALT

Ein Brief mit Konsequenzen
Seite 339

Frau Antonie ist dagegen
Seite 354

Der Luxusschuppen
Seite 374

Florians Reformpläne
Seite 393

Malventee mit saurer Sahne
Seite 411

Der Hausdrachen
Seite 438

Pfefferminzlikör wirkt Wunder
Seite 463

Tante Klärchen
Seite 474

Osterspaziergang
Seite 495

Teures Suppengrün
Seite 517

Man wird nur einmal im Leben achtzehn
Seite 529

Was heißt Tante auf französisch?
Seite 545

Pfingsten, das liebliche Fest…
Seite 561

Endlich Ferien
Seite 579

Je früher der Morgen, desto schlimmer die Gäste
Seite 595

»Wer? – Ich?«
Seite 610

Kehraus
Seite 630

Ein Brief
mit Konsequenzen

»Der Herr Professor hat geschrieben!«

»Dann ist entweder sein Telefon kaputt oder seine Sekretärin krank. Vermutlich beides.«

Mißtrauisch nahm Florian den Brief in Empfang. Die steile Handschrift auf dem Umschlag war unverkennbar die seines Bruders: raumfüllend, kaum leserlich und bezeichnenderweise mit Bleistift hingeschmiert.

»Da muß irgend etwas passiert sein, sonst hätte Fabian seine kostbare Zeit nicht für einen simplen Brief geopfert. Das letzte Mal hat er sich schriftlich gemeldet, als Julia geboren wurde. Und das ist immerhin fünf Jahre her.«

»Nun mach doch schon auf!« befahl Tinchen ungeduldig. Sie mochte ihren Schwager zwar nicht besonders, ihre Schwägerin noch weniger, beide waren genauso staubtrocken wie die Mumien, mit denen sie sich in ihrer Eigenschaft als Archäologen befaßten, aber Neugierde war nun einmal Tinchens hervorstechendste Eigenschaft, und wenn der überbeschäftigte Professor Bender seinem kleinen Bruder einen Brief schrieb, dann mußte es sich um etwas Wichtiges handeln.

Mit dem Finger schlitzte Florian den Umschlag auf und zog einen eng mit Maschine beschrifteten Bogen heraus.

»Hat ja doch seine Sekretärin getippt«, meinte Tinchen enttäuscht. »Wahrscheinlich ist es bloß wieder die Kopie seines nächsten Referats. Ewig dieses langweilige Geschwafel! Wer außer ihm interessiert sich schon für eingemachte Könige?«

Inzwischen hatte Florian die ersten Zeilen überflogen. »Diesmal ist es ein richtiger Brief.«

»Aber ein diktierter«, widersprach Tinchen. »Das MA da oben heißt ja wohl Mahlke und nicht Mittelalter, obwohl es auf diese vertrocknete alte Schachtel auch zutreffen würde, die sich Sekretärin nennt und nicht mal die Kommaregeln kennt. Siehste, hier hat sie schon wieder eins ausgelassen!« Tinchen tippte auf die fragliche Zeile.

»Wenn auf ›und‹ ein vollständiger Hauptsatz folgt, muß man ein Komma setzen.« Stirnrunzelnd las sie weiter. »Was soll das überhaupt heißen: ›Und deshalb haben wir ein Attentat auf Euch vor‹? Sollen wir etwa wieder diesen gräßlichen Papagei in Pflege nehmen? Kommt nicht in Frage! Das letzte Mal hat Tobias sein Repertoire an Kraftausdrücken verdoppelt, und ich wurde in die Schule zitiert, weil seine Lehrerin wissen wollte, wo er diese ganzen Schimpfwörter aufgegabelt hat.«

»Jetzt laß mich doch erst einmal zu Ende lesen, ich weiß ja selbst noch nicht, worum es geht. Du solltest lieber mal in der Küche nachsehen, ich glaube, das Wasser brennt an.« Schnuppernd zog er die Luft ein.

»Himmel, die Bratkartoffeln!« schrie Tinchen und stürzte zur Tür hinaus. Sekunden später ein neuer Aufschrei: »Bist du verrückt geworden, Tobias? Du kannst doch nicht eine ganze Kanne Wasser über den Herd gießen!«

»Aber es hat doch alles gequalmt, Mami, und da habe ich gedacht, es brennt.«

»Mach bloß, daß du rauskommst, sonst brennt es gleich hinter deinen Ohren!« Angewidert betrachtete Tinchen die verkohlten Kartoffelscheiben, die in einer nicht weniger schwarzen Brühe schwammen.

»Das Essen ist hin«, stellte sie lakonisch fest. »Mach mal die Klotür auf, Julia!«

Während sie die unappetitlichen Überreste in die Toilette kippte, überschlug sie in Gedanken ihre Vorräte. »Wollt ihr lieber Pizza oder Ravioli?«

»Ravioli«, entschied ihr Sohn. »Pizza gab es erst vorgestern, als die Bohnensuppe so salzig war.«

»Ich kann aber auch Eierkuchen machen«, bot seine Mutter als Alternative an, »und das mit der versalzenen Suppe ist bloß deshalb passiert, weil Papi mal wieder den Deckel vom Salzstreuer nicht richtig zugeschraubt hatte.«

»Vorher ist ja nichts rausgekommen.« Florian hatte sich in der Tür aufgebaut und betrachtete kopfschüttelnd das Stilleben in der Toilette. »Jetzt spül endlich die Kartoffeln runter, am besten schmeißt du die verbrannte Pfanne gleich hinterher. Dann erübrigen sich wenigstens die Eierkuchen, die bei dir ja doch immer nach gerösteter Wellpappe schmecken, und dann mach in Gottes Namen die Raviolibüchsen auf. Aber nicht wieder mit dem Hammer! Die weiße Farbe reicht nicht mehr für einen neuen Anstrich.«

Schuldbewußt stellte Tinchen die verkohlte Pfanne auf den Herd zurück. »Kochen ist nun mal nicht meine starke Seite. Bei meiner Mutter habe ich doch bloß Diätrezepte mitgekriegt, und damit bekomme ich euch nicht satt.«

»Dafür fütterst du uns jetzt mit künstlichem Aroma, Kaliumnitrat, Benzoesäure und Glutamin«, sagte Florian, nachdem er das Etikett der Konservendose studiert hatte. »Gib mal den Büchsenöffner her!«

»Der ist abgebrochen, und ich habe vergessen, einen neuen zu kaufen. Aber das ist nicht so schlimm. Du mußt erst mit dem Hammer und einem Nagel ein paar Löcher in den Rand schlagen, dann kann man den Deckel einfach mit der Kombizange hochziehen.«

»Ist das dein Patent?«

»Nein, das stammt aus Karstens Repertoire für Campingreisende.«

Florian machte sich an die Arbeit. Als er vor acht Jahren das Fräulein Ernestine Pabst zum Altar geführt und gelobt hatte, in guten wie in schlechten Tagen ein treusorgender Gatte zu sein, hatte er allerdings nicht geahnt, daß seine Sorge sich in erster Linie darin erschöpfen würde, seine kleine Familie vor dem Verhungern zu bewahren. Und das hatte nichts mit dem finanziellen Aspekt zu tun. Als Redakteur des Düsseldorfer Tagblatts verdiente er zwar keine Reichtümer, aber er hatte ein geregeltes Einkommen, das er durch gelegentliche Artikel über Kindererziehung für eine Fachzeitschrift noch aufstockte. Den Traum, ein ganzes Buch über dieses Thema zu schreiben und sich darin hauptsächlich mit der Psychologie von Teenagern zu befassen, mußte er notgedrungen noch etwas zurückstellen. Seine bevorzugten, weil einzigen Studienobjekte in Gestalt seiner beiden Nachkommen hatten das erforderliche Alter noch nicht erreicht, und eine Abhandlung über das Phänomen, weshalb Kinder niemals um eine Regenpfütze herumgehen können, würde bestenfalls ein Kapitel des geplanten Buches füllen können. Also war Florian bestrebt, seinen Nachwuchs zunächst einmal vor den Folgen unzulänglicher Ernährung zu bewahren und das häufige Konservenfutter durch eigene Kochkünste abzuwandeln. Die allerdings stammten noch aus seiner Junggesellenzeit und bestanden im wesentlichen aus Variationen in Ei oder sehr gehaltvollen Soßen auf der Basis von Rotwein und Sherry. Sie schmeckten auch den Kindern, waren aber von Tinchen mit dem Hinweis auf den zunehmenden Jugendalkoholismus vom Speisezettel gestrichen worden.

Florian hatte Kochbücher angeschleppt. Größtenteils hatte es sich hierbei um Rezensionsexemplare gehandelt, die er lobend besprochen und dann in der häuslichen Küche aufgereiht hatte, aber viel genützt hatten auch sie nicht. Einmal mußte er drei Tage hintereinander Risotto essen (»Da stand, daß man pro Person eine Tasse Reis nehmen soll, das hätte doch höchstens für zwei gereicht und nicht für vier«, hatte Tinchen hinterher behauptet.), ein anderes Mal hatte es eine halbe Woche lang täglich Nudelauflauf gegeben, weil sie die angegebenen Mengen großzügig aufgerundet hatte, und nun hatte Florian endlich beschlossen, seine Frau in einen Kochkurs für angehende Ehefrauen zu schicken. Der begann aber erst in zwei Wochen, außerdem fehlte noch Tinchens Einwilligung, die sich an der Bezeichnung ›angehende Ehefrau‹ stieß, und bis der Kurs die ersten und hoffentlich genießbaren Ergebnisse zeitigen würde, kamen weiterhin Konserven oder kurz nach Ultimo auch mal tiefgefrorene Fertiggerichte auf den Tisch.

Natürlich hatte Florian damals gewußt, daß sein Tinchen vom Kochen keine Ahnung hatte. Woher denn auch? Sie hatte ihre Brötchen als Redaktionssekretärin verdient und später als Reiseleiterin in Italien, wohin er ihr im Urlaub nachgefahren war und sie noch rechtzeitig diesem eingebildeten Computermenschen ausgespannt hatte. Wie hatte der doch noch geheißen? Braun oder so ähnlich. Ach nein, Brandt war sein Name gewesen, Klaus Brandt aus Hannover. Ein geschniegelter Affe und eigentlich gar nicht der Typ Mann, auf den das damalige Tinchen Pabst geflogen wäre. Und trotzdem hätte sie sich beinahe mit diesem Menschen verlobt. Florian konnte das heute noch nicht begreifen. Zugegeben, er selbst war seinerzeit nur ein kleiner Lokalreporter gewesen, während dieser Brandt gerade seine Dissertation beendet hatte und sich wenig später den Doktorhut auf seine blonden Strähnen hätte stülpen können. Mehr verdient hatte er natürlich auch und eine Erbtante, die an der Riviera eine gutgehende Boutique besaß, aber deshalb heiratet man doch nicht gleich. Nun ja, er, Florian, hatte noch rechtzeitig dazwischenfunken und das Schlimmste verhindern können. Und damit Tinchen ihr spontanes Jawort auf dem Düsseldorfer Hauptbahnhof nicht doch wieder zurückziehen konnte – genaugenommen hätte Florian ihr das nicht einmal verdenken können –, hatte er auf einer möglichst baldigen Hochzeit bestanden. Noch vor Weihnachten, obwohl seine Schwiegermutter den Frühling für eine passendere Jahreszeit (»Das Kind erkältet sich ja in dem dünnen Tüllkleidchen!«) und die fünf Monate bis dahin für eine weitaus schicklichere Frist gehalten hatte.

»Das gibt doch in der Nachbarschaft nur Gerede. Am Ende glauben die Leute noch, ihr *müßt* so schnell heiraten. Oder müßt ihr wirklich?«

Obgleich Tobias am 11. Oktober und somit nach genau zehn Monaten und sechs Tagen geboren wurde, war Frau Antonie Pabst ihre Zweifel nie ganz losgeworden. »Es hat auch schon Fälle gegeben, in denen Kinder übertragen worden sind«, hatte sie behauptet und gleich das passende Beispiel aus ihrem weitläufigen Bekanntenkreis zur Hand gehabt.

Unter diesen Umständen war es Tinchen nicht möglich gewesen, sich unter fachkundiger Anleitung die notwendigen Kenntnisse in Haushaltsführung anzueignen. Einen Säuglingskurs hatte sie besucht und Schwangerschaftsgymnastik betrieben, hatte sich von ihrer Mutter gesundheitsbewußt ernähren lassen und Florian mittags in die Kantine vom Pressehaus geschickt, aber der hatte dafür volles Verständnis aufgebracht. Wenn das Baby erst einmal da und die ersten kritischen Wochen überstanden sein würden, dann würde sich der Alltag normalisieren, und statt zäher Schnitzel würde Florian Sauerbraten mit Klößen und Pfeffersteaks vorgesetzt bekommen. Immerhin war seine Schwiegermutter eine respektable Köchin, auch wenn sie viel zu häufig ihren Diätfimmel bekam und die Familie mit Rohkostsalaten und kalorienarmen Hefesuppen traktierte. Geholfen hatten diese spartanischen Menüs allerdings nur dem Inhaber des Reformhauses, bei dem Frau Pabst die Zutaten kaufte, denn die jedes Jahr neu geeichte Badezimmerwaage hatte sich irgendwo an der 80-Kilo-Marke eingependelt und zeigte niemals auch nur die geringste Tendenz, nach unten auszuschlagen. Im Gegenteil. Tinchens Bruder Karsten, der trotz seiner sechsundzwanzig Jahre noch genauso dünn und schlaksig war wie damals, als Florian ihn kennengelernt hatte, hatte erst unlängst ernüchternd festgestellt: »Da soll bloß einer behaupten, wir hätten keine Inflation. Was bei Mutti vor kurzem noch fünfundsiebzig Kilo waren, sind jetzt schon achtzig.«

Leider hatte Florian ziemlich schnell herausgefunden, daß Tinchen von den kulinarischen Talenten ihrer Mutter nicht das geringste geerbt hatte. Dafür besaß sie andere Vorzüge, die bei ihm weitaus höher zu Buch schlugen. Sie hatte Humor, nahm nur ganz selten mal etwas übel, akzeptierte die manchmal recht unorthodoxe Lebensauffassung ihres Mannes und lehnte die pedantische Ordnungsliebe ihrer Mutter rundweg ab. »Bei ihr sieht's immer aus wie in einem Möbelkatalog. Bei uns merkt man wenigstens, daß hier jemand wohnt«, behauptete sie jedesmal, wenn Florian sich erst einen Weg bahnen mußte durch Legosteine, Spielzeugautos, Hundeknochen und zerfledderte Zeitschriften.

»Kannst du das Zeug nicht trotzdem mal ein bißchen zusammensuchen?«

»Mach' ich, wenn du endlich deinen Schrank aufräumst. Der ist so vollgestopft, daß die Motten darin niemals fliegen lernen werden.«

Nein, noch keine Sekunde hatte Florian bereut, daß er sein verrücktes, unpraktisches Tinchen geheiratet hatte, und das Kochen würde sie auch noch lernen. Mit ihren sechsunddreißig Jahren war sie schließlich noch keine alte Frau!

»Was hat der Fabian denn nun wirklich gewollt?« fragte Tinchen und rührte mit dem Finger die Eiswürfel in ihrem Campariglas um. Sie hatte sich auf ihrem Lieblingsplatz, einem schon etwas ramponierten Ohrensessel mit Plüschbezug, zusammengerollt und genoß die Stille nach dem Sturm. Die Kinder waren endlich im Bett, die Fliesen im Bad halbwegs trockengelegt, die Winterolympiade war vorbei, und Florian hatte keinen Grund mehr, auch heute wieder vor der Röhre zu hängen. Zwar hatte er als Lokalredakteur mit Sport auch im weitesten Sinne nichts zu tun, aber nach seiner Ansicht mußte er über aktuelle Ereignisse der übrigen Ressorts ebenfalls informiert sein, und welche andere Möglichkeit gab es da schon als den Fernsehapparat?

»Deine Zeitung«, hatte Tinchen geantwortet, aber Florian hatte abgewinkt. »Wer liest die denn schon? Ich bestimmt nicht.«

Statt dessen hockte er mit untergeschlagenen Beinen auf seinem Schreibtischstuhl und sortierte Belege. Neben ihm lag ein Taschenkalender.

»Ich weiß nicht, wie das kommt, aber die meisten Rechnungen stammen alle von Wochenenden. Der Jerschke kauft mir doch nie ab, daß ich bloß samstags und sonntags Spesen mache.«

»Und immer die gleichen! Zwei Bier und zwei Korn.«

Florian ließ seine Lesebrille auf die Nasenspitze rutschen und plierte zu Tinchen hinüber. »Du willst mir doch nicht etwa meinen Feierabendtrunk und meinen Frühschoppen ankreiden?«

»Nö, mir tut's nur leid um das schöne Geld. Du solltest es lieber in Steuern investieren. Die steigen bestimmt.« Lachend knipste er die Schreibtischlampe aus und setzte sich auf Tinchens Sessellehne. »Du hast ja recht, Tine, alles wird teurer. Heute kann einer allein schon genauso billig leben wie früher zwei.«

»Mhmm, und wenn ein Kind kam, sprach man von Zuwachs. Jetzt redet man von Abzugsposten. Auf deinem Nachttisch liegt übrigens wieder ein Brief vom Finanzamt.« Plötzlich richtete sie sich kerzengerade auf. »Du hast mir noch immer nicht gesagt, was in Fabians Brief steht.«

Er zog den zerknitterten Umschlag aus der Hosentasche. »Weiß ich selber nicht. Bevor ich fertig lesen konnte, kam ja deine Katastrophenmeldung aus der Küche.«

»Nun mecker doch nicht immer, wenn mir mal was danebengeht. Es ist ja schließlich meine erste Ehe.«

Mit gerunzelter Stirn überflog Florian den Brief. Zwischendurch schüttelte er immer wieder den Kopf. »Der Junge spinnt!« verkündete er endlich, »der will uns mieten.«

»Der will *was?*«

»Uns mieten! Mit Kind und Kegel. Und gleich für ein halbes Jahr.«

»Gib mal her!« Sie nahm ihm den Briefbogen aus der Hand, kuschelte sich wieder in ihre Ecke und begann halblaut zu lesen.

Lieber Florian,
wenn ich mich heute schriftlich und nicht nur telefonisch bei Dir melde, dann hat das einen sehr triftigen Grund, wie Du Dir den-

ken kannst. Du brauchst Zeit, Dir meinen Vorschlag zu überlegen, und Ernestine muß ebenfalls einverstanden sein.

(Warum nennt der mich bloß immer Ernestine? dachte Tinchen erbost. Kann er nicht Tina sagen wie die anderen auch, dieser überkorrekte Holzkopf?)

Vor einigen Wochen habe ich die Einladung bekommen, für ein halbes Jahr als Wissenschaftler und Gastdozent nach Amerika zu gehen, und zwar an die renommierte Universität Princeton. Du wirst Dir denken können, daß mich diese Aufgabe reizt, zumal die Einladung auch meine Frau einbezieht. Gisela hat in den letzten beiden Jahren auf dem Gebiet der Massenspektrumsanalyse bzw. der Aktivitätsmessung große Fortschritte gemacht und wird mir bei meiner Arbeit eine wesentliche Hilfe sein können.

(Massenspektrumsanalyse, was ist das überhaupt? Ich kann das nicht mal ohne Stottern aussprechen. Muß er uns denn dauernd seine geistige Überlegenheit beweisen?)

Nun haben wir allerdings ein Problem, für das sich noch keine befriedigende Lösung gefunden hat, und deshalb haben wir ein Attentat auf Euch vor. Während unserer Abwesenheit sollte eine vertrauenswürdige Person (resp. deren mehrere) das Haus bewohnen, sich um den Garten kümmern und auf diese Weise u. a. potentielle Einbrecher von ihrem evtl. Vorhaben abbringen. Martha wird selbstverständlich auch hierbleiben, aber mit ihren nunmehr 71 Jahren kann ich ihr die ganze Verantwortung nicht mehr zumuten.
Des weiteren sollten die Kinder nicht gänzlich ohne Aufsicht sein. Wir können sie leider nicht mitnehmen in die Staaten, obwohl ich die Möglichkeit, ihren Gesichtskreis zu erweitern, gern wahrgenommen hätte, aber dem stehen triftige Gründe entgegen: Clemens befindet sich mitten im Vorphysikum und kann seine Studien jetzt nicht unterbrechen. Urban hat noch zehn Monate Wehrdienst vor sich, deren Ableistung sich nicht verschieben

läßt, und Rüdiger wird in anderthalb Jahren sein Abitur machen. Ließe ich ihn von der Schule beurlauben, dann ginge ihm ein Jahr verloren, und das möchten weder er noch ich. Bleibt noch Melanie, die wir durchaus mitnehmen könnten, aber unbegreiflicherweise weigert sie sich. Sie möchte nicht als einzige den Vorzug eines Auslandsaufenthalts genießen – eine Einstellung, die ihr soziales Verhalten unterstreicht und die ich deshalb nur akzeptieren kann.

Wie Du weißt, lieber Florian, leben wir in recht guten finanziellen Verhältnissen, die sich dank meiner Berufung nach Amerika in Zukunft noch wesentlich verbessern werden. Aus diesem Grunde wäre ich auch bereit und in der Lage, unserem »Hausbesorger« ein entsprechendes Gehalt bei freier Station zu bieten. Dabei habe ich in erster Linie an Dich gedacht. Aufgrund Deiner langjährigen Zugehörigkeit zum Redaktionsstab wird es Dir sicher möglich sein, Dich für sechs oder sieben Monate beurlauben zu lassen. Ich bin davon überzeugt, daß Du diese Zeit der Muße und bar der beruflichen Pflichten auf andere Weise produktiv nutzen könntest.

Sicher würde es auch für Deine Frau reizvoll sein, den Trubel der Großstadt vorübergehend gegen das ruhige und beschauliche Leben auf dem Land einzutauschen. Darüber hinaus hat Heidelberg, das mit dem Wagen in maximal zwanzig Minuten zu erreichen ist, kulturell nicht weniger zu bieten als etwa Düsseldorf. Ich muß wohl nicht erwähnen, daß unsere beiden Autos hierbleiben und selbstverständlich zu Eurer Verfügung stehen. Auch Euren Kindern würde ein längerer Aufenthalt mitten im Grünen gut bekommen. Besonders Julia erschien mir bei meinem Besuch etwas blaß, eine Tatsache, die wohl auf Mangel an frischer Luft zurückzuführen ist. Nun, darunter braucht sie bei uns nicht zu leiden, der große Garten ist speziell für die Kinder ein idealer Spielplatz.

Überlege Dir mein Angebot, Florian, aber Du müßtest Dich innerhalb der nächsten drei Wochen entscheiden. Wir sollen am 1. April unsere Arbeit in Princeton aufnehmen, möchten aber wenigstens vierzehn Tage vorher abreisen, um uns mit den dorti-

gen Verhältnissen vertraut zu machen. Solltest Du wider Erwarten meinen Vorschlag ablehnen, so laß es mich baldmöglichst wissen, damit wir noch eine andere Lösung finden können.
Für heute verbleibe ich mit den
besten Grüßen, auch an Ernestine
und die Kinder,
Dein Bruder Fabian.

»Mangel an frischer Luft!« empörte sich Tinchen. »Ich möchte mal wissen, wie dein Bruder aussehen würde, wenn man ihm gerade die Mandeln rausgenommen hat! Aber der besitzt wahrscheinlich gar keine. Der ist ja schon ohne Fehl und Tadel auf die Welt gekommen.«

»Reg dich doch nicht über solche Kleinigkeiten auf! Sag mir lieber, was du von Fabians Vorschlag hältst.«

»Gar nichts!« fauchte sie wütend. »Dienstmädchen spielen für eine Horde verzogener Halbstarker, die bloß Pullover mit dem Krokodil drauf tragen und in den Sommerferien nach Kenia fahren. Papa bezahlt's ja!«

»Wenn du auf Clemens' Urlaubsreise anspielst, dann mußt du aber auch gerecht sein. Er ist von einem Freund eingeladen worden, weil dessen Vater dort unten ein deutsches Hotel leitet und den beiden ein Doppelzimmer kostenlos zur Verfügung gestellt hat. Den Flug hat er selber bezahlt und dafür drei Wochen auf dem Großmarkt gearbeitet.«

»Na schön. Aber Rüdiger hat sich seine unanständige Bräune auch nicht auf der heimischen Terrasse geholt. Der war in Portugal.«

»Dahin ist er getrampt. Und genächtigt hat er in einem Schlafsack am Strand. Ich weiß ja nicht, ob dir das vier Wochen lang gefallen würde.«

»Ich bin ja auch keine siebzehn mehr«, giftete sie zurück.

»Nein, du bist ein mißgünstiges altes Weib, das sich vor der Verantwortung drücken will, seine schutzlose und zum Teil noch minderjährige Verwandtschaft unter seine Fittiche zu nehmen. Dabei würden wir das doch mit links machen«,

sagte Florian und ging vorsichtshalber hinter dem Schreibtisch in Deckung. Aber die sonst übliche Attacke mit allen erreichbaren und nicht immer unzerbrechlichen Wurfgeschossen blieb aus. Tinchen hatte sich wieder in den Brief vertieft.
»Klausdieter ist gar nicht erwähnt. Dürfen wir den etwa nicht mitnehmen?«

»Für Fabian ist ein Hund kein Familienmitglied, sondern bestenfalls ein Gegenstand, und Gegenstände führt man nicht extra auf. Natürlich kommt Klausdieter mit. Wer soll denn sonst den Garten umgraben?«

Klausdieter, das Produkt eines illegalen Schäferstündchens zwischen der edlen Dackeldame Mona von der Waldheide und einem Pudelmischling niederer Herkunft, war vor einem halben Jahr von seinen Besitzern heimlich ins Tierasyl abgeschoben worden, weil dieser so sichtbare Fehltritt den ganzen Stammbaum derer von der Waldheide ruiniert hätte. Anläßlich einer Reportage über vierbeinige Findlinge hatte Florian das kleine Häufchen Unglück entdeckt und kurzerhand mit nach Hause genommen. Ein vollwertiger Ersatz für den verstorbenen Hund Bommel, ebenfalls ein Findling, wenn auch italienischen Geblüts, war er zwar noch nicht, zeigte aber die besten Ansätze. Genau wie sein Vorgänger lehnte Klausdieter die artgemäße Fertignahrung ab und trat in einen mehrstündigen Hungerstreik, wenn er nicht das bekam, was sein Frauchen auch aß. Daß die Auswahl nicht groß war und meistens auch aus der Dose kam, störte ihn nicht. Allerdings bevorzugte er Ravioli einer ganz bestimmten Marke und hockte mit vorwurfsvollem Blick vor seinem Freßnapf, sobald Tinchen ihm ein anderes Produkt zumutete. Der Tierarzt bemängelte zwar ständig die unsachgemäße Ernährung, mußte aber zugeben, daß der Hund kerngesund war, weder überfüttert noch neurotisch und deshalb keine nennenswerte Bereicherung seiner Patientenkartei darstellte.

Klausdieter liebte Mülleimer, Bettvorleger, saure Gurken, Kaninchenlöcher, wollene Pudelmützen, die er hingebungsvoll zerkaute, jede Art von Papier und Tee mit Rum; dagegen haßte er Staubsauger, den Tierarzt, Hundeleinen, Gewaschenwerden und Jeans.

»Da muß es irgendein Schlüsselerlebnis gegeben haben«, hatte Florian vermutet, nachdem Klausdieter das dritte Paar zerfetzt hatte. »Vielleicht hat er von seinem Peiniger immer bloß die Hosenbeine gesehen und assoziiert Jeans mit Prügel.« Worauf die Familie Bender dem Hund zuliebe auf Cordhosen und ähnliche pflegeleichte Materialien umstieg und Klausdieters Zerstörungswut in andere Bahnen lenkte. Zur Zeit bevorzugte er Pantoffeln und Tempotaschentücher.

»Ob er sich mit Willi verträgt?« grübelte Tinchen.

Willi war Urbans Papagei, ein blauer Amazonas-Ara und letztes Glied eines langen Tauschhandels, der mal mit zwei alten Fahrradfelgen angefangen hatte. Sein Sprachschatz war ebenso groß wie unanständig, aber Urban hatte glaubhaft versichert, daß Willi dieses Repertoire bereits mitgebracht und nicht etwa erst bei ihm gelernt habe.

»Sollte dein Interesse für Detailfragen etwa bedeuten, daß du Fabians Vorschlag annimmst?« fragte Florian hoffnungsvoll.

»Vorher müßte natürlich noch einiges geklärt werden, zum Beispiel, wie weit die Verantwortung geht. Du glaubst doch nicht im Ernst, daß Melanie nur aus Selbstlosigkeit zu Hause bleibt? Die wittert eine sturmfreie Bude, und ich kann ewig mit der Pille hinter ihr herrennen.«

»Das Kind ist erst sechzehn.«

»Das Kind ist *schon* sechzehn. Und weil die Halbwüchsigen außerdem zu alt sind für das, was die Kinder tun, aber zu jung für das, was die Erwachsenen tun, tun sie Dinge, die sonst niemand tut. Und die sind unberechenbar.« Tinchen rappelte sich aus ihrem Sessel hoch und hielt Florian das leere Glas entgegen. »Gib mir noch einen, und dann laß uns die ganze Geschichte mal durchrechnen.«

Sie ging zum Schreibtisch und fischte aus dem herumliegenden Durcheinander einen Zettel heraus. »Brauchst du den noch? Ist eine Quittung über drei Mark achtzig, also sowieso zu wenig. Außerdem hat sie zwei Fettflecke.«

»Das kann ich auch im Kopf«, behauptete Florian. »Die tausend Mark Haushaltsgeld pro Monat fallen weg, weil uns Fabian ernähren will. Das Auto wird geschont, wir brauchen keinen Strom und kein Heizöl zu bezahlen, und das Bier in der Dorfkneipe wird bestimmt billiger sein als hier.« Er sah sehnsüchtig zu dem blauen Schnellhefter hinüber, der auf dem Bücherregal lag und in dicken schwarzen Buchstaben die Aufschrift trug: »Psychologie der Jugendlichen zwischen fünfzehn und fünfundzwanzig.«

»Hast du eigentlich schon daran gedacht, welche Möglichkeiten sich für mich eröffnen? Ein halbes Jahr lang kann ich mit vier Prachtexemplaren von Teens und Twens zusammenleben. Bessere Studienobjekte könnte ich mir gar nicht wünschen.«

»Das hört sich an, als ob du von weißen Mäusen sprichst.«

»Blödsinn! Überleg doch mal, Tinchen! Bis Tobias und Julia das richtige Alter erreicht haben, vergehen noch mindestens zehn Jahre. Da bin ich fünfzig, und ob ich dann noch die Nerven habe, ihr Verhalten unvoreingenommen zu beurteilen und zu interpretieren, weiß ich nicht. Außerdem steht man seinen eigenen Kindern sowieso nicht objektiv genug gegenüber.«

»Das stimmt!« bestätigte seine Frau. »Wenn Tobias mal mit einer Zwei im Diktat nach Hause kommt, hältst du ihn schon für ein Genie.«

»Die Intelligenz hat er ja auch von mir.«

»Ich glaube schon«, sagte Tinchen trocken, »meine habe ich nämlich noch.« Sie stand auf und räumte die Gläser in die Küche. Mit einem Blick auf den seit Tagen tropfenden Wasserhahn rief sie über die Schulter: »Hast du den Klempner erreicht?«

»Ja«, tönte es zurück. »Er kommt um elf.«

»Morgen?«

»Den Tag hat er nicht gesagt.« Florian zog seine Lederjacke

an und pflückte die Hundeleine vom Schlüsselbrett. »Komm, Klausdieter, Pipi machen.«

Der Hund schob die Schnauze über den Rand seines Körbchens und blinzelte schläfrig zu seinem Herrn empor, machte aber keine Anstalten, seine warme Behausung zu verlassen.

»Los, du Faultier, komm schon! Ich will auch ins Bett. Wenn du jetzt nicht deinen Stammbaum besuchst, pinkelst du heute nacht wieder den Philodendron an, und du weißt genau, daß ich dann von deinem Frauchen eins aufs Dach kriege.«

Im Schneckentempo schob sich Klausdieter über den Flur. Er hatte nicht die geringste Lust, bei dieser Kälte spazierenzugehen, nur weil Herrchen das so wollte. Bei solchem Wetter jagte man keinen Hund auf die Straße. Vorsichtig steckte er die Nase durch den Türspalt, zog sie aber sofort wieder zurück und stemmte sich mit allen vier Pfoten gegen die Zumutung, die warme Wohnung gegen die schneebedeckte Vorortstraße einzutauschen.

»Das ist gar kein richtiger Hund!« Florian schnappte sich das Tier und klemmte den sich heftig sträubenden Halbdackel unter seinen Arm. »Bommel ist ganz verrückt nach Schnee gewesen.«

»Der war auch größer und hing nicht immer mit dem Bauch im Kalten«, verteidigte Tinchen ihren geschmähten Liebling. »Und jetzt macht endlich, daß ihr rauskommt. Es zieht.«

Während Florian frierend im Hauseingang stand und darauf wartete, daß Klausdieter die ihm genehme Marschroute einschlug, überlegte er, daß ein Garten außer lästigem Rasenmähen auch unbestrittene Vorteile hatte. Fabians war sehr groß und hatte viele Büsche hinten am Zaun. Einer davon würde sich bestimmt als neuer Stammbaum eignen.

Frau Antonie ist dagegen

»Guten Morgen, Herr Bender«, sagte Fräulein Fröhlich, als Florian das Vorzimmer zum Allerheiligsten betrat. »Herr Dr. Vogel ist nicht im Hause und wird auch vor dem frühen Abend nicht zurück sein. Ich kann Sie für morgen vormittag vormerken, wenn es etwas Wichtiges ist.«

Im Gegensatz zu ihrem Namen zeigte Fräulein Fröhlich eine ausgesprochen sauertöpfische Miene, die durch das Pferdegesicht und die unkleidsame Frisur noch unterstrichen wurde. Portierszwiebel nannte Florian insgeheim den Dutt, um den das korrekte Fräulein Fröhlich stets ein dünnes Haarnetz trug, damit sich auch nicht ein Härchen selbständig machen konnte. Innerhalb der Redaktion ging das Gerücht, Frau Vogel selber habe seinerzeit die Sekretärin für ihren Mann ausgesucht und von vornherein alle Bewerberinnen abgelehnt, die Nagellack benutzten, Miniröcke trugen und unter dreißig waren. Nichts von dem konnte man Fräulein Fröhlich nachsagen. Sie war bereits auf der falschen Seite der Dreißiger angekommen, bevorzugte Jackenkleider mit dreiviertellangen Röcken und hatte stets kurzgeschnittene Fingernägel. Sie sah ungemein tüchtig aus und war es auch.

»Kein Wunder, daß der Chef so erfolgreich ist«, hatte Florian einem Kollegen gegenüber geäußert. »Er hat eine Frau, die ihm sagt, was er tun soll, und eine Sekretärin, die es tut.«

Nur beliebt war Fräulein Fröhlich nicht, aber das war ihr gleichgültig. Sie genoß das Vertrauen ihres Vorgesetzten, wurde von dessen Gattin regelmäßig am zweiten Sonntag im Dezember zum Adventskaffee eingeladen und bekam alle drei Jahre Gehaltserhöhung. Morgens war sie fast immer die erste im Büro und abends häufig die letzte, weil sie es für ihre Pflicht hielt, auch das pünktliche Kommen der Besenbrigade zu überwachen. Deshalb verwaltete sie neben vielem anderen auch noch die Schlüssel zur Gerätekammer.

»Ein Privatleben scheint die überhaupt nicht zu kennen«, hatte Gerlach, der Gerichtsreporter, vermutet, und Florian hatte geantwortet: »Was den meisten als Tugend erscheint, ist um die Vierzig herum nichts anderes als Mangel an Gelegenheit.«

Nein, beliebt war die Chefsekretärin keineswegs, aber eben sehr tüchtig und folglich unkündbar. So hämmerte sie auch jetzt minutenlang auf ihre Maschine ein, bevor sie wieder den Kopf hob und Florian fragend ansah. »Ich sagte Ihnen bereits, daß Herr Dr. Vogel nicht da ist.«

»Das habe ich auch zur Kenntnis genommen«, erwiderte Florian freundlich. »Sie sagten aber auch, er käme noch heute zurück, und dann hätte ich ihn gern gesprochen. Es handelt sich in der Tat um etwas sehr Wichtiges.«

»Was kann bei Ihnen schon wichtig sein!« Die Lokalredaktion rangierte bei Fräulein Fröhlich ganz unten, obwohl sie für die Leser des Tageblatts zu den wichtigsten Ressorts gehörte. Immerhin war sie für alle gesellschaftlichen Veranstaltungen zuständig, also für den Brieftaubenwettbewerb genauso wie für Rockkonzerte – Dr. Laritz hatte sich bisher immer geweigert, die dort verursachten Geräusche als Musik zu bezeichnen und ihnen einen angemessenen Platz in seinem Kulturteil einzuräumen –, aber da sich der Chefredakteur nur in Ausnahmefällen um die Lokalseiten seiner Zeitung kümmerte, interessierte sich auch Fräulein Fröhlich nicht dafür. Außerdem hatte die Lokalredaktion die meisten freien Mitarbeiter, von denen viele stundenlang im Schreibsaal herumhingen und ihre Zwölf-Zeilen-Meldungen zusammenschmierten, häufig unrasiert, aber immer sehr geräuschvoll und sehr vorlaut – nein, mit dieser Spezies Mensch wollte Fräulein Fröhlich so wenig wie möglich zu tun haben. Und mit dem Häuptling des ganzen Vereins schon überhaupt nicht.

»Was wichtig ist und was nicht, überlassen Sie bitte mir«, sagte Florian patzig. »Außerdem ist es privat.«

»Wenn Sie schon wieder Vorschuß brauchen, dann muß ich Sie enttäuschen. Herr Jerschke hat erst kürzlich die Anweisung gegeben, daß Vorschüsse vor ihm selbst...«

»Ich habe in den letzten drei Monaten keinen Vorschuß gebraucht und werde auch in Zukunft keinen brauchen!« unterbrach Florian die Stimme seines Herrn. »Ich möchte lediglich den Sperling... äh... den Dr. Vogel sprechen, und zwar noch heute.«

Vorsorglich überhörte Fräulein Fröhlich den hausinternen Spitznamen ihres Chefs und blätterte gelangweilt im Terminkalender. »So gegen halb acht könnte ich Sie für ein paar Minuten einschieben«, gestattete sie gnädig und kritzelte eine entsprechende Notiz aufs Papier, »aber wahrscheinlich werden Sie warten müssen. Dr. Vogel hat vorher eine Besprechung mit dem Verleger.«

»Ich warte gern«, versicherte Florian, »ganz besonders in Ihrer Gesellschaft.«

Bevor sie überlegt hatte, ob es sich nun um eine Anzüglichkeit oder um eins der seltenen Komplimente handelte, die man ihr gönnte, war Florian schon zur Tür hinaus.

Vergnügt pfiff er vor sich hin, während er über den langen Flur stapfte. Er würde heute abend bestimmt nicht warten müssen. Es war allgemein bekannt, daß der Herr Verleger niemals später als neunzehn Uhr fünfzehn das Haus verließ, um pünktlich zum Beginn der Tagesschau in Meerbusch vor dem Bildschirm zu sitzen: Dort notierte er die ihm wichtig erscheinenden Meldungen und prüfte am nächsten Morgen, ob sie auch die gebührende Würdigung in seiner Zeitung gefunden hatten. Da das fast immer der Fall war, herrschte zwischen ihm, dem Chefredakteur und Herrn Dr. Mahlmann, seines Zeichens Leiter der Politik, bestes Einvernehmen. Allerdings ahnte er nicht, daß seine Frau jeden Abend das Notizblatt vom Schreibtisch nahm, von der Küche aus ein kurzes Telefongespräch mit der Redaktion führte und den Zettel anschließend wieder zurücklegte. So war der häusliche Friede gesichert, der ohnehin zu hohe Blutdruck ihres Mannes nicht zusätzlich gefährdet, und die Jungs im Pressehaus brauchten sich nicht unnütz den Kopf zu zerbrechen. Es waren doch alles so reizende Leute! Niemals vergaßen sie, zu ihrem Geburtstag Blumen zu schicken, und der Präsentkorb zum 40. Hochzeitstag im vergangenen Jahr mußte ein Vermögen gekostet haben.

Als er sein kleines und äußerst spartanisch eingerichtetes Büro betrat, konnte Florian vor lauter Rauchschwaden nichts erkennen – nur vermuten. »Jetzt habe ich dein Zeilenhonorar schon zum drittenmal erhöht, und noch immer qualmst du diesen billigen Knaster. Der legendäre russische Machorka kann auch nicht schlimmer sein.« Er tastete sich zum Fenster durch und öffnete beide Flügel. »Du kriegst Hausverbot, wenn du weiterhin deine alten Matratzen in die Pfeife stopfst!«

»Die sind immer noch gesünder als deine namenlosen Glimmstengel«, verteidigte sich Peter Gerlach, klopfte aber dennoch seine Pfeife aus und steckte sie in die Tasche. »Wieso bist du schon hier? Du kommst doch sonst nie vor zehn. Und ich hatte geglaubt, hier in Ruhe meinen Bericht fertig pinnen zu können. Nicht mal auf deine Unpünktlichkeit ist mehr Verlaß.«

Offziell war Gerlach Gerichtsreporter, schrieb aber unter einem Pseudonym die wöchentliche Klatschspalte, wer wo mit wem und wann, kannte Gott und die Welt und kam Florian im Augenblick wie gerufen.

»Sag mal, Peter, weißt du nicht jemanden, der eine möblierte Wohnung mieten möchte?«

»Nee«, erklärte der rundheraus. Und dann: »Warum? Ist einer aus der Verwandtschaft gestorben?«

»Das nicht gerade, aber ich kenne jemanden, der seine Wohnung ein halbes Jahr lang nicht braucht und sie deshalb komplett vermieten will.«

»Muß der in den Knast?«

»Kannst du nicht ausnahmsweise in normalen Bahnen denken?« lachte Florian. »Es gibt doch auch noch andere Gründe, weshalb ein Mensch vorübergehend seine Wohnung nicht benutzt.«

»Und deshalb will er sie vermieten? Das muß ein schönes Kamel sein. Wer weiß, ob und in welchem Zustand der sein Mobiliar wiederfindet.«

»Das Kamel bin ich.«

Erstaunt drehte sich Gerlach um. »Du?? Ich habe zwar nie bezweifelt, daß du wirklich eins bist, aber du hast es noch niemals zugegeben. Wieso brauchst du deine Wohnung nicht mehr? Ist deine Frau endlich ausgezogen? Laßt ihr euch scheiden?« fragte er erwartungsvoll, denn seine heimliche Liebe zu Tinchen war ebenso ausdauernd wie hoffnungslos.

»Das kannst du mich in sechs Monaten noch mal fragen.« Florian setzte sich auf die Schreibtischkante und erzählte seinem Freund ausführlich, welche Pläne seit gestern in seinem Kopf herumspukten.

»Unter diesen Umständen wäre es doch blödsinnig, die Wohnung leerstehen zu lassen. Warum soll nicht ein anderer inzwischen die Miete bezahlen?« schloß er.

»Weshalb fragst du gerade mich? Du kennst doch meinen Umgang. Oder legst du wirklich Wert darauf, daß ich dir einen entlassenen Ganoven zwischen deine Kiefernschränke setze?«

»Quatsch! Aber du kannst dich doch mal umhören.«

»Mach' ich«, versprach Gerlach, »vielleicht finde ich jemanden von der High Snobiety, der seine momentane Gespielin nicht immer bloß im Hilton treffen will. Da zahlt der ja für drei Nächte so viel wie bei dir für den ganzen Monat.«

»Meine Wohnung als Absteige? Kommt nicht in Frage.«

»Du mußt das nicht so eng sehen. Außerdem heißt das heutzutage Zweitwohnung und ist allgemein üblich. Als du noch nicht verheiratet warst, hast du nicht so dämliche Fragen gestellt.«

»Eine Zweitwohnung habe ich nie gebraucht«, verteidigte sich Florian.

»Wäre aber manchmal besser gewesen. Ich erinnere mich

noch an den Tag, an dem ich die Doro so lange in der Küche festhalten mußte, bis du die andere Tussie ins Wohnzimmer gebracht hast, und dann hast du mir dieses wirklich selten dusselige Geschöpf auch noch für den Rest des Abends aufgehalst.«

»Das sind doch längst olle Kamellen. Die werden auch nicht besser, wenn du sie immer wieder aufwärmst.«

Gerlach stand auf und sammelte seine Notizen ein. »Ich glaube, jetzt verziehe ich mich lieber, du mußt deinen Humor heute im Fahrstuhl vergessen haben. Gibt es sonst noch was Neues?«

»Ja, Hindenburg ist tot.«

»Weiß ich, deshalb sieht man ihn auch so selten. Also dann tschüs bis nachher.«

»Dämlicher Hund!« schimpfte Florian, aber das hatte Gerlach schon nicht mehr gehört.

Seufzend betrachtete Florian den Papierstapel auf seinem Schreibtisch: Agenturmeldungen, Berichte, Einladungen zu irgendwelchen, meist langweiligen Veranstaltungen, dazwischen Spesenabrechnungen der freien Mitarbeiter und natürlich Leserbriefe. Er griff nach dem ersten.

Werte Redaktion. Meine Tante Adelheid Schmitz, wohnhaft in Oberbilk, wird am 21. März 88 Jahre alt. Weil das eine Schnapszahl ist, würde sie sich bestimmt freuen, wenn die Zeitung ihr öffentlich gratuliert. Sie liest das Tageblatt schon seit es das gibt. Achtungsvoll, Ernst Schmitz.

Florian warf den Brief in den Papierkorb und fischte den nächsten heraus.

Am 1. April besteht unser Kochclub ›Männer vor!‹ fünf Jahre. Obwohl ich Ihnen als Vorsitzender schon mehrmals unsere besten Rezepte geschickt habe, hat der Club in Ihrer Zeitung noch keine Erwähnung gefunden. Sollten Sie auch unser Jubiläum übergehen, werden alle 14 Mitglieder das Tageblatt abbestellen.

*Mit immer noch freundlichen Grüßen, Herbert Lamprecht,
1. Vorsitzender.
PS. Ihr Reporter ist zu unserem Galaessen am 30. d. M. herzlich
eingeladen.*

Wenn die Brüder ihre Drohung wahrmachen und die Abonnements kündigen, kriege ich Ärger mit der Vertriebsabteilung, überlegte Florian, also müssen wir ein paar Zeilen bringen. Am besten schicke ich Müller Zwo hin, der ist Junggeselle und ernährt sich bloß von Hot dogs. Für eine anständige Mahlzeit schreibt der alles. –

Während Florian im Pressehaus die Brötchen verdiente, war Tinchen damit beschäftigt, sie aufzuessen. Ihre Mutter half dabei. Gerechterweise muß allerdings gesagt werden, daß Frau Antonie die Semmeln mitgebracht und auch bezahlt hatte. Für sich selbst hatte sie ein Croissant mitgenommen, frisch aus dem Ofen und noch ganz warm. Tinchen hatte Kaffee gekocht, koffeinfreien natürlich wegen der Nerven und weil Frau Antonie sonst in der Nacht kein Auge zumachen konnte, und nun saßen Mutter und Tochter am Küchentisch mit der rotgewürfelten Decke und der Porzellanschale voll künstlicher Früchte – auch ein Geschenk von Frau Antonie und ständiges Streitobjekt zwischen Tinchen und ihrem Mann, dem diese Plastikbananen ein Dorn im Auge waren.

»Jetzt erzähl mal ganz genau, Tinchen, ich hab' das vorhin am Telefon gar nicht richtig mitgekriegt. Was ist mit Professor Fabians Kindern los? Wieso sind das plötzlich Waisen? Ist den Eltern was passiert? Sind sie tot? Verunglückt? Gleich alle beide? Wie furchtbar! Und warum trägst du dann nicht Schwarz, schließlich sind es nahe Verwandte von dir, auch wenn du nicht auf besonders gutem Fuß mit ihnen gestanden hast. Ob wir auch zur Beerdigung fahren müssen? Ich werde nachher gleich einen Kranz best...«

»Ich bitte dich, Mutsch, hör endlich auf! Kein Mensch ist gestorben, ganz im Gegenteil. Gisela und Fabian gehen für ein halbes Jahr nach Amerika, und wir sollen so lange Haus, Hof und ihre Brut hüten.«

»Warum sagst du das nicht gleich?« Frau Antonie stärkte sich mit einer frischen Tasse Kaffee. »Du hast mir einen richtigen Schrecken eingejagt.«

»Selber schuld. Nie hörst du richtig zu!« Und dann erzählte Tinchen ganz ausführlich und geriet dabei richtig ins Schwärmen.

»Du kennst das Haus ja nicht, aber es ist fantastisch. Zwei Bäder gibt es und ganz unten noch eine Dusche, vier Toiletten, jedes Kind hat ein eigenes Zimmer mit durchgehendem Balkon, das Schlafzimmer ist anderthalbmal so groß wie unser Wohnzimmer, und die Küche solltest du erst sehen... Alles vollautomatisch mit blinkenden Lämpchen und so, genau wie bei den Carringtons in Denver. Hinterm Haus ist eine Riesenterrasse, und der Garten ist so groß wie ein Fußballfeld. – Na ja, vielleicht nicht ganz so groß, aber wie ein halbes bestimmt! Vorne alles Rasen mit Blumenbeeten und hinten am Zaun lauter Obststräucher. Und ganz ruhig, überhaupt kein Verkehr. Steinhausen ist nicht groß, vielleicht achttausend Einwohner oder auch ein paar mehr, aber zum Einkaufen fährt man sowieso nach Heidelberg, das ist auch nicht weiter als von hier bis in die Stadt. Florian hat gesagt...«

»Florian ist ein Mann und hat von nichts Ahnung«, unterbrach Frau Antonie. »Aber hast du dir schon einmal überlegt, wer dieses Haus und den Garten in Ordnung halten soll? Du etwa?« Mit dem Zeigefinger pickte sie die Brötchenkrümel von der Tischdecke und schob sie in den Mund. »Nein, mein Kind, das kannst du gar nicht, und deshalb bin ich auch entschieden dagegen, daß du dir solch eine Verantwortung auflädst.«

Tinchen wurde zusehends kleinlauter. »Darüber habe ich noch nicht nachgedacht.« Sie tat es und fuhr zögernd fort: »Irgendwer hat es doch bisher gemacht, also kann er es ja auch weiter machen. Sicher hat Gisela eine Putzfrau. Und Marthchen ist auch noch da.«

»Ist das nicht das frühere Kindermädchen von Benders?«

»Ja, sie kriegt jetzt das Gnadenbrot.«

»Das gibt man alten Pferden! Ich glaube kaum, daß Frau Martha mit dieser Definition einverstanden wäre. Hast du mir nicht mal erzählt, daß sie die ganze Familie bekocht?«

»Und wie! Sie nimmt niemals Fertiggerichte, sogar den Kartoffelbrei stampft sie selber.«

»Das tu ich aber auch, Tinchen«, verteidigte sich Frau Antonie, »dieses Zeug aus der Tüte schmeckt eben doch nicht so wie hausgemacht.«

»Weiß ich ja, Mutti, du kochst mindestens genausogut wie Marthchen, Florian schmiert mir auch dauernd aufs Butterbrot, daß ich nicht genug bei dir gelernt habe. In Zukunft wird er wenigstens deshalb nichts mehr zu meckern haben.«

»Dann seid ihr also fest entschlossen, diese Aufgabe zu übernehmen? Traust du dir das denn zu? Vier fremde Kinder und dazu noch die beiden eigenen?«

»Erstens sind Fabians Ableger keine Kinder mehr, sondern zum Teil schon wahlberechtigt und somit vor dem Gesetz erwachsen, und zweitens vergißt du, daß ich ein Jahr lang als Reiseleiterin gearbeitet habe. Da können mich doch ein paar Halbstarke nicht erschüttern. Im übrigen ist Florian ja auch noch da.«

»Na, der ist dir bestimmt eine große Hilfe«, sagte Frau Antonie trocken.

»Immerhin weiß er eine Menge über die Psychologie Jugendlicher«, behauptete Tinchen und verschwieg vorsichtshalber, daß es sich hierbei um seine rein theoretischen Erkenntnisse handelte, deren praktische Anwendung vermutlich noch kein Mensch ausprobiert hatte. Am allerwenigsten er selbst. Deshalb bemühte sich Tinchen um einen raschen Themawechsel.

»Bevor du gehst, Mutti, würdest du mir wohl die Senfsoße für die verlorenen Eier machen? Bei mir sieht die immer aus wie Tapetenleim, und sehr viel anders schmeckt sie auch nicht.«

Frau Antonie war in ihrem Element. »Aber natürlich, Kind, das ist doch eine Kleinigkeit.« Sie stand auf und band sich die Küchenschürze um. »Jetzt paß aber mal ganz genau auf! Erst macht man eine richtige Mehlschwitze. Dazu brauchst du ...

Die Unterredung mit dem Sperling verlief kurz und erfolgreich. Ein bißchen zu kurz, fand Florian, denn er hatte sich etwas mehr Widerstand erhofft.

»Was Sie da vorhaben, ist sehr vernünftig«, hatte Dr. Vogel kopfnickend bestätigt, »sehr vernünftig. Abstand gewinnen, den Gesichtskreis erweitern – ja, ja, wirklich sehr vernünftig. Und Amerika ist uns da um einiges voraus. Vor allem im Pressewesen. Wohin werden Sie denn gehen?«

»Nach Stein ... äh ... das steht noch nicht genau fest«, hatte Florian gestottert, denn ganz offensichtlich hatte der Sperling mal wieder einiges mißverstanden. Egal, Hauptsache, er genehmigte den unbezahlten Urlaub und sicherte Florians Rückkehr auf dessen angestammten Platz zu. Vielleicht sogar eine Beförderung? Die Lokalredaktion hatte er nun acht Jahre lang verwaltet, als Beamter wäre er bestimmt schon bei der Innenpolitik gelandet, aber Journalisten sind nun mal keine Beamten und Chefredakteure selten an dem beruflichen Aufstieg ihrer Mitarbeiter interessiert. Sie wittern Konkurrenz.

»Wen soll ich jetzt als meinen vorübergehenden Nachfolger einarbeiten? Ich schlage Gerlach vor, der hat ja auch die letzten beiden Male die Urlaubsvertretung gemacht.«

Dr. Vogel winkte ab. »Zerbrechen Sie sich nicht meinen Kopf. Es wird sich schon jemand finden. Wie lange ist Herr Vollmer eigentlich bei uns?«

Jürgen Vollmer war der Sohn eines süddeutschen Pressezaren und in einem Augenblick väterlicher Ungnade dem Tageblatt als Volontär aufgehalst worden, um das Gewerbe ›von der Pike auf‹ zu lernen. In der Druckerei hatte man ihn nach einer Woche rausgeschmissen, weil er in jeder freien Minute – und nicht nur dann! – mit den Arbeitern gepokert hatte. In der Anzeigenabteilung war er nur zwei Tage geblieben, denn er hatte die hereingegebenen Inseratentexte eigenmächtig geändert. Daraufhin verzichtete die Werbeabteilung von vornherein auf seine Mitarbeit, der Vertrieb lehnte ebenfalls dankend ab, weil er ein Chaos in der EDV-Anlage fürchtete, für die Vollmer ein brennendes Interesse gezeigt hatte, und so war er schließlich in der Redaktion gelandet. Da konnte er noch am wenigsten Unheil anrichten, zumal er sich bloß stundenweise sehen ließ und auch dann nur mit den Sekretärinnen flirtete. Gelernt hatte er noch nichts, aber »Die Leiter zum Erfolg ist wesentlich leichter zu erklimmen, wenn der Herr Papa die Sprossen macht«, hatte Florian gesagt und Vollmer zur Prunksitzung des Düsseldorfer Carneval-Vereins geschickt. Dort befand er sich unter seinesgleichen, und die Zehn-Zeilen-Notiz würde später irgendein anderer schreiben.

»Sie wollen den Vollmer doch nicht mit der Lokalredaktion betrauen?« hatte Florian erschrocken gefragt. »Das kann der doch gar nicht.«

»Das zu beurteilen überlassen Sie bitte mir«, hatte der Sperling geantwortet und versöhnlich hinzugefügt: »Er muß schließlich ein paar Erfahrungen sammeln.«

»Aber bitte nicht auf meinem Stuhl!«

»Eigentlich haben Sie recht, Bender«, hatte Dr. Vogel überlegt. »In Anbetracht seiner späteren Position sollte man ihm doch etwas Verantwortungsvolleres übertragen.«

Worauf Florian gekränkt das Zimmer verlassen hatte. Wenn er erst mal weg war, würden die schon sehen, was sie an ihm gehabt haben. Die Tage bis zu seiner Rückkehr würden sie zählen! Die hatten ja alle keine Ahnung, um wieviel Kleinkram er sich täglich kümmern mußte, und wieviel Ärger er sich dabei einhandelte! Und ausgerechnet der Vollmer, dieser arrogante Zeitungsimperiumserbe, sollte die Lokalredaktion übernehmen! Der mokierte sich doch über jeden zweiten Leserbrief! Die schönsten davon, worunter er in erster Linie die orthographisch nicht ganz einwandfreien verstand, kopierte er heimlich und sammelte sie in einem Schnellhefter, den er später bei seinen ebenso borniertend

Freunden herumreichen wollte. Gerade noch rechtzeitig hatte Florian ihm das Corpus delicti entreißen können, aber Vollmer hatte nur gelacht. »Macht nichts, der Vorrat ist ja unerschöpflich, und täglich kommen neue dazu.«

Weshalb sollte er sich eigentlich den Kopf darüber zerbrechen, was während seiner Abwesenheit passierte? Er mußte sich nur rechtzeitig darum kümmern, daß sein Name aus dem Impressum verschwand. Für die zu erwartende Katastrophe wollte Florian auf keinen Fall verantwortlich zeichnen.

In seinem Zimmer kontrollierte er noch kurz die beiden Korrekturbögen, fand nichts zu beanstanden, malte seinen Kringel drunter und legte sie in den Korb. Spätestens dann, wenn der Druckereileiter seinen allnächtlichen hysterischen Anfall bekam, würde man die Unterlagen vermissen und einen Lehrling in den siebenten Stock schicken, weil der Redaktionsbote mal wieder einen Bogen um die Tür des Lokalredakteurs gemacht hatte. Seitdem Florian ihm statt der erbetenen Karten für ein Gastspiel von Nena zwei Billetts für das Konzert der Oberkrainer in die Hand gedrückt hatte, verachtete Eberhard ihn zutiefst, obwohl es sich doch wirklich nur um ein Versehen gehandelt hatte.

Zu Hause wurde Florian von dem doppelstimmigen Indianergeschrei seiner Kinder empfangen und von dem nicht minder lauten Gebell seines Hundes. Alle drei sprangen an ihm hoch, wobei Klausdieter wie üblich den kürzeren zog. Er bekam Julias zappelnden Fuß ans Ohr und verzog sich beleidigt in seinen Korb. Florian küßte sich durch die Sippe, wobei er versuchte, Julias Schokoladenfinger von seinem Hals zu entfernen. »Warum bist du immer gerade dann so liebesbedürftig, wenn du klebrige Hände hast?« Er schob seine Tochter zur Badezimmertür. »Wasch dich mal!«

»Ich hab' mich heute mittag erst gewaschen, und vor dem Schlafengehen muß ich wieder«, protestierte sie, »warum denn jetzt auch noch?«

»Weil Frauen viel schönere Hände haben als Männer. Deshalb gucken die Männer immer drauf, und deshalb sollten die Hände auch immer sauber sein.«

»Wie Mami vorhin den Herd geschrubbt hat, weil die Milch übergekocht ist, waren sie aber gar nicht sauber!« triumphierte Julia. »Jetzt gibt es fertigen Pudding. Der schmeckt auch viel besser.«

»Wenn du nicht sofort den Mund hältst, bekommst du überhaupt keinen!« Tinchen warf ihrer Tochter einen drohenden Blick zu.

»Die Milch ist auch gar nicht übergekocht, mir ist bloß der Topf umgekippt, weil ich das Brett mit den abgepellten Eiern draufgestellt hatte, und dann ist ein Ei reingefallen, und als ich das zweite gerade noch festhalten konnte, ist das Brett in den Topf gerutscht, und da hat er Übergewicht gekriegt. Angebrannt ist aber nichts«, versicherte sie eifrig, »und die paar Milchtropfen in der Senfsoße schmeckt man gar nicht. Übrigens ist Karsten da.«

»Was will der denn?« Florian wunderte sich. »Der kriegt doch zu Hause viel besseres Essen.«

Sein Schwager guckte nur flüchtig hoch, als Florian das Wohnzimmer betrat, und vertiefte sich wieder in die Zeitung. »Womit würdest du bloß deine Seiten füllen, wenn es nicht jeden Tag mindestens drei Überfälle gäbe. Diesmal hat es die Pinte gegenüber vom Jan-Wellem-Denkmal erwischt. Da haben sie nicht nur den Safe geknackt, sondern darüber hinaus alle Bierfässer auslaufen lassen. Kann ich verstehen, da schmeckt das Altbier immer nach Seife. Von den Tätern fehlt natürlich jede Spur.«

»Vielleicht könnte man der Kriminalität besser Herr werden, wenn ein paar Polizisten vom Fernsehen abgezogen und in den Großstädten eingesetzt würden.« Florian ging zum Teewagen, auf dem vier nahezu leere Flaschen standen, und hielt sie nacheinander ins Licht.

»Ich kann dir noch einen halben Whisky anbieten oder einen Schluck Doppelkorn. Den Rest Kognak trinke ich jetzt nämlich selber.«

»Er sei dir gegönnt. Ich habe ihn ja extra für dich übriggelassen.«

Auf ein Glas verzichtete Florian. Er setzte die Flasche gleich an den Mund und stellte sie anschließend wieder zu den anderen. »Man sieht ja nicht, daß sie leer ist.« Dann musterte er seinen Schwager von den ausgelatschten Tretern bis zu dem dringend renovierungsbedürftigen Lockenkopf und fragte mißtrauisch: »Was verschafft uns eigentlich die Ehre deines Besuchs? Willst du etwa deine Schulden bezahlen?«

»Um Himmels willen, nicht so kurz vor Ultimo«, entrüstete sich Karsten. »Der alte Herr rückt doch keinen Pfennig Vorschuß heraus. Neulich habe ich ihn um Geld gebeten für die Lehrbücher, die ich angeblich für diesen blödsinnigen Buchhaltungskurs brauche. Und was hat er mir gegeben? Die Bücher!«

Florian lachte schallend. »Was hast du denn anderes erwartet?« Er kannte seinen Schwiegervater, und der wiederum kannte seinen Sohn.

Karsten hatte das Abitur erst beim zweiten Anlauf geschafft, war danach ein dreiviertel Jahr lang durch Europa getrampt, um sich über seine Zukunftspläne klarzuwerden (»Wie soll ich wissen, was ich werden will? Vielleicht haben sie meinen Beruf noch gar nicht erfunden.«), und hatte schließlich das Studium der Volkswirtschaft begonnen. Nach zwei Semestern war er zu der Erkenntnis gekommen, daß ein Volkswirtschaftler jemand ist, der alle Lösungen für die Probleme des vergangenen Jahres weiß, mit seinen Zukunftsprognosen aber meistens schiefliegt, und diese Basis schien Karsten wenig ausbaufähig. Außerdem hatte er inzwischen eine feste Freundin, die als Zahnarzthelferin schon Geld verdiente, während er nur welches kostete. Es machte ihm zwar nichts aus, sich quer durch die Verwandtschaft zu schnorren, aber jeden Kinobesuch von seiner Freundin bezahlen zu lassen, ging ihm doch sehr gegen den Strich. Bevor er jedoch zu einem Entschluß gekommen war, auf welche Weise er sich nun endgültig in das Heer der Arbeitnehmer einreihen sollte, ereilte ihn der Ruf des Vaterlandes und enthob ihn für die nächsten 15 Monate allen Überlegungen. Der Grenadier Karsten Pabst war sehr schnell bei seinen Kameraden beliebt, bei seinen Vorgesetzten weniger. In ihren Augen war er vorlaut, wenn nicht gar renitent, er durchforschte die Dienstvorschrift nach den Rechten, die einem Soldaten zustanden, wobei er die Pflichten großzügig überlas, und machte sie geltend. Man hielt es für das beste, diesen aufmüpfigen jungen Mann weitgehend aus dem Verkehr zu ziehen, und beförderte ihn zum Sporthallenwart. Dort saß er abseits vom Schuß, sortierte Fußbälle und Badekappen und trug in die vorgesehenen Listen ein, wer wann wie viele Trillerpfeifen ausgeliehen hatte. Diese verantwortungsvolle Tätigkeit beanspruchte allerdings nur einen geringen Teil des Tages, und so benutzte er den übrigen zu sinnvolleren Beschäftigungen. Er schlief oder las. Meistens schlief er.

Da die Sporthalle zum Zwecke der Freizeitgestaltung bis zwanzig Uhr geöffnet blieb, die reguläre Dienstzeit für Bundeswehrsoldaten jedoch schon um siebzehn Uhr endete, machte er quasi Überstunden, die bei der Bundeswehr nicht vorgesehen sind. Jedenfalls nicht regelmäßig. Er beschwerte sich, bekam recht und von da an die doppelte Anzahl dienstfreier Tage. Diese Vergünstigung legte er so großzügig aus, daß er immer eine Woche lang Dienst schob und die folgende zu Hause blieb. Woraufhin ein zweiter Sporthallenwart nominiert wurde, mit dem sich Karsten, weil vom gleichen Kaliber, sofort bestens verstand. Je nach Bedarf tauschten sie ihre Dienststunden, verlängerten oder verkürzten sie, denn niemand kümmerte sich darum, solange die Vorschriften eingehalten wurden und die Turnhalle ordnungsgemäß unter Aufsicht stand.

Im Gegensatz zu den meisten Wehrpflichtigen, die das dienstfreie Wochenende überwiegend im Bett verbringen, wobei die Gründe verschiedener Natur sein können, war Karsten zu Hause immer ausgeschlafen und langweilte sich.

Seine Freundin arbeitete tagsüber, seine Freunde taten das gleiche oder gaben es zumindest vor, indem sie morgens zur Uni gingen, und so begann er sich für das väterliche Geschäft zu interessieren. Nach seiner Ansicht war Uhrmacher zwar ein völlig unzeitgemäßer Beruf, aber er mußte immerhin zugeben, daß sein Vater recht gutes Geld damit verdiente, zumal er kaum noch Uhren reparierte, sondern in erster Linie welche verkaufte. Vor einigen Jahren hatte er angefangen, sein Sortiment durch Modeschmuck zu erweitern, und nun beschäftigte er sogar schon einen richtigen Goldschmied und würde wohl bald einen zweiten brauchen.

Mehr aus Langeweile denn aus Interesse trieb sich Karsten häufig in der Werkstatt herum, formte aus Silberdraht und bunten Glassteinen fantasievolle Gebilde und bekam allmählich Spaß an der Sache. Nachdem die Bundeswehr ihren Sporthallenwart im Rang eines Obergefreiten in allen Ehren entlassen hatte, begann Karsten eine Ausbildung als Goldschmied, die er zum großen Erstaunen seines Vaters auch beendete. Sogar mit Auszeichnung. Seine Prüfungsarbeit, eine asymmetrische Platinbrosche mit Diamantsplittern, wurde in der Handwerkskammer ausgestellt, bevor sie in Frau Antonies Schmuckschatulle verschwand und nur dann herausgeholt wurde, wenn seine Mutter das kleine Schwarze trug. Und Florian hatte einen Zweispalter ins Tageblatt gerückt mit den Namen der sechs Prüflinge und natürlich mit einem Foto von Karstens Gesellenstück. Leider war auf dem Bild nicht viel zu erkennen gewesen, aber Frau Antonie hatte es ausgeschnitten und ins Fotoalbum geklebt, gleich neben die Kopie der Prüfungsurkunde.

Karsten stieg in das väterliche Geschäft ein, erhielt übertariflichen Lohn und kam trotzdem nie mit seinem Geld aus. Allerdings fuhr er einen Porsche, den er immer noch abzahlte, und brauchte viel Benzin, weil seine neue Freundin Angela am entgegengesetzten Ende der Stadt wohnte: Er selbst lebte noch zu Hause bei seinen Eltern, das war bequemer und vor allem billiger, auf die Dauer aber auch nicht das

Wahre. Vater Pabst kümmerte sich zwar nicht um Damenbesuche, er hielt seinen Sohn für alt genug, Frau Antonie jedoch konnte sich spitze Bemerkungen nicht verkneifen, sobald ihr Angela im Morgenrock oder mit noch weniger an über den Weg lief. Eine eigene Wohnung hätte sich Karsten vielleicht leisten können, wenn er auf Wochenendreisen und Urlaub in Sri Lanka verzichtet hätte, aber selbst für das kleinste Apartment braucht man Möbel, und die würde sein Budget nun doch nicht mehr verkraften können. Freundin Angela, beamtete Grundschullehrerin mit entsprechendem Gehalt, hätte sich an der Gründung des gemeinsamen Haushalts ganz gern beteiligt, aber Karsten fürchtete naheliegende Konsequenzen und lehnte dankend ab.

»Eines Tages will sie dann doch heiraten, und ich habe keine Lust, mit einem Einkommen meine Familie und den Staat zu erhalten.«

»Wieso ein Einkommen«, hatte Tinchen eingeworfen. »Angela verdient doch auch nicht schlecht.«

»In dieser Hinsicht bin ich konservativ«, hatte ihr Bruder geantwortet. »Eine verheiratete Frau gehört ins Haus.«

»Und deshalb erwartest du auch, daß sie nach der Arbeit unverzüglich dorthin zurückkehrt, nicht wahr?«

Karsten hatte ihr einen bitterbösen Blick zugeworfen und war auf dieses Thema vorerst nicht mehr zurückgekommen. Er verstand sowieso nicht, weshalb alle Welt so erpicht war aufs Heiraten. Etwa nur, um gemeinsam all die Schwierigkeiten bewältigen zu können, die man niemals haben würde, wenn man nicht geheiratet hätte?

Trotzdem blieb eine eigene Wohnung sein momentan vorrangiges Ziel, nur sollte sie möglichst wenig kosten, zentral gelegen sein und einen gewissen Komfort bieten – also ganz genau das, was Florian und Tinchen bewohnten. Deshalb war er ja auch hier.

»Sag mal, Flox, was wird eigentlich aus eurem trauten Heim, wenn ihr in Professors Luxusschuppen übersiedelt?«

»Das will ich nach Möglichkeit vermieten.«

»Hast du schon jemanden?«

»Nein. Du vielleicht?«

»Ich wüßte schon wen. Mich.«

Nach einem Augenblick der Verblüffung brach Florian in lautes Gelächter aus. »Nee, alter Knabe, du bist nun wirklich nicht das, was ich mir unter einem seriösen Mieter vorstelle. Bei deiner miesen Zahlungsmoral bekomme ich nach spätestens zwei Monaten die Kündigung.«

»Jetzt hab dich nicht so wegen des Hunderters, den du noch von mir kriegst. Nächste Woche kannst du ihn haben.«

»Wer redet denn davon? Aber die Wohnung kostet das Fünffache, und das jeden Monat.«

»Weiß ich ja, und weil ich dein Mißtrauen kenne, würde ich Vater bitten, die Miete von meinem Gehalt abzuziehen und sofort auf dein Konto zu überweisen.«

»Von welchem Gehalt?« wollte Florian wissen. »Soviel ich weiß, lebst du doch ständig auf Vorschuß.«

»Du mußt nicht alles glauben, was dir meine alte Dame erzählt. Wenn ich mir von ihr vier Mark für den Zigarettenautomaten geben lasse, weil ich kein Kleingeld habe, dann vermutet sie beim nächsten Klingeln den Gerichtsvollzieher. Ich gebe ja zu, daß ich manchmal über meine Verhältnisse lebe, was bleibt mir denn anderes übrig? Bleibe ich mal einen Abend zu Hause, dann werde ich von Mutter behandelt wie ein Kleinkind und von Vater wie ein Halbwüchsiger, dem man wenigstens schon gewisse Privilegien einräumt, bekomme Leberwurstbrötchen vorgesetzt, garniert mit Gurkenscheibchen, und sobald ich mir ein Bier eingieße, erzählt Mutter sofort, daß Herr Ichweißnichtwer schon zum zweitenmal eine Entziehungskur machen müsse und Pfefferminztee sowieso viel gesünder sei. Spätestens dann ergreife ich die Flucht und lande in der nächsten Kneipe oder bei Angela. Manchmal habe ich sogar Angst, daß ich sie in einem Anfall von Verzweiflung heirate, weil sie eine Wohnung hat.«

»Ehen sind schon aus viel nichtigeren Gründen geschlossen worden«, sagte Florian mitfühlend, »aber meistens waren sie auch danach. Wenn du also wirklich hier einziehen willst, soll's mir recht sein, vorausgesetzt natürlich, du zahlst pünktlich die Miete und läßt Herrn Schmitt zu Hause.«

»Was hast du gegen Herrn Schmitt?«

»Gar nichts, solange er in seinem Stall sitzt. Aber du läßt ihn ja dauernd herumlaufen, und Tinchen wäre bestimmt sauer, wenn er ihren botanischen Garten ausrottet und sämtliche Gardinen anknabbert.«

Bei Herrn Schmitt handelte es sich um ein Zwergkaninchen, das Karsten mal irgendwo gewonnen und mit dem festen Vorsatz in seinem Zimmer einquartiert hatte, ein folgsames Haustier aus ihm zu machen. Nachdem Herr Schmitt aber innerhalb weniger Tage dreimal die Telefonschnur durchgenagt und Frau Antonies Efeuaralie kahlgefressen hatte, wurde er zu Dauerhaft verurteilt mit täglich einer Stunde Freilauf, und selbst da richtete er noch genug Unheil an.

»Nehmt ihn doch mit! Der freut sich, wenn er endlich mal genug Gesellschaft hat, und Löwenzahn wächst da bestimmt vor der Haustür.«

»Gar keine so schlechte Idee«, überlegte Florian. »Kaninchen fressen doch auch Gras, nicht wahr?«

»Zentnerweise!« behauptete Karsten im Brustton der Überzeugung. Er kannte seinen Schwager und ahnte das Richtige.

»In Ordnung, ich stelle ihn als Rasenmäher ein.«

»Ich nehme doch stark an, daß Fabian schon einen hat, also brauchst du keinen mitzubringen. Wir haben ja auch gar keinen.« In der Tür stand Tinchen und blickte verständnislos in die lachenden Gesichter. »Habe ich was Falsches gesagt?« Und als niemand antwortete: »Interessiert mich auch gar nicht. Übrigens – das Essen ist fertig.«

Karsten rappelte sich aus dem Sessel hoch. »Ist es auch genießbar?« Er hatte zwar Hunger, nur nicht unbedingt auf die hausgemachten Produkte seiner Schwester. »Wann wirst du endlich so gut kochen wie Mutti?«

»Wenn Florian so viel Geld verdient wie Vati«, konterte

Tinchen. »Deshalb gibt es heute auch nur Eier in Senfsoße und hinterher Schokoladenpudding.«

»Seit wann kriegt man Eier in Dosen?« wollte Florian wissen, inspizierte den Mülleimer und äußerte lebhaftes Erstaunen, als er nur die Schalen fand. Noch überraschter war er, nachdem er den ersten Bissen probiert hatte. »Tine, das schmeckt ja richtig gut!«

Bevor sie antworten konnte, knackte es zwischen seinen Zähnen. Er hörte sofort auf zu kauen. »Wasch isch dasch?«

»Wahrscheinlich das Dotter«, vermutete Karsten und aß ungerührt weiter. Florian fahndete nach dem Stein des Anstoßes und legte die Überreste auf den Teller.

»Da ist ja der Deckel von der Senftube«, frohlockte Tinchen, »und ich hatte ihn die ganze Zeit im Milchtopf gesucht.«

Der Luxusschuppen

Vier Tage später befand sich Florian auf dem Weg nach Steinhausen. Diesem wirklich nicht leichten Entschluß, freiwillig ein ganzes Wochenende in Gesellschaft seines Bruders und vor allem seiner Schwägerin zu verbringen, waren mehrere Telefongespräche vorausgegangen – selbstverständlich auf Fabians Rechnung –, in deren Verlauf alle Beteiligten hatten einsehen müssen, daß man zwecks Klärung diverser Details wohl doch nicht um eine mündliche Aussprache herumkäme.

Tinchen fuhr übrigens nicht mit. Natürlich hätte sie, wie bei anderen Gelegenheiten üblich, die Kinder zu ihren Eltern bringen können, aber das hatte sie diesmal nicht gewollt. »Wenn ich Gisela länger als eine halbe Stunde ertragen muß, geraten wir uns regelmäßig in die Haare. Ich weiß ja, daß sie die personifizierte Tüchtigkeit ist, aber muß sie einem das denn ständig demonstrieren? Dauernd ist sie mit irgendwas beschäftigt, aber leider nicht so beschäftigt, daß sie nicht Zeit genug hätte, mir immer wieder zu erzählen, wie sehr sie beschäftigt ist.«

Auch Florian hielt nicht viel von seiner Schwägerin. Mit seinem Bruder verstand er sich recht gut, hauptsächlich deshalb, weil sich höchstens ein- oder zweimal pro Jahr ihre Wege kreuzten. Sonst lebten sie in völlig verschiedenen Welten. Fabian war wesentlich älter und hatte den Benderschen Nachkömmling schon von klein auf mit der Weisheit seiner elf Jahre behandelt. Als Florian mit Ach und Krach die unterste Klasse des Gymnasiums erreicht hatte, studierte Fabian bereits im dritten Semester Archäologie, und genau an dem Tag, an dem Florian durchs Abitur gerasselt war, hatte Herr Dr. Fabian Bender den Professorentitel erhalten. Wenig später hatte er seine frühere Studienkollegin Gisela geheiratet und in regelmäßigen Abständen vier Kinder in die Welt gesetzt, die abwechselnd von Kindermädchen, Erziehern, Tanten, Internatsleitern und in den Ferien auch mal von den Eltern aufgezogen worden waren. Fabian war mit Leib und Seele Wissenschaftler, seine Frau ebenfalls und bereits mit 26 Jahren so emanzipiert, daß sie sich ein respektables Magengeschwür eingehandelt hatte und nie wieder losgeworden war. Öffentliche Anerkennung und sichtbarer Wohlstand waren in ihren Augen jedoch genug Entschädigung für salzlose Kost und Diätmarmelade.

Zu ihrem Leidwesen waren die meisten ihrer Nachkommen aus der Art geschlagen. Nur Clemens, mit 23 Jahren der Älteste, hatte die nötige Strebsamkeit gezeigt, ein Einser-Abitur zu bauen, um Medizin studieren zu können, was er nun auch im vierten Semester tat. Urban dagegen war in der zehnten Klasse sitzengeblieben, ausgerechnet wegen Latein, einer Sprache, für die man doch wirklich kein besonderes Talent brauchte, und sein Abiturzeugnis war auch nicht besonders gut ausgefallen, ein Durchschnitt von nur 2,2. Tierarzt wollte er werden, hatte natürlich den Numerus clausus nicht geschafft und stand jetzt auf der Warteliste. In der Zwischenzeit leistete er seinen Wehrdienst ab, völlig verschwendete Zeit, aber das hatte sich nun mal nicht ändern lassen.

Auch Rüdiger war so ein Problemkind. Jeglicher Ehrgeiz fehlte ihm, mit seinen fast 18 Jahren wußte er noch immer nicht, welchen Beruf er einmal ergreifen sollte, statt dessen spielte er Posaune in einer Band von Halbwüchsigen und vernachlässigte die Schule. Ob er unter diesen Voraussetzungen überhaupt sein Abitur schaffen würde, erschien seiner Mutter zweifelhaft.

Und Melanie? Über sie ließ sich noch nicht viel sagen: Sie war flatterhaft, aber das waren wohl die meisten Mädchen in diesem Alter, trieb sich in Discos und auf Partys herum, schminkte sich und hatte sich allen Ernstes mit ihrem Nachhilfelehrer verlobt. Natürlich hatte man sofort einen anderen gesucht und zum Glück auch gefunden, einen pensionierten Oberstudienrat und zweifachen Großvater, aber dieser Wechsel schloß ja nicht aus, daß sich das Kind immer noch heimlich mit dem jungen Mathematikstudenten traf. Die Jugendlichen hatten heutzutage einfach zu viel Freiheit, und man konnte ja nicht dauernd hinter ihnen herlaufen. Schon gar nicht, wenn man berufstätig war.

Doch das würde sich jetzt gottlob alles ändern. Wenn Gisela auch von ihrer Schwägerin nicht allzuviel hielt – zu naiv und der geistige Horizont nicht eben groß –, so mußte sie immerhin zugeben, daß Ernestine recht gut mit Menschen umgehen konnte und bei allen vier Kindern beliebt war. Genau wie Florian. Der konnte sich sogar Respekt verschaffen, was ihr, der leiblichen Mutter, nur selten gelang. Man betrachtete sie zwar als Autorität, aber manchmal hatte sie das Gefühl, ihre Kinder tolerierten sie nur und behandelten sie mit der milden Nachsicht, die man im allgemeinen harmlosen Spinnern entgegenbringt. Die bevorstehende längere Trennung würde für alle Teile sicher vorteilhaft sein, und Florian könnte seine so oft gerühmten, allerdings noch nie bewiesenen pädagogischen Fähigkeiten unter Beweis stellen.

Der saß an der Autobahnausfahrt Wiesloch und studierte die Karte. Wie üblich hatte er sich am Frankfurter Kreuz verfranzt, und da er beim letzten Mal in Heidelberg herausgekommen und quer durch die Innenstadt nach Steinhausen gefahren war, mußte er sich diesmal umorientieren. Schließlich faltete er die Karte zusammen und verstaute sie im Handschuhfach. Er würde nicht die von Fabian empfohlene Abkürzung nehmen, sondern über Walldorf fahren, das bedeutete zwar mindestens zehn Kilometer Umweg, aber die Straße war breiter und bestimmt auch besser ausgeschildert. Demnächst würde er sich ohnehin mit der näheren Umgebung vertraut machen müssen, also konnte er auch gleich damit anfangen. Er drehte das Radio lauter, pfiff die anspruchslose Melodie mit, die er heute schon zum drittenmal hörte, und machte sich erneut auf den Weg.

Nach wenigen Kilometern stand er vor einer Mülldeponie,

wendete den Wagen, fuhr wieder in die entgegengesetzte Richtung, bog irgendwann links ab und entdeckte endlich ein Hinweisschild: ›Seniorenstift Waldesruh 3 km.‹ Da er sich nicht erinnern konnte, in unmittelbarer Nachbarschaft des professoralen Hauses ein Altersheim gesehen zu haben, befand er sich offenbar immer noch auf dem falschen Weg. Als autofahrender Großstädter war er an gradlinige, gutbeschilderte Straßen gewöhnt und nicht an bessere Feldwege, die irgendwo im Nichts endeten.

Ein Seniorenstiftsbewohner, deutlich erkennbar an der gesunden Hautfarbe und dem geschulterten Spazierstock, erklärte ihm schließlich gestenreich, welchen Fehler er gemacht habe und wie er einen neuen vermeiden könne. Nachdem Florian sich endlich die beiden Abzweigungen eingeprägt hatte, die er auf keinen Fall verfehlen dürfte, kratzte sich der alte Herr am Kopf. »Sie können aber auch andersherum fahren. Wenn Sie jetzt rechts in Richtung Leimen abbiegen, kommen sie gleich nach ...«

»Vielen Dank, aber das kann ich mir nicht auch noch merken.«

»Dann sollten Sie vielleicht doch geradeaus weiterfahren. Im Heim ist gerade ein Platz freigeworden, da ist heute nacht jemand gestorben.«

Solchermaßen moralisch aufgerüstet, startete Florian den Wagen und bewältigte die letzte Etappe ohne weitere Schwierigkeiten. Als er vor dem frisch gestrichenen schmiedeeisernen Gartentor auf die Bremse trat, stand der Tageskilometerzähler auf 356, dabei hatte Fabian behauptet, die Entfernung von Tür zu Tür betrage nicht einmal ganz 300 Kilometer.

»Da bist du ja endlich! Wir hatten dich schon zum Mittagessen erwartet.«

»Ich habe im Stau gehangen – der übliche Wochenendverkehr«, log Florian unbekümmert, während er seinem Bruder die Hand schüttelte. »Schön, dich mal wiederzusehen. Du siehst blendend aus.«

Nein, mit dem weltfremden und leicht vertrottelten Professor aus zahlreichen Karikaturen hatte Fabian nicht die geringste Ähnlichkeit. Man hätte ihn eher für das Vorstandsmitglied eines Industriekonzerns halten können, hätte sein Gesicht nicht jene durchgeistigte Stubenhockerblässe gezeigt, die Manager durch regelmäßige Besuche von Tennisplätzen und Solarien zu vermeiden suchen. Fabians sportliche Ambitionen erschöpften sich jedoch in gelegentlichen Spaziergängen über den Golfplatz, meist in Gesellschaft von Kollegen, mit denen er an der frischen Luft all die Probleme erörtern konnte, die nicht eine sofortige Demonstration am Objekt nötig machten und darum auch nicht im Institut diskutiert werden mußten. Da die Herren vor lauter Eifer oft vergaßen, zu welchem Zweck sie sich versammelt hatten, und mit ihren Wägelchen schon am vierten Grün herumzogen, während die Bälle noch in der Nähe des zweiten lagen, konnte von einer Golfpartie im eigentlichen Sinn nicht die Rede sein und von sportlicher Aktivität schon gar nicht.

»Nun komm erst mal ins Haus. Ich glaube, Martha hat dein Mittagessen warmgestellt.«

Florian trabte unverzüglich in die Küche, wo er zuerst den Herd inspizierte und dann sein altes Kindermädchen umhalste. Er mußte ihre Tränen trocknen, bevor er sie auf Armeslänge von sich schieben und gründlich betrachten konnte. Von den grauen, seit vierzig Jahren in adretten Treppchen ondulierten Haaren bis zur blütenweißen Schürze sah sie noch genauso aus, wie er sie beim letzten Besuch verlassen hatte. »Marthchen, du wirst von Mal zu Mal jünger!«

»Kann ich von dir nicht behaupten«, sagte sie mitleidlos. »Du siehst ziemlich mickrig aus, aber das kriegen wir schon wieder hin. Ißt du immer noch so gerne Thüringer Klöße?«

»Noch lieber. Und dazu so einen richtigen Schweinebraten mit Schwarte und Rotkohl.«

»Das gibt es morgen. Heute hatten wir bloß Eintopf. Gelbe Erbsen mit Räucherspeck und Spargel.«

»Das ist ja mein zweites Lieblingsessen«, jubelte Florian. »Ist noch was übriggeblieben?«

»Ein ganzer Topf voll. Ich mache ihn gleich warm.«

»Die Hälfte davon genügt. Inzwischen sage ich Gisela guten Tag.«

Auf der Treppe nach oben lief ihm Rüdiger über den Weg, ein hochaufgeschossener Jüngling mit Nickelbrille, die dunkle Mähne in Öl eingelegt, unterm Arm einen Instrumentenkasten, im Gesicht die leidgeprüfte Duldermiene des ewig Unverstandenen. »Tach, Florian.«

»Tach, Rüdiger. Was ist denn mit dir los? Du siehst aus wie der Mann auf der Reklame für Abführpillen. Vor dem Gebrauch!«

Er grinste nicht mal. »Die Regierung hat angeordnet, daß ich heute abend zu Hause bleibe. Jetzt muß ich die Jungs sitzenlassen, obwohl unsere Band einen Auftritt im Starlight hat. Ist 'ne prima Disco, ganz solide. Da kannste nicht mal Koks kriegen.«

»Und weshalb sollst du nicht hingehen? Heute ist doch Sonnabend, also kannst du morgen ausschlafen.«

»Deinetwegen.«

»Das nun ganz bestimmt nicht. In Zukunft werden wir uns ja häufiger sehen, so daß ich auf die vollzählige Versammlung der Sippe am Abendbrottisch gut verzichten kann.«

»Darum geht's doch gar nicht, das wäre ja noch zu verkraften. Aber hinterher will Vater dir die Urlaubsdias zeigen, und weil er mit dem Projektor nicht klarkommt, muß ich das machen.«

Es war nicht nur die Aussicht auf mindestens 300 Dias nebst belehrenden Texten, die Florian nach einem Ausweg suchen ließ, sondern in erster Linie der Wunsch, bei seinem Neffen nicht gleich in Ungnade zu fallen.

»Nachher werde ich beiläufig erwähnen, daß ich meine Brille vergessen habe. Auf diese Weise erspare ich mir sogar noch die sonst unerläßliche Lektüre von Fabians letztens Referaten. Ohne Brille keine Dias – ist doch logisch, nicht wahr? Also hau schon ab!«

Rüdiger strahlte. »Du bist ein dufter Typ, Florian. Ich freue mich riesig, daß du die Aufsicht über den Kindergarten hier übernommen hast. Vater wollte uns doch tatsächlich erst Tante Gertrud aufhalsen, diesem alten Fossil aus Kaiser Wilhelms Zeiten. Die ist doch vor lauter Kalk schon tot, es hat ihr bloß noch keiner gesagt! Zum Glück hat sie abgeschrieben, weil sie zur Zeit in Hindelang weilt und danach die Thermen von Ischia aufsuchen will.« Täuschend ähnlich ahmte er den gezierten Tonfall seiner Großtante nach. »Hoffentlich ersäuft sie!« wünschte er mitleidlos.

»Da sie euch erspart geblieben ist, kann sie doch ruhig noch ein bißchen weiterleben«, lachte Florian.

»Sei nicht so human«, warnte sein Neffe, »bisher ist sie nämlich jeden Sommer hier aufgekreuzt... Mit einem Satz sprang er die letzten vier Stufen der Treppe hinunter und verschwand durch die Haustür. Krachend flog sie ins Schloß.

»Wer hat schon wieder diesen infernalischen Lärm gemacht?« Am oberen Treppenabsatz war eine große, schlanke Frau erschienen, die aschblonden Haare zu einem lockeren Knoten geschlungen, mit fragend hochgezogenen Augenbrauen und herabhängenden Mundwinkeln. Das hellgrüne Jackenkleid stammte von Cerruti, die soliden Treter mit flachem Absatz von Salamander.

Florian machte eine artige Verbeugung. »Deine Frage ist unlogisch, liebe Gisela. Wer auch immer die Tür zugeworfen hat, kann dir nicht mehr antworten, weil er längst weg ist.«

Die Mundwinkel gingen etwas nach oben und täuschten ein leichtes Lächeln vor. Gisela wartete, bis Florian die restlichen Stufen hinaufgelaufen war, und reichte ihm die Hand. »Guten Tag, Florian, ich habe gar nicht gewußt, daß du schon da bist.«

»Dein Mann war freundlicher. Er sagte nämlich etwas von ›erst jetzt?‹«

»Sein Gefühl für Pünktlichkeit ist nicht besonders gut ausgeprägt. Genaugenommen lebt er in einer eigenen Zeitzone.« Sie besann sich auf ihre Gastgeberpflichten. »Hast du schon gegessen?«

»Nein, aber Marthchen kümmert sich bereits darum.«

»Dann gehst du am besten gleich ins Eßzimmer. Fabian wird dir sicher Gesellschaft leisten. Mich mußt du leider noch eine Weile entschuldigen.« Sie wandte sich zum Gehen.

»Ich esse in der Küche. In eurem barocken Speisesaal komme ich mir immer vor wie auf Schloß Neuschwanstein. Bloß die Prozession der livrierten Diener fehlt noch.«

»Wie du willst«, sagte Gisela spitz. »Chacun à son goût. Du kennst es ja wohl nicht anders.«

»Stimmt! Ich muß mich auch erst wieder an Messer und Gabel gewöhnen.« Er drehte sich um, stiefelte die Treppe hinunter und verschwand in Richtung Küche. Hinter ihm schlug eine Tür zu.

Die Suppenterrine dampfte einladend, als er sich an dem gemütlichen runden Tisch niederließ.

»Bier oder Sprudel?« fragte Marthchen.

»Welche Frage! Heute muß ich ja nicht mehr Auto fahren. Außerdem hat mich die kurze Begegnung mit meiner verehrten Schwägerin davon überzeugt, daß ich den heutigen Abend nur in benebeltem Zustand durchhalten kann. Also fange ich am besten gleich damit an.«

Während er genießerisch seine Erbsensuppe löffelte, ließ er sich von Martha die Familieninterna der letzten Monate erzählen – selbstverständlich nur solche, die nicht an die große Glocke gehängt werden sollten und in Fabians gelegentlichen Telefongesprächen auch nie erwähnt wurden. So benutzte das Ehepaar Bender seit geraumer Zeit getrennte Schlafzimmer, während Melanie das ihre manchmal gar nicht benutzte, sondern auswärts schlief. Bei einer Freundin, wie Martha nachdrücklich betonte, und natürlich ohne Wissen der Eltern, was aber nicht weiter schwierig war, da es ein gemeinsames Abendessen selten und ein gemeinsames Frühstück schon längst nicht mehr gab. Überhaupt seien die Kinder wenig zu

Hause, nur zu den Mahlzeiten und manchmal auch ein paar Minuten zwischendurch, aber das sei ja kein Wunder bei dieser unterkühlten Atmosphäre. Niemand habe Zeit für sie, und wenn sie, Martha, nicht wäre, gäbe es überhaupt keinen, bei dem sie ihre kleinen und großen Sorgen mal abladen könnten.

»Weißt du, Flori, ich bin ja bloß noch wegen der Kinder hier. Ich habe sie mit großgezogen und hänge an ihnen. Meine Schwester sagt schon lange, daß ich zu ihr ziehen soll. Seitdem sie Witwe ist, sitzt sie ganz allein in der schönen großen Wohnung, kriegt eine gute Pension und so, aber ich weiß nicht, ob das auf die Dauer gutgehen würde mit uns beiden. Ein Weilchen werde ich es hier schon noch aushalten, wenigstens so lange, bis Rüdiger und Melanie mit der Schule fertig sind. Die brauchen mich noch.«

»Nicht nur die Kinder, Fabian auch. Der ist doch hilflos ohne dich. Oder willst du mir erzählen, daß sich Gisela um seine Socken kümmert?«

»Die weiß gar nicht, wo sie welche finden würde«, sagte Martha verächtlich. »Sie kontrolliert zwar gewissenhaft mein Haushaltsbuch, aber ob der Herr Professor neue Oberhemden braucht, interessiert sie nicht.«

Erstaunt sah Florian hoch. »Seit wann nennst du Fabian denn Professor?«

Verlegen wischte sie über den Tisch. »Das ist mir nur so herausgerutscht. Man hört es ja oft genug.«

Florian stand auf und nahm die alte Frau in seinen Arm. »Hier stimmt doch was nicht, Marthchen. Du willst mir doch nicht weismachen, daß du einen Menschen ein halbes Jahrhundert lang duzt und plötzlich aus lauter Ehrfurcht Sie zu ihm sagst. Steckt Gisela dahinter?«

Sie druckste herum. »Nicht direkt. Sie hat nur mal angedeutet, daß es einen schlechten Eindruck macht, wenn das Personal zu vertraulich wird. Vor allem, wenn Besuch da ist.«

»Personal!« schimpfte Florian. »Diese borniert Gans! Seitdem ich denken kann, gehörst du zur Familie. Mit der Dame da oben werde ich nachher mal Tacheles reden! Was hat denn überhaupt Fabian dazu gesagt?«

»Ich glaube, der hat das noch gar nicht gemerkt.« Martha räumte den Tisch ab und holte aus dem Kühlschrank eine Schüssel Zitronenkrem. »Hier, Flori, iß! Denen da oben« – sie warf einen bezeichnenden Blick zur Decke – »war das zu kalorienreich. Da ist nämlich Sahne dran.«

Nachdem er auch noch zwei Portionen Pudding verdrückt hatte, schob er den Teller zur Seite, stand auf und gab Martha einen Kuß auf die Wange. »Hat prima geschmeckt, danke. Ich sehe schon, vier Wochen bei deiner Verpflegung, und ich gehe auf wie ein Hefekloß.«

»Macht nichts, du kannst es vertragen. Dein Tinchen ist ein lieber, netter Kerl, aber kochen kann sie wirklich nicht.«

»Weiß ich ja, deshalb hoffe ich auch, du wirst ihr ein bißchen was beibringen. Nötig wäre es.«

Er hatte die Tür schon geöffnet, als Martha ihn am Ärmel zurückhielt. »Sag dem Fabian bitte nichts. Mir ist es doch egal, ob ich nun du oder Professor zu ihm sage, und wenn die Frau Doktor erfährt, daß ich mich bei dir beklagt habe, redet sie tagelang kein Wort mit mir.«

»Das allein wäre schon ein Grund, ihr alles zu stecken«, grinste Florian, schüttelte aber sofort den Kopf, als er Marthas entsetztes Gesicht sah. »Keine Angst, ich halte den Mund, auch wenn es mir verdammt schwerfällt.«

Auf der Suche nach weiteren Mitgliedern dieser offenbar ständig irgendwohin flüchtenden Familie inspizierte Florian das obere Stockwerk. Nacheinander öffnete er die Türen, wobei er um Giselas Zimmer einen großen Bogen machte, entdeckte aber nur leere Räume, die in einem mehr oder weniger chaotischen Zustand verlassen worden waren. Nun ja, es war bekannt, daß Jugendliche keinen ausgeprägten Sinn für Ordnung haben, das pendelte sich in späteren Jahren schon irgendwie ein. Oder auch nicht. Bei Tinchen wartete er noch heute auf ein gewisses Maß an Ordnungsliebe. Erst neulich hatte er eine halbe Stunde lang seine dunkelblaue Krawatte gesucht und sie endlich – durch Erfahrung gewitzt – in der Küchenschublade zwischen Gurkenhobel und Holzlöffeln gefunden.

»Julia hatte sie ihrer Puppe umgebunden, da habe ich sie ihr natürlich sofort weggenommen«, hatte sich Tinchen verteidigt, worauf Florian gebrummt hatte: »Demnächst finde ich meine Schuhe im Brotkasten.«

»Bestimmt nicht«, hatte seine Frau ganz ernsthaft versichert, »da gehen sie nämlich gar nicht rein.«

Nachdem er auch noch die beiden Bäder besichtigt und ihre komfortable Ausstattung mit dem spärlichen Mobiliar seiner eigenen Naßzelle verglichen hatte, machte sich Florian wieder auf den Rückweg. Irgendwo in diesem Haus mußte es doch ein kommunikationsbereites Lebewesen geben. Urbans Papagei zählte er nicht dazu, obwohl ihn das Tier mit einem Schwall von Schimpfworten begrüßt hatte, und auf eine neuerliche Begegnung mit Gisela legte er im Augenblick noch keinen Wert. Schreibmaschinengeklapper tönte aus ihrem Zimmer, untermalt von Beethovens Fünfter. Und das am Samstagnachmittag!

Auf der Terrasse entdeckte er schließlich seinen Bruder. Fabian hatte den Stuhl mitten in die Sonnenstrahlen gerückt, die durch das zaghafte Grün der Birken fielen, sich selbst in eine Decke gewickelt und las. Auf dem Tisch neben ihm standen mehrere Leitzordner sowie ein Glas mit einem bis zur Unkenntlichkeit verdünnten Whisky. Offensichtlich arbeitete er mal wieder.

»Wächst hier Löwenzahn?« Florian begutachtete den kurzgeschnittenen Rasen, auf dem auch nicht ein einziges Gänseblümchen zu sehen war.

»Glaube ich nicht, das ließe der alte Biermann gar nicht zu.« Fabian schälte sich aus seiner Kamelhaarumhüllung und trat neben seinen Bruder. »Vor zwei Jahren ist das alles neu eingesät worden, und seitdem ist die Anlage unkrautfrei.«

»Schade. Herr Schmitt frißt nämlich am liebsten Löwenzahn.«

»Wer ist Herr Schmitt? Irgendeiner deiner Säulenheiligen mit einem Hang zur Naturkost?«

»Herr Schmitt ist ein Zwergkaninchen und gehört zur Familie. Wenigstens im weitesten Sinn«, stellte Florian richtig. »Und er kommt mit, wenn wir hier wirklich einziehen sollten. Genau wie Klausdieter, sofern du überhaupt noch weißt, wer das ist.«

»Doch, an diesen giftigen Handfeger erinnere ich mich noch recht gut. Er hatte das Konzept meiner Rede für den Archäologenkongreß zu Konfetti verarbeitet. Zum Glück besaß ich noch einen Durchschlag.«

»Er ist eben nicht daran gewöhnt, daß Notizen auf dem Fußboden herumliegen. Bei uns findet er da höchstens unbezahlte Rechnungen, und um die ist es nicht schade«, verteidigte Florian seinen vierbeinigen Hausgenossen.

Nach einem vorsichtigen Blick über die Schulter sagte Fabian leise:

»Am besten verheimlichst du die kommende Invasion, du weißt doch, wie Gisela zu Haustieren steht. Der gehen ja schon Melanies Goldfische auf die Nerven.«

Florian empfand Mitleid. »Wie hältst du es bloß mit dieser gräßlichen Emanze aus? Und das schon seit einem Vierteljahrhundert.«

»Weißt du, Flori, das ist nur die rauhe Schale. Tief im Innersten ist sie ein ganz anderer Mensch.«

»Dann solltest du sie mal wenden lassen«, empfahl sein Bruder, und mit einer Handbewegung zum noch unberührten Whiskyglas: »Hast du das Zeug auch irgendwo in seiner Urform? Ich könnte jetzt einen vertragen, aber ohne Wasser.«

»Im Wohnzimmer findest du alles.«

»Danke. Und wo finde ich mal einen deiner Nachkommen? Der liebe Onkel möchte endlich seine Neffen begrüßen.«

»Frag Martha, die weiß noch am ehesten, wer sich wo herumtreibt.«

Kopfschüttelnd entfernte sich Florian. Merkwürdige Familie, in der keiner vom anderen etwas zu wissen schien. Aber das würde sich jetzt ändern! Als Erziehungsberechtigter, und als solcher bezeichnete sich Florian ab sofort, hatte man nicht nur das Recht, sondern sogar die Pflicht, über jeden Schritt seiner Schutzbefohlenen informiert zu sein. Man mußte sie notfalls überall erreichen können, und vor allem mußte man wissen, welchen Umgang sie hatten.

Ihm fiel ein, daß er sich zunächst einmal äußerlich in jenen Kumpel verwandeln sollte, als der er seiner jungen Verwandtschaft gegenübertreten wollte. Deshalb hatte er auch seinen Jogginganzug mitgenommen, die nach seiner Meinung einzig richtige Wochenendfreizeitkleidung für Haus und Garten. Fabian bevorzugte zwar in allen Lebenslagen Oberhemd und Schlips, aber der zählte sowieso nicht, der war Wissenschaftler und bewegte sich auf einer anderen Ebene. Da ging es wohl nicht ohne Zweireiher.

Als er seine Reisetasche aus dem Wagen holen wollte, stolperte Florian über ein Paar Beine. Sie ragten unter einem reichlich baufälligen 2 CV bervor, den sein Besitzer unmittelbar hinter Florians Kadett geparkt hatte.

»Paß doch auf, du Trampel!« klang es freundlich unter der Ente hervor.

"Selber eins! Schieb gefälligst deine Mühle ein Stück zurück, oder ist Rost nicht ansteckend?«

Mit einem Ruck tauchte die zu den Beinen gehörende Person auf. Sie steckte in einem ölbeschmierten Overall, der unzweifelhaft aus den Beständen der Bundeswehr stammte und zwei Nummern zu groß war. »Entschuldige, Florian, aber ich dachte, es sei Melanie.« Urban rappelte sich zu seiner vollen Länge von einssechsundneunzig auf und grinste seinen Onkel an. »Ich hab' dich schon überall gesucht! Prima, daß du da bist. Da können wir vor dem Abendessen noch einen Zug durch die Gemeinde machen. Lokalstudien betreiben. Du mußt doch das kulturelle Angebot von Steinhausen kennenlernen. Ist eine typische Kleinstadt, da gehen abends bloß die Lichter aus.« Er wischte die Hände an einem alten Socken ab.

»Ich gehe schnell duschen, und dann zittern wir los, einverstanden?«

Den verblüfften Florian ließ er stehen. An sich hatte der gar nichts gegen ein schönes kühles Bier, nur war er sich nicht ganz sicher, ob er mit seinen psychologischen Studien ausgerechnet in einer Kneipe beginnen sollte.

Eine Viertelstunde später saßen Onkel und Neffe einträchtig in der Waldschenke, einem etwas außerhalb des Ortes gelegenen Lokal, das wohl hauptsächlich von Ausflüglern lebte und um diese Jahreszeit fast leer war. Urban erzählte. Von der Bundeswehr und von seiner Freundin Sandra, von Skiurlaub in Tirol, von seinem Auto, das er für nur sechshundert Mark erstanden hatte, und von Dänemark, wohin er im Sommer fahren wollte – nur von sich selbst erzählte er nichts. Florian witterte Tiefgründiges und schwieg. Nur nicht fragen, Vertrauen gewinnen und abwarten. Die professionellen Psychologen machten das ja auch nicht anders. Allerdings saßen die nicht in einer Kneipe, sondern im Hintergrund eines zweckmäßig eingerichteten Zimmers, dessen Hauptbestandteil eine Couch war, auf der jemand lag. Florian hatte das in einem Film über Sigmund Freud gesehen. Der hatte auch keine Tannenbäume auf einen Bierfilz gemalt, sondern Stichworte auf seinem Block notiert. Florian hatte keinen dabei.

Inzwischen hatte Urban wieder das Thema gewechselt und erging sich in Zukunftsprognosen. »Wenn die Regierung getürmt ist, können wir endlich mal so richtig feten. Wozu haben wir denn den Partykeller? Vater geht bloß runter, wenn bei ihm mal wieder eine Glühbirne durchgeknallt ist und er keine neue findet, dann schraubt er nämlich da unten eine raus, und Mutter versammelt alle vierzehn Tage ihre Märchentanten im Keller, damit die Herrschaften nicht aus Versehen ein paar Sandkörnchen auf den hellgrauen Velours treten. Nicht auszudenken, wenn im Wohnzimmer mal eine Tasse Kaffee umkippen würde.«

»Welche Märchentanten?«

»Ach, das ist so ein Emanzenklüngel, der die Welt verbessern will und bei den eigenen Männern damit anfängt. Die meisten haben allerdings gar keinen mehr, weil es niemand bei ihnen ausgehalten hat.«

»Verständlich«, sagte Florian und orderte neues Bier. »Eine Frau, die sich für intelligent hält, verlangt die Gleichberechtigung mit dem Mann. Eine Frau, die intelligent ist, tut das nicht.«

»Dann ist Mutters Damenriege geistig unterbemittelt, aber das habe ich schon vorher gewußt.«

Das plötzliche Mitteilungsbedürfnis seines Neffen nahm Florian zum Anlaß, ein paar Erkundigungen einzuziehen, die ihm für die bevorstehende Aussprache mit seinem Bruder und vor allem mit seiner Schwägerin wichtig erschienen. Man kann schließlich ganz andere Forderungen stellen, wenn man weiß, was im einzelnen auf einen zukommt. Gisela würde ohnehin nur das Haus, den Garten sowie die schöne Umgebung anführen und damit zum Ausdruck bringen, daß Florian und Tinchen quasi kostenlose Ferien hätten, die man nicht auch noch zusätzlich honorieren müsse. Da war es schon besser, man hatte passende Gegenargumente zur Hand.

»Sag mal, Urban, wie läuft der Laden bei euch so ab? Wer kauft ein, wer ist regelmäßig zum Essen da, wer putzt die Kronleuchter, wer kümmert sich um eure Parkanlage, ich habe nämlich überhaupt keine Ahnung von Ackerbau, wer ...

»Woher soll ich denn das wissen? Ich bin doch bloß zum Wochenende da, wenn ich nicht Wache schieben muß oder gerade im Bau sitze. Ist nämlich schon zweimal vorgekommen«, betonte er stolz.

»Warum denn?«

»Das erste Mal bin ich mit dem Munitionstransporter – das ist ein Achttonner – nach Marburg reingedonnert und habe zwei Kästen Bier geholt. Auf dem Rückweg hat mich der Spieß erwischt. Und das zweite Mal war ich dran, als ich meinen NATO-Hut auf dem Flohmarkt verhökern wollte.«

»Deinen Stahlhelm?«

Urban nickte bestätigend. »Exakt! Das war an einem Sonntag. Am Abend vorher hatten wir mächtig einen gebechert, und irgendwann hab ich gewettet, daß ich den Helm verscherbeln würde. Hat ja auch geklappt.«

»Und dann?«

»Nichts und dann. Mein Pech war, daß der Kommandeur höchstpersönlich auf der Suche nach einer alten Kaffeekanne war. Ausgerechnet am Stand neben mir hatte er eine entdeckt. Vierundzwanzig Stunden später saß ich im Bau.« Urban trank sein Bier aus und bestellte neues.

»Sollten wir nicht langsam Schluß machen?«

»Wieso? Wir fangen doch gerade erst an.«

»Ich muß aber heute abend noch deinen Eltern gegenübertreten, und dazu brauche ich einen halbwegs klaren Kopf.«

»Na, wenn dich drei kleine Bierchen schon umhauen, dann weiß ich nicht, wie du bei uns eine Party durchstehen willst.«

»Wieso nicht? Was trinkt ihr denn da?«

»Cola mit Rum. Vor Mitternacht. Danach Rum mit Cola. Hast du mal 'ne Zigarette?«

Florian bedauerte. »Ich gewöhne es mir gerade ab.«

»Seit wann?«

»Seit ungefähr fünf Stunden.«

»Ach so, deshalb drückst du dauernd die Salzstangen im Aschenbecher aus! Na, laß mal, ich hole welche aus dem Automaten.«

Als er zurückkam, hatte Florian schon bezahlt. »Trink aus, und dann laß uns gehen.«

»Nur keine übertriebene Hast. Bei uns wird erst um 20.15 Uhr gegessen, nach der Tagesschau.« Urban ließ sich auf den Stuhl fallen und sah Florian fragend an. »Vorhin wolltest du doch noch irgendwas wissen, ich weiß bloß nicht mehr, was.«

Also setzte sich Florian wieder hin und spulte zum zweitenmal seinen Fragenkatalog herunter.

»Gegessen wird so um zwei herum, wenn Rüdiger und Melanie aus der Schule kommen – vorausgesetzt, sie haben nicht auch noch am Nachmittag Unterricht. Oder Nachhilfe. Oder Arbeitsgemeinschaft. Oder Musikprobe. Oder Friseur. Oder ...« er stutzte plötzlich. »Ich glaube, die sind mittags nie da. Deshalb hat Frau Hahneblank ja auch für den Mikrowellenherd plädiert, weil man darin das Essen so schnell aufwärmen kann.«

»Wer, bitte sehr, ist das nun wieder?«

»Frau Hahneblank? Eigentlich heißt sie Schliers und ist unsere Putzfrau. Sie selbst bezeichnet sich allerdings als Haushälterin. Ihre Leidenschaft sind auf Hochglanz polierte Wasserhähne, und darum hat ihr Rüdiger diesen Spitznamen verpaßt. Den kennt sie aber nicht.«

»Habt ihr die schon lange?«

»Seitdem wir unser gemütliches Reihenhaus aufgegeben und gegen diesen aufwendigen Schuppen eingetauscht haben, also seit sechs Jahren. Damals war sie ja noch ganz in Ordnung, aber jetzt kommt sie in die mittleren Jahre, wo sich ihre Haare langsam von schwarz zu grau wandeln, und nun wird sie unausstehlich. Am liebsten würde sie im Flur Filzpantoffeln aufreihen. Deshalb versteht sie sich auch mit Mutter so gut. Wenn es nach ihr allein ginge, hätte sie bei uns schon islamische Sitten eingeführt. Oder bist du noch nie in einer Moschee gewesen?«

Florian beteuerte sofort, mit den an diesen heiligen Stätten vorgeschriebenen Auflagen bestens vertraut zu sein, sie auch sehr hygienisch zu finden, für den europäischen Alltag jedoch ablehne.

»Schon aus optischen Gründen. Tinchen hat nämlich nie passendes Stopfgarn für meine Strümpfe.«

»Braucht sie auch nicht mehr, das hat Oma Gant. Die kommt schon seit Jahren zweimal in der Woche, bügelt die Klamotten und holt Flickwäsche ab. Wenn du dir bei ihr einen Stein ins Brett setzen willst, dann spendiere ihr ab und zu einen Pfefferminzlikör. Aber erst nach der Arbeit, sonst hast du doppelte Bügelfalten in der Hose.« Er machte einen langen Hals. »Was schreibst du denn da?«

Florian notierte bereits. Er hatte die zweite Mahnung für überfällige Kraftfahrzeugsteuer aus der Tasche gezogen und benutzte die Rückseite. 1. Putzfrau: Frau Schliers, genannt Hahneblank. 2. Bügeln und Wäsche: Frau Gant (Pfefferminzlikör). 3. Garten:

»Habt ihr auch jemanden für die Petersilie? Oder macht dein Vater das selber? Bei uns im Archiv gibt es eine ganze Menge Fotos bundesdeutscher Prominenz, die sich mit Vorliebe neben dem Rasenmäher aufbaut, eine Hand am Griff, und so dokumentiert, auf welch nützliche Weise sie ihre Freizeit verbringt. Bekanntlich ist Arbeit in frischer Luft sehr gesund.«

»Aber nicht für Vater. Der ist so arriviert, daß er sich jemanden zum Rasenmähen nimmt und dann Golf spielen geht, weil er ja auch mal Bewegung braucht.«

»Du bist ganz schön sarkastisch, mein Junge«, bemerkte Florian, aber Urban zuckte nur mit den Schultern. »Jede Gesellschaft pflegt ihren eigenen Spleen. Unserer heißt Anpassung an die gleiche Kaste. Das Ganze ist eine soziale Kreisbewegung, bei der jeder sich nach dem anderen richtet. Ich weiß bloß nicht, an wem sich der erste orientiert.«

»Wie heißt denn euer Gärtner?«

»Biermann. Mit Vornamen Paul. Ehemals Feldwebel bei der Wehrmacht. Davon schwärmt er noch heute. Ich gehe ihm schon immer aus dem Weg, weil wir uns sonst ständig in die Wolle kriegen. Nach seiner Ansicht ist die Bundeswehr ein verlotterter Haufen ohne Mumm in den Knochen, ohne Disziplin und ohne Härte. So eine Art Trachtenverein, der den bösen Feind bestenfalls so lange zum Lachen reizt, bis richtige Soldaten kommen. Worunter er die Amis versteht. Diese Erkenntnis verdankt er allerdings bloß den Kriegsfilmen Marke Hollywood. Laß dich nicht mit ihm ein, das ist einer von den Unverbesserlichen. Aber sein Handwerk versteht er. Warte mal ab, bis die Tulpen blühen. Die stehen in Doppelreihen, und nicht eine ragt aus dem Glied.«

Florian notierte also unter 3. Garten: Paul Biermann, Militarist.

»Sind das nun alle?«

»Was alle?«

»Na, alle Lohnempfänger, mit denen sich gelegentliche Tuchfühlung nicht vermeiden lassen wird. Oder habt ihr auch noch jemanden zum Schuheputzen?«

»Das macht Marthchen, weil's sonst sowieso keiner macht. Wozu auch, die werden ja doch gleich wieder dreckig.«

»Das ist nun aber wirklich übertrieben«, ereiferte sich Florian. »In Neubaugebieten läßt sich Dreck nun mal nicht vermeiden, aber so allmählich wird die Gegend doch richtig zivilisiert. Bei meinem letzten Besuch war eure Straße noch nicht asphaltiert.«

»Was blieb denen denn auch anderes übrig?« knurrte Urban. »Entweder mähen oder teeren.«

Florian steckte seine Notizen in die Tasche und stand auf. »Jetzt komm endlich, alter Junge, wir müssen nach Hause. Ich habe nicht das geringste Bedürfnis, deiner Mutter zu begegnen, wenn ihr lallender Sohn an meinem Arm hängt.«

»Du hast vielleicht eine Ahnung von meiner Aufnahmekapazität! Alkohol, mäßig genossen, schadet auch in größeren Mengen nicht. Alte Bundeswehrweisheit!« Urban erhob sich und marschierte kerzengerade auf die Tür zu. Es war die zur Damentoilette.

Florians Reformpläne

Den Tag sollte man auf angenehmere Weise beginnen können als mit Aufstehen, ging es Florian durch den Kopf, als er seinen Brummschädel unter die Dusche hielt. Was auch immer ihm Urban eingetrichtert haben mochte, es mußte ein höllisches Gebräu gewesen sein! Tote Leiche hatte er diese Mischung aus Wodka, Gin, Blue Curaçao und Orangenlikör genannt, und genauso kam sich Florian jetzt vor. Ob es in diesem Haus irgendwo Alka-Seltzer gab? Bestimmt nicht, alkoholische Exzesse fanden hier nicht statt. Zum Abendessen trank man Tee und hinterher am Kaminfeuer ein Glas Wein, das war stilvoll und absolut ungefährlich, weil es meistens kein zweites mehr gab. Gisela pflegte in den späten Abendstunden noch zu arbeiten und brauchte einen klaren Kopf.

Zum Glück hatte sie sich auch gestern bald entschuldigt und war in ihr Zimmer gegangen. Fast automatisch hatte sie die noch halbvolle Weinflasche vom Tisch geräumt, nach kurzem Zögern aber doch wieder hingestellt. Und als die leer gewesen war, hatte Fabian sogar eine neue geholt, Trockenbeerenauslese mit einem halben Dutzend Siegeln auf dem Etikett. In dieser gemütlichen Atmosphäre waren dann beinahe nebenher alle Vereinbarungen getroffen und sogar schriftlich fixiert worden, die Florian als außerordentlich wichtig, Fabian dagegen als sekundär empfunden hatte. Er hatte sich viel mehr für die psychologischen Theorien seines Bruders interessiert und ihm für die praktische Anwendung viel Glück gewünscht. »Ich kann mir nicht helfen, Florian, aber die moderne Erziehung macht die Verständigung mit der Jugend immer schwieriger. Nicht genug damit, daß man ihre Fragen nicht beantworten kann – man weiß oft nicht einmal, wovon überhaupt die Rede ist.«

Dem hatte Florian lachend beipflichten müssen. »In der ersten Hälfte unseres Lebens bemühen wir uns, die ältere Generation zu verstehen, in der zweiten die jüngere.«

Jedenfalls würden die kommenden Monate eine völlige Umstellung seines bisherigen Lebens bedeuten. Keine Sechstagewoche mehr in der Redaktion, statt dessen ein relativ beschauliches Dasein mit wenig Pflichten und viel Freizeit, intensive Hinwendung zu den Kindern, die eigenen natürlich eingeschlossen, Kontrolle über Haus, Garten und in erster Linie über die diversen Hilfskräfte, und nicht zuletzt regelmäßige Arbeit an seinem Buch. Das alles ohne finanzielle Sorgen, denn Fabian hatte ihm ein großzügiges Gehalt angeboten – mehr, als Florian zu hoffen gewagt hatte.

Überhaupt war die finanzielle Seite der ganzen Angelegenheit vorbildlich geregelt worden. Fabian hatte bei seiner Bank für seinen Bruder ein Konto eröffnet, auf das jeden Monat ein namhafter Betrag überwiesen werden sollte, mit dem die laufenden Haushaltskosten zu decken waren. Regelmäßig wiederkehrende Ausgaben wurden ohnehin durch Bankeinzug bezahlt, und für unvorhersehbare Notfälle würde es noch einen Extrafonds geben, über den Florian allerdings nur mit Marthas Einverständnis verfügen konnte. Diese Einschränkung hatte er seinem Bruder ein bißchen übelgenommen.

»Was rangiert denn bei dir unter Notfall? Lawine oder Hurrikan?«

»Handwerkerrechnungen erledigt die Bank«, hatte Fabian geantwortet. »Ich dachte eigentlich mehr an den plötzlichen Überfall irgendwelcher Verwandten. Gisela hat eine ganze Menge davon, die sporadisch bei uns auftauchen, meist in größerer Zahl. Wir haben sie natürlich immer hier im Haus beherbergen müssen, aber Einquartierung möchte ich dir nicht auch noch zumuten. Bring sie in der Linde unter, das ist ein sehr anständiges Gasthaus, allerdings ohne großen Komfort, und deshalb werden sich etwaige Besucher vermutlich weniger lange aufhalten als geplant.«

»Mach dir deshalb keine Sorgen«, hatte Florian geschmunzelt. »Tinchen ist eine hervorragende Gastgeberin. Sie beherrscht nämlich die Kunst, Besucher zum Bleiben zu veranlassen, ohne sie am Aufbrechen zu hindern.«

»Die wird sie auch brauchen«, hatte Fabian gemeint und sich wenig später zurückgezogen.

Als berufsbedingte Nachteule hatte Florian noch keine Lust verspürt, schlafen zu gehen, und war auf der Suche nach etwas Nahrhaftem in der Küche gelandet. Das Abendessen war zwar reichlich und auch sehr gut gewesen – Räucherlachs mit Sahnemeerrettich kannte er nur noch aus seinen Reportertagen, als er noch selbst zu langweiligen Empfängen gehen mußte und zum Dank für geduldiges Ausharren mit kleinen Appetithäppchen belohnt worden war –, aber es hatte natürlich im Eßzimmer stattgefunden, und die erdrückende Pracht von Silberleuchtern, Bleikristall und vermutlich kostbarem, nach Florians Ansicht aber reichlich überladenem Porzellan war ihm auf den Magen geschlagen. Kein Wunder, daß sich von den Junioren nur Rüdiger eingefunden hatte. Drei Scheiben Brot hatte er unter den tadelnden Blicken seiner Mutter heruntergeschlungen und war sofort wieder aufgestanden. »Der Kinoabend fällt ja wohl aus«, hatte er mit einem Augenzwinkern zu Florian festgestellt, »denn mein bejahrter Onkel hat seine Brille vergessen, und ohne die läuft bei ihm nichts mehr.«

Fabian hatte ihm seine angeboten, aber Florian hatte entsetzt abgewehrt. »Die ist viel zu schwach.«

»Das ist sehr schade. Mir sind diesmal wirklich gute Aufnahmen geglückt. Besonders auf Mykonos...

»Mir tut's ja auch leid, aber was nützen denn die schönsten Bilder, wenn ich keine Einzelheiten erkennen kann?« Es war Florian sogar gelungen, aufrichtiges Bedauern in seine Stimme zu legen.

»Dann kann ich ja wohl gehen«, hatte Rüdiger gemeint. »Es wird sicher später werden, also wünsche ich jetzt allseits gute Nacht.«

»Wohin gehst du?«

»Aber Mutter, in die Disco natürlich. Wir haben doch heute unseren ersten Auftritt.«

»Bei dem Krach dort wirst du noch schwerhörig werden! Kein Wunder, daß deine Leistungen in der Schule permanent nachlassen. Vermutlich verstehst du nur noch die Hälfte.«

»Das ist doch Blödsinn«, hatte ihr Sohn protestiert. »Irgend so ein Wissenschaftler hat gerade festgestellt, daß laute Beatmusik manchmal sogar gut gegen Schwerhörigkeit ist.«

»Möglich. Aber wenn ich an dein Posaunengetute denke, möchte ich behaupten, daß Schwerhörigkeit gut ist gegen Beatmusik«, hatte Fabian erwidert, womit das Thema vom Tisch gewesen und Posaunist Rüdiger entlassen worden war.

In der Küche hatte Florian nicht nur Martha, sondern auch Urban vorgefunden, der sich fluchend mit einem Toaster beschäftigte.

»Früher konnte man diese Dinger total auseinandernehmen, jetzt werden sie so zusammengeschweißt, daß man nicht mehr ans Innenleben rankommt. Gib mal den roten Schraubenzieher rüber!«

Nachdem Florian zehn Minuten lang zugeschaut und Urbans Bemühungen mit Küchenmesser und schließlich Stemmeisen feixend kommentiert hatte, forderte er: »Laß mich mal ran!«

»Kommt nicht in Frage. Für Reparaturen bin ich seit jeher zuständig.« Verbissen werkelte er weiter. »Bisher habe ich noch alles wieder hingekriegt.«

»Bloß nicht den Wasserhahn«, sagte Martha trocken. »Den habe *ich* nämlich repariert. Ohne vier Flaschen Bier und ohne dreimal in die Eisenwarenhandlung zu fahren. Und ohne zu fluchen.«

»Aber auch nur, weil der Klempner nicht gekommen ist«, knurrte Urban, mit einer Pinzette Schräubchen festdrehend. »Ich hatte ja Dienst an dem Sonntag.«

»Montags kommt er nie, hat er gesagt. Da muß er immer alle Schäden reparieren, die am Wochenende von den Heimwerkern gemacht worden sind.«

Urban gönnte ihr nur einen giftigen Blick und zog die letzte Schraube an. »So, jetzt müßte es hinhauen.« Er drückte auf die Taste. Es tat sich gar nichts.

»Versuch's mal mit Strom«, riet Florian.

Wütend schloß Urban den Stecker an, und sofort begann die Heizspirale zu glühen und nach Gummi zu stinken. »Na also, funktioniert ja wieder. Der Geruch hört gleich auf, da verkohlt nur ein bißchen Isoliermaterial.

Florian nahm das Gerät in die Hand und überprüfte es mißtrauisch.

»Wenn es auf Anhieb klappt, mußt du was falsch gemacht haben.« Wie auf Kommando sprühte der Toaster Funken, an der Seite schoß eine Stichflamme heraus, dann knallte es, und dann lag die Küche im Dunkeln.

»Schmeiß ihn weg, Marthchen, es war sowieso ein Vorjahresmodell.« Mit Hilfe seines Feuerzeugs suchte Urban auf dem Küchenschrank nach Kerzen. »Morgen früh brauchen wir das Ding nicht, ich mache Toast à la Bundeswehr.« Und als er Florians fragendes Gesicht sah: »Zwei Scheiben Weißbrot, Käse dazwischen, Alufolie drumrum und dann mit dem heißen Bügeleisen drauf. Geht prima.«

Nachdem die Sicherung ausgewechselt und der Toaster im Mülleimer gelandet war, hatte man mit dem gemütlicheren Teil des Abends begonnen. Martha hatte Brot und selbstgemachte Sülze auf den Tisch gestellt, Urban hatte aus dem Keller Bier geholt, dann war Marthchen schlafen gegangen, und Onkel und Neffe hatten bei zünftigen Männergesprächen jeweils drei Flaschen geleert und anschließend Urbans Tote Leiche ausprobiert. Gegen Mitternacht hatte sich noch Clemens eingefunden, und so gegen drei Uhr war man unter dem gedämpften Absingen unanständiger Lieder in die Betten geschwankt. Alles in allem war es doch noch ein sehr schöner Abend geworden.

In seinen Jogginganzug gewickelt, frisch rasiert und nach Giselas etwas süßlichem Toilettenwasser duftend, an dem er sich irrtümlich vergriffen hatte, war Florian nunmehr bereit, dem Sonntagmorgen ins Auge zu schauen. Seine eigenen hatte er hinter einer Sonnenbrille versteckt, es mußte ja nicht gleich jeder sehen, daß er bei dem Zusammenstoß mit der offenen Schranktür den kürzeren gezogen hatte.

Das Eßzimmer war makellos aufgeräumt und leer. Florian erinnerte sich Urbans Bemerkung, wonach das gemeinsame Frühstück abgeschafft worden war, und schlurfte, dem Instinkt hungriger Tiere folgend, treppabwärts. Auf halbem Weg stieg ihm Kaffeeduft in die Nase sowie der vertraute Geruch nach übergekochter Milch. Sofort fühlte er sich heimisch.

In der Küche wurde er mit großem Hallo empfangen. Der gesamte Bendersche Nachwuchs saß in sehr unzulänglicher Bekleidung um den Tisch und frühstückte. Übrigens ganz individuell. Clemens und Urban schaufelten Rührerei in sich hinein und langten zwischendurch in das große Glas mit eingemachten Gurken. Rüdiger löffelte Müsli. Melanie knabberte an einem Knäckebrot, das sie mit einer hauchdünnen Schicht Quark bestrichen und mit Schnittlauchröllchen garniert hatte.

»Wieso seid ihr denn alle schon so unverschämt munter? Es ist doch erst kurz nach zehn.« Mit dem linken Fuß angelte sich Florian den noch freien Stuhl heran, setzte sich und griff nach dem Gurkenglas.

»Habt ihr auch Rollmöpse?«

»Nee, keine mehr da. Aber von der Toten Leiche ist noch was übriggeblieben.«

»Noch ein Wort, und du bist selber eine!« prophezeite Florian, bevor er wieder aufstand und seine Nichte herzlich umarmte. »Du bist aber...«

»...groß geworden, ich weiß. Warum fällt keinem mal was anderes ein?«

»Hübsch geworden, wollte ich sagen«, verbesserte Florian lächelnd.

»Mein Gott, du bist ja noch immer nicht nüchtern!« Abschätzend musterte Rüdiger seine Schwester. »Wie kannst du dieses dünne Gerippe als hübsch bezeichnen?«

Im Gegensatz zu ihren Brüdern war Melanie etwas klein geraten, knapp über einsfünfundsechzig, schätzte Florian. Ihr Gesicht hatte noch ausgesprochen kindliche Züge, die durch die dunklen, halblangen Haare unterstrichen wurden, und es fiel Florian schwer, in seiner Nichte den frühreifen Vamp zu sehen, als den ihre Mutter sie hingestellt hatte. Das war doch ein ganz normaler Teenager mit Pickeln auf der Stirn, die sich trotz der reichlich aufgetragenen Tönungscreme nicht ganz vertuschen ließen. Nicht mal Nagellack benutzte sie, ganz im Gegenteil! Zwei Tintenflecke und eine nur oberflächlich entfernte Mickymaus auf dem Handrücken verrieten das verspielte Schulmädchen. Mit Melanie würde es bestimmt keine Probleme geben, sie brauchte nur Verständnis und Zuwendung.

»Florian, weißt du, warum die Störche immer in den Süden fliegen?« fragte Rüdiger kauend.

»Hältst du mich für dämlich?«

»Nein, im Ernst, warum tun sie das?«

Als er in die ergebenen Duldermienen der anderen sah, dämmerte ihm, daß er in irgendeiner Weise geleimt werden sollte. Vorsichtshalber schwieg er.

»Na, weil die im Süden auch Kinder haben wollen.«

»Sehr witzig!«

»Daran mußt du dich gewöhnen«, sagte Clemens gleichmütig. »Der einzige Grund, weshalb der Kerl überhaupt noch in die Schule geht, ist wohl der, daß er dort überall diese blöden Sprüche sammelt, mit denen er uns pausenlos nervt. Wir hören schon gar nicht mehr hin.«

»Ich kenne auch einen«, meinte Florian eifrig. »Wie kommt ein Elefant wieder vom Baum runter?«

»Er setzt sich auf ein Blatt und wartet, bis es Herbst wird. Ist ja uralt.«

»Na, dann eben nicht«, knurrte sein Onkel und sah sich

nach etwas Handfesterem um. Das Gurkenglas war inzwischen leer, und auf Birchermüsli, das ihm Rüdiger wortlos hinschob, hatte er nun wirklich keinen Appetit. »Habt ihr noch Eier?«

»Ich mach dir welche«, bot Melanie an. »Gekocht oder gebraten?«

»Frag lieber, ob steinhart oder verkohlt«, verbesserte Urban.

»Und wer, glaubst du, hat deine Rühreier gemacht?«

»Marthchen, wer denn sonst?«

»Ich!«

»Also deshalb habe ich dauernd auf den Schalen herumgekaut. Weißt du nicht, daß man die nicht mit in die Pfanne schmeißt?«

»Vielleicht war es auch bloß der Schnabel vom Küken«, entgegnete seine Schwester patzig. »Ich glaube, das eine Ei ist nicht mehr ganz frisch gewesen.«

Bevor die Auseinandersetzung handgreifliche Formen annehmen konnte, kam Martha in die Küche. »Raus jetzt, ich muß mich ums Mittagessen kümmern, und dazu kann ich keine Horde halbnackter Zuschauer brauchen.« Tadelnd sah sie Melanie an, die nur eine Turnhose trug und darüber eine oberflächlich zusammengeknotete Frotteejacke.

»Ich wollte ja zuerst ins Bad, aber in dem einen gurgelte Florian, und im anderen arbeitet Vater.«

»Im Bad?« fragte Florian erschrocken.

»Genauer gesagt, in der Badewanne. Da entwirft er immer seine Vorträge, weil ihn niemand stören kann. Sagt er jedenfalls.«

»Stimmt ja gar nicht«, gluckste Rüdiger. »Ich bin mal reingeplatzt, als er vergessen hatte abzuschließen, und da schwammen lauter Papierschiffchen auf dem Wasser. Der Herr Professor war so vertieft, daß er mich nicht mal bemerkt hat.«

»Mark Twain hatte recht, als er behauptete, das Greisenalter sei eine zweite Kindheit minus Lebertran.«

»Dein Vater ist einundfünfzig, Clemens!« gab Florian zu bedenken.

»Aber er ist über seine Jahre hinaus gereift.«

Vor Marthas drohend erhobenem Schneebesen trat das Kleeblatt den Rückzug an. Nur Florian blieb sitzen. »Soll ich dir beim Kartoffelschälen helfen? Das kann ich prima.«

»Dafür haben wir eine Maschine. Wir haben für alles Maschinen! Kein Wunder, daß man langsam selbst zu einer wird.«

»Du nicht, Marthchen, du hast viel zuviel gesunden Menschenverstand.«

»Ja, ich weiß, unser Zeitalter ist stolz auf Maschinen, die denken können, aber mißtrauisch gegen Menschen, die das versuchen.«

Verblüfft ließ Florian die Gabel sinken. »Ist das von dir?«

»Nein, ich hab' das mal gelesen und mir gemerkt, weil es mir gefallen hat. Und weil es stimmt!« Sie zog die wütend um sich spritzende Bratpfanne von der Herdplatte und schlug zwei Eier hinein.

»Ich bin satt, Marthchen, vielen Dank.«

»Das ist nicht für dich, das ist für die gnädige Frau. Sonntags frühstückt sie immer im Bett.«

»Matratzen-Picknick? Hätte ich ihr gar nicht zugetraut. Naja, wer nie sein Brot im Bette aß, weiß nicht, wie Krümel pieken.« Florian stand auf. »Ich glaube, jetzt werde ich mir erst mal ein paar Kubikmeter Ozon zuführen und bei dieser Gelegenheit den Garten inspizieren.«

»Ich wüßte nicht, was es da zu inspizieren gibt, aber geh' nur an die frische Luft, du siehst reichlich verschwiemelt aus. Weshalb trägst du überhaupt eine Sonnenbrille?«

»Damit mich niemand erkennt.«

Die große Schiebetür zur Terrasse war noch verriegelt. Florian probierte Hebel und Griffe, erreichte aber nur, daß ihn plötzlich ein langgezogener Heulton zusammenfahren ließ. Urban stürzte ins Zimmer, am Kinn Rasierschaum und in den Augen blanke Mordlust, drückte einen verborgenen Knopf neben der Heizung und stellte das nervtötende Gewinsel ab. »Paß mal auf, was hier gleich los ist!«

»Seit wann habt ihr denn eine Alarmanlage?« stotterte Florian hilflos.

»Seitdem in der Nachbarschaft zweimal eingebrochen worden ist. – Da, was habe ich gesagt? Die ersten kommen schon!« Er deutete auf die Ligusterhecke, durch die sich ein dürres Männlein zwängte, gefolgt von einer beinahe doppelt so breiten Frau, die noch im Laufen die Lockenwickler aus den Haaren zog. »Erwin, komm zurück!« befahl sie und raffte den geblümten Morgenrock. »Du kannst ja doch nichts tun! Du hast ja nicht einmal eine Waffe!«

Erwin hörte nicht. Er stolperte quer über die Rasenfläche auf das Haus zu. »Ich werde ihm –«, keuchte er, »mannhaft – entgegentreten. Alle – Einbrecher sind feige. Sieh mal, da steht er ja noch! Bestimmt will – er gerade fliehen.« Hinter der Scheibe hatte er Florians Gesicht entdeckt.

»Mach dich nicht lächerlich!« donnerte seine bessere Hälfte, die jetzt auch Urban erkannt hatte. »Das ist doch der junge Bender.«

»Unsinn, das ist ein Fremder«, widersprach Erwin, schien aber doch nicht ganz überzeugt zu sein, denn er verlangsamte seinen Schritt.

Urban öffnete die Tür und trat ins Freie. »Vielen Dank für Ihre schnelle Hilfe, Herr Kaiserling, aber mein Onkel wußte nichts von der Alarmanlage und hat sie versehentlich ausgelöst. Entschuldigen Sie bitte, daß wir Sie erschreckt haben.«

»Erschreckt ist gar kein Ausdruck!« Der geblümte Morgenrock hatte nun auch die Terrasse erreicht. »Einen Herzschlag hätte ich beinahe bekommen!« Drohend baute sich Frau Kaiserling vor Urban auf.

»Diebstahlsicherung ist *eine* Sache, ruhestörender Lärm eine andere! Man kann doch wohl erwarten, daß Sie vormittags um viertel nach elf Ihre Anlage abgeschaltet haben!«

»Kann man erwarten, jawohl!« bestätigte Urban kopfnickend. »Wir haben es aber ganz einfach vergessen.«

»Ich werde mich bei dem Herrn Professor beschweren.«

Mit seinem verbindlichsten Lächeln trat Florian aus dem Hintergrund.

»Es tut mir wirklich leid, gnädige Frau, daß ich unwissentlich die Ursache Ihres gestörten Sonntagsfriedens geworden bin. Bitte, behelligen Sie nicht meinen Bruder, ich allein bin ja der Schuldige.« Suchend sah er sich um, entdeckte die gerade aufblühenden Narzissen neben dem Kiesweg, lief hin und pflückte drei davon ab, die er mit einer angedeuteten Verbeugung der geblümten Dame in die Hand drückte. »Nur ein kleines Zeichen meiner aufrichtigen Reue. Für Ihren Mut hätten Sie Rosen verdient.«

»Oh, vielen Dank, sehr aufmerksam. So ein Malheur kann schließlich jedem mal passieren. Und wenn Sie gar nichts gewußt haben...« Sie reichte Florian die Hand, der sich auch erwartungsgemäß darüberbeugte. »Ich wünsche Ihnen noch einen angenehmen Sonntag, gnädige Frau. Auf Wiedersehn.«

»Auf Wiedersehn, Herr... ach, wie war doch gleich Ihr Name?«

»Auch Bender, gnädige Frau, Florian Bender.«

»Ach so, ja, natürlich. Also dann auf Wiedersehn, Herr Bender, und vielen Dank für die Blumen. – Komm, Erwin, steh nicht so dumm herum! Du hast doch gehört, es war falscher Alarm. Ich habe ja gleich gesagt, nur ein Trottel rennt sofort los und begibt sich in Lebensgefahr. Sieh dir bloß mal deinen guten Anzug an! Warum mußtest du denn auch unbedingt durch die Hecke? Jetzt kann ich ihn wieder in die Reinigung geben, aber du denkst...« Die Stimmen entfernten sich, und hinter Florians Rücken brach schallendes Gelächter los. Der gesamte Nachwuchs stand aufgereiht und schüttelte sich vor Vergnügen.

»Jetzt wäscht sie sich bestimmt tagelang nicht die Hände! Ich kann mir nämlich nicht vorstellen, daß sie schon mal einen Handkuß gekriegt hat«, kicherte Melanie, und Rüdiger prustete: »Gnädige Frau! Ausgerechnet die! Stammt aus einem Gemüsekeller, hat diesen Schwachkopf von Kaiserling geheiratet, als der eine Erbschaft gemacht hatte, und mimt jetzt die große Dame. Dabei ist sie strohdumm und zeichnet sich nur durch stadtbekannte Klatschsucht aus. Wir liegen dauernd im Clinch mit ihr.«

»Dann verstehe ich nicht, weshalb sie so heroisch auf Einbrecherjagd gegangen ist.«

»Neugier, pure Neugier. So dämlich, am hellen Vormittag an einen Überfall zu glauben, ist sie nun auch wieder nicht.«

Trotz Urbans düsterer Prophezeiung ließ sich kein interessierter Zuschauer mehr sehen, und Florian konnte nun doch seinen Rundgang antreten.

Das Mittagessen führte endlich einmal die ganze Familie zusammen. Insgeheim mußte Florian zugeben, daß der blankpolierte Mahagonitisch zwar ebenso wertvoll wie scheußlich war, in diesem Haushalt jedoch eine zwingende Notwendigkeit darstellte. Selbst wenn man die Leuchter, das platzraubende Blumengesteck, die Messerbänkchen und vor allem das Sortiment von Gläsern wegräumen würde, bliebe immer noch kaum Platz genug für Teller und Schüsseln. Deshalb also hätte er den Beistelltisch holen müssen, an dem Martha jetzt hantierte, bevor sie die Bratenplatte herumreichte.

»Danke, Martha, wir bedienen uns schon selber«, meinte Gisela mit einem herablassenden Kopfnicken, worauf Martha »Jawohl, Frau Doktor« sagte und sich zurückzog.

Da platzte Florian endgültig der Kragen. Wütend schrie er seinen Bruder an: »Wenn schon deine Frau zu wenig Fingerspitzengefühl hat, zwischen Dienstboten und Familienmitgliedern zu unterscheiden, dann solltest wenigstens du genug Takt besitzen, Marthchen nicht wie eine Angestellte zu behandeln! Immerhin hat sie dir lange genug den Hintern abgewischt!«

Peinlich berührt sah Gisela ihren Schwager an. »Könntest du nicht ein weniger drastisches Beispiel nennen, um mir zu verdeutlichen, daß Martha schon seit Jahrzehnten im Dienst der Benders steht?«

»Wenigstens hast du das begriffen. Solch eine treue Seele schiebt man nicht einfach beiseite, auch wenn du sie großzügig bezahlst, damit sie hier den Laden schmeißt. Was sie für euch alle tut, könnt ihr ja gar nicht mit Geld aufwiegen!«

»In gewisser Weise hast du recht, Florian«, sagte sein Bruder, »aber wir sind weit davon entfernt, Martha als Dienstboten zu betrachten. Nur – was erwartest du eigentlich?«

»Daß sie hier mit uns am Tisch ißt!« beharrte Florian störrisch.

»Das will sie aber nicht. Früher hat sie es immer getan, aber seitdem wir hierhergezogen sind, hat sie es abgelehnt. Sie wollte lieber in ihrer Küche bleiben. Und diesen Wunsch haben wir natürlich respektiert.«

»Nur zu gerne, nicht wahr? Oder irre ich mich da, liebe Gisela?«

»Du irrst dich nicht, lieber Florian. Solange die Kinder jünger waren und sich die Tischgespräche um Kindergartenfeste oder Schulprobleme drehten, war Marthas Anwesenheit ganz natürlich. Jetzt werden jedoch gelegentlich Themen erörtert, die innerhalb des engsten Familienkreises bleiben sollten.«

»Das ist nun wirklich der dämlichste Grund, den du vorschieben konntest!« Absichtlich übersah er das Vorlegebesteck und spießte mit seiner Gabel einen weiteren Kloß auf, den er vorsichtig zu seinem Teller balancierte. »Wenn unsere Eltern nur die Hälfte von dem gewußt hätten, was wir seinerzeit Marthchen anvertraut haben, dann hätten sie bereits mit vierzig einen Herzschlag bekommen und könnten jetzt nicht bei bester Gesundheit ihre staatliche Pension verjubeln. Stimmt's, Fabian?«

Der nickte bloß, mit vollem Mund spricht man eben nicht. Vielleicht wollte er auch gar nicht, zumal seine Frau bereits wieder das Wort ergriffen hatte. »Natürlich bleibt es dir unbenommen, während unserer Abwesenheit von den eingefahrenen Gleisen abzuweichen. Ich fürchte nur«, fügte sie mit einem Seufzer hinzu, »etwaige Änderungen werden sich nicht nur auf die Tischgewohnheiten beschränken.«

»Da könntest du durchaus recht haben«, bestätigte Florian kauend, »aber da du ja den Untergang des Abendlandes nicht als unmittelbarer Zeuge erleben wirst, kann es dir letztendlich egal sein. Ich verspreche dir jedenfalls, daß wir auch weiterhin Messer und Gabel benutzen werden.«

Mit dieser Feststellung war das Thema beendet, und da niemand Lust hatte, ein neues anzufangen, verlief der Rest der Mahlzeit schweigend. Wenn das immer so ist, dachte Florian, wundert es mich gar nicht, daß die Kinder die Speisekarte von McDonald's schon rückwärts können. Lieber Big Mac und freundliche Gesichter als Entrecôte garniert mit eingefrorenen Mienen. Das werden wir alles ändern, beschloß er, erhob sich und ging zur Tür. »Du entschuldigst, liebe Gisela, aber den Kaffee könnt ihr alleine trinken. Ich brauche jetzt einen doppelten Kognak!«

Florian fuhr wieder Autobahn. Diesmal nordwärts, und mit jedem zurückgelegten Kilometer hob sich seine Laune. Auf dem Rücksitz lagen die Mitbringsel. Die halbe Schwarzwälder Kirschtorte war schon gefährlich nahe an die Tür gerutscht, noch ein Stückchen weiter, und sie würde längst nicht mehr so appetitlich aussehen. Allerdings steckte noch der Kalbsknochen dazwischen, Marthas Gruß an Klausdieter. Die Schüssel mit der Sülze stand auf dem Boden, fest verankert mit zwei Streifen Klebeband, und die beiden Gläser mit Brombeermarmelade hatte Florian noch in der Tasche unterbringen können. Als ihm der Wagenheber draufgefallen war, hatte es zwar ein bißchen geklirrt, aber es würde schon nichts passiert sein. Einweckgläser sind dickwandig.

Er überlegte, wieviel er Tinchen von den hinter ihm liegenden Stunden erzählen und was er verschweigen sollte. Von der Toten Leiche würde er natürlich nichts erwähnen, Frauen mußten nicht alles wissen, und wenn sie erfuhr, daß ihre ältesten Neffen alle gängigen Cocktailrezepte nicht nur aus dem Leitfaden für Anfänger kannten, dann würde sie bestimmt den Schlüssel vom Barschrank abziehen. Den fälschlich ausgelösten Alarm würde er wohl beichten müssen, allerdings könnte er bei dieser Gelegenheit auch das Zusammentreffen mit Kaiserlings schildern, und dafür würde sich Tinchen viel mehr interessieren. Genaugenommen hatte er eine ganze Menge zu erzählen – von den Kindern, die ihm allesamt ans Herz gewachsen waren, von Marthchen, die sich schon sehr auf Tinchen freute, von den vielen Spielsachen, die Rüdiger in den nächsten Tagen vom Boden holen und die Urban, falls nötig, reparieren wollte, sogar ein Kinderfahrrad existierte noch – da konnte der peinliche Auftritt am Mittagstisch ruhig verschwiegen werden. Tinchen würde sich nur nachträglich aufregen und sagen, daß ihn, Florian, die ganze Sache eigentlich gar nichts anginge und er nicht immer in jedes Fettnäpfchen treten müsse.

Als er die Wohnungstür aufschloß, hörte er seine Frau schimpfen:

»Wie oft habe ich dir schon gesagt, Julia, daß du nicht immer sagen sollst: ›Es ist bloß Papi‹ – auch wenn es bloß Papi ist.«

»Was für eine reizende Begrüßung.« Er stellte seine Tasche ab und nahm Julia auf den Arm. »Wen hattest du denn erwartet?«

»Vielleicht den Tischler«, klang es aus dem Schlafzimmer. Florian linste durch die halbgeöffnete Tür und fand Tinchen auf dem Boden sitzend und in überall gestapelten Wäschebergen wühlend. »Was suchst du denn diesmal?«

»Gar nichts. Ich sehe nur nach, was wir mitnehmen müssen.« Sie schob eine Haarsträhne aus der Stirn und stand auf. »Die dritte Schublade klemmt immer noch, du wolltest sie doch schon längst mal in Ordnung bringen. Jetzt geht sie überhaupt nicht mehr auf.«

Stirnrunzelnd überblickte er das Chaos, bevor er Tinchen einen Kuß gab. »Daß du Antonies Bettjäckchen mitnehmen willst, könnte ich ja notfalls verstehen, obwohl du es meines Wissens noch nie getragen hast, aber warum du Handtücher und Topflappen einpackst, ist mir schleierhaft. Wir kommen in ein komplett eingerichtetes Haus und nicht in eine Holzfällerhütte im nördlichen Kanada.«

»Ich sortiere doch nur durch, was wir *nicht* mitnehmen.«

»Ach so. Deshalb räumst du also alle Schubladen aus?«

»Nicht alle, die dritte klemmt ja.«

Na gut, dann würde er sich das Ding nachher einmal ansehen. Immerhin hatte er seinem Schwager die Wohnung komplett vermietet, und das setzte wohl voraus, daß das Mobiliar funktionstüchtig war. »Wo ist Tobias?«

»Wo denn schon? Erst mit Klausdieter auf der Pipipromenade und dann bei Oma und Opa gelandet. Sie haben vorhin angerufen. Aber nun erzähl doch mal! Wie war's in Steinhausen?«

Florian erzählte. Und je mehr er erzählte, desto heftiger glühten Tinchens Wangen. »Die haben sogar eine Bügelfrau? Dann kann ich für Julia ja doch noch das Kleid mit den vielen Rüschen kaufen.«

»Vergiß nicht, daß wir in einem halben Jahr wieder auf derartige Annehmlichkeiten verzichten müssen.«

»Bis dahin ist sie längst wieder rausgewachsen. – Ach ja, was ich noch fragen wollte: Hast du Hunger?« Und als Florian verneinte:

»Ein Glück, es ist nämlich auch nichts da.«

Er erinnerte sich der milden Gaben, die Marthchen ihm zugesteckt hatte. »Im Wagen steht eine halbe Torte. Wenn du Appetit hast, kannst du sie raufholen.«

Wenig später war Tinchen zurück. In einer Hand jonglierte sie die leicht ramponierte Torte, von der anderen tropfte Blut. »Ich bin da in was reingetreten. Als ich es aufheben wollte, habe ich mich geschnitten.« Auf dem Weg ins Bad zog sie eine unübersehbare Spur von hausgemachter Sülze hinter sich her.

Florian leistete Erste Hilfe. Das Heftpflaster lehnte Tinchen ab, sie bestand auf einem richtigen Verband, weil der sie zumindest heute abend vom verhaßten Abwasch befreien würde. Sollte Florian doch auch mal etwas tun! Schließlich hatte er sich das ganze Wochenende bedienen lassen! Bei dem vielen Personal, das sich in Steinhausen offenbar gegenseitig auf die Füße trat, hatte ihr lieber Mann bestimmt keinen Finger gerührt. Oder wenn doch, dann nur, um sein Glas neu zu füllen. Wahrscheinlich hatte er sogar mit dem Cocktailshaker in der Hand aufs nächste Erdbeben gewartet. Sie zog Julia die Stiefel an, knöpfte sie in ihren Anorak und verkündete beiläufig: »Wir holen jetzt Tobias ab.«

Kaum war die Wohnungstür zu, als Florian ungewohnten Arbeitseifer entwickelte. Mit wenigen Griffen räumte er seine Reisetasche aus – die Marmeladengläser hatten die Attacke des Wagenhebers unbeschadet überstanden –, verstaute sie in der Besenkammer, hängte den Jogginganzug zum Lüften auf den Balkon, die nicht benutzte Krawatte zu den beiden anderen in den Schrank, schloß ihn ab und sah sich suchend um. Doch, zumindest seine Sachen hatte er weggeräumt und damit ein Beispiel für die künftige Lebensweise gegeben. In so einem großen Haushalt, wie er sie jetzt erwartete, ging es nicht ohne ein gewisses Maß an Ordnung. Das mußte auch Tinchen einsehen.

Was hatten zum Beispiel die gebügelten Servietten mitten auf dem Dielentischchen zu suchen? Sie gehörten zu den anderen in die Kommodenschublade.

Und die klemmte! Beide Knie stemmte Florian gegen das Möbel, rüttelte und zerrte an den Griffen und zog endlich mit einem Ruck das Schubfach heraus. Dann holte er eine Feile, das große Brotmesser, einen Hammer und einen Schraubenzieher – mehr Werkzeug hatte sich trotz längerer Suche nicht auftreiben lassen – und ging an die Arbeit. Er schnitzelte und feilte, raspelte hier ein bißchen ab, glättete dort eine Kante, rieb die solchermaßen mißhandelten Flächen noch gründlich mit Seife ein und triumphierte, als sich die Schublade nun mühelos hin und her schieben ließ. Na also, die hätte er wirklich schon viel eher reparieren können! Aber auch das sollte sich in Zukunft ändern. Er würde nichts mehr auf die lange Bank schieben, sondern alles sofort in Angriff nehmen. Als erstes würde er morgen früh die längst überfällige Kraftfahrzeugsteuer bezahlen.

Nach dem Abendessen, das von Frau Antonie stammte und aus Blätterteigpastetchen mit einer kalorienarmen Füllung bestand (kein Wunder, daß so viel übriggeblieben war, dachte Florian, während er die Zucchinischeibchen heraussuchte und den Tellerrand damit dekorierte), brachte Tinchen die Kinder ins Bett, und Florian trat seinen Küchendienst an. Natürlich war er für Gleichberechtigung, es machte ihm auch nichts aus, mal zum Staubsauger zu greifen oder Gardinen aufzuhängen, dazu brauchte er nicht mal eine Leiter, aber ausgerechnet Geschirrspülen?? Andererseits war es seine eigene Schuld. Hätte er die Sülze nicht auf den Wagenboden gestellt und hätte er den Kuchen selber geholt ...

Aus dem Schlafzimmer hörte er plötzlich Krach, gefolgt von einer Reihe unfreundlicher Bemerkungen. Er stürzte hin und fand seine Frau auf dem Fußboden, die Beine von sich gestreckt und die Schublade auf dem Bauch. Der Inhalt war im Zimmer verstreut – Tischdecken, Servietten, Modeschmuck, Waschlappen, Gummiringe und Dutzende von Fotos. Mitten drin saß Tinchen und starrte Florian wortlos an.

»Funktioniert wieder einwandfrei, nicht wahr?« strahlte der und zog aus dem ganzen Durcheinander ein Heftchen. »Sieh mal, Tine, hier ist ja die Bedienungsanleitung für den Mixer, die wir so lange gesucht haben!«

Malventee
mit saurer Sahne

»Endlich sind sie weg!« Melanie schneuzte kräftig in das Taschentuch, mit dem sie dem startenden Flugzeug hinterhergewinkt hatte, und gab es Florian. »Kannst du das mal einstecken?«

Angewidert schob er ihre Hand zur Seite. »Du hast doch selbst genug Hosentaschen.«

»Ja, aber bei den Jeans trägt das so auf.«

»Dann benutze in Zukunft Klopapier!« Mit spitzen Fingern nahm er das zusammengeknüllte Etwas entgegen und ließ es unauffällig in einen Papierkorb fallen. Das ging nun wirklich zu weit! Er hatte sich schon Melanies kanariengelben Regenschirm aufdrängen lassen und die Einkaufstüte mit den beiden Schallplatten, die sie sich vor einer halben Stunde gekauft hatte, aber bei rosa Taschentüchern hörte seine Bereitwilligkeit auf. Wenn es wenigstens sauber gewesen wäre!

»Zu meiner Zeit trugen junge Mädchen Handtaschen. Ist das heute nicht mehr üblich?«

»In diese Disco-Beutelchen kriegt man doch außer Lippenstift und Klogroschen nichts rein. Weshalb also mitnehmen? Lädst du mich jetzt zu 'ner Cola ein?« Sie hatte sich bei ihrem Onkel eingehakt und steuerte ihn auf den langen Gang von der Aussichtsterrasse zurück zur Schalterhalle. Dem gelangweilten Polizisten neben der Eingangstür warf sie eine Kußhand zu. »Müdes Geschäft heute, nicht wahr? Terroristen sind out, und Gangster benutzen Privatflugzeuge. Aber vielleicht fangen Sie ja doch noch mal einen kleinen Taschendieb«, fügte sie tröstend hinzu. »Um sicher zu sein, daß sich Verbrechen nicht mehr lohnen, müßte man sie schon verstaatlichen.«

»Mußt du denn jeden Mann zwischen fünfzehn und fünfzig anmachen?« Verärgert zog Florian sie weiter.

»Sei doch nicht so spießig! Der arme Kerl hat den ganzen Tag nichts zu lachen.«

»Stimmt! Eben hat er nicht mal gegrinst.«

Sie erreichten die Halle, und Melanie peilte sofort das kleine Eiscafé an. »Ich hab' es mir anders überlegt. Jetzt möchte ich lieber einen Bananensplit.«

»Du kriegst gar nichts! Am Wagen hängt garantiert ein Knöllchen, und zum Eisessen ist es sowieso zu kalt. Deine Mutter hat gesagt, du bekommst alle naselang Angina.«

»Aber erst, seitdem der Blinddarm raus ist.«

»???«

»Halsschmerzen können verschiedene Ursachen haben, deshalb wird auch nicht gleich ein Arzt geholt. Ich kriege immer erst mal was zum Gurgeln und werde ins Bett gesteckt. Nach zwei Tagen bin ich dann wieder okay. Blinddarmreizung hat meistens drei gedauert. Leider hat Mutti auf einer Operation bestanden, und vor einem Jahr haben sie mein schönes Alibi rausgenommen. Dabei war es völlig in Ordnung.«

»Und weshalb das ganze Theater?«

Melanie blieb stehen und sah ihren Onkel völlig entgeistert an.

»Hast du nicht alle Hühner auf dem Balkon? Ich weiß ja, daß man ab vierzig mit beginnender Senilität rechnen muß, aber dich hatte ich ein bißchen anders eingeschätzt. Sag bloß, du hast nie die Schule geschwänzt?«

»Natürlich, aber dann habe ich immer die Unterschrift meines Vaters fälschen müssen, und das ist eine abendfüllende Beschäftigung gewesen. Braucht ihr heute keine schriftlichen Entschuldigungen mehr?«

»Na klar, deshalb habe ich ja auch so oft Angina. Es ist einfacher, das Thermometer in die Teetasse zu halten, als Vaters Hieroglyphen nachzumalen. Dabei kann die sowieso keiner lesen. Neulich hat mich unser Klassenlehrer vor der versammelten Mannschaft gefragt, wer die Entschuldigung geschrieben habe und was sie eigentlich bedeute. Dann hat er laut und deutlich buchstabiert: Meine Tochter Melanie liegt mit Regina im Bett.«

Florian nickte verständnisvoll. »Ist noch niemand auf den Gedanken gekommen, dir auch noch die Mandeln rausnehmen zu lassen?«

»Doch«, kicherte sie, »aber die beiden Kapazitäten, die Vati immer abwechselnd befragt, können sich nicht einigen. Einer ist dafür, der andere dagegen. Er behauptet, die häufigen Halsschmerzen seien auf die Entwicklungsjahre zurückzuführen und würden mit dem Ende der Pubertät ganz aufhören. Warum soll die nicht auch mal was Gutes haben? Sonst ist das doch eine ausgesprochen beknackte Zeit. Man kriegt Pickel, wird angemotzt, sobald man mal ein bißchen später nach Hause kommt, kann gerade dann nicht Schwimmen, wenn es heiß ist, und neuerdings durchwühlt Mutti meinen Schreibtisch und sucht die Pille. Als ob ich die offen herumliegen lassen würde!«

»Wo versteckst du sie denn?« fragte Florian schnell.

Sie warf ihm einen schrägen Blick zu. »Mann, o Mann!, du bist vielleicht abgemackert. Tutest in das gleiche Horn wie die Eltern!«

Sie äffte den Tonfall ihrer Mutter nach: »In deinem Alter, mein liebes Kind, gibt es keine normalen Freundschaften mehr zwischen den Geschlechtern, das kannst du mir nicht erzählen.« Energisch zwang sie Florian zum Stehenbleiben.

»Da läuft gar nichts, verstehst du? Aber dieses ewige Mißtrauen geht mir schon lange auf den Geist, und wenn du genauso anfängst, dann kannst du mir gleich meinen Schuh aufblasen!«

»Ich kann *was*?«

»Den Schuh aufblasen! Oder falls du das nicht checkst: Du kannst mir den Buckel runterrutschen!«

Florian zuckte zusammen. Seitdem sein Schwager Karsten zu den Gehaltsempfängern gehörte und der gegenwärtige

Redaktionsbote des Tageblatts aus einer Pfarrersfamilie stammte, hatten Florians Kenntnisse des Teenagerjargons rapide abgenommen; er ahnte da gewisse Schwierigkeiten. Zunächst aber reichte er seiner Nichte feierlich die Hand. Dazu mußte er sich erst die Schallplattentüte unter den Arm klemmen und den Schirm von der rechten Hand in die linke wechseln, jedoch die Situation erforderte ein gewisses Ritual.

»Wenn du mir versprichst, mich in entscheidenden Dingen nicht zu belügen, dann verspreche ich meinerseits, weder die Pille noch deine diversen Freundschaften jemals wieder aufs Tapet zu bringen. Abgemacht?«

»Gebongt!« strahlte Melanie. Und dann: »Wollen wir den Pakt nicht doch noch begieß ...«

»Nein, wir fahren jetzt nach Hause!«

Trotz abgelaufener Parkuhr steckte keine Verwarnung an der Windschutzscheibe. Dafür war der linke Wischer abgebrochen, was nach Florians Ansicht in direkten Zusammenhang gebracht werden mußte.

»Jede Wette, daß der Knöllchenschreiber den Zettel ganz schnell wieder abgenommen hat.«

Die Heimfahrt verlief mehr oder weniger schweigend. Bisher hatte Florian in dem Nobelschlitten seines Bruders nur als Beifahrer gesessen; nun hockte er selbst hinter dem Steuer und kämpfte mit der Technik. Sein linker Fuß fuhr noch immer planlos auf dem Boden herum und suchte die Kupplung, während er mit den Händen verzweifelt nach dem Schalter tastete, der das automatische Kaltluftgebläse abstellte. Natürlich erwischte er den falschen, und nun glitt auch noch lautlos die Seitenscheibe nach unten.

»Mach das Fenster zu, mir ist kalt!«

»Frische Luft ist gesund!« Er hatte immer noch nicht den richtigen Knopf gefunden, dafür zog jetzt der übriggebliebene Wischer quietschend einen Dreckstreifen über die Frontscheibe.

»Kannst du deinen Spieltrieb nicht bei einer anderen Gelegenheit befriedigen?« Melanie beugte sich zur Seite, drückte ein paar Schalter, und wie von Geisterhand schloß sich das Fenster, der Wischer hörte auf zu kratzen, und Sekunden später zog wohlige Wärme durch den Wagen. »Keine Ahnung von Technik, was?«

Er zuckte nur mit den Schultern. »Ich bin wirklich kein Gegner des Fortschritts, aber hier komme ich mir vor wie im Cockpit eines Starfighters.« Insgeheim beschloß er, lieber wieder auf seinen Kadett umzusteigen und die Renommierkutsche in der Garage zu lassen. Zu diesem Statussymbol der gehobenen Einkommensklasse fehlte ihm wohl die richtige Einstellung.

»Ob Tinchen und die Kinder schon da sind?«

»Tinchen ja, die Kinder nicht. Ernst Pabst fährt nie schneller als neunzig, sonst kriegt Antonie einen Herzinfarkt.«

Noch mit Grausen erinnerte sich Florian an jene Fahrt, als er Karstens Porsche ausprobiert und bei dieser Gelegenheit seine Schwiegermutter nach Ratingen gebracht hatte. Halb ohnmächtig hatte er sie aus dem Wagen ziehen und sofort einen Arzt verständigen müssen, der beängstigend hohen Puls infolge außergewöhnlicher Streßsituation festgestellt und die Heimfahrt per Straßenbahn angeordnet hatte.

Während einer längeren Autofahrt waren die Kinder bei Oma und Opa sowieso viel besser aufgehoben. Die wurden nie ungeduldig, wenn Julia alle sechzig Kilometer Pipi machen mußte, hatten immer eine Sprudelflasche mit Strohhalmen, Schokolade und ein feuchtes Handtuch im Wagen und hielten bereitwillig an jeder zweiten Raststätte, um den offenbar unstillbaren Hunger nach Pommes mit Ketchup zu befriedigen.

Tinchen dagegen zog den direkten Weg vor, haßte längere Stops und hatte deshalb das Angebot ihres Bruders vorgezogen, in seinen schnellen Flitzer zu steigen. Seine Einschränkung »Aber bloß, wenn du unterwegs die Klappe hältst und mir nicht dauernd anhand des Drehzahlmessers beweisen willst, daß das Benzin gleich alle ist« hatte sie in Kauf genommen. Sie würde schweigen wie ein Grab. Außerdem hatte sie Karsten zu Weihnachten einen Reservekanister geschenkt, so daß sie bestimmt nicht mit leerem Tank liegenbleiben würden.

Schon von weitem sah Florian, wie Tinchen verbissen am Kofferraum des Porsche herumwerkelte und ihn offenbar nicht aufbekam. Er drückte das Gaspedal durch, trat sofort wieder auf die Bremse und kam mit quietschenden Reifen zum Stehen. Dann sprang er aus dem Wagen und nahm Tinchen den Schlüssel aus der Hand. »Kannst du nicht warten, bis der Fachmann kommt?«

»Nein. Da sitzt nämlich Herr Schmitt drin.«

»Im Kofferraum?«

»Erst stand er auf dem Rücksitz, aber dann hatte er seinen Käfig durchgenagt und saß plötzlich auf dem Armaturenbrett. Da mußten wir ihn natürlich einsperren. Guck mal...«, sie zeigte auf das große Heckfenster – »jetzt frißt er das Abschleppseil.«

»Soll sich doch Karsten darum kümmern! Ist ja schließlich sein Vieh und sein Auto.« Florian stippte seiner Frau einen flüchtigen Kuß auf die Nasenspitze. »Zu mehr reicht es jetzt nicht, den Rest holen wir heute abend nach. Unser künftiges Schlafzimmer ist fast so groß wie zu Hause die ganze Wohnung.« Er drückte sie kurz an sich. »Du, ich freue mich, daß du endlich da bist. Ohne dich bin ich doch bloß die Hälfte wert.«

»Dann bleibt ja überhaupt nichts mehr von dir übrig.« Melanie grinste ihren Onkel an und fiel Tinchen um den Hals. »Prima, daß du bei uns Kindermädchen spielst. Das wird 'ne dufte Zeit.«

»Darauf würde ich mich nicht so unbedingt verlassen«, warnte das Kindermädchen, aber Melanie war schon ins Haus gelaufen.

»Verdammt hübsch ist sie ja«, sinnierte Tinchen, während sie neben Florian den Kiesweg entlangschritt, »und deshalb glaube ich auch nicht, daß du die richtige Respektsperson für sie bist. Also wirst du dich um den männlichen Teil deiner

Verwandtschaft kümmern, und ich übernehme Melanie. Einverstanden?«

Florian protestierte. »Ganz und gar nicht. Die Psychologen sind der einhelligen Meinung, daß Mädchen im Pubertätsalter eine Vaterfigur brauchen, während Jungs in diesem Stadium zu einer starken Mutterbindung neigen. Also müssen wir das Problem andersherum anpacken.«

»Für Clemens empfinde ich absolut keine mütterlichen Gefühle, bestenfalls schwesterliche, und wie Melanie sich an einem so jungen Vater orientieren will, bleibt auch noch dahingestellt«, lachte Tinchen. »Meinst du nicht, wir sollten die ganze Sache einfach an uns herankommen lassen?«

Da Florian sich diesen logischen Argumenten nicht verschließen konnte, wechselte er vorsichtshalber das Thema. »Wo steckt denn Karsten?«

»Der wollte das Haus besichtigen, solange es noch halbwegs leer ist. Wahrscheinlich hat er mit der Küche angefangen.«

»Jeder Jüngling hat nun mal 'nen Hang zum Küchenpersonal.« Er korrigierte sich aber gleich. »Es wird wohl mehr der Kalbsrollbraten sein, der ihn in die unteren Regionen gezogen hat.«

»Den gibt es erst heute abend. Martha hofft, daß bis dahin alle da sind und sich der größte Trubel gelegt hat. Jetzt kriegen wir erst mal Kaffee und Kuchen.«

»Ist ja auch was zum Essen«, erklärte sich Florian einverstanden.

Der Tisch im Eßzimmer war schon gedeckt. Florian zählte die Tassen. »Nur fünf? Ist denn keiner von den Jungs da?«

»Doch, Rüdiger.«

»Dann fehlt ein Gedeck.« Nacheinander öffnete er mehrere Schranktüren, bis er das Gewünschte gefunden hatte und auf den Tisch stellte.

»Du kannst inzwischen nach einer Kuchengabel suchen«, empfahl er seiner Frau, »das gehört zu deinem künftigen Aufgabenbereich. Vielleicht findest du auch gleich die Servietten.«

Als Martha mit der Kaffeekanne erschien, bot sich ihr ein etwas befremdliches Bild. Von Tinchen war nur das herausgestreckte Hinterteil zu sehen, der Rest steckte im Wäscheschrank, während Florian bäuchlings auf dem Teppich lag und mit der Hand unter dem Buffet herumtastete. »Fehlt was, oder macht ihr bloß Bestandsaufnahme? Die ist nicht nötig, die Frau Doktor hat vor ihrer Abreise eine genaue Liste angefertigt.«

»Das sieht ihr ähnlich.« Florian verschob die Suche nach dem weggerollten Serviettenring auf später und stand auf. Tinchen kroch mit hochrotem Gesicht aus dem Schrank und strich verlegen die Haare zurück. »Ich wollte doch bloß... Florian hat gesagt... Wo sind denn die Papierservietten?«

»Im Sideboard.« Martha stellte die Kanne auf den Tisch. »Soll ich schon eingießen? Den Kindern habe ich Bescheid gesagt, die kommen gleich. Und der Herr Karsten wäscht sich bloß noch die Hände.«

»Den Herrn läßt du weg, aus dem wird nie einer, und du setzt dich jetzt auf deine vier Buchstaben und trinkst mit uns Kaffee!«

Bevor Martha protestieren konnte, hatte Florian sie energisch auf einen Stuhl gedrückt. »Keine Widerrede! Jetzt bin *ich* der Herr im Haus!«

»Und was deine Frau sagt, wird gemacht«, ergänzte Rüdiger lachend. Er setzte sich, griff zum Tortenheber und schaufelte sich das größte Stück Kuchen auf den Teller, wobei er mit affektierter Stimme tadelte: »Kannst du nicht warten, mein Sohn?«

»Das könntest du aber wirklich«, sagte Florian vorwurfsvoll.

Rüdiger ließ sich nicht stören. »Ist die Regierung gut weggekommen? Hast du auch wirklich kontrolliert, ob die beiden ins richtige Flugzeug gestiegen sind?«

»Sicherheitshalber haben wir bis zum Abflug gewartet«, beruhigte ihn Florian, »obwohl wir dank deiner Mutter zwei Stunden zu früh da waren.«

»Die hat immer Angst, unterwegs könnte ein Reifen platzen oder Vater hätte seinen Paß vergessen und müßte noch mal umkehren. Deshalb plant sie jedesmal dreifache Fahrzeit ein.«

»In gewisser Weise hat sie ja recht. Von Jahr zu Jahr braucht man weniger Zeit, den Ozean zu überqueren, und mehr Zeit, zum Flugplatz zu kommen. Warum kann die Luftfahrtindustrie nicht endlich begreifen, daß wir ja nichts weiter wollen als auf einem in fünf Minuten erreichbaren Flugplatz eine Maschine besteigen, die keine Wohnviertel überfliegt?«

»Das kann dir doch egal sein«, konterte Tinchen, »du fliegst sowieso nie. Deine Spesen reichen ja nicht mal für den Intercity.«

»Er ist ja auch kein Sensationsreporter, sondern bloß Lokalredakteur, und als solcher wird er sich höchstens im Düsseldorfer Großstadtverkehr den Hals brechen und nie die Chance haben, als Opfer eines Flugzeugabsturzes Schlagzeilen zu machen.«

»Wenn du nicht gleich dein dämliches Maul hältst, mache ich von meinem Hausherrenrecht Gebrauch und schmeiße dich raus!«

Diese Drohung beeindruckte Karsten überhaupt nicht. »Die christliche Nächstenliebe gebietet, keinen Hungrigen von der Schwelle zu weisen, und ich habe einen Mordshunger. Außerdem solltest du in deiner Wortwahl etwas vorsichtiger sein. Es sitzen Minderjährige am Tisch.«

»Wenn du auf mich anspielst, so kann ich dir versichern, daß sich dieser Zustand in siebenundfünfzig Tagen ändert. Außerdem bin ich Fernsehkonsument und Schlimmeres gewöhnt.« Rüdiger zerteilte bereits das dritte Stück Torte und schielte zum vierten.

»Iß nicht so viel Kuchen, dir wird sonst wieder schlecht«, warnte Martha, aber Rüdiger schüttelte nur den Kopf. »Der Mensch lebt nicht von Brot allein.«

»Das ist's ja grade, sprach das Schwein«, ergänzte Karsten

boshaft, während er das vorletzte Stück Kuchen von der Platte holte. »Die Torte ist ein Gedicht!«

»Dann laßt mir auch noch eine Strophe übrig«, forderte Melanie.

»Hättest ja früher kommen können«, moserte ihr Bruder. Plötzlich lachte er. »Kennt ihr den schon? Zwei Kühe stehen auf der Weide. Sagt die eine ›Muh‹. Meint die andere beleidigt: ›Das wollte ich auch gerade sagen.‹«

Mit einem flehenden Blick zur Zimmerdecke stöhnte Tinchen: »O Herr, laß es endlich Abend werden!«

Ohrenbetäubendes Klirren, Kindergeschrei, Hundegebell und eine jammernde weibliche Stimme unterbrachen das ach so harmonische Kaffeestündchen. »Meine Güte, der schöne Topf...«

»Die Familie ist da«, folgerte Karsten und eilte zur Haustür. Die übrigen folgten, nur Rüdiger blieb sitzen und fixierte nachdenklich das letzte Stück Torte. Seine Gefräßigkeit kämpfte gegen die Einsicht, die Ankömmlinge könnten möglicherweise auch Hunger haben, aber die Tatsache, daß man mit einem Stück Kuchen kaum vier hungrige Mäuler zu stopfen vermag, gab den Ausschlag. Endlich fühlte er sich gesättigt und war bereit, den Besuchern entgegenzutreten.

Ein winselndes, jaulendes Etwas fegte um seine Beine, schoß wieder zur Tür hinaus, jachterte mit fliegenden Ohren die Treppe hinauf, sah sich irritiert um, hetzte treppabwärts und schlitterte auf den glatten Steinfliesen bis zum Schirmständer, der dann auch prompt umkippte. Klausdieter schüttelte seine gar nicht dackelähnlichen Fledermausohren und suchte nach einer Möglichkeit, sich erst einmal aus dem Verkehr zu ziehen. Die Blumenschale im Vorgarten ging ja auch schon auf sein Konto. Oder wenigstens zur Hälfte, denn das andere Ende der Leine hatte ja Tobias in der Hand gehabt, und der konnte von einem kleinen neugierigen Hund nun wirklich nicht verlangen, bei Fuß zu gehen, wenn gleich daneben auf dem Rasen große Büsche standen, unter denen es so verlockend roch. Auf der Suche nach einem Unterschlupf erinnerte er sich an das Zimmer, das er schon kurz durchquert hatte. Da gab es hochbeinige Schränke, unter denen er sich verstecken konnte. Irgend etwas hatte ihm dort zwar nicht gefallen, aber er hatte vergessen, was es war. Vorsichtig schob er sich zur Tür hinein, und dann sah er auch schon den Stein des Anstoßes: Einen Menschen, den er nicht kannte, dessen Beine aber in Jeans steckten, und so etwas konnte er in seiner unmittelbaren Umgebung nicht vertragen. Beim Gassigehen begegneten ihm zwar dauernd solche Hosenbeine, doch die gingen ihn nichts an, deshalb ließ er sie auch in Ruhe, aber hier ins Haus gehörten sie ganz und gar nicht. Bevor Rüdiger wußte, wie ihm geschah, hing ein wütend knurrender Hund an seiner Hose.

»Mistvieh, elendes!« Er packte das Tier am Halsband und zwang es, seine Beute freizugeben, aber kaum hatte er wieder losgelassen, als Klausdieter den nächsten Angriff startete. Fluchend stieg Rüdiger auf den nächstbesten Stuhl. »Kann einer mal diesen tollwütigen Zimmertiger zur Räson bringen? Das Vieh ist ja gemeingefährlich.«

Als einziger reagierte Florian auf den Hilferuf. Die anderen waren mit dem Ausladen des Gepäcks beschäftigt, beziehungsweise mit der Besichtigung der Gästezimmer, denn Frau Antonie war von der anstrengenden Fahrt etwas erschöpft und wollte Ruhe sowie ein Täßchen Malventee. Sie hatte ihn vorsichtshalber mitgebracht, denn unbegreiflicherweise hatten die jeweiligen Gastgeber nie welchen im Haus.

Florian pfiff seinen Hund zurück, der erwartungsgemäß darauf nicht reagierte, schnappte ihn endlich und sperrte ihn in die Toilette.

»Der ist auch völlig mit den Nerven fertig, genau wie ich.«
»Was soll ich denn erst sagen?« Mit einem Satz sprang Rüdiger vom Stuhl. »Da gehe ich ganz harmlos zur Tür, und plötzlich fällt mich dieser Köter an. Hat der 'ne Macke?«
»Nicht direkt, er ist bloß allergisch gegen Jeans. Es ist wohl

besser, du ziehst dir in den nächsten Tagen was anderes an. Vielleicht gewöhnt er sich mit der Zeit daran.«

Rüdiger tippte sich mit dem Finger an die Stirn. »Die Töle muß erblich belastet sein, du hast ja auch schon 'ne Meise. Ich werde mich doch eines Hundes wegen nicht umziehen.«

»Dein Bier!« sagte Florian lakonisch. »Jedenfalls habe ich dich gewarnt.«

Im Flur stapelten sich inzwischen Koffer, Taschen, Spielzeug, Hundekorb, ein Feuerlöscher, den Tobias versehentlich mit ausgeräumt und auf Frau Antonies Frühjahrshut gelegt hatte, Bücher, fünf Großpackungen Hundefutter und zig andere Dinge, die Florian zu Hause als entbehrlich zur Seite geräumt und Tinchen als unbedingt notwendig wieder eingepackt hatte. Lediglich der Wäschekorb mit Eingemachtem stammte von Frau Antonie. »Ich hab' doch noch die ganzen Gläser von vor zwei Jahren«, hatte sie gesagt, »nimm das mal mit für die Kinder.« Da Marthchen eine ähnliche Vorratswirtschaft betrieb und keine Gelegenheit verpaßte, Einmachobst gleich körbeweise einzukaufen, würden Antonies Liebesgaben nur ein weiteres Regal im Keller füllen und dort genauso verstauben wie in ihrem eigenen.

Rüdiger versuchte, Ordnung in dieses Durcheinander zu bringen, griff die zwei nächstbesten Koffer und schleppte sie die Treppe hinauf. Auf halber Höhe kam ihm Karsten entgegen.

»Wohin willst du denn mit dieser Badewanne? Sag bloß, ihr habt auch noch ein Krokodil mitgebracht?«

Vorsichtig schob sich Karsten vorbei, das leere Aquarium wie eine Reliquie vor sich hertragend. Unter den Arm hatte er ein altes Fliegenfenster geklemmt. »Ich hab' so schnell nichts anderes gefunden, und wenn ich Herrn Schmitt nicht gleich befreie, frißt er auch noch meinen Tennisschläger. Den habe ich nämlich im Wagen vergessen.« Weg war er.

Rüdiger stapfte weiter aufwärts. Sein Optimismus war verflogen. Er hatte sich so auf die Zeit mit Florian und Tinchen gefreut, den beiden Kumpels, die endlich mal Leben in diesen konservativen, verstaubten Haushalt bringen sollten, und nun sah er sich einer Horde Verrückter gegenüber, gegen die seine Freunde von der Band die reinsten Waisenknaben waren. Wer, um alles in der Welt, war nun schon wieder Herr Schmitt, der Tennisschläger fraß und ein Aquarium brauchte?

Er öffnete die Tür zum Zimmer seiner Mutter, in dem Melanie ein kurzes Telefongespräch von gerade 19 Minuten Dauer führte, drückte entschlossen auf die Gabel und unterbrach den Protest seiner Schwester mit den Worten: »Du mußt noch schnell ein Bett beziehen!«

»Warum? Und wie kommst du überhaupt dazu, so einfach mein Gespräch zu unter...«

»Da ist noch ein Herr Schmitt mitgekommen. Keine Ahnung, wer das ist, aber er hat eine Vorliebe für Tennisschläger und Aquarien.«

»Du hast ja 'n Rad ab!«

»Sag das lieber deinem geschätzten Onkel.« Bevor er sich wieder den Koffern zuwandte, empfahl er: »Vielleicht beteiligst du dich auch mal an den Aufräumungsarbeiten. Da unten sieht es aus wie in einem Flüchtlingslager. Und geh da ja nicht aufs Klo, sonst fällt dich die Bestie an!« Dann sah er aber Melanies Leinenrock und verbesserte sich. »Du hast nichts zu befürchten, sie steht bloß auf Jeans.«

Kaum hatte er die Koffer ein paar Schritte weitergeschleppt, als er sich vor ein neues Problem gestellt sah. Vor ihm stand ein schluchzendes Häufchen Unglück mit blonden Haaren, eine zerzauste Puppe an sich gedrückt, und jammerte: »Ich ha... hab' mich verlau... aufen, ich w... will zu mein... meiner Mami.«

»Aber Julchen, deshalb weint man doch nicht gleich! Du bist schon so groß, viel größer als beim letzten Mal.« Er nahm seine Kusine auf den Arm und wischte mit seinem Ärmel ihr tränenverschmiertes Gesicht ab. »Kennst du mich nicht mehr? Ich bin doch der Rüdiger.«

Julia schüttelte den Kopf. »Will zu Onkel U-Bahn.«

»Der Urban ist heute nicht da, der muß Soldat spielen. Was willst du denn von ihm?«

»Er soll meine Puppe heil machen. Die ist ganz einfach kaputtgegangen. Da, guck mal!« Sie hielt ihm das Spielzeug entgegen. Rüdiger untersuchte die Puppe von oben bis unten, konnte aber keinen Schaden feststellen. »Der fehlt doch gar nichts.«

»Doch, sie weint nich mehr.«

»Dann sei doch froh.«

»Bin ich aber nich. Wenn sie nich mehr weint, kann ich sie auch nich mehr verhauen.« Erwartungsvoll sah sie ihn an. »Kannst du Susi wieder heil machen?«

Julias Vertrauen in die Fähigkeiten ihrer Cousins, defektes Spielzeug zu reparieren, war unbegrenzt. Besonders Urban hatte es ihr angetan, seitdem er nicht nur ihr Dreirad, sondern sogar den elektrischen Puppenherd wieder instandgesetzt hatte. Das hatte nicht mal Onkel Karsten geschafft, der ja auch schon eine ganze Menge konnte. Und nun gab es schon wieder einen neuen großen Onkel, sogar einen mit Brille, der war bestimmt ganz besonders klug.

Der kluge Onkel sah sich in einer verzwickten Lage. Einerseits hätte er gern die Gelegenheit benutzt, sich bei seiner niedlichen Kusine einen Stein ins Brett zu setzen, andererseits hatte er von Puppen und deren Innenleben nicht die geringste Ahnung. Seine Schwester hatte nie welche besessen, weil sie Plüschtiere bevorzugte und heute noch ein ganzes Sortiment herumsitzen hatte, und die Kindergartentante hatte ihn seinerzeit immer sofort in die ›Bubenecke‹ geschickt, sobald er sich für Puppenstuben zu interessieren schien. Deshalb wollte er sich auch auf keine Experimente einlassen.

»Am besten gibst du die Puppe deinem Papi, der kann ihr bestimmt helfen.«

»Nein!« schrie sie entsetzt. »Der macht sie bloß noch kaputter!« Sie strampelte sich los und entwetzte Richtung Treppe.

»Dann eben nicht!« Rüdiger ließ die Koffer stehen, er

wußte ohnehin nicht, wem sie eigentlich gehörten, und verzog sich in sein eigenes Zimmer. Er mußte nachdenken und die Möglichkeit in Betracht ziehen, eine Zeitlang bei seinem Freund Benjamin zu wohnen. Der hatte es ihm ja angeboten. Sein Vater, Ordinarius an der Uni Heidelberg, gehörte zur oberen Gesellschaftsklasse, und deshalb wurde auch sein Sohn im Hause Bender akzeptiert. Aber nur deshalb!

»Wenn man ihn so sieht, sollte man nicht glauben, daß sein Vater ein sechsstelliges Jahreseinkommen hat«, pflegte Gisela zu sagen, sobald sie Benjamin durch den Garten schlappen sah. »Der muß seine Garderobe aus den monatlichen Altkleidersammlungen beziehen.«

Äußerlichkeiten interessierten Rüdiger nicht, und es war ihm völlig gleichgültig, ob Benjamins Turnschuhe durchlöchert und seine abgewetzten Jeans unten ausgefranst waren. Der Junge war der beste Lead-Gitarrist, den man sich für eine selbstgestrickte Band wünschen konnte, und außerdem hatte er immer eine Fünf in Mathe, was die beiden Jungs auch über die musikalischen Gemeinsamkeiten hinaus noch verband. Florian konnte also nichts dagegen haben, wenn er, Rüdiger, dieses Irrenhaus hier verließ – zumindest so lange, bis abzusehen war, ob sich die Verhältnisse irgendwann einmal normalisierten.

Vorläufig sah es nicht so aus. Nachdem Tobias auf Geheiß seines Großvaters doch noch die Schulmappe ins Haus getragen hatte, obwohl er sie ganz einfach hatte vergessen wollen und zu diesem Zweck im Kofferraum unter die Wolldecke gesteckt hatte, beschloß er, die nähere Umgebung zu erkunden. Irgendwo mußte es auch hier Kinder geben. Außerdem hatte die Oma schon während der Fahrt gedroht, ihn eigenhändig in die Wanne zu stecken und gründlich abzuschrubben, und Wasser akzeptierte Tobias eigentlich nur im Freibad oder in Gestalt von Regenpfützen. Waschorgien hielt er für überflüssig, weil man ja doch immer wieder dreckig wurde, und dann ging der ganze Zauber von vorne los.

Er schlenderte die Straße entlang, fand sie aber ziemlich langweilig, weil die neu angepflanzten Bäume noch zu klein zum Draufklettern waren und der Gehsteig aus glattem Asphalt bestand, auf dem sich nicht mal ein Steinchen finden ließ, mit dem man herumkicken konnte. Leere Coladosen gab's schon gar nicht. Ziemlich trostlose Gegend, fand Tobias, und krabbelte auf ein Mäuerchen, das das Fundament für den etwas zurückgesetzten Jägerzaun bildete. Vorsichtig schob er sich an dem Holzgatter entlang.

»Paß auf, da hinten hängt ein Nagel raus, an dem reißt man sich immer die Hosen kaputt.«

Tobias blickte auf den warnenden Zeigefinger, den ein flachsköpfiger Junge etwas ziellos in die Gegend streckte. Er mochte etwa acht Jahre alt sein, hatte leuchtendblaue Augen, abstehende Ohren und trug einen fransengeschmückten Cowboyanzug. Am Gürtel baumelten neben den obligatorischen beiden Colts ein imponierendes Taschenmesser, ein Flaschenöffner, Schlüssel verschiedener Größe sowie ein Sortiment Schnürsenkel.

»Wozu brauchst 'n die?« Tobias war von der Mauer gesprungen und zeigte auf die Strippenparade.

»Kann man immer brauchen zum Türenzubinden oder wenn der Knopf an der Hose ab ist, und wenn ich die Fernsehantenne am Bücherregal festmachen muß, damit sie nicht immer in die falsche Richtung kippt. Tesafilm hält nämlich nicht.«

»Hast du einen eigenen Fernseher?«

»Klar. Du nicht?«

Tobias schüttelte den Kopf. »Ich darf sowieso bloß das Kinderprogramm sehen.«

»So 'n Schwachsinn, dabei kommen abends die besten Filme.« Der fremde Junge war über den Zaun geklettert und stand jetzt neben Tobias auf der Straße. »Ich hab' dich noch nie gesehen. Bist du zu Besuch, oder wohnst du hier?«

»Ja – nein, ich wohne nicht wirklich hier, aber jetzt doch.« Mit einer beziehungsreichen Geste tippte der Blondschopf an seine Stirn. »Du tickst wohl nicht richtig, was? Du mußt doch wissen, wo du wohnst.«

Tobias versuchte, die komplizierte Sachlage zu erklären, aber der andere hatte schon begriffen. »Also wohnst du *doch* hier.«

Ergeben nickte Tobias. Es stimmte ja auch. Der Fall lag zwar etwas anders als bei seinem zweitbesten Freund Thorsten, der vor ein paar Monaten nach Düsseldorf gezogen war und genau wußte, daß er im Juli wieder zurückgehen würde nach Hamburg, aber das kam daher, weil Thorstens Vater bei einer Bank arbeitete und in Düsseldorf bei der Zentrale noch etwas Wichtiges lernen mußte. Papi mußte hier in Steinhausen zwar nicht hospitieren (Tobias hatte lange geübt, bis er das interessante Wort aussprechen konnte), aber er mußte auf das Haus aufpassen, auf Onkel Fabians Kinder und dafür sorgen, daß nichts kaputtging. Und das war ja auch wichtig.

»Wie heißt du eigentlich?« forschte der fremde Junge weiter.

»Tobias Bender. Und du?«

»Patrick Wilke. Mein Vater hat 'ne Fabrik. Deiner auch?«

»Meiner hat 'ne Zeitung«, erklärte Tobias, eifrig bestrebt, hinter seinem neuen Freund nicht zurückzustehen.

»Auch nicht schlecht«, meinte dieser und ging zur Tagesordnung über. »Was machen wir 'n jetzt?«

»Weiß nich.«

»Samstag ist sowieso ein ganz blöder Tag, da ist hier überhaupt nichts los. Markus fährt mit seinen Eltern immer ins Wochenendhaus, Heiko muß seinen geschiedenen Vater besuchen, und Dominik kriegt jeden Sonnabend Reitstunden. Dabei will er die gar nicht.«

»Auf 'm richtigen Pferd?« staunte Tobias.

»Was denkst du denn? Der hat sogar ein eigenes.«

»Im Garten?« Offenbar gehörte hier zu jedem Haus ein mehr oder weniger großer Garten, und Tobias konnte sich durchaus vorstellen, daß darin auch bequem ein Pferd Platz hatte.

»Quatsch, der Gaul steht natürlich in einem Reitstall hundert Kilometer weit weg von hier. Deshalb kommt Dominik auch nie vor dem Dunkelwerden zurück.«

Eigentlich hatte Tobias mit seinem Dreigangrad renommieren wollen, das er zum letzten Geburtstag bekommen hatte, aber nun schwieg er lieber. Mit einem Pferd konnte so ein Drahtesel nicht konkurrieren. Onkel Fabian war wohl doch nicht so reich, wie Tobias bis jetzt geglaubt hatte. Nicht mal einen Swimmingpool hatte er.

»Kannst du bellen?«

Tobias nickte eifrig. Das konnte er wirklich. Sogar Mami war schon oft auf seine täuschend nachgeahmte Kläfferei hereingefallen.

»Mach mal!« forderte Patrick.

Tobias begann mit einem unterdrückten Knurren, jaulte ein paarmal kurz auf und wuffte los.

»Das genügt! Jetzt ärgern wir Fräulein Senkhas.« Patrick setzte sich in Bewegung, und Tobias stiefelte gehorsam neben ihm her. Er hatte zwar keine Ahnung, auf welche Weise er mit seinem Imitationstalent das unbekannte Fräulein Senkhas ärgern könnte, aber Patrick schien das ganz genau zu wissen. Vor einem in dieser feudalen Umgebung etwas armselig wirkenden Häuschen blieb er stehen. »Da wohnt sie.«

»Sieht aus wie ein Hexenhaus.« Ängstlich musterte Tobias die efeuumrankte Fassade mit den kleinen Fenstern und der niedrigen, vergitterten Eingangstür.

»Da ist ja auch eine drin«, bestätigte Patrick. »Drei Katzen hat se, und immer, wenn se 'n Hund bellen hört, kommt se raus und ruft die Viecher, damit se nich gebissen werden. So, und nu bell mal!«

Während Patrick vorsichtshalber hinter dem dicken Forsythienbusch, dessen Zweige halb über den Gehsteig hingen, Deckung suchte, stellte sich Tobias in Positur und bellte. Es mußte mindestens eine Dogge von Kalbsgröße sein, die da wütend einen unsichtbaren Angreifer zu verjagen drohte.

»Lauter!« kommandierte Patrick aus sicherer Entfernung. »Die hört schwer.«

Tobias bellte lauter. Und endlich ging die Tür auf. Eine etwas zittrige Stimme rief ängstlich: »Miez – miez – miez, kommt, meine Kleinen! Kommt ganz schnell ins Haus!«

Wie eine Hexe sah das Fräulein eigentlich nicht aus, fand Tobias. Alt war sie und ein bißchen verhutzelt, aber sie hatte keinen Buckel, und ihre Augen blickten überhaupt nicht stechend, sondern gütig und ein ganz kleines bißchen traurig. Die Hexe in seinem Märchenbuch sah ganz anders aus.

»Ist das dein Hund, mein Kleiner?« Die alte Frau kam näher und sah sich suchend um. Tobias schüttelte den Kopf und machte ein paar Schritte rückwärts. So ganz geheuer war ihm die Sache denn doch nicht. »Hier ist kein Hund mehr«, sagte er vorsichtshalber, »der is' schon um die Ecke gelaufen.«

»Das beruhigt mich aber.« Die Frau nickte Tobias freundlich zu.

»Ich habe nämlich drei sehr wertvolle Katzen, und du weißt ja sicher, daß sich Hunde und Katzen einfach nicht vertragen. Wenn es große Tiere sind, dann springen sie schon mal über den Zaun. Deshalb habe ich auch immer ein bißchen Angst, wenn es direkt vor meiner Tür bellt.«

»Ist klar«, sagte Tobias verständnisvoll, »aber hier is' ganz bestimmt kein Hund mehr.« Plötzlich schämte er sich sehr.

»Danke, mein Junge.« Fräulein Senkhas ging zurück ins Haus und schloß leise die Tür. Tobias hörte, wie innen zwei Riegel vorgeschoben wurden.

»Das ist ja gar keine Hexe, das is' doch bloß eine alte Frau.« Er lief zum Forsythienbusch, um Patrick über dessen Irrtum aufzuklären, aber der war gar nicht mehr da. Verschwunden. So ein Feigling, dachte Tobias empört, haut einfach ab. Dabei hab' *ich* doch gebellt.

»Kannst wieder rauskommen, Patrick!« Nichts rührte sich. Und so was nennt sich Freund, dachte Tobias erbost, mußte aber zugeben, daß diese Freundschaft noch ziemlich neu war und offensichtlich auf sehr tönernen Füßen stand. Er beschloß, die Sache zunächst einmal auf sich beruhen zu lassen und machte sich auf den Heimweg. Nur – wo war er überhaupt? Tobias konnte sich nicht mehr erinnern, ob es an der Kreuzung nun links oder rechts herum ging. Die Häuser ähnelten sich alle, waren weiß und flach, aber der Briefkasten da drüben hatte vorhin bestimmt nicht dort gehangen. Die Bäume waren auch viel größer, und dann bemerkte er, daß der Gehweg gepflastert war. Das wäre ihm vorhin bestimmt aufgefallen. Es half nichts – er hatte sich verlaufen.

Na, wenn schon, dann frage ich eben. Da hinten kommen ja Leute. Im selben Augenblick fiel ihm ein, daß er nicht einmal den Namen der Straße wußte, in der Onkel Fabians Haus stand. Nummer 12 war es, daran konnte er sich erinnern, weil sich vorhin die Sonne so schön in den blankgeputzten Kupferzahlen gespiegelt hatte, aber wie die Straße hieß, konnte er beim besten Willen nicht mehr sagen. Irgendwas mit Musik hatte es zu tun, Musikantenviertel hatte Papi mal gesagt, doch Tobias kannte nur Kinderlieder und natürlich Nena mit den neunundneunzig Luftballons, aber so hatte die Straße ganz bestimmt nicht geheißen.

Jetzt fingen die Tränen, die er so mühsam unterdrückt hatte, doch an zu tropfen, und als das junge Paar, das seine vierbeinige Promenadenmischung Gassi führte, auf gleicher Höhe mit ihm war, hatte der Tränenstrom schon Niagarafallstärke erreicht.

»Na, du Krümel, hast du Dresche gekriegt, oder ist dir bloß deine Eistüte runtergefallen?«

Tobias schniefte und sah in das lachende Gesicht eines Mannes, der große Ähnlichkeit mit Herrn Schneider hatte. Herr Schneider war sein Klassenlehrer in Düsseldorf und sein großes Idol, weil er immer mit dem Motorrad in die Schule fuhr und im Zeichenunterricht Drachen baute. Ach ja, zu Hause – Tobias schluchzte tief auf –, da hätte er sich nicht verlaufen, und vor allem wußte er, daß er in der Tannhäuserstraße 37 im Parterre wohnte.

Der Beinahe-Herr-Schneider beugte sich herab. »Nun erzähl mal, was passiert ist. Ganz ohne Grund weint man doch nicht so doll.«

Da sprudelte es aus Tobias heraus. Von Patrick und von Oma, die ihn unbedingt baden wollte, vom falschen Hund und der Hexe, die gar keine war, von Onkel Fabian in Amerika und dem Haus, das irgendwo steht, wo Musik ist.

»Das ist alles gar nicht so schlimm«, tröstete der Beinahe-Herr-Schneider. »Dein Onkel hat doch sicher Telefon?«

»Ja, aber ich weiß die Nummer nich.«

»Brauchst du auch nicht. Du kommst jetzt mit zu uns nach Hause, das ist gleich hier um die Ecke, dann sehen wir im Telefonbuch nach, wo dein Onkel wohnt, und ich bringe dich schnell hin. Dann muß auch gar keiner erfahren, daß du dich verlaufen hast. Einverstanden?«

Und ob er einverstanden war! Im stillen hatte er schon Mamis Donnerwetter gehört und Omas Vorwürfe, weil man kleine Kinder nicht allein in einer wildfremden Umgebung auf die Straße lassen dürfe, und überhaupt sei ja jetzt ein Garten da, der zum Spielen nun wirklich groß genug sei. Schon ein paarmal während der Herfahrt hatte Tobias diese Behauptung gehört und sich seinen Teil gedacht. Gärten waren gut für Hunde und für kleine Schwestern, die den ganzen Tag mit ihren Puppen herumzogen, aber nicht für Jungs, die schon in die dritte Klasse gingen. Übrigens gefiel ihm dieser Beinahe-Herr-Schneider ausnehmend gut. »Haben Sie auch Kinder?« fragte er hoffnungsvoll.

»Nein, die sind uns momentan noch zu teuer. Ich studiere nämlich noch.«

»Na ja, vielleicht werden sie mit der Zeit billiger«, tröstete Tobias. »Ich glaube, meine Schwester hat überhaupt nichts gekostet, aber die war auch furchtbar klein, als wir sie kriegten.«

Weshalb die beiden laut loslachten, verstand er zwar nicht, aber vorsichtshalber grinste er auch ein bißchen. Vielleicht hatte er mal wieder ein Bongmoo geliefert – was immer das auch sein mochte. Papi schrieb sich so etwas jedesmal auf, für sein Buch, wie er sagte, aber er meinte bestimmt die Zeitung. Da standen sowieso bloß lauter Sachen drin, die Tobias nicht begriff. Bongmoos gehörten sicher auch dazu.

Im Hause Bender hatte man den Junior noch gar nicht vermißt. Tinchen hatte sich zwar ein paarmal gefragt, wo ihr Sprößling wohl herumstrolchen mochte, aber im Grunde war sie ganz froh, daß er nicht ständig hinter ihr herlief und sie mit seinen Wünschen nach Himbeersaft und Käsebrot mit Marmelade obendrauf traktierte. Sie wußte ohnehin nicht, wo ihr der Kopf stand, denn alle Hilfskräfte, mit denen sie gerechnet hatte, waren verschwunden.

Die erstaunlich schnell regenerierte Frau Antonie hatte nach einer kurzen Besichtigung des ihr zugeteilten Zimmers beschlossen, auf ein Ruhestündchen zu verzichten und statt dessen lieber das Haus in Augenschein zu nehmen, worunter sie eine gründliche Prüfung der Räumlichkeiten als auch des Inhalts der Schränke verstand.

»An dem Zustand der Wäsche kann man sofort die Qualität einer Hausfrau erkennen«, hatte sie gesagt und die Knöpfe an den beiden obersten Bettbezügen nachgezählt.

»Machst du das immer so, wenn du irgendwo zu Besuch bist?«

»Natürlich nur, wenn sich eine unauffällige Gelegenheit dazu bietet.« Sehr befriedigt schloß Frau Antonie die Schranktür. »Du, würdest dich wundern, wie oft Frau Schulze-Hagen Tischtücher mit ausgefransten Säumen auflegt. Dabei war ihr Mann immerhin Regierungsrat.«

»Soviel ich weiß, ist sie halb blind.«

»Das behauptet sie! Aber du solltest mal sehen, wie geschickt sie immer beim Canasta mogelt.«

Tinchen trat ungeduldig von einem Bein aufs andere. »Mußt du denn unbedingt jetzt Inventur machen? Wenn du schon deine sträfliche Neugier nicht unterdrücken kannst, dann verschieb sie wenigstens bis morgen. Ich hab' noch was anderes zu tun.«

Etwas pikiert wandte sich Frau Antonie zur Tür. »Vielleicht könntest du mir wenigstens noch die Küche zeigen, damit ich mir endlich meinen Tee aufbrühen kann. Die Gastfreundschaft scheint in diesem Haus nicht sehr ausgeprägt zu sein.«

Tinchen dirigierte ihre Mutter Richtung Treppe. »Du hast wohl übersehen, daß du die Gastgeberin permanent mit Beschlag belegst.«

»Ich denke, ihr habt eine Köchin?«

»Ja, aber nicht für Malventee.«

Frau Antonie wurde also in der Küche abgestellt, wo sie mitten in die Vorbereitungen zum Abendessen hineinplatzte und sich sofort in ihrem Element sah. Martha brummelte etwas vor sich hin, was man mit viel Fantasie und gutem Willen als Begrüßung auslegen konnte, und Frau Antonie war klug genug, auf weitere Förmlichkeiten zu verzichten. Als Tinchen die Tür schloß, hörte sie ihre Mutter sagen:

»Wie ich sehe, verwenden Sie auch saure Sahne. Da weiß man wenigstens, was man hat. Diese neumodische Crème fraîche kommt mir nämlich auch nicht ins Haus. Ich hab' erst gestern zu meinem Mann gesagt ...«

Tinchen machte sich auf die Suche nach Florian. Der hatte in weiser Erkenntnis, daß auch ein kleiner Umzug viel zuviel Trubel mit sich bringt, einen Zufluchtsort gesucht und im Kaminzimmer gefunden. Da nicht zu befürchten war, daß der geheiligte Raum des eigentlichen Hausherrn zu einem wenn auch nur vorübergehenden Abstellplatz für Regenschirme und Pappkartons entwürdigt werden könnte, wähnte sich Florian hinter der geschlossenen Tür ziemlich sicher. Seinen Schwiegervater hatte er mit der Begründung, ein anständiger Schluck würde den Kreislauf wieder in Schwung bringen, gleichfalls aus der Schußlinie gebracht und dessen Protest, man könne doch den Frauen nicht das ganze Schlachtfeld allein überlassen, mit einer Handbewegung weggewischt. »Wir stehen da doch bloß rum und machen alles verkehrt. Außerdem ist genug Jungvolk da, das kann auch mal mit zupacken.«

Nur zu gerne hatte sich Herr Pabst von der Notwendigkeit einer geistigen Stärkung überzeugen lassen und war befriedigt in den tiefen Ledersessel gesunken. Da saß er immer noch, als Karsten auf der Suche nach einem Glas vorsichtig durch die Tür linste. Er hatte den zum Aquarienbewohner degradierten Herrn Schmitt einstweilen in den Keller gebracht, bei dieser Gelegenheit das Flaschenregal und darin wiederum einen 79er Pommard entdeckt und beschlossen, diesen edlen Tropfen in irgendeinem stillen Winkel zu verkosten. Berufsmäßigen Möbelträgern stand Freibier zu, er war nur Amateur, hatte dank der umgekippten Bücherkiste ein angeschlagenes Schienbein und nicht mehr die geringste Lust, Kartons mit unbekanntem Inhalt durch die Gegend zu schleppen. Rüdiger und Melanie waren ja auch noch da!

Letztere saß allerdings mit Julia auf dem Dachboden, wo sie gemeinsam die alte Spielzeugkiste durchkramten, während Rüdiger vom Partykeller aus mit seinem Freund Benjamin telefonierte und das Für und Wider der geplanten Emigration aus dem Elternhaus erörterte. Da sie erst beim Für angekommen waren, ließ sich ein Ende des Gesprächs noch nicht absehen.

Infolgedessen sah sich Tinchen in der Diele noch immer dem gleichen Chaos gegenüber, das sich bei der turbulenten Ankunft ihrer Lieben gebildet und von dem sie gehofft hatte, es wäre inzwischen wenigstens einem geordneten Durcheinander gewichen.

»Jetzt langt's mir aber!« schnaubte sie wütend, griff nach dem kupfernen Schirmständer und warf ihn mit voller Kraft auf die Solnhofener Fliesen. Der Krach hätte Tote aufwecken müssen, aber als einziger reagierte der noch immer eingesperrte Klausdieter. Laut bellend kratzte er an der Toilettentür. Tinchen befreite ihn und ließ geduldig die stürmischen Dankesbezeigungen über sich ergehen. »Wir sind schon zwei arme Hunde, nicht wahr?« Klausdieter kläffte Zustimmung. Plötzlich kam ihr eine Idee. »Los, Klausdieter, such Herrchen!«

Herrchen war alles andere als beglückt, als er seine zornfunkelnde Gattin in der Tür stehen sah. Ernst Pabst hatte ein kleines Nickerchen gehalten, schlug beim Eintritt seiner Tochter aber schnell die Augen auf und gähnte herzhaft. »Hab' ich gut geschlafen! Willst du uns zum Abendessen holen?«

Tinchen hatte es die Sprache verschlagen. Da saßen die drei Mannsbilder, alle nicht mehr ganz nüchtern, und pichelten still vor sich hin, während sie sich die Hacken ablief, um Ordnung in diesen Saustall zu bringen. Leicht schwankend kam Florian auf sie zu und hielt ihr sein Glas entgegen. »Trink mal, Tine, du hast dir bestimmt einen Schluck verdient.« Er grinste albern. »Ich weiß gar nicht, warum die Russen so böse sein sollen! Ich jedenfalls könnte nach drei Gläsern Wodka die ganze Welt umarmen.«

Mit einem vernichtenden Blick auf ihren selig vor sich hinbrabbelnden Florian giftete Tinchen: »Wenn es den Herren nichts ausmacht, mal ihre ausgeruhten Hintern zu lüpfen, könnten sie vielleicht die Koffer nach oben tragen. Draußen sieht es noch immer aus wie bei einer Auktion kurz vor Beginn der Versteigerung.«

»Werdet ihr denn mit den paar Klamotten nicht allein fertig?« Karsten legte keinen Wert auf weitere blaue Flecke. »Mutti sagt immer, so ein bißchen Aufräumen sei die reinste Spielerei.«

»Dann komm doch endlich und spiel mit!«

»Du hast ja recht, Tinchen«, Herr Pabst rappelte sich auf, »aber wir hatten doch geglaubt, die jungen Leute würden dir helfen.«

»Ich weiß, der Glaube versetzt Berge, aber leider keine Koffer. Rüdiger und Melanie haben sich genauso abgeseilt wie ihr.«

»Und wo ist Toni?«

»Kocht Malventee.«

»Immer noch?« fragte Herr Pabst erschrocken. »Sie wird uns doch nicht alle damit abfüllen wollen?«

»Als ich sie zuletzt sah, ließ sie sich über die Qualität von saurer Sahne aus.«

»Im Tee?« Jetzt war Herr Pabst aber wirklich entsetzt. »Sie wird doch nicht krank geworden sein?«

Aber das hörte Tinchen nicht mehr. Sie war dabei, ihre Mannen einzuteilen. »Du, Florian, stellst den braunen Koffer in das Zimmer links vom Bad und den weißen ins Kinderzimmer. Der Nudelkarton muß ins Schlafzimmer, da sind meine Nachthemden drin, und in die Schachtel mit ›Vorsicht zerbrechlich‹ obendrauf hat Julia ihre Puppenkleider gepackt. Karsten kann das ganze Eingemachte vorläufig im Keller abladen, und du, Paps, bringst am besten eure Reisetasche nach oben und Muttis Hut.«

Ächzend wuchtete Karsten den Wäschekorb hoch. »Und was trägst du?«

»Die Verantwortung«, sagte Tinchen.

Florian lag im Bett und blätterte in einem Astrologiebuch, das er im Zimmer seiner Schwägerin gefunden hatte. »Ich wußte gar nicht, daß sich Gisela mit Sterndeuterei beschäftigt«, sagte er erstaunt, »sie ist doch sonst so sachlich.«

»Na, manchmal lebt sie aber ganz schön hinter dem Mond.« Tinchen durchwühlte den Pappkarton, dessen Aufdruck 30 Packungen Frischeinudeln deklarierte, nach dem am wenigsten zerknautschten Nachthemd und entschied sich für das Prunkstück ihrer Sammlung: Himmelblau mit Röschenmuster, bodenlang und hochgeschlossen.

»Du siehst aus wie die fromme Helene.«

»Genau das will ich auch«, sagte Tinchen patzig und ging ins Bad. Florian widmete sich wieder der Astrologie. Plötzlich lachte er laut auf. »Weißt du was, Tine? Wenn du nur zwei Tage später auf die Welt gekommen wärst, dann hättest du jetzt einen sanftmütigen Charakter, wärst intelligent, geistreich und ehrgeizig.«

Ein triefender Badeschwamm flog durch die geöffnete Tür und landete in Florians Gesicht.

»Na warte, du Biest!« Er sprang aus dem Bett und konnte gerade noch sein Bein dazwischenstellen, bevor Tinchen die Tür ins Schloß zu drücken versuchte. Allerdings hatte er nicht beachtet, daß ein nackter Fuß als Prellbock ungeeignet ist. »Autsch!!!« Mit schmerzverzerrtem Gesicht humpelte er zurück ins Zimmer.

»Siehste, wer anderen eine Grube gräbt...«, feixte Tinchen und ließ sich aufatmend ins Bett fallen. Wie von der Tarantel gestochen fuhr sie wieder hoch und warf wütend den Schwamm in die Ecke.

»...fällt selbst hinein!« ergänzte Florian. »Nu biste hinten ganz naß, holst dir einen Schnupfen und kriegst Grippe. Am besten ziehst du dieses Panzerhemd wieder aus.«

Was Tinchen dann auch tat.

Der Hausdrachen

Als Tinchen am Montagmorgen kurz vor sieben in der Küche erschien, um ihre neuen Pflichten zu übernehmen, platzte sie mitten in das hektische Treiben, das so ziemlich alle Halbwüchsigen kurz vor ihrem Aufbruch entfesseln.

»Guten Morgen allerseits«, rief sie fröhlich, bekam aber nur ein Knurren zur Antwort. Rüdiger löffelte Corn-flakes, wobei er abwechselnd in die Zeitung guckte und in das neben ihm liegende Mathebuch. »Tangens alpha halbe ist gleich Sinus alpha gebrochen durch eins plus Cosinus alpha ... das kapiert doch kein Schwein! Wenn der mich heute an die Tafel holt, fahre ich glatt ein.«

»Ich hab' Mathe auch nie gekonnt und bin trotzdem durchs Abi gekommen«, tröstete Tinchen.

»Als Mädchen hat man's auch leichter. Mitleidheischender Augenaufschlag, im passenden Moment ein Kullerträncheu, und schon kommt sich der Pauker wie ein Sadist vor.«

»Wir hatten eine Studienrätin.«

»Dann ist sie wahrscheinlich 'ne Lesbe gewesen.«

Tinchen überhörte die Bemerkung. Sie wollte irgend etwas tun, wußte aber nicht was, und fing schließlich an, das benutzte Geschirr im Spülbecken zu stapeln.

»Laß das lieber bleiben«, warnte Rüdiger, »damit kommst du Marthchen ins Gehege.«

»Aber ich kann doch hier nicht bloß herumstehen.«

»Dann setz dich eben!«

Melanie stürmte in die Küche, in der einen Hand ein angebissenes Käsebrot, in der anderen eine Zwiebel. »Brauchen wir für Bio. Gleich in der ersten Stunde, und für den Rest des Vormittags stinken wir allesamt wie Maultiertreiber.« Sie stopfte das Gemüse in die Mappe, griff nach dem bereitliegenden Pausenbrot, hielt es schnuppernd an die Nase und legte es wieder auf den Tisch. »Appenzeller geht heute nicht. Der riecht ja noch penetranter als Zwiebeln. Was hast du drauf?«

»Weiß nich, ich glaube Leberwurst mit Senf und Peperoni.«

»Grundgütiger Himmel, dich könnte man auch mit Wiesenklee füttern!«

»Soll ich dir schnell ein frisches Brot machen?« Tinchen stand schon neben der Brotmaschine, suchte nach der Kurbel, fand sie nicht, entdeckte statt dessen das Zuleitungskabel und kapitulierte.

»Wie setzt man diesen Apparat in Gang?«

»Indem man links den kleinen Schalter drückt und gleichzeitig oben die graue Taste«, erklärte Rüdiger, »aber das solltest du lieber erst mal ohne Brot üben.« Er klappte sein Mathebuch zu, suchte aus dem Obstkorb zwei Äpfel heraus, eine Banane und die letzte Birne, warf alles in die Mappe, überprüfte den Tisch nach weiteren transportablen Nahrungsmitteln und schob, als er keine mehr fand, noch eine Handvoll Corn-flakes in den Mund. »Musch weg, Aschl wartet schon. Tschüsch!« An der Tür drehte er sich noch einmal herum.

»Wasch isch grün und reitet durch die Wüschte?« Er schluckte den letzten Rest Corn-flakes hinunter. »Ganz klar, 'ne Gurke auf der Flucht.« Dann verschwand er endlich.

»Seine Witze werden immer dämlicher.« Melanie öffnete die Tür, die zu dem kleinen Küchenbalkon führte, und fing an, zwischen Spankörben, abgestellten Flaschen und leeren Waschpulververpackungen herumzukramen.

»Suchst du was Bestimmtes?«

»Ja, meine Turnschuhe.«

»Wo hast du sie denn?«

»Wenn ich das wüßte, bräuchte ich sie nicht zu suchen.« Sie beugte sich über das Gitter. »Maaarthchen! Hast du meine Turnschuhe gesehen?«

Anscheinend war die Antwort positiv ausgefallen, denn Melanie nickte zustimmend, öffnete den Besenschrank und holte ihre dunkelweißen Treter heraus. »Die hab' ich am Freitag schnell da reingeschmissen, weil Mutter mal wieder auf Inspektionstour war. Da kommste dir vor wie beim Appell auf dem Kasernenhof. Wehe, wenn irgendwas dreckig ist oder nicht dort steht, wo es nach ihrer Ansicht hingehört. Nicht mal ein ausgefranster Schnürsenkel entgeht ihr.«

Tinchen unterdrückte die Bemerkung, die ihr auf der Zunge lag, und nahm Melanie in den Arm. »Take it easy. Dafür hat deine Mutter andere Qualitäten.«

»Möglich, ich hab' sie bloß noch nicht entdeckt.« Sie sah zur Uhr und zuckte zusammen. »Höchste Eisenbahn, sonst sehe ich den Schulbus wieder bloß von hinten.«

»Warum gehst du nicht mit Rüdiger zusammen?«

»Der wird doch von seinem Freund abgeholt. Axel hat seit einem Vierteljahr den Führerschein und seit sechs Wochen ein Auto. Anfangs haben sie mich ja mitgenommen, aber seitdem ich diesem Lüstling vor versammelter Mannschaft eine gekleistert babe, bin ich natürlich Luft für ihn. Soll ich mich von dem vielleicht betatschen lassen, nur damit ich bequemer zur Schule komme?« Sie klemmte sich die Mappe unter den Arm, drückte Tinchen einen Kuß auf die Wange und jagte los. »Zum Essen bin ich nicht da, heute haben wir Computer-AG.«

»Aha«, sagte Tinchen nur und sank auf den nächsten Stuhl. Es würde wohl eine Weile dauern, bis sie dem morgendlichen Auftrieb mit der notwendigen Gelassenheit begegnen konnte, obwohl es damals, als Karsten noch zur Schule ging und sie selbst jeden Tag pünktlich in der Redaktion sein mußte, zu Hause auch nicht ruhiger zugegangen war. Ist alles nur Gewohnheitssache und eine Frage der Organisation, redete sie sich gut zu, also kein Grund zur Panik. Wenn ich bloß wüßte, wo ich jetzt eine Tasse Kaffee herkriege!

Zweifelnd besah sie das Monstrum von Maschine, mit dem man allem Anschein nach auch noch Karotten schnitzeln und Schuhe putzen konnte, verzichtete auf die Benutzung dieses Apparats und suchte Pulverkaffee. Nacheinander öffnete sie alle Schranktüren, entdeckte von Kirschblütentee bis Hirschhornsalz so ziemlich alles, was sie in ihrer eigenen Küche noch nie gehabt hatte, konnte aber nirgends einen Kaffeekrümel finden. »Saftladen, elender!«

»Wenn Sie dieses Haus damit meinen, gebe ich Ihnen völlig recht! Guten Morgen, Frau Bender.« Unbemerkt war Martha in die Küche gekommen und hatte schmunzelnd zugesehen, wie Tinchen den Inhalt der Schränke durchforstet hatte. Erschrocken drehte sie sich um.

»Guten Morgen, Marthchen. Entschuldigen Sie bitte, daß ich hier so einfach herumkrame, aber ich will ja bloß ein bißchen Kaffee haben.«

»Den finden Sie auch nicht.« Martha öffnete ein Klappfach, das ursprünglich als Brotbehälter gedacht war, und holte eine vakuumverschlossene Dose heraus.

»Im Brotfach habe ich nun wirklich nicht nachgesehen.«

»Warum sollten Sie auch? Jahrelang habe ich das Brot dort aufbewahrt, aber neulich kam die Frau Doktor mit diesem Sarg da hinten an.«

Sie zeigte auf einen länglichen Metallbehälter, der große Ähnlichkeit mit einem Werkzeugkasten hatte, wie ihn Installateure benutzen.

»Das ist ein elektrisch belüfteter, in einzelne Fächer aufgeteilter, hygienisch den Mindestanforderungen entsprechender Brotwagen!«

»Ein was?«

»Wahrscheinlich heißt er so, weil er Räder drunter hat, sonst könnte man ihn gar nicht bewegen. Seitdem wir ihn benutzen, schmeckt jedes Brot nach Konservendose.«

»Warum schmeißen Sie ihn dann nicht raus?«

»Genau das werde ich jetzt auch tun!« sagte Martha grimmig und zog den Stecker aus der Buchse. »Den kann Clemens nachher in den Keller bringen und neben dem anderen elektrischen Kram abstellen. Wozu brauche ich eine Teigmaschine? Ich hab doch zwei Arme.« Sie seufzte. »Früher wußte ich genau, wann ein Ei weich war und wann schnittfest. Jetzt habe ich einen Eierkocher, einen Meßbecher für das Wasser, brauche ein Brille, weil ich sonst die Zahlen nicht lesen kann, und wenn ich gerade die Hände im Spülwasser habe, geht der Wecker los, und die Eier sind trotzdem hart. Ich hab' das Ding jetzt auch weggestellt, und die Frau Doktor hat's noch gar nicht gemerkt.«

»Kann sie denn selbst mit diesen Apparaten umgehen?«

Mit einer wegwerfenden Handbewegung sagte Martha: »Die doch nicht! Die setzt doch nur einen Fuß in die Küche, wenn sie ihren Kontrollgang macht. Aber darüber bin ich ganz froh. Würde sie dauernd hier runterkommen, hätte ich schon längst gekündigt.« Plötzlich schien ihr aufzugehen, mit wem sie eigentlich sprach. »Das hätte ich vielleicht nicht sagen dürfen, immerhin ist die Frau Doktor eine Verwandte von Ihnen. Ich verdiene ja auch mein Brot hier. Bezahlt werde ich wirklich nicht schlecht, aber ich habe es manchmal auch nicht leicht.«

Spontan umarmte Tinchen die alte Frau. »Das weiß ich, Marthchen, und ich versichere Ihnen, daß sich jetzt einiges ändern wird. Vor allen Dingen bin ich nicht Frau Bender, sondern Tina oder meinethalben auch Tinchen, und jetzt kochen Sie uns erst mal einen anständigen Kaffee, damit wir uns zusammensetzen und die Arbeitsteilung besprechen können.«

Der extra starke Kaffee brachte ihre Lebensgeister wieder auf Trab und weckte ihren Oppositionsgeist. Die sogenannte Arbeitsteilung, von Martha schon vor einigen Tagen konzipiert und in unbeholfener Sütterlinschrift auf einem linierten Blatt festgehalten, billigte Tinchen als eigenes Ressort lediglich die Betreuung ihrer beiden Kinder zu sowie den täglichen Einkauf, was in erster Linie darauf zurückzuführen war, daß sie einen Führerschein hatte und Martha nicht. Zwar gab es in Steinhausen zwei große Supermärkte, deren Geschäftsführer sich um die Ehre rissen, telefonische Bestellungen der Familie Bender anzunehmen und wenig später frei Haus zu liefern, denn der jeweilige Umsatz pflegte sich in der monatlichen Bilanz äußerst positiv auszuwirken, aber die zugestellten Waren bewegten sich immer in der oberen Preisklasse, berücksichtigen niemals Sonderangebote und widersprachen somit Marthas Hang zur Sparsamkeit. Den Auftrag, der jungen Frau Bender nun endlich das Kochen beizubringen, hatte sie wenigstens einkalkuliert und dafür jeweils vormittags und am frühen Abend eine Stunde Küchendienst angesetzt, was Tinchen als viel zuwenig, Martha jedoch als gerade noch zumutbar empfand. Sie war am liebsten allein in ihrer Küche und duldete nur in Ausnahmefällen zusätzliche Hilfe. Von Tinchen erwartete sie keine, und hätte nicht Florian sie so dringend darum gebeten, würde sie sich auf dieses Experiment bestimmt nicht eingelassen haben.

»Entweder man hat's oder man hat's nicht«, murmelte sie.
»Was hat man?«
»Talent zum Kochen. Ich glaube, Sie haben es nicht«, sagte Martha kategorisch, während sie die Kaffeetassen in die Spülmaschine räumte.

Inzwischen hatte Tinchen den Arbeitsplan studiert und schüttelte jetzt nachdrücklich den Kopf. »So geht das nicht, Marthchen. Ich bin nicht hergekommen, um Blumentöpfe zu begießen und Rosen für den Mittagstisch zu schneiden, so ungefähr die einzigen Arbeiten, die Sie mir noch übriggelassen haben. Ein bißchen mehr können Sie mir ruhig zutrauen. Wann stehen Sie morgens eigentlich auf?«

»So um halb sechs herum.«
»Weshalb denn? Die Kinder kommen doch erst um sieben herunter.«
»Na ja, das Rheuma, wissen Sie...«, druckste sie, »da geht es mit dem Anziehen nicht mehr so schnell wie früher, und bis ich dann richtig in Gang gekommen bin, vergeht doch eine Stunde. Und dann mache ich ja auch gleich die erste Waschmaschine fertig, meistens werden es zwei pro Tag, da brauche ich die Zeit schon.«

Tinchen rief sich die Rheumatherapie ihrer Großmutter ins Gedächtnis, verwarf sie aber wieder, weil Kaninchenfelle aufgrund rückläufiger Stallhasenzucht schwer zu bekommen waren, assoziierte Wärme mit Federbett und erklärte rundheraus: »Ab morgen stehen Sie frühestens um sieben auf! Den Frühstücksservice übernehme ich, die Waschmaschine ebenfalls, alles andere wird sich finden.«

Marthas ohnehin nur lauwarmer Protest ging in dem Krach unter, mit dem Tinchen ihren Stuhl zurückschob und gegen die an der Wand aufgereihten Colaflaschen stieß. »Müssen die da stehen?«

»Nein, sie gehören in den Keller.«

»Da ich annehme, daß dieses Mottenpulvergetränk vorwiegend von den Junioren konsumiert wird, sollte man ihnen beibringen, die Flaschen selber wegzuräumen.«

»Ich mach' das schon.«

»Das werden Sie schön bleiben lassen!« Suchend sah sich Tinchen um, erinnerte sich der leeren Körbe auf dem Balkon, holte einen, stellte die Flaschen hinein und ging damit zur Tür.

»Das ist die falsche.« Martha zeigte auf die andere. »Die da geht in den Keller.«

»Da will ich ja gar nicht hin. Ich werde jetzt die Flaschen gleichmäßig in den Zimmern oben verteilen. Mal sehen, was dann passiert.«

»Gar nichts.« Über so viel Unkenntnis der Mentalität Halbwüchsiger konnte Martha nur den Kopf schütteln. »Sie werden da oben verstauben.«

»O nein, das werden sie garantiert nicht!« Mit ihrem Korb zog Tinchen treppaufwärts. Die erste Schlacht hatte sie siegreich beendet, die zweite stand unmittelbar bevor und würde eine andere Strategie erfordern. Das wurde ihr sofort klar, als sie sich der resoluten Person gegenübersah, die sich mit kampflustiger Miene neben der Haustür aufgebaut hatte.

»Sie sind sicher Frau Bender!« Unverhohlen musterte sie Tinchen von den verwaschenen hellblauen Hosen über den auch nicht mehr ganz neuen Pullover bis zu den zerzausten Haaren. Die Prüfung schien nicht unbedingt positiv ausgefallen zu sein, denn Frau Hahneblank rümpfte leicht die

Nase, bevor sie geruhte, Tinchen ihre Fingerspitzen zu reichen. »Ich bin Frau Schliers, die Haushälterin.«

»Das dachte ich mir«, sagte Tinchen herzlich, »Sie sehen so tüchtig aus.«

Schon immer war sie der Ansicht gewesen, daß Frauen in Kittelschürzen und Schnürschuhen automatisch einen Duft nach Fensterleder und Scheuersand um sich verbreiteten, aber diese hier mußte ein Prachtexemplar ihrer Zunft sein. Von den tiefschwarz gefärbten Haaren hatte sich nur eine kleine Strähne unter dem Kopftuch gelöst, die ebenfalls gefärbten Augenbrauen bildeten zwei parallele Striche zu dem verkniffenen Mund, dafür war die Nase wieder viel zu groß geraten und verlieh dem Gesicht etwas Adlerartiges. Aus der linken Tasche ihrer Schürze hing ein Staubtuch, in der rechten steckte eine Sprühflasche mit Möbelpolitur, in der einen Hand hielt Frau Schliers einen Mop, in der anderen eine Bürste mit Zuleitungskabel. »Montags mache ich immer das Wohnzimmer gründlich.«

»Auf keinen Fall möchte ich Ihre Dispositionen durcheinanderbringen«, sagte Tinchen, »aber es wäre mir lieb, wenn sie heute ausnahmsweise oben anfangen würden. Der Umzug und vor allem der Logierbesuch haben doch eine ganze Menge Spuren hinterlassen.«

»Logierbesuch?« echote Frau Schliers. »Damit hätten Sie doch wirklich noch warten können.«

»Da haben Sie völlig recht«, gab Tinchen bereitwillig zu. »Bei etwas besserem Wetter wären wir auch gern zu Fuß von Düsseldorf nach hier gelaufen, aber dann haben wir es doch vorgezogen, uns von meinen Eltern herfahren zu lassen.«

Frau Schliers brummte Unverständliches, fand aber sofort einen neuen Angriffspunkt. »Haben Ihre Kinder keine Hausschuhe?«

»Natürlich haben sie Hausschuhe.«

»Und warum stehen die nicht neben dem Eingang wie die anderen auch?«

»Weil ich sie in den Schuhschrank gestellt habe, wo sie nach meiner Ansicht hingehören.«

»Die Frau Professor möchte aber, daß die hellen Fliesen nicht mit Straßenschuhen betreten werden.«

»Da die Frau Professor vorläufig nicht anwesend ist, kann es sie auch nicht stören, wenn wir es trotzdem tun.« Langsam wurde Tinchen wütend. »Im übrigen muß ich Sie darauf hinweisen, daß der Hund überhaupt keine Hausschuhe besitzt.«

»Welcher Hund?« fragte Frau Schliers erschrocken.

»Unser Hund.«

»Aber davon hat mir die Frau Professor gar nichts gesagt.«

»Hätte sie das tun müssen?«

Die Gute schnappte hörbar nach Luft. »Wie groß ist denn der Hund?«

»Och, er geht noch bequem unter dem Türrahmen durch«, versicherte Tinchen ernsthaft, nahm ihren Korb wieder auf und lief die Treppe zum Obergeschoß hinauf.

Zurück blieb eine versteinerte Frau Schliers, deren Vorstellung von Akademikern im allgemeinen und der von ihr so hochgeschätzten Familie des Professors Bender im besonderen erheblich ins Wanken geraten war. Da hatte sich die Frau Professor ja was Schönes ins Haus geholt! Die kleinen Kinder hätte man noch klaglos hingenommen, zumal sich an ihrer Existenz nichts mehr ändern ließ, aber einen Hund ...! Womöglich einen, der den ganzen Tag bellte und auf die Polstermöbel sprang. Wie gut, daß die Frau Professor ihre Adresse hinterlassen hatte. »Nur für alle Fälle«, hatte sie gesagt und die Anschrift extra mit der Maschine getippt. »Es kann sich doch mal etwas ereignen, das ich wissen müßte und von meinem Schwager bestimmt nicht erfahre.«

Frau Schliers ahnte, daß der erste Brief nach Amerika bald fällig sein würde. Gestärkt durch das Bewußtsein, das in sie gesetzte Vertrauen in jeder Weise erfüllen zu können, machte sie sich an die Arbeit. Natürlich nicht oben. Heute war Montag, also kam das Wohnzimmer an die Reihe, das war schon immer so gewesen, und von der jungen Frau ließ sie sich gar nichts sagen. Übrigens war die ja gar nicht mehr so jung. Mindestens Mitte Dreißig, ein paar graue Haare hatte sie schon, aber sehr auf jugendlich zurechtgemacht und mit der Frau Professor überhaupt nicht zu vergleichen. Man sollte nicht glauben, daß die beiden Frauen verwandt waren.

Tinchen hatte inzwischen ihre Flaschen verteilt, vier in jedem Zimmer, Florian aus dem Bett, Tobias ins Bad und Julia vom Balkon gescheucht, ihre Lieben abwechselnd ermahnt, sich den Hals zu waschen, den Pullover nicht linksherum anzuziehen, die Zigarettenasche nicht im Cremetopf abzustreifen, den Hund endlich aus dem Wäschekorb zu holen und beim Verlassen der Zimmer die Fenster zu öffnen. Frühstück gebe es in der Küche, und ob Florian vergessen habe, daß er Tobias in die Schule und Julia zum Kindergarten bringen wollte. Nein, das habe er nicht, gurgelte er aus dem Bad zurück, aber am ersten Tag käme es wohl nicht auf die Minute an, und außerdem könne er seine Socken nicht finden.

»Dann geh eben ohne, draußen sind fünfzehn Grad.«

»Ich soll doch einen respektablen Eindruck machen«, widersprach Florian, »ohne Strümpfe geht das nicht.«

»Glaubst du, mit?« kicherte sie, bequemte sich aber doch, nacheinander alle Schubladen zu öffnen, dann die Schranktüren, die noch nicht ganz ausgepackten Koffer, und als sie schließlich anfing, im Bad zwischen den Handtüchern zu wühlen, tönte es aus dem Kinderzimmer: »Mami, kann man eigentlich zurückwachsen?«

»Wie meinst du das, Tobias?«

»Über Nacht sind alle meine Strümpfe zu groß geworden.«

Ein Blick auf die Uhr sagte Tinchen, daß ihr Mann seine Theorien über kurze und klare Anweisungen in bezug auf trödelnde Kinder nun mal selbst in die Praxis umsetzen konnte. Sie hatte jetzt Wichtigeres zu tun. Dazu gehörte zunächst einmal das Einkaufen – zu Hause eine relativ einfache Sache, bei der nur zwei Aspekte zu berücksichtigen waren: 1. Erlauben das meine bescheidenen Kochkenntnisse? 2. Erlaubt das mein bescheidenes Haushaltsgeld? Da die Antwort in beiden Fällen meistens ein klares Nein war, hatte Tinchen für ihre Runden durch den Supermarkt nie viel Zeit gebraucht. Jetzt war das natürlich etwas anderes. Sie würde zusammen mit Martha den wöchentlichen Speisezettel festlegen, kurzfristige Änderungen aufgrund von Sonderangeboten natürlich vorbehalten, ganz gezielt einkaufen und nicht so unbedingt auf den Preis sehen müssen.

Um die Wohnzimmertür, hinter der Frau Schliers mit wesentlich mehr Aufwand als üblich saugbürstete, machte Tinchen einen Bogen. Sollte sich Frau Hahneblank doch erst mal austoben, vielleicht würden ihre Energien hinterher etwas verbraucht und sie selbst einem vernünftigen Gespräch zugänglicher sein.

In der Küche fand Tinchen den Einkaufszettel, Geld und einen gedeckten Frühstückstisch für vier Personen. Wieso vier? Sollte etwa Frau Schliers auch...? Üblich war es ja wohl, daß man Putzfrauen beköstigte, Mutti billigte ihrer Zugehfrau immer ein ausgedehntes Frühstück zu, setzte sich selbst mit an den Tisch und hechelte gemeinsam mit Frau Simon sämtliche Neuigkeiten der vergangenen Woche durch, weshalb sich die Arbeitszeit automatisch verlängerte und der Tagesverdienst von Frau Simon erfreulich erhöhte, aber Tinchen konnte sich nicht vorstellen, daß Frau Schliers mit Florian den Steinhausener Klatsch debattieren würde. Zu wem in drei Teufels Namen gehörte also die vierte Kaffeetasse?

Sie griff nach der Einkaufsliste, suchte die Autoschlüssel, die sie gestern irgendwo hingelegt hatte, fand sie erstaunlicherweise am Schlüsselbrett und lief durch den Kellergang zur danebenliegenden Garage. Stolz betrachtete sie das Auto, das jetzt ganz allein ihr gehörte. Es war zwar nur ein Japsenpassat, wie Rüdiger den Cherry herablassend zu nennen pflegte, aber er war klein und wendig und würde ihr hoffentlich das Einparken erleichtern. Damit hatte sie immer noch

Schwierigkeiten, obwohl Florian das schon hundertmal mit ihr geübt hatte. In einem Anfall von Verzweiflung hatte er sogar einmal zwei alte Stühle auf die Straße gestellt und Tinchen üben lassen, doch das hatte nichts genützt. Die Stühle waren dauernd umgefallen.

Gestern hatte sie schon eine Probefahrt durch Steinhausen unternommen, die beiden Supermärkte wenigstens von außen betrachtet, sich den Weg zum Metzger und zum Bäcker eingeprägt und ganz zufällig sogar den Kindergarten gefunden, den Julia besuchen sollte. Künftig würde sie ihre Tochter selbst dort abliefern, vorher natürlich Tobias zur Schule bringen – alles gar kein Problem, der ganze Rhythmus mußte sich nur erst einspielen.

Das Einkaufen machte Spaß. Der Geschäftsführer, durch den Stadtklatsch ohnehin informiert und von einer aufmerksamen Kassiererin vorgewarnt, eilte beflissen herbei, um seine neue Kundin zu begrüßen. Ob er der gnädigen Frau behilflich sein könne? Der Sauerbraten sei sehr zu empfehlen, äußerst günstig heute, aber selbstverständlich stehe Herr Weisbrod von der Fleischabteilung auch für individuelle Wünsche zur Verfügung. Vielleicht ein paar Bratwürste? Hausgemacht natürlich, nach Nürnberger Art.

Also kaufte Tinchen Bratwürste, obwohl die nicht auf der Liste standen, und ein Pfund Aufschnitt, weil man den immer brauchte, zögerte aber beim Sauerbraten und nahm statt dessen ein Kilo Hackfleisch mit. Während sie an den Regalen entlangschritt, war sie sich der neugierigen Blicke der übrigen Kunden sehr wohl bewußt. Sie bedauerte nur, nicht doch eine andere Hose angezogen oder wenigstens ihre eigene Jacke aus dem Schlafzimmer geholt zu haben, statt in Florians viel zu großen Anorak zu schlüpfen, aber das war nun nicht mehr zu ändern.

Der Einkaufswagen füllte sich. Milchreis gab es im Sonderangebot, auch Schwammtücher, beides war nicht verderblich und konnte auf Vorrat gekauft werden. Sie nahm auch noch Kinderzahnpasta für Julia mit und Kognakbohnen für Florian. Die aß er so gerne. Zum Schluß legte sie noch drei Blumenkohlköpfe in den Wagen, weil die besonders groß und besonders preiswert waren. Dann rollte sie ihre Ausbeute zur Kasse. Nicht einmal Martha konnte ihr mangelndes Preisbewußtsein vorwerfen, sie hatte wirklich sehr überlegt ihre Wahl getroffen.

Peinlich war nur, daß sie unter den geduldigen Blicken der Kassiererin lediglich einen zerknüllten Zwanzigmarkschein aus der Tasche ziehen konnte und eingestehen mußte, den Geldbeutel zu Hause vergessen zu haben. Verflixte Schusselei! Ausgerechnet am ersten Tag mußte das passieren! Am Ende hielt man sie noch für eine Betrügerin! Die Leute guckten auch schon so komisch, und am Gemüsestand steckte man bereits die Köpfe zusammen.

Während sie noch überlegte, ob sie zu Hause anrufen und sich durch Florian auslösen lassen sollte, nahte weißbekittelt der rettende Engel. Mit verbindlichem Lächeln beteuerte der Geschäftsführer, das alles mache gar nichts, selbstverständlich könne die gnädige Frau beim nächsten Mal bezahlen, jeder könne mal etwas vergessen, er selbst habe zum Beispiel erst kürzlich seinen Termin beim Zahnarzt vergessen, hahaha, und ob er vielleicht beim Einladen der Waren behilflich sein dürfte? Nein? Auch gut, dann also besten Dank, auf Wiedersehen und eine Empfehlung an den leider noch unbekannten Herrn Gemahl.

Später wußte Tinchen nicht mehr, wie sie aus dem Laden heraus- und in das Auto hineingekommen war. Die heruntergefallene und aufgeplatzte Milchreispackung hatte sie einfach liegenlassen, alles andere in den Kofferraum geworfen und mit quietschenden Reifen den Ort ihrer Blamage verlassen. Das Geld konnte Florian nachher vorbeibringen. Sie selbst würde in der nächsten Zeit wohl besser im anderen Supermarkt einkaufen.

Als sie in die Garage fuhr, hatte sie sich wieder etwas beruhigt. Es war ja auch zu albern, sich wegen solch einer Lappalie aufzuregen. Was sind schon achtundachtzig Mark einunddreißig, wenn man Bender heißt und zur Hautevolee von Steinhausen gehört? Oder zumindest mit dieser eng verwandt ist.

Am Küchentisch saß Clemens und frühstückte Schweizer Käse. Sollte er nicht längst in der Uni sein?

»Morgen, Tinchen. Sag bloß, du warst schon einkaufen. Hast du zufällig einen Bückling mitgebracht?«

»Nein, nur Ölsardinen.«

»Auch gut. Wo sind sie?«

»Noch im Wagen. Ich habe nämlich bloß zwei Hände.«

»Tja, kein Mensch ist eben vollkommen.« Dann bequemte er sich aber doch zum Aufstehen. »Kann ich dir helfen?«

»Frag nicht so dämlich, faß lieber mit zu!«

Sein Gesicht wurde immer länger, je mehr Waren sich auf dem Tisch stapelten. »Sieben Packungen Milchreis? Wer soll denn diese Pampe essen? Ich kann mich jedenfalls nicht erinnern, daß in den letzten zehn Jahren so was hier auf die Teller gekommen ist.«

»Dich zwingt ja auch niemand dazu. Meine Kinder mögen Milchreis sehr gerne«, erklärte Tinchen vorsichtshalber, obwohl sie ihre Behauptung noch niemals hatte überprüfen können, denn nachdem sich auch beim dritten Versuch der Reis in eine klebrige, leicht schwärzliche Masse verwandelt hatte, war dieses Gericht ebenfalls von der Speisekarte gestrichen worden.

»Aber gleich sieben Pfund...«, zweifelte Clemens. Dann sah er den Blumenkohl und lachte. »Den hat doch Marthchen bestimmt nicht bestellt.«

»Nein. Es gab ihn im Angebot, und davon konnte sie gar nichts wissen.«

»Na, dann sieh mal zu, wem du das Gemüse unterjubeln kannst. Seitdem Melanie vor zwei Jahren eine Raupe in ihrem Blumenkohl gefunden hat, rührt sie keinen mehr an. Aus Mitleid mit der bedrohten Tierwelt, und weil er sich sowieso nichts draus macht, hat sich Rüdiger dem Boykott angeschlossen. Ich esse die Sauce Hollandaise übrigens auch lieber ohne. Aber Julia und Tobias sind sicher ganz verrückt nach Blumenkohl?«

»Nein«, gestand Tinchen kleinlaut, »sie mögen ihn auch nicht.«

»Weshalb hast du ihn denn überhaupt mitgebracht?«

»Weil er so billig war.«

»Das ist natürlich ein Argument!« versicherte er ernsthaft, aber als er ihre betretene Miene sah, fing er wieder an zu lachen.

»Nun heul nicht gleich, du hast es doch nur gutgemeint.«

»Das muß ich aber erst mal Martha verklickern.«

»Ach was, die erfährt das gar nicht. Sie hängt im Garten Wäsche auf.« Aus einem Schubkasten nahm er zwei Plastiktüten, packte die Kohlköpfe hinein und stellte sie in eine Ecke. »Die nehme ich nachher mit in die Uni. Unsere Selbstverpfleger sind über jede Mark froh, die sie sparen können. Aber bevor du deine nächste Einkaufstour startest, solltest du dich doch mal bei Marthchen nach den Eßgewohnheiten der Sippe erkundigen. Papiersuppen gehören nämlich auch zum Küchentabu.«

Eine neue Tüte wurde geholt, in der die beanstandeten Fertiggerichte, das Knödelpulver und das Sortiment bunter Plastikpuddings verschwanden. »Meine Kommilitoninnen werden dich in ihr Nachtgebet einschließen.«

»Aber du kannst doch nicht alles...«

»Sei froh, wenn der Kram verschwindet, bevor Marthchen aufkreuzt. Sie würde dir das nie verzeihen. Mit der Zumutung, Vorgekochtes zu verwerten, kratzt du ihre Ehre an. Nicht mal fertiges Hackfleisch kauft sie. Das dreht sie selber durch den Wolf, weil sie dann weiß, was drin ist.«

Ein weiteres Päckchen wurde wohltätigen Zwecken gespendet, aber dann räumte Tinchen die Lebensmittel außer Reichweite. Clemens schielte schon begehrlich nach den Kognakbohnen.

»Mußt du heute nicht zur Uni?«

»Heute sind vormittags keine Vorlesungen.« Er schob das

letzte Stück Käse in den Mund, griff zur Zeitung und lehnte sich bequem in seinen Stuhl zurück.

Tinchen öffnete die Tür zum Besenschrank, an deren Innenseite zwei Stundenpläne klebten sowie ein übersichtliches, mit verschiedenfarbigen Stiften ausgefülltes Verzeichnis von Clemens' Studienfächern. »›Pathologie‹ übersetzt man wohl am besten mit ›pathologische Faulheit‹ und Physiologie ist wahrscheinlich der lateinische Name für Lustlosigkeit. Mach, daß du rauskommst!«

Widerspruchslos räumte Clemens das Feld. Vorher riß er den verräterischen Zettel von der Tür, knüllte ihn zusammen und steckte ihn in die Hosentasche. »Der ist längst überholt. Stammt noch aus dem vorigen Semester.«

»Bist du zum Mittagessen da?«

Er warf einen beziehungsreichen Blick auf die Milchreistüten.

»Aus dem Babyalter bin ich raus, und Bratwurst kriege ich auch in der Uni. Mens sana in corpore sano. Auf deutsch: Wer in der Mensa ißt, braucht einen gesunden Körper. Tschüs bis heute abend.« Weg war er. Wenig später setzte sich keuchend und stotternd der nicht mehr ganz jugendliche Käfer in Bewegung, von Clemens erst kürzlich aus sechster Hand erworben. Er hatte ihn Samson getauft mit der Begründung, die vielen Ersatzteile hätten die ursprünglichen Kräfte des Autos auf ein Mindestmaß reduziert.

Während Clemens gemütlich nach Heidelberg tuckerte, um den Rest des Vormittags in Gesellschaft Gleichgesinnter im Scharfen Eck zu verbringen, der Stammkneipe aller Medizinstudenten, kämpfte Tinchen um ihr Selbstbewußtsein. Nach kurzer Prüfung der eingekauften Lebensmittel hatte Martha das meiste davon als überflüssig und kaum zu gebrauchen aussortiert, das angeforderte Gulasch reklamiert, auf die fehlenden Brötchen hingewiesen und rundheraus erklärt, sie habe erwartet, daß die Frau Bender lesen könne, oder ob sie künftig den Einkaufszettel zeichnen müsse. Worauf Tinchen mit dem letzten Rest von Selbstbeherrschung die Küche verlassen und sich im Schlafzimmer verkrochen hatte. Auf dem Weg dahin waren ihr dann alle schlagfertigen Antworten eingefallen, mit denen sie Marthas Monolog hätte unterbrechen und die ganze Sache ins Lächerliche ziehen können.

Na schön, sie hatte weniger auf die Liste geguckt und mehr in die Regale, hatte das Falsche gekauft und das Richtige vergessen, aber davon ging schließlich die Welt nicht unter, und verhungern würden sie auch nicht. Die Kühltruhe war randvoll, und notfalls würde sie eben für den ganzen Verein Spaghetti Bolognese kochen. Das konnte sie wirklich gut, sogar Mutti hatte das wiederholt bestätigt. Hackfleisch hatte sie ja glücklicherweise mitgebracht, Spaghetti gab es erfahrungsgemäß in jedem kinderreichen Haushalt ... Aber dann fiel ihr ein, daß das Fleisch mit Clemens nach Heidelberg fuhr und Tomaten auch zu jenen Dingen gehörten, die sie vergessen hatte mitzubringen. Vielleicht sollte sie es doch noch mal mit Milchreis versuchen?

Ein gräßlicher Schrei riß sie aus ihren Überlegungen. Es klang genauso wie in den Edgar-Wallace-Filmen, wenn die ahnungslose Heldin über die dritte Leiche im Keller stolpert. Und genau da schien dieser Schrei auch herzukommen. Tinchen riß die Tür auf, rannte die Treppe hinunter, dann die zweite, die ins Souterrain führte, und als sie gerade die erste Stufe der Kellertreppe betreten hatte, fiel ihr Frau Schliers in die Arme. Das Kopftuch war verrutscht und hing ihr halb übers Gesicht, ihre Haare standen zu Berge und ihre Augen zeigten blankes Entsetzen. »Eine Ratte«, keuchte sie, »eine ganz große Ratte! Hinten bei den Kartoffeln.«

»Unsinn, hier gibt es keine Ratten. Wer weiß, was Sie gesehen haben.« Martha war dazugekommen und machte Anstalten, den Ort des Grauens selbst zu inspizieren.

»Gehen Sie da nicht hin!« kreischte Frau Schliers, »Ratten sind gefährlich! Die hat bestimmt der Hund angeschleppt.«

»Na, wenn sie tot ist, kann sie Ihnen doch nichts mehr tun.« Obwohl Tinchen sich im allgemeinen weder vor Spinnen, Regenwürmern noch Mäusen fürchtete, waren ihr Ratten doch ein bißchen unheimlich. Andererseits sah sie in ihrem heroischen Entschluß, ganz allein dem Untier entgegenzutreten, die beste Gelegenheit, Marthchen von ihren sonstigen Qualitäten zu überzeugen. Mut sowie Unerschrockenheit würden doch wohl das bißchen Vergeßlichkeit aufwiegen.

Sogar in Frau Schliers Augen glomm so etwas wie Hochachtung auf, als Tinchen sich mit einer Kaminschaufel bewaffnete und vorsichtig in den Keller stieg. Nachdem sie sich an das diffuse Zwielicht gewöhnt hatte, suchte sie zunächst die Kartoffelkiste ab, konnte aber außer einem durchlöcherten Fußball nichts entdecken, was dort nicht hingehörte. Auch das hohe Regal mit dem Eingemachten sah unverdächtig aus, bis auf die Pelzmütze natürlich, die zwischen den konservierten Birnen eigentlich nichts zu suchen hatte. Als Tinchen danach greifen wollte, um sie mit nach oben zu nehmen, kam Leben in das Fellknäuel. Sie schrie auf, sprang zwei Schritte zurück, hob die Schaufel und – konnte gerade noch rechtzeitig abbremsen, bevor Herr Schmitt ein gewaltsames Ende fand.

»Du hast mir vielleicht einen Schrecken eingejagt!« Das völlig verängstigte Tier ließ sich widerstandslos auf den Arm nehmen. Sie drückte das zitternde Häschen an sich und streichelte zärtlich sein verstaubtes Fell. »Du bist der klassische Fall für den Tierschutzverein. Eingesperrt im dunklen Keller bei rohen Kartoffeln und sauren Gurken. Entschuldige, Herr Schmitt, aber wir haben dich total vergessen!«

Es blieb ein unerklärliches Rätsel, wie der Hase das mit zwei Wirsingkohlköpfen beschwerte Fliegenfenster hatte anheben und dann aus seinem gläsernen Käfig flüchten können, aber Not macht bekanntlich erfinderisch. Ständig einen Kohlkopf vor Augen zu haben und nicht heranzukommen, hält nicht mal ein Hasenherz aus.

Erst nach einem doppelten Kognak ließ sich Frau Schliers davon überzeugen, daß die Ratte erstens gar keine war, zweitens ein Zwerghase nur entfernt mit einem Kaninchen verwandt und folglich für die Bratpfanne nicht geeignet ist und drittens normalerweise in einem dafür bestimmten Käfig sitzt, wo er keine Putzfrauen erschrecken konnte, andererseits aber auch vor Übergriffen eben solcher geschützt war.

»Am besten werde ich jetzt nach Hause gehen«, beschloß Frau Schliers und ließ sich das Glas noch einmal vollgießen. »Arbeiten kann ich heute nicht mehr, dazu ist mir der Schreck zu sehr in die Glieder gefahren. Hunde! Hasen! Bin mal neugierig, was Sie uns noch ins Haus schleppen!« Vorwurfsvoll sah sie Tinchen an. »Wenn das die Frau Professor wüßte!«

»Ich bin überzeugt, sie wird es bald erfahren«, sagte Tinchen liebenswürdig. »Können Sie allein gehen, oder soll ich Sie schnell heimbringen?«

Die Aussicht, bereits genügend Stoff für einen ausführlichen Brief nach Amerika gesammelt zu haben, verlieh Frau Schliers neue Kräfte.

»Ich komme gut allein zurecht. Außerdem haben Sie gar keine Zeit, Frau Bender. Den Flur habe ich noch nicht gewischt, die Kacheln auf der Toilette müssen heute abgeseift werden, im Eßzimmer ist noch nicht gesaugt, und im ersten Stock bin ich überhaupt nicht gewesen. Das werden Sie wohl alles selbst machen müssen.«

Eine Antwort verkniff sich Tinchen. Sie war froh, als die Haustür zuschlug und Frau Schliers' Abgang signalisierte.

Martha schien es ähnlich zu gehen. »Was ihr auf dem Kopf an Haaren fehlt, hat sie auf den Zähnen. Keiner kann sie leiden, nur die Frau Doktor, aber die hat ja auch am wenigsten mit ihr zu tun.«

»Können wir sie nicht einfach rausschmeißen?«

Martha schüttelte den Kopf. »So weit reichen unsere Befugnisse nicht.«

»Dann muß man sie dazu bringen, von selbst zu gehen.«

»Das schaffen Sie nicht!«

»An Ihrer Stelle würde ich da nicht so sicher sein«, lächelte Tinchen beziehungsvoll. Sie hatte schon eine Idee, zwar noch ein bißchen unausgegoren, aber an Improvisationstalent hatte es ihr noch nie gefehlt, und wenn sich die Kinder mit ihr verbündeten, würde dieser Hausdrachen voraussichtlich bald kapitulieren.

Bereits am Nachmittag war der Hirtenteppich aus der Eingangshalle verschwunden, und als Melanie aus der Schule kam, rupfte Tinchen gerade den Läufer von der Treppe.

»O Gott, nein! Du bist ja noch schlimmer als die Hahneblank. Die war wenigstens mittags immer fertig. Du brauchst übrigens den Läufer nicht zu demontieren, der ist erst kürzlich gereinigt worden.«

»Eben darum soll er ja weg.« Mit einem Ruck zog Tinchen das letzte Stück aus der Verankerung und ließ den Teppich herunterfallen. »Hilf mir mal beim Zusammenrollen! Wir wickeln ihn in Plastikfolie und bringen ihn in den Keller.«

»Warum denn bloß? Mir gefällt das Blümchenmuster ja auch nicht, aber besser als die kahlen Stufen ist es allemal.«

Erst gluckste sie, als sie von Tinchens Plan hörte, dann nickte sie zustimmend, verwarf einige Vorschläge, machte selber welche, weihte Rüdiger in ihr Vorhaben ein, der wiederum Clemens informierte, und noch vor dem Zubettgehen hatten sie ihre gemeinsame Strategie festgelegt. Marthchen wurde mit Einzelheiten verschont, Florian bemerkte überhaupt nichts, ihm waren nicht einmal die fehlenden Teppiche aufgefallen, er wunderte sich lediglich, daß man für Herrn Schmitts Käfig keinen anderen Platz gefunden hatte als ausgerechnet die Eingangshalle. Genau gegenüber stand nunmehr Klausdieters Körbchen.

»Tiere brauchen die Gesellschaft von Artgenossen«, versicherte Rüdiger ernsthaft, »man darf sie nicht ins soziale Abseits stellen.«

»Na, dann mach mal Klausdieter klar, daß er ab sofort ein Hase ist. Aber wenn es wärmer wird, kommt Herr Schmitt in den Garten«, ordnete Florian an.

»Bis dahin hat er hoffentlich auch seinen Zweck erfüllt.«

Am nächsten Tag erklärte sich Frau Schliers bereits um zehn Uhr außerstande, ihre Arbeit fortzusetzen. Ihre Nerven hielten das nicht aus, der Schreck von gestern säße ihr noch in den Knochen, und überhaupt sei das kein Haus mehr, sondern ein Schweinestall.

Vielleicht haben wir doch ein bißchen übertrieben, dachte Tinchen und betrachtete die vielen Fußspuren, die sich von der Haustür durch die Flure zur obersten Treppenstufe zogen. Rund um Klausdieters Freßnapf waren Hundeflocken verstreut, und als Rüdiger Herrn Schmitt versorgt hatte, hatte er auch ein bißchen Heu neben den Käfig fallen lassen. Am Treppengeländer hing ein tropfnasser Regenschirm, ein meteorologisches Wunder, denn seit Tagen schien die Sonne, und um das Bild abzurunden, hatte Tinchen noch gleichmäßig Bauklötze und Puppengeschirr auf dem Fußboden verteilt. Die von Clemens in Erwägung gezogenen Matchboxautos hatte sie allerdings mit der Befürchtung abgelehnt, etwaige Krankenhauskosten für Frau Schliers ließen sich unter keinem Posten verbuchen, und geheime Wünsche, die in diese Richtung zielten, seien inhuman.

Mit einer gewissen Erleichterung hatte Frau Schliers festgestellt, daß zumindest die Zimmer von dem vandalistischen Treiben verschont geblieben waren, und so war sie unter Mißachtung der vorderen Räume dem Arbeitszimmer zu Leibe gerückt. Normalerweise interessierte sich Klausdieter nicht für Putzfrauen. Sie verbreiteten Unruhe um sich, hatten einen Staubsauger als Waffe und trugen selten Jeans. Nur heute zog es ihn unwiderstehlich ins Arbeitszimmer und dort ganz besonders zu dem Topf mit der Yuccapalme. Zweimal schon hatte ihn Frau Schliers hinausgeworfen, aber nach dem dritten Versuch hatte sie mit dem Teppichklopfer auf ihn eingedroschen, dabei eine Blumenvase heruntergefegt und war empört zu Tinchen gelaufen.

»So geht das nicht, Frau Bender! Ich kann nicht sauber machen, wenn mir dauernd der Hund zwischen den Füßen herumrennt. Sorgen Sie gefälligst dafür, daß er mich nicht mehr stört!«

Inzwischen hatte Klausdieter das Terrain sondiert und endlich den Knochen gefunden. Er buddelte ihn gerade aus, als Tinchen im Kielwasser von Frau Schliers das Zimmer betrat. Nicht die Tatsache, daß auf dem frisch gesaugten Perser die ganze Blumenerde verstreut war, hatte Frau Schliers erbittert, nein, die Indolenz war es gewesen, mit der die junge Frau Bender diesen Frevel hingenommen hatte.

»Nun haben Sie sich doch nicht so wegen dem bißchen Sand«, hatte sie gesagt und diesem unerzogenen Köter nur ein wenig mit dem Finger gedroht. »Du weißt doch genau, daß du hier im Haus keine Knochen vergraben darfst.«

Klausdieter hatte Protest gebellt, denn er fühlte sich zu Unrecht beschuldigt, aber Frau Schliers hatte die Kläfferei als zusätzliche Provokation empfunden, die sie sich nicht bieten lassen mußte. Nicht mal ihre Sachen hatte sie weggeräumt, bevor sie im Sturmschritt das Haus verlassen hatte. Morgen würde sie nicht kommen, sie müsse zu einer Beerdigung, hatte sie noch im Hinausgehen gerufen, und am Donnerstag würde es auch später werden, weil sie beim Arzt angemeldet sei.

Tinchen war zufrieden. »Das Bollwerk wackelt!« Im Handumdrehen hatte sie das Schlachtfeld aufgeräumt, den Teppich gesaugt, Fliesen und Treppe gewischt und Herrn Schmitt samt Käfig wieder in Rüdigers Zimmer gebracht, wo er eine vorläufige Bleibe gefunden hatte. Der hatte seine Emigrationspläne sehr schnell aufgegeben, nachdem die Großeltern am Sonntag abgereist waren und selbst Tinchen tief durchgeatmet hatte. Es läßt sich eben nichts so schwer verbergen wie die Gefühle, die einen bewegen, wenn man seine Verwandten wieder wegfahren sieht.

Bei ihrem Vorhaben, Frau Schliers zu einem freiwilligen Rückzug zu veranlassen, hatten die Verschwörer nicht mit Florian gerechnet. Vor die Notwendigkeit gestellt, quasi rund um die Uhr Vaterpflichten erfüllen zu müssen, während die Mutter seiner Kinder Staub wischte und Duschwannen scheuerte, erinnerte er sich vage einer hageren Gestalt in Kittelschürze, die ihm gleich am ersten Tag das Betreten des

Hauses in Straßenschuhen rundheraus verboten hatte. Mit bewährtem Charme hatte er sie begrüßt, ihren Befehl ignoriert und sich trotzdem keinen Protest eingehandelt. Also, wo zum Kuckuck war dieser Putzteufel abgeblieben?

Die Erklärung, Frau Hahneblank sei krank geworden, nahm er noch als gegeben hin, schließlich hat jeder Mensch Anspruch auf seine jährliche Grippe, aber als die nach drei Tagen wiederauferstandene Putzfrau sich am vierten Tag weigerte, dieses »zu einem Schlumm verkommene Haus« noch einmal zu betreten, ging er der Sache auf den Grund.

Was ihm in schrillstem Diskant und von hysterischen Schluchzern unterbrochen vorgetragen wurde, ließ ihn am Verstand seiner Neffen und seiner Nichte zweifeln. So hatte Rüdiger es nicht nur gewagt, den Schreibtisch seines Vaters zu entweihen, indem er dort ganz ordinäre biologische Untersuchungen vorgenommen hatte, nein, er hatte sogar sein Mikroskop stehenlassen und eine Blechbüchse mit lebendigen Regenwürmern!! Beinahe in Ohnmacht sei sie gefallen, als sie nichtsahnend in die Schachtel geguckt und das eklige Gewürm gesehen hatte. Und Melanie erst! Sie hatte wohl ihr Aquarium reinigen wollen – »Zeit war es wirklich, ich hatte sie schon des öfteren deshalb ermahnt« – und die Fische solange in Wassergläser umquartiert. Darin schwammen sie nun immer noch. Mindestens ein Dutzend Gläser standen oben herum, aber keine gewöhnlichen, nein, die geschliffenen hatte sie genommen, die nicht mal in die Spülmaschine durften. Und dann der Hund! Schleppte seine Knochen von einem Zimmer ins nächste, balgte sich mit den Kindern auf dem Sofa herum – »wo doch die Frau Professor so eigen ist mit den Kissen!« – und hinterließ immer dort seine Pfotenabdrücke, wo gerade aufgewischt worden war. Jedesmal blute ihr Herz, wenn sie schweigend mitansehen müsse, wie man die kostbaren Sachen behandele, sie könne das nicht mehr ertragen und werde deshalb für immer gehen. Wenigstens so lange, bis die Frau Professor wieder nach Hause käme. Wenn es dann für sie überhaupt noch ein Zuhause gebe.

Florian redete mit Engelszungen, beteuerte, nichts von alldem gewußt zu haben, weil ihm als Mann die hauswirtschaftlichen Belange fremd seien, versprach Abhilfe, Gehaltszulage sowie weitere, nicht näher bezeichnete Vergünstigungen und erreichte tatsächlich, daß Frau Schliers ihre Kündigung zurückzog.

»So viel habe ich schon lange nicht mehr gequasselt, aber es hat wenigstens etwas genützt«, verkündete er beim Abendessen der versammelten Familie. »Und wenn ihr euch nicht zusammennehmt« – ein drohender Blick streifte den Nachwuchs –, »dann werdet ihr mich von einer weniger toleranten Seite kennenlernen! Regenwürmer gehören in den Garten, und der Hund hat auf den Möbeln nichts zu suchen. Zu Hause hat er das ja auch nie gemacht.«

»Eben, es wird schwer sein, ihm das wieder abzugewöhnen«, sinnierte Tinchen, »wir haben ihn erst regelrecht darauf dressieren müssen.«

»Was habt ihr???«

»Ja, weißt du, Florian, die Sache ist nämlich die...«, begann Clemens, unterbrach sich aber sofort und empfahl seinem Onkel, ihm lieber ins Wohnzimmer zu folgen, wo in erreichbarer Nähe die Kognakflasche stand, denn die würde er wahrscheinlich brauchen. Ob es nun an Clemens' Schilderung der charakterlichen Mängel von Frau Hahneblank lag oder an dem Courvoisier, ließ sich später nicht mehr genau feststellen, aber Florian zeigte plötzlich volles Verständnis für seine Lieben. Er werde sogar morgen höchstpersönlich noch einmal mit Frau Schliers reden, auf das gestörte Vertrauensverhältnis hinweisen, auf die nervliche Belastung, die der ungewohnte Familienzuwachs bedeute, und daß es wohl doch besser sei, wenn die so tüchtige Haushälterin einen wohlverdienten längeren Urlaub antrete. In der Zwischenzeit werde man sich schon irgendwie zu behelfen wissen.

»Aber wie?« grübelte er laut. »Schließlich kann ich nicht dauernd Kindermädchen spielen, während Tinchen Serviettenringe poliert. Ich bin durchaus für Gleichberechtigung, und es macht mir gar nichts aus, Julia zum siebenundzwanzigsten Mal Rotkäppchen vorzulesen, aber irgendwann muß ich auch mal anfangen zu arbeiten.«

»Was denn?« erkundigte sich Rüdiger. »Ich denke, du bist hier bloß Obermotz und machst ansonsten Ferien.«

»Ich werde ein Buch schreiben.«

Diese feierliche Eröffnung wurde zu Florians Enttäuschung keineswegs mit dem erwarteten Respekt aufgenommen, sie löste nur allgemeine Heiterkeit aus.

»Mein Gott, noch einer, der sich zum Schriftsteller berufen fühlt«, stöhnte Melanie. »Was soll es denn werden? Was Autobiographisches?«

»Schäme dich nicht deiner Vergangenheit – schreib einen Bestseller darüber!« ergänzte Rüdiger, während Clemens warnte: »Laß das lieber bleiben! Schriftsteller sind die einzigen Menschen, die einem auch noch lange nach ihrem Tod auf die Nerven gehen können.«

Florian fühlte sich in die Defensive gedrängt. »Jeder Journalist hat einen Roman im Kopf!«

»Da ist er auch am besten aufgehoben.« Kameradschaftlich schlug ihm Rüdiger auf die Schulter.

Der künftige Autor schwieg beleidigt. Er hatte ohnehin nicht vorgehabt, sich über den Inhalt seines Werkes zu äußern, das hätte seine potentieller Studienobjekte nur abgeschreckt, aber wenigstens ein bißchen Hochachtung hatte er erwartet. Wer hat schon einen angehenden Schriftsteller in der Familie?

»Ich will mich ja nicht einmischen, und eigentlich geht es mich auch gar nichts an, aber ich glaube, ich weiß wen, der in dieses Haus hier reinpassen täte.«

Mehr ließ sich Martha nicht entlocken. Sie müsse erst mit Oma Gant reden, behauptete sie, und es sei ja auch noch gar nicht sicher, ob die Frau überhaupt wolle.

In das allgemeine Aufatmen hinein piepste Julias Stimme: »Muß ich nu nich mehr im Flur mit den Legosteinen spielen?«

Pfefferminzlikör
wirkt Wunder

Oma Gant war vierundsechzig Jahre alt, einen Meter zweiundsechzig groß und wog vierundachtzig Kilo, weshalb Rüdiger sie insgeheim Kubikmeter getauft hatte, denn Länge mal Breite mal Höhe ergibt bekanntlich ... so weit reichten seine mathematischen Kenntnisse.

Oma Gant – sie hörte auf den Namen Creszentia – sah genauso aus, wie Omas normalerweise auszusehen haben. Die grauen Haare waren glatt zurückgekämmt und im Nacken zu einem kümmerlichen Knoten zusammengedreht, der kaum das Gewicht der vielen Haarnadeln tragen konnte. Ihr rundes Gesicht mit den rosa Bäckchen und den seltsam blauen Augen strahlte Güte aus, die gutgepolsterten Arme luden förmlich zum Hineinkuscheln ein, aber wenn man nicht aufpaßte, kratzte man sich an den ekligen Perlmuttknöpfen, mit denen sie ihre selbstgeschneiderten Kleider zu verzieren pflegte. Deshalb saß Julia auch lieber auf dem Fußboden, den Kopf an die weichen Knie gelehnt, und hörte andächtig zu, wenn Oma Gant erzählte. Stundenlang tat sie das, während sie Strümpfe stopfte oder Wäsche ausbesserte. Nur beim Bügeln war sie lieber allein. »Ich hab' man immer Angst, das Kind kommt mich ans heiße Eisen.« Diesen Verdacht hatte Julia zwar empört von sich gewiesen – »ich weiß doch, daß ich das nicht darf« –, aber Oma Gant war unerbittlich geblieben.

»Und was is, wenn ich nu mal raus muß? Dann gehst du mich womöglich doch ran. Nee – nee, beis Bügeln will ich keinen von euch Kroppzeuch bei mich haben.«

Sonst liebte sie das Kroppzeug. »Endlich sind man wieder Kinder im Haus. Mit die Großen kann ich ja nu nich mehr so richtich, aber so was Kleines, was schon aus das Gröbste raus is, is mich immer am liebsten.« Dann hatte sie Julia auf den Arm genommen und ihr einen schmatzenden Kuß gegeben. Worauf Tobias, der diese kleine dicke Frau mit wachsendem Interesse betrachtet hatte, sofort getürmt war. Küssende Frauen konnte er nicht ausstehen. Mal abgesehen von der Mami, die ja ein gewisses Recht darauf hatte und zum Glück sehr sparsam war mit ihren Liebesbezeigungen, aber schon die Aufforderung seiner richtigen Oma, ihr einen »schönen dicken Kuß« zu geben, verursachte ihm jedesmal Gänsehaut. Männer küssen nicht! Deshalb konnte er ja auch den Vati nicht verstehen, der so oft an Mami herumküßte.

»Das gehört zu den wenigen angenehmen Pflichten eines Ehemannes«, hatte Florian seinem Sohn erklärt, und der hatte ganz entsetzt gefragt: »Muß man das wirklich, wenn man verheiratet ist?« Auf das zustimmende Nicken seines Vaters hatte Tobias im Brustton der Überzeugung verkündet: »Dann heirate ich nie!«

»Darüber reden wir in zehn Jahren noch mal«, hatte Florian lachend gesagt, aber Tobias konnte sich nicht vorstellen, weshalb man dieses Thema jemals wieder aufgreifen sollte.

Nun war er seiner Großmutter und ihren Küssen endlich entkommen, da tauchte eine falsche Oma auf, die auch küssen wollte. Sonst war sie ja ganz okay, hatte auch meistens Bonbons in der Tasche oder mal einen Radiergummi mit Mickymaus oben drauf, und den Dreiangel in der neuen Hose hatte sie ganz schnell und prima gestopft, daß Mami ihn bis heute noch nicht bemerkt hatte, bloß diese dumme Küsserei!

Oma Gant wurde also telefonisch herbeizitiert, erschien auch umgehend, obwohl Sonntag war, denn außerhalb ihrer turnusmäßigen Arbeitszeit war sie noch nie gerufen worden, und ihre Schwägerin im Altersheim konnte sie auch ein andermal besuchen.

Die Mitteilung, Frau Schliers habe das Handtuch geworfen, nahm sie mit beifälligem Nicken zur Kenntnis. »Das sieht sie ähnlich. Ich hab' ihr ja nie nich leiden können, aber tüchtig isse gewesen, allens was recht is.« Dann sah sie die erwartungsvollen Gesichter um sich herum und wehrte erschrocken ab. »Ich würde Sie ja man gerne helfen, aber das geht nu nich mehr. So'n bißchen Plätten schaffe ich allemal und bei die Nähsachen kann ich ja bei sitzen, bloß mit die Bewegung und die Korpelenz tu ich mich schwer. Die Martha kann Sie das auch sagen. Bis ich mich einmal bücken tu, is schon der halbe Tag rum.«

Es wäre übrigens zwecklos, den eigenartigen Dialekt von Oma Gant lokalisieren zu wollen, weil er in dieser Perfektion nirgendwo gesprochen wird. Nach eigenen Angaben war sie im nördlichsten Zipfel von Ostpreußen geboren und als frühverwaistes Kind innerhalb der weitläufigen Verwandtschaft von einer Tante zur anderen weitergereicht worden. Auf diese Weise hatte sie erst Schlesien von Nord nach Süd durchquert, war dann nach Pommern zur Großmutter und nach deren Tod zur Großtante nach Mecklenburg gekommen, hatte ihr Pflichtjahr in Grünau bei Berlin und das Kriegsende im sächsischen Crimmitschau überstanden. Ihr späterer Mann stammte aus dem Sudetenland, und von ihm hatte das Konglomerat von Dialekten, das Creszentia Gant, geborene Schemanski, ohnehin schon sprach, noch den letzten Schliff bekommen.

Anfänglich hatte Tinchen befürchtet, die sehr eigenwillige Grammatik könnte auf die Kinder abfärben, aber dann hatte sie entdeckt, daß Tobias seinerseits versuchte, Oma Gant und den Duden einander näherzubringen. »Das heißt doch: Gib *mir* mal die Schere und nicht *mich*!« – »Dat lern ich wohl nu ook nich mehr, min Jung«, hatte sie geantwortet, »aber nich, daß du mich nu allens nachredest!« Worauf Tobias nur den Kopf geschüttelt hatte: »Das kann ich ja gar nicht.«

Oma Gant wurde also mit Kaffee und Streuselkuchen versorgt, bekam ein Gläschen Pfefferminzlikör, genoß zwar die ungewohnte Aufmerksamkeit, machte sich aber insgeheim Sorgen, welchem Umstand sie diese Fürsorge zu verdanken hatte. Vielleicht hätte sie doch lieber zu ihrer Schwägerin fahren sollen.

Es war Martha, die endlich zum Kern der Sache kam. »Sie haben mir doch erst neulich von Ihrer Nachbarin erzählt, die mit den Kindern ohne Mann. Wohnt die noch bei Ihnen im Haus?«

»Diese Schlampe? Eine Schande is die für die ganze Gegend mit ihre ewige Kavaliere, wo sie immer mitbringt. Die Kinder hat se ja nu weggegeben in Pflege, ging ja wohl nich mehr anders, wo doch schon eine vom Jugendamt dagewesen...«

»Aber Sie hatten mir die Frau doch ganz anders beschrieben.« Martha spendierte einen zweiten Pfefferminzlikör, vielleicht würde er die plötzlich negativen Eigenschaften der bewußten Nachbarin wieder in etwas positivere verwandeln. Vor ein paar Tagen noch sollte sie hilfsbereit und tüchtig gewesen sein, immer liebenswürdig, die Kinder gut erzogen – so schnell kann sich doch kein Mensch ändern. Allenfalls die Meinung über ihn.

»Man hört so viel, und höchstens die Hälfte davon stimmt«, sagte Tinchen, »wenn man bloß wüßte, welche.«

»Nee, Frau Bender, das is nu nich richtich. Über die reden sie alle, aber keiner nich was Gutes.« Offensichtlich hatte der Likör seine Wirkung verfehlt. »Erst vorgestern hat sie ihren ganzen Müll...«

»Also Fehlanzeige!« Vorsichtshalber zog Florian die Flasche aus Oma Gants Reichweite, denn er befürchtete mit Recht, bei weiterem Alkoholgenuß genauestens über das Liebes- und sonstige Leben dieser ihm unbekannten Dame informiert zu werden. »Dann werden wir eben eine Anzeige im Blättchen aufgeben!«

Das wöchentlich erscheinende Mitteilungsblatt der Gemeindeverwaltung, das politisch uninteressierten Lesern auch die Tageszeitung ersetzte und so bedeutungsvolle Nachrichten vermittelte wie die bevorstehende Rinderzählung oder die von einem unbekannten Täter verursachte Beschädigung eines Halteverbotzeichens, verfügte auch über eine Rubrik ›Kleinanzeigen‹. Weshalb die so hieß, blieb Florian ein

Rätsel, denn die Danksagungen für die letzte Ehre, die einem lieben Verstorbenen bei seinem Heimgang erwiesen worden war, nahmen manchmal eine halbe Spalte ein. Da wurde dem Arzt gedankt und der Gemeindeschwester, dem Bläserchor und dem Kleintierzüchterverband, dessen Vorsitzender so bewegende Worte gefunden hatte, dem Herrn Pfarrer natürlich und dem Altenklub für den schönen Kranz, und zum Schluß auch noch dem Pächter des Bürgerstüble, der die Trauergäste so stilvoll bewirtet hatte.

Etwas kleiner gerieten die Geburtsanzeigen mit eigenhändig gemalter Wiege und genauen Daten über Größe und Gewicht des neuen Erdenbürgers. Der entflohene Wellensittich – »hört auf den Namen Putzilein« – nahm nur zwei Zeilen in Anspruch, die zum Verkauf stehende Spielzeugeisenbahn brauchte sieben, weil sie so viele Zubehörteile hatte.

Ganz am Ende standen die Stellenangebote. Da wurde ein Getränkeausfahrer mit Melkerfahrung gesucht und eine kinderliebe Oma, die drei reizende Bübchen von fünf bis neun Jahren stundenweise beaufsichtigte, ein Sargtischler und eine Kosmetikberaterin (für Hausfrauen besonders geeignet), eine Ostereierfärberin und eine Fachverkäuferin für Sanitärbedarf.

Dieses Gemeindeblatt war Florians Lieblingslektüre. Er malte sich dann immer aus, wie beispielsweise Frau Hahneblank der Frau vom Metzger Müller die Vorzüge eines Beautyfluid demonstrieren oder die gesuchte Fachverkäuferin einem Kunden den Unterschied zwischen meergrünen und balibraunen Klosettschüsseln zu erklären versuchen würde – natürlich ohne Demonstration.

Über dieses Blättchen also, das in jedem Haushalt von Steinhausen auf dem Tisch lag, hoffte Florian die dringend benötigte Putzhilfe zu finden. »Wir müssen die Anzeige nur ein bißchen originell abfassen.«

»Was für 'ne Anzeige?«

Die Schnellste ist sie wirklich nicht mehr, dachte Florian ergeben, und setzte Oma Gant noch einmal geduldig auseinander, daß Frau Schliers gekündigt habe und man eine Nachfolgerin brauche.

»Da weiß ich aber wen Besseres. Die Frau Künzel bei mich nebenan.«

»Richtig! Künzel hat sie geheißen«, sagte Martha erleichtert, »mir ist vorhin bloß der Name nicht mehr eingefallen.«

»Aber die is ja auch nich meine Nachbarin, weil die wohnt im Nebenhaus.«

Florian widerstand der Versuchung, Oma Gant die Pfefferminzlikörflasche über den Kopf zu hauen, vielmehr öffnete er sie und goß das Glas noch einmal voll, während er die Vorzüge der »so unverschuldet ins Mißgeschick« geratenen Frau Künzel über sich ergehen ließ. Demnach hatte der unverhofft gestorbene Gatte – »einfach umgefallen is er, und denn war er tot!« – die Familie mit einer mageren Beamtenpension zurückgelassen, die von Frau Künzel durch Halbtagsarbeit aufgebessert wurde. »Die Büros von die Krankenkasse putzt sie, aber immer erst so ab vier, wenn die Leute raus sind, und danach noch beim Bäcker Schmerlich den Laden. Da kriegt sie dann wenigstens übriggebliebene Brötchen oder mal 'n alten Kuchen. Aber die Kinder sind denn natürlich allein, und da hat se immer Angst. Der Große is ja schon zehn, tüchtiger Junge, holt mich immer die Kohlen rauf, aber das Mädelchen is erst fünf, und nu muß der Junge immer auf ihr aufpassen und kann nie nich weg bei seine Freunde oder mal ins Fußball und so. Viel lieber würde die Frau Künzel vormittags was arbeiten, da is die Kleine im Kindergarten und der Große in die Schule, aber sie hat ja nie nichts gelernt. Früh geheiratet, denn gleich das erste Kind und immer nur Hausfrau. Wäre ja auch allens gutgegangen, der Mann die schöne Laufbahn bei die Post, war schon beinahe Obersekretär, isser aber doch nich mehr geworden, weil er noch rechtzeitig gestorben is.«

Während Florian sich das Lachen verkneifen mußte, stellte Tinchen schon praktische Überlegungen an. Da Julia ohnehin täglich aus dem Kindergarten abgeholt wurde, würde man künftig beide Mädchen herbringen, wo sie zusammen spielen konnten, bis Frau Künzel mit ihrer Arbeit fertig war. Vielleicht ließe sich sogar einrichten, daß beide noch hier aßen, bevor sie nach Hause gingen, es blieb sowieso immer zu viel übrig.

Mitten in ihre Pläne platzte Florians naheliegende Frage: »Und Sie glauben wirklich, diese Frau Künzel würde ihre Krankenkassenfußböden und die kostenlosen Schrippen gegen dieses Irrenhaus hier eintauschen?«

»Bestimmt!« Die behäbig auf ihrem Stuhl thronende und jetzt unablässig mit dem Kopf nickende Oma Gant erinnerte Florian an eine Buddhafigur. »Die Frau Künzel is nämlich mit Leib und Seele Hausfrau. Und hier kann se doch auch mal mit Menschen reden und nich immer bloß mit leere Schreibtischstühle.« Doch, sie würde gleich bei ihr vorbeigehen, sonntags sei sie immer zu Hause, höchstens ein bißchen spazieren mit die Kinder, aber heute sicher nicht, ist ja viel zu windig, wo doch die Kleine Maleschen mit die Ohren hat, und danach riefe sie dann gleich an. Nein, nein, keinen Likör mehr, wie sehe das denn aus, eine alte Frau und betrunken. Und das auch noch am Sonntag.

»Betrunken ist sie nicht, aber ganz schön angeschickert«, grinste Florian, als er der endlich davontrottenden Oma Gant nachblickte. »Sieh mal, sie muß sich regelrecht an ihrem Streuselkuchen festhalten.«

Martha hatte nämlich behauptet, der Kuchen sei ihr diesmal zu trocken geraten, würde aus den Ohren stauben und wahrscheinlich sogar von den Enten im Stadtgraben abgelehnt werden. »Denn geben Sie den mich man mit«, hatte Oma Gant gemeint, »besser wie Hefezopf isser allemal. Ich tunk ihn einfach in mein' Milchkaffee.«

»Du hättest sie doch nach Hause fahren sollen«, sagte Tinchen vorwurfsvoll.

»Sie wollte ja partout nicht. Außerdem wird ihr die frische Luft ganz gut tun. Vielleicht war es doch keine so gute Idee, sie als Parlamentär vorzuschicken. Wenn diese Frau Künzel wirklich eine so grundsolide Frau ist, könnte sie aus Omas beschwingtem Zustand falsche Schlüsse ziehen.«

»Wieso falsche?«

Noch vor dem Abendessen kam der erlösende Anruf. Frau Künzel selbst war am Apparat – eine sehr sympathische Stimme, fand Tinchen –, bedankte sich für das Angebot, und ob es recht sei, wenn sie am nächsten Vormittag vorbeikäme? Das war Tinchen sehr recht. Florian ebenfalls. Eine Postsekretärswitwe, die sich mit Schreibtischstühlen unterhielt – die wollte er schon kennenlernen.

Bisher hatte Tinchen noch niemals eine Putzfrau beschäftigt, geschweige denn die Präliminarien abgewickelt, die solch einer Einstellung vorauszugehen haben. Wonach hatte man denn bloß zu fragen? Können Sie Fenster putzen? Blödsinn, das konnte jeder, nur konnten es manche eben besser als andere. Wie oft bohnern Sie? Auch Quatsch, das Parkett im Arbeitszimmer war versiegelt, sonst gab es fast nur Teppichböden. Mit welcher Politur die antiken Möbel behandelt wurden, wußte Tinchen selbst nicht, und daß man die Solnhofener Platten in der Eingangshalle nur feucht zu wischen brauchte, verstand sich von allein. Frau Schliers hatte sie allerdings auf den Knien liegend mit einer Wurzelbürste geschrubbt und dann noch Sagrotan ins Aufwaschwasser gekippt. Erst danach roch es für sie so richtig schön nach Sauberkeit und Frische, nach Florians Meinung roch es bloß nach Intensivstation.

Im übrigen war er es, der Frau Künzel in Empfang nehmen und begutachten mußte, denn Tinchen hatte auf ihrer morgendlichen Einkaufstour erhebliche Schwierigkeiten mit dem Wagen. Beim Bäcker war er kaum angesprungen, den Weg zum Metzger hatte er gerade noch geschafft, aber hundert Meter weiter war er endgültig stehengeblieben. Zwecks Erster Hilfe hatte Metzger Müller seinen Lehrjungen in Marsch gesetzt, aber der verstand vom Innenleben eines Schweins entschieden mehr als vom Innenleben eines Autos, außerdem fuhr er bloß Mofa, mit den Blutwürsten war er auch noch nicht fertig, und gleich um die Ecke sei ja eine Tankstelle. Die Straße war lang, die Ecke mindestens einen halben Kilometer entfernt, Tinchens Pumps für längere Fußmärsche nicht geeignet, und so dauerte es eine Weile, bis sie endlich das rettende Dach erreicht hatte. Der Tankwart war mit einem Ölwechsel beschäftigt gewesen und hatte erst mal keine Zeit gehabt. Nachdem er den Kunden abgefertigt und einem zweiten Zigaretten und Bonbons verkauft hatte, war er gewillt gewesen, sich Tinchens Diagnose anzuhören. »Wahrscheinlich ist die Batterie leer.«

»Warum sagen Sie das nicht gleich?« hatte dieser Gemütsmensch geantwortet, seinen Azubi gerufen und mit den entsprechenden Gerätschaften auf den Weg geschickt. Tinchen hatte mitfahren dürfen. Sich von einem kaum Achtzehnjährigen sagen lassen zu müssen, daß die Batterie voll, der Tank hingegen leer sei, war schon blamabel genug gewesen, aber diesen grinsenden Knaben auch noch bitten zu müssen, den Reservekanister doch freundlicherweise zu füllen und zurückzubringen, hatte das Faß zum Überlaufen gebracht. Sie hatte wütend den Kofferraumdeckel zugeschlagen und zu spät bemerkt, daß der Schlüssel darin lag. Und der Zweitschlüssel befand sich – jederzeit griffbereit – im Handschuhkasten des ordnungsgemäß verschlossenen Autos!

Als sie gegen halb zwölf nach Hause kam, war Frau Künzel schon wieder weg und Florian in glänzender Laune. »Erst hab' ich ja geglaubt, diese gutaussehende Person will mir ein Zeitungsabonnement andrehen oder Herrenparfüm verkaufen, weil ich Putzfrauen ganz anders in Erinnerung hatte, aber dann hat sich der Irrtum schnell aufgeklärt. Ich hab' sie übrigens engagiert«, sagte er selbstzufrieden. »Ich hoffe, es ist dir recht?«

»Kann sie noch was anderes außer gut aussehen?«

»Bestimmt! Sie machte einen ganz tüchtigen Eindruck, und sooo jung ist sie auch nicht mehr, mindestens neunundzwanzig.«

»So?«

»Na ja, vielleicht ist sie ja auch schon dreißig«, räumte Florian ein, »manche Frauen sehen nun mal jünger aus als sie sind.«

»So?«

»Du brauchst nicht dauernd ›so‹ zu sagen, *ich* habe doch kaum etwas mit ihr zu tun.«

»Eben.« Innerlich kochte Tinchen. »Hat Martha diese Frau Künzel wenigstens gesehen?«

»Nö, warum auch? Du bist doch die Hausherrin!«

»Ach ja?«

»Herrgott noch mal, es ist doch nicht meine Schuld, wenn du drei Stunden lang Suppenwürfel kaufst. Warum bist du denn nicht pünktlich hiergewesen?«

Da Tinchen diese Frage begreiflicherweise nicht beantworten wollte, erkundigte sie sich nach den Vereinbarungen, die Florian doch hoffentlich mit der neuen Hilfe getroffen habe. Es stellte sich heraus, daß er in seliger Unkenntnis des gängigen Stundenlohns eine weit über Tarif liegende Bezahlung angeboten hatte sowie Überstundengeld bei außergewöhnlichen Belastungen wie Familienfeiern, Logiergästen oder anderen, nicht vorhersehbaren Ereignissen.

»Und wie steht es mit Krankengeld und bezahltem Urlaub?« fragte Tinchen ironisch.

»Daran habe ich nicht gedacht«, gestand er kleinlaut, »aber das läßt sich ja nachholen.«

»Du bist ein Trottel!« war alles, was sie hervorbrachte, bevor sie ihren Mann allein ließ. Er nickte bekümmert hinterher. »Du hast ja recht, aber wer denkt denn gleich an Krankenhausrechnungen?«

Das Kapitel Schliers war übrigens noch nicht abgeschlossen. Genau eine Woche nach ihrem freiwilligen Abgang klingelte nachts das Telefon. Als Florian sich mit verschlafener Stimme meldete, tönte zu seinem Entsetzen die beherrschte Stimme seiner Schwägerin aus dem Hörer. »Guten Abend, Florian, ich hoffe, ich habe dich nicht gestört?«

»Aber gar nicht, liebe Gisela«, gähnte er mit einem Blick auf die Uhr. »Es ist kurz nach halb zwei, und um diese Zeit füttere ich immer die Eichhörnchen im Garten.«

»Entschuldige«, kam es nach kurzem Schweigen zurück, »ich hatte die Zeitverschiebung vergessen.« Es folgte ein langer Monolog, der mit den charakterlichen Vorzügen von Frau Schliers begann, fortgesetzt wurde mit einer Definition der Begriffe Eigenmächtigkeit, Treuebruch und Verantwortungslosigkeit, dann kam ein Vortrag über zweckmäßige Haustierhaltung, die im übrigen generell abzulehnen sei, und schließlich gipfelte das Gespräch in der Forderung, daß Frau Schliers umgehend wieder einzustellen sei.

Hier allerdings streikte Florian. Er bearbeitete das Telefon mit der Nachttischlampe, ließ kurz den Hörer fallen, tippte ein paarmal an die Gabel und flüsterte in halbabgerissenen Sätzen: »Ich glaube, die ...bindung ...stört... kann schlecht verste... morgen wieder ...rufen, am... schreiben.«

Befriedigt legte er den Hörer auf. »Die Hahneblank muß ihrer Empörung per Eilboten Luft gemacht haben.«

»Amerika, du hast es besser«, sagte Tinchen schläfrig, »da wird sogar nachts Post ausgetragen.«

Tante Klärchen

»Was bedeutet Ostern für euch?«
»Schokoladenhasen«, piepste Julia.
»Ferien«, sagte Tobias.
»Lammbraten mit Sahnesoße«, schwärmte Tinchen.
»Wacheschieben«, brummte Urban.
»Vierzehn Tage Butterbrot mit hartgekochtem Ei.« Das war Rüdiger.

Die Familie, soweit vorhanden und mit künstlerischen Ambitionen behaftet, saß um den Küchentisch und bemalte Eier. Das war Florians Idee gewesen. Er wollte feststellen, ob Jugendliche sich noch für überlieferte Traditionen interessieren und bereit sind, sie aufrechtzuerhalten. Eierfärben gehörte nach seiner Ansicht dazu, und es hatte ihn überrascht, mit welcher Begeisterung sein Vorschlag angenommen worden war.

»Wouwhh!« hatte Melanie geschrieben, »das haben wir seit ewigen Zeiten nicht mehr gemacht. Früher hat sich Marthchen mit uns immer zusammengesetzt, aber in den letzten Jahren wurden die Eier gleich fertig gekauft. Ein Dutzend rote, ein Dutzend grüne – war ganz egal, gegessen hat sie sowieso keiner.«

Florian strahlte. Seine Theorie stimmte also doch, daß man sogar ältere Teenager zu sinnvoller Tätigkeit im Kreise der Familie bringen konnte, sofern man sie entsprechend motivierte. Er nahm sich vor, diese Erkenntnis durch weitere Tests zu untermauern und nach den Feiertagen gemeinsames Arbeiten im Garten anzusetzen. Tinchen wollte ein Gemüsebeet haben, Martha eins für Küchenkräuter, und für Tobias und Julia hatte er ein kleines Stück Land vorgesehen, das sie selbst bepflanzen und betreuen sollten. Man muß Kinder früh genug an Verantwortung gewöhnen.

Allerdings stand diesem Entschluß noch das beharrliche Veto von Herrn Biermann gegenüber, der sich strikt geweigert hatte, einen ganz kleinen Teil seines Rasens den geplanten Salatköpfen zu opfern. »So was stört die Symmetrie«, hatte er gesagt, »kaufen Sie die Petersilie gefälligst weiter im Laden. Der Professor hat sich nie um den Garten gekümmert, sondern die Verantwortung mir übertragen, und da bleibt sie auch!«

»Zu Befehl!« hatte Florian gesagt, eine zackige Kehrtwendung gemacht, war ums Haus marschiert und hatte hinten bei den Beerensträuchern mit Schaschlikstäbchen das Terrain für die Gemüsekulturen abgesteckt. Mit den notwendigen Erdarbeiten wollte er beginnen, sobald Herr Biermann zum alljährlichen Kameradschaftstreffen fuhr, das diesmal in Itzehoe stattfinden und drei Tage dauern sollte.

Urban malte Stahlhelme auf ein graugrün gefärbtes Ei. »Das bringe ich meinem Spieß mit! Dem habe ich es wieder mal zu verdanken, daß ich am zweiten Feiertag Bereitschaftsdienst schieben muß.«

»So ganz ohne Grund?« fragte Florian mit einem Augenzwinkern.

»Reine Schikane!« behauptete Urban. »Oder findest du es schlimm, wenn man eigenmächtig unklare Bezeichnungen durch präzise Formulierungen ergänzt? Die hatten nämlich in der Schreibstube neue Kleiderhaken angebracht und unter einen davon ein Schild genagelt: Nur für Offiziere. Ich wollte gerade ein zweites drunterkleben, als der Uffz reinkam.«

»Was hat denn draufgestanden?«

»Es können auch Mäntel aufgehängt werden.«

»Finde ich ganz originell«, bestätigte Tinchen, »hat dieser Mensch keinen Humor?«

»Der doch nicht! Der sollte am besten auf den Friedhof gehen und warten, bis er drankommt.«

Julia warf ihren Pinsel hin, mit dem sie rote Punkte auf ein gelbes Ei gekleckst hatte, und kletterte auf Urbans Schoß.

»Schade, daß du nicht mit uns Ostereier suchen kannst, aber der Osterhase versteckt dir bestimmt auch welche in der Kaserne.«

»Da haben wir schon genug. Die sind schwarz, und wenn man sie wegwirft, gibt es einen mächtigen Knall.«

»Au fein, bringst du mir welche mit?«

»Ganz bestimmt nicht, Julchen.« Als er ihr enttäuschtes Gesicht sah, verbesserte er sich sofort. »Die schmecken sowieso nicht. Ich verspreche dir aber ein ganz großes Schokoladenei mit einer noch viel größeren Schleife drumrum.«

Begeistert schlang sie die Arme um seinen Hals. »Ich hab' dich ganz doll lieb, Onkel U-Bahn. Willst du mich heiraten?«

Lachend stellte er sie wieder auf den Boden. »Später vielleicht, wenn du größer bist.«

Sie überlegte einen Moment. »Das geht nicht, dann heirate ich selber.«

In den Heiterkeitsausbruch platzte Clemens mit einem Brief in der Hand. »Guckt denn keiner von euch mal in den Kasten? Was, wenn das jetzt eine Nachricht von der Lottozentrale wäre? Ihr könntet Millionäre sein und wüßtet es nicht einmal.«

»Ich spiele doch gar nicht. Als Kind habe ich schon nicht an den Weihnachtsmann geglaubt, und jetzt soll ich Lottozahlen tippen?« Florian griff nach dem Luftpostbrief mit der amerikanischen Marke, sah kurz auf die Adresse und legte ihn wieder hin. »Der ist für deinen Vater.« Dann nahm er das Kuvert noch einmal hoch, las den Absender und setzte sich plötzlich kerzengrade auf. »Du lieber Himmel, der kommt von Tante Klärchen.«

»Warum schreibt sie denn hierher?« wunderte sich Melanie. »Das hätte sie doch bequemer haben können.«

»Vor allem billiger«, ergänzte Rüdiger. »Bei ihrem ausgeprägten Geiz ein entscheidender Faktor.«

»Mir schwant so dunkel, als ob Fabian ihr gar nicht mitgeteilt hat, daß er jetzt drüben ist«, sagte Florian grimmig.

»Da könntest du recht haben. Er hätte sie doch gleich auf

dem Hals. Sie nistet sich überall da ein, wo sie kostenlos unterkommen kann.«

»Das würde ich noch verstehen, wenn sie es nötig hätte, aber mit ihren Aktien könnte sie doch ihre ganze Penthaus-Wohnung tapezieren.«

»Und wenn sie mal abkratzt, dann tauscht sie die Aktien in Reiseschecks ein und nimmt alles mit«, prophezeite Rüdiger.

»Aufhören!!« donnerte Florian. »Es handelt sich immerhin um eure Großtante.«

Claire McPherson, die bis zu ihrer aber schon sehr späten Heirat Klara-Mathilde Bender geheißen hatte und von der ganzen Familie bereits als alte Jungfer abgeschrieben worden war, hatte ihrem Bruder eines Tages eröffnet, daß sie sich zu verehelichen gedenke und mit ihrem Auserwählten in die Staaten gehen werde, denn von dort käme er her. Florians Vater hätte jeden Bewerber akzeptiert, der ihm seine altjüngferliche Schwester vom Halse schaffte, ausgenommen vielleicht einen Heiratsschwindler oder einen Abkömmling des ostasiatischen Kulturkreises, aber er war dann doch überrascht gewesen, als er seinen künftigen Schwager zum erstenmal zu Gesicht bekommen hatte. Donald McPherson war Amerikaner in der zweiten Generation, hatte schottische Vorfahren, rote Haare und eine Korsettfabrik. Seinen Geschäftsinteressen zuwiderlaufend liebte er jedoch schlanke Frauen und hatte in dem schon fast hageren Klärchen sein Ideal gefunden.

Man war sich in einem Stuttgarter Miederwarengeschäft begegnet, wo Mr. McPherson Korsetts verkaufen wollte, während Klara-Mathilde Bender ein solches zu erstehen gedachte. Nicht für sich selber natürlich, es war für ihre Schwägerin bestimmt, die für den bevorstehenden Archäologenkongreß ihr Abendkleid brauchte und nicht mehr hineinpaßte. Dank der fachmännischen Beratung von Mr. McPherson war der Kauf in kurzer Zeit abgewickelt, der Zug nach Tübingen fuhr erst in zweieinhalb Stunden, und so war Klärchen gern bereit, dem Fremden die Sehenswürdigkeiten der

Landeshauptstadt zu zeigen. Als sie auf dem Fernsehturm zu Abend gespeist hatten, war auch der letzte Zug weg und Mr. McPherson gezwungen, seine Begleiterin in dem von ihm angemieteten Wagen zurück nach Tübingen zu bringen.

Zwei Tage später mußte Klärchen erneut nach Stuttgart. Diesmal wollte sie Weihnachtseinkäufe erledigen. Mr. McPherson wartete am Bahnhof, worauf man gemeinsam nach Hechingen fuhr zwecks Besichtigung der Zollernburg. Klärchen erläuterte alles Historische, Mr. McPherson interessierte sich mehr für Gegenwärtiges und machte ihr am Sarkophag Friedrichs des Großen einen Heiratsantrag. Die künftige Mrs. McPherson rechnete das Ersparte aus 22 Jahren Lehrtätigkeit am Tübinger Gymnasium in Dollar um und bot ihrem nunmehr Verlobten Teilhaberschaft an. Er war entzückt über so viel Sinn für Busineß, reiste noch zwei Wochen lang durch Deutschland, um seine Geschäfte abzuwickeln, stellte sich auf dem Rückweg seinen neuen Verwandten vor und nahm die Braut gleich mit.

Aus Klärchen Bender wurde also Claire McPherson, aus der betulichen Oberstudienrätin ein Mitglied der Upperclass, das seine Haare rosa tönen ließ, bei Wohltätigkeitsveranstaltungen der Kirchengemeinde präsidierte und den Reichtum ihres Gatten mehren half. Das nahezu akzentfreie Oxford-Englisch wich dem singenden Dialekt der Südstaatler, und schon nach drei Jahren war Mrs. McPherson amerikanischer als die meisten Damen ihres Bekanntenkreises.

Nach weiteren drei Jahren starb Mr. McPherson. Er erlag einem Magenleiden, das er sich – wie allgemein vermutet wurde – durch die rigorose Ernährungsumstellung zugezogen hatte. Der tägliche Umgang mit Korsetts hatte in seiner Gattin wohl die Vision hervorgerufen, sie könne eines Tages auch solch einen Panzer brauchen, und von diesem Augenblick an variierten die täglichen Menüs zwischen Steaks mit Salaten oder Salaten mit Steaks. Als Dessert kam Joghurt auf den Tisch. Dieses abwechslungsreiche Mahl wurde jeden Abend pünktlich um halb sieben Uhr serviert, und zwischendurch gab es lediglich schwarzen Kaffee und Mineralwasser. Anfangs hatte Mr. McPherson noch revoltiert und seine Sekretärin mehrmals täglich in die nahe Imbißstube geschickt, aber nachdem ihn seine Gattin mit einem ketchupgetränkten Hamburger erwischt hatte, ließ sie ihren eigenen Schreibtisch kurzerhand in das Büro ihres Mannes stellen, wo sie ihn acht Stunden lang unter Kontrolle hatte. Mr. McPherson resignierte, magerte ab, kriegte ein Magengeschwür und starb.

Zwei Tage nach den Trauerfeierlichkeiten beauftragte Klärchen ihren Anwalt mit dem Verkauf der Korsettfabrik. Die Jogging-Welle hatte erste Wirkung gezeigt und den Umsatz von Miederwaren bedenklich zurückgehen lassen. Und weil sie gerade beim Verkaufen war, veräußerte sie auch gleich noch das Haus und zog in eine Eigentumswohnung nach Florida, wo der Himmel blauer war, das Klima milder und die Anzahl gutbetuchter Rentner ungleich höher als in Atlanta.

Nach einigen Jahren mußte sie feststellen, daß sich ihr Kapital nicht mehr kontinuierlich vermehrte, sondern im Gegenteil weniger wurde. Sie rechnete sich aus, daß sie bei ihrem gegenwärtigen Lebensstandard in zirka 14 Jahren nur noch knapp eine Million übrig haben würde, und das schien ihr im Hinblick auf die hohe Lebenserwartung, mit der ihre Familie gesegnet war, doch etwas bedenklich. Also faßte sie den Entschluß, künftig mehr auf Reisen zu gehen, und zwar dorthin, wo es Verwandte gab, bei denen sie Kost und Logis erwarten durfte. In Schottland hatte es ihr aber nicht gefallen, die angeheirateten Cousins und Kusinen besaßen ja auch keine Fabrik, sondern günstigstenfalls einen kleinen Bauernhof, der nur das Nötigste hergab und Klärchen zwang, schon nach wenigen Tagen wieder abzureisen. Sie erholte sich eine Woche lang im Londoner Dorchester-Hotel, von wo aus sie ein rundes Dutzend Telefongespräche nach Deutschland führte und ihre Reiseroute festlegte. Während der nächsten Monate durchquerte sie die Bundesrepublik von Nord nach Süd, wohnte bei ehemaligen Studienkollegen, bei Freundinnen, die sich an die »einst doch so innigen Beziehungen« gar nicht mehr recht erinnern konnten, und überall ließ sie durchblicken, daß sie sich seit dem Tode ihres geliebten Mannes finanziell doch sehr einschränken müsse.

Nur ihren Verwandten konnte sie nichts vormachen, hatte sie doch in den ersten Jahren bedauerlicherweise in langen Briefen den Luxus geschildert, der sie umgab, Ansichtskarten aus Hawaii geschickt und Fotos vom neuen Cadillac. Niemand glaubte ihr, daß sie am Hungertuch nagte, und sie hütete sich wohlweislich, derartige Behauptungen aufzustellen. Hin und wieder erwähnte sie nur so ganz beiläufig die hohen Lebenshaltungskosten in den Staaten, die sie zwangen, wenigstens gelegentlich ein paar Monate in einem Land zu leben, das billiger sei. So galt sie im Familienkreis als eine Art Epidemie, die sporadisch kam, zum Glück aber auch irgendwann wieder verschwand.

Kein Wunder also, daß Klärchens immer noch verschlossener Brief Mißtrauen auslöste. Florian hatte nicht den Mut gehabt, ihn zu öffnen, obwohl Clemens ihm gesagt hatte, dieses Schreiben gehöre bestimmt nicht zu der Art Post, die man seinem Vater nachsenden müsse; außerdem sei es besser, auf eine Gefahr vorbereitet zu sein, als ihr unverhofft gegenüberstehen zu müssen. Er würde die volle Verantwortung für die Verletzung des Briefgeheimnisses übernehmen.

»Dann kannste ihn ja auch selber aufmachen!«

»Nun gib ihn schon her, sonst macht ihr noch die Marken kaputt!« Mit einem Küchenmesser schlitzte Rüdiger vorsichtig den Umschlag auf, entnahm ihm einen Bogen Luftpostpapier und reichte ihn weiter an Florian. »Lies lieber gleich laut!«

Florian las:

Mein lieber Fabian,
nun sind schon bald anderthalb Jahre vergangen, seit ich Dich und Deine Familie gesehen habe. Deshalb erscheint es mir an der Zeit, good old Europe wieder einen Besuch abzustatten. Wir wer-

den alle nicht jünger, wer weiß, wie lange ich noch in der Lage sein werde, eine so große und beschwerliche Reise zu unternehmen.

»Beschwerliche Reise!« unterbrach Melanie, »daß ich nicht lache! Die fliegt doch immer erster Klasse.«

Florian warf seiner Nichte einen strafenden Blick zu und las weiter:

Darum habe ich auch beschlossen, nicht mehr länger zu warten. Das Osterfest steht vor der Tür, das Leben in der Natur erwacht, und diese schöne Zeit würde ich gern im Kreise Deiner Lieben verbringen.
Mitte Mai, wenn Deine Eltern aus Österreich zurück sind, werde ich nach Tübingen weiterreisen, im Juli dann meine Schwester Gertrud besuchen und danach zu Florian nach Düsseldorf fahren. Bevor ich sterbe, möchte ich wenigstens noch seine Frau kennenlernen und die kleine Julia. Von dort fliege ich wieder nach Hause, denn der September ist in Deutschland leider schon recht kühl, und das rauhe Klima bin ich nicht mehr gewöhnt.
Meine Maschine wird am Samstag, dem 21. April, um 17.40 Uhr in Frankfurt landen. Ich habe absichtlich den späteren Flug gebucht, denn vormittags wird Deine liebe Frau sicher noch mit den Festtagsvorbereitungen beschäftigt sein. Macht Euch meinetwegen aber bitte keine Umstände, ich brauche wenig zum Leben, daran bin ich gewöhnt.
Ich freue mich auf ein baldiges Wiedersehen und verbleibe bis dahin mit herzlichen Grüßen an Dich und die Familie
Deine Tante Claire

»Ich hab's ja geahnt!« stöhnte Melanie. »Uns bleibt aber auch nichts erspart.«

»Und ich hatte mich so auf ein paar ruhige Feiertage gefreut«, maulte Rüdiger, »statt dessen hängt diese alte Eule hier rum und nervt.«

Florian stand schon vor dem Küchenkalender und rechnete. »Wenn ich mich nicht irre, will sie mindestens drei Wochen hierbleiben, bevor sie weiterfährt nach Tübingen. Ich kann nur hoffen, eure Großeltern wissen noch nicht, was ihnen bevorsteht, sonst verlängern sie ihren Urlaub oder springen gleich in den Wörthersee.«

»Können wir nicht ein Telegramm schicken, hier ist Scharlach ausgebrochen oder so was Ähnliches?« schlug Tobias vor, der sich an diese offenbar schreckliche Tante zwar nicht mehr erinnern konnte, aber auch keinen Wert darauf legte, sie erneut kennenzulernen. Bestimmt wollte sie ihn küssen. »Wie der Jochen in meiner Klasse vorige Woche Scharlach kriegte, hat seine Schwester auch nicht mehr in die Schule gemußt wegen der Ansteckung.«

»Tobias hat recht«, überlegte Florian. »Wir sollten sie wirklich benachrichtigen. Das mit dem Scharlach geht natürlich nicht, aber wir könnten telegrafieren, daß eure Eltern gar nicht hier sind.«

»Wozu soll das gut sein? Dann haben wir vielleicht eine Galgenfrist, aber spätestens in vierzehn Tagen rückt sie uns doch auf die Bude. Und wenn wir ihr die Wahrheit sagen, verzeiht uns Vater das nie, weil er sie dann auf dem Hals hat.« Urban schüttelte nachdrücklich den Kopf. »Wir werden uns wohl in das Unvermeidliche fügen und das verarmte Tante Klärchen bei uns aufnehmen müssen.«

Melanie blickte ihren Bruder giftig an. »Du hast gut reden! Schütze Urban verzieht sich am Sonntag in seine Kaserne, und ich gehe jede Wette ein, daß du dich hier nicht mehr sehen läßt, bevor die Luft wieder rein ist.«

»Gewonnen! Aber Auntie Claire wird meine Abwesenheit nur begrüßen. Sie hat mir noch immer nicht verziehen, daß ich ihr bei ihrem vorletzten Besuch die Eidechse in die Handtasche gesteckt habe.«

»Schade, daß Krokodile da nicht reinpassen.« Melanie stand auf und fing an, die Malutensilien zusammenzuräumen. »Darauf hab' ich jetzt keinen Bock mehr.«

»Ich auch nicht.« Mit ein paar flotten Pinselstrichen vollendete Rüdiger sein Werk und hielt es beifallheischend in die Höhe. Die Karikatur auf dem Ei zeigte ein hageres Frauengesicht mit Raffzähnen und einem Schwall rosa Löckchen. »Eine gewisse Ähnlichkeit ist doch vorhanden, nicht wahr?«

»Ja, die Haare hast du prima getroffen«, bestätigte Urban. Vorsichtig legte Rüdiger das Ei auf den Kühlschrank. »Das werde ich ihr auf den Nachttisch stellen.«

»Das wirst du schön bleiben lassen!« warnte Florian. »Ein beleidigtes Tante Klärchen ist noch viel schwerer zu ertragen als ein normal temperiertes.«

»Lieber in den sauren Apfel beißen als einen auf die Birne kriegen!« behauptete Urban. »Was sind schon drei Wochen?«

»Einundzwanzig Tage!« Wütend knüllte Melanie die bekleckerten Zeitungsbogen zusammen und stopfte sie in den Mülleimer. »Frohe Ostern.«

»Apropros Ostern: Zwei Gänse unterhalten sich. Fragt die eine: ›Glaubst du an ein Weiterleben nach Weihnachten?‹«

»Du nervst!« Melanie griff nach dem erstbesten Gegenstand und warf ihn in Rüdigers Richtung. Das Porträt von Tante Klärchen klatschte an die Tür und fiel zu Boden.

»Bravo!« sagte Florian, »das war Freuds Geschoß!«

Während der ganzen Auseinandersetzung hatte Tinchen kein Wort gesagt, aber nachdem das Jungvolk die Küche verlassen hatte, wagte sie einen leisen Protest: »Müssen wir uns wirklich jetzt schon mit Logierbesuch herumschlagen? Meine Eltern bleiben ja auch während der Feiertage zu Hause, weil sie meinen, wir müßten uns erst einmal alle aneinander gewöhnen und den ganzen Haushalt neu organisieren, und nun rückt uns diese verschrobene Tante auf die Bude, die ich nicht mal kenne.« Sie stellte sich auf Zehenspitzen und gab Florian einen Kuß auf die Nase. »Kannst du uns diesen Besuch nicht ersparen? Mit ein bißchen diplomatischem Geschick müßte das doch möglich sein.«

»Du und dein Zuckerwatteoptimismus!« entgegnete er

verbittert. »Wenn du bloß mit dem Zaunpfahl winkst, hast du bei Tante Klärchen keinen Erfolg. Bei ihr helfen keine dezenten Anspielungen, die reagiert nur auf die Holzhammermethode, und damit sollte man bei Erbtanten vorsichtig sein.« Er stand schon wieder vor dem Kalender. »Du mußt auch berücksichtigen, was uns erspart bleibt. Komm mal her!«

Tinchen stellte sich neben ihn und verfolgte seinen Zeigefinger, mit dem er auf die einzelnen Monate stippte. »Im Mai will sie nach Tübingen und im Juli zu Tante Gertrud nach Bad Schwalbach. Mit der hat sie sich aber schon als Kind nicht vertragen, und an diesem Zustand hat sich bis heute nicht viel geändert. Länger als vierzehn Tage halten die beiden es nie zusammen aus. Die letzten auf ihrer Liste wären dann wir. So, und nun rechne mal nach!«

Tinchen rechnete und kam zu dem erschreckenden Ergebnis, daß Tante Klärchen günstigstenfalls drei, schlimmstenfalls vier oder gar fünf Wochen in Düsseldorf zu verbleiben gedachte. »Also schön, laß sie kommen«, seufzte sie ergeben, »vorausgesetzt, daß sie nicht umdisponiert. Nach Düsseldorf kann sie ja nun nicht mehr, also wäre es doch naheliegend, wenn sie am Ende ihrer Rundreise noch mal hier aufkreuzt.«

»O nein, das wird sie nicht«, sagte Florian bestimmt. »Dafür garantiere ich. Ich werde sie schon in Trab halten, und das ist das Schlimmste, was man ihr antun kann.«

»Wie alt ist sie eigentlich?«

»Ganz genau weiß das nur mein Vater. Sie selbst behauptet, zweiundsechzig zu sein, aber das ist sie vor ein paar Jahren auch schon gewesen, also wird sie wohl auf die Siebzig zugehen.«

»Genau das, was ich jetzt gebrauchen kann! Womöglich noch gebrechlich, so daß man sie die Treppe raufschieben muß. Tagsüber braucht sie eine Wolldecke und nachts ein Töpfchen unterm Bett.«

»Du wirst dich wundern!« prophezeite Florian.

Sie wunderte sich wirklich. Die aschblonde, sehr jugendliche Dame im weißen Hosenanzug, die so leichtfüßig aus dem Wagen stieg, konnte höchstens fünfzig und auf keinen Fall Tante Klärchen sein. Alte Frauen tragen keine zehn Zentimeter hohe Absätze, keine Schmetterlingsbrillen mit Glitzersteinen und keine grellen Lippenstifte.

»Du hättest ruhig Fabians Daimler nehmen sollen, Florian«, mißbilligte die Dame, ihre Bügelfalten zurechtzupfend. »Diese Kleinwagen sind eine Zumutung. Sogar meine Putzfrau fährt einen Chevrolet.«

»Die verdient sicher auch mehr als ich, Tante Klärchen«, entgegnete Florian, während er das Gepäck auslud. »Fabians Straßenkreuzer ist ein Säufer, und Benzin kostet bei uns momentan doppelt soviel wie ein Liter Milch.«

»Ich trinke nie welche.«

Drei Koffer standen schon auf der Straße, den vierten wuchtete Florian gerade vom Rücksitz. »Hast du deinen ganzen Kleiderschrank mitgebracht?«

»Natürlich nicht, aber man muß sich bei euch ja auf die verschiedensten Temperaturen einstellen. Außerdem enthält der grüne Koffer überwiegend Geschenke für die Kinder.« Fröstelnd schlug sie den Kragen ihrer Jacke hoch. »Könntest du das Ausladen nicht eurem Mädchen überlassen? Mir ist kalt.« Sie trippelte auf die Haustür zu.

Behutsam schob Tinchen die Gardine wieder zurecht, hinter der sie Tante Klärchens Ankunft verfolgt hatte, reckte die Stupsnase in die Höhe, holte tief Luft und öffnete die Tür. »Guten Tag und herzlich willkommen, Mrs. McPherson. Wir alle freuen uns...«

»Claire, bitte, und du. Immerhin sind wir verwandt.« Sie umarmte ihre angeheiratete Nichte flüchtig und drückte ihr einen Kuß auf die Stirn. Dann schob sie sie von sich und betrachtete sie gründlich.

»Auf den Fotos siehst du jünger aus«, sagte sie, »aber für deine fast vierzig Jahre hast du dich trotzdem recht gut gehalten.«

»Sechsunddreißig«, verbesserte Tinchen zähneknirschend.

»So?« Tante Klärchens Jacketkronen täuschten ein Lächeln vor. »Dann muß ich mich wohl geirrt haben. Nun, in unserem Alter spielen ein paar Jährchen mehr oder weniger keine Rolle.«

Florian schob den letzten Koffer in den Flur und schloß die Tür.

»Voriges Mal hast du besser ausgesehen, Tante Klärchen. Dir fehlt doch hoffentlich nichts?« Seine Besorgnis klang beinahe echt.

»Nein, ich bin kerngesund«, beteuerte sie lebhaft, ihr Aussehen im Spiegel überprüfend. »Nur der Flug hat mich etwas angestrengt. Stundenlang an seinen engen Platz gefesselt zu sein, ist eben doch ein bißchen beschwerlich.«

»Am besten legst du dich eine Stunde aufs Ohr, Tante Klär... Claire«, schlug Tinchen vor. Noch fünf Minuten länger in Gegenwart dieser boshaften Tante und sie würde sämtliche Höflichkeitsregeln vergessen und der alten Giftmorchel ihren pinkfarbenen Regenschirm um die Ohren hauen, den Florian gerade in den kupfernen Behälter stellte.

»Nicht dort hinein«, wehrte die Tante erschrocken ab. »Bring ihn mit hinauf in mein Zimmer, er ist so empfindlich.« Dann überprüfte sie die Kofferparade. »Den großen kannst du irgendwo abstellen, er enthält meine Sommergarderobe. Den grünen bringst du am besten ins Wohnzimmer, wo ich ihn nachher in Gegenwart der Kinder auspacken werde, und die beiden anderen trägst du mir bitte nach oben.«

»Aber gern, Tante Klärchen«, versicherte Florian bereitwillig, froh, erst einmal verschwinden zu können. »Oder willst du gleich mitkommen?«

Die Tante lehnte dankend ab. Sie wolle zuerst die Kinder begrüßen, sodann einen Rundgang durchs Haus machen, um mögliche Veränderungen in Augenschein zu nehmen, und einen Kaffee hätte sie auch recht gern. Aber schwarz bitte und ohne Zucker.

»Dann muß ich dich leider allein lassen.« Tinchen war schon auf dem Weg nach unten.

»Das macht nichts, meine Liebe, schließlich kenne ich mich hier besser aus als du.«

In der Küche fand Tinchen den gesamten Nachwuchs um den Tisch gruppiert, wo er mit Speckschwarten die gefärbten Eier polierte. Gespannt sahen alle auf.

»Sie ist da, nicht wahr?« seufzte Urban. »Nicht mal mehr auf Flugzeugentführer ist Verlaß.«

»Rosé oder Himmelblau?« fragte Melanie.

»Wie bitte?«

»Na, ich meine, trägt sie Rosa oder Blau?«

»Weiß. Mit einer rosa Seidenblume im Knopfloch.«

»Was will sie bloß anziehen, wenn sie achtzig ist!«

Die Stühle waren belegt, also setzte sich Tinchen aufs Buffet. »Sie will euch sehen.«

»Wann? Jetzt sofort?« Mit einem Ruck stand Rüdiger auf und trabte zur Tür. »Keine Zeit, bin sowieso schon zu spät dran. Muß zur Probe.«

»Am Ostersamstag?« zweifelte Tinchen.

»Wann denn sonst? Wir spielen doch übermorgen.« Die aufgerissene Tür schlug Urban an die Stirn, der sich ebenfalls einer dringenden Verabredung erinnerte und gar nicht schnell genug aus der Küche herauskam. Clemens schwang sich gleich über den Balkon. »Hab' total vergessen, daß ich mit Andrea ins Kino will. Sie wartet bestimmt schon.«

»Zieh dir wenigstens eine Jacke an!« brüllte Tinchen hinterher.

»Nicht nötig, mir ist jetzt schon ganz heiß geworden.« Nur Melanie blieb sitzen und überlegte, welchen Grund sie für eine Flucht vorschieben könnte, aber ihr fiel keiner ein. »Du kannst ja mit Klausdieter spazierengehen«, schlug Tinchen vor.

»Den hat Tobias mitgenommen.«

Gleich nach dem Mittagessen hatte er sich zu seinem Freund Heiko verkrümelt, der ihm allerdings nur unter der

Bedingung Zuflucht versprochen hatte, daß er den Hund mitbrächte. Außer mit Daniel, dem Sohn von Frau Künzel und eigentlich schon viel zu alt für ihn, hatte Tobias nur mit Heiko Baumgarten Freundschaft geschlossen. Das war der mit dem geschiedenen Vater. Von Patrick hatte er nichts mehr wissen wollen, der war ihm zu großmäulig. Feige war er außerdem. Die Sache mit dem alten Fräulein Senkhas hatte Tobias ihm nie verziehen. Heiko dagegen war nicht feige. In der Klasse hatte er sich schon mit jedem Jungen herumgeprügelt, immer gewonnen, weil er ein bißchen Judo konnte, er wurde respektiert, aber einen richtigen Freund hatte er nicht. Tobias ging es ähnlich, und wohl nur deshalb hatten sich die beiden zusammengetan. Seit einiger Zeit hatte er allerdings den Verdacht, daß er von Heiko nur des Hundes wegen akzeptiert wurde, aber lieber einen halben Freund als gar keinen, und wenn sie mit der Autorennbahn spielten, verkroch sich Klausdieter sowieso immer unters Bett.

»Warum wünschst du dir nicht selber einen?« hatte er einmal gefragt, doch Heiko hatte nur abgewinkt. »Hab' ich ja schon, aber meine Mutter will keinen.«

Ein Weilchen hatte Tobias nachgedacht. »Vielleicht fängst du das ganz falsch an. Du mußt dir ein Brüderchen wünschen, dann kriegste bestimmt einen Hund.«

»War das bei dir auch so?«

»Nee, wir hatten ja schon einen. Warum ich dazu noch eine Schwester bekommen habe, weiß ich auch nicht. Dabei wollte ich gar keine. Gebrauchen kann man sie zu nichts, sie wird einfach nicht vernünftiger.«

Melanie saß noch immer am Tisch und baute kleine Häuschen aus den Speckschwarten.

»Du bist ein Ferkel!« Tinchen rutschte vom Buffet und fing an, die unappetitlichen Reste zusammenzuräumen. »Du kannst ruhig mithelfen!« Schweigend packte Melanie die Eier in einen Korb. Plötzlich kicherte sie vor sich hin. »Hast du

Marthchen schon gesehen? Die läuft rum wie eine Geschenkverpackung.«

»Wieso?«

»Beim letzten Besuch hat ihr Klärchen eine Schürze mitgebracht, so ein typisch amerikanisches Erzeugnis mit Rüschen am Busen und Schleife vorm Bauch. Jetzt fühlt sich die Ärmste aus lauter Pietät verpflichtet, diese Scheußlichkeit auch wirklich zu tragen.«

»Wenn's ihr Spaß macht.«

»Macht es ja gar nicht, aber Mutti hat mal angedeutet, daß man Geschenke nicht mißachten darf. Deshalb hat sie auch eine Liste, auf der ganz genau aufgeführt ist, was sie mal von wem gekriegt hat, und sobald der Betreffende im Anmarsch ist, gräbt sie sein Geschenk aus und stellt es irgendwo hin. Du glaubst gar nicht, was im Keller für Kitsch lagert. Damit könntest du einen ganzen Flohmarkt bestücken.«

»Ist von Tante Klärchen auch was dabei?«

»Ich glaube, bloß die rosa Decke mit den Taftblumen am Saum. Sonst hat sie meistens Sachen zum Anziehen mitgebracht.«

Als Martha dann tatsächlich in voller Schönheit im Türrahmen erschien, konnte sich Tinchen das Lachen nicht verbeißen. Die Schürze war einfach umwerfend, und das neckische hellblaue Schleifchen, das ihr Melanie in die fast weißen Haare gesteckt hatte, bildete das I-Tüpfelchen. »Sie sehen aus wie eine Babypuppe im Steckkissen!«

»Müßte bloß 'n andrer Kopp obendrauf.« Auf einem Tablett stellte Martha Kaffeetassen zusammen sowie ein Schälchen mit Gebäck. »Hat die Gnädige noch nicht danach verlangt?«

»Du lieber Himmel, schon vor einer Viertelstunde! Ich hab' das total vergessen.« In Windeseile füllte Tinchen Wasser in die Maschine und suchte nach dem Kaffee.

»Lassen Sie man, Tine, der ist schon seit Mittag fertig.« Martha zeigte auf die Thermoskanne.

»Wir können ihr doch nicht diese abgestandene Brühe anbieten.«

»Die trinkt sie immer. Hauptsache, es ist genug da und der Löffel bleibt drin stehen.«

Eine Prozession bewegte sich treppaufwärts. Vorneweg Tinchen mit dem schnell in eine Porzellankanne umgefüllten Kaffee, dahinter Martha mit dem Tablett und am Schluß Melanie mit der rosa Decke. Martha hatte sie schon am Vormittag herausgelegt, dazu passende Servietten und das leicht angestaubte Gewürzsträuchen. Der Verbannung in den Keller war es nur deshalb entgangen, weil Gisela sich nicht mehr erinnern konnte, wer es einmal mitgebracht hatte. Seitdem gilbte es auf dem Kaminsims vor sich hin. Da es ein paar rosa Wachsperlen enthielt, war nach Marthas Ansicht die farbliche Harmonie der Tischdekoration gewährleistet.

Tante Klärchen thronte im Wohnzimmer in dem einzigen Sessel, der dort nicht hineingehörte, sondern normalerweise in Giselas Zimmer stand. Er war schon etwas durchgesessen, aber sehr bequem, und deshalb hatte Florian ihn kurzerhand requiriert. Das Möbel hatte einen weinroten Plüschbezug und bildete den offenbar gewünschten Kontrast zu Tante Klärchens makellosem Weiß.

»Ihre Majestät hält hof«, murmelte Melanie.

»Mich erinnert sie eher an eine aufgebahrte Leiche«, flüsterte Tinchen zurück.

Die Begrüßung verlief mit gemessener Herzlichkeit. Melanie durfte zwei Küsse auf die stark gepuderten Wangen hauchen, Martha bekam einen sanften Händedruck und einen wohlwollenden Blick. »Die Schürze macht Sie direkt um zwanzig Jahre jünger.«

»Dann sollten Sie auch so was tragen«, knurrte Martha sotto voce, aber Tinchen hatte sie doch verstanden und griente. Plötzlich hatte sie eine Idee. Sie griff nach der Kanne, aus der Martha gerade einschenken wollte, und riß sie so heftig an sich, daß der Deckel herunterfiel und der Kaffee überschwappte – genau auf die Rüschenschürze. »Ach, das tut mir aber leid, wie konnte das nur passieren?« Dabei zwinkerte sie Martha zu, die nun ihrerseits zu lamentieren anfing. »Jetzt muß das schöne Stück schon wieder in die Wäsche...«

»Du bist etwas unbeherrscht, mein Kind«, war alles, was Tante Klärchen zu sagen hatte.

Abgang Martha.

Auftritt Florian. Er rettete das Kaffeestündchen, indem er seine Tante zum Erzählen animierte, was sie gerne und wortreich tat. Er log das Blaue vom Himmel herunter, um die Abwesenheit des Nachwuchses glaubhaft zu machen, und vertröstete sie auf den morgigen Ostersonntag, wenn die ganze Familie vollzählig am Frühstückstisch versammelt sein würde.

»Ich frühstücke nie!« Und dann, nach kurzem Zögern: »Sag einmal, Florian, hat dein Bruder noch eine Flasche von dem guten alten schottischen Whisky?«

»Ob er alt ist, weiß ich nicht, schottisch ist er auf jeden Fall.« Er holte die Flasche, Tinchen brachte Gläser und Eis, fragte höflich: »Möchtest du auch Sodawasser?«, setzte sich wieder, als die Tante verneinte, und faltete weiter Rüschen in ihre Papierserviette. Eine halbe Stunde und drei Whisky später war Klärchen sanft entschlummert und sah nun gar nicht mehr so comme il faut aus. Die Wimperntusche war zerlaufen, das Make-up etwas brüchig geworden, und mit den Haaren stimmte auch etwas nicht.

»Sie sollte ihren Friseur wechseln, da kommt der falsche Farbton durch.« Leise, um das dezente Schnarchen nicht zu unterbrechen, stand Tinchen auf. »Was machen wir jetzt mit ihr?«

»Sitzen lassen«, sagte Florian, »zum Abendbrot wecken wir sie.«

Offenbar hatte er ein Reizwort ausgesprochen. Klärchen schlug die Augen auf, ordnete mit einer automatischen Bewegung ihre Frisur und murmelte, sich vorsichtig aus ihrem Sessel schälend: »Ich möchte heute nichts mehr essen. Am besten werde ich mich zurückziehen. Morgen ist ja auch noch ein Tag.«

»Eben!« Man spürte Melanies Erleichterung, aber sie hatte sich zu früh gefreut.

»Würdest du mich wohl begleiten und mir beim Auspacken helfen?«

»Aber gern, Tante Klärchen.« Den gottergebenen Blick zur Zimmerdecke bemerkte sie nicht, vielmehr klammerte sie sich an Melanies Arm fest und zog sie langsam zur Tür. »Mir müssen wohl die Füße eingeschlafen sein.«

Den Hinweis auf den guten alten schottischen Whisky verkniff sich Florian. Er griff nach Tantchens anderem Arm und bugsierte sie vorsichtig die Treppe hinauf. Sie kicherte albern vor sich hin. »Danny hätte der Whisky auch geschmeckt. Er hat so gerne schottischen getrunken... die letzten Jahre durfte er nicht mehr, nicht mal ein kleines Schlückchen – hicks – alles wegen dem Magen.«

Vor der Tür verabschiedete sich Florian, wünschte eine angenehme Nachtruhe und sah seine Nichte durchdringend an. »Du sorgst bitte dafür, daß Tante Klärchen alles hat, was sie braucht.«

»Selbstverständlich, Florian. Ich hole gleich eine neue Flasche. In Urbans Zimmer steht bestimmt eine. Autsch!« Florian hatte sie ans Schienbein getreten.

»Ach ja, Kind, das wäre nett«, sagte Tante Klärchen. »Vor dem Zubettgehen trinke ich immer ein kleines Schlückchen. Dann kann ich besser einschlafen.«

Schon lange nicht mehr hatte es im Hause Bender eine so vergnügliche Tischrunde gegeben. Erst hatten die Jungs angerufen und ihre vermutlich sehr späte Heimkehr signalisieren wollen, waren aber sofort umgeschwenkt, nachdem sie erfahren hatten, daß die Tante bereits im Bett und die Konfrontation mit ihr erst einmal verschoben sei. Nur Clemens hatte sich vorsichtshalber gar nicht gemeldet.

Sie aßen in der Küche. Der Speisenaufzug nach oben klemmte sowieso mal wieder, irgendwo auf halber Höhe wartete das Kaffeegeschirr, aber vor morgen mittag brauchte man ihn nicht, und bis dahin würde Urban ihn hoffentlich repariert haben.

»Schade, daß ihr Tante Klärchens Striptease nicht miterlebt habt«, bedauerte Melanie, »es war einfach umwerfend. Erst hat sie die Perücke abgenommen. Darunter kamen dünne graue Strähnen zum Vorschein – richtig mottenzerfressen. Dann waren die Wimpern dran und die aufgeklebten Fingernägel, und zum Schluß nahm sie noch die Zähne raus und stopfte sie ins Wasserglas. Als sie fertig abgetakelt hatte, sah sie aus wie neunzig. Jetzt weiß ich wenigstens, warum sie nie jemanden in ihr Zimmer gelassen hat.«

»Also ein komplettes Ersatzteillager.« Mit der Gabel spießte Florian eine Scheibe Schinken auf und wedelte sie zu seinem Teller. »Wehe dir, Tine, wenn du dich auch eines Tages mit fremden Federn schmückst.«

»Warum denn nicht?« fragte Rüdiger. »Sogar Männer tragen doch heutzutage Skalpdeckchen. Früher hat sich Onkel Bernhard immer Sardellen über die Glatze gelegt, aber seitdem er in der Mitte überhaupt keine Haare mehr hat, trägt er ein Toupet.«

»Das sollte er schleunigst wieder absetzen, es macht ihn zwanzig Jahre dämlicher.« Urban konnte den Bruder seiner Mutter nicht leiden, was im übrigen auf Gegenseitigkeit beruhte.

»Würdet ihr mir alle einen Gefallen tun?« unterbrach Tinchen das Geplänkel. Und in die plötzliche Stille hinein: »Es wäre nett von euch, wenn ihr Tante Klärchens kosmetisches Geheimnis für euch behieltet. Sie ist eine alte Frau, die sich nicht damit abfinden kann, alt zu sein, und sich verzweifelt an die äußeren Merkmale der Jugend klammert. Daß sie lächerlich wirkt, merkt sie gar nicht, und wir sollten so viel Takt aufbringen, ihr das nicht zu zeigen. Hätte sie nicht ein bißchen zuviel Whisky getrunken, wäre Melanie auch nicht in den zweifelhaften Genuß ihrer Demaskierung gekommen, und das sollten wir berücksichtigen. Also keine Anspielung auf künstliche Haare und falsche Wimpern, verstanden?«

»Überhaupt nicht«, sagte Rüdiger, »aber dir zuliebe werde ich versuchen, meine Klappe zu halten. Garantieren kann ich aber nicht dafür.«

»Ja, ich weiß, du quasselst zweimal, ehe du einmal denkst«, sagte Florian, »aber Tinchen hat recht. Bitte richtet euch danach.« Er legte seine Serviette zusammen und stand auf. »Ich werde mal nach Tobias sehen. Der hockte vorhin noch in der Badewanne und formierte seine Lockenwickler-Armada zum Angriff auf die Seifenschale.« Im selben Augenblick ging die Tür auf, und ein tropfnasser, am ganzen Körper zitternder Knabe patschte in die Küche. »Mami, im Bad hängen bloß saubere Handtücher. Kann ich eins davon nehmen?«

Osterspaziergang

Der Ostermorgen zog herauf. In der Ferne kurbelte ein Hahnenschrei den Tag an, ein frischer Wind bat die Bäume zum Tanz, und der Regen kritzelte Grüße ans Fenster.

»Mistwetter, elendes!« schimpfte Florian, als er das leise Rauschen hörte. »Dabei haben die gestern im Ersten gesagt, daß wir Sonne kriegen sollen und Temperaturen bis sechzehn Grad.«

»Im Zweiten hieß es aber ›nur gelegentliche Aufheiterungen‹. Du hast eben das falsche Programm erwischt.« Tinchen räkelte sich ausgiebig, dann kroch sie zu Florian unter die Decke und küßte ihn. »Frohe Ostern.«

»Danke, gleichfalls.« Er rückte ein bißchen zur Seite und bettete ihren Kopf an seine Schulter. »Können Ostereier schwimmen?«

»Was? Ach ja, du wolltest sie im Garten verstecken, aber daraus wird wohl nichts werden.« Sie sah sein enttäuschtes Gesicht und streichelte tröstend über seine Haare. »Es ist ja noch früh, vielleicht klärt es sich bis nachher wieder auf. Das Gewitter heute nacht hat bestimmt die Luft gereinigt.«

»Deshalb fällt der Regen jetzt auch viel schneller.« Er seufzte. »Ach, Tine, warum können wir jetzt nicht irgendwo im Süden sein, wo die Sonne scheint, wo es warm ist, wo wir beide ganz allein sind, wo keine Kinder auf den Osterhasen warten und keine Verwandtschaft aufs Frühstück. Wir sind schon bald neun Jahre verheiratet, aber richtige Flitterwochen haben wir nie gehabt.«

»Eins ging ja bloß! Entweder vierzehn Tage Gran Canaria oder die Couchgarnitur. Die Möbel haben wir immer noch, von der Reise wäre höchstens ein Schuhkarton mit Fotos übriggeblieben. Außerdem haben wir uns damals versprochen, die Flitterwochen nachzuholen.«

»Wann denn? Wenn die Reiseapotheke schwerer wird als das übrige Gepäck und wir uns statt Ostereier gegenseitig Vitaminpillen verstecken können?«

»Jetzt langt's mir aber!« Empört setzte sich Tinchen auf. »Du tust gerade so, als ob wir unmittelbar vor dem Greisenalter stehen. Im nächsten Jahr, wenn Gisela und Fabian wieder zurück sind, werden wir einfach unsere Kinder bei ihnen abstellen und ganz allein zu zweit wegfahren.«

»Hm«, machte er nachdenklich, »manchmal hast du wirklich brauchbare Ideen. Aber das mit dem Greisenalter will ich nicht gehört haben! Ich werde dir gleich das Gegenteil beweis...«

Es klopfte.

»Draußen bleiben!!«

Zu spät. Die Klinke wurde heruntergedrückt, und herein spazierte mit blitzblanken Augen und erwartungsvollen Gesichtern der Bendersche Nachwuchs. »Können wir jetzt Ostereier suchen?«

»Nein, zum Donnerwetter noch mal!!« Mit einem Satz war Florian aus den Federn und schob seine Brut wieder zur Tür hinaus. »Wo kommt überhaupt das Karnickel her? Hast du das etwa mit im Bett gehabt?«

Julia drückte den Zwerghasen an sich. »Jaha. Herr Schmitt hatte doch auch so doll Angst vor dem Gewitter.«

Zwei Seelen wohnten, ach, in seiner Brust. In Florian kämpfte der Vater mit dem Psychologen. Der Vater bestand auf sofortigem Rausschmiß seiner Nachkommen, der Psychologe dagegen plädierte für kindgemäße Aufklärung. Die erste Lösung war die bequemere, die andere erforderte psychologisches Einfühlungsvermögen und garantierte Stoff für sein Buch. Das eine hatte er, das zweite brauchte er. Florian entschied sich für die Psychologie.

Er nahm seine Tochter auf den Arm und ging mit ihr ans Fenster. Es war inzwischen heller geworden, und der Regen hatte nachgelassen. »Sieh mal, Julchen, hier auf der Erde ist es warm und...«

»Stimmt ja gar nicht, mir ist kalt.« Sie zitterte mit dem Kaninchen um die Wette. Florian sah sich gezwungen, Kind und Hasen in seinen Bademantel zu wickeln, bevor er seinen Vortrag fortsetzen konnte. »Na schön, richtig warm ist es nicht, aber oben in der Luft ist es noch viel kälter, und wenn nun die wärmere Luft von der Erde aufsteigt ...«

Meteorologische Abhandlungen morgens um sieben waren zuviel für Tinchen. Sie knallte die Badezimmertür hinter sich zu und stellte sich unter die Dusche: Das ist mal wieder so typisch Florian! Anstatt sich anzuziehen und endlich die Süßigkeiten zu verstecken, hält er Vorträge über Frühlingsgewitter. Dabei war durch seine Brüllerei bestimmt schon die ganze Belegschaft aufgewacht einschließlich Tante Klärchen, die aufs Frühstück wartet. Der Tisch ist auch noch nicht gedeckt, zu allem Überfluß muß die Abfütterung heute im Eßzimmer stattfinden, weil wir einen Feiertag haben und statt des Keramikgeschirrs Porzellan drankommt, in die Kaffeekanne vom Meißner gehen bloß acht Tassen rein, die reichen ja kaum für einmal rum, aber das Rosenthal-Service geht nicht, dazu gibt es keine Eierbecher, bloß die bunten Dinger aus Plastik, und überhaupt ist der Speisenaufzug immer noch kaputt, da darf ich mir mit der Rennerei von unten nach oben die Hacken ablaufen, und wenn ich Pech habe, kommt gar keiner frühstücken, weil niemand Lust zum Aufstehen hat. Warum bin ich bloß nicht auch im Bett geblieben? Scheiß-Ostern! –

Sie drehte den Wasserhahn zu, hüllte sich in ein Handtuch und triefte zurück ins Schlafzimmer.

»... entstehen elektrische Ladungen. Das alles zusammen nennt man Gewitter. Hast du das verstanden?«

Zögernd nickte Julia. »Und warum donnert es?«

Sekundenlang war Florian sprachlos, aber dann schnaubte er los:

»Tine, du hast ein selten dämliches Kind! Da erklärt man dem Gör eine Viertelstunde lang, wie ein Gewitter entsteht, und dann fragt sie, warum es donnert.« Der Psychologe setzte das selten dämliche Kind auf dem Nachttisch ab und suchte nach Ablenkung. Wenn er nicht sofort seine Hände beschäftigte, würde er seiner Tochter ganz unpsychologisch eine runterhauen. Endlich fand er ein zerdrücktes Päckchen Zigaretten, fingerte eine heraus, tastete die Bademanteltaschen nach dem Feuerzeug ab, fand keins. »Hast du Streichhölzer?«

Tinchen hatte nicht. Sie holte den Fön aus dem Schrank und sagte beiläufig: »Bei einem Gewitter gibt es doch immer die dicken schwarzen Wolken, nicht wahr, Julia? Wenn die da oben am Himmel zusammenstoßen, kracht es eben, und das macht sogar noch hier bei uns auf der Erde einen Heidenspektakel.«

»Nu habe ich es verstanden«, strahlte Julia. »Wie Papi gestern mit dem Kopf an die Balkontür gerannt ist, hat es auch gebumst. Das hat sogar Onkel U-Bahn gehört.« Sie trollte sich. Im Hinausgehen hörte Florian sie sagen: »Du brauchst auch keine Angst mehr haben, Herr Schmitt, wenn es donnert, kommt das bloß von der Kondensmilch.«

»Kon-den-sa-ti-on!!!« brüllte Florian hinterher. Dann sah er vorwurfsvoll seine Frau an. »Du untergräbst meine ganze Autorität! Wie kannst du dem Kind solch einen Blödsinn erzählen?«

»Weil einer Fünfjährigen dieser Blödsinn mehr einleuchtet als dein pseudowissenschaftliches Geschwafel! Kondensation! Weißt *du* denn überhaupt, was das ist?«

Erst zögerte er, dann grinste er versöhnlich. »Nicht so ganz genau. Giselas Brockhaus ist nämlich über zwanzig Jahre alt.«

Sie zuckte nur die Achseln. »Wozu brauchst du ein Lexikon? Gewitter entstehen bekanntlich beim Zusammentreffen von Hochdruckgebieten mit Kaltluftfronten, feuchten Luftmassen und Feiertagen.«

Im Eßzimmer war der Tisch schon gedeckt. Nicht mit Meißen oder Rosenthal, nein, mit den geheiligten Sammeltassen, Erbstücke in dritter Generation und sonst nur hinter Glas zu besichtigen. Melanie legte gerade letzte Hand an die Dekoration. Unter ihren geschickten Händen verwandelten sich die Papierservietten in Schwäne und die endlich aufgeblühten Mandelzweige in kunstvolle Gestecke.

»Wo hast du das gelernt?« staunte Tinchen.

»Nirgends. Mir macht so was ganz einfach Spaß.«

»Mir auch, aber es kommt nichts dabei heraus. Als ich mal versucht habe, aus Zweigen und Gräsern Ikebana zu machen, hat mich Florian gefragt, weshalb ich die Gewürze ausgerechnet im Wohnzimmer zum Trocknen aufstelle.«

Aus dem Nebenzimmer tönten Hammerschläge. »Was ist denn da los?«

»Das sind bloß die Jungs. Die turnen seit einer Stunde da drinnen herum und verstecken Ostereier.«

»Und dazu meißeln sie die Wände auf?« Vorsichtig schob Tinchen die Schiebetüren auseinander. Rüdiger wühlte im Besteckkasten und versuchte, ein Nest zwischen die Gabeln zu quetschen, während Urban auf einer Leiter stand und mit Heftzwecken einen Stanniolpapierhasen an die Zimmerdecke nagelte.

»Du hast deinen Darwin nicht richtig gelesen! Wir stammen von den Affen ab und nicht von den Vögeln. Wie um alles in der Welt sollen die Kinder da oben rankommen?«

Er drehte sich um, wobei die Leiter bedenklich ins Wackeln geriet; Tinchen griff zu, und der malträtierte Hase landete genau vor ihren Füßen.

»Das ist jetzt schon der vierte, der kaputtgeht.« Urban sammelte die zerbrochenen Reste auf, wickelte das Papier ab und steckte sie in den Mund. »Noch einer und mir wird schlecht.«

»Wie lange braucht ihr noch?«

»Höchstens zehn Minuten.« Rüdiger klebte mit Tesafilm ein Marzipanküken in einer Gardinenfalte fest. »Immer bloß auf der Erde verstecken ist ja langweilig.«

Tinchen schloß wieder die Tür. Aus dem Bücherschrank im Arbeitszimmer holte sie die Plastiktüte mit ihren eigenen Ostereiern. Für jeden hatte sie eine Kleinigkeit besorgt und beim Kauf festgestellt, daß der Preis jeweils in umgekehrtem

Verhältnis zur Größe gestanden hatte. Das Seidentuch zum Beispiel, mit dem Melanie schon so lange liebäugelte, hatte ein Vermögen gekostet, so viel ›Sonstiges‹ konnte sie ja gar nicht im Haushaltsbuch unterbringen.

Auf diesem Haushaltsbuch, in dem die Ausgaben nur selten mit den Einkäufen übereinstimmten, hatte Martha bestanden. »Man muß wissen, wo das Geld bleibt«, hatte sie gesagt, aber das wußte Tinchen auch so. Der größte Teil davon verschwand in der Kasse des Supermarkts, wobei es doch völlig gleichgültig blieb, wieviel nun für Rinderbraten und wieviel für Suppengrün draufgegangen war. Also erfand sie die Rubrik »Sonstiges«, in die sie ohne nähere Bezeichnungen alles eintrug, was nicht eßbar war: die Hosenbügel für Clemens, das Schlüsseletui für Rüdiger und das Buntpapier für den Kindergarten – aber sie ahnte, daß Martha diese Sonderposten nicht lange widerspruchslos hinnehmen würde. Bei ihr mußte alles seine Ordnung haben. Schuhsohlen wurden unter »Garderobe« verbucht und der neue Bezug für das Bügelbrett unter »Wäsche«. Die Ostereier hatte sie nach längerem Zögern der Spalte »Geschenke« zugeordnet und in Klammern Ostern dazugeschrieben, denn im April hatte niemand in der Familie Geburtstag. Vielleicht ließ sich der Schal noch dazumogeln.

Ein Glück, daß Florian gestern noch das Bilderbuch für Tante Klärchen aufgetrieben hatte. »Stuttgarter Leben« hieß es und zeigte auf 48 Seiten Hochglanzfotos der schwäbischen Metropole. Nein, von Tübingen habe man nichts dergleichen, hatte die Verkäuferin in der Buchhandlung bedauert, aber man könne etwas Passendes bestellen, gleich nach den Feiertagen sei es lieferbar. Zu spät? Tja, dann wisse sie auch nicht weiter. Ob es vielleicht Heidelberg sein dürfe, da habe man eine große Auswahl. Florian hatte sich für Stuttgart entschieden, das lag näher an Tübingen dran und mußte bei seiner Tante sogar gewisse Sentiments wecken, denn immerhin hatte sie in der Landeshauptstadt ihren Donald selig kennengelernt.

Die Ostereiersuche verlief geräuschvoll und dauerte genau eine Stunde und 17 Minuten. Während der Endphase erschien auch Tante Klärchen auf der Bildfläche, heute in Zitronengelb mit passender Perücke, verzichtete dankend auf Croissants und Waffeln, bat um nur eine Tasse Kaffee, trank drei, wollte ein Schlückchen Mineralwasser, bekam es, verschwand mit dem vollen Glas nach nebenan und kehrte mit dem leeren zurück. »Meine Tabletten, ihr wißt schon...«

Sie wußten es nicht, es kam ihnen nur sonderbar vor, daß Tante Klärchen ihre Pillen heimlich schluckte. Die klaute doch bestimmt keiner.

Nach mehreren Irrläufen hatte Clemens endlich das für ihn bestimmte Päckchen aus dem sonst leeren Papierkorb gefischt. Er packte es aus und stutzte. »Ich hab' doch schon zwei Wecker.«

»Die sind wohl nicht laut genug, oder weshalb muß ich dich fast jeden Tag eigenhändig aus dem Bett schmeißen?«

»Weil du der einzige Wecker bist, Tinchen, den man nicht abstellen kann!« Dann verschwand er kurz und kehrte mit einer Pergamentpapierrolle zurück, die dreimal versiegelt und mit einer großen Schleife zugebunden war. »Der materielle Wert ist gering, aber der ideelle ist gar nicht mit Geld zu bezahlen!« Feierlich überreichte er Tinchen die Röhre.

Sie zögerte. Die teils erwartungsvollen, teils grienenden Gesichter ließen nichts Gutes ahnen. Schließlich faßte sie sich ein Herz und entrollte das Schriftstück. Sofort kringelte es sich wieder zusammen.

»Gib mal her!« Urban legte das Papier auf den Boden, rollte es auseinander, stellte einen Stuhl auf den oberen Rand und seinen Fuß auf den unteren. »Jetzt kannste lesen!«

WIR VERPFLICHTEN UNS stand oben drüber, mit mehr Enthusiasmus als Talent in gotischen Buchstaben hingemalt, und dann waren in alphabetischer Reihenfolge all jene Punkte aufgezählt, die in den vergangenen Wochen zu dauernden Streitobjekten geworden waren. Die Liste begann mit A: Aufräumen (Dachboden, Keller, Garage), B: Bücher nicht immer auf dem Klo liegenlassen, bis hin zu Y: Yankee-Gedudel auf Zimmerlautstärke beschränken und Z: Zimmer (eigene) einmal wöchentlich durchharken.

»Das nageln wir oben auf den Gang, wo jeder dran vorbeiläuft, und du bist autorisiert, Sünder an den Pranger zu stellen.« Aus der Hosentasche holte Clemens eine Handvoll Buchstaben, hinten mit einer Nadel versehen und eigentlich als Modeschmuck gedacht. »Du piekst einfach den jeweiligen Namen an die richtige Stelle. Nach zehn Verwarnungen wird der Familienrat über das Strafmaß entscheiden.«

»Dazu wird es gar nicht kommen«, sagte Melanie. »Tinchen hat uns doch schon ganz schön hingetrimmt. Gestern habe ich mich dabei ertappt, wie ich meine Klamotten in den Schrank geräumt habe. Sogar auf Bügel habe ich sie gehängt.«

»Davon sieht man aber nichts. Ich wollte dich vorhin schon fragen, warum du noch im Schlafanzug rumrennst.«

Sie sah ihren Bruder finster an. »Wer immer bloß in Unterhosen pennt, kann einen Schlafanzug natürlich nicht von einem Sportdreß unterscheiden.«

»Lieber jeden Tag 'ne frische Hose als zwei Wochen lang denselben Schlafan...«

»Könnt ihr nicht mal das Thema wechseln?« sagte Tinchen ruhig.

»Ich schlage vor, Melanie und ich räumen jetzt den Tisch ab, Urban repariert endlich den Aufzug, und die anderen machen oben ein bißchen Ordnung. Wir können Marthchen unmöglich mit diesem Schlachtfeld allein lassen. Um zwölf fahren wir los.«

Trotz Marthas Protest hatte Florian angeordnet, daß auch sie einen Feiertag verdient habe und man deshalb auswärts essen werde.

»Und was wird aus meinem schönen Lammbraten?« hatte sie gejammert.

»Der schmeckt morgen genausogut. Sogar noch besser, weil es kein Drei-Sterne-Koch mit deiner Sahnesoße aufnehmen kann.«

Etwas getröstet, aber immer noch brummend über »das viele Geld, das da einfach zum Fenster rausgeworfen« wird, hatte sie schließlich eingewilligt und sogar das Schwarzseidene zum Lüften gehängt, das sie sich zur Hochzeit ihrer Nichte gekauft und dann immer nur zu Weihnachten getragen hatte.

Lediglich Tante Klärchen weigerte sich mitzufahren. »Mittags esse ich nie«, sagte sie, »da nehme ich nur einen Kaffee zu mir.« Florian versicherte ihr, daß sie den auch im Restaurant bekäme, darüber hinaus gebe es keine Regel ohne Ausnahme, und eine anständige Mahlzeit werde ihr bestimmt nicht schaden, sie sähe ja schon beinahe unterernährt aus. Wozu weibliche Unvernunft imstande sei, habe sich schon an der Idee erwiesen, sich von einer sprechenden Schlange Diättips geben zu lassen.

Tante Klärchen lächelte müde. »Du wirst mich von meinen Eßgewohnheiten nicht abbringen, lieber Florian. Ich werde mich in der Zwischenzeit etwas hinlegen, denn mir macht die Zeitverschiebung noch zu schaffen. Zum Tee dürft ihr mich selbstverständlich wecken.«

»Kommt überhaupt nicht in Frage! Nach dem Essen wollen wir noch ein bißchen durch die Gegend bummeln, irgendwo schön Kaffee trinken und erst zum Abendbrot zu Hause sein. Wenn das Wetter mitmacht, könnten wir mal zum Schloß rauffahren. Was hältst du davon?«

Sie hielt gar nichts davon. »Jeder kulturell gebildete Mitteleuropäer kennt das Heidelberger Schloß. Ich natürlich auch.«

»Dann hast du jetzt die beste Gelegenheit, eine meiner zahlreichen Bildungslücken zu schließen. Ich hab' das Schloß bis jetzt nur von weitem gesehen. Außerdem würden von deiner fachkundigen Führung wir alle profitieren. Wer kann schon mit einer ehemaligen Geschichtslehrerin als Cicerone aufwarten?«

Das zog! Bisher war es Tante Klärchen nämlich noch nicht gelungen, sich bei ihren Gastgebern in irgendeiner Weise zu profilieren, aber jetzt sah sie sogar eine Möglichkeit, den Kindern zu imponieren. Unerhört, mit welcher Arroganz diese Halbwüchsigen sie behandelten! Hatten sie es doch tatsächlich gewagt, sich über die mitgebrachten Kleidungsstücke zu mokieren. Dabei waren die Sachen doch noch tadellos in Ordnung, manche hatte sie nur drei- oder viermal getragen. Nun ja, die Pullover hätte sie vielleicht doch erst in die Reinigung bringen sollen, aber das wäre nur eine zusätzliche Ausgabe gewesen, und hier im Haus gab es schließlich eine Waschmaschine. Unbegreiflich auch, daß die Hawaiihemden bei den Jungs so gar keinen Anklang gefunden hatten. Dabei waren sie für Haus und Garten doch so praktisch. Donald hatte sie immer im Urlaub getragen und war damit sogar abends zum Essen gegangen. Jahrelang hatten sie im Schrank gelegen, neuwertig fast und für Afrika viel zu schade, da spendete man lieber ein Kilo Milchpulver, aber nun hatte sie sich doch von den Hemden getrennt und nur dumme Bemerkungen einstecken müssen.

Genau wie für den Modeschmuck, den sie speziell für Melanie gedacht hatte. Ob der von Woolworth stamme, hatte sie gefragt. Als ob sie, Claire McPherson, solch ein Geschäft überhaupt betreten würde! Die beiden Ketten waren beim letzten Wohltätigkeitsbasar übriggeblieben, genau wie der grüne Gürtel mit den Pailletten. Sie hätte die Sachen einfach mitnehmen können, aber nein, drei Dollar hatte sie freiwillig dafür gezahlt, sie ließ sich ja nichts schenken.

Sie stieß einen tiefen Seufzer aus und stand auf. Nun gut, sie würde mitkommen, aber nur Florian zuliebe, der gar nicht wußte, womit er diese Auszeichnung verdient hatte. Vielleicht werde sie sogar eine Kleinigkeit zu sich nehmen, eine Mockturtlesuppe, die sei nicht so fett, oder etwas Salat... man werde sehen.

Sie erschien mit einer halben Stunde Verspätung, obenherum Hirtenhundlook, darunter Frühlingsrauschen. Veilchenfarbenes Kostüm mit passenden Pumps, darüber eine Zotteljacke, die Melanie befürchten ließ, Tante Klärchen könnte sich an ihrem Bettvorleger vergriffen haben.

»Was ich noch sagen wollte ...«, wandte sie sich an die ungeduldig wartende Familie, »in der Öffentlichkeit bin ich für euch nicht Klärchen und erst recht nicht Tante, sondern schlicht und einfach Claire.«

Man nahm diese Anordnung kommentarlos zur Kenntnis, verteilte sich auf drei Autos, und dann setzte sich die Kolonne in Bewegung. Florian übernahm die Führung, bis ihm einfiel, daß man noch immer zu keiner Einigung über das Ziel dieses Freßkonvois gekommen war. Also trat er auf die Bremse, Tinchen knallte prompt auf die Stoßstange, während Urban, der seine Ente noch rechtzeitig zum Halten gebracht hatte, den Kopf aus der Dachluke hängte und harmlos fragte: »Habt ihr euch die Führerscheine von Neckermann schicken lassen?«

Die Reihenfolge wurde gewechselt. Mit der Behauptung, er kenne Heidelberg wie seine Hosentasche und wisse genau, wo man sowohl etwas zu essen als auch einen Parkplatz bekäme, setzte sich Urban an die Spitze. Das erste von ihm angepeilte Restaurant hatte wegen Renovierung geschlossen. Das zweite war überfüllt. Vor dem dritten gab es weit und breit keinen Zentimeter Platz, auf dem man auch nur ein Fahrrad hätte abstellen können, geschweige denn drei ausgewachsene Autos. Das vierte Lokal der oberen Mittelklasse, denn auf einem solchen hatte Florian bestanden, lag in der Fußgängerzone und kam wegen Tante Klärchens engen Schuhen und Marthas Rheuma nicht in Frage.

Erneuter Kriegsrat. Inzwischen war es halb zwei, alle hatten Hunger, Julia quengelte, Martha brummte etwas von »zu Hause den schönen Braten im Topf« und Tobias maulte, warum sie denn nicht zu McDonald's gingen, da sei immer Platz und man bekäme auch ganz schnell was zu essen.

»Logisch«, sagte sein Vater. »Woanders muß man stundenlang aufs Essen warten, und da wartet das Essen stundenlang auf uns. Kommt nicht in Frage, heute ist Ostern, da möchte ich in einer gemütlicheren Umgebung sitzen als ausgerechnet in einem Schnellimbiß. Wenn man da in einen Hamburger beißt, weiß man nie, wo das Brötchen aufhört und der Pappteller anfängt.«

Clemens hatte einen neuen Vorschlag. »Wie wär's denn, wenn wir zur Alten Mühle fahren? Dauert höchstens zwanzig Minuten, und einen Tisch kriegen wir da bestimmt.«

»Was zu essen wäre mir lieber«, knurrte Rüdiger.

Der Troß setzte sich wieder in Bewegung. Da die Landstraße zur Alten Mühle wegen Bauarbeiten gesperrt war und Clemens' ›sowieso viel kürzerer Richtweg‹ vor einem Rübenacker endete, der noch vor ein paar Monaten ›garantiert nicht dagewesen‹ war, dauerte es fast eine Stunde, bis der ausgehungerte Trupp an einer Kreuzung endlich die ersten Anzeichen der erhofften Tafelfreuden erblickte: Ein Koch aus Pappe, von vermutlich ebenso ausgehungerten Gästen schon leicht angeknabbert, versprach vorzügliche Küche und selbstgekelterten Wein. Zumindest letzteres erschien Florian in Anbetracht der umliegenden Spargelfelder zweifelhaft, aber er wollte ja in erster Linie etwas essen und dazu ein schönes kühles Bier trinken.

Der Wirt bedauerte. Die Küche sei bereits geschlossen, immerhin gehe es auf drei Uhr zu, man rechne in Kürze mit den ersten Kaffeegästen, aber einen Wurstsalat oder auch ein Schinkenbrot, serviert auf rustikalem Holzteller, könne er selbstverständlich bieten. Auch Kartoffelsalat sei noch da, dazu Bockwurst oder Wienerle, ganz nach Wunsch.

Wortlos machte Florian kehrt. In der Tür stieß er mit Tante Klärchen zusammen, die erst noch ihr Make-up überprüft und den Sitz der Perücke korrigiert hatte, bevor sie, flankiert von Urban und Rüdiger, ihren Auftritt haben würde. Die Zumutung, wiederum in den Wagen zu steigen und sich mit unbestimmtem Ziel durch die hessische Landschaft fahren zu lassen, war entschieden zuviel.

»Einer von euch wird mich unverzüglich nach Hause bringen! Erst werde ich bedrängt, mich diesem Ausflug anzuschließen, und dann bringt man mich von einem obskuren Lokal zum anderen. Ich glaube, mein lieber Florian, du und dein Bruder leben in vollkommen verschiedenen Sphären. Als ich das letzte Mal Gast bei ihm gewesen bin, hat er uns in das Schloßhotel Kronberg geführt. Sehr kultiviert und ein wirklich erstklassiges Publikum. Etwas Derartiges hatte ich heute ohnehin nicht erwartet, dazu erscheint mir unsere Gesellschaft denn doch zu sehr gemischt« – ein Blick streifte Urbans Jeans und das Schwarzseidene von Martha –, »aber ein bißchen mehr Niveau hatte ich erwartet.«

»Ich habe Hunger!« plärrte Julia.

»Ich auch! Und ich kenne eine Gaststätte, in der wir garantiert auch jetzt noch etwas Warmes bekommen. Los, steigt ein, in einer Viertelstunde sind wir da!« Tinchen scheuchte die Kinder in den Cherry, lud Melanie zum Mitkommen ein, klemmte sich hinters Steuer und brauste los. Sollten die anderen doch machen, was sie wollten, die größenwahnsinnige Tante entweder nach Hause oder in diesen gepriesenen Freßtempel bringen, sie jedenfalls würde jetzt dafür sorgen, daß ihre eigenen Ableger endlich etwas Anständiges in den Magen bekämen.

Wenig später war sie auf der Autobahn, und nach kurzer Zeit brachte sie den Wagen vor einer Raststätte zum Stehen. »Endstation!«

»Da hast du recht«, sagte Melanie lachend, »das ist nun wirklich das Allerletzte!« Sie nahm die halb schlafende Julia auf den Arm und marschierte zum Eingang. Neben ihr kurvte die Ente ein, dahinter folgte der Daimler.

»Tinchen, das war eine großartige Idee!« lobte Clemens. »Ostermenü auf der Autobahn hab' ich mir schon immer gewünscht.« Er steuerte den einzigen noch freien Tisch an, schob die leeren Kaffeetassen zur Seite, stellte den vollen Aschenbecher dazu und setzte sich.

»Hier ist es fast so gemütlich wie in der Mensa.«

Eine Kellnerin brachte die Speisekarten.

»Preise haben die wie im alten Rom«, stellte Rüdiger fest.

Sein Bruder widersprach: »Da war's billiger, die hatten noch keine Mehrwertsteuer.« Er entschied sich für Rahmschnitzel mit div. Beil., eine Wahl, der sich auch die anderen anschlossen. Nur Florian bestellte lediglich zwei Spiegeleier mit Brot.

»Warum denn so spartanisch?« wunderte sich Tinchen. »Und wieso überhaupt Spiegeleier? Die ißt du doch sonst nie. Weshalb nimmst du nicht Rühreier?«

»Bei dem Preis will ich sie wenigstens zählen können!«

Auf der Rückfahrt sah er das Schloß wieder nur von weitem, denn zu kulturhistorischen Betrachtungen hatte niemand mehr Lust – am allerwenigsten Tante Klärchen. Zu Hause sank sie ermattet in den roten Plüschsessel, bat um ein gegrilltes Steak, denn außer zwei Whisky-Soda hatte sie in diesem ›fürchterlichen Lokal‹ nichts herunterbringen können, und erklärte, sich unmittelbar nach dem Essen zurückziehen zu wollen. Unter einem Ostersonntag inmitten ihrer Lieben habe sie sich etwas anderes vorgestellt.

»Ich auch, Tante Klärchen, ich auch!« sagte Florian, setzte seine bewährte Armsündermiene auf und bat in bewegenden Worten um Entschuldigung für alles, was der armen Tante heute zugemutet worden war. Endlich geruhte sie zu verzeihen, hauptsächlich deshalb, weil der Versöhnungsschluck aus gutem altem schottischem Whisky bestand. Und die Aussicht, morgen abend Rüdigers Konzert besuchen zu können, stimmte sie noch versöhnlicher. Sie hatte gar nicht gewußt, daß der Junge bereits öffentlich auftrat. Seine Mutter hatte sich immer sehr geringschätzig über die musikalischen Ambitionen ihres Jüngsten geäußert, aber da fehlte ihr wohl das nötige Verständnis. Wie gut, daß wenigstens Florian das Talent seines Neffen erkannt hatte und allem Anschein nach sogar förderte.

»Wo findet das Konzert statt? Werde ich Abendgarderobe brauchen?«

»Nein, Tante Klärchen, das kleine Schwarze genügt.«

Hinter der halbgeöffneten Tür stand Rüdiger und feixte sich eins. Er hätte nie geglaubt, daß sein Onkel so hinterhältig sein könnte.

Als Tante Klärchen am nächsten Abend in einem dreiviertellangen Kleid aus weinrotem Seidenjersey die Treppe herunterkam, hatte Florian doch ein schlechtes Gewissen, aber dann beruhigte er sich selber. Sie würde garantiert Aufsehen erregen – nur eben etwas anders, als sie sich vermutlich vorstellte.

»Sind wir nicht schon sehr spät dran? Es ist gleich acht.«

»Ach wo, das geht erst ab neun richtig los... äh... ich meine, Rüdigers Auftritt kommt später.« Jetzt hätte er sich doch beinahe verhaspelt. Er legte Tante Klärchen das Nerzcape über die Schultern, bot ihr den Arm und führte sie zum Wagen. »Clemens und Melanie sind schon vorgefahren und halten Plätze frei. Tinchen kommt, sobald sie die Kinder ins Bett gebracht hat«, beantwortete er die unausgesprochene Frage.

Die Tante fügte sich in das Unvermeidliche. Viel schien sich in Deutschland verändert zu haben, und das keineswegs zum Vorteil. Wenn sie früher ein Konzert besucht hatte, dann hatte sie ihren reservierten Platz gehabt, meistens dritte Reihe links in der Nähe des Notausgangs, und pünktlich um halb acht hatte es begonnen. Neun Uhr war wirklich sehr spät! Wann würde die Veranstaltung wohl zu Ende sein? Klärchen liebte Musik, aber bitte nicht um Mitternacht.

Florian kurvte durch die Heidelberger Innenstadt Richtung Bahnhof. »Am besten stellst du die Mühle da irgendwo in einer Seitenstraße ab und fragst dich zum Starlight durch«, hatte Rüdigers präzise Wegbeschreibung gelautet, »sind bloß ein paar Meter zu Fuß.«

Die mangelhafte Straßenbeleuchtung tauchte die Umgebung in schützendes Dunkel. Tante Klärchen sah weder die halbverfallenen Bauzäune noch die verlotterten Hinterhöfe, sie tastete sich vielmehr Schritt für Schritt über die kopfsteingepflasterte Straße vorwärts. »Merkwürdige Gegend für ein Konzertgebäude.«

»Ja, weißt du, Tante Klärchen«, begann Florian vorsichtig, »vielleicht hast du eine ganz falsche Vorstellung von Rüdigers Musik. Entsprechend seinem Alter schwärmt er natürlich fürs Moderne.«

»Das kann ich verstehen. Ich selbst habe zwar für die Zwölftöner nicht viel übrig, aber mein Geschmack ist letztendlich nicht ausschlaggebend.«

Hoffentlich bleibst du auch bei dieser Meinung, dachte Florian, während er seine Tante langsam auf die grellrote Tür zusteuerte, hinter der er das gesuchte Etablissement vermutete.

»Ist das der Bühneneingang?«

»So was Ähnliches«, murmelte er, die alte Dame vor sich herschiebend. Der tunnelähnliche Gang, mit Postern namhafter Interpreten der Rock- und Popszene bepflastert, endete an einer weiteren Tür, neben der ein glatzköpfiger Jüngling saß und kassierte. Vor ihm stand ein Stuhl, darauf eine Zigarrenkiste, daneben lag ein Stempelkissen.

»Acht Mark pro Neese, heute ham wa Livesendung!«

Florian zückte einen Zwanzigmarkschein, spendete das Wechselgeld großzügig der Clubkasse und bekam einen extra schönen Stempelabdruck auf den Handrücken.

»Soll ick Ihnen die Eintrittskarte uff'n Handschuh stempeln, oder zieh'n Se die Futterale vorher aus?«

Tante Klärchen war zur Salzsäule erstarrt, und Florian beteuerte halblaut, daß seine Begleiterin wohl auf die übliche Legitimation verzichten könne. Sie würde ohnehin nicht lange bleiben.

»Kann ick ma denken«, grinste der Kahlkopf verständnisvoll, »ick jloobe sowieso, det Se sich valoofen hab'n. Det Altersheim is nämlich zwee Straßen weiter.«

Schnell schob Florian seine Tante durch die Schwingtür und quetschte sich hinterher. Es dauerte ein paar Sekunden, bis sich seine Augen an das Halbdunkel gewöhnt hatten und er Einzelheiten erkennen konnte. Der Raum war relativ groß, die Bar an der gegenüberliegenden Wand relativ klein und dicht umlagert. Stühle gab es genug, Tische so gut wie gar nicht, sie hätten auch nur unnütz Platz weggenommen, denn was hier an Getränken konsumiert wurde, trank man wenn irgend möglich aus der Flasche. Trotzdem schien der Raum überfüllt. Jugendliche aller Altersstufen quirlten durcheinander, traten sich gegenseitig auf die Füße, begrüßten sich lautstark, johlten, quiekten und schienen sich bei dem allgemeinen Radau sehr wohl zu fühlen. Im Hintergrund stand jemand auf der Leiter und fummelte an einem Scheinwerfer herum. Spotlights schickten bunte Blitze in das Getümmel.

Zu Florians Überraschung nahm kaum jemand Notiz von ihnen; ein paar erstaunte Blicke streiften Tante Klärchen, zwei Teenager in voller Kriegsbemalung steckten tuschelnd die Köpfe zusammen und murmelten etwas von Mumienkonvent, aber sonst richtete sich die allgemeine Aufmerksamkeit auf das seitwärts stehende Podium, wo fünf junge Männer emsig werkelten. Einer stöpselte Kabel, ein anderer kämpfte mit dem Mikrofon, das dauernd aus der Halterung kippte, zwei schleppten einen Kasten Cola von einer Ecke in die andere und wurden sich nicht einig, wo er wohl am günstigsten in Reichweite aller Bandmitglieder zu deponieren sei. Rüdiger schraubte an seiner Posaune herum und ließ die Spucke aus dem Mundstück tropfen.

»Wie unappetitlich!« sagte Tante Klärchen. Es waren die ersten Worte, die sie seit Betreten der Disco von sich gab, und als Florian ihr versteinertes Gesicht sah, schwante ihm, daß es wohl auch die letzten sein würden.

»Hi, Flox, hier sind wir!« Schräg gegenüber der künftigen Lärmquelle winkte Clemens mit beiden Armen. Florian ergriff Tante Klärchens Hand und zog sie hinter sich her.

»Wird auch Zeit, daß ihr endlich kommt! Wegen der freien Plätze wäre beinahe schon eine Saalschlacht entbrannt.« Er räumte die mit Jacken vollgepackten Boulevardstühlchen leer und forderte Tante Klärchen zum Sitzen auf. Die blieb stehen. »Möchtest du mich nicht zuerst mit deiner Begleitung bekannt machen?«

»Wie? Ach so, ja natürlich.«

Um den kleinen Tisch herum hockten außer Melanie noch drei Personen, deren Habitus in Tante Klärchen berechtigte

Zweifel weckte, ob man sie nicht eventuell dem horizontalen Gewerbe zuordnen müßte.

»Das da ist Axel, ein Freund von Rüdiger, neben ihm sitzt Wolle, und die mit den Wasserhähnen im Ohr ist Petra, Melanies Freundin. Und das hier ist Tante Klär... äh... Claire, unser Besuch aus Übersee.«

»Hi!« sagte Wolle und schob sein Glas über den Tisch. »Wollen Sie mal trinken? Bei dem Betrieb hier kann es eine Weile dauern, bis Sie was Eigenes kriegen.«

»Was is'n das?« Florian schnupperte an der buntschillernden Flüssigkeit.

»Grüne Witwe. Ist ganz harmlos. Orangensaft mit Curaçao.«

»Witwen sind nie harmlos. Gibt's auch was weniger Gefährliches?«

»Klar! Korea zum Beispiel, Diesel oder Dopsi.«

»Aha«, sagte Florian und bestellte Bier für sich sowie einen doppelten Whisky-Soda für Tante Klärchen. Falls überhaupt, dann konnte man sie nur mit ihrer Lieblingsnahrung auftauen.

»Ist das nicht ein klasse Schuppen, Tante Klärchen?« Melanie rückte ihren Stuhl dicht neben den der Tante und hakte sie freundschaftlich unter. »Warte mal, bis die Band loslegt, dann zieht's dir glatt die Hosen runter!«

Wie aufs Stichwort setzte ein Höllenlärm ein. Die fünf Gestalten auf dem Podium tuteten und klampften, was das Zeug hielt, und veranstalteten dabei einen Krach, von dem Florian bereits nach ein paar Minuten Ohrenschmerzen bekam. Der Boden vibrierte, der Geräuschpegel stieg, und nur mit Mühe konnte er den Impuls unterdrücken, der ihn zu sofortiger Flucht trieb. Jetzt mußte er durchhalten!

Die ersten Teenies strömten auf die Tanzfläche, und ehe er sich versah, hatte Petra ihn an der Hand gepackt und in das Gedränge gezogen.

»Mal sehen, was Sie draufhaben!«

Er kam sich wie eine Marionette vor, die von fremder Hand bewegt wird. Mal hatte er einen fremden Ellenbogen im Kreuz, mal stand er auf einem fremden Fuß, und als er sich mit Petras Hilfe einmal um seine eigene Achse gedreht hatte, sah er plötzlich in ein nickelbebrilltes Gesicht mit strähnigen Haaren. »Verzeihung«, murmelte er, drehte sich noch mal und landete in den Armen eines lederknirschenden Muskelpakets. »Na, Opa, biste schwul?«

Da hatte er genug! Rücksichtslos bahnte er sich einen Weg durch die herumhüpfende Menge und wankte angeschlagen zum Tisch zurück. Zum Hinsetzen kam er nicht. Melanie zerrte ihn wieder auf die Tanzfläche.

»Pause machen darfst du nicht, sonst kommst du nachher nicht mehr hoch. Bei älteren Leuten haben wir das schon öfter erlebt.«

Das hatte gesessen! Florian gab sich einen Ruck, paßte sich dem stampfenden Rhythmus der Musik an und versuchte, die geschmeidigen Bewegungen seiner Partnerin nachzuahmen. »Ist ja gar nicht so schwer«, keuchte er und probierte mutig einen Doppelschritt rückwärts.

»Au! Paß doch auf, du Elefant!«

»'tschuldigung.« Vorsichtshalber ging er wieder mit Melanie auf Tuchfühlung.

»Deine Tanzstundenschritte kannste dir hier abschminken«, brüllte sie, während sie ihn vorsichtig in die Nähe der Band dirigierte.

»Spielt Rüdiger nicht fabelhaft?«

»Ja, fabelhaft laut.«

Mit einem Schlagzeugsolo beendete das Quintett seine Darbietung. Die plötzliche Stille war beinahe schmerzhaft spürbar, wurde aber sofort durch ein wildes Kreischen abgelöst, als Rüdiger ans Mikrofon trat und mit verheißungsvoller Stimme rief: »Und jetzt kommt Mickiiiiiiii!«

Ein schmächtiges Bürschchen mit Irokesenhaarschnitt und gelber Latzhose sprang auf das Podium und röhrte los. Viel von dem Text konnte Florian nicht verstehen, er ging zum größten Teil in den Beifallsrufen unter, aber es schien sich um eine Art Aufruf »Zurück zur Natur« zu handeln.

»Das liebe ich so an den Folksängern«, sagte er, »wenn sie mit einer Verstärkeranlage für zehntausend Mark die Vorzüge des einfachen Lebens preisen.« Er kämpfte sich zum Tisch zurück und fand ihn verlassen. Verdutzt sah er sich um. Tante Klärchen würde doch wohl nicht auch das Tanzbein schwingen?

Vom Nebentisch beugte sich ein rothaariger Teenager mit Glitzersternchen auf der Wange herüber. »Wenn Sie die alte Frau suchen, die ist eben gegangen. Hat wohl Muffensausen gekriegt so ganz alleine.«

Das hatte gerade noch gefehlt! Erneut stürzte sich Florian auf die Tanzfläche, suchte nach einem bekannten Gesicht, entdeckte die Wasserhähne und zog Petra beiseite. »Hier ist Geld, bezahlen Sie für mich mit. Tante Klärchen ist getürmt. Ich muß sofort hinterher.«

Der Glatzkopf neben dem Eingang zählte schon die Einnahmen. Es schien eine ganze Menge zusammengekommen zu sein, denn aus der Zigarrenkiste quollen die Scheine, und daneben hatte er die Münzen zu Türmchen gehäuft. »Muttchen hat's aba eilig jehabt. Wie 'ne Furie isse hier raus! 'n Taxi soll ick ihr rufen, hat se jesagt. Hätte ick ja ooch jemacht, aba det Telefon is hinten inne Bar. Nu isse los und will selba eens suchen. Ick hab' ihr zum Bahnhof jeschickt.«

Florian sauste ab. Unter Berücksichtigung von Tante Klärchens mangelhaftem Orientierungssinn in Verbindung mit ihren hochhackigen Schuhen konnte sie noch nicht weit gekommen sein. Hoffentlich war sie nicht in die verkehrte Richtung gelaufen.

Als er um die Ecke bog, sah er etwas Weinrotes vor sich herstöckeln. Gott sei Dank, wenigstens war ihr nichts passiert. »Tante Kläärchen!« Keine Reaktion. Unbeirrt trippelte sie weiter. Florian legte einen Zwischenspurt ein, bekam Seitenstechen, blieb keuchend stehen.

»Nun warte doch, Tante Klärchen. Du läufst ja ganz falsch!«

Das half. Sie drehte sich um und kam ihm langsam entgegen.

»Du hast mir vielleicht einen schönen Schrecken eingejagt, als du so plötzlich verschwunden warst.«

»Hattest du etwas anderes erwartet?« fragte sie eisig.

»Ja«, sagte er kurz, »nur hatte ich vergessen, daß du nicht einen Funken Humor besitzt. Schön, wir haben dich alle ein bißchen auf die Schippe genommen, und wahrscheinlich hätte ich dir sagen müssen, daß Rüdiger keine klassischen Konzerte gibt, sondern bloß in einer Diskothek spielt, aber das ist noch lange kein Grund, sich wie ein schmollendes Kind zu benehmen und einfach abzuhauen. Warum kannst du nicht einmal über deinen Schatten springen?«

»Ich pflege mich nicht in Kreisen der Halbwelt zu bewegen!«

»Nun mach dich nicht auch noch lächerlich, Tante Klärchen. Wenn in der nächsten Woche die Ferien zu Ende sind, sitzt diese ganze Halbwelt wieder auf ihren Schulbänken und paukt fürs Abitur. In welchem Jahrzehnt lebst du eigentlich?«

Sie gab keine Antwort. Schweigend schritt sie neben Florian her, schweigend ließ sie sich in den Wagen helfen, und Schweigen herrschte auch während der Heimfahrt.

»Tante Klärchen hat es nicht gefallen«, sagte er augenzwinkernd zu Tinchen, die vor dem Fernsehgerät saß und offenbar nicht die geringste Absicht hatte, den bequemen Sessel mit einem weit weniger bequemen Stuhl im Starlight zu vertauschen. »Was glaubt ihr wohl, weshalb ich zu Hause geblieben bin?«

»Zumindest du hättest mich ein wenig auf das vorbereiten können, was mich heute abend erwartet hat, Ernestine!« Tante Klärchen richtete sich zu ihrer vollen Größe von hundertsechsundsiebzig Zentimetern auf. »Es ist überhaupt unverantwortlich, mit welcher Leichtfertigkeit ihr euren Pflichten nachkommt. Wie kann man Kinder aus gutem Hause in dieser ... dieser ...« – sie suchte nach einem passenden Wort, das ihren Abscheu deutlich genug zum Ausdruck bringen würde – »in dieser Spelunke verkehren lassen! Ich werde mir vorbehalten, die Eltern davon in Kenntnis zu setzen.«

Zum Glück hat sie keine Adresse, dachte Florian, der auf weitere Beschwerdebriefe nun doch keinen Wert legte, und deshalb erwiderte er freundlich: »Gisela wird dir sicher dankbar sein. Sie hält nämlich auch nicht viel von Rüdigers Posaune.«

Tante Klärchen verschwand in die oberen Regionen, und Florian erzählte ausführlich, wie der Discobesuch verlaufen war.

»Getanzt hast du auch? Und du hast überhaupt keinen Muskelkater?«

Florian verneinte.

»Wenn dir hinterher nichts wehtut, dann mußt du irgendwas falsch gemacht haben«, sagte Tinchen.

Teures Suppengrün

Endlich öffneten die Schulen wieder weit ihre Türen – zur Freude Tausender strahlend glücklicher Mütter. Die moderne Psychiatrie leistet viel für die Gesunderhaltung des Geistes, aber der Schulbeginn hat in dieser Beziehung auch immer noch sein Gutes, fand Tinchen. Von Natur aus war sie ein Morgenmensch, das frühe Aufstehen störte sie nicht, und ihre gute Laune ließ sie sich auch von der muffligen Frühstücksrunde nicht verderben.

»Kannste mir mal den Wisch hier unterschreiben?« Melanie legte einen Zettel auf den Tisch und reichte Tinchen einen Kugelschreiber. »Ist nur die Einverständniserklärung, daß ich am erweiterten Sexualkundeunterricht teilnehmen darf.«

»Mit sechzehn? Seid ihr da nicht ein bißchen spät dran?«

»Aufgeklärt wurden wir schon in der sechsten Klasse – rein biologisch natürlich. Wahrscheinlich wird es jetzt interessanter, weil sie ins Detail gehen.«

»Erwarte bloß nicht zu viel«, warnte Rüdiger. »Erst kommt der Pfarrer und sagt euch, warum ihr's nicht tun sollt. Dann kommt ein Arzt und sagt, wie ihr's nicht tun sollt, und zuletzt erscheint der Direx und sagt, wo ihr's nicht tun sollt.« Er packte sein Frühstücksbrot in die Mappe und stand auf. »Ich würde sonstwas dafür geben, wenn ich noch mal in die zehnte Klasse gehen könnte.«

»Das kannste auch umsonst haben. Du brauchst bloß mal an dein Zwischenzeugnis zu denken!«

»Alte Giftspritze!!«

Tinchen wurde hellhörig. Da schien es ein Problem zu geben, von dem sie nichts wußte. »War das Zeugnis wirklich so schlecht?«

»Noch schlimmer!« Er grinste auf Tinchen herunter. »An

den Zensuren kannst du direkt sehen, wie reformbedürftig unser Schulsystem ist.«

»Wo hängst du denn am meisten?«

»Mathe und Latein.«

»Latein kann man lernen«, gab Tinchen eine allgemein verbreitete Weisheit wieder, deren Wahrheitsgehalt sie allerdings nie hatte nachprüfen können. Sie hatte Englisch gelernt und Italienisch.

»Typisches Geschwafel der Unwissenden«, sagte denn auch Rüdiger. »Je tiefer ich in die Geheimnisse der lateinischen Sprache eindringe, desto mehr verstehe ich, weshalb das Römische Reich untergegangen ist. Übrigens – wer oder was war Agricola?«

»Cola für Bauern«, gab Tinchen zurück. »Und jetzt verschwindet endlich, sonst seid ihr gleich am ersten Schultag wieder zu spät dran.«

Sie trat auf den Küchenbalkon und blinzelte in die Sonne. Der Frühling hatte endgültig Einzug gehalten. Bis auf ein paar vereinzelte Wattebällchen war der Himmel blau, die Mandelbäume blühten, die ersten Fliederknospen zeigten sich, und die milde Temperatur der letzten Tage war geblieben.

Tante Klärchen auch. Leider. In ihrer ersten Empörung hatte sie zwar angedeutet, noch in derselben Woche abreisen zu wollen, aber nachdem der erhoffte Protest ausgeblieben war und Florian ihr sogar aus Gesundheitsgründen einen Klimawechsel vorgeschlagen hatte, war sie auf dieses Thema nicht mehr zurückgekommen. Wo hätte sie es denn auch besser haben können als hier? Ernestine brachte ihr den Kaffee ans Bett, Florian hatte die fahrbare Liege aus dem Keller geholt, so daß sie, Claire, schon am späten Vormittag ein Sonnenbad nehmen und gleichzeitig die Putzfrau ein bißchen im Auge behalten konnte. Man merkte sofort, daß Ernestine noch nie mit Personal umgegangen war. Sie wahrte keinen Abstand, behandelte diese Frau Künzel wie ihresgleichen und kümmerte sich nicht im geringsten darum, was die Frau tat oder nicht tat. Wie konnte man eine neue Aufwartefrau stundenlang allein in den Zimmern lassen – und rundherum das ganze Silber?

»Wenigstens in der Anfangszeit mußt du deine Hilfe beaufsichtigen«, hatte sie Tinchen ermahnt, »Personal stiehlt immer.«

»Aber bestimmt kein Bohnerwachs!« hatte Tinchen zornig geantwortet. »Ich weiß nicht, ob du deinen Korsettnäherinnen über die Schulter geguckt und die Garnrollen gezählt hast, aber es geht entschieden zu weit, wenn du auch hier anfängst, das Waschpulver zu kontrollieren! Sollte dir der Verbrauch zu hoch erscheinen, dann berücksichtige bitte, daß ich deinen grünen Schleier bereits dreimal in der Maschine hatte. Natürlich separat gewaschen, weil er ja so empfindlich ist.«

Dieses Chiffongewand, von Tante Klärchen als ›Teagown‹, von Florian als Gardine bezeichnet, bestand aus mehreren Teilen, die sich beliebig kombinieren ließen. Vormittags trug sie die klassische Variante, bestehend aus Hose, tunikaähnlichem Oberteil und einem darübergeworfenen, rüschenbesetzten Mantel. Sobald die Temperatur anstieg, vertauschte Tante Klärchen den langärmeligen Kaftan mit etwas gerafftem Ärmellosen, und zur ›Teatime‹ genannten Kaffeestunde zog sie statt der Hosen einen bodenlangen Rock an. Florian war dankbar, daß ihm wenigstens der Anblick ihrer Shorts erspart blieb, die besonders in der heißen Jahreszeit – »und die haben wir ja immer in Florida« – so angenehm luftig seien.

Wasserleiche nannte er seine Tante im stillen, und von seiner Frau forderte er: »Kannst du ihr nicht mal klarmachen, daß Grün nicht ihre Farbe ist und sie in diesem albernen Fummel aussieht wie ein Schloßgespenst?«

»Hab' ich schon versucht, sie glaubt's aber nicht.«

»Altersstarrsinn!« vermutete er.

»Das nennt man jetzt Senioren-Individualismus«, verbesserte Tinchen.

Sie lächelte, als sie an die Szene zurückdachte, schloß die Balkontür und ging nach oben. Jeden Moment mußte Frau

Künzel kommen. Mit der hatte sie wirklich einen guten Griff getan. Das anfängliche Mißtrauen, hauptsächlich von Florians Begeisterung für die neue Perle geschürt, war bei Tinchen sofort verflogen, als sie Frau Künzel kennengelernt hatte. Sie sah in der Tat sehr attraktiv aus mit den naturblonden Haaren, den schräggeschnittenen Augen und vor allem der fantastischen Figur, aber entweder war sie sich dieser Vorzüge gar nicht bewußt oder sie vermied es absichtlich, sie zu unterstreichen. Auf Make-up verzichtete sie ganz.

Tinchen empfand sofort Sympathie für die junge Frau, und das mußte wohl auf Gegenseitigkeit beruhen. Frau Künzel erklärte nämlich rundheraus, daß die mit Florian getroffenen Vereinbarungen natürlich hinfällig seien, er habe ganz offensichtlich keine Ahnung von den üblichen Stundenlöhnen und wohl nur deshalb das Einkommen eines Maurerpoliers zugrunde gelegt. Vielmehr sei sie dankbar, daß sie vormittags in einem Privathaushalt arbeiten könne, statt nachmittags in einem unpersönlichen Büro, und die Aussicht, ihre Tochter Katrin auch nach dem Kindergarten versorgt zu wissen, wäre ohnehin mehr, als sie erwarten dürfe.

Sogar Martha billigte die neue Hilfe. Nach ein paar kritischen Blicken auf die fensterputzende Frau Künzel und einem kurzen Gespräch bei einer Tasse Kaffee sagte sie zu Tinchen: »Die sollten Sie sich warmhalten!« Was bei Martha höchstes Lob bedeutete. Künftig durfte Frau Künzel auch den Fußboden in der Küche wischen, ein Privileg, das Frau Schliers niemals zugestanden worden war.

Ebenfalls einverstanden war Klausdieter. Diese neue Putzfrau trug meistens Cordhosen, hatte immer ein Stück Hundeschokolade in der Tasche und lachte nur, wenn er den Staubsauger verbellte. Sie hatte nicht mal geschimpft, als er mit der Toilettenpapierrolle durch das ganze Haus gezogen war und sie anschließend in zentimetergroße Fetzen zerlegt hatte.

Tinchen wollte gerade zu ihrer Einkaufsrunde aufbrechen, als Florian von seinem Taxidienst zurückkam. »Kinder ordnungsgemäß abgeliefert!« meldete er und fing an zu lachen. »Tobias' Lehrerin machte gar kein so glückliches Gesicht, als die ganze Horde brüllend das Klassenzimmer stürmte. Sie meinte, jetzt käme sie sich wieder vor, als müsse sie versuchen, dreißig Korken gleichzeitig unter Wasser zu halten.«

»Kann ich mir denken. Wir Eltern merken immer erst während der Ferien, was wir an den Lehrern haben.« Sie stieg ins Auto und drehte den Zündschlüssel. Florian klopfte ans Fenster und signalisierte, daß er noch etwas zu sagen habe. Sie kurbelte die Scheibe herunter.

»Ich vergesse es schon nicht! Hundert Blatt Schreibmaschinenpapier und zwei Farbbänder. Immerhin liegst du mir damit schon seit Tagen in den Ohren.«

»Daran habe ich jetzt gar nicht gedacht. Eigentlich wollte ich nur fragen, ob du mir nachher ein bißchen im Garten helfen kannst. Langsam wird es Zeit.«

»Geht nicht, hab' Küchendienst. Heute gibt es Szegediner Gulasch, das kann ich noch nicht.« Sie hupte kurz und fuhr los.

Reichlich belämmert schaute Florian hinterher. Nun war endlich Herr Biermann mit blankgeputzten Orden und dem Konzept seiner Rede, deren Wirkung er noch gestern vor den strammstehenden Tulpen ausprobiert hatte, nach Itzehoe abgereist, aber entgegen Florians Planung waren auch alle seine Mitarbeiter verschwunden. Die saßen in der Schule oder im Hörsaal und lernten überflüssiges Zeug, während sie doch von praktisch angewandtem Biologieunterricht viel mehr hätten. »Non scholae, sed vitae discimus« repetierte er den Spruch, der die Aula seiner alten Penne geschmückt hatte. Denkste! Erst vor ein paar Tagen hatte er seinen Sohn gefragt, wieviel Karotten sie wohl ernten würden, wenn er sieben Reihen zu je fünfzehn Samenkörnern pflanzen würde. Und was hatte der Bengel geantwortet? »Gartenarbeit haben wir in der Schule nicht.« Da konnte man mal wieder sehen, wie wenig sachbezogen die heutigen Lehrmethoden waren. Weshalb also sollte sich Melanie mit Trigonometrie herumschlagen, die sie sowieso nicht begriff, wenn sie zur gleichen Zeit unter seiner fachmännischen Anleitung lernen könnte, wie man Setzlinge pflanzt.

Zwei Stunden später war er von der Sinnlosigkeit mathematischer Berechnungen nicht mehr so überzeugt. Er hatte das zum Ackerbau bestimmte Stück Rasen mittels kreuz und quer gespannter Bindfäden in Beete aufgeteilt, hinterher aber feststellen müssen, daß die Ausmaße nicht mit seinem Entwurf übereinstimmten. Er holte den Taschenrechner, multiplizierte Petersilie mit Radieschen, addierte Sellerie dazu und kam zu dem Ergebnis, daß für die Tomaten kein Platz mehr vorhanden sein würde. Also entfernte er das Strippengewirr und begann noch mal von vorne: Drei Reihen Karotten, drei Reihen Lauch...

»Was machst du da? Jätest du Unkraut?«

»Nein, ich unterhalte mich mit den Regenwürmern!« Tante Klärchen hatte ihm gerade noch gefehlt. Bereits im schilfgrünen Sonnendreß, das ihre ebenso braunen wie welken Arme mitleidlos allen Blicken preisgab, machte sie Anstalten, ihren Vormittagsposten auf der Terrasse zu beziehen.

»Du kannst mir mal helfen«, sagte ihr Neffe rundheraus.

»Wer? Ich?«

»Wer denn sonst! Gartenarbeit ist auch für Rentner zuträglich.«

»Das geht nicht. Ich habe gerade meine Nägel frisch lackiert.«

Schon die Vorstellung, in der dunklen Erde herumzuwühlen, verursachte ihr eine Gänsehaut. »Weshalb tust du das überhaupt? Fabian hat doch einen Gärtner.«

»Erstens hat der Urlaub und zweitens was gegen Gemüse.« Florian hatte inzwischen einsehen müssen, daß es wohl am zweckmäßigsten wäre, den Rasen erst einmal umzugraben und danach in Beete zu gliedern. Irgendwie waren diese Bindfäden doch etwas hinderlich. Mutig tat er den ersten Spatenstich. Nach dem achten legte er eine Pause ein. Er hatte gar nicht gewußt, daß Gras so zäh und Erde so schwer sein kann. Und wenn er sich bückte, hatte er immer das Gefühl, als wäre der Boden viel weiter unten als früher.

Verdammte Schreibtischhockerei! Man hatte ja überhaupt keine Kondition mehr! Sport sollte man treiben, jeden Morgen eine halbe Stunde Jogging oder für den Anfang vielleicht erst mal halb so lange, danach ein paar Runden durchs Hallenbad und ab und zu ein bißchen Tennis. Die Saison fing ja jetzt wieder an. Oder ob er es mal mit Golf versuchen sollte? Bisher hatte er diese Sportart nur als teure Variante des Murmelspielens angesehen, aber schließlich war Fabian eingeschriebenes Mitglied des hiesigen Clubs, und weshalb sollte man die verwandtschaftlichen Beziehungen nicht ausnutzen?

Tinchen holte ihn in die Wirklichkeit zurück. Sie hatte Tante Klärchen die Pillen und das Mineralwasser gebracht, angereichert mit einem kleinen Schuß Whisky, und winkte jetzt zu ihrem Mann hinüber. »Ich glaube, das nennt man Schäferprüfung.«

»Was nennt man wie?«

»Schäferprüfung! Wenn man nämlich die Arme auf den Spatenstiel stützt und in die Landschaft stiert.«

»Ich werde mir doch wohl noch die Nase putzen dürfen!« Er suchte in sämtlichen Taschen nach einem Tuch, fand keins, schneuzte auf den Boden, griff wieder nach dem Spaten und rammte ihn in die Erde.

»Als Gärtner braucht man einen Rücken aus Gußeisen mit einem Scharnier drin.«

»Wenn dir die Buddelei zu anstrengend wird, kannst du ja eine Pause machen und den Rasen mähen«, schlug Tinchen vor, »der hat's nämlich nötig.«

»Keine Zeit«, keuchte Florian, »außerdem stört Rasenmähen das ökologische Gleichgewicht.«

Während des Mittagessens zeigte er jedem einzelnen seine Blasen an den Händen. Er wurde bedauert – das war Balsam für Gliedmaßen und Seele –, bewundert, was sein Selbstwertgefühl hob, sein Vorschlag jedoch, den schönen warmen

Nachmittag gemeinsam bei ein bißchen leichter Gartenarbeit zu verbringen, wurde einstimmig abgelehnt.

»Hab' Nachhilfe«, entschuldigte sich Melanie.

»Muß zur Fahrschule«, behauptete Rüdiger, »in zwei Wochen soll ich zur Prüfung.«

»Hoffentlich fällst du durch«, wünschte Florian, »dann reichen die schwindenden Benzinvorräte noch ein bißchen länger.«

»Ausgerechnet du mußt das sagen! Nicht mal zum Briefkasten an der Ecke gehst du zu Fuß.«

Diese Bemerkung überhörte Florian, weil sie stimmte. Trotzdem leuchtete ihm nicht ein, weshalb sein Neffe noch vor dem achtzehnten Geburtstag einen Führerschein brauchte, wenn er in absehbarer Zeit doch keinen eigenen Wagen haben würde. Und sollte der Knabe sich einbilden, mit seines Vaters Luxuskarosse die nötige Fahrpraxis zu holen, dann war er aber schief gewickelt. Man wußte ja, daß die jungen Leute keine Disziplin am Steuer hielten, aggressiv fuhren und grundsätzlich die Geschwindigkeitsbegrenzungen mißachteten. Erst vor wenigen Tagen wäre ihm so ein Schnösel doch beinahe...

»Ob wir meine Karre noch in die Garage kriegen?« unterbrach Rüdiger die Gedankengänge seines Onkels. »Viel Platz braucht sie ja nicht.«

»Willst du damit andeuten, daß du dir schon ein Auto gekauft hast?« Die Gabel, mit der Florian den letzten Rest Sauerkraut zum Mund führen wollte, fiel zurück auf den Teller.

»Gekauft ist übertrieben. Es hat mich sechs Aufsätze gekostet, und jeder mußte mindestens eine Zwei minus bringen. Der über Dürrenmatt ist in die Hose gegangen, aber dafür war Mutter Courage eine glatte Zwei.«

Es stellte sich heraus, daß sein Freund Wolle mangelnde Deutschkenntnisse durch technisches Talent kompensierte, während Rüdiger zehn linke Daumen, andererseits aber eine gewisse literarische Begabung hatte. So waren die beiden schnell handelseinig geworden. Rüdiger hatte sich verpflichtet, ein Jahr lang die Entwürfe für Wolles Klassenarbeiten zu liefern und dafür zu sorgen, daß sie auch unbemerkt in seine Hände kämen, und dafür hatte Wolle versprochen, ihm nach Ablauf dieser Zeit ein fahrtüchtiges, TÜV-geprüftes Auto vor die Tür zu stellen. Beide Geschäftspartner hatten ihre Auflagen erfüllt, und nachdem der Deutschlehrer sich auch noch lobend über die erfreuliche Leistungssteigerung des offensichtlich verkannten Wolle geäußert hatte, hatte dieser sich bereit erklärt, zusätzlich die erste anfallende Reparatur kostenlos auszuführen. »Sicherheitshalber habe ich schon einen Kotflügel besorgt, den wirst du wohl als erstes einbuffen.«

Seit einem Monat stand das Vehikel in Wolles Schuppen, und seine Entfernung wurde von ihm ständig reklamiert. »Ich brauche den Platz, jetzt schreibt mir nämlich der Volker die Arbeiten.« Volker war Klassenprimus und Sohn eines umweltbewußten Biologielehrers, der mit dem Fahrrad oder bei günstigen Schneeverhältnissen auch mal mit Langlaufskiern zum Unterricht fuhr und in lauen Frühlingsnächten an der verkehrsreichen Landstraße Posten bezog, um den wandernden Kröten beizustehen. Autos lehnte er genauso ab wie Urlaubsfahrten ins Ausland, weshalb sein Sohn zwar drei Paar Wanderstiefel besaß und auf Wunsch auch ohne weiteres ein viertes Paar bekommen würde, niemals jedoch einen eigenen Wagen. Folglich war der gern bereit, von seinen umfangreichen Kenntnissen der deutschen Klassiker den weniger begabten Mitschüler Wolle profitieren und sich dafür ein Auto zusammenbasteln zu lassen.

»Was is'n das für 'ne Mühle, die du dir ergeiert hast?« Autos Marke Eigenbau schätzte Florian gar nicht.

»Hauptsächlich Fiat mit ein bißchen Alfa Romeo. Zweifarbig.«

»Ja, Grün und Rost«, bestätigte Melanie.

»Weiß dein Vater von diesem Kuhhandel?«

»Nö, so was interessiert ihn grundsätzlich nicht. Er bezahlt den Führerschein, und damit ist die Sache für ihn gelaufen.«

»Na schön, das ist sein Bier. Ich hoffe nur, er gibt mir nicht die Schuld, wenn die Mühle nach den ersten Kilometern zusammenbricht und die Feuerwehr dich aus den Trümmern klaubt.« Florian stand auf und schaute prüfend in die Runde. Sein Blick blieb an Tobias hängen. »Möchtest du dir zwei Mark verdienen?«

»Was muß ich dafür tun? Schon wieder Herrn Schmitt saubermachen? Mach ich aber nicht, beim letzten Mal hat er mich gebissen.«

»Du sollst gar nichts tun«, versicherte sein Vater schnell, »bloß ein bißchen im Sand buddeln. Das hast du doch früher stundenlang gemacht.«

»Früher war ich ja auch noch ein kleines Kind. Und überhaupt kann ich gar nicht, weil ich zum Fußballtraining muß.« Zum Glück war ihm das noch eingefallen! Schon öfter hatte ihn sein Freund Heiko zum Mitkommen aufgefordert, aber Tobias hatte sich nie so richtig dafür erwärmen können. Jetzt allerdings erschien ihm der Fußballplatz entschieden reizvoller als Onkel Fabians Garten.

»Dann eben nicht!« sagte Florian verärgert. »Ich schaffe das auch alleine. Mit links! Ich hatte nur geglaubt, in einer intakten Familie hilft einer dem anderen.«

»Und jeder sich selbst zuerst«, fügte Melanie hinzu. »Ist bekannt. Immer, wenn es irgendwelche Probleme gibt, sind wir eine Familie. Den Spruch kann ich schon rückwärts!« Sie warf ihre Serviette auf den Tisch. »Was interessieren mich deine Blumenkohlbeete? Ich esse sowieso keinen.«

Als die Kinder die Küche verlassen hatten, sagte Florian resignierend: »Es ist leichter, ein guter Verlierer zu sein als ein guter Gewinner – man hat mehr Übung drin.«

Schon eine Woche später bereute er bitter, sich jemals mit dem Gedanken an einen Kleingarten befaßt zu haben. Herr Biermann nämlich, von dem er sich zumindest fachmännischen Rat, wenn nicht gar Hilfe erhofft hatte, war beim Anblick der schiefen Beete und der mit Lametta behängten Bindfäden zur Salzsäule erstarrt. »Was soll das?« donnerte er.

Eifrig erklärte Florian, daß die Silberfäden zur Abschreckung von Vögeln gedacht seien, die ja bekanntlich Samenkörner fräßen.

»Das meine ich nicht!« Mit gewichtigen Schritten umrundete Herr Biermann die künftige Gemüseplantage. Dann blinzelte er eine Zeitlang stirnrunzelnd in die Sonne, um schließlich dem erwartungsvoll wartenden Florian zu verkünden: »Sie haben genau achtundvierzig Quadratmeter feinsten englischen Rasen ruiniert.«

»So würde ich das aber nicht sehen!« verteidigte der Hobbygärtner sein Werk. »Erntefrische Tomaten schmecken nun mal besser als gekaufte. Wenn die Petersilie erst mal raus ist, können Sie natürlich auch welche haben. Ich habe zwei Reihen davon gesät.«

»Bevor Sie hier eigenmächtig in meine Kompetenzen eindringen, hätten Sie mit mir Rücksprache nehmen müssen. Petersilie!« Er rümpfte verächtlich die Nase. »Das ist doch besseres Unkraut. Wenn es wenigstens Kiwipflanzen wären oder Zierkürbisse... aber nein, ordinäres Suppengrün! So etwas gehört nicht in einen gepflegten Garten! Wenn der Herr Professor...«

»Der ißt auch gerne Petersilie!« unterbrach ihn Florian mutig. »Und wenn ich Ihre Meinung hören will, dann werde ich es Ihnen schon sagen!« Entschlossen kehrte er dem erbosten Gärtner den Rücken und trabte zurück ins Haus.

Das hätte er lieber nicht tun sollen. Noch am selben Nachmittag fand Tinchen einen unter der Haustür durchgeschobenen Briefumschlag, adressiert an das Ehepaar Herrn und Frau Florian Bender, in dem Herr Biermann seine sofortige vorübergehende Kündigung aussprach, da er für die Verunstaltung des ihm anvertrauten Areals nicht mehr geradestehen könne.

»Hat er das wirklich so geschrieben?« fragte Tinchen interessiert.

Florian nickte und las weiter. »Außerdem behalte ich mir vor, den Eigentümer dieses Grundstücks von Ihrer Eigenmächtigkeit in Kenntnis zu setzen. Achtungsvoll, Paul Biermann.«

»Das wird teure Petersilie«, prophezeite Tinchen. »Was glaubst du wohl, wieviel die Jungs jeweils fürs Rasenmähen verlangen?«

»Entweder machen sie es freiwillig oder gar nicht.«

»Also gar nicht.«

»Schließlich bin ich ja auch noch da. Ob ich nun einen Rasenmäher durchs Gras schiebe oder einen Golfkarren, ist doch egal. Beides bedeutet Bewegung in frischer Luft, und nur darauf kommt es an.«

»Am besten beginnst du gleich damit. Der Mäher steht schon seit heute früh draußen. Herr Biermann ist bloß nicht mehr dazu gekommen.«

Man wird nur einmal im Leben achtzehn

Rüdiger übte Posaune. Vor seiner Tür saß Klausdieter und jaulte zum Steinerweichen. Zwei Zimmer weiter riß Florian den vierten Bogen aus der Schreibmaschine und warf ihn in den Papierkorb. »Wer soll sich denn bei dem Radau konzentrieren können?«

Einen Stock tiefer debattierte Tinchen mit Frau Kaiserling. Schon ein paarmal war sie drauf und dran gewesen, den Hörer einfach auf die Gabel zu werfen, aber dann hatte sie ihn doch wieder nur neben den Apparat gelegt und abgewartet, bis die lamentierende Stimme eine kleine Pause machte. »Sie haben völlig recht, Frau Kaiserling, das Fenster könnte er wenigstens zumachen, und Mozart finde ich auch viel schöner, aber der hat nichts für Posaunen geschrieben, und ob er sich im Grabe herumdrehen würde, weiß ich nicht, er hat es doch gar nicht komponiert. Nein, bisher hat sich noch niemand beschwert, Sie sind die einzige – ja, wenn Sie glauben, daß die Polizei zuständig ist, dann rufen Sie ruhig dort an, Hausmusik ist schließlich nicht verboten, und Rubinstein hat auch mal üben müssen. Nein, ich kann nicht beurteilen, ob ein Klavier leiser ist, es läßt sich nur so schwer transportieren, und da mein Neffe in einer Band...« Es knackte im Hörer. »Einfach aufgelegt! Keine Manieren!«

Trotzdem mußte Tinchen zugeben, daß auch ihr diese schrillen Töne allmählich auf den Nerv gingen, ganz zu schweigen von Klausdieter, dessen Gewinsel schon hysterische Töne annahm. »Warum kann er nicht mal etwas spielen, was der Hund noch nicht kennt?«

Oben hielt sich Florian die Ohren zu. Dann stand er auf und ließ die Jalousien herab. Jetzt hörte er nur noch mono, aber das klang auch nicht besser. »Nun reicht's!« Wütend stürzte er in Rüdigers Zimmer, gefolgt von Klausdieter, der erst einmal unters Bett kroch, bevor er von dort aus die verhaßte Posaune verbellte.

»Kannst du nicht anklopfen?«

»Erstens hättest du das nicht gehört, und zweitens hatte ich Angst, es sagt keiner herein.«

»Hätte ich auch nicht« bestätigte Rüdiger. »Was is'n los?«

Florian bemühte sich um einen ruhigen Ton, obwohl er innerlich kochte. »Ich kann nicht arbeiten.«

»Mußt du ja nicht, deine Brötchen verdienst du doch jetzt ohne.«

»Ich arbeite an meinem Buch.«

»Ach so«, nickte Rüdiger verständnisvoll, »und nun fällt dir nichts ein?«

»O doch! Ich habe mir gerade haarklein ausgemalt, wie ich einen Mord begehe!«

Jetzt war Rüdiger Feuer und Flamme. »Schreibst du einen Krimi? Da hätte ich eine klasse Idee! Mit einem Laserstrahl! Mitten in einer überfüllten Disco, wo gar keiner...«

»Das dauert mir zu lange!« Florian schloß das Fenster und setzte sich aufs Bett. »Jetzt hör mir mal zu, mein Junge! Ich habe nichts dagegen, wenn du bei deinen abendlichen Auftritten anderen die Ohren volldröhnst, die kommen ja freiwillig, aber was du hier zu Hause treibst, grenzt an Körperverletzung. Wenn du schon üben mußt, dann geh in den Keller oder – noch besser! – in den Wald. Oder üb erst dann wenn du es ein bißchen besser kannst.«

»Mann, o Mann, du bist vielleicht abgemackert! Ich übe nicht, ich komponiere.«

»Das hat Beethoven auch, bloß leiser. Vielleicht versuchst du es mal mit einer Mundharmonika!« Er warf die Tür hinter sich zu und zuckte schmerzlich zusammen, als unmittelbar danach ein langanhaltender Heulton seinen Abgang begleitete.

Auf der Treppe stieß er mit Tinchen zusammen. »Warum kann er nicht wenigstens Dudelsack spielen? Da klingt der

Anfänger genauso wie ein Könner. Ich hab' eben mit ihm geredet, aber er scheint auf beiden Ohren taub zu sein.«
»Kein Wunder bei dem Krach! Laß mich mal machen, ich schaffe das schon.«

Zu Florians Erstaunen wurde die Übungsstunde abgebrochen und auch nicht mehr fortgesetzt. Befriedigt spannte er ein neues Blatt in die Maschine, wobei er beschloß, zumindest ein Kapitel seines Werkes den psychologischen Fähigkeiten seiner Frau zu widmen. Zum Glück ahnte er nicht, daß es sich bei Tinchens Psychologie um ganz simple Erpressung gehandelt hatte. Entweder Funkstille, oder Rüdiger könne seine Geburtstagsparty in den Mond schreiben!

Diese Fete überschattete schon seit Tagen das Familienleben.
»Man wird nur einmal im Leben achtzehn«, hatte Rüdiger gesagt und eine entsprechende Würdigung dieses großen Tages gefordert.

»Siebenunddreißig auch«, hatte Tinchen geantwortet und sowohl den Champagner abgelehnt als auch das Städtische Hallenbad, das Rüdiger für eine Nacht mieten wollte.

»Pool-Party, das wäre *der* Hammer!«

Da der Geburtstag auf einen Sonntag fiel, hatte er beschlossen, mit der Party bereits am Samstag zu beginnen und sich in seinen Jubeltag hinüberfeiern zu lassen.

Sofort erwog Tante Klärchen, diesem zu erwartenden Vandalensturm den Rücken zu kehren. Jener Abend in der Disco hatte sie davon überzeugt, daß der Untergang des Abendlandes unmittelbar bevorstehe und vermutlich in Fabians Haus beginnen werde. Nur – wo sollte sie hin? Ihr Bruder urlaubte noch immer am Wörthersee, nach Bad Schwalbach wollte sie noch nicht, und Salzgitter, wohin es eine ehemalige Kollegin verschlagen hatte, lag viel zu weit abseits. Genaugenommen hatte sie sich mit diesem Fräulein Knörzel, nunmehr verehelichte Waibling, auch nie so besonders gut verstanden.

Als sie schon überlegt hatte, für zwei Nächte in ein Hotel zu gehen – natürlich auf Florians Kosten, denn er mußte ja einsehen, daß man einer älteren Dame diesen Aufmarsch jugendlicher Rabauken nicht zumuten konnte –, fiel ihr Frau Lange ein, die Mutter ihres Hausmeisters in Florida. Normalerweise redete sie, Claire, mit Angestellten nie mehr als nötig, aber Herr Lange, der sich seit seiner Naturalisierung John Langdon nannte, hatte von ihrem Deutschlandtrip Wind bekommen und ihr die Adresse seiner Mutter gegeben. »Wenn Sie Zeit haben, besuchen Sie die alte Dame doch mal. Sie wohnt in Heilbronn, ist gar nicht weit weg von Heidelberg. Sie hat da 'n hübsches Häuschen und lebt ganz allein. Bestimmt freut sie sich, wenn Sie ihr 'n bißchen was von mir erzählen. Ich war schon seit acht Jahren nicht mehr in Europa, aber herkommen will sie nicht. Ist ihr zu umständlich, sagt sie.«

Natürlich Hatte Tante Klärchen nie die Absicht gehabt, diese Frau aufzusuchen. Mit solchen Leuten pflegte man keinen Umgang. Den Zettel mit der Anschrift hatte sie in irgendeine Tasche gesteckt und vergessen. Jetzt allerdings begann sie danach zu suchen. Nach einer Stunde hatte sie ihn noch immer nicht gefunden. Zu dumm! Aber wozu gab es denn eine Telefonauskunft?

Angesichts der Tatsache, daß es in Heilbronn 29 Langes gab, kapitulierte sie und wandte sich an Florian. »Könntest du vielleicht …?«

Und ob er konnte! Die Aussicht, endlich die anstrengende Tante für ein paar Tage loszuwerden, beflügelte ihn. Er setzte sich ins Auto, fuhr zum Postamt, studierte das Heilbronner Telefonbuch, schrieb die Nummern aller weiblichen Langes heraus, wodurch sich die Zahl auf elf reduzierte, und rief sie der Reihe nach an. Schon bei der fünften hatte er Glück. Frau Erika Lange bestätigte, einen Sohn namens Hans zu haben, der jetzt John heiße und in Amerika lebe. Worauf Florian den Hörer an Tante Klärchen weiterreichte und taktvoll das Zimmer verließ.

Claire McPherson stellte fest, daß Frau Lange einwandfreies Deutsch sprach, Miami richtig auf der zweiten Silbe betonte und gerade von einer Studienreise durch Israel zurückgekommen war. Also schien diese Frau Lange nicht ungebildet zu sein. Ihre Einladung hatte jedenfalls sehr herzlich geklungen, darüber hinaus sah Claire eine Möglichkeit, ihre gesellschaftliche Bedeutung wieder einmal ins Licht zu setzen – kurz und gut, sie kündigte ihren Besuch an und stellte sogar in Aussicht, ihn über mehrere Tage auszudehnen. Frau Lange besaß ein Auto und hatte schon vorgeschlagen, dem Gast einige Sehenswürdigkeiten zu zeigen. Vielleicht die Götzenburg in Jagsthausen oder die Weibertreu in Weinsberg ...

Nur zu gern war Florian bereit, seine Tante nach Heilbronn zu fahren. Auch abzuholen, wenn es unbedingt sein mußte, aber das lehnte sie ab. Es gebe sicher eine günstige Zugverbindung. Florian versprach, sich danach zu erkundigen, lud Tante und zwei Handkoffer ins Auto, fand nach nur kurzem Herumirren die gesuchte Adresse und überließ Tante Klärchen dankbar ihrer neuen Gastgeberin, einer resoluten Frau Ende Fünfzig. Fröhlich pfeifend machte er sich wieder auf die Heimfahrt. Auf dem Rücksitz lagen zwei Flaschen Champagner. Sollte Rüdiger doch seinen Willen haben! Man feierte ja wirklich nur einmal im Leben seinen achtzehnten Geburtstag, und die Führerscheinprüfung hatte er auch beim ersten Anlauf bestanden.

Tinchen dekorierte die Halle. Papierschlangen zogen sich von der Lampe zur Tür, rollten sich entlang der Wände zur Garderobennische, kringelten sich über den Stahlstichen zu Locken und hingen ganz besonders zahlreich an dem verschnörkelten Spiegel. Wie ein Storch im Salat stakste Florian durch Kreppapier und Lampions.

»Ihr könnt euch wohl nicht entscheiden, ob Karneval gefeiert wird oder Kindergeburtstag? Paß bloß auf den Spiegel auf, Tine, der ist mindestens zweihundert Jahre alt.«

»Dann müßte er sowieso mal erneuert werden.« Sie stieg von der Leiter und betrachtete kritisch ihr Werk. »Sieht ja wirklich ein bißchen albern aus, aber so kommen die jungen Leute wenigstens gleich in Stimmung.«

»Wie viele erwarten Sie denn?« Auf der untersten Treppenstufe saß Frau Künzel und pustete mit dem Autostaubsauger Luftballons auf.

»Woher soll ich das wissen? Mein Neffe hat mich dahingehend aufgeklärt, daß man zu Partys nicht einlädt, sondern lediglich informiert, wenn eine stattfindet. Wer will, der kommt, aber mir schwant, daß sehr viele wollen. Auf zirka zwanzig sind wir vorbereitet.«

Den Partykeller hatten die Jungs in eine Disco verwandelt, die danebenliegende Wasch- und Bügelkammer sollte das kalte Buffet aufnehmen sowie die Getränke, Marthchen würde vorsichtshalber in das zweite Gästezimmer ziehen, und für Decken und Schlafsäcke war auch schon gesorgt. Trainierte Partygänger hatten sie bereits vor Tagen angeliefert. Die Beköstigung seiner Gäste hatte Rüdiger in die bewährten Hände von Martha gelegt. Die konnte so was erstklassig. Von dem Silvesterbuffet von vor zwei Jahren sprach man in Steinhausen immer noch. Nur wegen der Getränke hatte es erbitterte Auseinandersetzungen gegeben.

»Bowle«, hatte Rüdiger verächtlich gesagt, »wer trinkt denn heutzutage noch diesen Limonadenverschnitt?«

»Die Mädchen bestimmt.« Von Ananas bis Zitrone hatte Florian die verschiedenen Varianten aufgezählt.

»Kannste alles abhaken! Wir stehen auf pur. Zwei Kisten Cola, dazu ein paar Flaschen Kognak zum Mischen, aber anständigen, nicht den billigen von Aldi, dann Gin, Blue Curaçao, jede Menge Orangensaft und natürlich ein Faß Bier. Um Mitternacht brauchen wir noch Sekt zum Anstoßen. Das wär's denn auch schon.«

»Kommt überhaupt nicht in Frage! Saft und Cola ja, meinetwegen auch eine Flasche Kognak, der Sekt ist ebenfalls genehmigt, aber den Rest kannst du dir abschminken. Allenfalls über das Bier ließe sich noch reden.«

»Was glaubst du eigentlich, wen du vor dir hast? Übermorgen werde ich volljährig!«

»Aber nur auf dem Papier! Grün hinter den Ohren ist noch kein neues Bewußtsein.«

Für Florian war die Angelegenheit damit erledigt gewesen, für seinen Neffen nicht. Telefonisch hatte er seine Freunde informiert, daß sein Onkel offenbar zu den Blaukreuzlern übergetreten sei und die Party wohl eine ziemlich trockene Angelegenheit werden würde. Abhilfe wurde zugesichert. »Unten die Flasche drin, oben ein paar Blümchen rausgucken lassen, das Ganze in Geschenkpapier gewickelt – da merkt kein Mensch was. Hab' ich schon öfter gemacht«, versicherte Benjamin und versprach, diesen Tip noch rechtzeitig weiterzugeben.

Das Mittagessen kam zu kurz. Martha hatte zwei Bleche Pizza gemacht und mit allem belegt, was sie von den kalten Platten erübrigen konnte. »Ihr könnt euch die Bäuche nachher vollschlagen, aber jetzt geht mir keiner an die fertigen Schüsseln heran!«

»Kriege ich heute abend auch was von dem Rotzbief?« Julia hatte fleißig in der Küche mitgeholfen, Zahnstocher in Käsewürfel gepiekt, Spargel in Roastbeefscheiben gewickelt und dabei so viel genascht, daß Marthchen sie hinausgeworfen hatte, bevor ihr endgültig schlecht geworden wäre. »Der Hotelsalat schmeckt auch prima.«

»Was für 'n Salat?«

»Sie meint sicher den Waldorf. – Will noch jemand Pizza?« Niemand wollte. »Also dann raus hier, ich muß noch die Gulaschsuppe kochen.«

»Kann ich dir helfen?« fragte Melanie halbherzig. »Leute, die in der Küche rumstehen und fragen, ob sie nicht was helfen können, können's meist nicht. Also verschwinde!«

Um drei Uhr trabte Urban an, noch in kleidsamem Olivgrün mit Ölspuren im Gesicht. »Dieser Scheiß-Panzer mußte erst repariert werden, eher haben die uns nicht losgelassen! Jetzt brauche ich schleunigst eine Badewanne, was zu essen und Benzin. Irgendwo wird ja wohl noch ein voller Kanister sein. In einer Stunde soll ich Sandra abholen.«

»In der Wanne liegt Melanie, aus eurer Dusche kommt seit gestern nur kaltes Wasser, aber die unten funktioniert. Zu essen gibt es bloß kalte Pizza, und seitdem Rüdiger ein Auto hat, findest du im ganzen Haus keinen Tropfen Benzin mehr.«

»So 'ne verdammte Schei... 'tschuldige, Tinchen. Wieso braucht der Grünschnabel Benzin? Der kriegt doch erst morgen seine Pappe ausgehändigt.«

»Übermorgen. Und bis dahin läßt er sich fahren.«

Kopfschüttelnd stapfte Urban die Treppe hinaus, nicht ohne vorher einen Teil der Papierschlangendekoration mitgenommen zu haben. Oben trommelte er an die Badezimmertür. »Komm sofort raus!«

»Bin ja gerade erst reingegangen«, tönte es zurück, »du kannst doch die Dusche nehmen.«

»Nein, ich brauche ein richtiges Bad. Mir tun die Füße weh.«

»Dann wasch mal deine Socken!«

Er stellte seine Tasche ab und hämmerte mehrmals auf die Klinke.

»In spätestens fünf Minuten bist du draußen, oder ich komme durchs Fenster.«

»Das ist zu!« frohlockte Melanie, stieg aber doch aus der Wanne, wickelte ein Handtuch um die Haare und ein zweites um den Körper. Dann erst entriegelte sie die Tür. »Warum mußtest du ausgerechnet jetzt schon kommen? Die Schönheitslotion hat bestimmt noch nicht gewirkt.«

»Schönheitslotion! Daß ich nicht lache! Bei dir würde ja nicht mal mehr Eselsmilch helfen. Vorchristliche Emulsion für aussichtslose Fälle.« Urban stieg aus den Hosen. »Guck bloß mal in den Spiegel! Du bist doch abgrundhäßlich! Als Kind warst du schon so häßlich, daß niemand mit dir spielen wollte. Da haben sie dir Schnitzel an die Ohren gebunden, damit wenigstens der Hund mit dir spielt! Und jetzt hau endlich ab!«

»Als Mensch zu dumm – als Schwein zu kleine Ohren!« Mit einem Fußtritt beförderte sie die Hosen in eine Ecke. »Du solltest sie mal desinfizieren lassen, die stehen ja schon vor Dreck. Ein krabbelndes Innenleben haben sie bestimmt auch.«

»Immer weiter so, Schwesterherz. Wer schon ein Brett vorm Kopf hat, sollte nicht auch noch ein Blatt vor den Mund nehmen!«

Melanie mußte einsehen, daß sie ihrem Bruder rhetorisch nicht gewachsen war. Nachdrücklich schloß sie die Tür. Im Grunde genommen hing sie an Urban, und der wiederum liebte seine Schwester und hatte ihr schon oft genug aus irgendwelchen Schwierigkeiten geholfen, aber keiner von beiden würde das jemals offen zugeben.

Während Tinchen für den ausgehungerten Vaterlandsverteidiger Rühreier briet und Marthchen letzte Hand an die Geburtstagstorte legte, irrte der Jubilar von einem Zimmer ins andere und durchstöberte dabei sämtliche Schränke.

»Suchst du was Bestimmtes?«

»Ja, meine zahme Motte«, blaffte er zurück. »Du hast nicht zufällig meinen gelben Boss-Pullover gesehen?«

»Doch, in der Wäsche.« Melanie drehte den dritten Lokkenstab in die Haare und besah sich zweifelnd im Spiegel. »Was meinst du, soll ich vorne auch noch einen reinmachen?«

»Laß das lieber bleiben. Du siehst jetzt schon aus wie eine Klobürste. Wieso ist der Pulli in der Wäsche? Ich hab' ihn doch die ganze letzte Woche nicht getragen.«

»Aber ich! Der paßte so gut zu den hellblauen Cordhosen.«

»Sag mal, hast du einen an der Ratsche? Ich geh' doch auch nicht so einfach an deine Klamotten! Was soll ich denn jetzt anziehen?«

»Irgendwas von mir.« Aus dem Schrank zog sie einen Stapel Sweatshirts. »Such dir was aus.«

»Rosa und Mintgrün!! Bin ich schwul?« Schließlich griff er zu einem schwarzen Pullover und streifte ihn über den Kopf.

Dann trat er vor den Spiegel. »Viel zu klein. Das sieht doch bescheuert aus.«

»Zu klein ist er nicht, Größe XL paßt jedem. Aber hier stimmt was nicht.« Sie zupfte an ihm herum. »Sag mal, hast du immer so lange Arme?«

»Die gehören nun mal zu einer athletischen Figur«, behauptete Rüdiger und ließ stolz seinen Bizeps springen. »Männer wie ich wachsen nicht auf den Bäumen.«

»Stimmt! Normalerweise schwingen sie sich von Ast zu Ast! – Aua, laß sofort los!« Sie versetzte ihrem Bruder einen Fußtritt, aber der drehte die Lockenstäbe nur noch fester an die Kopfhaut. »Erst, wenn du das mit dem Affen zurücknimmst!«

»Das hast *du* ja gesagt.«

»Ach, blas mir doch meinen Schuh auf, dumme Glucke!« Am besten würde er mal Florians Schrank durchkämmen, der hatte bestimmt was zum Anziehen. Bei Oma Gant hatte er einen Stein im Brett, deshalb waren seine Sachen auch immer zuerst fertig.

Inzwischen hatte sich Clemens auf den Weg gemacht, um die nicht motorisierten Partygäste einzusammeln. Als er den ersten, fröhlich lärmenden Schwung vor der Haustür absetzte, war die zu feiernde Hauptperson nirgends zu finden.

»Wo steckt er denn?« Tinchen schüttelte Hände, nahm Dankesworte in Empfang, Lederjacken sowie zwei Sporttaschen und hielt immer wieder Ausschau nach dem Geburtstagskind. »Irgendwo muß er doch abgeblieben sein?«

»Sicher in irgendeinem Kleiderschrank«, vermutete Melanie. Unter den teils bewundernden, teils spöttischen Blicken schritt sie, ganz in Rosa gehüllt, die Treppe herab.

»Wenn ich gewußt hätte, daß du hier in Taft und Seide anbretterst, hätte ich mir auch 'n sauberes Hemd angezogen«, grinste Wolle.

»Warum denn heute schon? Morgen ist doch erst Sonntag.« Flüchtig musterte sie die Anwesenden. »Ist Benjamin nicht mitgekommen?«

»Der holt erst noch Bea ab«, sagte Wolle, bevor er den anderen in den Keller folgte.

»Diese dämliche Ziege? Was ihr im Kopf fehlt, kompensiert sie mit ihrem Busen.«

»Dann hast du ja nichts zu befürchten«, lächelte Tinchen.

»Wieso? Ich hab' doch gar keinen.«

»Aber einen Kopf. Alles andere kommt noch. Auch Wolkenkratzer haben mal als Keller angefangen. – Und jetzt sieh nach, wo dein Bruder bleibt!«

Wenig später herrschte im Hause Bender große Aufregung, gepaart mit allgemeiner Ratlosigkeit. Während Clemens in Vertretung seines Bruders die Gäste empfing und ihnen empfahl, mit der Feierei schon mal alleine anzufangen, versammelten sich die übrigen Familienmitglieder nach und nach in Rüdigers Zimmer. Die flüsternd weitergegebene Nachricht, das Geburtstagskind läge kreidebleich und stöhnend auf seinem Bett, hatte Alarmstufe Rot ausgelöst. Als erste war Tinchen am Tatort. Den naheliegenden Verdacht, ihr Neffe habe etwas zu intensiv die Qualität des bewilligten Kognaks geprüft, fand sie bestätigt. Der Knabe hatte zweifellos eine Fahne. Andererseits dürfte er dann schlimmstenfalls selig schnarchend daliegen und sich nicht in Krämpfen winden.

Florian eilte herbei, stellte die gleiche Diagnose, empfahl Salzwasser, kalte Dusche sowie ähnliche Therapien aus seiner Junggesellenzeit, aber als er Anstalten machte, die Alkoholleiche ins Bad zu schleppen, protestierte Rüdiger. »Bin nicht – besoffen. Mir ist kotzübel. Hab' Ma-Magenkrämpfe. Laßt mich in Ruhe!«

Melanie streifte ihren Bruder nur mit einem kurzen Blick. »Zu wie 'ne Handbremse! So was Ähnliches habe ich mir gedacht. Vorhin saß er an Tante Klärchens Whisky, bloß die kann ihn besser vertragen.«

»War ja nur einer«, stöhnte Rüdiger leise, »der haut mich doch nicht um. Ich m-muß was Falsches gegessen haben. Laßt mich doch endlich allein!« Er drehte sich zur Wand.

»Sollen wir nicht besser einen Arzt holen?« Mit einem

Waschlappen wischte Tinchen die Schweißperlen von Rüdigers Stirn. »Fieber hat er Gott sei Dank nicht.«

»Wo ist die Leiche? Blumen fürs Begräbnis haben wir schon genug beisammen.« Urbans munterer Ton geriet ins Stocken, als er seinen Bruder liegen sah. »Junge, Junge, wer hat dich denn so abgefüllt?«

»Er scheint wirklich krank zu sein«, sagte Tinchen hilflos. »Kann man um diese Zeit euren Hausarzt noch erreichen?«

Urban sah auf die Uhr und winkte ab. »Wir haben gar keinen, bloß lauter Spezialisten, und die haben ihren Patienten beigebracht, nur während der Sprechstunden krank zu werden.«

»Dann ruf den Notarzt an!«

»Erst mal hören, was eigentlich los ist.« Er setzte sich aufs Bett und rüttelte seinen Bruder sanft an den Schultern. »Raus mit der Sprache! Hast du einen zuviel gekippt und spielst Theater, weil du Schiß gekriegt hast, oder fehlt dir wirklich was Ernsthaftes?«

Unterbrochen von verhaltenem Stöhnen bestritt Rüdiger, mehr als ein kleines Glas getrunken zu haben, und Urban glaubte ihm. Gegessen habe er auch nicht viel, lediglich vorhin ein Stück kalte Pizza, die mittags übriggeblieben war.

Jetzt wurde Tinchen hellhörig. »Was war drauf?«

»Weiß ich nicht mehr, Champignons oder so was.«

Nach kurzem Suchen stöberte sie Martha im Wohnzimmer auf, wo sie sich mit Kommissar Schimanski amüsierte. Nein, im einzelnen wußte sie auch nicht mehr, mit welchen Zutaten sie die Pizza belegt hatte. »Schinken habe ich genommen, Tomaten natürlich, Käse, Salami, Pilze, Oliven...«

»Was für Pilze?«

»Na, die langen weißen, die Frau Künzel vorgestern mitgebracht hat. Auf dem Weg hierher hat sie sie gepflückt. Warum?«

Mit wenigen Worten erzählte Tinchen, was vorgefallen war, doch Martha protestierte energisch. An den Pilzen könne es nicht liegen, die seien ganz frisch gewesen, eßbar seien sie auch, denn sogar die Frau Doktor habe manchmal welche gesammelt, gleich drüben im Park, und überhaupt müßten dann ja alle krank sein und nicht bloß Rüdiger.

Das leuchtete ein, nur gibt es eben Leute mit empfindlicheren Mägen und andere, denen selbst der Inhalt eines Mülleimers nicht viel ausmachen würde. Zu letzteren gehörte Rüdiger normalerweise auch.

»Wissen Sie, wie die Pilze heißen?«

Nein, das wußte Martha nicht, irgendwas mit Tinte, aber sie würde sie sofort wiedererkennen.

»Sind denn noch welche da?«

»Ja«, sagte Martha, »gekochte.«

O Herr, schmeiß Hirn vom Himmel, betete Tinchen leise, während sie zum Telefon stürzte. Zum Glück begriff Frau Künzel sofort, worauf es ankam. Der bewußte Pilz heiße Schopftintling und gelte als wohlschmeckend; Liebhaber würden ihn sogar dem Champignon vorziehen. Tinchen bedankte sich, nahm auch noch zur Kenntnis, daß die zu Künzels ausquartierten Kinder Memory spielten und dabei bemerkenswert friedlich seien, und legte den Hörer auf.

»Hast du einen Arzt erreicht? Rüdiger geht's wirklich dreckig. Ich habe Clemens geholt, aber der ist mit seinem Latein auch am Ende.« Noch nie hatte Tinchen Urban so besorgt gesehen.

»Habt ihr ein Buch über Pilze?«

»Ein Lexikon meinst du?«

»Nein, ein richtiges Pilzbuch mit Angaben über Verwendbarkeit und so weiter.«

»Ich glaube, bei Vater steht eins. Meinst du, Rüdiger hat sich vergiftet?«

»Ich glaube gar nichts, aber wenn man einen Arzt verständigt, sollte man halbwegs präzise Angaben machen können.«

Das Pilzbuch war groß, dick und reich bebildert. Eigentlich sah der Schopftintling gar nicht so edel und wohlschmeckend aus, fand Tinchen, aber der Autor behauptete das Gegenteil. Doch dann kam es: In Verbindung mit Alkohol sei größte Vorsicht geboten. Man habe noch nicht erforschen können, weshalb, aber es sei erwiesen, daß der Verzehr von Schopftintlingen zusammen mit Alkoholgenuß zu leichten bis mittelschweren Kreislaufstörungen führen könne.

»Jetzt wissen wir wenigstens, was los ist.« Erleichtert klappte Tinchen das Buch zu. »Du bist hoffentlich gewarnt! Ein Glas Bier, und du kannst dich zu deinem Bruder legen.«

»Betrifft mich nicht«, lächelte Urban verschmitzt, »ich habe ja deine köstlichen Rühreier gegessen. Sag das lieber dem Flori, der war eben auf der Suche nach geistiger Stärkung.« Dann rief er den Notarzt an.

In den Katakomben des Hauses hatte man sich von der Nachricht, daß der Gastgeber an einer Magenverstimmung leide und momentan noch im Bett liege, nicht beeindrucken lassen. »Mein Alter läßt sich immer mit grippalem Infekt entschuldigen, wenn er zuviel gepichelt hat, aber Magenverstimmung klingt auch nicht schlecht«, sagte jemand. Clemens hielt es für das beste, die Wahrheit zu verschweigen. Die fröhliche Stimmung wäre dahin gewesen, und es war ja gut möglich, daß sich Rüdiger in ein paar Stunden wieder erholt hatte. Der Arzt hatte ihm den Magen ausgepumpt, eine Kreislaufspritze gegeben und erst einmal Ruhe und schwachen Tee verordnet. Florian wollte auch eine haben, nur prophylaktisch natürlich, aber der Arzt hatte sich geweigert. »Dann üben Sie sich eben in Abstinenz, das ist viel gesünder«, hatte er gesagt.

»Aber wir haben doch Gäste.«

»Die können bestimmt auch alleine trinken.«

Nein, Florian hatte noch nie viel von Ärzten gehalten, und jetzt fand er wieder einmal sein Urteil bestätigt.

Die Party nahm ihren Fortgang. Tinchen pendelte zwischen Krankenzimmer und Keller, kühlte hier die Stirn, dort die Colaflaschen, wärmte Tee und Gulaschsuppe und kam sich ziemlich alleingelassen vor. Martha war schlafengegangen, Melanie und die Jungs hatten sich unter die Gäste gemischt, und Florian ging völlig in seiner Rolle als Hausherr auf. So viele junge Mädchen auf einem Haufen! Er versprühte Charme nach allen Seiten, brachte Petra eine Kopfschmerztablette, holte für Sandra Kölnisch-Wasser, das er schamlos von Tinchens Toilettentisch klaute, tanzte mit Bea Charleston und mit Susi Rock 'n' Roll. Er war unbestritten Hahn im Korb und genoß es. Den Kognak übrigens auch. Sein Magen revoltierte nicht, mit dem Kreislauf hatte er noch nie Probleme gehabt, und überhaupt war er ein gestandener Mann und kein siebzehnjähriger Jüngling.

Der war inzwischen achtzehn geworden und hatte nichts davon gemerkt. Ruhig schlief er in seinen Geburtstag hinein, und Clemens, der kurz vor Mitternacht durch den Türspalt gelinst hatte, hatte empfohlen, ihn weiterschlafen zu lassen. »Die da unten sind schon ziemlich abgefüllt, die kriegen sowieso nichts mehr mit. Es wird Zeit, daß sie verschwinden. Man soll die Gäste feuern, eh sie fallen!« Mitleidig sah er Tinchen an. »Am besten gehst du jetzt ins Bett, du siehst müde aus.«

Das war sie auch. Sie fühlte sich wie zerschlagen. »Glaubst du wirklich, ich könnte mich hinlegen?«

»Na klar, was soll denn jetzt noch passieren? Ich guck immer mal zu Rüdiger hinein, und wenn was ist, sage ich dir Bescheid.«

Auf dem Weg ins Bad kam ihr Florian entgegengeschwankt. »Da bist du ja, T-tine, w-wo warst du denn so l-lange? Ich hab' dich sch-schon überall ge-gesucht.« Er hielt sich am Treppengeländer fest und stierte sie an. »O Mann, Tine, d-du bist vielleicht bes-besoffen! Ich seh' d-dich ja schon doppelt!«

Tinchen sagte gar nichts. Sie drehte sich nur um, schloß die Schlafzimmertür und drehte den Schlüssel herum. Sollte er doch sehen, wo er den Rest der Nacht verbrachte. Im Keller gab es genügend Decken, ganz zu schweigen von den zweibeinigen Wärmflaschen! Dieser rücksichtslose Egoist... dieser haltlose Säufer... dieser...

Vor dem Einschlafen dachte sie noch an Rüdigers Bemerkung, daß man nur einmal im Leben achtzehn werde. »Das stimmt wirklich«, murmelte sie, »an *den* Geburtstag wird er wohl sein Leben lang denken.«

Was heißt Tante auf französisch?

Wenn alles gesagt und getan ist, ist es gewöhnlich die Frau, die es gesagt, und der Mann, der es getan hat. Diese Bilanz zog Florian, nachdem er den Rasen gemäht, die Gemüsebeete gegossen und das Unkraut auf den Wegen entfernt hatte. Jetzt packte er die Geräte zusammen und freute sich auf ein schönes kühles Bier. Zumindest das würde ihm Tinchen wohl bewilligen. Obwohl diese verflixte Party schon zwei Wochen zurücklag und er sich wirklich redliche Mühe gegeben hatte, seinen Ausrutscher wiedergutzumachen, war Tinchen immer noch sauer. Na schön, er hatte zuviel getrunken, zuviel geflirtet und sich zuwenig um seine Frau gekümmert. Was hätte er denn sonst tun sollen? An Rüdigers Bett sitzen und Händchen halten? Davon wäre der auch nicht schneller gesund geworden. Und irgend jemand hatte sich letztendlich um die Gäste kümmern müssen. Passiert war auch nichts. Jedenfalls nichts Ernsthaftes. Diese Bea war zwar wirklich ein verführerisches kleines Biest, frühreif und einer intensiveren Bekanntschaft gar nicht abgeneigt gewesen, aber bekanntlich macht es einem nichts so leicht, Versuchungen zu widerstehen, wie eine konservative Erziehung, solide Grundsätze und – Zeugen!

Florian seufzte. Da hatte er sich nun am nächsten Morgen eine lange Verteidigungsrede zusammengebastelt, alle Gründe aufgeführt, die seinen Alkoholpegel über die Toleranzgrenze getrieben hatten, und was hatte Tinchen darauf geantwortet? »Manchmal ist eine Entschuldigung eine noch größere Frechheit.«

Sogar Tante Klärchen wäre ihm jetzt als Gesprächspartner willkommen gewesen, aber die war schon vor einer Woche ausgezogen. Vielmehr hatte sie ausziehen lassen. Telefonisch hatte sie angeordnet, daß Tinchen ihre Koffer packen und Florian dafür sorgen solle, daß das Gepäck nach Tübingen käme. Eine Rückkehr nach Steinhausen erübrige sich, da Frau Lange eine reizende Gastgeberin sei und sogar glücklich über den unverhofften Besuch, denn sie lebe ja schon seit Jahren völlig allein. Sie habe versprochen, im nächsten Frühjahr nach Florida zu kommen, wo sie, Claire, sich für die erwiesenen Freundlichkeiten revanchieren wolle. Wie das im einzelnen aussehen und sich mit möglichst wenig finanziellem Aufwand realisieren lassen sollte, war ihr noch nicht ganz klar, andererseits gab es Sonne, Palmer und Meer kostenlos, und schon das allein würde Frau Lange sicher in Entzücken versetzen. Jeder Gelegenheitsbesucher war von diesen Naturschönheiten begeistert. Alles andere würde sich finden.

Also hatte Tinchen die Koffer gepackt, Florian hatte sie bahnlagernd nach Tübingen auf den Weg gebracht, und Martha hatte drei Tage lang Tante Klärchens Zimmer gelüftet. »Das stinkt hier wie in einem Bordell«, hatte sie gesagt und gleich noch die Gardinen abgenommen. Auf Florians Frage, woher sie diese spezifischen Kenntnisse habe, hatte sie nur unwillig gebrummt. »Puder, Parfüm und Schnaps! Und so was bei 'ner alten Frau. Die sollte sich schämen.« Nachdem Frau Künzel dann noch mit Salmiak und Möbelpolitur die letzten Spuren von Tante Klärchens Anwesenheit getilgt und Melanie eine halbe Flasche Kiefernnadelduft versprüht hatte, roch das Zimmer auch nicht viel besser als vorher, aber es verbreitete zumindest den unverkennbaren Duft nach Sauberkeit und war somit für den nächsten Besuch gerüstet.

Von dem hatte Tinchen gar nichts gewußt, und die anderen hatten längst nicht mehr an ihn gedacht. Dieser Schüleraustausch war gleich nach den Weihnachtsferien in die Wege geleitet worden, die Organisation lag in den Händen der Schulleitung, ein genauer Termin hatte noch nicht festgestanden, und so war die ganze Angelegenheit erst einmal in Vergessenheit geraten. Melanie hatte sich ohnehin nur auf Drängen ihrer Mutter als Gastgeberin gemeldet, denn Gisela war der

Ansicht gewesen, daß sich eine gleichaltrige Französin im Haus vorteilhaft auf Melanies leider immer noch sehr mangelhaften Sprachkenntnisse auswirken würde. Die Schulleitung hatte versichert, man werde bei den Austauschpartnern jeweils den sozialen und geistigen Background berücksichtigen, und aus diesem Grund hatte auch Gisela und nicht Melanie den unerläßlichen Fragebogen ausgefüllt. Zusätzlich hatte sie darum gebeten, das Kind einer Akademikerfamilie auszuwählen, denn Melanie würde natürlich einen Gegenbesuch machen, und da spielte die Herkunft des französischen Gastes eine nicht unerhebliche Rolle. So war sie denn auch ganz zufrieden gewesen, daß Mylène Baumiers Vater als Unternehmer bezeichnet wurde, der in einem eigenen Haus wohnte und aus dem Elsaß stammte. Man konnte also erwarten, daß er und seine Familie die deutsche Sprache beherrschten, was spätere Verständigungsschwierigkeiten ausschloß. Die fehlenden Kenntnisse ihrer Tochter kannte Frau Bender nur zu gut.

Die Einladung nach Amerika sowie die Vorbereitungen hierfür hatten Gisela später so in Anspruch genommen, daß sie diesen Schüleraustausch vergessen und folglich auch unterlassen hatte, ihrer Schwägerin die nötigen Anweisungen zu geben. Dabei wäre Tinchen ja schon froh gewesen, wenn sie von der ganzen Aktion überhaupt etwas gewußt hätte. Entsprechend groß war ihr Entsetzen, als Melanie beiläufig am Mittagstisch erwähnte: »Nächsten Mittwoch kommt Mylène.«

»Wer kommt?«

»Meine Partnerin aus La Chapelle. Ist irgend so ein Kaff hundert Kilometer weg von Paris. Eine echte Pariserin wäre mir lieber gewesen, aber diese Schulen sind schon längst vergeben.«

»Ich verstehe kein Wort«, sagte Tinchen.

»Ich auch nicht«, ergänzte Florian, der endlich wieder eine Möglichkeit sah, sich am Tischgespräch zu beteiligen. In der letzten Zeit hatte Tinchen jeden Versuch durch permanente Mißachtung seiner Anwesenheit verhindert.

Gelangweilt erzählte Melanie vom Zustandekommen des Schüleraustauschs, wobei sie mehrmals darauf hinwies, daß sie nur auf Wunsch ihrer Mutter daran teilnähme und mit Grausen daran denke. »Irgendwie muß man die doch dauernd beschäftigen. Hoffentlich spielt sie Tennis. Vielleicht kocht sie ja auch gern?«

»Aber nicht in meiner Küche«, wehrte Martha erschrocken ab. »Und wenn du glaubst, daß ich jetzt französisch koche so mit Hors d'œuvres und Crêpes und dem ganzen anderen Pipifax, dann irrst du dich! Auf meine alten Tage lerne ich nicht mehr um.«

»Verlangt ja auch keiner. Die Franzosen kommen doch nach Deutschland, um deutsche Sitten und die deutsche Mentalität kennenzulernen. Also sollen sie gefälligst auch Sauerkraut und Vollkornbrot essen.«

»Beides ißt du doch selber nicht.«

»Eben! Schließlich kenne ich ja die deutsche Küche!«

»Über den Speisezettel zerbrechen wir uns später den Kopf«, entschied Tinchen, »mich interessiert jetzt viel mehr, um was für ein Mädchen es sich handelt, das uns da ins Haus schneit. Wie lange hast du denn schon Kontakt mit ihr?«

»Überhaupt noch nicht, wir haben doch erst heute die Adressen bekommen. Aber ein Foto war dabei.« Sie kramte in ihrer Schulmappe und förderte ein Paßbild zutage. »Sie sieht ein bißchen unterentwickelt aus, nicht wahr?«

Mit Kennerblicken betrachtete Rüdiger das Foto. »Woher willst du das wissen? Der Busen ist doch gar nicht mit drauf.«

»Ich meine doch geistig, du Lüstling!« Sie riß ihm das Bild aus der Hand und gab es Tinchen. »Findest du nicht auch, daß sie reichlich beschränkt wirkt?«

»Eher schüchtern, würde ich sagen, aber Paßbilder sind nie sehr vorteilhaft. Vielleicht ist es auch gar nicht neu. Wie sechzehn sieht sie nämlich nicht aus.« Nachdenklich betrachtete Tinchen das kindliche Gesicht mit den halblangen, glattgescheitelten Haaren, die seitlich von einer einfachen Spange gehalten wurden.

»Spricht sie deutsch?«

»Das will ich doch stark hoffen. Im übrigen ist sie ja hier, um ihr Deutsch aufzumöbeln. Wir sind strikt angewiesen worden, zu Hause nur deutsch zu reden.«

»Dann ist ja alles in Ordnung«, sagte Tinchen erleichtert. »Außer Grazie und Arrivederci ist bei mir nicht mehr viel hängengeblieben.«

»Das war italienisch«, bemerkte ihr Gatte freundlich.

»Wenn sie nicht bald kommen, könnt ihr den Rehrücken mit dem Löffel essen!« Schon zum drittenmal erschien Martha mit anklagender Miene im Eßzimmer, wo Tinchen letzte Hand an den festlich gedeckten Tisch legte. »Das Fleisch hätte schon vor einer halben Stunde aus dem Ofen gemußt.«

»Jeden Augenblick müssen sie da sein. Wahrscheinlich hat es auf dem Bahnhof noch eine offizielle Begrüßung gegeben, und bis dann jeder seinen Partner gefunden hat, vergeht auch einige Zeit. Soviel ich weiß, kommt eine ganze Busladung an.«

Der Weitertransport vom Heidelberger Hauptbahnhof nach Steinhausen war mal wieder an Florian hängengeblieben. Obwohl Rüdiger normalerweise keine Gelegenheit ausließ, seine endlich auch amtlich sanktionierten Fahrkenntnisse zu beweisen, hatte er sich diesmal geweigert. »Erstens kann ich kein Französisch, und zweitens denke ich gar nicht daran, vier alberne Gänse durch die Gegend zu kutschieren.«

Auf Melanies Wunsch hatte nämlich ihre Freundin Petra mitfahren müssen, die ihrerseits eine Sandrine erwartete. »Ich weiß doch gar nicht, was ich mit Mylène reden soll, und die ist bestimmt froh, wenn sie noch eine Weile in ihrer Muttersprache quasseln kann. Ein Glück, daß diese Sandrine auch nach Steinhausen kommt, dann kann ich mein Anhängsel wenigstens mal abschieben, wenn es mir auf den Keks geht. – Umgekehrt natürlich auch«, sagte sie schnell, als sie Tinchens Gesicht sah, »Frau Linneberg ist bestimmt dankbar, wenn ich ihr die Sandrine auch mal abnehme.«

»Ich dachte, ihr freut euch auf den Besuch.«

»Wie kann ich mich auf jemanden freuen, den ich gar nicht kenne?« hatte Melanie geantwortet, und Tinchen hatte ihr recht geben müssen.

Jetzt zupfte sie an dem Blumenschmuck herum, rückte zum zehntenmal die Messer gerade und sah immer wieder auf die Uhr. Schon nach sieben! Um halb sechs hätte der Bus in Heidelberg ankommen sollen. Wo blieben die nur so lange? Selbst um diese Zeit brauchte man höchstens eine halbe Stunde bis Steinhausen. Florian würde doch nicht einen Unfall gebaut haben? Mit dem Mercedes war er noch immer nicht richtig vertraut, doch Melanie hatte auf diesem Renommierschlitten bestanden. »Wir brauchen den Kofferraum für das Gepäck, außerdem ist Mylènes Vater Unternehmer, der fährt bestimmt einen dicken Citroën. Ich will mich ja nicht gleich in den ersten Minuten blamieren.«

Also hatte Florian den Daimler entstaubt, die klassischen Musikkassetten gegen zwei Leihgaben von Melanie ausgewechselt, Flanellhosen angezogen und war mit seiner Nichte zum Empfang des hohen Gastes gestartet. Und jetzt waren sie noch immer nicht zurück!

Als Martha zum viertenmal angetrabt kam und berichtete, das Reh sei jetzt auf Rehpinschergröße geschrumpft, klingelte es endlich. Martha verschwand eilends Richtung Küche, während Tinchen erwartungsvoll die Tür öffnete. »Bonjour Mylène, et bien ... ach, du bist es bloß?«

»Nu haste dich ganz umsonst angestrengt«, grinste Clemens, »aber dein Auswendiggelerntes kannst du gleich noch mal runterleiern. Die sind eben um die Ecke gebogen.«

Da ging auch schon ein Ruck durch den Wagen, weil Florian zu scharf an die Bordsteinkante gefahren war. Tinchen hörte Melanie auf dem Rücksitz schimpfen: »Bist du bescheuert? Jetzt klebt die ganze Wimperntusche an der Kopfstütze.«

Mit ausgebreiteten Armen ging Tinchen auf den Gast zu. »Bonjour, Mylène, et bienvenue. J'éspère que tu t'amuseras chez nous.« Na also, das war ihr ja ohne Stocken über die Lippen gekommen. Hoffentlich stimmte die Grammatik.

Mylène knickste artig und reichte Tinchen die Hand. »Bon soir, Madame. Merci pour l'invitation et beaucoup d'amitiés de mes parents.«

»Was hat sie gesagt?«

»Danke.« Melanie eilte ins Haus und zog Mylène am Arm mit sich. Tinchen stiefelte hinterher. »Sie hat doch mehr gesagt als bloß danke.«

»Grüße von ihren Eltern hat sie noch ausgerichtet. Und wenn du dir einbildest, daß ich jetzt dauernd den Dolmetscher spiele, bist du schief gewickelt. Ich verstehe sie ja auch nicht.«

»Dann soll sie deutsch reden.«

»Das kann sie kaum.«

»Wieso nicht? Ich dachte...«, stammelte Tinchen hilflos.

»Das hab' ich auch gedacht, aber bisher hat sie nur ›Deutschland gefällt mir gut, es ist schön‹ herausgebracht, und den Satz hat sie sich bestimmt schon in Frankreich eingetrichtert.«

»Ach was, sie muß erst mal ein bißchen warm werden.« Sie legte dem verschüchterten Mädchen den Arm um die Schulter und dirigierte es ins Speisezimmer. »Du hast bestimmt Hunger?« sagte sie langsam und deutlich.

Widerspruchslos ließ sich Mylène zu ihrem Platz führen, stand aber sofort wieder auf, als die beiden Jungs eintraten.

»Ce sont mes frères Clemens et Rüdiger«, stellte Melanie vor.

»Bon soir, Messieurs«, knickste Mylène.

»Heiliger Himmel, die benimmt sich ja wie eine Aufziehpuppe«, stöhnte Melanie, aber Rüdiger drückte Mylène auf den Stuhl zurück und schlug ihr freundschaftlich auf die Schulter. »Je suis nix Monsieur, je suis Rüdiger. Capito?«

»Oui«, lächelte Mylène erleichtert, »ist ein schwer Name. Wie 'eißt in Frankreich?«

»Roger«, versicherte Rüdiger unbekümmert. »Und nachdem endlich die Formalitäten erledigt sind, gibt es hoffentlich was zu essen.«

Der Speisenaufzug entlockte dem Gast ein erstes befreiendes Lachen. »Un ascenseur pour la batterie de cuisine« hatte Mylène noch nie gesehen, aber als Tinchen ihr das noch am wenigsten verbrutzelte Stück Fleisch auf den Teller legen wollte, winkte sie ab. »Non, merci. Isch 'abe kein 'unger. Nous avons mangé tout le temps dans le bus.«

»Schmeckt prima!« versicherte Rüdiger. »Ist Rehbraten, tu connais?« Und als Mylène den Kopf schüttelte, wandte er sich hilfesuchend an seine Schwester. »Was heißt Reh auf französisch?«

»Keine Ahnung. Wie Rind- und Schweinefleisch heißt, weiß ich, aber bei den Wildgerichten waren wir noch nicht.«

»Dann muß ich es hintenrum versuchen. Paß mal auf, Mylène!« Er versuchte, mit seinen Armen die graziösen Sprünge eines Rehes nachzuahmen und ergänzte die Pantomime mit ein paar erklärenden Worten. »Wald, du verstehst? Viele Bäume ... äh ... beaucoup d'arbres ...«

»Un fôret?«

»Danke. Im fôret ein animal, braun – was heißt braun?«

»Brun.«

»Also ein brunes animal, so groß« – er deutete die ungefähre Höhe an – »sehr scheu ... ach, verdammt noch mal, holt doch endlich ein Wörterbuch!« Plötzlich kam ihm die Erleuchtung. »Bambi!!«

»Ah oui, un chevreuil«, lachte Mylène.

»Jawoll, ein che ... wie heißt das Yeh?«

»Chevreuil.«

Obwohl nun die Herkunft des Bratens geklärt war, ließ sich Mylène nicht zum Essen überreden. Sie sei wirklich satt und könne keinen Bissen mehr herunterbringen.

»Kann ich ihr auch nicht verdenken, das Fleisch ist knochentrocken«, beschwerte sich Florian.

»Ihr hättet ja früher kommen können, da war's noch saftig.« Tinchen fühlte sich bemüßigt, Marthas Ehre zu verteidigen.

»Wie denn? Erst mal hatte der Bus Verspätung, dann hielt der Direx eine Ansprache auf französisch, worauf die gegnerische Lehrkraft in wirklich ausgezeichnetem Deutsch antwortete, bloß eben so verdammt langsam, danach wurden die Schüler mit ihren Gasteltern zusammengeführt, und als jeder endlich seinen Schützling hatte, rannten alle wieder weg, um ihr Gepäck zu holen. Da ging der ganze Spaß noch mal von vorne los. Außerdem mußten wir noch Petra und diese San... San... na ja, diese Sandingsda abliefern.«

»Sandrine heißt sie.« Melanie stand auf und winkte ihrem Gast. »Je te montrerai ta chambre. Rüdiger, nimmst du den Koffer?«

»Aber avec plaisir«, versicherte der und stapfte hinter den Mädchen die Treppe hinauf.

»Du hättest ruhig auch mal was sagen können!« wandte sich Tinchen an Clemens, nachdem das Triumvirat außer Sicht war.

»Was denn? Ich hab' Griechisch und Latein gehabt und freiwillig noch ein bißchen Englisch. Die Schönheiten der französischen Sprache sind mir fremd geblieben. Melanie hätte sich eben eine Miß aussuchen müssen statt einer Mademoiselle, dann hätten wir alle mehr davon gehabt.«

»Wer lernt denn heute noch Griechisch?«

»Archäologen. Vater wollte ja unbedingt, daß ich in seine Fußstapfen trete, aber irgendwann ist mir klargeworden, daß ich mich lieber mit intakten Knochen beschäftige als mit vergammelten. Wenigstens habe ich das heutige Griechisch gelernt und nicht wie Vater seinerzeit Altgriechisch. Was der sich in seinem letzten Urlaub geleistet hat, würde mir nicht passieren.«

Florian wurde neugierig. »Konnte er die Speisekarte nicht lesen?«

»Viel schlimmer! Als er sich im Hafen von Piräus bei ein paar Fischern nach den Abfahrtszeiten der Fähre erkundigte, fing einer mächtig an zu lachen und übersetzte die Frage wörtlich ins Deutsche: ›Wann segeln die Galeeren nach der

Insel Ägina, ihr Schiffer?‹ Vater hatte Pech gehabt und war an einen griechischen Gastarbeiter geraten.«

Tinchen prustete los. Nachdem sie sich endlich beruhigt hatte, gluckste sie: »Das hätte ich zu gern miterlebt. Es macht den Fabian direkt menschlich.«

»Na und?« sagte Florian. »Ich habe ja auch mal auf italienisch gedroht, das Hotel in Brand zu stecken, wenn ich nicht sofort meinen Kaffee bekäme. Die Vokabeln hatte ich mir aus einem dieser ominösen Reiseführer Marke ›Fremdsprachen leicht gemacht‹ herausgesucht, aber irgendwas muß ich dabei falsch gemacht haben. Meinen Kaffee habe ich nie bekommen.« Er stand auf und räumte das Geschirr in den Aufzug. »Solltest du dich nicht mal um die Mädchen kümmern, Tine?«

»Nicht nötig!« Rüdiger kam das Treppengeländer heruntergerutscht. »Die sind beschäftigt. Jede blättert in ihrem Wörterbuch und versucht, der anderen irgendwas zu verklickern. Melanie ist gerade dabei, der Mylène die gegenwärtigen Familienverhältnisse auseinanderzusetzen. Sie glaubt doch, ihr seid unsere Eltern.«

»O Gott, was soll sie bloß von mir denken. Dann müßte ich ja schon mit vierzehn Jahren gemuttert haben! Weiß jemand, was Tante auf französisch heißt?«

An diesem Abend wurde Mylène nicht mehr gesichtet. Sie ließ sich durch Melanie entschuldigen, aber die lange Fahrt und die vielen neuen Eindrücke – »Mehr habe ich nicht verstanden. Guck mal, was sie mir mitgebracht hat!« Sie stellte eine goldgeränderte Vase aus Preßglas auf den Tisch, angefüllt mit kleinen pastellfarbenen Wachsblüten. Tinchen nahm eine heraus und schnupperte. »Die sind ja parfümiert.«

»Ich weiß. Muß ich diese Scheußlichkeit wirklich die ganzen zehn Tage in mein Zimmer stellen? Pietät hin oder her, aber was glaubt ihr, wie das schon nach ein paar Stunden stinkt.«

»Vielleicht kannst du den Kübel nachts auf den Balkon

bringen«, überlegte Rüdiger, »in Krankenhäusern werden die Blumen doch auch am Abend auf den Flur geräumt.«

Tinchen wollte die Blüte in das Glas zurückwerfen, traf daneben, und die kleine hellblaue Kugel landete vor Florians Füßen. Der trat prompt drauf, und sofort verbreitete sich ein süßlicher Geruch. »Was ist das? Giftgas?«

Auf dem Teppich bildete sich ein Fleck, in den Melanie vorsichtig den Finger stippte. Sie roch daran, zerrieb die gallertartige Masse zwischen den Fingerspitzen und nickte. »Das ist so eine Art Gel für die Badewanne.«

Tinchen hatte schon einen Packen Papierservietten geholt und versuchte, die Flüssigkeit wegzutupfen. »Bringt mal irgendwas, womit wir das Zeug richtig wegkriegen. Das stinkt ja penetrant.«

»Am besten schmeißen wir den ganzen Krempel in den Mülleimer«, entschied Melanie.

»Das kannst du nicht machen. Jedenfalls heute noch nicht.«

Den rettenden Einfall hatte Florian. »Nimm die Blüten raus, pack sie in eine Plastiktüte, die ist luftdicht, und leg sie schön sichtbar ins Bad. Den Kübel stellst du daneben und schmeißt Lockenwickler rein oder irgendwas von dem anderen Krimskrams, der immer auf den Fensterbrettern herumliegt. Und wenn Mylène wieder weg ist, schenkst du die ganze Pracht an Oma Gant weiter. Sie hat doch eine nachweisliche Schwäche für französisches Parfüm. Oder sollte euch noch nicht aufgefallen sein, daß sie sich immer großzügig mit ›Soir de Paris‹ einnebelt?«

Am nächsten Morgen stand Tinchen früher auf als gewöhnlich, kochte Tee, Kaffee und Kakao in der Hoffnung, der Gast würde wenigstens eines dieser Getränke akzeptieren, stellte drei Sorten Fruchtsaft auf den Tisch, dazu Honig, Marmelade, Wurst und Käse, verschiedene Brotsorten, und als ihr das noch immer nicht ausreichend erschien, holte sie den Obstkorb. Allerdings kamen ihr die beiden Bananen und die vier Äpfel ein bißchen zu mickrig vor, und deshalb ergänzte sie das Stilleben noch mit Tomaten, Radieschen und einem angeschnittenen weißen Rettich. Paßt zwar nicht ganz zusammen, überlegte sie, aber farblich macht es sich gut.

Als erster erschien Rüdiger auf der Bildfläche. Schweigend musterte er den Tisch, schüttelte den Kopf, öffnete den Kühlschrank, holte einen Plastiktopf heraus und stellte ihn in den Mikrowellenherd.

»Was ist da drin? Milch?«

»Nee, Hühnerbrühe.«

»Morgens um sieben?«

»Das weiß doch das Huhn nicht!« Nach drei Minuten schaltete er den Herd wieder aus, kippte die Brühe in eine Suppentasse, setzte sich auf seinen Platz und begann zu löffeln.

Als nächster betrat Florian die Küche. Er gab Tinchen einen Kuß, während er über ihre Schulter den Tisch anpeilte. »Du hast die Eier vergessen!«

»Meine Güte, ja, du hast recht.« Sie holte den Kocher aus dem Schrank. »Ob fünf Stück reichen?«

Tobias kam. Ihm auf den Fersen folgte Julia. »Warum gibt es heute Gemüse zum Frühstück? Ich will lieber Müsli.«

»Ich auch«, befahl seine Schwester.

Tinchen wärmte Milch, aber als sie sie in die Teller gießen wollte, protestierte der Junior. »Heute mal mit Ananassaft.«

»Ich will auch Annasaft«, echote Julia.

»Wißt ihr, was ihr mich alle könnt?« fauchte Tinchen. »Ihr könnt mich ...«

»Morgen, Tinchen! Warum denn so wütend?« Melanie wirbelte in die Küche, gefolgt von Mylène, die zwei rosa verpackte Geschenke umklammerte. Eins davon enthielt unzweifelhaft eine Flasche, das andere hatte die Größe eines Schuhkartons und ließ keine näheren Schlüsse zu.

»Bonjour, Madame. Avec beaucoup d'amitiès de ma mère.« Tinchen bekam den Karton überreicht, und Florian erhielt mit einem »C'est un petit cadeau de mon père« die Flasche.

»Geschenke ihrer Eltern«, erklärte Melanie. Dann setzte sie

sich an den Tisch und überprüfte die Auswahl. »Sind keine Corn-flakes mehr da?«

»Hol sie dir gefälligst selber«, brüllte Florian, »Tinchen ist nicht euer Nigger!«

»Man wird ja wohl noch fragen dürfen. Sonst stehen sie immer auf dem Tisch.«

Unterdessen hatte sich Tinchen wortreich bei Mylène bedankt, was diese offensichtlich nicht verstanden hatte, denn sie antwortete mit einem völlig unpassenden »Oui, merci«.

Das war wohl nichts, dachte Tinchen, und mit einem Blick zur Uhr sagte sie langsam und prononciert: »Was möchtest du trinken, Mylène? Kaffee oder Tee, wir haben auch Kakao, und zu essen nimmst du dir bitte selbst.«

»Pardon, Madame?«

»Sie hat dich nicht verstanden«, sagte Melanie kauend.

»Dann sag du ihr, daß sie endlich anfangen muß. In zwanzig Minuten fährt der Bus.«

»Nun los, Mylène, manges! Es ist schon plus tard!« ermunterte Rüdiger das Mädchen. »Voulez-vous café oder Tee oder – was heißt Milch?«

Mylène hatte ein Wörterbuch aus der Tasche gezogen und blätterte. Endlich hatte sie gefunden, was sie suchte. »Isch fruh – frühstucke nicht in matin. Immer erst in école.«

»Das geht nicht! Du *mußt* morgens etwas essen!« Tinchen schnitt ein Brötchen auf und bestrich es mit Butter. »Wurst oder fromage?«

»Nun laß sie doch, wenn sie nicht will. Gib ihr lieber ein anständiges Pausenbrot mit!« Langsam ging Florian das Getue um diese halbwüchsige Göre auf den Geist. Um ihn machte Tinchen nie solch ein Theater. Wurst bekam er morgens selten zu sehen, die mußte er sich immer heimlich aus dem Kühlschrank klauen, und der Fruchtsaft war meistens auch schon alle, wenn er herunterkam. Er machte sich zwar nicht viel daraus, aber hier ging es ums Prinzip.

»Am gedeckten Tisch ist noch niemand verhungert«, bemerkte er ganz richtig, während er eine Scheibe Emmentaler auf eine Brötchenhälfte legte.

»Es haben sich aber schon viele überfressen!« Die Aufschnittplatte verschwand, ebenso der Käse.

»Papi hat noch welchen unterm Teller liegen«, verkündete Julia, »ich hab's genau gesehen.«

»Man guckt anderen Leuten nicht beim Essen zu! Tine, die Manieren deiner Tochter lassen sehr zu wünschen übrig.«

»Deine etwa nicht?« Wortlos hob Tinchen den Teller hoch. Die festgeklebte Käsescheibe fiel ins Marmeladenglas.

»Los, Leute, wir müssen weg!« Rüdiger stand auf. »Ich hab' nämlich die Erfahrung gemacht, daß der Bus doppelt so schnell fährt, wenn man hinterherläuft, als wenn man drin sitzt.«

»Weshalb fahrt ihr nicht mit deinem Wagen?«

»Kein Benzin. Warum ist am Ende vom Taschengeld immer noch so viel Monat übrig?«

Die drei polterten die Treppe hinauf, und Tinchen konnte sich endlich setzen und ihr Päckchen auswickeln. Zum Vorschein kam ein rosa Karton, und als sie ihn öffnete, erblickte sie eine Glasflasche, die mit ebenfalls rosa Sand gefüllt war. »Ich ahne Schreckliches.«

Begeistert stürzte sich Julia auf die Flasche. »Kriege ich das zum Spielen? Das riecht so gut.«

»Nein, Julia, das ist Badesalz. Damit kann man nicht spiel... Paß auf! Gleich fällt sie runt...« Da klirrte es auch schon, und die ganze Herrlichkeit lag auf dem Fußboden, wo sie sofort einen durchdringenden Geruch verbreitete. Florian nieste bereits.

»Feg das bloß schnell zusammen!«

»Das geht nicht. Was soll ich denn Mylène sagen?«

»Die Wahrheit.« Aber Tinchen hatte schon ein Haarsieb geholt und einen Löffel und fing an, das Badesalz durchzusieben. »Die Scherben sind fast noch kleiner als das übrige Zeug«, schimpfte sie. »Nein, Julia, das kann man nicht essen. Wie bitte? Deine Puppen essen das auch nicht. – Nein, damit kann man sich auch nicht die Hände waschen, das tut man ins Badewasser, damit es gut riecht. – Ja, du bekommst heute abend ein bißchen davon ab. – Nein, jetzt wird nicht gebadet, gleich bringt dich Papi in den Kindergarten. – Nein, du kannst den anderen Kindern nichts mitbringen, auch nicht Fräulein Doris. – Ja, die Glasscherben bleiben alle im Sieb hängen, deshalb mache ich das ja. – Nein, natürlich kann ich sie nicht mehr zusammenkleben, ich werde schon eine andere Flasche finden. – Raus!!!«

»Was haltet ihr davon, wenn ich zum Wochenende die Päbste einlade? Meine Mutter spricht recht gut französisch, sie hat seinerzeit sogar noch richtige Konversation gelernt, bei den sogenannten höheren Töchtern war das üblich, und wenn ich mir vorstelle, daß wir die Pfingstfeiertage damit verbringen, in Wörterbüchern zu blättern, wird mir ganz anders. Oder habt ihr eine bessere Idee?«

Niemand hatte eine. Der Familienrat hatte sich in der Küche zusammengefunden, nachdem die Kleinen – parfümiert mit rosa Badesalz – im Bett lagen und Mylène sich in ihr Zimmer zurückgezogen hatte. Sie wollte einen Brief an ihre Eltern schreiben. Das vorangegangene Telefongespräch nach Frankreich war ziemlich kurz gewesen und hatte sich auf ein abwechselndes Oui oder Non beschränkt. Dann hatte sie nochmals Grüße ausgerichtet, gute Nacht gesagt und war hinaufgegangen.

»So geht es jedenfalls nicht weiter«, nahm Tinchen den Faden wieder auf. »Das arme Mädchen macht kaum den Mund auf aus Angst, sich zu blamieren, *ich* kann mich nicht mit ihr unterhalten, und Melanie will nicht.«

»Natürlich will ich, aber worüber soll ich denn mit ihr reden? Tennis spielt sie nicht, schwimmen kann sie auch nicht, die Schule haben wir schon durch, und für andere Themen reicht mein Vokabular nicht.«

»Ich weiß gar nicht, was ihr habt«, sagte Rüdiger. »Ich komme prima mit ihr klar. Sie hat mir sogar schon Tarot beigebracht.«

»So, hat sie tatsächlich? Was ist das überhaupt?«

»Ein Kartenspiel.«

»So was Ähnliches wie Schwarzer Peter? Mehr traue ich ihr nämlich nicht zu. Vorhin waren wir mit Petra und Sandrine auf dem Minigolfplatz, aber meint ihr, die hätte was geblickt? Null Ahnung. Beim fünften Hindernis hat sie aufgegeben und sich ins Gras gelegt.«

Melanie war wütend geworden, hatte etwas von »Vas te faire cuire un œuf« gemurmelt, was man mit »Rutsch mir den Buckel runter« übersetzen könnte, Mylène hatte geheult, und es hatte Petra viel Mühe gekostet, den Frieden wieder einigermaßen herzustellen. Sie sprach ja auch viel besser Französisch. Und überhaupt hatte sie mit ihrer Partnerin das große Los gezogen. Sandrine war schon sechzehn, kannte keine Hemmungen, kauderwelschte frei drauflos und steckte mit ihrem Lachen alle anderen an. Petra hatte allerdings behauptet, sie sei auch ziemlich verzogen und sehr wählerisch beim Essen, aber das wäre Melanie gleichgültig gewesen. Alles wäre besser zu ertragen als dieses stumme Wesen, das dauernd beschäftigt werden wollte, aber selbst nie dazu beitrug. Schließlich hatte Melanie ihren Gast zum Italiener geschleppt und mit Eis abgefüllt. Der morgige Tag war auch gerettet. Die Franzosen würden zusammen mit ihren Partnern eine Stadtrundfahrt durch Heidelberg machen und anschließend zwecks Besichtigung des Flughafens nach Frankfurt fahren. Dann allerdings kam das lange Pfingstwochenende, wo Gäste und Gastgeber endlich Gelegenheit bekämen, sich näher kennenzulernen, wie der Direx so wohlmeinend betont hatte. Melanie kannte ihren Gast bereits gut genug, um von dieser Aussicht begeistert zu sein. Deshalb griff sie auch schnell wieder Tinchens Vorschlag auf.

»Am besten rufst du deine Eltern gleich an, bevor sie sich etwas anderes vornehmen.«

»Die haben nie was anderes vor«, seufzte Florian, aber nur ganz leise.

Pfingsten, das liebliche Fest...

Nach Marthas Ansicht hatte sie ihrer Kochschülerin bereits so viel beigebracht, daß man ihr die Küche getrost ein paar Tage allein überlassen konnte, vorausgesetzt natürlich, man traf die nötigen Vorbereitungen. Außerdem würde Frau Antonie da sein, und so hatte sich Martha entschlossen, über Pfingsten nach Südtirol zu fahren. Die Volksbank hatte diese Reise angeboten, recht preiswert übrigens, Bozen, Meran, Dolomitenrundfahrt, Unterkunft sowie Halbpension inbegriffen. Eine telefonische Rückfrage hatte ergeben, daß auch Nichtmitglieder daran teilnehmen konnten und Martha nicht ihr Konto bei der örtlichen Sparkasse auflösen und zur Konkurrenz überwechseln mußte. »Das hätte ich auch nicht gemacht, der Herr Schwegel hat mich immer so gut beraten mit den Anlagen und so.«

Also hatte Martha ihr Schwarzseidenes wieder gelüftet, war zum Friseur gegangen und hatte sich von Clemens erklären lassen, wie man DM in Lire umrechnet. Dann hatte sie sich vierzig Minuten vor Abfahrt des Busses von Tinchen zur Bank fahren lassen und ihr unterwegs pausenlos Anweisungen gegeben. »Die saure Sahne kommt erst zum Schluß in die Soße, und nicht mehr kochen lassen, sonst läuft sie weg, und vergessen Sie nicht den Malventee...«

»Für die Soße??«

»Für Ihre Mutter, die trinkt doch keinen anderen. Kartoffeln müssen Sie auch noch kaufen, unsere reichen nicht mehr, aber nehmen Sie neue, und vergessen Sie nicht, heute abend die Torte aus der Kühltruhe zu holen, damit sie auftaut, und wenn Urban Zeit hat, soll er mal nach meinem Fernseher gucken, da ist der Kanalschalter kaputt, und nicht die Yuccapalme gießen, die kriegt nur einmal in der Woche Wasser,

Kaffee Hag ist alle, hab' ich aber aufgeschrieben, auch daß Melanies gelbe Hose zur Reinigung muß, und nicht die Socken von Rüdiger waschen, die müssen erst eingeweicht werden, sonst geht das rote Zeug vom Tennisplatz nie raus – ach ja, ehe ich es vergesse: Frau Künzel wollte das Rezept für Heringsstipp haben, es liegt neben dem Toaster, sie soll aber Salzheringe nehmen und vorher vierundzwanzig Stunden wässern...«

»Martha, hören Sie auf! Wer soll sich das denn alles merken? Wenn Sie Angst haben, daß in den vier Tagen der Haushalt zusammenbricht, weshalb fahren Sie überhaupt weg?«

»Ich meine ja man bloß...«

»Jetzt denken Sie einmal nicht mehr an Zuhause, sondern freuen sich auf die Reise. Bringen Sie mir einen Zitronenzweig mit?«

»Davon haben wir noch genug. Sie liegen im Keller neben den Pampelmusen. Die müssen Sie auch heute abend noch aufschneiden und einzuckern, damit sie gut durchziehen. Flori kriegt immer drei Löffel voll.«

Es kostete Tinchen große Beherrschung, den Regenschirm auf den Koffer zu legen, ohne vorher damit tätlich zu werden, und als sie noch die Reisetasche ausgeladen hatte, brachte sie es sogar fertig, Martha herzlich zu umarmen und ihr viel Vergnügen zu wünschen. Dann allerdings machte sie, daß sie wegkam.

Zu Hause war es ruhig. Florian war zum Einkaufen gefahren und hatte seine Kinder mitgenommen, was in der Praxis bedeutete, daß er kaum vor dem Mittagessen zurück sein würde, denn auf dem als Festwiese bezeichneten Gemeindeanger hatte sich ein kleiner Rummelplatz niedergelassen. Die beiden Mädchen waren nach Heidelberg gefahren: »Weil man da wenigstens Schaufenster ansehen kann und nicht dauernd quatschen muß«, wie Melanie diesen Stadtbummel begründet hatte. Urban und Rüdiger schliefen noch, nur Clemens saß in der Küche und frühstückte.

»Morgen, Tinchen. Hast du unsere Globetrotterin gut auf den Weg gebracht?«

»Ja, aber viel zu früh. Jetzt habe ich Angst, sie kommt noch mal zurück, um mich daran zu erinnern, daß ich an den grünen Bohnen die Petersilie nicht vergessen darf. – Hast du heute morgen etwas Bestimmtes vor?«

»Nicht direkt. Ich will nur ein paar vorbestellte Bücher abholen. Da liegt übrigens ein Zettel für Frau Künzel, ein Rezept oder so was, das kann ich gleich mitnehmen. Ich muß sowieso an ihrem Haus vorbei.«

»So eilig ist das bestimmt nicht, aber wenn du meinst ...« Clemens' unverhohlene Bewunderung für die junge Witwe war bereits Tagesgespräch bei seinen Geschwistern, und sogar Tinchen hatte schon mehrmals die Befürchtung geäußert, ihr Neffe verschwende seine Zuneigung an das falsche Objekt. »Sie ist doch viel zu alt für ihn.«

Florian hatte aber nur gelacht und darauf hingewiesen, daß in Clemens wohl eher Beschützerinstinkte erwacht seien und keine erotischen.

»Nun komm mir bloß noch mit Vatergefühlen!«

»Die sind auch dabei. Oder weshalb sonst ist er neulich mit den beiden Künzel-Kindern ins Freibad gegangen?«

»Damit ihre Mutter sich in Ruhe eine Dauerwelle machen lassen konnte«, hatte Tinchen aufgetrumpft.

»Na siehste! Dann war das doch sehr nett von ihm.«

»Und was sagt der Psychologe, wenn diese ... äh ... Freundschaft etwas intensiver wird? Schließlich haben wir die Verantwortung.«

»Aber doch nicht für einen Dreiundzwanzigjährigen!«

Womit das Thema erst einmal vom Tisch, Tinchens Besorgnis aber keineswegs ausgeräumt war. Mit Argusaugen beobachtete sie jedes mehr oder weniger zufällige Zusammentreffen von Frau Künzel und ihrem Neffen und war sogar ein bißchen enttäuscht, daß sie die beiden noch nie in flagranti ertappt hatte. Andererseits waren sie bestimmt nicht dumm genug, sich bei etwaigen Zärtlichkeiten erwischen zu lassen.

Wer weiß, wo Clemens wirklich war, wenn er abends mit Studienkollegen angeblich Anatomie paukte! Und seine Freundin, die nette Andrea, war auch schon eine Weile nicht mehr dagewesen. –

»Wenn du ohnehin rausgehst, kannst du mir bitte eine Packung Malventee und zwei Becher saure Sahne mitbringen, aber vergiß es nicht, sonst kommt der Diätplan meiner Mutter wieder völlig durcheinander.«

»Vom ärztlichen Standpunkt muß ich dieses Schlankheitsrezept rundweg verbieten, vom ästhetischen her lehne ich es ab.«

»Du bist ein Idiot!« sagte Tinchen und schob ihren Neffen zur Tür hinaus. Marthas Rezept hatte sie vorher in die Schublade gestopft, und Clemens hatte es prompt vergessen. Nun gab es wenigstens keinen Grund mehr für einen Abstecher zu Frau Künzel. Tinchen war sehr zufrieden mit sich.

»Na, mein Junge, wie kommst du denn voran mit deinem Buch?«

»Prima. Ich bin schon auf der zweiten Seite.« Florian füllte seinem Schwiegervater den Kognakschwenker nach und lehnte sich bequem in seinen Sessel zurück. »Woher weißt du überhaupt davon?«

»Es spricht sich herum, wenn man einen Schriftsteller in der Familie hat. Tinchen geht doch schon über die Dörfer mit ihrem begabten Mann.« Vertraulich beugte er sich vor. »Ist es wahr, daß du dich mit einem wissenschaftlichen Thema befaßt?«

»Mhm«, nickte Florian und sah verstohlen zum Schreibtisch hinüber, wo der noch immer sehr dünne Schnellhefter lag. »Leider habe ich viel zuwenig Zeit zum Schreiben.«

Herr Pabst zeigte Verständnis. »Kannst du dir nicht woanders ein paar Anregungen holen? Du weißt doch, wenn man von einem einzigen Autor abschreibt, ist das ein Plagiat, verwendet man jedoch das Material von vielen, dann ist es eine wissenschaftliche Abhandlung.«

»Du hast aber eine merkwürdige Auffassung von Berufsethos«, wunderte sich sein Schwiegersohn.

»Ich wollte dir ja nur helfen.« Herr Pabst widmete sich wieder seinem Kognak.

Aus dem Nebenzimmer klang Gelächter. »Mylène, je suis pleite, je n'ai pas d'argent. Wieviel gibst du mir für die Armbanduhr?«

»Kein 'underttausend Mark, Roger, zwanzigtausend tout au plus. Du mußt verkaufen dein 'äuser.«

Unter Frau Antonies Aufsicht spielte man Monopoly. »In der Gemeinschaft verliert das Kind seine Hemmungen und freut sich, wenn Rüdiger beim Sprechen auch Fehler macht«, hatte sie gesagt. »Weshalb muß der Junge ausgerechnet Latein lernen? Er hat eine exzellente französische Aussprache. Viel besser als Melanie.«

Schon am Nachmittag hatte Frau Antonie Mylène zu einem längeren Spaziergang eingeladen und sie bei dieser Gelegenheit nach allen Regeln der Kunst ausgefragt. So hatte sie schnell herausgefunden, daß Papa Unternehmer lediglich Vertreter für Landmaschinen und das eigene Haus eine umgebaute Bauernkate war, die nur fünf Zimmer hatte. Wenn Melanie nach La Chapelle käme, würde sie in Papas Büro schlafen müssen. Letzteres erwähnte Frau Antonie vorsichtshalber nicht, sie hatte Melanie und ihren ausgeprägten Snobismus inzwischen kennengelernt. Deshalb war sie auch ganz froh gewesen, daß das Mädchen nicht mitgekommen, sondern lieber auf den Tennisplatz gegangen war. »Ich kann ja nicht rund um die Uhr den Pausenclown spielen, ein bißchen Privatleben steht mir wohl auch noch zu«, hatte sie gesagt. »Mir langt noch der Stadtbummel von gestern. Da schleife ich sie von einer Boutique zur anderen, vom Cri-Cri zum Ypsilon, und was kriege ich zu hören? C'est me n'interesse pas! Schließlich habe ich sie gefragt, was sie denn eigentlich interessiert, und wißt ihr, wo sie mich hingeschleppt hat? In Haushaltswarengeschäfte! Da hat sie zwischen Suppenschüsseln und Salatbestecken herumgestöbert und sich gar nicht davon trennen können. Vielleicht essen die in ihrem Kaff noch von ausgehöhlter Baumrinde. Ich muß direkt mal Sandrine fragen.«

Frau Antonie hatte nichts dagegen, vorwiegend als Gesellschafterin für den kleinen Gast abgestellt zu werden, bot sich ihr doch endlich wieder eine Gelegenheit, ihr schon etwas eingerostetes Französisch aufzupolieren. Immer wieder mußte sie Mylène bitten, ein bißchen langsamer zu sprechen, und manche Ausdrücke verstand sie überhaupt nicht. Aber sie unterhielt sich gern mit dem Mädchen. Es war höflich, wohlerzogen, nicht so vorlaut wie Melanie und in rührender Weise aufrichtig. So hatte es sogar zugegeben, daß die Mama halbtags mitarbeiten müsse, weil es nur mit Papas Verdienst allein ein bißchen knapp werden würde. Auch das hatte Frau Antonie später verschwiegen. Es würde ihrer arroganten Großnichte wirklich guttun, eine Zeitlang in weniger komfortablen Verhältnissen zu leben. Dann würde sie endlich mal selbst ihre Schuhe putzen und hoffentlich auch Geschirr spülen müssen. Bei Baumiers gab es weder eine Zugehfrau noch eine vollautomatisierte Küche.

Mühsam unterdrückte Frau Antonie ein Gähnen. »Ich glaube, wir sollten allmählich Schluß machen, es ist gleich elf. Mylène hat gewonnen und bekommt den ausgesetzten Preis.« Lächelnd schob sie dem Mädchen die Packung Katzenzungen zu.

»Langues des chattes«, erklärte Melanie.

»Pardon?«

»Forget it! Die kennst du ja doch nicht.«

Tinchen erschien mit einer Platte belegter Brote. »Ich dachte, ihr hättet vielleicht noch Hunger?«

»Aber Ernestine! Es ist höchst ungesund, kurz vor dem Zubettgehen den Magen noch zu belasten.«

»Ach, Mutsch, du hast ja keine Ahnung. Teenagermägen können gar nicht genug belastet werden. Nur auf diese Weise besteht Hoffnung, daß über Nacht nicht der halbe Kühlschrank geplündert wird. Habe ich recht, Rüdiger?«

Der nickte bloß und griff schon nach dem zweiten Käsebrot.

»Es ißt der Mensch, es frißt das Pferd, doch manchmal ist es umgekehrt«, murmelte Clemens.

Rüdiger ließ sich nicht stören. »Fang an, Mylène, sonst ist nichts mehr da. Melanie, gib mir mal das Wörterbuch!« Nach mehrmaligem Suchen, unterbrochen von Notizen, die er auf seine Papierserviette schrieb, klappte er das Buch wieder zu. »Also paß auf!« Langsam und deutlich las er vor: Du fromage ferme l'estomac!«

Ratlos blickte Mylène in sein erwartungsvolles Gesicht, dann zuckte sie die Schultern. »Das isch 'abe nicht verstanden.«

»Die blickt aber auch gar nichts«, sagte Melanie.

»Das kann sie auch nicht«, mischte sich Frau Antonie ein. »Eine deutsche Redensart läßt sich nicht wortwörtlich in eine andere Sprache übersetzen. Komm mal her, mein Kind!« Geduldig erklärte sie Mylène, was mit der Behauptung, Käse würde den Magen schließen, gemeint war. »So, und jetzt ab ins Bett! Bonne nuit, ma chère, et rêves bien.«

Kichernd liefen die Mädchen die Treppe hinauf, und Tinchen atmete tief durch. Der erste Feiertag war überstanden.

Der zweite verging sogar noch schneller. Vormittags war Florian mit dem ganzen Verein auf den Rummelplatz gezogen und hatte seiner Frau geraten, das Geld für Riesenrad und Autoscooter unter der Rubrik ›Gästebewirtung‹ zu verbuchen. »Die Spalte ist noch ziemlich leer.«

Herr Pabst besichtigte den Garten, insbesondere Florians Gemüsekulturen, wo alles in grüner Gleichberechtigung durcheinanderwuchs, und Frau Antonie begab sich in die Küche. Die Schweinemedaillons gestern waren zwar delikat gewesen, aber heute sollte es Kalbsnierenbraten geben, und den traute sie Tinchen nun doch noch nicht zu. Ohnehin war es erstaunlich, wie sich das Kind in den paar Monaten gemausert hatte! Frau Antonie hatte ein Chaos erwartet und statt dessen einen gut funktionierenden Haushalt vorgefunden, in dem alles wie am Schnürchen lief. Sogar an den Malventee hatte Tinchen gedacht und an die Diätmarmelade; früher hatte sie häufig genug nicht mal Butter im Haus gehabt.

»Kann ich dir helfen, mein Kind?«

»Nein, Mutsch, überhaupt nicht. Nachher kannst du den Tisch decken, wenn du willst, aber in der Küche läßt du mich am besten allein.«

»Soll ich nicht wenigstens die Tunke...«

»Nein, auch die nicht!«

Später mußte Frau Antonie zugeben, daß sie die Soße nicht besser hätte machen können. Tinchen errötete vor Stolz und leistete im stillen bei Marthchen Abbitte, von der sie oft wie eine dumme Göre behandelt und abgekanzelt worden war.

Für den Nachmittag war ein Besuch im Frankfurter Zoo geplant.

»Wenn wir ein bißchen zusammenrücken, kommen wir doch mit zwei Autos aus, nicht wahr?« Große Lust hatte Tinchen nicht, sich durch den Feiertagsverkehr zu quälen und sich dabei die unqualifizierten Bemerkungen ihrer Mitfahrer anzuhören. Sie wußte ja selber, daß sie nicht besonders gut fuhr, gelegentlich die Nerven verlor und sich von jeder Nuckelpinne überholen ließ. »Wenn du in deinem Schildkrötentempo über die Autobahn rast, wirst du jedesmal zum Verkehrshindernis«, hatte Rüdiger erst unlängst gemeckert. Deshalb vermied sie auch nach Möglichkeit die Schnellstraßen und behauptete, normale Straßen seien landschaftlich viel reizvoller. Wenn man schon einen Ausflug mache, solle man wenigstens etwas sehen können.

»Elf Personen in zwei Autos, wie stellst du dir das vor?« Beziehungsvoll tippte sich Rüdiger an die Stirn. »Wir nehmen natürlich auch meinen Wagen.«

»Du hast schon einen eigenen?« staunte Herr Pabst.

»Sogar selbst verdient.«

»Den mußt du mir mal zeigen!« Er hatte aber doch Mühe, sich das Lachen zu verbeißen, als er den kleinen Fiat umrundete. Wie ein Laubfrosch sah er aus mit seiner leuchtend grünen Lackierung, deren Rostflecke durch geschickt angebrachte Aufkleber leidlich kaschiert waren. Herr Pabst zog seine Brille aus der Tasche und studierte die Texte. »Wenn ich groß bin, möchte ich gern ein Cadillac sein«, las er, und direkt unter dem Rückfenster: »Mich braucht keiner zu schieben, ich habe einen eigenen Motor.«

An der linken Tür klebte das Emblem der Grünen, an der rechten prangte die Warnung: »Wer Sicherheitsgurte unbequem findet, hat noch auf keiner Tragbahre gelegen.«

»Ganz originell!« Herr Pabst verstaute die Brille wieder in der Hemdentasche. »Jedes Zeitalter hat seine Weisen. Die Griechen hatten Sokrates, und wir haben Autoaufkleber.«

Seinem diplomatischen Geschick war es zu verdanken, daß Rüdiger seinen Wagen schonen und trotzdem fahren durfte. »Wie soll der Junge denn Praxis kriegen, wenn man ihn nicht auch mal in ein richtiges Auto läßt?« So bekam er den Cherry, Urban klemmte sich hinter das Steuer des Daimler, und Florian nahm den Kadett. Frau Antonie bestand auf Landstraße. Sie haßte hohe Geschwindigkeiten und vermutete zu Recht, sie würden sich bei einer Fahrt quer durch die Dörfer von allein verbieten. Es dauerte auch nicht lange, da hing die Kavalkade in einem Stau fest.

»Ich hab' ja gleich gesagt, daß heute viel zu schönes Wetter ist, um irgendwohin zu fahren.« Unablässig drückte Urban auf die Hupe. »Bei diesem Tempo kommen wir an, wenn der Zoo zumacht.«

Er war aber doch noch offen. Menschenmassen schoben sich durch die Eingänge und wieder hinaus, Julia wollte auf den Arm genommen werden, weil sie nichts sehen konnte, Klausdieter forderte das gleiche, nachdem er die Elefanten entdeckt und als gefährlich eingestuft hatte, Tobias plärrte, denn von der Seelöwenfütterung hatte er nur noch den letzten Heringsschwanz mitbekommen, Frau Antonie wollte Kaffee trinken gehen, weil sie neue Schuhe anhatte, und Herr Pabst suchte seine Brille.

»Die ist dir vorhin beim Affenkäfig runtergefallen.«

»Warum hast du das denn nicht gleich gesagt, Tobias?«

»Weil du schon draufgetreten warst!«

Das Restaurant war überfüllt. »Kaffee können wir auch unterwegs trinken«, entschied Frau Antonie, »Hauptsache, ich kann endlich die Schuhe ausziehen.«

»Ich will aber noch nicht nach Hause«, heulte Julia, »wir haben ja noch gar nicht alles gesehen. Guck mal, da drüben! Ein Pferd hinter Gittern.«

»Das ist ein Zebra. Siehst du, es hat auch schon einen Schlafanzug an und geht bald ins Bett. Genau wie du!«

»Du spinnst ja, Onkel U-Bahn, Pferde schlafen im Stall. Und was ist das da?«

»Das ist ein Maultier.«

»Warum heißt es so? Es hat doch gar kein großes Maul.«

»Aber wenn es sein Maul aufmacht, dann wiehert es manchmal, und manchmal macht es Iii-aah, weil es nämlich halb Pferd ist und halb Esel.«

»Erzähl doch nicht solchen Blödsinn«, sagte der Psychologe. »Man soll jede Frage dem Verständnis des Kindes angemessen beantworten.«

»So wie neulich mit dem Gewitter?« erinnerte Tinchen.

Frau Antonie humpelte dem Ausgang zu. »Ich hätte wirklich meine Troitteurs anziehen sollen, aber die hier sind natürlich viel eleganter, nicht wahr, Tinchen? Ich hab' sie ganz billig im Winterschlußverkauf bekommen.«

»Man sieht dir jedesmal an, wenn du etwas zum Sonderpreis gekauft hast – es paßt nicht«, sagte Tinchen ungerührt. »Voriges Jahr der Mantel, im Sommer die Glacéhandschuhe, die anderthalb Nummern zu klein waren, und jetzt die Schuhe. Du mußt doch wirklich nicht mit dem Pfennig rechnen!«

»Aber es ist unwirtschaftlich, wenn man Sonderangebote nicht ausnutzt.«

Rüdiger drängte sich zwischen die beiden. »Habt ihr die Ziegen gesehen? Die sind wohl auch schon vom Aussterben bedroht, oder weshalb sonst bringt man sie in einen Zoo? – Kennste übrigens den, Tine? Stehen zwei Ziegen auf der Weide. Fragt die eine: ›Kommst du heute mit in die Disco?‹ Sagt die andere: ›Nee, hab' keinen Bock‹.«

Tinchen grinste gequält, Frau Antonie schüttelte nur den Kopf.

»Ich verstehe den Sinn nicht.«

»Madiges Gerät!«

»Würdest du dich bitte etwas deutlicher ausdrücken, Rüdiger? Was ist ein madiges Gerät?«

»Ach, laß man, total Banane.« Er blieb stehen und wartete auf die anderen.

»Weißt du, Ernestine, im Grunde genommen habe ich gar nichts gegen die heutige Jugend; sie ist offener und selbstbewußter als wir es seinerzeit waren, wenn auch häufig die Manieren darunter leiden, aber ihre Sprache verstehe ich überhaupt nicht mehr. Oder kannst du mir sagen, was ein madiges Gerät ist?«

»Besser nicht, Mutsch, ein Kompliment war es auf keinen Fall.«

Sie hatten den Parkplatz erreicht, jedoch am falschen Ende, und deshalb völlig die Orientierung verloren. Angesichts dieser geballten Masse Blechs hatte Tinchen auch nicht die geringste Hoffnung, die Wagen zu finden. »Ich glaube, wir stehen irgendwo in der vierten Reihe.«

Frau Antonie lehnte die Suche rundweg ab. Sie hatte eine Bank entdeckt und würde so lange dort sitzen bleiben, bis man sie abholte. Tinchen machte sich allein auf den Weg. Sie fand fünf silbergraue Cherrys, zwei- und viertürige, aber alle hatten das falsche Nummernschild. Schwarze Daimlers gab es dutzendweise und rote Kadetts mindestens genausoviel. Wir hätten doch Rüdigers Karre mitnehmen sollen, die hätte ich auf Anhieb gefunden, dachte sie verzweifelt und spähte in den nächsten Opel. Auf der Hutablage stand, bewacht von einem Plüschmops, ein blaugehäkeltes Toilettenpapierhütchen. Wieder verkehrt! Gerade als sie die Suche aufgeben und ebenfalls auf der Bank Posten beziehen wollte, entdeckte sie Clemens. Winkend kam er ihr entgegen.

»Dich kann man wirklich nicht allein lassen«, brüllte er schon von weitem. »Seit einer geschlagenen Viertelstunde renne ich hier herum und suche dich. Du hast den Orientierungssinn eines Maulwurfs in der Wüste.«

Natürlich standen die Wagen am entgegengesetzten Ende des Parkplatzes. Rüdigers Bemerkung trug auch nicht dazu bei, ihr angeknackstes Selbstbewußtsein wieder zu heben. »Jetzt weiß ich wenigstens, was genau man unter einem Fußgänger versteht! Das ist jemand, der nicht mehr weiß, wo er sein Auto geparkt hat«, sagte er

Die Rückfahrt verlief wesentlich schneller als die Hinfahrt, weil nicht einmal Frau Antonie protestierte, als Urban mit hundertsiebzig über die Autobahn preschte. Sie war abgelenkt. »Für den Heimweg werde ich Pantoffeln anziehen müssen, ich komme ja in keinen Schuh mehr hinein.«

Herr Pabst nickte Zustimmung. »Düsseldorf wird es überleben.«

Der erste Wagen bog in die Händelstraße ein. »Jetzt eine heiße Dusche und dann ein schönes kaltes Bier«, freute sich Florian. »Steig mal aus, Melanie, und mach die Garage auf!«

»Vater hätte schon längst einen Lichtkontakt einbauen lassen sollen! Dieses ewige Hinundhergerenne ist ja ätzend. Wenn er jedesmal aussteigen müßte, hätten wir bestimmt schon so ein Ding, aber der Herr Professor hat ja seine Nigger, die für ihn flitzen müssen. Er drückt einfach bloß auf die Hupe!« Sie öffnete beide Flügel des Gartentores und stutzte. »Was ist denn hier los? Komm mal her, Florian, ich glaube, auf die Dusche kannst du verzichten und gleich ein Vollbad nehmen!«

Unter der Garagentür sickerte Wasser hervor und bildete schon eine Pfütze, die sich zusehends vergrößerte. »Das war Rüdiger! Der hat vorhin einen Eimer Wasser geholt und bestimmt den Hahn nicht richtig zugedreht.«

»Wieso ich? Am Wasserhahn bin ich gar nicht gewesen, weil ich nämlich vergessen habe, diese dämlichen Rosen zu gießen.«

Mylène quiekte los, als sie die Bescherung sah, und Julia stürzte sich sofort auf die Lache. »Darf ich meine Badeenten holen, Mami?«

Klausdieter schlabberte bereits, kam aber gegen den langsam steigenden Pegel nicht an. Nur Frau Antonie hatte noch nichts mitgekriegt; sie war im Wagen geblieben und wartete auf ihre Hausschuhe.

»Was haltet ihr davon, die Tür zu öffnen und endlich mal nachzusehen, woher das Wasser kommt?« schlug Herr Pabst vor.

»Das ist eine gute Idee!« Ehe er den richtigen Schlüssel gefunden hatte, stand Florian bereits bis zu den Knöcheln im Wasser, und als er endlich die Kipptür hochgehoben hatte, konnte er gerade noch zur Seite springen, bevor er die Holzkiste ans Schienbein bekam. Im Winter wurden darin Schwimmringe und Wasserbälle aufbewahrt, aber jetzt war sie leer und schaukelte munter auf der Wasseroberfläche herum. Ihr folgten ein einzelner Ski ohne Bindung, Plastikeimer, Bälle, Bambusstöcke – Florian wollte seine Tomatenstauden daran festbinden und war bloß noch nicht dazu gekommen –, Dübel, die leere Tüte von den Grillkohlen, ein aufgeblasener Fahrradschlauch, die Dartscheibe, leere Blechdosen –, es sah aus wie nach einer Schiffskatastrophe. Im hinteren Teil der Garage, der etwas tiefer lag, machte sich gerade das kleine Schränkchen mit Urbans Handwerkszeug selbständig.

»Festhalten! Um Himmels willen festhalten! Wenn es umkippt, ist alles im Eimer!« Er stürzte in die Garage, und mit einem Hechtsprung konnte er den endgültigen Verlust seiner Schraubensammlung gerade noch verhindern. »Kann mir nicht mal jemand helfen?«

Rüdiger kämpfte sich durch die unappetitliche Brühe, und gemeinsam brachten sie den Schrank aus der Gefahrenzone.

Inzwischen hatte Clemens die Hosenbeine aufgekrempelt, die Schuhe ausgezogen und sich mutig in die Fluten gestürzt. »Das kommt von nebenan«, stellte er fest, nachdem er den zugedrehten Wasserhahn kontrolliert hatte.

»Du bist ja ein ganz helles Bürschchen! Stell doch endlich den Haupthahn ab!«

»Wo ist der?«

»Woher soll ich das wissen? Bisher hat Herr Biermann den Laden immer winterfest gemacht. Ich glaube, die ganzen Armaturen sind im Vorratskeller.«

Wenigstens das Licht brannte noch. Unschlüssig betrachtete Clemens die Anlage. Alle Hähne sahen gleich aus. Nacheinander probierte er sie durch. »Steigt das Wasser noch?«

»Keine Ahnung, bis jetzt stehe ich bloß bis zum Knie drin.«

»Weshalb läuft die Plempe eigentlich nicht ab? Soviel ich weiß, hat die Garage doch irgendwo einen Abfluß.« Mit einem Harkenstiel stocherte Urban im Wasser herum.

»Der wird wohl verstopft sein.« Rüdiger, ohnehin naß bis auf die Haut, tastete mit beiden Händen den Fußboden ab. »Na, was habe ich gesagt?« Triumphierend hielt er einen ölgetränkten Lappen hoch. Sofort bildete sich an dieser Stelle ein Strudel, aber nach wenigen Minuten war auch dort die Wasserfläche wieder spiegelglatt. Er fluchte. »Jetzt hat sich bestimmt wieder was anderes verklemmt. So hat das doch überhaupt keinen Zweck. Wir müssen erst mal den Rohrbruch finden.«

»Und wenn der nun unterirdisch ist? Ich glaube, wir müssen die Feuerwehr holen.«

»Lieber einen Klempner. Ich hab' das Loch entdeckt«, schrie Clemens.

»Dann kannst du doch endlich den Haupthahn zudrehen!«

»Geht nicht, ich hab' die Hand drauf!«

»Wo?«

»Auf dem Loch. Kann mir mal jemand was zum Drumwickeln bringen?«

Bisher hatte Florian das Geschehen vom Trockenen aus verfolgt, aber nun konnte er endlich aktiv eingreifen. Er spurtete zum Wagen und holte den Verbandkasten. Dann watete er sich zu Urban durch.

»Nimm das hier!«

Der sah verständnislos auf den Blechkasten. »Was sollen wir denn mit Mullbinden?«

»Gar keine schlechte Idee«, brüllte Clemens, »da muß doch auch ein Dreiecktuch drin sein.« Provisorisch wurde das Loch abgedichtet. Nun sickerte das Wasser nur noch. »Lange hält das nicht, aber wir können jetzt wenigstens abchecken, welcher von diesen Scheißverschlüssen der Haupthahn ist. Warum steht das eigentlich nicht dran?«

Es war natürlich der letzte in der Reihe. Endlich hörte das Tröpfeln auf.

»Und was jetzt?«

»Feuerwehr *und* Klempner«, sagte Urban lakonisch. Inzwischen war auch die Nachbarschaft aufmerksam geworden. Kleinschmidts von gegenüber erteilten vom Balkon herunter Ratschläge, die ebenso langatmig wie unbrauchbar waren. Frau Kaiserling hoffte auf ein Verbrechen und schickte ihren Mann auf die Straße. Dann rief sie die Polizei an. Sie selbst sprach schon lange kein Wort mehr mit den Benders, auch nicht mit den Kindern, und überhaupt hatte sie es ja schon immer kommen sehen: Sodom und Gomorrha herrschten da drüben, seitdem die Eltern nach Amerika gegangen waren. Partys, spätabends Damenbesuche, immerzu Krach und Lärm und nun vielleicht sogar ein Verbrechen.

Die Funkstreife kam erst, als die Feuerwehr die Kellerräume schon fast leergepumpt hatte. Rohrbrüche fielen normalerweise nicht in ihr Ressort, Verletzte gab es nicht, Sabotage lag offensichtlich auch nicht vor, also räumte sie wieder das Feld. Sehr zur Enttäuschung von Frau Kaiserling. Sie hatte erwartet, als Zeugin verhört zu werden, und sich bereits für die Fragen präpariert. Extra umgezogen hatte sie sich auch.

Das größte Problem war der Klempner. Herr Waitlhuber,

Mitglied des Gemeinderates und folglich an allen größeren Bauvorhaben beteiligt, so auch seinerzeit an dem des Professors Bender, war nicht zu Hause. Blieb noch Herr Emmerich, der zweite in Steinhausen ansässige Installateur. Er sah fern und wollte nicht gestört werden. Seine Gattin gab die Alarmmeldung trotzdem an ihn weiter.

»Rohrbruch? Die sollen in Heidelberg anrufen, da gibt es einen Notdienst.«

Frau Emmerich ging zum Telefon und war gleich wieder zurück.

»Es ist aber dringend und bloß um die Ecke herum.«

»Das ist mir egal, heute ist Sonntag, und wenn kein Sonntag wäre, hätte ich auch schon Feierabend.«

Frau Emmerich bedauerte also. Ihren Mann könne sie leider nicht finden, wahrscheinlich sei er gar nicht zu Hause.

»Wer ist denn das überhaupt?« fragte der abwesende Herr Emmerich durch die Tür.

»Der Professor Bender aus der Händelstraße.«

Jetzt kam Leben in Herrn Emmerich. Er sprang aus dem Sessel und riß seiner Frau den Hörer aus der Hand. »Guten Abend, Herr Professor, entschuldigen Sie bitte, aber ich war gerade in der Badewanne. Hatte ja endlich mal 'n bißchen Zeit. Da wären Sie jetzt auch gerne? Kann ich verstehen. Soso, das geht momentan nicht. Wasserrohrbruch? Wo denn? In der Garage, aha. Hat das nicht Zeit bis morgen? Kein Wasser im Haus? Ich denke, davon haben Sie genug im Keller? Hahaha. Doch, ich komme vorbei und sehe mir die Sache an. Keine Ursache, Herr Professor, ist doch selbstverständlich. Ja, bis gleich. Auf Wiederhören, Herr Professor.«

Frau Emmerich wunderte sich. »Gehst du nun doch hin?«

»Na klar. Der Professor hat doch einen großen Bekanntenkreis, und bestimmt ist er mir dankbar, wenn ich ihm heute aus der Patsche helfe. So was spricht sich rum. Und die Rechnung wird auch nicht ohne! Mindestens zwei Meisterstunden nebst Feiertagszuschlag. Der Professor zahlt pünktlich.«

Zum erstenmal wurde Florian bewußt, daß er sich mit seinem abgebrochenen Studium eine ganze Menge Privilegien verscherzt hatte. So ein akademischer Grad war zumindest in manchen Situationen ausgesprochen nützlich. Er nahm sich vor, dem biederen Handwerksmeister wenigstens als Doktor gegenüberzutreten. Immerhin war er ein ganzes Jahrzehnt jünger als sein Bruder, und Herr Emmerich würde bestimmt voraussetzen, daß ihm die höheren Weihen noch bevorstehen.

Der Supermarkt hatte kaum seine Türen geöffnet, als Florian schon vor dem Regal mit den Putzmitteln stand und alles ausräumte, was Sauberkeit, Fleckenbeseitigung und spiegelblanke Frische versprach.

Dann kaufte er noch ein Sortiment Wurzelbürsten mit und ohne Stiel, Stahlwolle, zehn Paar Gummihandschuhe und einen Eimer weiße Farbe. Die witzelnden Bemerkungen des Geschäftsführers, für den Frühjahrsputz sei es zu dieser Jahreszeit eigentlich schon zu spät, überhörte er. Der Stadtklatsch schien den Supermarkt noch nicht erreicht zu haben, anscheinend war er erst bis zum Bäcker gedrungen. Dort hatte man teilnehmend nach dem Befinden des jungen Herrn Bender gefragt, und ob er noch immer auf der Intensivstation läge? Man solle sich das nur einmal vorstellen: ertrinkt beinahe im eigenen Haus!

Unterdessen hatte Tinchen beim Italiener angerufen und ein Dutzend Pizzas bestellt. Um halb eins sollten sie geliefert werden. Dann scheuchte sie das Jungvolk aus den Betten, verteilte Eimer, Bürsten und aufmunternde Sprüche und ließ sich auch nicht von Rüdiger beeindrucken, der in regelmäßigen Abständen Hustenanfälle bekam. »Ich muß mich gestern mordsmäßig erkältet haben!«

»Dann ist frische Luft erst recht gut für dich. Du kannst ja den Dreck *vor* der Garage wegmachen!«

Als Martha gegen vier Uhr mit der Taxe vorgefahren kam, ohne Zitronen, dafür mit einem neuen Strohhütchen, waren die letzten Spuren der Überschwemmung beseitigt.

»Hoffentlich habt ihr auch so schöne Feiertage verlebt wie ich.«

»Noch schönere, Marthchen. Bestimmt noch viel schönere«, sagte Florian überzeugt. »Ich möchte sogar behaupten, es war das beeindruckendste Pfingstfest meines Lebens.«

Endlich Ferien

Mylène packte ihren Koffer. Mit einem Armvoll Kleidungsstücken kam Melanie ins Zimmer und lud den Stapel auf dem Bett ab. »Sieh mal, der Pullunder ist mir zu klein geworden, und die Jacke paßt auch nicht mehr. Die grüne Bluse steht mir sowieso nicht, ich habe sie bloß zweimal angehabt, aus den Jeans bin ich rausgewachsen – willst du den Kram nicht mitnehmen?«

»Das kann isch nicht nehmen an.«

»Sei doch kein Schaf... äh... ich meine mouton! Was glaubst du, wie oft ich schon mit Petra Klamotten getauscht habe. Es ist doch nichts dabei. Oder meckert deine Mutter?«

»Peut-être. Sie vielleischt glaubt, ihr 'abt mir die Kleider gegeben für – wie sagt man? Arme Mosen?«

»Almosen meinst du? So ein Quatsch. Mir sind die Sachen wirklich zu klein, und eine Schwester zum Weitervererben habe ich nicht. Was soll ich also damit machen? Zieh wenigstens heute abend etwas davon an. Wenn es dir nicht gefällt, kommt das ganze Zeug eben in den Rote-Kreuz-Sack.«

»Was ist das?«

»Altkleidersammlung. Collection de vieux vêtements.«

Mylène kicherte. »Es 'eißt vêtements usés, aber dafür sind die Dinge sehr schön. Isch probiere 'eut abend, oui?«

Als Krönung der deutsch-französischen Begegnung war eine Abschlußparty vorgesehen, die in der Schule stattfinden und sowohl Gäste als auch die gastgebenden Familien zusammenführen sollte. Eine Disco für die Jugendlichen war geplant, während man für die Eltern im Zeichensaal eine Bauernstube eingerichtet hatte. Er lag am weitesten entfernt von der Aula, wo sich die Tanzerei abspielen sollte. Für das leibliche Wohl hatten wie immer die Mütter zu sorgen, die Getränke stiftete die Schulleitung, und die künstlerische Ausgestaltung des Abends war Sache der Schülermitverwaltung. Im wesentlichen bestand sie aus karierten Tischdecken sowie einigen schon etwas ramponierten Papiergirlanden. Rüdigers Band, verstärkt durch fünf Bläser aus dem Schulorchester, zeichnete für den musikalischen Teil verantwortlich. Seit drei Tagen übte die Gruppe im Benderschen Keller zwischen Eingemachtem und Kartoffeln; die Klassiker taten sich ein bißchen schwer mit dem Rhythmus. Florian ging bereits auf dem Zahnfleisch. Die Nachbarn auch.

Tinchen machte Kartoffelsalat und Nudelsalat und Paprikasalat, stellte eine Käseplatte zusammen und ließ von Martha eine Schwarzwälder Kirschtorte backen. Eine Thermoskanne mit Kaffee sollten wir vielleicht auch noch mitnehmen, überlegte sie, und Büchsenmilch natürlich und Würfelzucker.

Als Melanie die vorbereiteten Schüsseln und Platten sah, schüttelte sie nur mit dem Kopf. »Kein Mensch erwartet, daß du die Verpflegung ganz allein übernimmst. Jeder soll nur so viel mitbringen, wie die eigene Familie ungefähr vertilgt.«

»Zu unserer gehört Rüdiger, und der frißt bekanntlich für drei!«

Später stellte sich heraus, daß von den angelieferten Fressalien sämtliche Schüler des Gymnasiums einschließlich des Lehrerkollegiums satt geworden wären. Die SMV requirierte alles Übriggebliebene, baute am nächsten Tag in der Eingangshalle ein kaltes Buffet auf und verkaufte Kuchen und Salate portionsweise. Von dem Erlös wurde die zu Bruch gegangene Gitarre repariert. Der Direx hatte sich versehentlich draufgesetzt.

Der Abend blieb Tinchen in Erinnerung als eine Ansammlung von Leuten, die sie nicht kannte, von Musikdarbietungen, die sie mehr als genug kannte, und von Jugendlichen, die sich näher kennenlernen wollten. Auf dem Weg zur Toilette war sie zwei Pärchen begegnet, die sich ungeniert abknutschten. Sofort fiel ihr ein, daß sie Melanie auch schon eine Weile nicht mehr gesehen hatte.

Florian zeigte wenig Lust, seine abgängige Nichte zu suchen. Er unterhielt sich mit Rüdigers Klassenlehrer und debattierte mit ihm die Unterschiede zwischen den damaligen höheren Lehranstalten und den heutigen Lernfabriken. »Ob es wohl künftig die ehemaligen Schüler auch immer wieder in ihre alte Penne ziehen wird, um den Computer zu besuchen, bei dem sie Physik gehabt haben?«

Ungeduldig zupfte ihn Tinchen am Ärmel. »Du mußt dich mal um Melanie kümmern, sie ist einfach verschwunden.«

»Sie wird wohl bei den anderen in der Disco sein oder auf der Toilette«, beruhigte Dr. Sievering. »Haben Sie schon mal im Umkleideraum nachgesehen? Da haben die Mädchen ein Schminkzimmer eingerichtet.« Er seufzte. »Das Problem mit der heutigen Jugend ist, daß man selbst nicht mehr dazugehört.«

Plötzlich war Melanie wieder da. Sie hing am Arm eines dunkelhaarigen Jünglings, der einen Kopf größer war als sie, eine rosa Lederkrawatte trug und Turnschuhe Größe 46. »Das ist Pierre-Alain.«

Der Jüngling klappte zusammen wie ein Taschenmesser und küßte Tinchen die Hand. »Je suis enchanté, Madame.«

Tinchen war weniger entzückt. »Wo bist du bloß die ganze Zeit gewesen? Ich habe dich schon überall gesucht.«

»Warum denn? Wir waren draußen – frische Luft schnappen. Komm, Pierre-Alain, laß uns wieder tanzen.«

Nachdenklich sah ihnen Tinchen hinterher. »Da scheint sich etwas anzuspinnen.«

»Machen Sie sich keine Sorgen, gnädige Frau, in diesem Fall geht die Liebe an der Geographie zugrunde. Die Franzosen reisen ja morgen wieder ab.«

»Aber im Oktober fahren unsere nach Frankreich.«

»Dann sind wir nicht mehr zuständig«, sagte Florian lakonisch, »bis dahin sind Gisela und Fabian zurück.«

Nicht nur bei Melanie rollten Abschiedstränen, als der Bus am nächsten Morgen auf den Schulhof kurvte und der Fahrer anfing, das Gepäck zu verladen. Adressen wurden ausgetauscht, Ringe und Kettchen wechselten die Besitzer, jeder umarmte jeden, es wurde gelacht und geschluchzt, der Direx hielt eine kurze Rede, niemand hörte zu, Pläne wurden gemacht für die Zeit, die die deutschen Schüler in Frankreich verbringen würden, und wenn nur die Hälfte aller Versprechen eingehalten würden, müßte die Post demnächst Überstunden machen.

Mylène hing an Tinchens Hals und heulte zum Steinerweichen. »Sie alle besuchen mich in La Chapelle, oui? Mein Eltern 'aben eingeladen toute la famille.«

»Natürlich kommen wir.« Langsam wurde Tinchen dieser Tränenstrom peinlich. »Ja, den Hund bringen wir auch mit und die Petits« – womit vermutlich Julia und Tobias gemeint waren – »und schreiben werde ich dir auch.« Vorausgesetzt, ich finde jemanden, der mir den Brief übersetzt!

Endlich schaukelte der Bus vom Hof, ein letztes Winken, die letzten Kußhände, dann bog er um die Ecke, und im selben Moment bimmelte die Schulglocke. Nur mühsam fand Melanie in die Wirklichkeit zurück. »Wer kann denn jetzt an den Verdauungstrakt denken?«

»Woran?« fragte Tinchen verblüfft.

»Wir haben gleich Bio.« Träumerisch blickte sie auf das Foto in ihrer Hand. »Er sieht süß aus, nicht wahr? Gestern hat er mich geküßt und beim letzten Mal sogar die Augen zugemacht.«

»Das würde ich bei dir allerdings auch tun«, sagte Dr. Sievering trocken. Er war dabei, die letzten Nachzügler ins Schulhaus zu scheuchen. »Jetzt mach endlich, daß du in deine Klasse kommst!«

»Sie haben überhaupt kein Verständnis!«

»Ich weiß, Melanie, ich weiß. Du bist jetzt in dem Alter, wo die Erwachsenen immer schwieriger werden. Darf ich dich trotzdem bitten, heute noch mal am Unterricht teilzunehmen?« Einladend hielt er die Tür auf, und kleinlaut schlich Melanie hindurch.

Martha war weg. Hals über Kopf hatte sie das Haus verlassen. Nein, gekündigt hatte sie nicht, und entführt worden war sie auch nicht, sie hatte sogar noch zwei Koffer gepackt, die Einmachgläser zurechtgestellt und auf den Einkaufszettel ›Futter für den Papagei‹ geschrieben. Dann hatte sie sich mit einem Taxi zum Bahnhof bringen lassen und war nach Hannover gefahren.

Zurück blieben ein verdattertes Tinchen, ein völlig aufgelöster Florian und meuternde Kinder. Am meisten schimpfte Melanie. »Sophie liegt doch sowieso noch im Krankenhaus, weshalb muß Marthchen denn jetzt schon Samariter spielen?«

»Weil ihre Schwester drei Katzen hat und sich jemand um das Viehzeug kümmern muß.«

»Wozu gibt es Tierpensionen? Oder Gemeindeschwestern? Weshalb haben wir denn den gepriesenen Sozialstaat? Irgendwer wird schon für alleinstehende Frauen zuständig sein. Und so hilflos ist die Sophie ja auch nicht! Bei einem gebrochenen Knöchel kriegt man schon nach kurzer Zeit einen Gehgips und kann wieder herumhumpeln.«

»Du bist echt ätzend!« sagte Rüdiger.

»Phhh«, machte sie bloß. »Wenn du nicht zu beknackt zum Denken wärst, dann wüßtest du, was für Maloche auf uns zukommt. Gerade jetzt, wo die Ferien anfangen.«

Unter diesem Aspekt hatte Rüdiger die Sache noch nicht betrachtet. Normalerweise bedeuteten Sommerferien Verreisen, wenn sich gar keine andere Möglichkeit bot, notfalls sogar mit den Eltern. In diesem Jahr fiel das aus. Vielleicht ein paar Tage Camping am Baggersee bei Waghäusel, sofern Benjamin und Wolle mitmachten, eventuell noch zwei oder drei Wochenenden in der Jagdhütte von Axels Vater, aber die lag mitten in der Pampa, weit und breit kein See zum Baden, kam also nur als Notlösung in Frage. Und sonst? Tennisplatz, Freibad – während der Ferien alles tote Hose. »Scheiße!« sagte er nachdrücklich.

»Hab' ich's nicht gesagt?« trumpfte Melanie auf. »Niggern dürfen wir, und das von morgens bis abends.«

»Nun stell dich nicht so an! Du wirst schon nicht zusammenbrechen, wenn du dein Bett mal selber machst.«

Mit der flachen Hand hämmerte sie mehrmals an seine Stirn. »Wie kann ein einzelner Mensch nur so beknackt sein? Du schnallst überhaupt nichts! Martha ist weg. Oma Gant geht übermorgen sechs Wochen zur Kur, und nächste Woche fährt Frau Künzel mit den Blagen in den Bayrischen Wald. Dann sehen wir aber verdammt alt aus, nicht wahr?«

Das fand Rüdiger auch. Selbst wenn man berücksichtigte, daß Tobias und Julia eine Zeitlang aus dem Verkehr gezogen wären, weil sie mit nach Bayern fahren sollten – »Auf dem Hof ist wirklich Platz genug, und meinen Eltern ist es egal, ob da nun zwei oder vier Gören auf dem Heuboden toben, sie sind närrisch nach Kindern«, hatte Frau Künzel gesagt –, so blieben immer noch vier Personen übrig, die essen mußten, ganz abgesehen von Haus und Garten, in dem alle naselang etwas zu tun war. Wenn wenigstens Herr Biermann noch da wäre! Aber nein, Florian hatte ja unbedingt Ackerbau betreiben müssen! Über Herrn Biermanns Kündigung war Rüdiger anfangs nicht böse gewesen. Niemand scheuchte ihn mehr weg, wenn er auf dem geheiligten Rasen mit dem Fußball herumbolzte, Krocket hatten sie schon gespielt und einmal sogar ein richtiges Lagerfeuer gemacht. Solange er sich um das Rasenmähen hatte herumdrücken können, war ihm Paul Biermanns Verschwinden gleichgültig gewesen. Das Gemüse interessierte ihn nicht, und überhaupt war das Florians Revier. Um die Brennesseln hinten am Zaun sollte er sich allerdings auch mal kümmern. Solche Unkrautplantagen hatte es zu Herrn Biermanns Zeiten nicht gegeben!

Rüdiger kannte seinen Onkel inzwischen gut genug, um nicht zu wissen, was da auf ihn zukam. Er kratzte sich hinter dem Ohr und sagte zu seiner Schwester: »Wir müssen die ganze Sache mal gründlich belabern. Vielleicht finden wir doch noch eine Möglichkeit, wie wir uns abseilen können. Die ganze Sache stinkt mir! Ich darf im Garten roboten, und du spielst inzwischen Zimmermädchen und Klofrau.«

»Tinchen ist ja auch noch da!«

»Die muß kochen. Und einmachen. In ein paar Tagen sind die Erdbeeren reif.«

Während oben die beiden Geschwister beratschlagten und zu keinem auch nur annähernd befriedigenden Ergebnis kamen, saßen ihre Pflegeeltern in der Küche und zerbrachen sich ebenfalls die Köpfe. Florian hatte eine Flasche mit einem Rest Rotwein gefunden und setzte sie an den Hals.

»Ich will dir bloß den Abwasch sparen, wo du doch jetzt alles allein machen mußt. – Pfui Deibel, was ist denn das für ein Zeug?« Er spuckte den Wein ins Spülbecken. »Schmeckt ja grauenvoll.«

»Den nehme ich nur zum Kochen.«

»Das hättest du auch gleich sagen können! Ist noch Bier da?« Im Kühlschrank fand sich eine letzte Dose. Er nahm sie mit zum Tisch und setzte sich. »Nun müssen wir mal haarscharf überlegen, wie wir das hier alles organisieren.«

»Da gibt es überhaupt nichts zu organisieren. Alles läuft weiter wie bisher. Die Arbeit wird sogar weniger. Vier Personen essen nicht soviel wie neun, folglich reduzieren sich die Vorbereitungen, das Einkaufen geht schneller ...«

»Das werde in Zukunft ich übernehmen«, erbot sich Florian. »Aber was ist mit dem Saubermachen?«

»Auch kein Problem, es wird doch viel weniger dreckig gemacht.«

Langsam war er davon überzeugt, daß ihm die kommenden Wochen das Paradies auf Erden bescheren würden. Endlich könnte auch er mal in der Sonne liegen, würde Zeit für sein Buch haben und sich von der doch etwas anstrengenden Aufgabe eines Pflegevaters erholen können. Da auch Clemens Reisepläne geäußert hatte – er wollte mit zwei Freunden in einem zum Wohnwagen umfunktionierten VW-Bus nach Spanien fahren –, war in der nächsten Zeit nur mit dem gelegentlichen Einfall von Urban zu rechnen, dessen Urlaubsgesuch sein Vorgesetzter erst gar nicht weitergereicht hatte. Urban war ja auch nützlich. Er hatte schon zweimal freiwillig den Rasen gemäht und neulich den Staubsauger repariert. Und wenn er da war, war auch immer Bier im Haus.

Den ersten Dämpfer bekam Florians Optimismus, als dann wirklich die Ferien angefangen hatten und die vom Schulstreß befreiten Jugendlichen noch um zehn Uhr im Bett lagen.

»Laß sie doch«, sagte Tinchen, »in den letzten Wochen haben sie wirklich geackert.«

Das mußte Florian zugeben. Wenn Melanies Zeugnis auch nicht besser ausgefallen war als das vorige, so hatte sie wenigstens den Sprung in die elfte Klasse geschafft. Rüdiger war auch mit einem blauen Auge davongekommen. Die Fünf in Mathe hatte er durch eine gute Deutschnote ausgeglichen, und aus dem Lateinfünfer war ein Vierer geworden.

»Deine Versetzung hat aber auch eine schöne Stange Geld gekostet.«

»Du hast es ja nicht bezahlt«, hatte Rüdiger gesagt. »Was kann ich dafür, wenn die Pauker schamlos die Konjunktur ausnutzen und Nachhilfestunden immer teurer werden?«

Trotzdem hatte Florian überlegt, ob nicht vielleicht doch eine kleine Anerkennung fällig wäre. »Er hat sich Mühe gegeben und ist versetzt worden, da hat er sich eine Belohnung verdient. Ob wir ihm was für sein Auto schenken? Etwas, das er sich nie selber kaufen würde?«

»Ja, Benzin!« hatte Tinchen gesagt.

Schließlich hatten sie sich auf eine Grillparty geeinigt. Alle Freunde, die noch nicht verreist oder sonstwie abkömmlich waren, sollten eingeladen werden, dazu Tinchens Bruder Karsten und ein paar Studienkollegen von Clemens. Der einzig unsichere Faktor blieb das Wetter.

»Mach dir deshalb keine Sorgen, Tine«, meinte Florian, »am Wochenende sollen wir dreißig Grad kriegen.«

»Bist du sicher?«

»Der Elmar Gunsch hat es eben gesagt. Fünfzehn Grad am Samstag und fünfzehn am Sonntag.«

Clemens versprach, rechtzeitig zurück zu sein, um sich noch an den Vorbereitungen beteiligen zu können, lud Frau

Künzel nebst Kinderschar und Dackel in den Mercedes und fuhr nach Bayern. Er war auch pünktlich wieder zu Hause – fünf Minuten, bevor die ersten Gäste kamen. »Die haben mich nicht weggelassen, ich mußte unbedingt übernachten. Und was auf den Straßen los ist, könnt ihr euch gar nicht vorstellen! Man merkt, daß die Ferien begonnen haben. Überall sind die normalen Routen gesperrt und die Umleitungen geöffnet.«

»Stimmt«, pflichtete ihm Karsten bei. »Auf der Autobahn war die Hölle los. Alle hundert Kilometer eine Baustelle, und davor ein ellenlanger Stau. Warte lieber noch ein paar Tage, bevor du losbretterst. Willst du wirklich nach Spanien? Und da campen?«

»Weißt du was Besseres?«

»Von Camping habe ich schon lange die Nase voll. Drei Wochen lang unzureichend ernährt, untergebracht und bekleidet – nein danke, nie wieder! Im September fliege ich auf die Seychellen.«

»Kapitalistensöhnchen!«

»Nee, Fernsehlotterie! Ich schreib' dir auch 'ne Ansichtskarte!«

Tinchen schob sich an den beiden vorbei. In der einen Hand balancierte sie ein Tablett mit rohen Steaks, in der anderen einen Stapel Pappteller. »Könnt ihr euch nicht mal um die Getränke kümmern? Ich bin schließlich keine Krake.«

Die Stimmung im Garten hatte einen ersten Höhepunkt erreicht. Beim Anzapfen des Bierfasses war der Spund herausgeflogen, und Florian mußte sich erst einmal umziehen.

»Wo ist meine graue Cordhose, Tine?«

»In der Wäsche.«

»Und die braune?«

»Noch nicht gebügelt.«

»Was soll ich denn jetzt anziehen?«

»Die Jeans.«

»Da ist der Reißverschluß kaputt.«

»Dann nimm eine Sicherheitsnadel.«

»Wo sind die?«

»Weiß ich nicht.«

Florian mußte feststellen, daß sich die Abwesenheit von Oma Gant bereits bemerkbar machte. Er hatte nur noch drei saubere Hemden im Schrank, überhaupt keine T-Shirts mehr, und die Socken reichten günstigstenfalls bis Donnerstag. »Ein Glück, daß ich bloß zwei Füße habe, sonst wären sie morgen schon alle.« Weil er nichts anderes fand, zog er seinen Jogginganzug an und statt der durchnäßten Turnschuhe Badelatschen. Da sparte er wieder ein Paar Strümpfe.

Der Krach im Garten nahm zu. Übertönt wurde das Gejohle der Jugendlichen von Rockmusik. Rüdigers Stereoanlage, deren Lautstärke er noch durch zwei zusätzlich montierte Boxen um etliche Phon gesteigert hatte, beschallte freigebig auch noch die Nachbargrundstücke. Michael Jackson in Quadrophonie.

Auf der Terrasse wurde getanzt. Als geübter Discotänzer mischte sich Florian unters Volk, mußte aber schnell einsehen, daß Badepantoffeln mit nur einem schmalen Plastikriemchen obendrüber nicht geeignet waren. Nach einer Kollision mit einem Paar Cloggs der Größe 44 ging er wieder ins Haus, um seine Zehen zu kühlen und Hansaplast drumzuwickeln. Auf dem halben Weg nach oben klingelte das Telefon. Er humpelte zurück und nahm den Hörer ab. Wem die empörte Stimme am anderen Ende der Leitung gehörte, ahnte er nur, verstehen konnte er so gut wie gar nichts.

»Moment mal, ich muß erst die Tür zumachen!« Dann hörte er sich eine Minute lang geduldig an, was Frau Kaiserling zu sagen hatte, ehe er ihr ins Wort fiel. »Natürlich ist es laut, ich kann auch nicht schlafen, aber jeder Bundesbürger hat das Recht, mehrmals im Jahr in seinem Haus zu feiern und dabei Krach zu machen. Doch, Sie können ruhig die Polizei anrufen, die wird Ihnen auch nichts anderes sagen. Wie meinen Sie? Schon die vierte Party in diesem Jahr? Die anderen zählen ja nicht, die haben im Keller stattgefunden. Unzucht? Jetzt machen Sie sich nicht lächerlich! Wo denn? In der

Hecke? Das dürfte aber reichlich unbequem sein. Woher wollen Sie das überhaupt wissen? So, das haben Sie gesehen. Ein küssendes Pärchen? Mit dem Feldstecher? Am besten bleiben Sie noch eine Weile auf Ihrem Posten, damit Sie nichts versäumen. Wieso unverschämt? Was hat denn das damit zu tun? Meine Tochter ist überhaupt nicht hier, sie ist seit gestern verreist. Vorige Woche? Nein, ich bestreite ja gar nicht, daß Julia ein Kinderrad hat, ich bestreite lediglich, daß Sie Gemüsebeete haben! Aber bitte sehr, das steht Ihnen frei. Mein Bruder kommt in drei Monaten zurück. Gute Nacht.«

Als er den Hörer wieder auf die Gabel legen wollte, kam der Apparat ins Rutschen und fiel zu Boden. Hoffentlich ist er kaputt, wünschte Florian, dann kann sich wenigstens niemand mehr beschweren.

Nachdem er seinen lädierten Fuß mit einer Brandbinde umwickelt – Hansaplast war mal wieder nicht dagewesen – und gegen weitere Attacken in einen soliden Schnürschuh gesteckt hatte, schlich er durch die Garage in den Garten. Frau Kaiserlings Beobachtung hatte ihn doch etwas beunruhigt.

Das unzüchtige Pärchen fand er nirgends, dafür wäre er beinahe über seinen Neffen gestolpert. Rüdiger lehnte am Kirschbaum und hielt eine halbgeleerte Whiskyflasche im Arm. Neben ihm im Gras lag Benjamin. Melancholisch stierte er in sein Glas. »Das is ja sch-schon wieder leer. D-dabei will ich mir d-doch nur M-mut antrinken. Aber je mehr ich saufe, d-desto durstiger wird d-die Angst.«

Florian trat zwischen die beiden und nahm ihnen die Flasche weg.

»Mit Alkohol lassen sich keine Probleme lösen. Ihr habt sowieso schon mehr als genug!«

Verpliert sah Benjamin hoch. »Da sagst du w-was Wahres, Kumpel. Ich w-weiß nich, wie ich Bea b-beibringen soll, d-daß es aus is.«

»Du hast vielleicht Sorgen!« nuschelte Rüdiger, »ich w-weiß noch nich m-mal, wie ich einer b-beibringen soll, d-daß ich was mit ihr anf-fangen will.«

»L-laß das lieber b-bleiben! W-wird zu anstrengend. Erst m-mußt du mit ihr j-joggen, d-danach ins Sch-Schwimmbad und nachmittags zum S-squash. F-früher hat 'n Eisbecher gereicht und 'ne K-kinokarte. Die Tussies spinnen d-doch alle. Ich geh' in 'n Wald und werde Eme-Ermeri ... also ich werde Ein-Einsiedler.«

»Damit fängst du am besten gleich an!« Florian hievte den künftigen Eremiten hoch und lehnte ihn an den Stamm. »Clemens wird dich hinbringen, sonst findest du vor lauter Bäumen den Wald nicht. – Und du gehst ins Bett!« herrschte er seinen Neffen an. »Du hast mehr als bloß einen in der Hacke!«

»K-kommt nicht in F-frage! Erst m-muß ich noch die blonde Sch-schnecke angraben!« Mühsam rappelte er sich hoch und stakste breitbeinig auf die Terrasse zu. Florian wetzte hinterher. »Heute nicht mehr, aber morgen kannst du gerne im Salatbeet graben!« Mit einem Blick über die Schulter vergewisserte er sich, daß Benjamin wieder zusammengesackt war, legte Rüdigers Arm um seinen Hals und schleifte ihn durch die Garage ins Haus. Dort übergab er ihn Urban, der dank achtmonatiger Zugehörigkeit zur Bundeswehr einschlägige Erfahrung im Umgang mit Alkoholleichen hatte. Er diagnostizierte Trunkenheit zweiten Grades, hatte auch die entsprechende Therapie zur Hand und schickte seinen Onkel nach lauwarmem Salzwasser. Das klang sehr nach Roßkur, fand Florian. Nachdem er das Gewünschte gebracht und noch Handtücher sowie einen leeren Eimer zurechtgestellt hatte, machte er sich schnell auf die Suche nach Clemens.

Der war nirgends zu sehen, aber in seinem Zimmer brannte Licht. Hoffentlich liegt er nicht auch schon im Bett, wünschte Florian, während er die Treppe hinaufstieg. Gerade als er anklopfen wollte, hörte er Stimmen. Eine davon war weiblich. Florian besann sich auf seine gute Erziehung und machte auf dem Absatz kehrt. Er nahm sich aber vor, morgen mit seinem Neffen ein Wörtchen zu reden. Das hier war eine Teenagerparty, da hatten die Erwachsenen Vorbild zu sein! Plötzlich erschrak er. Wer sagte überhaupt, daß Clemens sich nicht eine von diesen minderjährigen Krabben angelacht und zwecks Besichtigung seines Computers abgeschleppt hatte? Briefmarkensammlungen als Vorwand ungestörter Zweisamkeit waren heutzutage wohl auch out. Als frischgebackener cand. med. hatte er bei diesen Küken bestimmt genug Chancen.

Also drehte Florian wieder um und hämmerte gegen die Tür. »Ich wollte nur wissen, wo das große Küchenmesser ist.«

Clemens' Augen funkelten Mordlust. »Sei froh, daß ich es nicht hier habe. Eine dusseligere Ausrede ist dir wohl nicht eingefallen?«

»Nein«, sagte Florian treuherzig, »aber die Steaks sind wirklich zäh.« Immerhin hatte er sich kurz im Zimmer umsehen können. Der weibliche Gast war nur Andrea, Clemens' Freundin, die er in letzter Zeit so sträflich vernachlässigt hatte. »Ein blindes Huhn in der Hand ist wohl doch besser als ein Korn auf dem Dach?«

»Mach 'nen Abflug, dämlicher Hund!« Die Tür war zu! Wesentlich beruhigter stapfte Florian wieder die Treppe hinunter. Nun blieb nur noch Karsten übrig, den er mit dem Heimtransport des abgefüllten Benjamin betrauen konnte. Überhaupt sollte man langsam Schluß machen mit der Party, es war schon nach Mitternacht.

Seinen Schwager fand er neben dem Bierfaß, aus dem er gerade die letzten Tropfen herausschüttelte. »Tut mir leid, alter Junge, für dich reicht es nicht mehr.«

Florian winkte ab. Karsten war auch nicht mehr in der Verfassung, sich hinter ein Steuer zu setzen, und so würde er, Florian, wieder einmal den Chauffeur spielen müssen. Aber daran war er ja gewöhnt. Subalterne Dienstleistungen! Rasen mähen! Kamin saubermachen! Gestern hatte er sogar Wäsche aufgehängt! Fehlte nur noch, daß man ihn an den Herd stellte. Verdammte Hauswirtschaft!

»Du hast doch noch gar nichts gegessen, Flori.« Auf einem Pappteller reichte ihm Tinchen ein Steak. »Das Verbrannte kannst du ja liegenlassen.«

Er schüttelte nur den Kopf. »Komm mal mit!« Sie stellte den Teller auf eine der Boxen, wischte die fettigen Hände an den Blättern vom Fliederstrauch ab und folgte ihrem Mann in den Garten. »Was willst du denn da? Die Gläser können wir auch morgen einsammeln. Jetzt treten wir höchstens drauf.«

Der Platz unter dem Kirschbaum war leer. Nur die Flasche lag noch dort. Viertelvoll.

»Hoffentlich ist er nicht alleine losgezogen. In seinem Zustand kommt der doch glatt unter die Räder.«

»Um diese Zeit«, zweifelte Tinchen. »Von wem redest du überhaupt?«

»Von Benjamin.« Schnell erzählte er, was vorgefallen war.

Tinchen beruhigte ihn. »Er wird nach Hause gefahren sein.«

»Gefahren? Der konnte ja nicht mal mehr laufen.«

»Eben drum.«

Während sie zur Straße rannten, überlegte Florian, ob man ihn wohl für etwaige Folgen dieser Party verantwortlich machen könnte. Plötzlich blieb Tinchen stehen. »Benjamin hat gar kein Auto.«

»Das hättest du auch gleich sagen können!« Nach Luft japsend lehnte sich Florian an den Zaun. »Am besten kämmen wir systematisch den ganzen Garten durch.«

Zum Glück blieb den übrigen Gästen die Suche verborgen. Einige tanzten, der Rest hockte im Gras und döste vor sich hin. Urban hatte alle Bundeswehraspiranten, die erst kürzlich gemustert worden waren, um sich geschart und gab ihnen gute Ratschläge. »Vor allen Dingen müßt ihr die Sache locker angehen und immer daran denken, daß sich am Soldatenleben seit urdenklichen Zeiten nichts geändert hat. Schon in der Bibel heißt es: Sie trugen seltsame Gewänder und irrten planlos umher.«

Mittlerweile war Florian bei den Himbeeren angekommen, fand aber nur ein zerknülltes Taschentuch und ein angebissenes Würstchen, das jemand auf einen Zweig gespießt hatte. Er pflückte es ab und steckte es nach kurzem Zögern in den Mund. »Der Mostrich fehlt.« Dann suchte er weiter.

Tinchen hatte genug von Brennesseln und stachligen Ästen. Sie lief in die Garage, um aus dem Auto eine Taschenlampe zu holen. Als sie die Wagentür öffnete, fiel ihr eine leblose Gestalt entgegen und kippte im Zeitlupentempo zur Seite. »Hiiilfe!!!« Mit beiden Händen hielt sie die Tür zu und blickte angestrengt in die Ecke zum Gartenschlauch, damit sie das aus dem Wagen baumelnde Bein nicht sehen mußte.

Als erster war Florian zur Stelle. Die anderen folgten.

»Hier ist ein Toter!« stammelte Tinchen. Sie ließ die Tür los und klammerte sich an Karstens Hals.

»Wo?«

»Da! Im Auto!«

Mit einem Griff befreite er sich. »Ab morgen guckst du nur noch das Kinderprogramm!« Dann öffnete er die Wagentür und sah in das erstaunte Gesicht von Benjamin. »Is 'n hier los'« Erst als er die Volksversammlung in der Einfahrt bemerkte, schien er sich wieder zu erinnern. »Ich wollte doch b-bloß nach H-hause fahren.«

»In meinem Wagen?« empörte sich Tinchen.

»Der stand am nächsten. Aber d-dann habe ich die Sch-sch-schlüssel nicht gefunden.«

»Soll ich ihn auch in die Kur nehmen?« erbot sich Urban freudig. »Rüdiger hatte ich nach zwanzig Minuten wieder halbwegs fit.«

»Das kann seine Mutter übernehmen. Ich bringe ihn jetzt nach Hause.« Florian schob sich hinter das Steuer und kurbelte das Fenster herunter. »Der braucht frische Luft.« Seinen willenlosen Beifahrer lehnte er in die Ecke. »Schnall ihn mal an, Karsten, der kippt mir sonst noch übers Lenkrad.«

Die Abfahrt verzögerte sich, weil Tinchen erst die Schlüssel holen mußte. Benjamin wurde zusehends munterer. »Is die Party schon aus? Wie sch-schpät isses denn?«

»Fünf vor eins.«

Einen Moment überlegte er. »Heute oder m-morgen?«

»Morgen!«

»Dann isses gut«, sagte er zufrieden. »Heute m-morgen sollte ich nämlich zum Zahnarzt.«

Als Florian zurückkam, waren Haus und Garten geräumt. Urban demontierte gerade die letzten Lärmquellen. Karsten sammelte Pappteller ein. »Laß das Zeug doch liegen, morgen ist auch noch ein Tag. Ich bin hundemüde und will ins Bett.«

»Dann geh doch!«

»Mach' ich auch. Ist noch was zu trinken da?«

»Ja, Ginger Ale.«

»Ich wollte was trinken und nicht die Zähne putzen.« Langsam schlurfte er ins Haus. An der Tür drehte er sich noch einmal um.

»Frühstück gibt es morgen nicht vor zehn. Gute Nacht.«

Früh um halb sieben klingelte das Telefon. Mit geschlossenen Augen tastete Florian den Nachttisch ab, fand den Hörer, hob ihn kurz an und ließ ihn zurück auf die Gabel fallen. »Unverschämtheit!« Bevor er wieder einschlafen konnte, läutete es erneut.

»Hier ist das Heim für schwer erziehbare Mädchen«, bellte er in die Muschel, »aber momentan sind wir überbelegt. Wenden Sie sich an die Heilsarmee!« Dann zuckte er zusammen. »Wer ist da? Wo kommst du so plötzlich her? Was denn, jetzt gleich? Ich bin aber noch ... ja, ist gut, in einer halben Stunde. Wiedersehn.«

»Wer war denn das?« murmelte Tinchen verschlafen.

»Tante Gertrud. Sie steht in Heidelberg auf dem Bahnhof und will abgeholt werden.«

»Jetzt?«

»Natürlich jetzt.« Florian stieg bereits in seine Hosen. »Steh auf und koch Kaffee, aber welchen aus Gerste. Tante Gertrud ist Vegetarierin.«

»Wer ist das überhaupt?«

»Tante Gertrud? Das ist Tante Klärchens Schwester.«

Mit einem Ruck saß Tinchen kerzengerade in ihrem Bett. »Ich ziehe aus! Sofort! Noch so eine Verrückte ertrage ich nicht mehr!«

Je früher der Morgen,
desto schlimmer die Gäste

Tante Gertrud war genauso groß und hager wie ihre Schwester Claire, besaß den gleichen gezierten Tonfall beim Sprechen, drückte sich aber nicht so gewählt aus, und damit endeten die Gemeinsamkeiten auch schon. Von Kosmetik hielt sie nichts, sie benutzte lediglich eine Kräuterseife auf Algenbasis, die sie sowohl für das Gesicht als auch bei rauhen Ellenbogen und gegen Hexenschuß verwendete. »Alles andere ist ungesund und verstopft nur die Poren.«

Friseure waren in ihren Augen Halsabschneider, und deshalb hatte sie schon seit Jahren keinen mehr aufgesucht. Ihren graumelierten Pagenkopf bearbeitete sie selbst – sie machte das immer auf dem Flur, wo extra zu diesem Zweck zwei Spiegel einander gegenüberhingen –, und den ganzen anderen modischen Firlefanz lehnte sie genauso ab wie die meisten Errungenschaften der Zivilisation. Morgens wurde kalt geduscht, danach Tautreten im Garten, natürlich nicht im Winter, da gab es ja keinen, anschließend ein gesundes Frühstück mit Gemüsesaft und Vollkornbrot und dann einen ordentlichen Spaziergang. Jedes Jahr im Januar unterzog sie sich einer Schrotkur in Hindelang – »nur zum Entschlacken, man muß ja etwas für seine Gesundheit tun« –, und jedes Jahr im März rebellierte der Ischiasnerv und lieferte den gewünschten Vorwand, eines der meist südlich der Alpen gelegenen Thermalbäder aufzusuchen. Das gehörte zu ihrem Pflichtprogramm.

Hin und wieder reiste sie aber auch nur zum Vergnügen – zu ihrem eigenen selbstverständlich. Die gelegentlichen Gastgeber, denen sie meist unvorbereitet ins Haus fiel, »weil ich gerade hier in der Gegend war«, empfanden es nämlich als weitaus weniger vergnüglich, sich den Gepflogenheiten von

Tante Gertrud anzupassen. Sie gehörte zu den Frühaufstehern, die schon kurz nach Sonnenaufgang am offenen Fenster Freiübungen machen, und ging abends zeitig schlafen. »Meine Stromrechnung ist so niedrig, daß man mir schon zweimal einen Kontrolleur ins Haus geschickt hat.« Ein Fernsehgerät besaß sie nicht – »ein tüchtiger Spaziergang am Abend ist das beste Schlafmittel« –, im Radio hörte sie sich nur die Nachrichten an und den Landfunk, und sonst las sie Bücher. Die Biographien der namhaften Naturapostel und Ernährungswissenschaftler hatte sie bereits mehrmals durchgearbeitet, die von Pfarrer Kneipp und Gaylord Hauser kannte sie zum Teil schon auswendig, aber sie liebte auch Reisebeschreibungen und gab keine Ruhe, bis sie die in dem betreffenden Buch als besonders reizvoll geschilderte Landschaft mit eigenen Augen gesehen hatte. So war ihr einmal ein Bericht über Teneriffa in die Hände gefallen, in dem eine nächtliche Autofahrt über den Pico de Teide in das unberührte, zauberhafte Orotavo-Tal beschrieben wurde. Dabei hatte sie übersehen, daß das Buch in den fünfziger Jahren erschienen war. Ihr Versuch, die romantische Fahrt nachzuvollziehen, war zunächst daran gescheitert, jemanden zu finden, der diese halsbrecherische Tour im Dunkeln wagen wollte. Als sich Gertrud schließlich mit einer Tagesfahrt einverstanden erklärt hatte, hatte sie feststellen müssen, daß auf den Teide inzwischen eine Seilbahn führte und aus dem als idyllisch geschilderten Hafen Puerto de la Cruz eine Großstadt mit Hochhäusern geworden war.

Seitdem erkundete sie lieber Deutschland. Im vergangenen Herbst war sie auf Fontanes Spuren durch die Mark Brandenburg gezogen, leider mit einer sehr gemischten Reisegruppe, deren Teilnehmer sich mehr für das Essen als für die Landschaft begeistert hatten, aber für den diesjährigen Herbst hatte sie sich den Harz vorgenommen. Allein. Vor Jahrzehnten war sie mit ihrem nun schon so lange verstorbenen Gatten dort gewesen, Albert Winkelmann, Im- und Export, aber der hatte sich seinerzeit nur für die zum Verkauf stehende Sägemühle interessiert, aus deren Erwerb dann aber doch nichts geworden war. Vielleicht ganz gut so, die Bäume wurden ja immer weniger. Jedenfalls hatte Herr Winkelmann weiterhin gewinnbringend im- und exportiert und nach dem dritten Herzinfarkt seine Gattin wohlversorgt zurückgelassen. Kinder hatten sie nicht, vom Geschäft hatte Gertrud keine Ahnung gehabt, es war verkauft und der Erlös im IOS-Investmentfonds angelegt worden. Den späteren Verlust hatte sie klaglos ertragen. Seitdem lebte sie von Alberts Privatvermögen. Übrigens nicht schlecht.

Für Florian bestanden gewisse Chancen, nach dem Ableben von Gertrud Winkelmann zu den Erbberechtigten zu gehören, auch wenn bei der eisernen Konstitution seiner Tante vorläufig nicht damit zu rechnen war. Sie war neunundsechzig und kerngesund.

Er fand sie im Bahnhofsrestaurant, wo sie Hagebuttentee trank und auf einem ungeschälten Apfel kaute. »Da bist du ja endlich, mein Junge!«

Der Junge täuschte Freude vor, umarmte seine Tante herzlich, verzichtete auf den angebotenen Tee und griff nach dem Koffer. »Wo hast du das restliche Gepäck?«

Tante Gertrud stand auf und legte die schon vorher abgezählten Münzen plus zehn Pfennig Trinkgeld auf den Tisch, nach kurzem Zögern auch den Rest vom Apfel – »er ist zu mehlig!« – und ging zur Tür. »Mehr habe ich nicht, ich will ja nicht lange bleiben.«

Zufrieden stiefelte Florian hinterher. In diesem kleinen Koffer konnte bestenfalls die Garderobe für drei Tage Platz gefunden haben, selbst wenn man berücksichtigte, daß Tante Gertrud nur Baumwollkleider trug wegen der Luftzirkulation und feste Schnürschuhe mit Blockabsatz. Den Lodenumhang, unter dem ihre magere Gestalt etwas fülliger wirkte, kannte er schon seit Jahren, lediglich der dazu passende Hut war neu. Der alte, vor etwa zwanzig Jahren gekauft und immer noch tadellos in Form, war ihr unlängst bei einem Windstoß vom Kopf geflogen und von einem

Lastwagen überrollt worden. Seitdem trug sie das Gummiband unter dem Kinn.

»Du siehst gut aus, mein lieber Fabian. Die ungesunde Stubenhockerblässe hast du fast vollkommen verloren.« Ohne zu murren war sie in den Kadett gestiegen, hatte vielmehr befriedigt festgestellt, daß ihr Neffe umweltbewußter geworden und einen kleineren Wagen gekauft hatte. »Hoffentlich mit Katalysator!«

»Ich bin Florian, Tante Gertrud, Fabian ist in Amerika, und sein Wagen steht zu Hause in der Garage. Das hier ist meiner.«

»Ach ja, richtig! Der Florian hatte mir ja vor seiner Abreise noch geschrieben und mich um irgendwas gebeten, ich weiß nicht mehr, was es war, aber ich konnte sowieso nicht, weil ich gerade in Ischia war. Was macht er eigentlich in Amerika?«

»Er hält Gastvorlesungen.«

»Soso.« Und nach einem Moment des Zögerns: »Ich dachte immer, die haben da drüben viel bessere Physiker als wir. Die Nobelpreise gehen fast immer nach Amerika.«

»Fabian ist Archäologe, Tante Gertrud.«

»Dann muß ich das wohl verwechselt haben. Aber der Urban studiert doch Physik, nicht wahr?«

»Nein, Medizin. Und das ist nicht Urban, sondern Clemens.« Allmählich kamen Florian Bedenken. Ein nachlassendes Gedächtnis war bei älteren Leuten nichts Außergewöhnliches, er selbst hatte ja auch schon ein bißchen damit zu kämpfen, aber bei Tante Gertrud mußte es sich schon um ein fortgeschrittenes Stadium handeln. Das lag wahrscheinlich an ihrer merkwürdigen Ernährung. Immer bloß Grünzeug und Körner. Das mußte ja abfärben! Florian hatte noch nie eine intelligente Kuh gesehen, und wie dämlich Vögel sein können, zeigte Urbans Papagei täglich aufs neue. Immer wieder flog er mit voller Wucht gegen den Spiegel und blieb danach ein paar Sekunden benommen liegen, ehe er sich wieder aufrappelte.

Tante Gertrud war gesprächig. Sie erzählte von ihrer Nachbarin in Bad Schwartau und von dem netten Zimmermädchen in Hindelang, schwärmte von dem milden Klima auf Ischia und der gesunden Nordseeluft. »Dort bin ich im letzten November gewesen, mein lieber Junge. Ich habe mich nie in meinem Leben prächtiger gefühlt.«

»Das war aber schon vor zwei Jahren, Tante Gertrud. Voriges Jahr hast du doch wegen der eingewachsenen Zehennägel im Krankenhaus gelegen.«

»Du hast recht, Fabian«, gab sie bereitwillig zu, »ich bin erst Mitte Dezember an die See gefahren.«

»Das stimmt auch nicht. Weihnachten hast du nämlich in Tübingen gefeiert.«

Sie ließ sich nicht beeindrucken. »Das ist möglich. Ich reise ziemlich viel, weißt du, da verwechselt man schon mal die Reihenfolge.«

Nicht nur die, dachte Florian, froh, in wenigen Minuten zu Hause zu sein und die anstrengende Tante der Familie übergeben zu können.

Tinchen hatte auf der Terrasse gedeckt und sich viel Mühe dabei gegeben. Nur Körnerkaffee hatte sie beim besten Willen nicht auftreiben können. Also hatte sie koffeinfreien gekocht und vorsichtshalber eine kleine Kanne Malventee, davon waren noch ein paar Aufgußbeutel übriggeblieben. Knäckebrot hatte sie hingestellt, Kräuterkäse und natürlich frisches Obst. Zwei Scheiben Pumpernickel hatte sie auch noch gefunden; ein bißchen wellten sie sich schon am Rand, aber wenn man sie umgekehrt hinlegte, fiel das kaum auf. Ob Eier zu den von Tante Gertrud tabuisierten Nahrungsmitteln zählten, wußte sie nicht, deshalb hatte sie erst gar keine auf den Tisch gebracht. Notfalls konnte die Tante ja die Dekoration essen. Die Tausendschönchen waren taufrisch.

Nur das Empfangskomitee war etwas spärlich ausgefallen. Außer Rüdiger war nur noch Karsten aufgestanden, weil er ohnehin gleich nach dem Frühstück heimfahren wollte. Bei den anderen beiden hatte die Nachricht, Tante Gertrud sei im Anmarsch, nicht die erwünschte Resonanz gehabt.

»Um Himmels willen«, hatte Urban gesagt, »lieber eine Woche lang Bundeswehrfraß als einen Tag lang Tante Gertruds Kuhfutter. Noch vor dem Mittagessen haue ich ab!« Dann hatte er sich umgedreht und war wieder eingeschlafen.

Melanie hatte andere Gründe, sich vorerst nicht blicken zu lassen.

»Spätestens nach einer halben Stunde geht sie einem auf den Keks, und der Tag hat noch nicht mal richtig angefangen. Vor dem Abendbrot komme ich nicht runter!«

Zum Glück hatte noch Clemens ein Einsehen gehabt. »Na schön, Tinchen, wenn es sein muß, stehe ich auf. Aber nur dir zuliebe.« Ob er inzwischen doch wieder eingeschlafen war oder erst seinen Kater bändigen mußte, konnte sie nicht sagen, jedenfalls war er noch nicht da, als Tante Gertrud mit ausgebreiteten Armen auf Tinchen zukam. »Wie schön, meine liebe Gisela, dich einmal wiederzusehen.«

»Ja, aber...«, stotterte Tinchen hilflos, während sie den Begrüßungskuß entgegennahm, »ich bin doch gar nicht Gisela.«

Tante Gertrud stutzte und trat einen Schritt zurück. »Nein«, sagte sie entschieden, nachdem sie Tinchen gründlich angesehen hatte, »du bist nicht Gisela. Aber wer bist du dann?«

»Ich bin Tina, die Frau von Florian und zur Zeit Pflegemutter von dem ganzen Nachwuchs.«

»Wieso Pflegemutter? Ist Gisela denn nicht da?«

Die Antwort wartete sie nicht mehr ab. Sie hatte Rüdiger entdeckt. »Du bist aber groß geworden, Urban. Und eine Brille trägst du jetzt auch? Sie steht dir gut, das muß ich schon sagen.«

»Ich bin der Rüdiger, Tante Gertrud«, verbesserte er lachend, »aber das macht nichts, bei so viel Verwandtschaft kommt man schon mal durcheinander. Wie war denn die Reise?«

»Sehr schön, mein lieber Junge, besonders die Fahrt an der Donau entlang.«

»Donau? Du meinst wohl den Rhein!«

»Ach ja, natürlich der Rhein, ich bin ja diesmal von oben gekommen.«

»Möchtest du dich erst ein bißchen frischmachen, oder wollen wir gleich frühstücken?« fragte Tinchen höflich. Tante Gertrud entschied sich fürs Frühstück. Doch, Knäckebrot sei leicht bekömmlich und daher empfehlenswert, am besten mit ein paar Gurkenscheiben drauf; auch der Tee war genehm, morgen könne man ja Kathreiner besorgen, und überhaupt brauche man keine Rücksicht auf ihre Eßgewohnheiten zu nehmen, Gemüse käme wohl ohnehin auf den Tisch, und wenn andere Fleisch äßen, störe sie das nicht im geringsten. »Man muß die übrige Menschheit ja nicht zu seinen eigenen Anschauungen bekehren, nicht wahr, liebe Gisela?«

Die liebe Gisela nickte stumm. Es wäre wohl doch besser gewesen, wenn sie vor zwei Jahren zum siebzigsten Geburtstag ihres Schwiegervaters mit nach Tübingen gefahren wäre und schon bei dieser Gelegenheit Tante Gertrud kennengelernt hätte. Vielleicht würde die alte Dame sie jetzt nicht dauernd verwechseln. Aber Tinchen hatte damals keine rechte Lust gehabt und Julias Erkältung vorgeschoben, um nicht mitkommen zu müssen.

»Guten Morgen, Tante Gertrud. Schön, daß du da bist. Übrigens siehst du blendend aus.« Mit einem Handkuß begrüßte Clemens seine Großtante. Die kicherte verschämt. »Laß doch diesen Unsinn, Junge, ich bin eine alte Frau.« Dann musterte sie ihn gründlich und schien befriedigt. »Aber *du* bist Urban, nicht wahr? Der Physikstudent.«

»Ich bin Clemens, der Medizinstudent, aber so ganz falsch liegst du gar nicht. Physik haben wir nämlich auch.« Dann warf er einen Blick auf den Tisch und einen zweiten auf Tinchen. »Gibt es heute kein Frühstück?«

»Aber jetzt kommt der Urban!« Tante Gertrud hatte Karsten erspäht, der hinter der halb zurückgezogenen Gardine erst einmal abwarten wollte, bis die Begrüßungsorgie vorbei sein würde. Nun war das Versteckspiel aus. Er trat auf die Terrasse und produzierte eine tadellose Verbeugung. »Guten

Tag, gnädige Frau, ich freue mich, endlich Ihre Bekanntschaft zu machen.«

Tante Gertrud stupste ihn schelmisch in die Seite. »Immer noch derselbe Witzbold wie früher! Aber nun komm und gib deiner alten Tante einen Kuß.«

Karsten zögerte. Erst die beschwörenden Blicke seiner Schwester brachten ihn dazu, Tante Gertrud einen Kuß auf die Stirn zu hauchen.

»Zier dich nicht so, meine Junge«, sagte sie, packte ihn bei den Ohren und küßte ihn herzhaft auf den Mund. »Was macht das Studium? Kennst du dich schon aus mit den Computern und Robotern und all dem anderen neumodischen Kram?«

Ihm dämmerte, daß hier irgendwas nicht stimmte. Deshalb nickte er nur, murmelte etwas von »Zigaretten vergessen« und gab Rüdiger ein Zeichen, ihm ins Wohnzimmer zu folgen. »Sag mal, hat die 'n Sockenschuß?«

»Sieht beinahe so aus«, sagte Rüdiger nachdenklich, »jedenfalls ist sie kalkmäßig ganz schön drauf.«

Worauf Karsten schleunigst seine Tasche holte und nach allen Seiten winkend zum Wagen lief. »Hab' total verschwitzt, daß ich heute noch ins Geschäft muß. Die Bestellungen sollen morgen früh raus. Wiedersehn, Tinchen, grüß die anderen.« Er hörte aber doch noch, wie Tante Gertrud sagte: »Ein fleißiger Junge, dein Urban. Sogar am Sonntag denkt er nur an sein Studium.«

War schon Tante Klärchen dem Bender-Clan als Heimsuchung erschienen, so wurde der Besuch von Tante Gertrud zum Alptraum. Im Gegensatz zu ihrer Schwester, die wenigstens nur tatenlos herumgesessen und Whisky getrunken hatte, entwickelte Gertrud eine Aktivität, vor der selbst Tinchen kapitulierte. Es nützte nichts, wenn sie den Wecker stellte und morgens um sechs Uhr aufstand – Tante Gertrud war schon munter, hatte aus dem Garten Schnittlauch für den Quark geholt und ihre tägliche Ration Körner durch die eigens mitgebrachte Mühle gedreht. Lag Melanie, von Gertrud beharrlich mit Mechthild angeredet, faul in der Sonne, dann erschien ihre Tante mit dem Gartenschlauch und empfahl die Kneippsche Wasserkur.

»Bei dir fangen wir erst einmal bei den Beinen an und gehen jeden Tag ein Stück höher.« Melanie verzichtete auf Sonnenbäder und ging ins Freibad. Und als Florian sich mit einer vorgetäuschten Grippe ins Bett legte, um vor seiner vergnügungssüchtigen Tante wenigstens einen Nachmittag lang Ruhe zu haben, brühte sie Kräutertee auf und machte ihm Wadenwickel.

»Was ist das?« fragte er und betrachtete verdrießlich das Gebräu.

»Kümmeltee.«

»Ich will keine gekochten Gewürze, ich will einen anständigen Grog.«

»Alkohol bei Erkältungen ist grundverkehrt. Am besten wäre frische Luft.«

»Dann mach das Fenster auf.«

»Damit allein ist es nicht getan.« Sie öffnete aber doch beide Fensterflügel, nahm ein paar tiefe Atemzüge und entschied: »Draußen ist es viel gesünder. Steh auf, zieh dich warm an und komm in den Garten! Du kannst mir beim Erdbeerpflücken helfen.«

In der Küche häuften sich schon die Früchte, Tinchen kam gar nicht so schnell mit dem Einfrieren nach. Als sie dann auch noch auf Tante Gertruds Anordnung hin Marmelade kochen sollte, streikte sie. »Ich hab' noch was anderes zu tun. Schließlich wollt ihr ja alle mittagessen.«

»Das macht man nebenbei. Du hast einen Heißluftherd zum Langsamkochen und diesen Mikrodingsherd zum Schnellkochen, nur kochen kannst du nicht!«

Damit hatte sie Tinchens Nerv getroffen. Es stimmte ja, der Nudelauflauf war zu weich geworden und die Kartoffeln gestern zu hart, aber wenn man gleichzeitig auch noch die Waschmaschine füttern und fünf Minuten später den Schornsteinfeger auf den Dachboden begleiten mußte, konnte so was schon mal passieren. »Jetzt weiß ich, was man unter einem Perpetuum mobile versteht«, hatte sie sich abends bei Florian beklagt, »das ist eine Hausfrau mit sechs Kindern.«

»Im Augenblick hast du doch nur zwei.«

»Tante Gertrud nervt aber für vier.«

Das stimmte allerdings. So hatte sie sich eines Morgens von Rüdiger nach Heidelberg fahren lassen, sämtliche Reformhäuser abgeklappert und war am späten Vormittag mit zwei Tüten voll biologisch, ökologisch oder sonstwie wertvoller Lebensmittel zurückgekommen. So genau hatte Tinchen nicht zugehört, sie hatte nur wortlos die Aufschriften gelesen. ›Sojamehl‹ und ›Seetangnudeln‹, naturbelassener Zucker, dessen Packung schon von außen klebte, ›Grünkern‹, ›Frikadellen aus Plankton‹ und als Clou eine halbe Torte, von der Tante Gertrud behauptete, sie bestünde überwiegend aus Sojamehl, Algen und anderen vitaminreichen Zutaten. »Durch Zufall habe ich sogar ein biologisches Restaurant gefunden. Dorthin werde ich euch morgen alle einladen!«

Diese Drohung war dann auch der Anlaß für Florians Grippe gewesen, nur hatte sie ihm nicht viel genützt. Als Tante Gertrud Fliedertee gekocht und Anstalten gemacht hatte, ihn in nasse Bettlaken und dann in warme Decken zu hüllen, war er freiwillig wieder aufgestanden.

Dafür hatten seine Gemüsebeete den ungeteilten Beifall der Tante gefunden. »Sehr vernünftig, mein lieber Junge«, hatte sie gesagt, »da weiß man doch wenigstens, *was* man ißt. Du wirst hoffentlich keinen chemischen Dünger verwenden oder diese giftigen Unkrautvertilgungsmittel?«

»Natürlich nicht«, antwortete Florian, der erst vor wenigen Tagen die Blattläuse bekämpft hatte, »nur gegen die Ameisen müßte man mal etwas tun.«

»Das wirst du schön bleiben lassen. Sie sind nützlich. Wie viele habt ihr denn?«

»Das weiß ich noch nicht genau. Weißt du, ich zähle immer die Beine und teile die Summe durch sechs.«

Einen Augenblick lang stutzte sie, dann lachte sie los. Es dauerte lange, bis Florian sie wieder beruhigt hatte. Besonders angetan hatte es ihr der Spinat, bisher eine absolute Fehlinvestition, denn niemand hatte ihn essen wollen. »Ich weiß ein wunderbares Rezept, das schmeckt jedem«, hatte sie gesagt und zwei Schüsseln voll in die Küche getragen. Später servierte sie ihn in Form von Omeletts, die sich von normalen Eierkuchen nur dadurch unterschieden, daß sie grün waren, keine Eier enthielten und mit Austernpilzen gefüllt waren, was ihren Geschmack auch nicht gerade verbesserte.

»Das Zeug esse ich nicht«, hatte Melanie gesagt und den Teller weggeschoben.

»Das Zeug solltest du aber essen«, hatte Tante Gertrud erwidert, »es enthält viel Eisen, ist blutbildend und gibt Farbe.«

»Ja, wenn wenigstens blaues Blut herauskäme, aber meinst du, ich will grün im Gesicht aussehen? Ich mach' mir jetzt 'ne Pizza warm.«

Als besonders anstrengend empfanden die Benders Tante Gertruds Vergnügungsprogramm. Jeden Nachmittag wünschte sie einen Ausflug zu machen, von dem sie nicht einmal ein Landregen abhalten konnte.

»Wir sitzen ja im Trocknen«, pflegte sie zu sagen und erwartungsvoll in die finsteren Gesichter ihrer Verwandten zu blicken. »Wer fährt mich denn heute ein bißchen spazieren?«

Diese Frage hatte sie schon am Ankunftstag gestellt. Da war auch noch jeder bereit gewesen, der lieben Tante etwas zu bieten. Die Vorschläge hatten beim Stuttgarter Fernsehturm angefangen und bei einem Besuch der Burgfestspiele in Jagsthausen noch lange nicht aufgehört, aber so beklagenswert Gertruds Gedächtnis sonst auch sein mochte, in diesem Punkt ließ ihr Erinnerungsvermögen sie nicht im Stich. Sie hatte sich die einzelnen Ausflugsziele genau gemerkt und für jeden Tag ein anderes parat. Waren sie noch beim ersten Mal alle zusammen das Neckartal rauf und wieder runter gefahren, so hatte sich schon am zweiten Tag Rüdiger mit einer Verabredung entschuldigt und Melanie mit Klavierstunde, obwohl sie die letzte vor vier Jahren gehabt hatte. Am dritten Tag wollte Tante Gertrud in den Taunus und dort tüchtig laufen. Da hatte Tinchen aber eine Blase am Fuß und konnte nicht mit. Zur Weinprobe in die Pfalz fuhr Florian freiwillig und gern, bis ihm einfiel, daß er ja auch wieder zurückfahren und deshalb nüchtern bleiben mußte.

»Jetzt bist du aber mal wieder dran!« sagte er zu Tinchen, nachdem Tante Gertrud den Wunsch geäußert hatte, den berühmten Frankfurter Flughafen und die noch berühmtere Startbahn West zu besichtigen.

»Da verfahre ich mich doch immer«, hatte Tinchen gesagt und war auch prompt woanders gelandet. Eine Abfüllanlage für Coca-Cola hatte die Tante aber auch noch nie gesehen und sehr interessant gefunden. Die Flugplatzbesichtigung übernahm Rüdiger; er hatte wieder einmal weder Geld noch Benzin, aber seine Rechnung ging auf. Tante Gertrud bezahlte die Tankfüllung.

Mittlerweile hatte sie sich auch an Melanies Anblick gewöhnt, die in Haus und Garten ständig mit ihrem Walkman herumlief. Beim ersten Mal war die Tante noch ganz entsetzt gewesen. »Mein Gott, Kind, brauchst du denn in deinem Alter schon ein Hörgerät?«

Eines Abends passierte dann das, was schon lange vorprogrammiert, bisher aber noch mühsam unterdrückt worden war: Florian explodierte! Er hatte sich mit dem immer noch schwindsüchtigen Aktendeckel an den Schreibtisch gesetzt und wollte seine nur in Stichworten festgehaltenen Erkenntnisse über die Psychologie Halbwüchsiger endlich in wohlformulierte Sätze bringen. Das war schwieriger, als er gedacht hatte. Was er da fabrizierte, klang eigentlich mehr nach einer Glosse und nicht nach einer wissenschaftlichen Arbeit. Schmunzelnd las er den letzten Absatz.

»Die Tatsache, daß an einem gewöhnlichen Wochentag weder mein siebzehnjähriger Neffe noch seine jüngere Schwester abends um halb zehn im Hause waren und niemand von uns wußte, wo sie sich aufhielten, inspirierte mich zu einem Test. Nacheinander rief ich die Nummern der mir bekannten Freunde an, um zu erfahren, ob deren Eltern über den momentanen Aufenthaltsort ihrer halbwüchsigen Kinder informiert waren. Zu meinem Erstaunen meldeten sich überwiegend Kinder am Apparat, die ihrerseits keine Ahnung hatten, wo ihre Eltern steckten.«

Er riß den Bogen aus der Maschine und warf ihn zu den anderen in den Papierkorb. So ging das nicht! Vielleicht sollte er überhaupt das ganze Projekt fallenlassen und statt dessen ein Buch über seine Erfahrungen als Hausmann schreiben? Davon hatte er inzwischen mehr als genug gesammelt, speziell in den letzten Wochen. Und genauso lange hatte er von seinen jugendlichen Studienobjekten kaum etwas gesehen. Die glänzten meistens durch Abwesenheit und kamen nur noch zum Schlafen nach Hause. Sogar Urban, der sonst jeden Freitag eingetrudelt war, weil er die Wochenenden nirgendwo billiger verbringen konnte, hatte sich seit Tante Gertruds Ankunft nicht mehr sehen lassen. »Wenn jemand mal was kriegt, dann Vater und du. Also sei auch ein braver Neffe und kümmere dich allein um die liebe Erbtante. Ich bleibe in der Kaserne«, hatte er am Telefon gesagt und sich freiwillig zum Bereitschaftsdienst gemeldet.

Gerade als Florian seine Unterlagen zusammengeräumt hatte und in die Küche gehen wollte, um Tinchen von seinen neuen literarischen Plänen zu erzählen, kam Tante Gertrud ins Zimmer. Unter dem Arm trug sie einen Atlas. »Sieh mal, mein Junge, bis Straßburg ist es ja gar nicht so weit, wie du mir erzählt hast. Ich habe es eben nachgemessen.« Sie schlug den Atlas auf und legte ein Lineal auf die Karte. »Das sind genau elfeinhalb Zentimeter und in Wirklichkeit noch nicht einmal hundertfünfzig Kilometer.«

»Ja, Luftlinie. Ich kann aber nicht fliegen«, erklärte Florian geduldig, »auf der Straße ist es weiter.«

»Nun ja, vielleicht vierzig oder fünfzig Kilometer«, räumte

die Tante ein. »Was macht denn das schon? Wir können ja gleich nach dem Frühstück losfahren, dann haben wir den ganzen Tag zur Verfügung, und abends bleibt es immer noch lange hell. Hoffentlich kommen Mechthild und Rüdiger auch mit. Oder haben sie morgen schon etwas vor?«

In Florian brodelte es. »Das weiß ich nicht, Tante Gertrud, auf jeden Fall habe *ich* etwas vor!«

»Das macht ja nichts«, entgegnete sie heiter, »obwohl es schade ist, denn du bist ein guter Fremdenführer. Dann chauffiert eben deine Frau. Sie ist bestimmt froh, wenn sie wieder mal rauskommt.«

»Nein!!« Er knallte seinen Aktendeckel auf den Tisch und stand auf. »Tinchen wird nicht fahren und Rüdiger auch nicht! Wir bleiben alle zu Hause!«

»Deshalb brauchst du doch nicht gleich zu schreien, mein lieber Junge. Wenn es euch morgen nicht paßt, dann nehmen wir einen anderen Tag. Es eilt ja nicht.«

Florian holte tief Luft. »Jetzt hör mir mal gut zu, Tante Gertrud! Seit zwei Wochen kutschieren wir dich täglich durch die Gemeinde. Seit zwei Wochen stehen wir mit knurrenden Mägen vom Tisch auf und fressen hinterher heimlich den Kühlschrank leer. Seit zwei Wochen gibt es bei uns kein Familienleben mehr, weil du die Kinder aus dem Haus treibst. Die Sommerferien sind bald herum, aber wir haben noch nichts davon gehabt. Nächstes Wochenende kommen Tobias und Julia zurück, und dann hat Tinchen sowieso keine ruhige Minute mehr. Findest du nicht, daß auch sie ein bißchen Erholung verdient hat? Von mir selbst will ich ja gar nicht reden.«

Sie entfernte das Lineal aus dem Atlas und klappte ihn zu. »Ich soll also abreisen?«

»Ja, Tante Gertrud«, sagte Florian entschieden. »Du hast zwei wunderschöne Urlaubswochen bei uns verlebt, und ich meine, damit sollten wir es genug sein lassen.«

Vorwurfsvoll sah sie ihn an. »Das hättest du mir auch weniger direkt sagen können.«

»Ja, das hätte ich«, gab er zu, »aber es ist mir nun mal herausgerutscht. Entschuldige bitte.«

Schweigend ging sie aus dem Zimmer, und schweigend verließ sie am nächsten Tag das Haus. Florians Angebot, sie wenigstens zum Bahnhof zu bringen, lehnte sie ab. »Du wirst Besseres zu tun haben. Ich nehme ein Taxi.«

Seinen Wutanfall von gestern abend hatte er schon nach zehn Minuten bitter bereut und sich die halbe Nacht den Kopf zerbrochen, wie er diesen Ausrutscher wieder ausbügeln könnte. Es war ihm nichts eingefallen, und Tante Gertruds versteinertes Gesicht nahm ihm den Mut zu ein paar versöhnlichen Abschiedsworten.

»Die biste jedenfalls los! Jetzt kannst du nur noch Tante Klärchen beerben«, sagte Rüdiger lakonisch, nachdem das Taxi um die Ecke gebogen war. »Dafür sind meine Chancen gestiegen!« Er wedelte mit einem Fünfzigmarkschein herum. »Hat sie mir eben in die Hand gedrückt. Für Benzin.«

Da fiel Tinchen plötzlich ihrem Mann um den Hals und schluchzte:

»Ach, Flox, ich will wieder nach Hause!«

Erschrocken drückte er sie an sich. »Aber Tine, du wirst doch jetzt nicht aufgeben? Nur Fledermäuse lassen sich hängen.«

»Wer? – Ich?«

Florian bügelte Wäsche. Dabei fluchte er herzhaft, aber das hörte niemand. Alle waren beschäftigt. Die beiden Kleinen, braungebrannt und restlos verwildert, tobten mit Klausdieter durch den Garten. Nicht nur durch den eigenen. Sogar der Hund war nicht mehr zu bändigen. Er vermißte die Hühner, die er in Bayern von einem Ende des Hofes zum anderen gejagt hatte, er vermißte den Kuhstall, in dem es immer so interessant gerochen hatte, am meisten aber vermißte er das Futter. Jetzt gab es bloß wieder diese Pampe aus Dosen. Wenn er wenigstens davon satt werden würde! »Beim nächsten Regen hängt er mit dem Bauch in jeder Pfütze«, hatte Tinchen beim Anblick des wohlgenährten Dackelverschnitts gesagt und ihn kurzerhand auf halbe Ration gesetzt.

»Lassen Sie das doch liegen, Herr Bender. Wenn ich nachher noch Zeit habe, bügle ich Ihnen die Hemden.« Frau Künzel stellte einen weiteren Korb mit Wäsche auf den Boden.

»Hört das denn nie auf? Für alles gibt es Wegwerfartikel. Pappgeschirr, Müllbeutel, künstliche Fingernägel, Kuchenformen und ich weiß nicht, was sonst noch. Wann kann man endlich knitterfreie Hemden aus Papier kaufen?«

»Ich hab' doch gesagt, daß ich das nachher mache.«

»Kommt ja gar nicht in Frage! Bis Sie die eingestaubte Bude wieder saubergekriegt haben, ist der Monat vorbei und meine pingelige Schwägerin steht auf der Matte. Lassen Sie man, das mache ich mit links. Schließlich war ich nicht umsonst dreißig Jahre lang Junggeselle.« Er griff in den Korb, zog ein Hemd heraus und hielt es prüfend gegen das Licht. »In der Mitte ist es glatt. Von den Ärmeln sieht man sowieso nichts, also brauche ich bloß den Kragen zu plätten. Man muß rationell arbeiten.«

Beim letzten Telefonat hatte Martha zwar angedeutet, daß

sie langsam ihre Heimkehr in Erwägung ziehen könne, auf ein genaues Datum hatte sie sich aber noch nicht festlegen wollen. »Die Sophie tut sich eben immer noch schwer mit den Krücken.«

Und ich mit dem verdammten Bügeleisen! Florian zog den Stecker heraus und stopfte das angesengte T-Shirt ganz unten in den Korb zurück. Drei Hemden hatte er immerhin geschafft, die reichten erst mal. Gleichberechtigung hin oder her, Bügeln war Frauensache, und Melanie konnte sich ruhig auch mal hinstellen. Der Gerechtigkeit halber mußte er allerdings zugeben, daß das Mädchen schon den ganzen Vormittag Fenster putzte, und bei dieser Tätigkeit wollte er sie nun doch nicht ablösen. Hier im Bügelzimmer konnten ihn wenigstens die Nachbarn nicht sehen.

In seinen Gemüsegarten mußte er auch noch. Der hatte sich in eine blühende Unkrautplantage verwandelt, auf der außer Hederich nichts mehr so richtig wachsen wollte. Als Florian mit der ersten selbstgeernteten Mohrrübe in die Küche gekommen war, hatte Tinchen nur mitleidig gesagt: »Sieht ein bißchen mickrig aus im Vergleich zu den Prachtexemplaren auf der Samentüte.«

»Die gelten ja auch nicht«, hatte er seinen mageren Stengel verteidigt, »die Fotos sind doch alle gestellt. Mit Profigemüse!«

Trotzdem mußte er zugeben, daß seine hochgespannten Erwartungen nicht im geringsten erfüllt wurden. Das alte Gartenbaugesetz hatte sich wieder einmal bewahrheitet: Was man am wenigsten braucht, wächst einem am reichlichsten zu. Er holte Spaten und Hacke. Erst mal das Unkraut entfernen und dann die ganzen Beete einfach umgraben. Vielleicht konnte er beim Gärtner noch ein paar Fleißige Lieschen oder andere pflegeleichte Pflanzen auftreiben, damit nicht alles so kahl aussah. Der Krach mit Gisela ließ sich ohnehin nicht vermeiden, die würde im Dreieck springen, wenn sie den verschandelten Rasen sah. Überhaupt der Rasen! Eine Wiese war daraus geworden, die außerdem noch dringend gemäht werden mußte. Und vorn bei der Terrasse, wo Karsten die glühenden Grillkohlen einfach auf den Boden gekippt hatte, mußten neue Grassoden hin. Diese verbrannte Fläche sah scheußlich aus. Wie sollte er das bloß alles schaffen? Wo steckte überhaupt Rüdiger? Der hatte doch versprochen...

Florian trabte in die Küche. Tinchen schnippelte Bohnen und hielt ihm gleich das Messer entgegen. »Das kannst du auch. Ich muß Wäsche aufhängen, die Maschine ist längst fertig.«

»Wer? Ich? Keine Zeit. Ich will bloß wissen, wo Rüdiger ist. Er soll den Rasen schneiden.«

»Das macht er nachher, wenn er vom Tennisplatz kommt, hat er gesagt. Vorhin war es ihm zu heiß.«

Er wollte wieder zur Küche hinaus, besann sich aber eines Besseren.

»Nun gib die Wäsche schon her, ich mach' das für dich. Warum gibt es in diesem Haus eigentlich keinen Trockner? Elektrische Zahnbürsten haben sie, aber die notwendigsten Dinge fehlen.«

»Es ist ja einer da, aber der wird nur im Winter benutzt. Martha findet luftgetrocknete Wäsche schöner. Und nimm genügend Klammern mit! Das letzte Mal habe ich deine Unterhosen von den Stachelbeeren gepflückt.«

Florian räumte die Maschine aus, sortierte T-Shirts, Waschlappen und Hemden auseinander, wie er es von seiner Frau gelernt hatte, packte obenauf die Strümpfe, stutzte, zählte und hatte wieder mal einen zuwenig. »Kann man nicht endlich eine Waschmaschine erfinden, aus der immer eine gerade Zahl von Socken herauskommt?«

Als er das letzte Handtuch festklammerte, schlenderte Rüdiger auf die Terrasse. »Du machst das schon richtig professionell, Florian, aus dir kann noch was werden.«

»Jetzt wird erst einmal etwas aus dir, mein Sohn, und zwar ein kleiner häßlicher Zwerg – nur so groß!« Florian deutete die ungefähre Größe einer Streichholzschachtel an und kam mit Riesenschritten auf seinen Neffen zu. Fünf

Minuten lang standpaukte er auf ihn hinunter, dann ging ihm die Luft aus.

»Auch wer sich vor Leistung drückt, steht unter Leistungsdruck«, war alles, was Rüdiger darauf zu sagen hatte. »Nur keine Hektik, ich schneide ja den verdammten Rasen heute noch, obwohl ich das für verschwendete Energie halte. Bis die Regierung einreitet, steht er wieder genauso hoch. Langes Gras müßte mal ebenso in Mode kommen wie lange Haare.« Er nahm seinen Schläger vom Tisch und ging ins Haus. An der Tür drehte er sich noch einmal um.

»Was ich noch sagen wollte – hast du schon in den Vorgarten gesehen?«

»Nein. Warum? Ist der Maulwurf wieder aktiv?«

»Nee, aber da liegt eine ganze Fuhre wiederaufbereitete Vegetation.«

»*Was* liegt da?«

»Kuhmist! Den kriegen wir jedes Jahr. Immer dann, wenn die Erdbeeren abgeerntet sind.«

Bis in den Abend hinein karrte Florian eine Schubkarre nach der anderen voll Mist in den Garten und verteilte ihn zwischen den Stauden, obwohl sein Instinkt ihm sagte, daß mit diesem leicht vor sich hindampfenden Dünger vorher wahrscheinlich noch etwas geschehen müßte. Vielleicht mußte man ihn erst auslüften oder mit Laub vermengen. Er erinnerte sich, etwas Derartiges mal gelesen zu haben, aber bis die ersten Blätter von den Bäumen fielen, würde es noch eine Weile dauern. Rüdiger hatte wie immer keine Meinung, und Tinchen brauchte er erst gar nicht zu fragen. Also rollte er weiter seine Mistladungen und beneidete seinen Neffen, der mit dem Rasenmäher gemächlich seine Bahnen zog und jedesmal einen Bogen schlug, sobald er in Florians Nähe kam.

»Du riechst so komisch.«

Das allerdings ließ sich nicht abstreiten. Um es ganz genau zu sagen: Er stank aus allen Poren. Wie bei einem Aussätzigen spritzte Frau Künzel zur Seite, als er endlich nach der letzten Fuhre ins Haus und auf kürzestem Weg ins Bad lief.

Das war besetzt. Mit aufgerollten Ärmeln, Gummischürze vor dem Bauch, stand Tinchen neben der Wanne und schrubbte Julia mit der Wurzelbürste ab. Auf dem Toilettendeckel saß Tobias und heulte. Er hatte die Prozedur schon hinter sich und war krebsrot. Im ganzen Raum roch es nach Mylènes Badesalz.

»Ihr alten Ferkel! So mistig habt ihr nicht mal ausgesehen, als wir die Überschwemmung hatten. Was habt ihr euch eigentlich dabei gedacht? Und so ein kleines Dreckschwein soll nächsten Monat in die Schule kommen! Die lassen dich ja gar nicht rein! Seid ihr denn total verrückt geworden?«

»Auf 'm Hof ha-haben wir au-auch immer beim M-misthaufen gespielt u-und da hat keiner gesch-schimpft«, schluchzte Julia.

»Ja, sogar alte Hosen hat uns die Frau Reitmeier gegeben und Holzpantinen«, trumpfte Tobias auf. »Die hat uns überhaupt nie was verboten.«

Tinchen holte neues Shampoo. »Aua, das brennt!«

»Das kann gar nicht brennen. Steht jedenfalls drauf.« Weil sie durch die Dampfschwaden nichts erkennen konnte, ging sie zum Fenster und vergewisserte sich, daß sie die Flasche mit dem Kindershampoo in der Hand hatte. Es war die mit dem flüssigen Scheuermittel. »Na, wenn schon, dann wirst du hoffentlich auch gleich so porentief reinen, strahlenden Glanz verbreiten!«

Geräuschlos schloß Florian die Tür. Er hatte keine Lust, ausgerechnet jetzt Tinchen vor die Augen zu treten. Sie bekam es glatt fertig und steckte ihn mit in die Wanne. Also mußte er das Bad von den Jungs benutzen. Da gab es zwar nur die Dusche, und irgendwie hatte er das Gefühl, ein Vollbad wäre in seinem gegenwärtiger Zustand wirkungsvoller, aber das konnte er immer noch nachholen. Hauptsache, er bekam endlich diesen penetranten Geruch aus der Nase.

Im Duschbecken saß Klausdieter. Eine Wäscheleine, die an sein Halsband geknotet und um die Armaturen gewickelt war, machte jeden Fluchtversuch aussichtslos. Vollgeschäumt mit Hundeseife hockte er kläglich winselnd in der äußersten Ecke, immer bemüht, diesem gräßlichen Schwamm zu entkommen, mit dem Melanie ihn bearbeitete. Er verstand die Welt nicht mehr. Wie konnte man einen kleinen Hund, der Wasser nur in seinem Trinknapf akzeptierte, von dem schönen Spielplatz wegholen und unter diese ekelhafte Dusche stellen? Anfangs hatte er gar nicht glauben wollen, daß Herrchen extra für ihn den Misthaufen hatte anfahren lassen, aber es mußte wohl so sein. Im Vorgarten hatte noch nie einer gelegen. Und dann war Frauchen gekommen, hatte geschrien, und dann hatte ihn Melanie mit Gummihandschuhen aus der Jauche gezogen.

»Kannst du das Vieh nicht auf der Terrasse baden? Oder soll ich mich vielleicht in der Kloschüssel waschen?«

»Du riechst, als hättest du es bereits getan«, sagte Melanie und drehte die Brause auf. Das war zu viel für Klausdieter. Mit einem mächtigen Satz sprang er hoch, die Leine löste sich, und lauthals kläffend tobte er durch die geöffnete Tür, den Flur entlang und die Treppe hinunter. Florian hinterher. Die Jagd ging durchs Wohnzimmer, über die Terrasse, durch den Garten auf die Straße, durch den nächsten Garten – es war der von Kaiserlings und kostete sie zwei abgebrochene Dahlien –, durch die Hecke und endete endlich vor einem Koffer, der eben noch nicht dort gestanden hatte.

»Was ist denn hier los?« Clemens setzte seine Reisetasche ab und streckte zur Begrüßung die Hand aus.

»Gar nichts«, keuchte Florian, während er mit beiden Händen Klausdieter festhielt. »Mir ist nur der Hund abgehauen mit dem ganzen Schaum, das kam wegen dem Misthaufen und weil ich nicht im Klo baden wollte, verstehst du?«

»Logo, ist ja sonnenklar.« Mit besorgter Miene sah Clemens auf seinen Onkel herunter. »Ich glaube, es war höchste Zeit, daß ich wieder nach Hause gekommen bin.«

»Endlich mal wieder so ein richtig schönes Wochenende ohne Besucher, ohne Ausflüge und vor allem ohne vitaminreiche

Mahlzeiten, die auch noch auf die Minute pünktlich serviert werden sollen. Morgen kochste mal was ganz Ordinäres, ja, Tinchen? Eisbein mit Sauerkraut oder einen Schweinebraten so mit Schwarte außenrum. Nachmittags trinken wir gemütlich Kaffee und essen Sahnetorte, und abends legen wir die Beine hoch und sehen fern.«

»Du wirst alt, Florian«, bemerkte seine Nichte. »Wie kann man sich bloß auf einen langweiligen Sonntag freuen?«

Nach dem Abendessen hatte sich die Familie bis auf die beiden Kleinen, die schon im Bett lagen, im Wohnzimmer versammelt und ging mehr oder weniger nützlichen Beschäftigungen nach. Melanie strickte. Das war zur Zeit »in« und hatte in der Schule bereits zu lebhaften Kontroversen zwischen Schülern und Lehrkörper geführt.

»Während der da vorne über Entwicklungsländer sülzt, können wir doch stricken! Was macht das schon? Täglich kriegen wir von den Paukern zu hören, daß wir nichts leisten. Das stimmt ja gar nicht. Im letzten Schuljahr haben wir insgesamt neun Pullover gestrickt, sieben Schals, vier Mützen, acht Paar Handschuhe und zwei Pullunder.«

Clemens stocherte im Kamin herum. Gegen Abend war es empfindlich kühl geworden, deshalb hatte er die Heizungssaison eröffnet und das erste Feuer im Kamin entzündet. Vorläufig tat sich allerdings gar nichts. Das Holz qualmte nur, statt der züngelnden Flammen sah man Rauchschwaden durchs Zimmer ziehen. Tinchen türmte. Auch Florian hustete.

»Leute mit einem offenen Kamin behaupten immer, nichts ließe sich vergleichen mit dem ersten knisternden Feuer im Herbst. Sie haben recht.«

»Stimmt. Beim zweiten Mal, wenn sie endlich den Schieber geöffnet haben, ist es viel langweiliger.« Mit zwei Handgriffen hatte Urban die Lüftungsklappe betätigt, und bald hörte man das vorschriftsmäßige Prasseln der Flammen.

»Schön«, sagte Florian.

»Sehr schön«, sagte auch Tinchen, die mit einem Teetablett zurückkam, »wann kann man schon in Ruhe zusehen, wie sich Geldscheine in Rauch auflösen? Hundertvierzig Mark pro Festmeter Holz!« Suchend sah sie sich um. »Könnt ihr nicht mal ein bißchen Platz machen, oder wollt ihr die Tassen auf den Knien balancieren? Urban, mußt du deine Werkstatt ausgerechnet hier aufschlagen?«

»Wenn Marthchen am Dienstag zurückkommt und ihre Glotze ist immer noch kaputt, kehrt sie wieder um. Sie sollte sich wirklich mal eine neue anschaffen. Ich weiß nicht, wie oft ich diesen uralten Kasten schon repariert habe. Diesmal ist der Schalter für die Programmwahl hinüber.« Er schob die herumliegenden Schraubenzieher zusammen. »Stell das Tablett da hin. Aber gieß mir noch keinen Tee ein, ich muß noch mal runter in die Garage.«

»Ich will auch keinen. Gleich werde ich abgeholt.« Melanie sah auf die Uhr und packte ihr Strickzeug zusammen. »Ihr braucht nicht auf mich zu warten, es wird bestimmt spät werden.«

»Aber nicht später als halb zwölf«, forderte Florian. »Wer ist denn heute der Glückliche?«

»Du kennst ihn nicht. Er heißt Uwe.«

»Ist das etwa dieser abgedrehte Macker aus der Dreizehnten?«

Rüdiger nahm die Beine vom Couchtisch und stand langsam auf. »Wie kann man bloß mit der größten Flasche der westlichen Hemisphäre herumziehen? Florian, das mußt du verbieten!«

»Von wegen Flasche!« fauchte seine Schwester. »Der hat in seinem kleinen Finger mehr Grips als du in deinem ganzen aufgeblasenen Holzkopf!«

»Ja, ich weiß, Verstand ist sein größter Reichtum, aber Armut schändet ja nicht.« In voller Länge baute er sich vor Florian auf und verlangte nachdrücklich: »Laß sie nicht aus dem Haus! Dieser Scheich hat ein supergeiles Gerät, bloß fahren kann er nicht. Zweimal haben ihn die Bullen schon gekrallt wegen überhöhter Geschwindigkeit. Der gurkt wie eine gesengte Sau durch die Straßen.«

»Jetzt nicht mehr«, sagte Melanie. »Wenn er noch mal erwischt wird, ist er nämlich den Führerschein los.« Sie drückte Tinchen einen Kuß auf die Wange. »Tschüs, ich gehe jetzt.«

»Paß auf, wenn er fährt!«

»Paß lieber auf, wenn er parkt!« empfahl Florian. Er schickte seiner Nichte einen augenzwinkernden Blick hinterher. Zu ihr hatte er Vertrauen und wußte, sie würde es nicht mißbrauchen. Erst kürzlich hatte sie ihm versichert: »Von ethischen Begründungen halte ich nicht viel, aber für mich ist das beste orale Verhütungsmittel immer noch ›nein‹!« Dabei war sie fast siebzehn und damit in einem Alter, wo mehr als die Hälfte der jungen Mädchen die Bezeichnung Jungfrau bestenfalls als Sternzeichen für sich in Anspruch nehmen konnten. Beruhigt zündete er sich eine Zigarette an und griff wieder zu seiner Zeitung.

»Das ist jetzt schon die vierte innerhalb einer Stunde«, sagte Tinchen vorwurfsvoll.

»Stricken ist für Melanie dasselbe wie Rauchen für mich. Es entspannt.«

»Meinst du? Wenn sie aber mal eine Masche fallen läßt, gibt es nicht gleich ein Loch im Teppich.«

Aus Rüdigers Ecke kam ein herzhaftes Gähnen. »Mann, ist das vielleicht ein ätzender Abend. Ein Glück, daß die Schule bald wieder anfängt. Da ist wenigstens vormittags Action. Ich sehe mir jetzt den Krimi im Zweiten an. Kommst du mit, Clemens?«

»Kaugummi für die Augen? Nee, danke. Ich geh' poofen. Hab' Andrea versprochen, sie morgen früh zu ihrer neurotischen Tante nach Sindelfingen zu fahren. Die liegt mal wieder im Sterben. Gute Nacht allerseits.«

Auch Urban räumte sein Werkzeug zusammen. Er wollte in die Spätvorstellung vom Roxy und hinterher vielleicht noch in die Disco.

»Komm mal her, Tinchen, damit ich dir meine geniale Konstruktion erklären kann. Wenn Marthchen kommt, bin ich doch nicht da, also mußt du ihr dieses Provisorium verklickern.« Er schaltete den Apparat ein. »Das ist der Schalter von unserem alten Herd, was anderes habe ich nicht gefunden. Unterhitze ist das erste Programm, Oberhitze das zweite und Grillen das dritte. Probier mal!«

Tinchen probierte und war beeindruckt. »Das funktioniert ja!«

»Was hast du denn gedacht?«

Florian war hinausgegangen und kehrte mit seinem Weckerradio zurück.

»Das Ding streikt auch, und wo du doch gerade dabei bist...«

»Ich sehe es mir morgen mal an, ja? Für Radios bin ich Spezialist.« Er nahm Florian das Gerät aus der Hand und stellte es auf den Tisch. »Halb drei. Elektrische Uhren haben selbst dann noch ihr Gutes, wenn sie nicht mehr gehen. Man sieht wenigstens, wann sie stehengeblieben sind.«

»Möchtest du noch eine Tasse Tee?« fragte Tinchen, nachdem Urban unter Hinterlassung seiner gesamten Utensilien das Feld geräumt hatte.

Keine Antwort. Florian las Zeitung.

»Ob du noch Tee willst, habe ich gefragt.«

»Nein.«

»Dann eben nicht.« Sie stand auf, holte ein paar Zeitschriften vom Couchtisch, blätterte in der ersten herum, klappte sie wieder zusammen. »Da steht auch nichts Vernünftiges drin. Erst zwanzig Seiten Kochrezepte und danach zwanzig Seiten Abmagerungstips.« Sie griff nach der nächsten. Plötzlich wurde sie aufmerksam. »Hör mal zu! Hier steht, daß in manchen Gegenden Indiens die Männer ihre Frauen erst nach der Hochzeit kennenlernen. Glaubst du das?«

»Wie kommen die denn gerade auf Indien?«

»Florian, du bist gemein!« Sie ging zu ihm hinüber, nahm ihm die Zeitung aus der Hand und kuschelte sich in seinen Sessel. »Kommt dir eigentlich nicht in den Sinn, daß das Leben außer dem, was in der Welt vorgeht, auch noch etwas anderes zu bieten hat?«

Einen Augenblick lang sah er sie nachdenklich an. »Doch«, meinte er dann entschieden, »ich könnte jetzt noch ein schönes saftiges Schinkenbrot essen.«

»Die kürzeste Verbindung zwischen zwei Punkten ist die zwischen Ferienanfang und Ferienende«, behauptete Melanie, als sie am ersten Tag des neuen Schuljahres den Staub von der Mappe bürstete. »Und nun auch noch elfte Klasse, in der wir den ganzen Mist der vergangenen sechs Jahre wiederkäuen. Ist doch absoluter Schwachsinn!«

»Den Rest kriegst du auch noch herum«, tröstete Florian, »denn nicht für die Schule lernen wir ...«

»... sondern für die Katz'. Spar dir doch diese abgedroschenen Weisheiten! Was ich später mal werden will, weiß ich noch nicht, aber bestimmt nichts mit Mathe und Physik. Und wie sieht diese blöde reformierte Oberstufe aus? Mathe kannste nicht mehr abwählen, und Physik ist jetzt Hauptfach. Da weiß ich doch heute schon, daß ich einfahre.«

Tobias hatte einen Vorschlag: »Du kannst doch Pfarrersfrau werden. Da mußt du bloß einen Tag in der Woche arbeiten, und am Sonntagmorgen gibt es sowieso nichts im Fernsehen.«

Das ausbrechende Gelächter dämpfte Florian mit der Überlegung, daß Geistliche es heutzutage viel schwerer hätten als in früheren Jahren. Sie müßten nach wie vor die Sünde bekämpfen, wüßten aber oft nicht mehr, was überhaupt noch darunter fällt.

»Jetzt macht endlich, daß ihr rauskommt!« Wahllos stopfte Tinchen Butterbrotpakete in die Schultaschen, verteilte Kleingeld für die Pausenmilch, zog den Reißverschluß an Tobias' Anorak zu und erinnerte Rüdiger an seinen Termin beim Augenarzt. Dann schob sie die ganze Meute zur Tür hinaus. »Bin ich froh, daß wieder ein normales Leben anfängt!«

Vor einer Woche hatte Martha das Regiment in der Küche übernommen. Frau Künzel brauchte nur noch vormittags zu kommen, und sogar Oma Gant war zurückgekehrt. Vorzeitig. Nach einem Monat hatte sie die Kur eigenmächtig abgebrochen, »weil da wäre ich sonst verhungert«. Der Arzt hatte sie auf Diät gesetzt und ihr darüber hinaus Appetitzügler verordnet. »Erst hab' ich die Pillen ja jenommen, aber denn hatte ich überhaupt nie nich mehr Hunger und denn hab' ich se ins Klo jeworfen. Nu hatte ich wieder Appetit, aber nischt zu essen. Und bei so was soll man nu jesund werden.«

Jetzt hätte sich Florian ungestört der Renovierung des Gartens widmen können, er hatte nur keine Lust dazu. »Ich weiß endlich, wie man die vier Jahreszeiten zu definieren hat: Umgraben, Säen, Mähen und Zusammenharken«, hatte er gestöhnt und aus der hintersten Ecke des Weinkellers, wo die ganz edlen Tropfen lagerten, eine Flasche mit dem edelsten geholt. Dann hatte er Blumen gekauft, weil die Produkte seiner eigenen Züchtung dem Auge des Fachmannes nicht standgehalten hätten, und war zu Kreuze gekrochen. Frau Luise Biermann hatte Nelken sowie Handkuß schweigend entgegengenommen und ebenso schweigend die Tür zum Wohnzimmer geöffnet, wo Herr Biermann im Unterhemd am Tisch saß und Briefmarken sortierte.

»Guten Tag, Herr Biermann«, sagte Florian, während er die Flasche aus dem Osterpapier wickelte, »ich habe mir gedacht, daß wir die Pulle hier gemeinsam austrinken und uns dabei wie vernünftige Menschen unterhalten. Ich gebe ja zu, daß ich...«

»Wein trinke ich nie. Nur Bier und Klaren.«

Damit hatte Florian nicht gerechnet. Diese strikte Ablehnung brachte sein ganzes Konzept durcheinander. Er hatte vorgehabt, Herrn Biermann so nach und nach den Inhalt der Flasche einzutrichtern, sich selbst, wenn auch schweren Herzens, mit nur einem einzigen Glas zu begnügen und abzuwarten, wann sich der Alkohol auf Herrn Biermanns Versöhnungsbereitschaft auswirken würde. Zur Sicherheit hatte er eine zweite Flasche, allerdings etwas minderer Qualität, im Wagen.

Herr Biermann zeigte sich wenig kooperativ. »Jetzt geht Ihnen wohl der Arsch auf Grundeis?«

Und wie! dachte Florian, spielte den Ahnungslosen, fragte höflich: »Ich verstehe nicht, was Sie meinen.«

»Tun Sie doch nicht so! Sie verstehen ganz genau! Zählen habe ich schon immer gekonnt, und die sechs Monate, wo die Frau Professor abwesend ist, sind bald rum. Nun stehn Sie auf 'm Schlauch! Abends bin ich ja manchmal durch die Händelstraße gegangen und habe mir angesehen, was Sie aus dem gepflegten Garten gemacht haben. Um das so hinzukriegen, muß schon ein Volltrottel kommen.«

Florian schluckte auch den Volltrottel, glaubte er doch, aus dem herablassenden Ton eine gewisse Befriedigung herauszuhören. Da siehst du nun, was du angestellt hast, ohne mich geht es eben nicht! Er war sogar bereit, die aufkommende Schadenfreude des Herrn Biermann zu unterstützen – notfalls aus eigener Tasche – und ihm in seiner berechtigten Überheblichkeit zuzustimmen. »Ich gebe ja zu, daß ich alles falsch gemacht habe. Wenn man von einer Sache keine Ahnung hat, soll man sie bleibenlassen, aber es ist nun mal passiert, und jetzt kann nur noch eine Kapazität auf dem Gebiet der Gartenbaukunst helfen. Deshalb bin ich ja gekommen. Ich wollte Sie bitten, wieder Ordnung zu schaffen. Ihren Stundenlohn erhöhe ich auch.« Den konnte Gisela später ja wieder rückgängig machen.

Die Kapazität hob Herrn Biermanns Selbstbewußtsein, und die in Aussicht gestellte Lohnerhöhung ließ ihn innerlich frohlocken. Der fehlende Zuschuß vom Herrn Professor hatte sich im Biermannschen Budget schon bemerkbar gemacht. Außerdem langweilte sich Herr Biermann entsetzlich. Seit er pensioniert war, hatten sogar die Samstage jeglichen Reiz für ihn verloren. Mit seiner Frau hatte er täglich Krach, weil er ihr im Weg herumstand und Zigarrenasche verstreute. Manchmal hatte er sogar schon überlegt, ob er nicht einmal rein zufällig mit dem jetzigen Herrn Bender zusammentreffen sollte; der fuhr ja immer seinen Sohn zur Schule. Dann hatte er es aber doch nicht getan. Man hatte ja seinen Stolz. Den wollte er allerdings noch ein bißchen auskosten, und deshalb wiegte er zögernd seinen Kahlkopf hin und her, murmelte etwas von »selbst genug zu tun« und »gar nicht allein zu schaffen«, aber als Florian ihm versicherte, daß er selbstverständlich nach besten Kräften helfen und sich ganz genau an Herrn Biermanns Anweisungen halten werde, stand der auf und reichte seinem neuen alten Brötchengeber die Hand. »Ich mach's aber nur aus Anhänglichkeit und nicht wegen Ihnen.«

»So viel Zuneigung habe ich auch gar nicht erwartet.« Gleich darauf bereute er diese Worte, denn Herrn Biermanns Gesicht hatte sich von einem Moment zum anderen verfinstert. Er war sich nicht ganz klar, ob sich dahinter nicht schon wieder eine neue Unverschämtheit versteckte. Schnell ergriff Florian die ausgestreckte Hand und schüttelte sie kräftig. »Dann sehen wir uns also morgen im Garten, ja?«

»Jawoll«, sagte Herr Biermann, »pünktlich um acht.«

Als Florian mit den Worten: »Wenn Sie doch keinen trinken, nehme ich den Wein am besten wieder mit« die Flasche retten wollte, wehrte Herr Biermann ab. »Die lassen Sie man da. Wenn mein Bruder kommt, wird sie alle. Der trinkt nämlich gerne Wein.«

Das hieß nun wirklich Perlen vor die Säue werfen! Ewald Biermann war Totengräber und stadtbekannter Säufer. Die Fama berichtete, er habe im Vollrausch schon mal eine ganze Flasche Haarwasser geleert und danach drei Tage auf der Intensivstation gelegen.

Die Hochstimmung, mit der Florian sich an den Mittagstisch setzte, verflog, sobald er die bedrückten Mienen von Melanie und Rüdiger sah. Nur Tobias strahlte. »Ich war heute bei den Erstkläßlern Schülerlotsenvertreter.«

»Das ist aber eine sehr verantwortungsvolle Aufgabe«, sagte Tinchen stolz. »Hast du auch alles richtig gemacht?«

»Ich glaube schon. Wir hatten keinen Todesfall.«

Florian holte Bier aus dem Kühlschrank. Bevor er sich wieder setzte, gab er Rüdiger einen Nasenstüber. »Was hat euch eigentlich die Petersilie verhagelt? Seid ihr nachträglich rückversetzt worden?«

»Schön wär's ja!« Melanie seufzte in ihre Suppe. »Dann hätten wir jetzt nicht den ganzen Ausschuß gekriegt. Ich hab' schon überlegt, ob ich nicht die Schule wechseln soll.«

»Warum denn?«

»Nahezu alle Pfeifen, die dank ihres unkündbaren Beamtenstatus immer noch unser Gymnasium bevölkern, haben sie in die elften und zwölften Klassen gesteckt. In der freien Wirtschaft wären die wegen erwiesener Unfähigkeit längst rausgeflogen.«

»Wie viele Lehrer habt ihr denn insgesamt?«

»Weiß ich nicht so genau, etwa zwischen fünfzig und sechzig.«

»Na, dann ist das doch kein Wunder. Bei so einem großen Kollegium gibt es immer mal welche, die nichts taugen, aber die verlieren sich doch in der Menge.«

»Denkste. Bei uns massieren sie sich.«

»Ein paar Flaschen kann jede Schule vertragen«, bemerkte Rüdiger, »aber ein ganzer Kasten voll ist zuviel!« Er schob seinen Stuhl zurück und stand auf. »Entschuldigt, aber ich muß weg. Den Termin beim Augenarzt habe ich umgepolt. Er nimmt mich früher dran, weil ich hinterher noch zur Probe muß. Mal sehen, ob ich mit der neuen Minibrille überhaupt Noten lesen kann.«

»An Kontaktlinsen muß man sich erst gewöhnen«, warnte Florian, trank sein Bier aus und erhob sich ebenfalls. »Bevor Herr Biermann morgen seinen Inspektionsgang macht, werde ich noch schnell hinten am Zaun die Brennesselkulturen roden. Und Tobias soll Herrn Schmitt unter den Kirschbaum setzen, da sprießt der meiste Löwenzahn. Aber anbinden! Sonst türmt er wieder zu Kaiserlings Wirsingkohl und kriegt Blähungen.«

Die letzten Tage in Bruder Fabians komfortabler Behausung hatte Florian sich eigentlich anders vorgestellt. Er hatte sie genießen wollen, hatte sich ausgemalt, wie er in der Sonne liegen und aus handgeschliffenen Kristallgläsern Chablis trinken, während sein Blick über den sich langsam wieder regenerierenden Garten schweifen würde. Zu Hause in Düsseldorf gab es bloß einfache Gläser aus einem Sonderangebot von Karstadt, und sein schweifender Blick vom Balkon hinunter würde nur einen Steinwurf weiter am Küchenfenster von Familie Kröpke enden. So ein Eigenheim war schon eine feine Sache! Vor drei Jahren war er schon einmal drauf und dran gewesen, in Monheim ein altes Bauernhaus zu kaufen und umzubauen. Sein Schwiegervater hatte ihm bei der Finanzierung helfen wollen, jedoch nach Besichtigung des fraglichen Objekts wieder einen Rückzieher gemacht.

»Sicherlich macht es mehr Spaß, ein altes Haus nach eigenen Vorstellungen zu renovieren als ein neues zu bauen, und die Kosten sind kaum doppelt so hoch, aber bei dem hier dürften sie sich verdreifachen.« Damit war das Projekt erst einmal gestorben. Im Augenblick hatte Florian auch keine Lust, es wieder aufzugreifen. Zu jedem Eigenheim gehörte ein Garten, und den hatte er jetzt gründlich hassen gelernt.

Fünf Minuten vor acht hatte Herr Biermann an der Haustür geläutet und ihm erklärt, er werde erst einmal eine genaue Besichtigung vornehmen und dann einen Arbeitsplan erstellen. Florian könne inzwischen die Geräte holen. Und dann ging es los! Alles das, was Florian als wildwachsende Blumen angesehen hatte, bezeichnete Herr Biermann als Unkraut und forderte dessen Ausrottung. Darunter fiel natürlich auch der sogenannte Gemüsegarten. Lediglich ein paar Petersilienstengel und den Schnittlauchbusch konnte er retten und mit Herrn Biermanns Erlaubnis hinten zwischen die Sträucher setzen, wo sie mangels ausreichender Feuchtigkeit auch sofort eingingen.

Diese Rodungsarbeiten dauerten zwei Tage. Nur mit Mühe konnte sich Florian anderthalb Stunden Urlaub erkämpfen, um an der feierlichen Einschulung seiner Tochter teilzunehmen. Lange hatten er und Tinchen überlegt, ob es sich noch lohne, Julia in die hiesige Schule zu schicken, wenn ihr doch in vierzehn Tagen schon wieder ein Wechsel bevorstehe. Die Entscheidung hatte Julia selbst getroffen.

»Ich will auch eine Schultüte haben und angesungen werden und das Märchen sehen und neben Katrin sitzen, sonst will ich überhaupt nie in die Schule.«

»Du bist schön blöd«, hatte ihr Bruder gesagt, »ich wäre froh, wenn ich noch zwei Wochen lang Ferien hätte.«

Julia war aber nicht froh, sie war schon während der Ostertage mit ihrem neuen Ranzen tagelang durchs Haus gelaufen und wollte ihn jetzt endlich auch auf der Straße tragen.

Der anschließende Besuch beim Italiener, wo Julia und ihre Mutter einen großen Eisbecher bekamen, Florian in Erwartung des Kommenden einen doppelten Grappa trank, verlängerte die Pause um eine weitere halbe Stunde, aber dann ging es zurück zur Fronarbeit. Herr Biermann wartete schon. »Jetzt holen Sie erst mal den ganzen Mist wieder aus den Erdbeeren und bringen ihn hinten zum Komposthaufen. Zuerst müssen die Ableger weg von den Pflanzen, und dann müssen Sie sie durchhacken!«

»Wer? Ich? Was machen Sie eigentlich?«

»Die Büsche beschneiden.«

»Ich denke, das macht man im Herbst?«

»Na, und was haben wir jetzt?«

»September.«

»Eben«, sagte Herr Biermann und holte eine neue Flasche Bier aus dem mit kaltem Wasser gefüllten Eimer. »Ich geh' jetzt mal rüber zu den Forsythien.« Dort war er dann für den Rest des Nachmittags beschäftigt. Die abgeschnittenen Zweige ließ er liegen.

Als er am Abend seine Blasen zentimeterdick mit Salbe einschmierte, zog Florian Bilanz. »Jetzt weiß ich endlich, was ein wahrer Gärtner ist! Er zieht sich alte Kleider an, setzt einen Strohhut auf, hat in der einen Hand eine Heckenschere, in der anderen eine Bierflasche und sagt seinem Helfer, wo er graben soll. Und dafür kriegt er auch noch Geld.«

Immerhin mußte Florian zugeben, daß der Garten langsam

wieder diese Bezeichnung verdiente. Und zwei Tage vor dem Eintreffen der Amerikareisenden stellte Herr Biermann nach einem letzten Rundgang fest: »Mehr war in der kurzen Zeit nicht zu schaffen, aber nun sieht es schon ganz ordentlich aus.« Dann ließ er sich sogar zu einem Lob herab. »Ich weiß überhaupt nicht, warum das alles so verkommen war, so untalentiert sind Sie doch gar nicht.« Bevor er ging, ermahnte er seinen Hilfsgärtner noch: »Übermorgen früh müssen Sie noch mal den Rasen mähen, und dann harken Sie auch gleich die Wege rundherum durch. Ich komme ja erst nächste Woche wieder, wenn die Frau Professor da ist.« Sprach's, kassierte seinen Wochenlohn und schritt von dannen.

Dank seiner permanenten Beschäftigung außerhalb des Hauses war Florian entgangen, was sich innerhalb desselben abspielte. Martha hatte Großreinemachen befohlen, obwohl das nach Tinchens Ansicht nun wirklich nicht nötig war und sie viel lieber mit dem Kofferpacken angefangen hätte, aber die Gardinen mußten abgenommen werden wegen des vielen Nikotins, das sich darin festgesetzt hatte – im Hause Bender wurde normalerweise kaum geraucht –, und daß bei dieser Gelegenheit auch die Schränke oben abgewischt und poliert wurden, verstand sich von selbst. Also turnte Tinchen die Leiter rauf und runter, wischte oben, Frau Künzel wischte unten, Martha begutachtete, fand immer noch etwas, das Frau Doktors Mißbilligung hervorrufen könnte, und als sie am letzten Tag das Mittagessen auf den Tisch stellte, fiel ihr vor lauter Nervosität die Kartoffelschüssel herunter. Sie bekam einen Weinkrampf und lief in ihr Zimmer. Florian hinterher.

»Martha, du spinnst!« Er drückte sie in den Sessel, sah sich nach etwas Stärkendem um, fand aber nur Oma Gants Pfefferminzlikör und goß ein viertel Wasserglas voll ein. »So, jetzt trinkst du das runter, dann legst du dich eine Weile hin, und danach reden wir mal miteinander.«

Sie wollte aber jetzt schon reden. »Ach, Flori, die Zeit mit euch war so schön. Alle sind richtig aufgelebt, die Kinder waren viel mehr zu Hause als früher, sie haben wieder gelacht, sie haben ihre Freunde mitbringen dürfen, sie sind wieder eine Familie geworden – und das alles hört nun auf. Ich habe mir schon überlegt, ob ich nicht doch zu Sophie ziehen soll. Wir haben uns nämlich gut verstanden, das hätte ich gar nicht geglaubt, und wo doch nun der Rüdiger auch bald mit der Schule fertig ist und die Melanie im nächsten Jahr in so ein feines Internat soll, da werde ich hier sowieso nicht mehr gebraucht. Soll sich doch die Frau Doktor eine Haushälterin suchen mit ausgebildeten Manieren, die den Kaffee nicht von der falschen Seite eingießt. Zum Umlernen bin ich zu alt.«

»Du bist nicht alt, Marthchen, bloß Gisela ist eine dumme Gans. Aber die lernt ja auch nichts mehr dazu.« Zärtlich streichelte er über ihre faltigen Wangen. »Ich kann verstehen, wenn du diesen Zirkus hier nicht mehr mitmachen willst, denn anstrengend ist so ein großer Haushalt schon, das weiß ich jetzt selbst am besten, aber du solltest dir deinen Entschluß noch einmal reiflich überlegen. Wenn man wie du ein ganzes Leben lang bei derselben Familie verbracht hat, trennt man sich nicht so leicht. Wenn du erst einmal das Handtuch geworfen hast, kannst du nicht mehr zurück. Laß die Sache langsam angehen. Nimm bald deinen Urlaub, bleibe noch mal ein paar Wochen bei deiner Schwester, und dann wirst du besser beurteilen können, ob dir das auf die Dauer gefällt. Auf die Kinder brauchst du wirklich keine Rücksicht mehr zu nehmen. Sie werden über kurz oder lang ihre eigenen Wege gehen und sich einen Deibel darum scheren, wie du damit fertig wirst.«

»Meinst du?« fragte sie zaghaft.

»Natürlich meine ich das. Kinder sind Leihgaben. Wir dürfen sie großziehen, uns mit ihnen herumärgern, wir dürfen sie lieben und Angst um sie haben, aber wenn wir uns endlich aneinander gewöhnt haben, ziehen sie aus, heiraten und kriegen selber welche. Und das ganze Spiel fängt von vorne an.«

»Wenn man es so sieht, hast du natürlich recht, Flori. Aber

wenn ich mir vorstelle, daß ich sie vielleicht nie mehr wiedersehe...« Die Tränen rollten aufs neue.

Er nahm die alte Frau in die Arme und drückte sie an sich. »Darauf würde ich an deiner Stelle nicht hoffen! Sollte Urban wirklich Veterinärmedizin studieren, landet er sowieso an der Uni Hannover, und wie ich ihn kenne, hockt er dir dann mehr auf der Pelle, als dir lieb ist. Und für die anderen ist das doch auch kein Weg aus der Welt. Mich eingeschlossen! Ich rufe dann aber vorher an und bestelle Thüringer Klöße.«

»Um Himmels willen, der Kuchen! Ich muß ja noch den Kuchen backen!« Martha hatte in die Realität zurückgefunden. »Hoffentlich haben wir noch Quark im Haus. Die Frau Doktor ißt doch meine Käsesahnetorte so gerne.«

Kehraus

Um halb sechs klingelte der Wecker. Draußen war es noch dunkel, außerdem war schulfreier Samstag, und normalerweise hätte Tinchen sich in ihrem Bett herumgedreht und noch eine Runde geschlafen. Aber Professors kamen, deshalb hatte man aufzustehen und die letzten Vorbereitungen zum Empfang zu treffen. Sie schüttelte den sanft vor sich hinschnarchenden Florian. »Los, du Murmeltier, raus aus den Federn! Koffer packen, Möbel schleppen, Rasen mähen... es gibt genug zu tun!«

»Fang schon mal an!« knurrte der so brutal Geweckte, gähnte ausgiebig, sah auf die Uhr und rollte sich wieder ins Deckbett.

»Ich stehe doch nicht mitten in der Nacht auf.«

Als Tinchen aus dem Bad kam, schlief er. Sie holte ein Stück Hundeschokolade, schob es vorsichtig unter sein Kopfkissen und rief Klausdieter. Alles Weitere erledigte der.

Martha war auch schon munter und schnitt Zwiebeln fürs Gulasch. Dabei heulte sie ausgiebig, woran nicht allein die Zwiebeln schuld waren, und weil sie vor lauter Tränen nichts mehr sehen konnte, schnitt sie sich in den Finger. Tinchen leistete Erste Hilfe, doch nachdem das dritte Pflaster durchgeblutet war, weckte sie Clemens. Der war schließlich für so was zuständig.

Der Herr cand. med. rückte mit seinem Köfferchen an, einer erweiterten Ausgabe des handelsüblichen Autoverbandkastens, diagnostizierte eine vermutliche Sehnenverletzung, deren Behandlung sowohl seine derzeitigen Fähigkeiten als auch sein Instrumentarium überstieg, forderte saubere Handtücher für Martha und für sich selbst ein sauberes Hemd. Nebenbei eröffnete er Tinchen, daß er Martha sofort in die chirurgische Ambulanz bringen müsse. In Steinhausen gebe es so etwas nicht, die nächstgelegene Unfallstation sei in Heidelberg, und dorthin werde er die Patientin jetzt fahren.

»Das kann man ambulant machen, aber wahrscheinlich kriegt sie einen Gips, also rechne besser nicht damit, daß sie heute hier mitmischt.« Marthas Proteste beachtete er nicht. »Davon habe ich nun wirklich mehr Ahnung als du, und wenn das nicht sofort behandelt wird, kann der Finger steif bleiben.«

»Aber ich muß doch noch die Torte machen! Gestern konnte ich nicht, weil wir keinen Quark mehr...«

»Dann backe ich eben eine, es muß ja nicht gerade Käsesahne sein«, beruhigte Tinchen das völlig aufgelöste Hausfaktotum.

»Am besten machst du die Biskuitrolle, die kannst du schon recht gut. Und vergiß nicht, die Butter darf nicht zu heiß sein, weil sonst...« Bevor sie weitere Ratschläge loswerden konnte, hatte Clemens sie ins Auto gesetzt und war abgefahren.

Tinchen sah sich in der Küche um. Mit dem Gulasch würde sie fertig werden, das war kein Problem, aber diese verflixte Torte! Ob man nicht besser eine kaufen sollte? Bäcker Schmerlich machte recht ordentliche, und wenn Melanie dazu noch einen Napfkuchen... Überhaupt sollte sie erst einmal die Kinder aus den Betten holen. Die mußten mit zupacken, sonst würde sie das alles bis zur Ankunft des Flugzeugs nie schaffen.

Eine halbe Stunde später saßen sie alle um den Frühstückstisch und teilten die Arbeit auf. Melanie sollte in der Küche helfen, Rüdiger würde einkaufen gehen und auf dem Rückweg den Mercedes durch die Waschanlage schicken, und Florian mußte sich zusammen mit Urban wohl oder übel um die Zimmer kümmern und dafür sorgen, daß sie einer ersten Besichtigung durch die heimkehrende Frau Doktor standhielten.

»Und bring von Schmerlichs eine möglichst dekorative Torte mit!« sagte Tinchen, nachdem sie Rüdiger Einkaufszettel und Geld gegeben hatte. »Marthchen ist nicht mehr zum Backen gekommen.«

»Das läßt du schön bleiben«, widersprach Urban, »*ich* werde das übernehmen.«

»Du??« kam es im Chor zurück.

»Jawoll! Ein Stubenkamerad von mir ist im Zivilleben Konditor. Mit dem und zwei anderen habe ich das Kuchenbuffet zusammengestellt, als die Tochter unseres Kommandeurs ihre Konfirmation gefeiert hat.«

»In der Kaserne?«

»Im Offizierskasino. Das machen die öfter. Ist ja viel billiger. Die Ordonnanzen kosten nichts, Geschirr ist alles da, die Köche werden abkommandiert zum freiwilligen Einsatz und kriegen einen Kasten Bier, nur die Zutaten bezahlt der Gastgeber, und da hat er auch noch seine preiswerten Bezugsquellen.«

»Und du glaubst wirklich, du kannst eine richtige Torte backen?«

So ganz traute Tinchen dem Herrn Gefreiten nicht über den Weg.

»Wenn sie nichts wird, bezahle ich die gekaufte aus eigener Tasche«, versprach Urban und scheuchte die Zweifler aus der Küche.

»Ich brauche nur eine Stunde, aber in dieser Zeit wünsche ich nicht gestört zu werden. Kreative Tätigkeit erfordert höchste Konzentration.«

Tinchen staunte wirklich, als sie die beiden Obsttorten mit dem künstlerisch gestalteten Eiweißguß sah. »Wie hast du den bloß so gleichmäßig braun gekriegt?«

Er setzte seine Verschwörermiene auf. »Wenn du es nicht weitersagst – mit der Lötlampe!« Jetzt wußte sie wenigstens, weshalb er sich jegliche Hilfe verbeten hatte.

Oben wurde geräumt. Julias Kinderbett verschwand auf den Boden, das übrige Mobiliar kam wieder an seinen ursprünglichen Platz. Im Schlafzimmer zog Tinchen die Betten ab. »Wozu eigentlich? Wir könnten heute nacht noch darin schlafen. Gisela und Fabian benutzen doch sowieso getrennte Zimmer.«

»Vielleicht hat sich ihr Liebesleben wieder eingependelt. Amerika gilt doch nicht umsonst als das Land der unbegrenzten Möglichkeiten. Ist das hier mein Pullover?« Florian packte.

»Nein, der gehört Urban. Und der blaue da im Koffer ist Rüdigers.«

»Wie kommen die bloß alle in meinen Schrank?« Er drehte ein Paar olivgrüne Socken hin und her. »Die sehen mir eigentlich auch nach Bundeswehr aus. Weißt du was? Mach das lieber selber!« Er schloß die Schranktür. »Ich gehe inzwischen Blumen holen.«

»Kannst du nicht welche im Garten pflücken?«

»Um Himmels willen, die hat Herr Biermann alle gezählt.«

Florian überließ das Feld seiner Frau. Langsam reichte ihm das Theater um seine heimkehrende Verwandtschaft. Sechs Monate Abwesenheit, was bedeutete das schon? Das Haus stand ja noch, die Kinder lebten alle, sogar der Garten zeigte sich in beinahe alter Schönheit. Der neu eingesäte Rasen war auch schon zu sehen – Rasen? Hatte Herr Biermann nicht gesagt, der müsse noch einmal geschnitten werden? Florian sah auf die Uhr. Halb elf. Wenn er gleich anfinge, könnte er um zwölf fertig sein, aber dann hatte die Friedhofsgärtnerei zu. In Steinhausen hielt man sich nicht so genau an die Ladenöffnungszeiten, samstags schon gar nicht. Und warum sollte überhaupt er schon wieder dieses verdammte Grünzeug mähen, das konnte auch ein anderer machen. Also begab sich Florian auf die Suche nach jemandem, dem er diese verhaßte Arbeit delegieren konnte.

Kurz darauf erschien Rüdiger grinsend im Schlafzimmer. »Du, Tinchen, dein Alter ist sauer.«

»Das ist er schon den ganzen Tag. Und warum diesmal?«

»Beinahe hätte er mir eine gescherbelt, bloß weil ich *ihm* mal fünf Mark fürs Rasenmähen angeboten habe.«

»Zum Billigtarif arbeitet er auch nicht«, lachte sie. »Komm, mach mal den Koffer zu! Die Kisten hier könntest du schon in die Garage bringen, wir wollen morgen gleich nach dem Frühstück abrauschen.«

»Warum diese Hektik? Die Kartons stören doch keinen. Außerdem habe ich jetzt keine Zeit, ich muß wenigstens meine Bude durchharken, sonst flippt Mutter aus. Die hofft doch, du hättest mir inzwischen Ordnung beigebracht.« Einen Moment druckste er herum, dann ging er auf Tinchen zu und nahm sie in den Arm. »Was ich noch sagen wollte – ihr beide wart ganz große Klasse! Dankeschön!« Als hätte er schon zu viel gesagt, stürzte er aus dem Zimmer.

Draußen knatterte der Rasenmäher. Sie lief zum Fenster. Urban, der liebenswerte, hilfsbereite, immer gutgelaunte Bengel mit dem vorlauten Mundwerk hatte sich mal wieder erbarmt. Er wird mir fehlen, dachte sie. Alle werden mir fehlen. Auch Melanie, die eigentlich erst in den letzten Wochen zutraulich geworden war, manchmal ihr Herz bei Tinchen ausgeschüttet und sie als Freundin und nicht mehr als Störenfried betrachtet hatte. Und Rüdiger natürlich, dieser halbfertige Mann mit dem Kindergemüt. Was hatte er noch gestern zu ihr gesagt? »Ich bin ja so froh, daß du mir zugeredet hast, die scheußliche Brille über Bord zu schmeißen. Jetzt weiß ich auch, warum diese Dinger Kontaktlinsen heißen! Sylvie hat endlich angebissen. Nächste Woche gehe ich mit ihr zu dem Open-air-Konzert nach Mannheim!«

Nach einem letzten Blick auf das makellos aufgeräumte Schlafzimmer schloß Tinchen die Tür. Schluß mit finnischer Birke, ab morgen würden sie wieder in Kiefer furniert schlafen.

Auf der Treppe kam ihr Florian entgegen. Stolz schwenkte er seine Blumen. »Sehen die nicht prächtig aus?« Das fand Tinchen nun gar nicht. »Weiße Nelken? Wir gehen doch zu keiner Beerdigung.«

»Da bin ich mir nicht so sicher. Außerdem waren sie billig. Ich muß mich daran gewöhnen, daß ab morgen wieder der

Rotstift regiert. Die Zeiten des gehobenen Lebensstandards sind vorbei.«

»Tut es dir leid?«

»Ja und nein. Natürlich trinke ich lieber Beaujolais statt Kellergeister, und Steak schmeckt auch besser als Buletten, aber sie werden dir jetzt wenigstens nicht mehr anbrennen«, schmunzelte er. »Kochen hast du wirklich prima gelernt. Andererseits bin ich froh, wieder in einen überschaubaren Haushalt zu kommen und Artikel über Briefmarkensammler zu redigieren statt Hemden zu bügeln. Das blaue habe ich übrigens weggeschmissen. Das Brandloch war doch ein bißchen zu groß.«

Sie gab ihm einen Kuß. »Jetzt fällt mir aber ein Stein vom Herzen. Ich hab' nämlich geglaubt, du würdest dich von diesem ganzen Luxus hier nur schwer trennen.«

»Irrtum! Den größten Luxus nehme ich ja wieder mit. Dich! Und jetzt zieh dich um, in einer halben Stunde müssen wir zum Flugplatz.«

»Ich sehe noch in der Küche nach, ob alles in Ordnung ist.« Da saß Marthchen und hielt anklagend ihre eingegipste Hand in die Höhe. »Richtig operiert haben sie und gesagt, daß ich den Arm schonen soll. In drei Wochen muß ich zum Nachsehen, dann geht es vielleicht mit einer Binde, haben sie gesagt. Bloß was ich bis dahin machen soll, haben sie nicht gesagt.«

»Schonen«, empfahl Tinchen. »Fahr nach Hannover.«

»Das wird der Frau Doktor aber gar nicht recht sein.«

»Es wird der Frau Doktor eben recht sein müssen. Und jetzt gehst du in dein Zimmer und legst dich noch ein bißchen hin. Vor zwei Uhr werden wir kaum zurück sein.«

Brummelnd ließ sich Martha aus der Tür schieben, und im selben Augenblick fiel Tinchen ein, daß noch keine Kartoffeln geschält waren. Sie überlegte gerade, ob Nudeln nicht den gleichen Zweck erfüllen würden, als Florian, frisch gestriegelt und den Duft von Tinchens Arpège verbreitend, die Küche betrat.

»Ein Glück, daß du schon fertig bist. Dann kannst du noch schnell die Kartoffeln schälen.«

»Wer? Ich? Für elf Personen??«

»Ich schicke dir Hilfe.« Sie lief von einem Zimmer zum anderen, fand aber deren Bewohner noch in den verschiedensten Stadien des Ankleidens. Melanie stand sogar erst unter der Dusche. Nur Urban war fast fertig. Er durchwühlte seinen Schrank nach einer Krawatte, fand aber nur den Bundeswehrschlips und warf ihn angeekelt wieder zurück.

»Hier, nimm das Tuch«, sagte Tinchen, zog ihren Schal aus der Bluse und warf ihn Urban zu. »Und dann geh bitte sofort in die Küche. Florian ist schon unten.«

»Gibt es einen Abschiedstrunk?« Hoffnungsvoll machte er sich auf den Weg.

Als sie eine Viertelstunde später herunterkam, brach sie in schallendes Gelächter aus. Da saßen die drei Männer – Clemens hatte sich noch dazugesellt – um den Tisch, angetan mit der Sonntagnachmittags-Ausgehkluft, und schälten um die Wette.

»Lach nicht so blöd«, sagte Florian, »auch beim Kartoffelschälen muß man korrekt angezogen sein. Sie haben Augen.« Dann hielt er Tinchen den Topf entgegen. »Reichen die?«

Aufgereiht wie die Orgelpfeifen standen sie auf der Aussichtsplattform und beobachteten die startenden und landenden Maschinen. Nur Rüdiger war unten geblieben, um im Viertelstundentakt die drei Groschengräber zu füttern. Damit war er hinreichend ausgelastet, denn natürlich hatten sie keine nebeneinanderliegenden Parkplätze gefunden.

Melanie hatte sich bei Florian eingehakt. »Vor einem halben Jahr haben wir auch hier gestanden, weißt du noch?«

»Und ob. Diesmal brauchst du aber kein Taschentuch, nein?«

»Und ob. Aber nicht zum Winken, sondern zum Heulen.«

»Deine Mutter wird gerührt sein.«

»Florian, du bist ein Esel! Die Wiedersehensfreude hält sich in Grenzen, zumindest was Mutter anbelangt. Aber mir wird ganz anders, wenn ich daran denke, daß ihr morgen so einfach wieder abhaut.«

»Doch nicht nach Amerika. Düsseldorf ist viel näher, und eine Luftmatratze zum Schlafen haben wir immer für dich. Du mußt bloß vorher anrufen, soviel ich weiß, hat sie zur Zeit noch ein paar Löcher.«

»Es ist wirklich schade, daß ihr jetzt schon verschwindet«, bedauerte auch Urban, »wir hatten uns nämlich vorgenommen, euren zehnten Hochzeitstag ganz groß zu feiern.«

»Den neunten«, korrigierte Florian, »und was es dabei zu feiern gibt, möchte ich wissen. Zum Prahlen ist es noch zu früh und zum Jammern zu spät. Wartet lieber bis zur Silberhochzeit.«

Durch den Lautsprecher kam die Ansage, daß die Maschine aus New York gelandet war.

»Guckt mal, da hinten rollt sie!« Tinchen zeigte auf das glitzernde Flugzeug, das sich langsam näherte. »Ich glaube, wir sollten jetzt runtergehen.« Erst auf der Rolltreppe sah sie sich suchend um. »Wer von euch hat die Blumen?«

»Die liegen noch im Wagen!« Und schon sauste Florian die Treppe hinunter.

Rüdiger stopfte gerade einen weiteren Fünfer in die letzte Parkuhr.

»Jetzt habe ich bloß noch vier Stück.«

»Die reichen! Geh rauf, die Maschine ist da! Ich hole nur schnell das Begrüßungsgemüse.«

Als er keuchend zu der Barriere kam, durch die bereits die ersten Passagiere in die Halle tröpfelten, hielt er ein paar zerdrückte Stengel und mehrere abgebrochene Blüten in der Hand. »Da muß einer draufgesessen haben.« Er sah genauso geknickt aus wie der Strauß.

»Vorhin sind wir an einem Blumenladen vorbeigekommen«, erinnerte sich Clemens, »ich hole schnell neue. Bis die Regierung mit dem ganzen Gepäck durch den Zoll ist, dauert es sowieso noch eine Weile.« Er trabte ab, war aber gleich darauf wieder da. »Heute wegen Trauerfall geschlossen.«

Florian zog die eine noch unversehrte Nelke aus dem zerrupften Bukett und warf den Rest in den Papierkorb. Nach einem abschätzenden Blick auf die cellophanumhüllten, kräuselbandverzierten Sträuße der anderen Abholer zupfte er seinen mageren Stengel zurecht.

»In der Bescheidenheit zeigt sich erst der Meister. Der seriöse Mann schenkt nur eine einzige Blüte.«

»Wann ist man denn seriös?« fragte Tinchen.

»Wenn einem nichts anderes mehr einfällt. – Da kommen sie übrigens!«

Hocherhobenen Hauptes, die Nelke wie ein Schwert vor sich hertragend, schritt Florian seiner Schwägerin entgegen.

Evelyn Sanders

Humorvolle Familiengeschichten mit Niveau, das sind die vergnüglichen Romane dieser beliebten deutschen Unterhaltungsautorin. Evelyn Sanders versteht es unnachahmlich, das heitere Chaos des alltäglichen Lebens einzufangen.

Bitte Einzelzimmer mit Bad
01/6865

Das mach' ich doch mit links
01/7669

Mit Fünfen ist man kinderreich
01/7824

Pellkartoffeln und Popcorn
01/7892

Jeans und große Klappe
01/8184

Das hätt' ich vorher wissen müssen
01/8277

Hühnerbus und Stoppelhopser
01/8470

Radau im Reihenhaus
01/8650

Wilhelm Heyne Verlag
München

EVELYN SANDERS

Werden sie denn nie erwachsen?

Heiterer Roman

»Werden sie denn nie erwachsen?« – der Stoßseufzer einer geplagten, aber glücklichen Nur-Hausfrau.
Mit Humor und viel Verständnis erzählt Evelyn Sanders von den großen und kleineren Alltagsproblemen einer turbulenten Familie. In ihrer unnachahmlichen pointierten Art schildert die Autorin das weitere Schicksal ihrer Großfamilie, in der die fünf Kinder jetzt zumindest fast erwachsen sind.

348 Seiten, gebunden
ISBN 3-89457-026-1

HESTIA